KB071202

립맨

RIP MAN

립맨

RIP MAN

레드박스

한 그루의 나무가 모여 푸른 숲을 이루듯이
청림의 책들은 삶을 풍요롭게 합니다.

1

"거짓말도 끝까지 잡아떼면 돈이 되지."

사수인 남자는 옛날부터 그런 말이 있다는 양 말했다.

온화하게 이야기하는 남자다. 갸름한 얼굴에 피부는 푸르스름해 보일 정도로 하얗고, 그 탓인지 붉은 입술이 이상하게 인상적이다. 한눈에는 몰랐지만 입을 열 때 들여다보이는 치아가 작고 붉은 혀가 눈에 띄는 것도 그런 느낌을 보태는 듯했다.

그러나 다음에 만났을 때는 흰 피부는 파운데이션으로 가리고서 입술의 핏기를 죽이고 입안에는 치열이 고르지 않은 치아를 끼우고 있었다. 이마를 덮은 머리카락을 올백으로 넘긴 것까지 어우러져 얼핏 봐서는 그인 줄 모를 만큼 인상이 달라졌으니 겉모습에 대해선 얘기해 봤자 의미가 없을지도 모른다.

아와노 사토시라는 이름도 본명인지 아닌지 불분명하다.

"아와노라고 부르는데 멍하니 있더라고. 한참 지나서야 '아, 나 말인가?'라는 거야."

점장인 샤모토 유타카가 우스갯소리처럼 한 말을 들어서는 가명일 거라는 예상도 그렇게 엉뚱한 생각은 아닐 것이다.

다만 그의 이름이 본명이든 가명이든 사기 현장에서 그런 것은 역시 아무래도 좋은 일이었다.

분명한 것은 연수를 받는 자리에서 그가 핸즈프리 상태의 휴대전화를 앞에 두고, 혼자서 눈 깜빡할 사이에 수화기 너머 나이 든 주부에게 이백만 엔 남짓한 돈을 받아 내기로 한 일이었다. "아, 엄마 큰일이 좀 생겼어.", "여보세요, 가미야마 군 어머니십니까? 저는 영업1과 주임인 이시다라고 합니다.", "고문변호사인 기타노라고 합니다만, 잠시 상황을 설명해 드려도 될까요?"라며 교묘하게 목소리를 바꿔 가면서 회사 영업 자금을 들고 튄 못난 아들, 몹쓸 부하에게 마음 써 주는 주임, 냉정하게 선후책을 마련하는 변호사 등의 역할을 저마다의 삶마저 엿보일 만한 말재간으로 연기해 냈다. 이야기가 새빨간 거짓말이라는 죄책감 따위는 털끝만큼도 감돌지 않았다.

"요컨대 완벽하게 그 사람이 되면 돼."

아와노는 점장인 샤모토에게 수령책 준비를 부탁하면서 온화한 말투로 돌아와 그렇게 말했다.

"상대방을 속인다고 어깨에 힘주지 않아도 돼. 그냥 연기를 하는 거야. 그러면 쓸데없는 죄책감을 느끼지 않아도 되지. 역할을 연기하고 좋은 공연을 만들면 상대방이 그 세계에 빠져서 마음이 움직이거든. 어떤 의미로는 감동한 값을 치른다고 볼 수 있겠지."

아와노가 그렇게 이야기했다고 해서 스나야마 도모키가 보이스피싱 업무를 완전히 긍정한 것은 아니다. 경찰이 이런 유형의 범죄 적발에 기를 쓰고 있고, 체포되면 무거운 실형을 받을 위험이 있다는 것도 알고 있다.

그러나 사회에 나온 첫발부터 삐끗해서 늦어진 부분을 어떻게든 만회하려면 그만한 자금을 마련해야 한다. 그 방법이 정공법이냐 아니냐를 신경 쓰다가는 출세 따위 꿈속의 꿈이다.

이 세상의 경제는 실체와 그에 대한 신용으로 성립된다. 대학 시절까지 도모키의 지식으로는 그러했다.

그러나 동생인 다케하루와 함께 샤모토의 영업소에 들어간 도모키는 실체도 신용도 없는 산업이 존재한다는 사실을 피부로 느꼈다. 보이스피싱을 비롯한 특수 사기 피해는 이제 연간 수백억 엔에 달한다고 한다. 이것은 이미 하나의 산업이며, 일종의 경제라 해도 될 규모다. 그곳에 잠시나마 몸을 두고 그 세계 나름의 노동을 하고 분배에 관계한다. 도모키는 어차피 그뿐이라고 자신을 납득시키고 일 년 가까이 샤모토의 영업소에서 일했다.

말은 일 년 가까이지만 보이스피싱 영업소는 상시 영업하지 않는다. 개인정보를 파는 업자에게 표적이 될 사람들의 명부를 사들이고, 대포업자(전문적으로 타인 명의의 통장이나 휴대전화, 사무실 등을 개설 및 판매하거나 빌려주는 사람./ 옮긴이)를 통해 사기단과는 관계없는 명의인으로 계약한 '영업소'가 준비된다. 거기에다 대포폰이라 불리는, 역시나 조직과 상관없는 명의인의 휴대전화를 받아야지만 업무가 개시된다. 대략 두 달 동안 명부를 다 쓰면 영업소는 바로 접는다. 다음 명부가 들어오면 새로운 곳에서 영업이 재개된다. 영업 효율과 적발 위험성을 저울질한 끝에 정해진 시스템이다.

일 년 중에 실제로 일하는 기간은 절반 안팎이지만 이 정도만 일해도 몸과 마음이 범죄에 빠져드는 감각은 차고 넘칠 정도로 맛본다. 멤버의 회전율이 매우 높다 보니, 지금은 도모키와 다케하루가 이곳에서 가장 고참이었다.

"오늘 하루도 잘 부탁드립니다!"

이세자키 초 상점가에서 그리 멀지 않은 하고로모 초의 주상복합 건물 5층에서 새로운 영업소를 연 지 한 달쯤 지났다. 도모키는 평소와 마찬가지로 시계가 9시를 가리키자 의자에서 일어났다.

"노력, 협력, 설득력! 기합 넣고 갑시다!"

미팅 테이블을 둘러싸고 서 있는 같은 팀 두 사람에게 말하고 악수를 나눈다.

"잘 부탁드립니다!"

이번 시즌에 도모키와 같은 팀으로 편성된 이들은 갓 스무 살쯤 된 니시카와와 삼십 대 중반의 야기라는 남자들이다. 둘 다 영업소 규칙대로 양판점에서 산 수수한 정장을 입어서 겉보기에는 평범한 회사원과 다를 바 없다. 그러나 주의 깊게 시선을 마주치면 니시카와의 눈에는 날카로운 서슬이 있고 야기의 눈은 흐리멍덩하다. 어떤 경위로 이 일에 손을 댈 마음을 먹었는지는 모르지만, 어느 쪽이든 정상적인 길에서 벗어나 버린 것은 분명하다.

니시카와는 반년쯤 전부터 이 영업소에서 일하고 있다. 야기는 지난주에 막 입사한 새내기다. 그 전까지는 야기와 비슷한 흐리멍덩한 눈을 가진 고사카라는 남자가 있었지만, 무슨 이유인지 사라져 버렸다. 옆 팀의 다테하루가 억측으로 말하기로는 두 번째 무단결근을 했을 때 샤모토에게 두들겨 맞고 그대로 잘린 게 아니겠느냐고 했다. 고사카가 지난달과 이달 초 두 번에 걸쳐 무단결근을 한 것은 사실이고, 우연히 그때 영업소에 얼굴을 내민 아와노가 대신 일을 맡아 영업에 지장은 생기지 않았지만, 샤모토가 화를 낼 만한 일이었다.

사십 대의 고사카는 나이에 걸맞은 무게 있는 목소리가 가능해 변호사 역할이나 회사의 상사 역할에 딱 맞아서, 이십 대 멤버가 대부분인 이 영업소에서는 귀한 존재였지만 분위기와는 달리 압박에 영 취약한 것이 문제였다. 대사를 틀리거나 전화 상대가 예상

밖의 말을 되받아치면 쉽게 당황해 주위에 도움을 요청하거나 급기야는 냉큼 전화를 끊어 버리기도 했다.

보이스피싱 영업에서 중요한 것은 어떻게든 상대를 이쪽 페이스에 말려들게 하는 것이다. 일상을 무너뜨리고 비일상의 세계로 끌어들이고 나면 상대방을 단숨에 밀어붙이고 또 밀어붙여서 압박한다. 상대방 반응을 신경 쓰다가는 도리어 틈을 드러내 상대가 평상심을 되찾고 만다. 도모키 팀에서는 고사카가 실수해서 놓친 표적도 적지 않았으니 그가 사라진 것은 행운이라고 할 수도 있다.

"그럼 바로 팔십팔 번부터 갑니다."

도모키는 니시카와와 야기에게 말하고 영업용 대포폰을 손에 든다. 영업할 때는 일어서서 하는 것이 이 영업소의 정해진 규칙이다. 그래야 배에서 소리가 나오고, 표적이 노인이 많다 보니 목소리가 큰 편이 좋다.

오늘의 첫 표적은 가와사키의 구지에 사는 칠십 대 노부부 집이다. 리스트에 기재된 정보에 따르면 자산은 삼천만 엔에서 오천만 엔 사이. 아와노가 설정한 목표 금액은 사백만 엔에서 오백만 엔. 남편은 후쿠다 게이이치. 부인은 후쿠다 도시코. 아들은 후쿠다 나오야스. 아들의 이름은 절대로 잘못 말해서는 안 된다. 읊조리듯이 몇 번이나 "나오야스 군, 나오야스 군." 하고 되풀이해 말해 본다.

이런 종류 사기에 쓰는 명부는 다중채무자나 다단계 피해자, 또는 이불이나 주택 리모델링 같은 강압적인 방문판매 계약을 맺은 적이 있는 고객 등의 리스트를 모으는 개인정보 업자에게 사들이는데, 이 영업소에서는 그 명부에 아와노가 수고를 한 번 더 들인다. 아와노가 국세조사원이나 지역 민생위원, 구청의 생활상담과 직원을 가장해 표적에게 전화를 걸어서 상대의 생활 실태부터 교우관계, 자식의 직업과 연락 빈도, 보유 자산까지 교묘하게 알아낸다. 때에 따라서는 위조 신분증을 목에 걸고 자택을 방문해 대면조사를 할 정도로 그의 일 처리는 철저하다. 그렇게 해서 영업하기에 적합하지 않은 상대는 아와노의 판단으로 제외된 후 도모키의 손에 건네질 때는 '○○은행에 보통예금으로 팔백만 엔'이라거나 '막내아들이 술을 좋아함' 같은 상세 정보와 함께 구체적인 목표 금액까지 설정된, 높은 성공 확률을 약속하는 명부로 준비돼 있었다.

아와노는 자신이 영업하면 틀림없이 성공할 대상만을 물색한다고 한다. 그럴 것 같지 않은 사람도 개중에 섞여 있지만, 실제로 잘 안 풀리는 날이라도 대여섯 건쯤 끈질기게 걸다 보면 하나는 걸리게 마련이라 헛수고로 끝나는 날이 거의 없다. 이 일을 시작하기 전에는 몇십 건이나 전화를 걸고 대부분 우연처럼 성공하는 현장을 상상했는데 현실에선 무시무시할 정도로 효율적인 시스템이 갖춰져 있었다.

「여보세요.」

오늘 첫 표적에게 전화를 걸자 신호음 세 번 만에 연결되며 남자 목소리가 들렸다. 남편인 후쿠다 게이이치리라. 마음씨 좋을 것 같은 느낌에 정년 후 시간이 남아도는 듯한 느긋한 목소리였다. 기본적으로 상대가 여자인 편이 속이기 쉽지만, 도모키는 첫 목소리를 들은 것만으로도 이 남자라면 괜찮겠다는 느낌이 왔다. 일 년 동안 갈고닦은 이쪽 세계의 감이 요새는 어지간해서는 빗나가지 않는 편이다.

"여보세요, 후쿠다 씨 댁입니까?"

「예, 그렇습니다만.」

"후쿠다 나오야스의 아버님이신가요?"

「예, 맞습니다.」

반응은 나쁘지 않다. 그렇게 큰 소리를 내지 않아도 이야기가 술술 통하겠다고 판단하고 목소리를 약간 낮추고는 말투에 곤란한 기색을 내비치며 이야기를 이어 나갔다.

"저는 나오야스의 회사 동료인 요쓰야 상사 영업부 다카키라고 합니다. 실은 나오야스가 어젯밤에 큰일이 나서요. 잠시 진정하고 들어주시겠어요?"

「예에…… 무슨 일이지요?」

후쿠다 게이이치는 도모키의 말주변에 넘어갔는지 목소리에 벌써 불안해하는 느낌이 드러났다.

"사실은 말이죠. 나오야스가 간밤에 후배 사원들과 늦게까지 신주쿠 카바레에서 술을 마셨다는데, 엄청 취해서…… 도를 지나쳐

소란을 피웠다고 하네요. 나오야스를 자리로 돌려보내려 한 술집 여자랑 다툼이 났답니다. 그러다가 여자를 떠밀었나 봐요. 그런데 그게 말이죠, 그 여자가 넘어지면서 얼굴을 테이블에 부딪혀 운 나쁘게 광대뼈가 부러졌대요."

「……예에?」

후쿠다 게이이치는 놀라서 소리쳤다. 무슨 말을 하고 싶었는지도 모르겠으나, 도모키는 틈을 주지 않고 계속 떠들었다.

"넘어진 여자가 코피도 철철 나고 현장이 난리가 나서, 가게 사람이 구급차를 부르면서 경찰에도 신고한 모양이에요. 나오야스가 상해 용의로 신주쿠 서에 연행되는 바람에 지금까지도 구류 당한 상태예요."

「네? 그 말씀은 체포됐단 소린가요?」

"예, 정확히 말하면 현행범 체포죠. 저도 그 얘기를 새벽에 후배에게 전해 듣고 깜짝 놀랐는데요, 지금 이러고 있을 때가 아니라 어떻게든 빨리 손을 써야 하는 상황이에요. 아직 이 일을 회사 상부에는 알리지 않았거든요. 이게 이른바 형사사건이라서 이대로 경찰이 나오야스의 용의를 굳히고 기소해 버리면 나오야스는 범죄 피고인이 되고, 그럼 바로 회사에서 잘릴 겁니다. 그래서 일단 저랑 후배가 말을 맞춰서 상사에게는 오늘 몸이 아프다고 얘기해 뒀습니다."

후쿠다 게이이치는 이제 「예에…… 예…….」 하고 힘없는 맞장구밖에 치지 못했다.

“제가 아는 변호사님이 있어서요. 회사에 사실을 알리기 전에 사건을 원만하게 해결할 방법이 없는지 아침에 그분과 상담을 해봤는데요, 결국 피해자와 서둘러 합의를 보면 경찰에서도 그렇고 큰 문제는 되지 않을 거라고 하시네요. 그래서 그 변호사님께 부탁드려서 조금 전에 구류 중인 나오야스를 만났는데요. 나오야스도 이대로 회사에서 쫓겨나면 정말로 막막해진다고 간곡히 부탁을 해서 변호사님이 직접 피해자를 만나 보셨어요. 합의 내용 같은 것도 대략적으로 마무리를 지었고요. 지금 변호사님을 바꿔 드릴 테니 잠시 이야기 좀 들으시겠어요?”

「예…… 예…… 네.」

도모키는 눈앞에 있는 야기를 향해 고개를 끄덕이고 휴대전화를 건넸다.

“아, 아버님이십니까. 변호사 오치아이라고 합니다. 이번에 아드님의 의뢰를 받고 이 사건을 맡았습니다. 제가 여러모로 도움이 되어 드릴 수 있기를 바랍니다.” 야기는 다소 책 읽듯이 말하면서 변호사답다고 할 수 있는 설명 투로 이야기를 시작했다. “좀 전에 나오야스 씨를 만났는데 본인은 일의 중대함을 인지하고 있고요. 충격을 받긴 했지만 몸 상태는 특별히 문제가 없으니 그 점은 안심하십시오. 사건 경위는 다카키 씨가 지금 말씀하신 대로 먼저 상대편에 나오야스 씨의 사과를 전했고요, 그쪽도 가게 고문 변호사를 세워서 그분과 제가 합의 내용을 정리했습니다."

야기가 그렇게 말하는 동안 도모키는 자신이 통화한 느낌으로 '20, 100, 400, 30'이라고 메모를 적어 야기에게 건넸다.

"합의니까 결국 돈 이야기인데요, 먼저 치료비로 이십만 엔, 위자료로 백만 엔은 준비하셔야 합니다. 그리고 가게 쪽에도 손해를 끼쳤어요. 피해자가 인기 많은 아가씨라 그녀가 일하면 벌 수 있을 이익, 그러니까 법률용어로는 일실이익이라고 하죠. 한 달은 일하지 못할 게 확실하기 때문에 사백만 엔 정도 된답니다. 하루에 이십만 엔 가까이 매상을 올리는 아가씨라서 이 금액이면 제가 봐도 타당하다고 봅니다. 그리고 죄송하지만 제 착수금으로 삼십만 엔을 받아야 합니다. 물론 이에 대해선 나오야스 씨의 동의를 받았습니다. 그래서 합계가 오백오십만 엔이네요. 바로 준비해 주셔야 합니다.

회사에서 알기 전에 손을 쓰려면 늦어도 오전 중에는 돈을 준비해서 오후에 바로 상대방과 협상해야 하니까요. 그렇게 합의가 잘 끝나면 오늘 중으로 풀려날 가능성이 커집니다. 그런데 문제가 있습니다. 나오야스 씨는 구류 중이라 은행에 가서 예금을 찾을 수가 없다는 거지요. 이런 건 제가 대리로 찾으러 가는 것도 당연히 무리니까요. 나오야스 씨의 의사는 확인했고 아버님께서 먼저 돈을 치러 주셨으면 합니다. 나오야스 씨가 그 정도 지불할 능력이 된다고 하니 합의가 끝나고 풀려나면 바로 갚을 수 있답니다. 음, 나오야스 씨에겐 비싼 수업료가 되겠지만, 이런 사건은 법률가 입장에서 봐도 합의금을 지불하지 않고 넘어갈 수는 없으니까요. 회사에서 퇴사 처리되면 앞날에 지장이 생기는 게 가장 곤란할 테고, 나오야스 씨도 그 점을 가장 두려워하고 있습니다. 그러니 아버님, 저희도 어떻게든 힘을 보탤 테니 이번 한 번만 나오야스 씨의 힘이 되어 주실 수 없겠습니까. 예, 예, 아니, 본인과는 연락할 수 없습니다. 변호사만 접견이 허락된 상태예요. 휴대전화도 압수됐고 우선 지금은 합의를 진행하는 수밖에 없습니다. 정말로 시간이 없어서요. 지금 당장 돈을 준비해 주셔야 합니다. 더는 기다릴 수 없는 상태예요. 그의 인생이 걸려 있어서 저도 이렇게 말씀드리는 겁니다. 예, 나오야스 씨도 이런 상황에서는 부모님밖에 의지할 곳이 없으니까요. 어렵겠지만 부탁드립니다. 그렇습니까, 그렇게 해 주신다면 정말로 다행이죠. 나오야스 씨에게 부모님 주소를 들었는데 가와사키의 구지가 맞으신가요? 저희 사무소 직원을 자택으로 보내겠습니다. 아베라는 사람에게 전해주세요. 저는 지금부터 또 여러 곳을 돌며 조정하러 다녀야 하니 아베를 대신 보내겠습니다. 보관증도 들려 보낼 테니 확인 부탁드립니다. 되도록 11시에는 그쪽에 보내 드리려고 하는데, 그때까지 준비하실 수 있을까요? 예, 예…… 11시 반쯤에…… 알겠습니다, 아버님의 사정도 있으실 테고 그럼 11시 반에 부탁드립니다. 오치아이 법률사무소 아베가 찾아뵐 겁니다."

야기는 고사카였다면 애를 먹었을 수령 시간 지정도 임기응변으로 대처하고 도모키에게 휴대전화를 돌려줬다.

"아, 아버님, 조금 전 다카키입니다."

「아, 예. 죄송합니다, 다카키 씨, 아들 일로 신세를 지네요.」

후쿠다 게이이치는 전화를 바꾼 도모키에게 온순한 말투로 고마워했다.

"아닙니다, 당치도 않아요. 아버님, 아무튼 회사에 알려지지 않도록 어떻게든 힘을 쓰고 있으니 아버님께서도 주의하셔야 할 부분이 있습니다."

「예에…….」

"그게 말이죠, 저도 오치아이 변호사님께 당부를 들었어요. 아무리 걱정이 되시더라도 나오야스의 휴대전화로 전화하시면 안 됩니다. 나오야스의 휴대전화는 지금 경찰이 관리하고 있으니 당연히 바꿔 주지 않을 테고, 상태가 어떤지도 알려 주지 않을 거예요. 도리어 자칫 잘못해서 이렇게 저렇게 움직이고 있는 것을 들키면 수사 방해라고 생각할 수 있거든요. 합의가 진행되는 것을 눈치채면 결론이 나기 전에 기소하려는 경우도 더러 있는 모양이에요. 그들 입장에선 그게 실적이 되니까요. 그랬다가는 끝장입니다. 이쪽 움직임을 모르도록 꼭 조심 좀 해 주세요."

「알겠습니다. 합의가 끝나면 풀려나는 거지요?」

"그건 문제없습니다. 오치아이 변호사님도 그 부분은 잘 처리하겠다고 말씀하셨어요. 그리고 말이죠, 돈은 은행에서 마련하실 수 있나요?"

「예, 지금 은행에 가려고 합니다.」

"잘 부탁드립니다. 그때도 조심을 해 주셨으면 하는데요, 목돈을 움직이려고 하면 은행에 따라서는 창구 직원이 돈을 어디에 쓸지 묻기도 한다고 하네요."

「예에…….」

"그때도 아들이 사건을 일으켜 합의금이 필요하다고 솔직히 말씀하시면 은행이 괜히 신경 써 준답시고 그런 사건이 일어났는지 경찰에 문의하기도 한다니까 조심하세요."

「아아…… 그럼 그럴 때는 어떻게 하지요?」 후쿠다 게이이치는 판단을 통째로 위임하듯이 물었다.

"집안일로 돈이 좀 필요하다는 식으로 애매하게 말해 두시면 될 겁니다."

「애매하게요……. 알겠습니다.」

"혹시 어딘가에서 사건에 대해 문의가 들어오면 모른다고 끝까지 잡아떼세요."

「어딘가에서라뇨?」

"신문기자가 사건 얘기를 듣고 캐묻기도 한다고 해서요. 그런 일이 있어도 모른다고 대답하세요. 합의가 끝나면 기사가 날 일은 없으니까 괜찮습니다."

「알겠습니다.」

“회사는 저희에게 맡기셔도 됩니다. 회사로 전화하시면 어떤 사람이 받을지 모르니, 무슨 일이 있어도 회사에 연락하시는 건 삼가 주세요. 오치아이 변호사님 사무소 직원분이 구지에 도착할 때쯤 제가 다시 확인 전화를 드리겠습니다.”

「아, 알겠습니다.」

“그럼 잘 부탁드립니다. 또 연락드리겠습니다.”

「예, 잘 부탁드립니다.」

이쪽을 완전히 의지하는 듯한 후쿠다 게이이치의 대답을 귀로 확인하고 도모키는 전화를 끊었다. 야기를 향해 엄지를 세웠다.

“몇 분 뒤에 걸까요?”

신문기자인 척 슬쩍 떠보면서 사건의 신빙성을 높이는 역할을 하기로 한 니시카와가 묻는다.

“십 분 정도면 되지 않을까.”

도모키가 휴대전화를 젖은 수건으로 닦으면서 대답하자 니시카와는 작게 고개를 끄덕이며 그때까지는 휴식이라는 듯이 의자에 앉았다. 이번 시나리오에서 니시카와는 대사가 적은 편한 역할을 담당하지만 상대방이 수상한 냄새를 맡고 경찰에 신고하지 않을지, 신중하게 기척을 살피는 일을 맡고 있다. 니시카와는 젊긴 해도 그런 쪽 감이 좋다. 그만둔 고사카가 이전에 횡설수설 연기했을 때 굳히기 전화를 한 그가 “이거 위험하겠어요.”라고 민감하게 알아챈 적이 있었다. 수령책 그룹이 표적으로 노린 집을 넌지시 정찰하는 과정에서 경찰로 보이는 사람의 출입이 확인되어 수령은 중지됐다. 영업에 쓴 휴대전화도 곧바로 파손해야 했지만, 경찰에 꼬리를 잡히지 않고 해결했다.

대부분 사기라고 간파당해도 상대가 당사자인 아들이나 손자와 이야기하게 해 달라고 떼를 쓰거나, 아들이나 손자를 가장한 케이스에서는 노골적으로 본인이 맞는지 의심해서 이쪽에서 물러나는 경우가 많지만, 드물게는 속은 척하면서 경찰에 신고하고는 수령책을 불러내 체포시키려는 약은 사람도 있다.

돈을 받는 역할을 하는 수령책 그룹과 실행책 또는 영업이라 불리는 도모키 그룹과는 총괄 계통이 다르긴 하지만, 수령책이 붙잡히면 영업소도 만약을 대비해 즉시 문을 닫고 아무래도 한동안은 수사망이 좁혀 오는 듯한 기분 나쁜 불안감에 휩싸인다.

기분 나쁜 일은 또 있다. 경찰의 낌새를 감지하고 영업 멤버가 간이 콩알만 해져 떨고 있을 때, 훌쩍 가게에 나타난 아와노가 그런 모습을 보고 입가에 슬쩍 미소를 짓고는 했다. 그런 표정을 보면 마치 그가 일부러 만만치 않은 성가신 인간을 명부에 올려 영업소 사람들이 허둥대는 모습을 보고 즐기는 게 아닐까 싶어진다. 실제로 그런 소동이 일어났을 때 아와노는 "요새 보이스피싱 뉴스를 텔레비전에서 다루니까 사람들이 민감해진 거야."라고 시치미를 뗐지만 샤모토는 그가 없는 곳에서 "저 자식 또 이상한 걸 집어넣었어."라고 혀를 찼다.

그러나 그런 샤모토도 정작 아와노 앞에서 세게 나가지 못하는 이유는 현실적으로 이 일의 상당 부분을 아와노에게 의지하고 있기 때문이다.

도쿄의 사립중고교를 나온 도모키로서는 면식이 없었지만, 샤모토 유타카는 요코하마의 기쿠나 부근 학생들 사이에서는 싸우기 좋아하는 불량소년으로 이름을 날린 존재였다. 도모키보다 한 학년 위로 나이는 스물일곱 살이 되지만 소년 시절에 밤낮으로 싸움질하던 불량함은 여전히 얼굴에 또렷이 남아 있다. 격투기를 배워서 점포 영업이 끝나면 체육관에서 날마다 몸 만들기에 힘쓰고 있다니 위력은 옛날보다 더할지도 모른다.

다만 주먹으로는 어릴 때부터 명성을 떨치던 샤모토도 장사 수완까지는 갖추지 못했는지 사회인이 되고 나서 사업에 상당히 애를 먹은 듯하다. 소년 시절부터 서로 알고 지내던 후배 다케하루에게도 돈을 요구한 적이 있었을 정도다.

그러나 그런 샤모토도 아와노라는 브레인을 제 편으로 끌어들여 보이스피싱에 손을 대면서부터 단숨에 위세가 좋아졌다. 자신의 영업소가 영업을 개시하고 얼마 지나지 않아 샤모토는 정장에 전혀 어울리지 않는 화려한 문자반의 제이콥스 시계를 그 두꺼운 손목에 차고, 도모키에게 으스대며 보여 줬다. 그것도 얼마 안 돼서 질렸는지 지금은 올 블랙 위블로가 대신하고 있다.

"이제 슬슬 한번 해 볼까?"

도모키가 슬쩍 찌르자 니시카와가 "그러죠."라며 일어나서 도모키가 썼던 전화와는 또 다른 휴대전화를 들었다. 표적에게 '가나가와 일보의 고지마입니다.' 하고 아들이 일으킨 사건을 묻기로 되어 있다.

그러나 전화를 건 니시카와는 얼마 뒤 한마디도 하지 않은 채 휴대전화를 귀에서 떼었다.

"벌써 은행으로 튀어 갔네요."

우습다는 듯이 말하고는 휴대전화를 젖은 수건으로 닦았다. 영업소 규칙상 지문을 남기지 않도록 자신이 만진 물건은 바로 젖은 수건 등으로 닦도록 습관을 들였다.

"잘됐어."

도모키는 내부 연락용 휴대전화를 주머니에서 꺼내 샤모토에게 연락했다.

「수고.」

샤모토는 하루에 한 번은 영업소에 얼굴을 비치지만 이 시간이면 아마도 아직 일어난 지 얼마 되지 않았을 것이다. 다만 도모키가 연락했다는 건 영업에서 건수를 올렸다는 뜻이라서 응답하는 목소리에도 잠기운은 섞여 있지 않았다.

"A팀, 팔십팔 번 성공했습니다."

「팔십팔…… 후쿠다 게이이치?」

"네."

「얼마?」

"오백오십만 엔요."

「오오, 한 건 했군.」

오백만 엔을 넘는 안타는 한 주에 몇 번이나 나오는 일이 아니기에 그런 보고를 받을 때는 샤모토의 기분도 눈에 띄게 좋아진다. 그의 기분이 좋아지면 부정기적으로 받는 배당도 그날 이루어지는 일이 많아서 도모키는 오백만 엔 이상 노릴 수 있는 표적에게는 되도록 오백만 엔 이상을 받아내려고 애쓴다.

「그럼 수령 준비가 되면 연락하지.」

"알겠습니다."

수령책에는 수령책 그룹의 점장이 있다. 샤모토가 수령책 그룹의 점장에게 연락하면 그 점장이 수령책 중 누군가를 표적의 집으로 보낸다.

이전에는 '보이스피싱 인출 사기'라는 이름의 유래대로 돈을 은행 계좌로 송금하게 해서 인출책이라 불리는 사람이 ATM에서 돈을 찾는 방법이 주류였다. 그러나 은행에서 계좌의 범죄 이용에 대해 빈틈없이 대책을 세우면서 애써 준비한 계좌가 바로 동결돼 버리는 위험이 늘다 보니 자연스럽게 표적을 직접 만나 돈을 받는 방법이 유행했다. 샤모토의 영업소도 인출책은 쓰지 않고 무조건 수령책만 이용한다.

ATM만 찾아가면 그만인 인출책과 달리 수령책에게는 어느 정도 대인 커뮤니케이션 능력이 필요하다. 고토부키 초 부근에서 일용직 일거리를 며칠이나 허탕 치는 사람을 아무나 끌어들여서 시킬 수 있는 일이 절대로 아니다. 사실 여부는 알 수 없지만 수령책이 유행하기 시작한 무렵에는 아와노도 수령책으로 돈을 받는 현장에 갔던 듯하다. 사기를 지휘하는 사람이, 경찰이 잠복하고 있으면 가장 먼저 체포되는 수령책을 위험을 무릅쓰면서까지 했을까 싶기는 하지만, 소문으로는 아와노가 개인적으로 대면 영업 사기도 한다니까 수령책쯤이야 눈을 감고도 할 수 있는 일인지도 모른다.

"성공했어?"

옆 미팅 테이블에 앉아 있던 B팀의 다케하루가 잠깐 쉬면서 다가왔다.

"응."

도모키가 갸름한 얼굴에 몸도 비교적 마른 체형인 데 비해 다케하루는 키는 작지만 두툼한 몸을 하고 있어 겉보기에는 공통점이 없는 형제다. 그래도 아와노의 말로는 목소리 느낌이 비슷하다고 해서 두 사람은 매번 다른 팀으로 활동하고 있다.

"얼마?"

"오백오십."

"오백오십만 엔이면 대단하네." 다케하루는 신나는 이야기를 들은 것처럼 소리 내어 웃었다. "오늘은 그만 접어도 될 정도 아냐?"

"아니, 샤모 군이라면 이런 날이야말로 더 분발하라고 할걸. 큰 건은 신기하게 겹친다면서."

"확실히 샤모 군이라면 그렇게 말할 것 같네." 다케하루는 그렇게 대답하고 껄껄 웃었다.

"너네는?"

"첫 타는 헛스윙. 꽤 물고 늘어졌는데 그쪽 영감이 전혀 말이 안 통해. 카바레가 뭐냐고 되묻는데 그것부터 설명해야 하냐고. 그런 즐거운 곳이 대체 어디에 있냐는 둥 자기도 한번 가 보고 싶다는 둥 헛소리만 지껄이고, 작작 좀 하라 싶더라고. 이야기가 진전이 안 돼서 처음부터 지쳐 버렸어."

장난스러운 다케하루의 말투에 도모키는 무심코 웃음을 터뜨렸다.

"아와노가 또 일부러 집어넣은 것 아냐?"

"그럴지도. 그 인간 가끔 이상한 걸 넣어 놓는다니까." 다케하루는 그렇게 대꾸하고 나서 입구를 흘끔 살피면서 어깨를 으쓱했다. "이런 소리 숙덕이면 모르는 새에 나타나곤 하니까…… 조심해야지."

다케하루의 말에는 신출귀몰한 상대를 가볍게 야유하는 듯한 뜻이 섞여 있지만 동시에 아와노라는 남자를 향한 모종의 두려움도 뒤얽혀 있는 것처럼 들렸다.

"그 인간 느닷없이 칼로 쑤실 것 같은 얼굴을 할 때가 있어."

다케하루는 아와노를 평하며 반쯤 농담으로 그렇게 말할 때가 있다.

다케하루는 원래 덤벙거리는 성격이라 대사 처리를 그때그때 분위기에 따라 떠드는 경향이 있다. 영업은 임기응변으로 상대방을 구워삶아야 하는 일이니까 대사를 토씨 하나까지 외우는 것은 그다지 중요하지 않다고 여기기도 한다.

단, 이렇게 하면 중요한 디테일이 사라져서 상대방의 지적을 받고 말을 보태는 일도 더러 있다. 상대방이 소심한 인간이면 억지로라도 설복해 판단력을 흐리게 할 수 있지만, 당연히 그렇지 않은 상대도 있으므로 의심하다 전화를 끊어 버리는 경우가 있다.

그런 영업 현장에 우연히 아와노가 함께하고 있을 때면 그는 얼어붙은 눈으로 다케하루를 지켜본다고 한다. 큰 주의를 받지 않더라도 그 눈빛 한 번만으로 다케하루는 간이 서늘해지는 모양이다.

도모키 자신은 아와노의 정체를 알 수 없는 분위기에 압도당하는 일은 있어도 무섭다고 생각하지는 않는다. 동시에 아와노도 도모키를 높이 평가하는 편이라 "너는 상당한 재능이 있는 것 같아." 라고 연수 중에 칭찬하기도 했다.

하지만 사기 재능을 칭찬받는 게 무슨 가치가 있을까……. 한편으로 그렇게 냉정한 생각을 하는 자신도 있으니 솔직히 기뻐할 일은 아니다.

애초에 도모키는 사기 같은 떳떳하지 못한 세계에 자신이 관여한다는 건 상상도 한 적이 없었다.

어릴 적부터 공부를 지독히 싫어했고 중학교에 들어가면서 불량한 아이들과 어울리며 샤모토 같은 양아치와 계속 교류해 온 다케하루와는 달리, 도모키는 학교 공부가 괴로운 적이 없었고 성적도 괜찮았다. 학원에 다니기 시작하면서 성적은 더욱 좋아졌고, 도쿄의 사립중학교에 진학한 것도 지극히 자연스러운 결과일 따름이었다.

형제간 싸움은 어린 시절에 다소 있었지만 도모키 자신도 특별히 약한 편이 아니고 세 살쯤 터울이 지면 제압도 어렵지 않았다. 나이를 먹으면서 뒤엉켜서 몸싸움을 벌일 일도 없어졌다. 자신에게 있는 능력이 다케하루에게는 없고, 그러니 사는 법이나 사고방식도 당연히 다름을 이해했기 때문이다. 부모가 다케하루의 밤놀이를 꾸짖을 때도 도모키는 그냥 내버려 뒀다. 하지만 당시에는 동생의 생활 방식을 존중할 생각은 없었다. 솔직히 말하면 멍청한 녀석이니 멋대로 살라는 심정이었다. 좋아하는 음악이나 만화가 화젯거리일 때만 대화를 주고받으며 그럭저럭 사이좋은 형제를 연기했다.

대학은 사립 난칸대학교에 손꼽을 성적으로 당당히 합격했다. 이벤트 서클에 들어가 같은 학년 여자 친구를 만들고 밤에는 바텐더 아르바이트를 했다. 날마다 바빠서 집안일에는 거의 관심을 두지 않았다. 다케하루가 어렵사리 들어간 고등학교에도 거의 나가지 않고, 요코하마를 무대로 한 폭력단에 드나들며 간부인 샤모토의 졸개 노릇을 하는 것도 전혀 몰랐다.

첫 전환기는 대학 1학년 여름이었다. 운전면허를 따고 아르바이트며 여자 친구와의 데이트로 바빴던 도모키는 며칠 전에 부모님이 차를 끌고 야마가타 현의 외가댁에 갔다는 이야기는 넌지시 들었지만, 사고가 났을 때는 까맣게 잊고 있었다. 여자 친구의 집에서 별생각 없이 텔레비전을 켰다가 행락철 사고 뉴스를 통해 소식을 접했다.

졸음운전이 원인이라고 했다. 반대편 차선으로 돌진해 트럭과 충돌했고, 이쪽에는 브레이크 흔적도 없었다니까 이러쿵저러쿵할 여지가 없었다. 경찰은 부친이 수면 시 무호흡증후군으로 진단받은 적은 없었느냐고 물었지만 모른다고 대답하는 수밖에 없었다.

양친이 이 세상에서 갑자기 사라지고 형제 두 사람만 남겨지고 말았다. 부모가 하나하나 무언가를 가르쳐야 할 나이가 아니었고, 두 분이 살아 있었을 때에도 가족끼리 단란한 나날을 보낸 것도 아니지만 그래도 갑자기 사라지자 도모키는 망연자실하고 말았다.

첫째 문제는 돈이었다. 보험금이 나오기는 했지만 집 대출 등을 감당해야 했다. 지금 생각하면 집을 파는 선택지도 있었겠지만, 대학 1학년생으로서 할 수 있는 판단은 아니었다. 오히려 집은 반드시 지키라는 친척의 말을 그대로 받아들였다.

상속받은 돈은 오백만 엔 정도였던가……. 이 돈을 형제 두 사람이 어떻게 쓸지, 원칙대로라면 고민하고 또 고민했어야 하는 문제다. 그러나 다케하루가 아무 말도 하지 않는 것을 핑계 삼아 도모키는 유산 대부분을 자신의 학비로 돌렸다. 부모가 죽었다고 해서 중퇴할 생각 같은 건 하지 못했다. 그리고 모든 것은 그것으로 끝나 버렸다.

만약에 다케하루가 성실하게 공부에 매진해 대학에 가고 싶다고 마음을 다잡았다면 각자 몫이 있었을 테니 도모키의 학비를 우선시킬 수는 없었다. 하지만 다행인지 불행인지 다케하루는 여름이 지나자마자 고등학교를 그만둬 버렸다. "학교 관둘래."라는 말을 다케하루의 입에서 들었을 때, 도모키는 내심 안도했다. 어릴 적에 과자가 하나 남으면 남은 과자를 받는 사람은 항상 다케하루였다. 부모는 도모키에게 그렇게 하도록 타일렀고, 도모키도 그게 쓸데없는 싸움을 일으키지 않는 방법인 것을 알고 있었다. 그러나 어른이 되어 남은 한 가지는 도저히 양보할 수 없었다.

그렇게 도모키는 평범한 대학 생활을 지켰다.

그렇다면 평범한 사회인 생활이 기다리고 있어야 하는데, 그곳에는 또 다른 함정이 있었다.

시대는 불경기였다. 모든 업종에서 채용을 줄이고 4학년 가을을 맞아도 취업을 하지 못한 학생들이 도모키 주변에도 적지 않았다.

하지만 대부분은 자신의 대학 간판을 믿고 대기업만 고집하는 바람에 어쩔 수 없이 고전을 면치 못하는 것이었다.

도모키도 처음에는 대기업만 보고 취업 준비를 했지만 도중에 심경 변화도 있었고 생각을 바꿨다. 대기업 채용 조건이 까다롭기도 했지만, 그보다 동창 이야기를 듣고 인터넷 글을 읽으면서 적당한 규모의 회사야말로 앞으로 성장 가능성이 있기에 더 재미있지 않을까 자연스럽게 생각하게 됐다.

그래서 고향인 요코하마를 기반으로 하는 기업을 중심으로 몇 군데에 응시해 입사 내정을 받은 곳 중 하나가 '미나토당'이었다. 요코하마 선물로 꾸준히 인기 있는 '미나토로망'이라는 효자 상품을 가진 양과자회사로, 수도권을 중심으로 회사 이름과 같은 카페도 열었다. 불황에도 역 빌딩이나 쇼핑몰 등에 점포를 늘리고 있는지 회사 설명회에 참가해 보니 오래된 회사답지 않은 기세가 느껴졌다. 신규 졸업자 사원은 연수를 받고 새 점포 점장으로 기용되어 그곳에서 현장 경험을 쌓은 뒤에, 지역 매니저나 상품 개발 등 다방면의 길이 준비돼 있다고 했다.

어릴 적부터 친근한 브랜드인 데다 시대가 바뀌어도 유행을 타지 않는 효자 상품이 있다. 신상품 개발이나 점포 확대에도 적극적이다. 이 회사야말로 자신이 일할 무대로 적합해 보였다. 도모키는 미나토당의 내정을 받았을 때 다른 회사의 내정은 거절하고 거기서 구직 활동을 끝냈다. 취업을 준비하면서 알게 된 새로운 애인과

불고기를 먹으러 가서 아직 내정을 받지 못한 그녀에게는 "괜찮아, 이제부터 하면 돼."라고 격려의 말을 건넸다.

대학 4학년 여름부터 가을까지 생각 없이 놀았다. 졸업과 그 뒤 새로운 생활이 명확하게 정해져 있었으니, 부모님 유산을 허물어 쓰면서 이걸로 부족하지 않을지 걱정하며 지낸 나날과는 드디어 작별이었다.

그러나…….

11월에 접어든 어느 날, 구직 활동을 시작하면서부터 구독한 경제신문에 커다란 기사가 실렸다.

미나토당, 주력 상품 유통기한 위조했나.

미나토당이 유통기한이 얼마 남지 않은 미나토로망에 새로운 표시를 다시 달고, 손님이 많은 역 내 점포 등에 유통해 상품 폐기율을 낮춘 사실이 내부 고발로 드러났다고 한다.

눈 깜짝할 사이에 다른 여러 신문과 텔레비전에서도 이 뉴스를 다뤘다.

그로부터 얼마 지나지 않아 카페에서 판매한 상품에도 상시로 유통기한이 지난 식재료를 썼다는 사실이 뉴스 프로그램 〈뉴스 나이트 아이즈〉의 특종으로 밝혀졌다. 이는 재료비가 오른 몇 년 전부터 계속된 것으로 보이며, 일부 현장 직원의 단독적인 행동이 아니라 회사 상층부가 지시했거나 적어도 묵인했을 가능성이 높다고 의심되는 모양이었다. 미나토당은 창업가의 삼대째 자손인 육십

대의 미즈오카 사장이 연일 기자회견을 열어 카메라 앞에서 머리를 숙였다. 공정 관리를 재검토하고 두 번 다시 똑같은 부정이 일어나지 않도록 대책을 세울 때까지 공장은 생산이 정지되며, 카페와 기프트숍도 부득이하게 휴업하게 됐다.

한 달 남짓 뒤에 미나토당은 사장을 바꾸기로 결정하고 삼대의 장남인 미즈오카 가쓰토시를 새로운 사장으로 앉혔다. 가족경영에 메스를 들이대지 않는 한 기업 체질은 바뀌지 않는 것 아니냐는 소리도 나왔지만 사람들 관심이 유통기한 문제가 적발된 또 다른 식품 회사로 옮겨 간 상황이라 그런 목소리는 흐지부지 사라졌다. 근거지인 요코하마를 중심으로 오랫동안 미나토당을 이끌던 사람들이 판매와 점포 재개를 지지하는 소리도 들렸다.

그렇다고 해서 재출발한 미나토당의 실적이 곧바로 회복될 리는 없다. 오히려 점포의 휴업 중에 경영 체력이 바닥난 탓에, 하루빨리 대응책을 마련하지 않으면 회사의 존속이 위태로워질 상황에 놓인 것이다.

재개 후 얼마 뒤부터 미나토당의 경영진은 출점 계획을 백지화하고 카페 절반을 폐쇄한다고 발표했다. 동시에 폐쇄 점포에서 채용된 비상근 인력의 해고와 모든 정사원 사분의 일에 해당하는 여든한 명 전후에 이르는 희망퇴직자를 모집한다는 정리해고 정책도 내세웠다.

그로부터 얼마 지나지 않아서 있었던 일이다. 미나토당의 인사부에서 도모키에게 연락해 회사의 현 상황을 설명해 주고 싶다고 했다.

입사 예정자들을 모아 놓고 설명회 같은 것을 하나 보다 생각하고 간나이의 본사에 갔더니 작은 회의실에서 인사부장과 직접 마주하게 됐다. 아무래도 입사 예정자를 개별로 불러 이야기를 나누는 듯했다.

이대로 내년 봄에 입사해도 배속할 곳을 마련해 줄 수 없다.

회사의 경영 상태가 크게 바뀌어 버린 터라 급여 조건도 재조정해야 한다.

입사 후에 경영이 파탄 날 가능성이 있으며, 그럴 경우 아무런 보상도 없이 내쫓길 각오를 해야 한다.

에둘러 말했지만 결국은 스스로 입사를 포기해 주기를 바라는 내용으로, 채용 내정 취소와 거의 다르지 않았다. 고집을 부려 입사하더라도 계속 점포의 파트타이머와 같은 일—다시 말해 잡일이나 접객 업무로만 돌릴 계획인 데다 무기한 인턴사원으로서 급료도 파트타이머와 비슷한 수준으로 동결하겠다는 소리였다.

유통기한 위조 문제가 드러나고부터 어안이 막혀 있던 사이에 우왕좌왕 파도가 밀려와 집어삼켜진 듯한 느낌이었다. 이 정도로 가망 없는 이야기를 듣고도 계속 매달릴 이유는 없었다. 도모키는 기력을 잃고 그 자리에서 입사를 포기하는 데 동의했다.

구직 지원금인지 뭔지의 명목으로 오십만 엔 정도의 보상금이

지급됐지만 그 돈으로는 다시 취업 준비를 하기 위한 비용이나 그 동안의 생활비까지 댈 수는 없었다. 결국 도모키는 취업이 확정되지 못한 채 대학을 졸업하는 지경에 이르렀다.

크게 엇나가 버린 톱니바퀴는 다시 원래대로 돌아가지 않았다.

아르바이트하면서 닥치는 대로 면접을 보고, 간신히 신흥 주점 체인에 들어가게 됐지만 그곳은 전형적인 악덕 기업이었다. 조항이 백 개에 이르는 사칙을 그저 큰 소리로 외칠 뿐인 연수를 마치고서 현장 업무에 대해 아무것도 모른 채 점장 보좌로 점포에 배치되어 군대식 점장의 욕설을 샌드백처럼 맞는 나날이 시작됐다. 반 년 후에는 새로운 점포의 점장으로 옮겨 갈 예정이었지만 도저히 그때까지 버티지 못했다.

점장은 장시간 근무 뒤에 약해진 마음을 몰아넣듯이 반성회를 열었다. 좁은 사무실 안에서 점장을 앞에 두고 직립 부동으로 "땀 한 방울이 일 엔이 된다!" 따위의 사칙을 외치고 있노라면 갑자기 의식이 몽롱해지고 자신이 어째서 여기에 있는지 알 수 없게 된다. 자신의 의사로 이러고 있는 것일 텐데 자신의 의사는 어디를 찾아도 없는 것이다.

사회의 밑바닥이란 어디일까. 그런 것에 정의 같은 건 없으므로 각자 판단하는 수밖에 없겠지만, 도모키는 자신이 언제부터인가 사회의 밑바닥에 있음을 실감하게 됐다. 학창 시절에는 자신이 그런 곳에서 발버둥치는 모습은 꿈도 꾸지 않았다.

그런 도모키에게 살갑게 대해 준 단 한 사람이 다케하루였다. 생각해 보면 도모키가 부모의 유산을 자신의 학비에 댄 것에 대해 다케하루가 아무 말도 하지 않은 건 형을 생각하는 상냥함 때문이었으리라. 미나토당의 채용 내정이 취소됐을 때에도 "도모는 머리가 좋으니까 금세 다른 회사를 찾을 거야."라며 정말로 그렇게 믿듯이 말했다. "도모는 머리가 좋으니까."라는 게 다케하루의 말버릇이다.

술집 일로 고민할 때도 "참는다고 될 일이 아니잖아?"라며 절묘하게 도모키의 마음을 가볍게 해 줬다. 경쟁 사회의 레일에 오르기를 일찌감치 포기하고 자기보다 아득히 아래 세상에서 썩고 있다고 생각하던 동생이 어느새 아무런 위화감도 없이 자신의 곁에 있었다.

다케하루는 샤모토의 지인이 디자인한 액세서리와 티셔츠 등을 파는 것으로 생계를 꾸렸다. 하지만 그것도 샤모토에게 매상 일부를 납입해야 해서 대단한 벌이는 되지 않았다. 그리고 샤모토 자신도 그런 물품 판매 외에 벌이를 얻을 길을 힘들게 찾고 있는 듯했다.

지금도 주말에는 계속하고 있지만, 술집을 그만두고 일을 찾지 못하던 시기에 도모키는 요코하마 역 서쪽 출구에 있는 쇼트바(위스키 등을 잔술로 파는 바./ 옮긴이) 크레센트에서 바텐더로 일했다. 그곳에 다케하루가 얼굴을 내밀고 얼마 안 있어 샤모토도 함께 놀러 왔다. 때로는 샤모토 혼자 오기도 했다.

샤모토는 싸움깨나 하게 생긴 겉모습에 종잡을 수 없는 비위를 거스르면 그 자리에서 눈빛이 험해지면서 살벌한 분위기를 내뿜지만, 그러지 않을 때는 웃는 얼굴에 독특한 애교가 있다. 샤모토는 홀로 가게에 올 때마다 도모키에게 어디서 이런 이야기를 들었는데 어떻게 생각하느냐, 이런 장사는 성공할 것 같으냐는 둥 돈벌이 상담을 꺼냈다. 샤모토 주위에는 도모키 같은 학력의 인간은 없는지 도모키가 경제 움직임 등을 알기 쉽게 설명해 주면 순수하게 감탄하곤 했다.

보이스피싱 금융사기는 처음에 화제 중 하나로 나온 적이 있지만 당시 샤모토는 흥미를 보이기보다는, 그런 짓으로 돈을 버는 놈들의 마음을 모르겠다며 혐오하는 식으로 이야기를 했다. 완력으로 세상을 헤쳐 온 남자에게 노인을 중심으로 한 약자를 속여서 등치는 방식은 비겁한 짓밖에 되지 않는다는 사고방식이었다.

그러나 어느 순간부터 미묘하게 달라졌다. 누군가에게 보이스피싱 실정을 들은 듯했다. 이를테면 보이스피싱 사기단은 전화를 거는 그룹과 인수책이나 수령책의 그룹으로 나뉘어 있어 전화를 거는 영업소 사람은 경찰에 체포될 위험이 없다는 것이나, 열 명이 채 되지 않는 실행책을 갖추기만 하면 일 년에 억 단위 매상을 내다볼 수 있다, 보이스피싱이 사회문제로 떠오른 지 오래지만 잘하면 아직도 크게 벌이가 되는 일이라고 한다……. 그 이야기를 하는 샤모토의 말투에는 확실한 기회가 있으면 손대 보고 싶다는 기색이 엿보이기 시작했다.

다만, 사기라는 사업을 성공시키려면 양질의 개인정보 판매업자와 대포업자와의 연계를 빼놓을 수 없고, 그런 인맥은 쩐주라 불리는 일부 인간이 쥐고 있다……. 샤모토는 그런 인맥이 없다는 게 분통해 죽겠다는 듯이 떠들었다.

샤모토의 태도가 달라진 것은 알아챘지만 그때는 아직 도모키 자신은 그의 이야기에 조금도 끌리지 않았다.

그로부터 한참 동안 샤모토의 모습이 보이지 않았다. 다케하루도 그와 거의 연락이 되지 않고, 가끔 통화해도 무엇을 하는지 알려 주지 않는다고 투덜거리는 날들이 몇 달쯤 이어졌다.

오랜만에 도모키가 일하는 바에 샤모토가 나타났을 때, 그의 얼굴에는 싸움을 한 판 끝내고 온 듯한 기세등등함이 감돌았다. 웃는 얼굴에도 애교가 아니라 대담한 번뜩임이 섞여 있었다.

샤모토는 보이스피싱의 쩐주와 안면을 텄다고 했다. 도모키에게 한 이야기를 여기저기에 했더니 어디서 들었는지, 어느 날 갑자기 샤모토의 휴대전화로 아와노라는 남자에게서 전화가 걸려 온 것이다. 그러더니 보이스피싱에 흥미가 있으면 사람 하나를 소개해 주겠다는 이야기를 꺼냈다고 한다.

전혀 모르는 사람에게 느닷없이 전화가 걸려와 그 제안을 샤모토가 받아들였다는 사실에 도모키는 도깨비에 홀린 것만 같았다. 그건 샤모토가 사건의 디테일을 대부분 생략해서 말한 탓이기도 했다. 특히 샤모토는 정작 쩐주 이야기는 모조리 날려 버렸다. 그래서 지금까지도 도모키는 이곳의 쩐주가 누구인지 모른다. 영업주제에 알지 못해도 되는 일이며, 알아서는 안 되는 일이다.

샤모토는 아와노와 쩐주를 만났을 뿐만 아니라 모습을 감춘 동안에 보이스피싱 점장 견습으로 실제로 가동 중인 영업소의 점장을 따라다녔다고 한다. 그곳에서 본 것은 양손으로 다 들 수 없을 만한 현찰 다발이 오른쪽에서 왼쪽으로 움직이는 경이로운 현장이었노라고 흥분이 식지 않은 말투로 떠들었다.

샤모토가 그런 이야기를 하는 데는 내심 도모키가 도와줬으면 하는 꿍꿍이가 있는 게 틀림없었지만, 도모키 자신은 그 의도를 민감하게 알아채지는 못했다. 그러지 않아도 도모키는 알게 모르게 그가 이야기하는 보이스피싱의 내막에 끌렸다.

귀를 의심한 것은 영업이라 불리는 전화 담당 실행책은 영업소가 가동하는 두 달 정도 기간에 평균 오백만 엔 전후의 보수를 받는다는 점이었다. 매상의 일 할을 받도록 정해져 있는 듯하다. 바텐더의 급료 이 년 치를 겨우 두 달 만에 벌 수 있다.

그리고 대부분 영업은 일 년 정도 하다 목돈을 손에 넣으면 깨끗하게 손을 씻는다고 한다. 그만둘지 계속할지는 본인의 의사에 달려 있다.

물론 비밀 보장은 절대적이다. 영업소에서 일하는 사람은 그 전에 한 차례 신원을 철저히 조사한다지만, 이미 인간성을 알고 있는 도모키 형제에 대해서는 샤모토도 일종의 신뢰감을 갖고 있었다.

"일이 년만 해도 되니까 다케랑 함께 도와줘."

샤모토가 그런 제안을 했을 때, 도모키의 마음은 이미 움직였다.

"다케와 의논해 볼게요."

우선은 신중하게 대답했지만 샤모토는 고개를 내저었다. 도모키의 마음이 움직였음을 꿰뚫어 보기라도 한 것 같았다.

"도모가 한다고 하면 당연히 다케는 따라오게 돼 있어. 도모가 한다고 하면 돼. 나는 이미 여기에 걸었으니까. 너도 이대로 썩고 있을 생각은 없잖아. 여기서 결단을 내리라고."

이대로 고용된 바텐더로 살아갈 것인가? 그러다가는 돈도 못 모으고, 뭔가로 승부를 낼 만한 발판도 만들지 못한다……. 평소 남몰래 품었던 도모키의 우울한 생각을 샤모토는 적확하게 찔렀다.

"알겠습니다……. 할게요."

도모키는 결심하고 고개를 끄덕였다.

샤모토가 도모키를 끌어들인 이유는 불량소년으로 자란 놈들과는 달리 사회인으로서 기본적인 상식과 감각이 있기 때문이리라. 말투도 십 대나 스무 살 전후의 젊은 애들과는 다르다. 정상적인 사회인을 가장한 사기 플레이어로서는 그것이 무기가 될뿐더러 무법자 세계 인간이 모이기 쉬운 영업에서 중요한 존재라 할 수 있다.

또한 보이스피싱 업무를 궤도에 올리고 나서 두 번째 영업소를 새로 낸 샤모토는 처음부터 그런 성장 전략을 세워, 자신이 살피지 않아도 영업소를 정상 가동해 줄 사람을 구하고 있었다. 따로 그에게 부탁받은 것은 아니나, 이 영업소에서는 도모키가 그런 역할을 담당했다.

「수령책 쪽 준비됐으니 잘 부탁해.」

11시에서 십 분쯤 지났을 무렵, 샤모토에게 돈을 받으러 갈 준비가 갖춰졌음을 알리는 연락이 도착했다.

"알겠습니다."

도모키는 짧게 대답한 뒤 전화를 끊고 영업용 휴대전화를 들었다. 후쿠다 게이이치는 바로 전화를 받았다.

「여보세요.」

"아, 아버님, 나오야스 군의 동료인 다카키입니다. 아까 인사 드렸죠."

「아, 다카키 씨. 돈은 은행에 가서 찾아왔습니다.」

"아, 벌써 준비하셨어요?"

「예.」

"감사합니다. 그럼 오치아이 변호사님 사무소 직원분도 구지에 도착하셨다니까, 얼른 그쪽으로 보내겠습니다. 잠시만요."

도모키는 양해를 구하고 야기에게 전화를 돌렸다.

"여보세요, 변호사 오치아이입니다. 우리 쪽 아베라는 사람이 곧 찾아뵐 겁니다. 저어, 종이 봉지 같은 데 넣어서 그대로 건네주시면 됩니다. 예, 잘 부탁드립니다."

야기가 전화를 끊자마자 도모키는 연락용 휴대전화로 샤모토에게 전화를 걸었다.

"준비됐다고 하니 수령책을 보내 주십시오."

「알았어. OK.」

전화를 끊고 의자에 앉아 보고를 기다린다.

상대방의 말투에 수상한 점은 없었다. 완전히 속은 인간의 대답이다……. 느낌상 그런 자신감이 있었지만 실제로 수령했다는 보고가 있을 때까지 방심할 수는 없다. 혹시 자신이 속지는 않았는가 하는 일말의 불안감이 고개를 들었다.

십 분쯤 지나 샤모토에게 전화가 걸려왔다.

「회수 완료. 수고했어.」

"알겠습니다."

안심하며 전화를 끊고 야기, 니시카와와 악수했다. 자신들이 한 일이 정당화할 수 있는 행위가 아님은 알고도 남았지만 이 한순간만은 그저 한 가지 '업무'를 끝냈다는 성취감에 벅찼고, 거기에는 겉도 속도 옳고 그름도 없었다.

"아, 아무것도 안 했잖아." 니시카와가 기뻐하면서 익살을 떤다. "다음에는 나한테 다카키 역을 주세요."

"아니, 이 역할로 잘 풀렸으니까 그대로 하는 게 좋아."

도모키는 완곡하게 그의 목소리를 물리고 목록에 실린 다음 표적을 눈으로 좇았다.

두 번째 전화가 연결된 순간 「아니, 잠깐만……. 예, 여보세요.」 하면서 혼자 사는 사람일 텐데 다른 누군가가 함께 있는 듯한 이야기 소리가 들리길래 순간적으로 "잘못 걸었습니다."라며 전화를 끊었다.

상대방 곁에 다른 사람이 있을 때 작업을 걸었다가 자칫 허탕이 될 위험을 짊어지기보다는 다른 날 다시 거는 편이 낫다. 다른 팀에 돌리는 것도 괜찮다.

설정 금액 상한이 팔십만 엔이란 점도 신경 쓰였다. 성공해도 자신에게 돌아오는 보수는 팔만 엔이다. 금전 감각이 마비된 것은 잘 알지만, 위험에 걸맞은 액수인가 생각하면 솔직히 의욕이 생기지 않는다.

일단 설정 금액이 낮은 것은 상대방에게 뜯어먹을 만한 돈이 없다는 소리다. 최근에는 소액 금융 과지급금 청구 안건을 다루는 법무사 사무소의 사무원 등이 고객 리스트를 개인정보 업자에게 흘려 용돈을 버는 경우가 있다고 한다. 그쪽 고객은 경계심이 적고 사기에도 걸리기 쉬운 것은 분명하다. 그러나 소액 금융 신세를 질 정도니 대단한 돈도 가지고 있지 않다. 그런 사람에게서 참새의 눈물 같은 돈을 가로채는 것은 그다지 내키지 않는다.

머릿속을 리셋하고 세 번째 표적에 임한다. 마치다에 사는 칠십대 여자였는데 역시나 순조롭게 이야기가 진행됐다. 설정 금액의 상한인 삼백만 엔을 불러 봤는데 그것도 어려움 없이 통했다. 잘 풀리는 날은 정말로 잘 풀리곤 한다.

낮에는 니시카와에게 편의점 도시락을 사 오라고 부탁하고 영업소에 죽치며 샤모토와 수령 관련 연락을 주고받았다.

"수령책을 보내 주세요."

「알았어.」

돈을 준비했다는 여자의 집에 수령책을 보낸다. 그런데 그로부터 십 분이 지나고 이십 분이 지나도 샤모토에게 연락이 없자 의자에 앉아 기다리던 영업 세 사람 사이에 무거운 한숨이 새어 나왔다.

"무슨 일이 있는 걸까요?"

이번에는 신문기자 역할을 완수하고 상대방에게 의심의 조짐이 없음을 보증한 니시카와가 초조해하며 물었다.

"몰라."

그때 철컥 소리가 들리고 영업소 문이 열리자 세 사람은 흠칫 놀라 그쪽을 보았다.

"수고 많아."

영업소 내부를 가리기 위해 둔 파티션 너머에서 정장 차림의 샤모토가 모습을 비쳤다.

"수고하십니다."

샤모토는 도모키를 보고 눈썹을 움직였다.

"마치다 건, 회수 완료했어."

"아아……."

보고를 듣고 도모키 일당은 가슴을 쓸어내렸다. 순간 기분이 가벼워진다. 샤모토의 손에 있는 수수한 가방이 크게 부풀어 있는 것을 본 덕이기도 하다.

"그래서 오늘 배당 말인데."

샤모토는 그렇게 말하고 가방을 도모키 일당의 미팅 테이블 위에 쿵 하고 내려놓았다. 영업 멤버들에게서 "오오." 하는 소리가 터져 나왔다.

거리에는 사기단의 매상을 강탈하려는 폭련단도 있는 모양이라, 자금 이동은 샤모토도 신중했다. 보수 지급일은 부정기적이다. 하지만 샤모토의 기분이 좋을 때 이뤄지는 일이 많으므로 오늘은 어쩐지 그런 예감이 있었다.

"자, 여기."

도모키는 봉투에 든 두꺼운 현찰 다발을 샤모토에게 받았다. 대강 백오십만 엔. 다케하루와 얼굴을 마주 보고 눈으로 서로 웃었다.

"늘 하는 말이지만 돈을 다룰 때는 거듭 조심해."

영업으로 얻은 보수는 은행에 맡기면 안 된다. 특히 불량소년과 다르지 않은 나이 대의 젊은 사내가 몇백만 엔이나 되는 큰돈을 은행에 맡기면 이게 뭐냐며 돈의 출처를 의심받는다. 경찰에 신고할 가능성도 없지 않다.

도모키도 보수 관리에 은행은 이용하지 않는다. 단독주택인 본가에 두는 것도 마음이 놓이지 않아 오로지 돈 보관을 위해서 동생인 다케하루와 함께 방 하나를 빌렸다.

"A팀은 요새 실적이 좋군."

샤모토는 도모키 일당을 가볍게 치하하면서 벽에 붙은 A팀 성적 그래프에 오늘의 8.5 포인트를 더했다.

"야기 씨가 의외로 제법이에요."

도모키의 팀은 지난달까지 다른 팀에 뒤처졌지만 변호사 역할이 고사카에서 야기로 바뀌고 나서 성적이 올라갔다.

"그러고 보니 고사카 녀석 요전에 이 앞길에서 얼쩡거리더군." 샤모토가 벽쪽 소파에 앉아 담배를 꺼내면서 말했다. "그 자식, 무슨 생각을 하는 건지."

"네에." 이 일에 미련이 있는 걸까……. 도모키는 짐작이 가지 않아 고개를 갸우뚱했다. "정말로 고사카 씨였습니까?"

"틀림없어. 나를 보고 바로 도망치더라고. 머리에 붕대도 감고 있었고."

"붕대요? 왜요?"

"그야 내가 패 줬으니까."

샤모토는 그렇게 말하고는 블랙유머가 먹혔다는 듯이 "크하하." 하고 웃었다.

트러블 메이커인 고사카는 잘릴 때에도 한바탕 말썽을 일으켰던 모양이다. 그 이야기를 자세히 들을 마음은 없어 도모키는 쓴웃음으로 응수해 뒀다.

샤모토의 휴대전화가 울리자 그는 직업병처럼 바로 전화를 받았다.

"아아, 안녕하세요, 수고 많으십니다…… 어, 뭐요? 오지 못한다니, 그럼 돈은 어쩌려고? 네……?"

어째 어중간하게 이야기가 끊어져 샤모토는 고개를 갸웃거리며 휴대전화를 귀에서 뗐다.

"뭐야…… 이 사람도 정말 속을 알 수가 없어."

"누구예요?"

"아와노." 샤모토는 눈살을 찌푸리고 다시 한 번 고개를 갸웃했다. "그 사람도 돈을 받으러 오기로 했는데 말이지."

"오지 못한다고 했어요?"

"응……. 그래서 돈은 어쩔 거냐고 물었더니 나한테 준다잖아."

"네?"

아와노의 보수도 매상에 상응하는 배당제다. 아마도 일 할일 것이다. 세 팀과 일하는 몫이니까 도모키처럼 개개의 영업보다 보수가 많다. 오늘 받을 몫만 해도 오백만 엔 가까이 될 것이다. 그 돈을 안 받고 주겠다니 어떻게 된 일인가?

"그냥 농담이겠지." 샤모토가 언짢은 듯이 말했다. "농담을 하는 건지 진심으로 하는 건지 알 수 없는 인간이니까."

"뭐, 농담이겠죠." 도모키도 그렇게 대답할 수밖에 없었다.

"그러더니 갑자기 알 수 없는 소리를 지껄이는 거야."

"네?"

"'레스틴피스'라나 뭐라나, 대체 어느 나라 말이야?"

"그게 뭡니까."

"몰라. 인사 같은 거 아냐?" 샤모토는 볼을 움찔거리며 곤란하다는 듯이 웃었다. "'레스틴피스.' 그러고는 뚝 끊었어. 도통 영문을 모르겠다니까."

샤모토가 모르면 그들이 거래할 때 쓰는 암호 종류도 아니리라. 도모키도 무엇을 의미하는지 알 수 없었다.

그러다 문득 영어가 아닐까 하는 생각에 이르러, 그 문구가 단어가 되어 머릿속에 내려왔다.

'rest in peace'가 아닐까.

"점장님, 이백팔십삼 번 걸렸습니다."

안쪽에서 영업하던 C팀 직원이 샤모토에게 보고했다.

"그래." 샤모토가 업무 모드의 힘이 들어간 목소리로 돌아와 리스트 용지를 펼쳤다. "이백팔십삼 번, 이백팔십삼 번이라…… 사가미하라의 노나카 가즈코군. 얼마지?"

"삼백이십만 엔입니다."

이야기를 이을 타이밍을 놓치고 도모키는 석연치 않은 기분으로 멀뚱히 서 있었다.

그러나 이야기할 타이밍이었다 해도 이런 의미가 아니냐고 샤모토에게 말할 수 있었을까 의구심이 들었다.

'rest in peace', 이른바 'R.I.P'는 '편히 잠들라'라는 뜻이다.

그런 말을 지금, 샤모토에게 던진 의미를 모르겠다.

그러나 정체 모를 불길함을 이 자리에서 자신만이 깨달았다.

"편의점 갈 건데 뭐 시킬 거 있어?"

불쑥 다케하루가 물었다.

다케하루도 냄새를 맡았나……. 거기까지는 잘 모르겠지만 도모키는 가만히 있을 수 없어서 "나도 갈게."라고 대답했다.

"아, 그래…… 그럼 가자."

다케하루는 어리둥절해하며 대답했다. 샤모토는 수령책을 수배하는 전화를 걸었다. 도모키는 야기와 니시카와에게 "잠깐 휴식."이라는 말을 남기고 영업소를 나왔다.

"어떻게 생각해?"

눈앞에 있는 엘리베이터 홀을 향하면서 도모키가 다케하루에게 물었다.

"뭘?"

아무것도 느끼지 못한 것처럼 다케하루가 되묻는다. 그대로 아무 생각 없이 엘리베이터 버튼을 누르려고 하는 그의 손을 도모키가 제지했다.

밑에서 올라온 엘리베이터 표시가 5층에서 멈췄다. 이 층에는 샤모토의 영업소 말고 다른 입주자는 없다.

낡은 엘리베이터가 흔히 그렇듯 문이 열리기까지 뜸을 들이는 그 시간이 도모키를 움직였다. 다케하루의 팔을 잡아끌고 오른쪽에 있는 방화문에 매달렸다. 문을 힘껏 잡아당겨 다케하루와 함께 그 너머로 빠져나간다.

"왜……."

입을 열려던 다케하루가 엘리베이터가 열리는 소리를 듣고 입을 다물었다.

비상계단을 등지고 복도 소리에 귀를 기울인다.

한두 사람이 아니다. 몇 사람의 발소리가 복도에 울려 퍼졌다.

누구지?

사기단 아지트를 습격하러 오는 이들이라면, 적발하러 온 경찰 아니면 '다타키'라 불리는 매상을 노린 강도단이다.

다타키 놈들은 다소 거친 짓을 해도 사기단이 경찰에 신고하지 못한다는 사실을 안다. 그래서 이쪽은 전력으로 응전하든 하는 수 없이 참고 넘어가든 둘 중 하나다. 가게 안쪽에는 금속 배트 몇 개가 준비돼 있다. 다타키라면 가세하러 돌아가야 한다.

아와노는 이들의 급습을 알고 전화를 걸었던 게 아닐까?

상대가 다타키라면 아무리 그래도 '편히 잠들라.'라고 방관하기로 작정한 듯한 말이 아니라 사실대로 알리지 않았을까. 삼십 초만 있으면 이쪽도 방어 태세를 취할 수 있다.

아니면…….

아와노 자신이 다타키 유인책이란 가능성도 있을까.

뭐가 뭔지 영문을 알 수 없었다.

한순간 사고가 정지된 도모키의 머릿속에 "꼼짝 마!"라는 소리가 복도에서 들려왔다.

"경찰이다! 전원, 그대로 움직이지 마!"

방화문 너머 세계가 단숨에 소란스러워진다.

역시 경찰인가……. 도모키는 놀란 얼굴의 다케하루와 시선을 맞추고 말없이 비상계단으로 걸음을 향했다.

발을 헛디딜 뻔하면서 계단을 뛰어 내려왔다.

"아래에서 지키고 있을지도 몰라."

다케하루가 뒤에서 숨죽인 소리로 말했다.

4층에 도착했을 때 도모키는 걸음을 멈췄다. 위에서 쫓아오는 기척은 없다. 그러나 호흡을 진정시킬 새도 없이 아래에서 비상계단을 올라오는 여러 명의 발소리가 들렸다. 순식간에 가까워진다.

"위험해."

도모키는 방화문을 밀어 4층 복도로 나왔다. 복도 막다른 곳에 마사지숍 간판을 건 문이 있다. 망설임 없이 그 가게 문을 당겨 안으로 들어갔다.

눈앞에 접수대가 있고 아시아풍의 타이트한 원피스를 입은 이십 대 여자 두 명이 서 있었다.

"어서오……."

도모키와 다케하루의 형색이 이상했는지 외국어 억양의 인사를 멈추고 접객용 얼굴은 순식간에 굳었다. 도모키는 검지를 입에 대고 그녀들의 소리를 막았다.

입구의 문 앞에서 귀를 기울이자 밖에서 방화문을 여닫는 소리가 들렸다.

도모키는 웃옷 안주머니에 넣어 둔 봉투에서 일만 엔 지폐를 몇 장 빼서 소리도 못 내고 얼어 있는 여자들에게 돈을 억지로 쥐여 줬다.

"도와줘. 부탁이야."

한 여자가 재빠르게 움직였다. "침대 아래로."라며 안쪽을 가리켰다.

칸막이를 돌아가자 허리 높이만 한 간이침대가 놓여 있었다. 다케하루와 함께 침대 아래로 기어 들어갔다. 접수대에 있던 여자가 따라와서 비품을 둔 손수레를 침대 앞에 두고 목욕 수건을 침대 시트에서 바닥으로 늘어지도록 펼쳐 줬다.

아로마 향기가 코를 스친다.

입구에서 문이 열리는 소리가 들렸다.

"저기, 지금 누가 여기로 들어오지 않았습니까?"

상대가 불안해하지 않도록 얼버무리는 듯한 느릿한 목소리가 가게 안에 울렸다.

“누구세요?” 여자 목소리가 응답한다.

“모르는 사람이 들어오지 않았나요?”

저쪽도 무슨 확신이 있어 상황을 보러 온 것은 아니다……. 형사인 듯한 남자의 말투로 보아 도모키는 그렇게 감지했다.

“글쎄요.” 여자도 시치미를 뗐다.

“가게 안에 누가 있나요?”

“지금은 손님이 없어요. 스태프뿐이죠.”

“아, 그래요.”

대답은 그렇게 했어도 형사가 그것으로 납득했는지 아닌지는 알 수 없었다.

대화가 끊기고 침묵이 흐른다.

아직 뭔가 의심하고 있나.

아니면 말과는 달리 접수를 받는 여자가 눈짓 같은 것으로 도모키의 존재를 알리기라도 한 것인가.

식은땀이 목덜미를 타고 흐르고 불편하게 구부린 다리가 달달 떨린다.

“실례했습니다.”

그런 목소리가 들리고 문이 닫히는 소리가 났다.

그래도 무슨 덫을 놓은 것만 같아서 바로 나가지 못했다.

“이제 괜찮은 것 같아요.”

여자들도 신중하게 상태를 살폈는지 몇 분 지나고 나서야 손수레를 치우고 도모키가 있는 침대 밑을 들여다보러 왔다.

"고마워."

도모키는 참았던 숨을 토해내고 감사 인사를 했다.

"감사합니다."

마사지숍 직원의 배웅을 받아 건물을 나온다. 눈앞의 차도에는 경찰 차량이 줄지어 세워져 있고, 무전으로 어딘가와 연락을 취하는 형사인 듯한 이들이 있다.

침대에서 기어 나왔을 때 도모키는 다시 만 엔짜리 지폐 몇 장을 그녀들에게 건네고 바깥 상황을 살펴 달라고 했다. 입구에 형사 같은 사람이 한두 명 있지만 조금 전 가게를 들여다보러 온 형사는 없었다는 이야기를 듣고 이번에는 손님을 배웅하는 척 아래까지 함께해 달라고 부탁했다.

그렇게 도모키는 다케하루와 함께 간신히 건물에서 탈출할 수 있었다.

갑자기 달려도 눈에 띌 뿐이라 초조한 마음을 숨긴 채 건물에서 빨리 멀어지는 것만 생각하며 걸었다. 다케하루도 입을 여는 일 없이 그저 뒤따라온다.

간발의 차이였다는 말 말고 달리 표현할 길이 없다.

운이 좋았다.

그러나 운이 다는 아니었다.

아와노의 전화에 이상한 낌새를 알아챘느냐 채지 못했느냐의 차이가 컸다.

"용케 도망쳤네."

도모키는 이세자키 상점가에 들어왔다.

사람이 붐비는 상점가에는 띄엄띄엄 벤치가 있고, 시간이 남아도는 노인들이 진종일 그러듯이 가만히 앉아 있다. 샤모토는 그런 그들이 얼굴을 기억하지 못하도록 상점가에는 되도록 가지 말라고 했었다. 그러나 지금은 사람들 속에 파묻혀 걷는 사이에 자연스레 이곳에 도착하고 말았다.

벤치에 앉아 있던 남자가 말을 걸었다.

"그런 상황에서는 독 안에 든 쥐지."

아와노였다. 양복을 입고 다리를 꼰 그가 시원스러운 눈으로 도모키를 바라본다.

"그래도 도망칠 사람이 있다면 너일 줄 알았어."

그는 그렇게 말하고는 붉은 기운이 짙은 입술 끝을 슬쩍 올렸다.

2

"이거 이거 대대적인 체포가 됐군요."

회의실에 들어온 혼다 아키히로는 눈꼬리에 주름을 잡으며, 먼저 수확에 안도하는 듯한 미소를 지었다. 벌써 계절은 겨울이 다 되어 가는데 웃옷을 옆에 끼고 손수건으로 목덜미를 닦고 있다.

"수고했어." 가나가와 현경 경시 마키시마 후미히코는 짧게 격려하고 이세자키 경찰서의 젊은 형사에게 혼다가 마실 차를 부탁했다. "어땠지? 역시 샤모토가 총책이 맞았나?"

"네." 혼다는 몇 번이고 고개를 끄덕이면서 마키시마 옆에 앉았다. "통칭이 '점장'이었던 모양인데, 그가 총책인 게 틀림없는 것 같습니다. 그보다 위는 없지만 쩐주라 불리는 존재가 있죠. 음, 거기까지 손을 뻗을 수 있을지는 확신을 못 합니다만."

보이스피싱 사기단 적발은 운 좋게 총책까지 이르더라도 그 위에 있는 쩐주까지 그물 안에 담기는 매우 어렵다. 총책이 모조리 자백하지 않는 한은 단서가 없는 것과 마찬가지다.

"그래도 총책을 붙잡은 것만으로도 큰 수확이야." 마키시마가 말했다. "쩐주는 제 손을 더럽히지 않지. 총책이 없으면 대신할 놈을 찾을 때까지 영업소를 접을 수밖에 없어."

실제로 보이스피싱 사기단 적발로 주범 격인 총책 체포는 드문 일이다. 총책은커녕 전화로 아들이나 손자를 가장해 사기를 치는 실행책조차 좀처럼 잡을 수 없다.

마키시마는 현재 현경 본부 형사총무과 부속 특별수사관으로 실질적으로는 혼다를 대장으로 하는 형사특별수사대를 총괄 지휘하는 권한을 부여받았다.

형사특별수사대는 형사사건 수사 태세를 기획 조정하는 형사총무과의 예비 인력으로, 난항을 겪는 각종 사건의 수사력을 강화하기 위해 투입되는 팀이다. 단, 반년쯤 전 이른바 '배드맨' 사건 이후로 마키시마의 직속 상관인 형사총무과장 우에쿠사 소이치로가 특별수사대에서 손을 놓은 터라, 대신에 현경 톱인 본부장 소네 요스케가 마키시마를 포함한 수사대를 정말로 자신의 예비 인력처럼 삼고 자유로이 부리고 있는 것이 현 상황이다.

배드맨 사건이 일단락되고 현경 전체가 안정을 되찾은 늦여름

즈음에 소네는 마키시마를 본부장실로 불러 보이스피싱 사기단 적발에 특별수사대를 투입하도록 지시했다.

보이스피싱 금융사기를 포함한 특수사기 피해는 최근 가나가와 현경 관할 안에서도 계속 증가하는 추세며, 현경 본부 수사2과를 중심으로 정력적인 수사를 펼치고 있지만 경찰의 활약도 사기 업종에 제동을 걸기는 역부족이었다. 이를 중대한 사태라 인식한 소네는 특수사기 박멸을 현경이 끌어안은 우선 과제 중 하나로 들며 구체적인 대책으로 마키시마가 이끄는 특별수사대를 투입하기로 한 것이다.

박멸을 노린다고 해도 사기 조직 실태는 지하에 숨어 있어 간단히 전모를 파악하기는 어려운 실정이다. 뿌리째 뽑더라도 '투두둑' 소리를 내며 갈래갈래 찢어져, 경찰의 손안에는 열매도 뿌리도 없는 가지와 잎만 남는다.

수사는 피해자의 신고를 단서로 하는 경우가 대부분이다. 돈을 빼앗기고 나면 범인 일당에 다가갈 수단이 거의 없는 것이나 마찬가지다. 하지만 이제부터 범인이 돈을 받으러 오는 경우나 계좌에 송금한 돈을 범인이 아직 인출하지 않았을 때에는 수사원을 급히 보내 검거한다.

마키시마의 수사도 역시 그런 식의 검거부터 시작됐다. 아들에게 돈을 융통해 달라고 전화가 걸려 왔지만 때마침 친아들과 연락이 닿아 그런 전화를 걸지 않았다는 걸 알았다……. 그런 신고가 들어오면 수사원을 파견해 피해자에게는 속은 척하게 하고 사기단의 수령책을 유인한다.

수령책이나 인출책이라 불리는 놈들은 그런 식으로 잡을 수 있다. 그들은 사기단의 말단이라 조직 내 사정은 전혀 모른다. 그저 일자리를 찾던 중에 접촉한 알선업자가 슬쩍 일러 준 성공 보수를 듣고 가담한 놈들일 뿐이다. 일을 소개한 알선업자 이름조차 제대로 모르니 수사도 진전될 방도가 없다.

그러나 두더지 잡기처럼 한 발 한 발 나아가는 수사도 계속하다 보면 경찰이 주시하고 있다는 사실을 사기단에 알릴 수 있다. 일시적이라 할지라도 그들의 활동을 주춤하게 만들 수는 있다.

또한 일련의 적발 작전으로 관할의 언변 담당이라 불리며, 사기 같은 지능범을 수사하는 형사과와도 서서히 네트워크를 넓힐 수 있었다.

형사특별수사대는 특별히 검거 성적으로 우수한 형사들이 모인 것이 아니다. 개인의 수사 능력으로 보면 역시 본부 수사과의 정예들에 한 걸음 뒤질 수도 있다. 본부 수사과는 순사부장 이상인 자 중에 엄선된 이들이 모여 있다.

특별수사대의 장점은 어떤 종류의 수사에도 어느 정도 대응 가능한 유연성과 유격성이다. 혼다뿐만 아니라 때로는 마키시마가 직접 현장에 나가 상황에 따른 수사 방침을 세우므로 기동력이 높고, 결과적으로 다른 곳에 부끄럽지 않은 성적을 낼 수 있다.

마키시마와 혼다가 담당 경찰서를 찾아가며 공동수사로 검거 실적을 쌓는 동안에 담당 경찰서 지능범계 쪽에서도 특별수사대에 신뢰감이 커졌다. 본부 수사2과를 부르면 사건이 일일이 요란스러워지는 데다 형사들 자존심도 높아서 다루기 힘들다는 판단 때문인지, 본부 형사총무과에 보내는 담당 경찰서의 지원 요청 중에도 특별수사대를 요구하는 목소리가 늘어났다. 마키시마는 그런 요청에 바로 응답하기로 원칙을 세웠다.

그런 가운데 이세자키 경찰서의 지능범계에서 마키시마에게 어떤 밀고에 대해 의논해 왔다.

밀고는 워드프로세서로 쓴 편지가 우편물로 도착했다. 하고로모초에서 보이스피싱을 하는 사기단이 있다. '샤모'라는 남자가 영업소를 관리하고 있다. 자신은 그곳에서 일한 적이 있다. 요코다이의 아무개에게 손자가 카바레에서 여성을 다치게 했다고 속여서 이백만 엔 정도 빼앗았다……. 그런 이야기가 적혀 있었다. 조사해 보니 요코다이의 아무개는 실제로 담당 경찰서에 보이스피싱 사기 피해 신고를 했다고 한다.

밀고 정보가 사실이라면 보이스피싱 사기단의 중추인 실행책 영업소를 일망타진할 다시없는 기회기도 하다. 마키시마는 신속하게 혼다 이하 수사대를 지원 보내고, 자신도 합류해 담당 경찰서 회의실에 수사본부를 설치했다.

보이스피싱 사기단은 경찰의 움직임에 특히 신경질적이라 조금이라도 그림자가 비치면 즉시 도망칠 준비를 한다. 정보의 진위를 확인할 때는 이쪽의 움직임을 알아채지 못하도록 신중을 기할 필요가 있었다.

하고로모 초의 8층짜리 주상복합 건물에는 여러 세입자가 들어와 있는 터라, 최소 인원이 며칠간 잠복하는 것으로는 사기단 전원을 특정하기 어려웠지만, 문제의 영업소가 있는 5층에 드나드는 양복 차림의 남자들은 확인했다.

'샤모'라는 인물도 전과 조회와 잠복을 통한 정보를 대조한 결과 예전에 요코하마를 무대로 활동하던 폭력단 '야카라'의 간부였던 샤모토 유타카임을 파악했다. 현재 야카라는 소멸했으며 실제 활동은 없지만 샤모토가 십 대 때부터 이십 대 초반 무렵, 번화가에서 일어난 폭력사건에 이 집단이 관여한 흔적이 몇 가지 확인됐다. 샤모토 자신도 공갈이나 상해 용의로 체포된 이력이 있다.

샤모토를 특정하면서 마키시마는 수사 주력을 그의 행동을 파악하는 데 쓰기로 했다. 샤모토가 보이스피싱 영업소를 관리하는 총책 격 인물이라면 언젠가 쩐주와 접촉하리라 예상된다. 잘하면 지하에 숨어서 양분을 축적해 통통하게 살찐 뿌리까지 범죄 커넥션 전부를 캐낼 수 있다.

미행은 마키시마의 옛 소속 중대이자 예전 부하였던 아키모토 다카유키가 담당 과장대리를 맡고 있는 수사1과의 특수범수사중대에서도 훈련된 여성 수사관 두 사람을 지원받아 자동차와 오토바이로 추적하는 것을 포함해 여러 팀에서 교대로 신중하게 뒤를 쫓는 시스템을 취했다. 그 결과 사흘 동안 행동을 확인한 바로 샤모토가 근거지로 삼은 고층 맨션 외에 수령책 그룹에게 돈을 받을 때 사용한다고 여겨지는 사설사서함과 돈 보관에 이용하는 듯한 임대 아파트 등, 사기와 관련 있는 장소를 파악했다. 사설사서함과 임대 아파트 앞에서는 샤모토도 자신을 미행하는 사람이 없는지 상당히 경계했지만 감시의 눈을 알아채는 일은 없었다.

그러나 계속 행동을 확인하던 나흘째에 작은 사건이 현장에서 목격되어 마키시마에게도 보고됐다. 사기 영업소가 있다고 여겨지는 하고로모 초 주상복합 건물 앞에서 머리에 붕대를 감은 중년 남자가 무슨 사정이 있는 것처럼 어슬렁거렸다고 한다. 볼일을 마친 샤모토가 건물에서 나와 남자를 발견하자마자 뭐라고 호통치면서 쫓으려 했다. 붕대를 감은 남자는 샤모토를 보는 순간 눈썹이 휘날리도록 도망쳐서 그 이상의 일은 없었지만, 한동안 마키시마와 혼다 사이에서 이 붕대남이 누구인지 의견이 오갔다.

어쩌면 붕대를 감은 남자가 경찰에 사기 정보를 투서한 밀고자가 아닐까……. 마키시마와 혼다도 그런 느낌을 받았다. 남자는 이전에 사기단 영업소에서 일했으며 어떤 문제를 일으켜 샤모토에게 폭력적인 제재를 받은 것이 아닐까. 그래서 앙심을 품고 경찰에게 그들의 존재를 밀고하고 그 뒤 경찰의 손이 사기단에 미쳤을지 신경 쓰여 상태를 보러 오지 않았을까.

어둠의 조직이 내부 규율을 지키고 문제를 해결하려 할 때, 최종적으로 취하는 수단은 폭력이다. 폭력으로 대다수 인간은 몸과 마음에 타격을 입고 꼬리를 내리지만, 모든 화근을 폭력이 제압할 수 있는 것은 아니다. 성격이 비뚤어진 사람일수록 보복이라는 선택지를 포기하지 않는 법이다.

다만 문제는 붕대 감은 남자를 발견한 샤모토가 그가 무슨 일을 벌이지 않을지 경계심을 품을 수 있다는 점이었다. 보이스피싱 영업소는 주변에 조금이라도 수상한 그림자를 감지하면, 주저 없이 그 자리에서 영업소를 접고 멤버도 깨끗하게 자취를 감춰 버린다. 사냥감을 놓치고 나서 후회해도 돌이키지 못한다.

마키시마는 숙고한 끝에 더는 경계심을 자극하지 않도록 샤모토의 행동 확인을 중단했다. 동시에 샤모토의 체포영장과 영업소의 수색영장을 청구하고 실행책 그룹 일망타진을 단행하기로 했다. 쩐주까지는 손이 미치지 않을 가능성이 커졌지만 활동 중인 영업소를 없애는 실리를 얻기로 했다.

그리고 이날 이세자키 경찰서의 형사과와 합동해 샤모토가 출근하는 모습을 확인하고 영업소 수색을 감행했다. 영업소에서는 사기에 쓰는 휴대전화 외에 표적의 상세정보가 적힌 명부와 전화 걸 때의 매뉴얼 등을 압수했다. 현장에는 샤모토 외에 일곱 명의 실행책이 있었으며 전원 이세자키 경찰서로 연행됐다. 실행책들은 샤모토에게 보수를 받은 직후였는지 저마다 백만 엔 이상의 돈다발이 든 봉투를 가지고 있었다.

이세자키 경찰서에서 시작된 취조에서는 다들 하나같이 입을 꽉 다물었지만, 압수한 휴대전화의 발신 이력으로 바로 당일 사기로 돈을 뜯어낸 피해자를 파악한 덕에 그 증거만으로도 입건할 근거는 될 듯했다.

"수령책 그룹까지는 어려울 것 같나?" 마키시마가 혼다에게 물었다.

"영업소를 수색하던 중에 샤모토의 휴대전화가 울렸어요. 아마도 상대는 수령책 총책이 아닐까 합니다. 샤모토가 받지 못하도록 했지만, 그쪽도 상황을 감지하고 휴대전화는 그 자리에서 처분했겠죠." 혼다는 얼굴을 살짝 찡그리고 말했다. "일단 사서함에도 감시를 붙였지만, 태연히 돈을 맡기러 올 것 같지는 않군요."

"흠." 마키시마는 고개를 끄덕였다. "그렇군."

"그 붕대남 신원이라도 파악했다면 조금 더 포위망을 넓게 펼쳤을지도 모르겠네요."

"본인도 실행책을 했다면 떳떳하게 나오지는 않을 테니 신원을 파악할 희망도 희미하겠군." 마키시마가 말했다. "여덟 명 체포만으로도 틀림없이 큰 수확이었어."

"예." 혼다는 동의하면서 말을 이었다. "다만 조금 아쉽다면 실행책 멤버가 최소 두 사람은 더 있지 않았을까 하는 점이에요. 놈들이 아직 거의 입을 열지 않아서 확실치는 않지만, 테이블 배치나 성적 그래프를 보면 이 영업소는 세 팀으로 가동했을 겁니다. 그리고 토크의 매뉴얼에도 동료, 변호사, 신문기자 세 역할이 적혀 있어요. 의자 숫자를 봐도 한 팀에 세 사람은 있었다고 봐야 할 겁니다."

"때마침 자리를 비워서 운 좋게 빠져나간 녀석들이 있다는 소리인가."

"아마 그렇겠죠." 혼다는 불쾌해하며 대답했다. "현장에 쳐들어갔을 때 놈들의 도주 경로를 차단하기 위해 엘리베이터에 타지 못한 몇 명에게 계단으로 올라가라고 지시했는데, 우리 쪽 오가와가 위에서 인기척을 느낀 모양이에요. 4층 복도를 들여다봐도 아무도 없었으니 착각한 것 같다고 했지만, 그 녀석이면 또 이상한 실수를 저지르지나 않았는지 걱정도 됩니다."

"인기척을 느꼈다고?" 마키시마는 쓴웃음을 지었다. 서른두 살의 오가와 가쓰오는 형사 경력이 팔구 년이라 젊은 형사라는 범주에서 벗어나도 될 때지만 업무 요령이 없고 실수도 잦아서 늘 혼다에게 혼이 났다. "누군가의 모습을 보고 놓쳤다면 모를까 기척만으로는 나무랄 수도 없겠군."

"그렇죠." 혼다도 하는 수 없다는 듯이 고개를 저었다. "그건 그렇고 앞으로의 일을 생각하면 우리도 인재를 고를 필요가 있겠어요. 정예는커녕 다른 곳에서 보기 좋게 쫓겨난 사람들 집합소 같은 면도 있고, 수사1과와 비교하면 아무래도 빠져요."

마키시마는 쿡 웃으면서 혼다를 격려하듯 고개를 끄덕였다. 투덜거리면서도 한편으로는 부하의 엉덩이를 열심히 두드려 결과는 만들어 내는 것이 혼다라는 남자이고, 그런 그의 불평을 들어주는 것이 마키시마의 일 중 하나가 됐다.

"나도 새해를 맞아 어느 정도 쇄신은 필요하다고 봐."

결코 큰 살림이라 할 수 없는 특별수사대에서 어떻게 결과를 남길지 생각하면 인원 편성도 마키시마의 중대한 업무다. 배드맨 사건으로 알게 된 담당 경찰서의 젊은 형사도 있고, 보이스피싱 수사로 친분이 생긴 각 서의 형사과장들에게 추천받으면 괜찮은 형사가 나올 것이다.

"그거 꼭 기대하겠습니다."

혼다는 벌써 약속했다는 양 기대감을 보였다.

보이스피싱 사기단 수사는 멤버 개개인의 취조 외에 자택 등의 수색과 사설사서함 방범카메라 분석, 사기단이 관계됐다고 여겨지는 피해자의 이야기를 듣는 팀 등을 분담해서 진행했다.

수령책 그룹에 수사의 손을 뻗는 것은 역시 현재 상황으로는 어렵다. 샤모토의 휴대전화에 남은 발신 번호로 걸어 보아도 이미 전혀 연결되지 않았다. 그들이 쓰는 휴대전화는 관계없는 명의인으로 계약된 대포폰이라 불리는 물건이니 계약한 사람을 뒤져도 의미가 없다.

사서함의 방범카메라에는 샤모토와 같은 사서함에 짐을 넣는 남자로 야구모자에 마스크 차림의 이십 대에서 삼십 대 초반으로 보이는 사람이 찍혀 있었다. 이자가 수령책 그룹 총책으로 보였으나, 이 영상만으로는 도저히 누구인지 파악할 길이 없었다.

그러나 멤버들의 가택수색에서는 놀랄 만한 수확이 있었다. 아무래도 보수를 현금으로 보관하도록 위에서 지시했는지, 대부분 멤버의 자택에서 수백만 엔 단위 현찰이 나왔다. 그렇지 않은 멤버에게는 빚이 있고, 빠르게 변제해 나간 사실이 확인됐다.

보유한 현금의 단위가 다른 곳은 샤모토가 자택과는 별개로 빌린 임대 아파트였다. 자택 맨션에도 오백만 엔 정도의 현금이 발견됐지만 도쿄 후타고타마가와 12층 건물의 10층에 위치한 방 하나에 부엌이 딸린 집에서는 침대 매트리스에서 현찰 팔천만 엔을 회수했다. 그 밖에도 여러 개의 고급 손목시계와 금목걸이 등이 발견됐다. 지난 일 년 동안 샤모토는 마카오와 싱가포르 등지를 오갔으며 카지노에서 상당한 돈을 탕진한 듯한데, 그래도 이만 한 돈이 남을 만큼 보이스피싱에서 마구 벌어들인 것이다.

실행책 멤버는 열아홉 살이 한 사람, 서른네 살과 마흔두 살도 한 사람씩 있지만 나머지는 이십 대 초반이었다. 다들 입이 무겁고, 처음 잡혔을 때는 내부 사정이나 범행 사실에 대해 일절 말하려 하지 않았다. 연행되기 전에 현장에서 샤모토가 멤버들에게 "너희들 잘 알고 있지?"라며 못을 박듯이 큰 소리로 외친 일이 있었던 모양이니, 만에 하나 경찰에 잡혔을 경우 대응책에 대해 주의를 준 듯했다.

하지만 부인이나 묵비로 일관하던 멤버들도 날이 지날수록 경찰이 피해를 파악하고 통화기록과 리스트의 존재로 범행을 뒷받침한 부분에 대해선 용의를 인정하는 진술로 바뀌었다. 이는 샤모토도 마찬가지였는데, 마치 짠 것처럼 저마다 태도가 바뀐 배경에는 그들에게 붙은 변호사의 존재가 있는 듯했다.

이 사건을 담당하는 검사도 놀랐지만, 적발 후 얼마 지나지 않아서 법조계에서 솜씨 좋기로 알려진 유명한 변호사가 그들의 변호인을 맡았다. 누구의 의뢰인지 거액의 변호 비용은 어디에서 나왔는지, 경찰 측에서 알 방도는 없었다. 이 사기단의 쩐주가 누구인지도 여전히 미궁이었다.

"수사관님, '레스틴피스'가 무슨 뜻인지 아십니까?"

적발 사흘째가 되어 샤모토를 비롯한 몇 명이 용의 사실 일부를 인정하기 시작한 날, 혼다가 그런 질문을 했다.

"그게 뭐지?"

마키시마는 진술조서에서 고개를 들고 혼다에게 되물었다.

"영어예요."

그렇게 말해도 힌트조차 되지 못했기에 마키시마는 작게 실소했다.

"대학을 졸업한 지 삼십 년은 지났어. 아는 영어라고는 '플리즈'

나 '돈 무브', '홀드 업' 정도라고."

"뭐, 우리 경찰관은 그 정도만 알면 되죠." 혼다는 손을 드는 몸짓을 섞으며 대답했다. "'체포한다'도 아십니까?"

"유 아 언더 어레스트." 마키시마가 대답했다. "이건 경찰 액션 영화에서 외웠지. 쓴 적은 없지만."

"맞아요, 저도 한 번쯤 말해 보고 싶지만 좀처럼 그럴 기회가 없네요." 혼다는 한바탕 웃은 뒤에 웃음을 거뒀다. "아니, 저도 수사관님과 비슷한 처지라 '레스틴피스'라는 말을 들어도 그게 뭔가 싶었어요. 어제 아들에게 묻고서야 알았습니다."

"자네 아들은 형사가 되면 아마 자네보다 우수할 거야."

"부모와 같은 길을 가는 것은 절대 사양하겠답니다." 혼다는 마키시마의 훼방에 대꾸하고는 이야기를 이어 나갔다. "세키가 '레스틴피스'가 뭔지 아느냐고 물어서 저도 어리둥절했는데 정확히 말하면 '레스트 인 피스'랍니다. 'R.I.P'라고 줄여서 쓰기도 하고 바다 건너에서는 유명인의 부보가 전해지면 인터넷 게시판에 'R.I.P'라는 메시지가 줄지어 올라온대요. '편히 잠들라.'라는 뜻이죠."

"흠…… 세키가 왜 그런 걸 물었지?"

세키는 샤모토의 신문을 담당하는 중견 형사다.

"휴대전화 착발신 기록을 샤모토에게 던졌을 때, 우리가 검거하기 직전에 걸려 온 통화 기록 부분에서 침묵을 지키던 샤모토가 살짝 초조해했다더군요. 그러더니 느닷없이 '레스틴피스'가 뭐냐고 물었답니다.”

“그 말이 통화 기록과 관계가 있다는 뜻인가?”

“거기까지는 모르죠. 하지만 그것 때문에 샤모토가 초조감을 감추지 못하게 됐어요. ‘우리를 함정에 빠뜨린 녀석이 있겠지.’라거나 ‘누군지 알아.’라는 겁니다.”

“누구라고 하지?”

“거기까지 말하지 않고 끝났어요. 아들에게 물어 알아낸 뜻을 오늘 제가 조사실에 가서 샤모토에게 얘기해 줬지요. 그랬더니 그 놈, 세키가 말한 것처럼 눈에 띄게 안절부절못하더니만 ‘그 자식이 했어.’라며 중얼중얼 말하더군요. 그래서 저도 ‘누가 너를 함정에 빠뜨렸다고 생각하지? 빙고나 정답이라고 말해 줄 수는 없지만 고개를 끄덕이는 정도는 해 줄 수도 있지.’라고 속을 떠 봤습니다.”

“그랬더니…… 누구래?”

샤모토가 그대로 속아 넘어갔다고 혼다의 얼굴에 적혀 있어서 마키시마가 뒷말을 재촉했다.

“강사래요. 도통 감이 오지 않아서 눈살을 찌푸렸더니 ‘아와노겠지.’라더군요.”

“아와노?”

“예, 그렇게 말했습니다. ‘그 자식이 너희의 개지. 가짜 이름을 썼어도 다 보였어.’라면서요.”

“그 통화 기록 상대와 샤모토는 어느 정도 자주 전화를 주고받왔지?"

"대충 살펴본 바로는 주에 한 번 할까 말까였어요."

"강사라는 건 실행책의 연수 강사겠군." 특수사기 세계에서는 사수라고도 할 수 있는 그런 강사들이 실기를 지도하거나 사기 시나리오를 만든다고 보고 있다. "그 정도의 빈도라면 통화 기록에 있는 남자가 그 강사일 가능성이 커."

"예……. 다만, 샤모토는 그 강사가 밀고자라고 믿는 것 같은데, 문제의 붕대남과는 들어맞지 않는 듯한 감이 옵니다. 아와노란 놈과 무슨 문제가 있었냐고 물었지만 이번에는 샤모토 쪽이 무슨 소리냐는 얼굴을 했으니까요."

"흠, 붕대남은 아니겠군." 마키시마는 생각하고 대답했다. "말하는 것을 보면 샤모토는 경찰과 연결된 인간이 잠입했다고 생각하는 것 아닌가. 조금만 생각해 보면 그런 일은 불가능하다는 사실을 알 수 있을 텐데."

"뭐, 남을 속이는 게 어쨌냐는 세계에서 사는 놈들 아닙니까. 사소한 일로 자신들도 누구를 믿어야 할지 헷갈리는지도 모르죠."

"예를 들어서 말이야, 아와노란 남자가 전화를 걸어 '레스트 인 피스'라는 메시지를 남겼다면 말이지. 그러고 나서 바로 경찰이 쳐들어왔어. 메시지를 해석하면 '편히 잠들라.'야. 그런 상황에서 이 말을 어떻게 받아들이냐 하면 '너는 이제 끝장이다.' 정도의 의미가 되지……. 샤모토가 그 남자에게 배신당했다고 믿는 것도 당연한 일이야."

"그렇군요." 혼다는 가볍게 앓는 소리를 하고 고개를 살짝 갸웃했다. "그러면 그 남자는 현장 근처에 있었다는 소리인가요?"

"음, 그렇게 생각하는 편이 앞뒤가 맞겠군."

"그래서 우리의 움직임을 보고 전화를 걸었다고요. 하지만 보통 '경찰이 오니까 도망쳐.'라고 말하겠죠. 실제로 우리의 공작원이 아니니까요."

"그렇게 말해도 늦었다고 생각한 것 아닌가."

"그럼 늦었지만 말이라도 한마디 해 두자고 생각한 걸까요. 그 말이 '편히 잠들라.'라니." 혼다는 말하면서 쓴웃음을 지었다. "사람을 아주 우습게 봤군요."

"남을 속이며 사는 녀석의 감각은 알 수가 없단 말이야." 마키시마는 어깨를 으쓱했다. "아무튼 일단 수사2과에 아와노란 이름을 던져 볼까. 그런 인간이라면 아마도 샤모토의 말처럼 가명일 가능성이 크겠지만."

마키시마가 막연히 예상한 대로 수사2과 사람이나 담당 경찰서 지능범계에 문의해도 아와노라는 인물은 전혀 떠오르지 않았다.

샤모토도 변호사가 무슨 바람을 불어넣었는지 감정에 휩쓸려 말실수하는 일도 없어졌고, 조사관이 '아와노'라는 이름을 꺼내도 그런 이름은 말한 적이 없고 누군지도 모른다면서 이전의 진술을 뒤집었다.

취조에서 수확은 적었지만 현장에서 압수한 명부를 조사하는 과정에서 신고되지 않은 피해가 드러나고, 거기서 수령책을 특정할 사건도 밝혀졌다. 피해자는 피해를 당하고 이 주 가까이 지나도록 자신의 손자 일로 돈을 줬다고 믿고 있었다. 볼썽사나운 이야기라, 손자도 그 후로 이야기를 꺼내지 않고 그도 그냥 덮어 두자고 생각한 것이다.

경찰의 확인으로 피해 사실을 알게 된 그 집에는 인터폰을 누른 사람의 얼굴이 자동으로 녹화되는 방범기능이 갖춰져 있었다. 수령책 얼굴도 똑똑히 찍혔고, 그 남자가 한때 ATM 인출책으로 잡힌 전과가 있었으므로 순식간에 범인을 특정했다.

그런 식으로 몇 명을 더 체포하고 샤모토 패거리도 재체포를 되풀이하며 몇 주 동안이나 취조한 끝에 순차 기소가 정해지면서 수사는 일단락을 지었다. 샤모토 패거리의 사건이 손을 떠나자 마키시마는 다시 새로운 사기의 말단 수령책부터 적발하는 작전으로 돌아갔다. 그리고 혼다와 약속한 특별수사대 쇄신 작업에 몰두하기로 했다.

새해를 맞이하고 얼마 후 어느 날, 현경 본부장 소네 요스케가 마키시마를 불렀다.

"보이스피싱에 벌써 질려서 놀고 있나? 요새는 대단한 성과도 나오지 않는 것 같군."

현경 본부 9층, 본부장실의 중후한 책상에 팔꿈치를 괴고 마키시마를 노려보는 소네의 눈에는 잔인함을 즐기는 기색이 비쳤다. 도쿄대 법학부 출신의 엘리트지만 눈매도 입도 사나워서, 말단부터 고생해서 올라간 수사1과장조차 그의 호출에는 위장약을 먹고 나서 서둘러 간다고 한다.

나이는 마키시마와 동갑인 쉰세 살이다. 마키시마 자신도 어깨에 걸치는 장발을 비롯해 한때 선배 형사들에게 '영맨'이라는 별명으로 불린 독특한 풍모로 도무지 오십 대로는 보이지 않지만, 소네도 번뜩이는 분위기가 사라질 기척은 조금도 없었다. 그는 죽은 고기를 먹는 동물 같은 눈을 하고 마키시마 앞에 있다.

샤모토 때 같은 대대적인 적발을 기대하는 듯하다. 성과를 욕심낸다고 해서 그렇게 쉽게 나올 리가 없건만, 소네는 마음에 담아두려 하지 않는다. 소네가 마키시마를 부르는 것은 갑자기 무슨 업무를 넘길 때나 성과를 요구하며 질타할 때다. 성과를 올렸을 때에는 부르지 않는다. 그래서 마키시마는 소네에게 칭찬을 받은 적이 없다.

"적발 작전은 변함없이 계속하고 있습니다만, 이세자키의 적발이 동업 사기단에 경각심을 심어 줬는지, 최근에는 피해 건수 자체가 줄었습니다."

"그런 것 같군." 소네는 표정을 바꾸지 않고 말했다. "작년 실제

피해 건수는 전년보다 많은 게 확실하지만, 우리 쪽은 전년과 비슷한 정도에 머물렀어. 하지만 피해 금액으로 보면 점점 커져서 절대로 마음을 놓아서는 안 돼. 사백만 엔, 오백만 엔의 피해가 넘쳐 난다니, 이 근방 강도 사건이 귀여워 보일 수준이로군. 놈들은 일단 맛을 들이면 점점 더 콧대가 서지. 남의 돈을 빼앗기 위해서는 얼마든지 머리를 쥐어짜고, 잇달아 신종 수법을 만들어 낸다. 한 방 먹였다고 안도하고 있으면 곧바로 크게 보복당하게 돼 있어."

"방심하고 있지는 않습니다. 특별수사대 강화를 포함해 공세를 펼칠 마음가짐으로 수사에 임하고 있습니다."

소네는 살짝 고개를 끄덕이고 마키시마에게 찌를 듯이 손가락질했다.

"나는 대부분 자네가 하고 싶은 대로 하게 두고 있어. 물론 내 손바닥 위에 있을 때는 말이지."

마키시마는 어깨를 작게 으쓱한다.

"그런 이상 항상 결과를 내서 나를 기쁘게 하는 것이 자네의 사명이다."

소네는 마지막에야 씩 하고 짓궂은 미소를 흘리며 덧붙였다.

"힘내라고, 나의 손오공."

소네에게도 형사특별수사대 인적 쇄신을 허락받았다고 생각한 마키시마는 그 길로 11층에 있는 수사1과 형사실을 찾아가 특수범

수사중대 구역에 있는 과장대리 아키모토에게 말을 걸었다.

"이세자키 건으로 신세 졌어. 정말로 고마워."

"아니요, 도움이 되어서 다행이죠."

특수범수사중대 형사들은 대부분 나가고 없는 모양이었다. 아키모토가 혼자 남은 젊은 형사에게 차를 부탁하고, 마키시마에게 의자를 권했다.

일반적으로 '특수반'이란 이름으로 불리는 특수범수사중대는 유괴나 점거 농성, 기업 공갈 등의 특수범죄에 대응하는 수사반으로 마키시마는 오랫동안 여기서 일했다. 하나의 중대에는 경보부와 순사부장급 정예 예닐곱 명이 모여 있고, 그들을 경부급 중대장이 통솔하는 형태다. 마키시마가 과장대리를 맡았던 칠 년 전에는 혼다가 유괴 담당 중대장, 아키모토가 기업 공갈 담당 중대장으로 마키시마를 보좌했다. 물론 커다란 사안이 발생하면 담당 중대의 울타리를 넘어 총력 태세로 수사에 대처한다. 당시 아키모토는 막 사십 대에 접어들어 아직 선이 가는 인상에 안정감으로 보면 필두 중대장인 혼다에 밀리는 부분이 많았지만, 지금은 경험을 피와 살로 바꾸어 세 개 중대를 통괄하는 대대장 격인 과장대리라는 엄중한 직무도 훌륭하게 맡고 있는 듯했다.

"역시 여기 형사들은 잘 훈련돼 있어. 새삼 감탄했네."

특수반 수사원에게는 인질 점거 사건을 대비한 구출 훈련을 비롯해 잠복이나 미행 등 몸을 쓰는 수사 수법 훈련이 일상적으로 주어진다. 그 때문에 샤모토의 행동을 확인하는 임무 하나만 놓고 보아도 특별수사대 형사와는 몸놀림이 달랐다. 미행 기술이 있는 여성 수사원이 있었기에 성공적으로 샤모토의 행동거지를 파악할 수 있었다.

"그녀들의 능력을 보고 특별수사대도 강화가 필요하다고 통감했네. 혼다도 전부터 그렇게 느꼈던 것 같더군. 때를 봐서 여기 같은 훈련을 시키고 싶은 마음은 있지만 매일 수사가 있고, 하루아침에 바뀌지는 않겠지. 그러니까 이번 인사이동 시기에 맞춰 인원 몇 명을 바꾸려고 해."

"그래서 저에게 오신 거면 저희 쪽 사람을 원하시는 겁니까?"

"음, 그런 거지."

아키모토는 약한 얼굴을 잠깐 보이더니 마키시마의 부탁이라면 하는 수 없다고 생각했는지 작은 탄식과 함께 고개를 한 번 끄덕였다.

"요전의 두 사람인가요? 어느 쪽을 원하십니까?"

"아니, 자네가 손수 돌보아 기른 아이를 내놓으라고 할 생각은 없어. 그런 형사들을 교육할 인재가 필요하지."

"그렇다면요?"

"응." 어느 쪽이든 뻔뻔한 부탁이기는 매한가지라, 마키시마는 가볍게 헛기침을 하고서 입을 열었다. "물론 본인의 희망도 필요하지만, 나로서는 무라세가 와 주면 어떨까 하네."

마키시마의 말에 아키모토는 "아아." 하고 납득과 당혹감이 뒤섞인 듯한 대답을 했다.

"그렇군요……."

나이로는 마키시마보다 열 살은 아래인 무라세 쓰기후미는 특수반 시절 마키시마가 아끼던 부하 중 한 사람이다. 겁이 없는 성격으로 붙임성 있고, 일에 관해서는 끝끝내 들러붙어 해내는 포기를 모르는 남자다.

칠 년 전 남아 유괴 살인 사건이 미궁에 빠지면서 무라세는 특수반을 떠나 축소된 수사본부 일원으로 계속 수사에 임했다. 그러나 그가 진범이라 믿고 쫓던 놈이 작년에 스스로 목숨을 끊는 바람에 진상을 밝혀내지 못하고 실의에 빠진 채 예전에 있던 곳으로 돌아올 수밖에 없었다.

"수사관님이 무라세를 예뻐하시는 것은 당연히 압니다." 아키모토가 신중한 말투로 말했다. "그래요, 생각해 보니 그 사람밖에 없겠군요. 하지만 저에게도 여기 있습니다, 하고 쉽게 내어드릴 수 있는 사람이 아니에요. 무라세는 간신히 작년에 우리에게 돌아왔습니다. 우리들, 그 사건에 관련된 자들의 대표로 오랫동안 임무를 다해 줬어요. 위에 있는 사람으로서 이제부터 그 노고에 보상을 주어야 합니다. 지금은 물론 그를 수사 최전선에 세우고는 있지만 때로는 부담을 조금씩 줄이고 승진시험을 준비할 시간도 내어 주고 있습니다. 우리 중대 중 하나를 맡을 재목으로 키우려고 합니다."

마키시마는 아무 말도 하지 않고 눈으로 수긍했다.

"수사관님 쪽에 맡긴다 해도 적당한 대우로 맞아 주시지 않으면 곤란합니다."

일부러 '맡긴다'는 표현을 한 아키모토의 말을 받고 마키시마는 자신이 가진 안을 꺼냈다.

"원래 부대장 자리가 비어 있었어. 혼다 아래지. 우리는 경부급이 없으니 순번상 이상할 것 없지. 물론 무라세가 경부로 진급하면 더욱 안정감이 있겠지. 그러니까 걱정하지 않아도 돼."

마키시마의 이야기에 이의는 없는지, 아키모토는 작게 신음하고 나서 미소를 지었다.

"특별히 수사관님이 옛정으로 그를 마구 부려먹지 않을지 걱정한 건 아닙니다."

웬일로 아키모토가 농담을 던져서 마키시마는 쓴웃음을 지었다.

"옛날에도 마구 부려먹지는 않았어."

"압니다. 하지만 무라세 자신은 수사관님을 위해서라면 허드렛일도 마다하지 않을 테니까요."

"그 녀석은 나도 잘 알아." 마키시마가 말했다. "우리 쪽에 맡겨 주게."

"무라세의 의향을 확인해 보겠습니다."

"미안하군. 고마워."

"무라세에게도 좋은 제안일 겁니다."

아키모토는 시원한 말투로 대답하고 젊은 형사가 타 온 차를 마셨다.

"특별수사대는 수사관님이 관여하게 되면서부터 본부장의 주력이라 할 만한 조직이 됐어요. 어떤 의미에서는 형사부 중에서도 지금 가장 활약할 기회가 있는 부서예요."

"별동대니까 본부장도 여러모로 움직이기 쉬운 거야. 나까지 포함해 우리야말로 본부장에게 혹사당하고 있지." 마키시마는 그렇게 대답하고 웃었다.

"그래도 작년 배드맨 사건처럼 오백 명 규모의 수사본부 중앙에서 수사를 움직일 수도 있죠. 그 사건 수사는 대단했습니다."

"운이 좋았어." 마키시마가 말했다.

"수사관님이 그 운을 끌어당긴 겁니다. 그 수사로 형사부 안의 힘 균형이 바뀌었다고 보는 사람도 있습니다."

"힘 균형?"

"예." 아키모토는 주위의 귀를 신경 쓰듯이 목소리를 조금 낮췄다. "지금까지 대형 사건을 지휘하던 현장 톱은 언제든 1과장이었죠. 하지만 앞으로는 그러지 않을 거란 겁니다."

마키시마가 그 역할을 맡을 거라는 소리를 하고 싶은 모양이다.

"우리는 그저 해결사야. 2과 사건이나 3과 사건도 맡는다고. 당연히 나도⋯⋯ 떠맡은 일을 해결할 뿐이야. 형사과의 정수인 1과장과 경쟁할 마음은 없어."

"1과장은 수사 분야의 에이스예요. 하지만 수사관님은 조커죠. 대부분 조커는 에이스보다 강한 법입니다. 본부장이 어느 쪽을 쓰고 싶어 할지…… 그렇게 생각하면 답이 나오는 것 같은데요."

이야기의 흐름이 이상해져서 마키시마는 눈을 내리뜨면서 웃음으로 넘겼다.

"요코스카의 강도 살해도 가와사키의 묻지마 범죄도 수사본부를 설치했지만 부르지 않더군. 결국에는 그런 거야."

"갈래가 다르기 때문이에요. 신중하게 증거만 굳혀 나가면 되니까 통상적으로 에이스를 쓰면 되죠. 하지만 더 복잡한 사건이라면 본부장은 조커를 빼 들 겁니다." 아키모토는 그렇게 말하고 나서 눈썹을 살짝 움직였다. "과장도 의식하고 있는 것 같던데요."

마키시마는 그제야 아키모토의 말뜻을 알아챘다.

원래 형사사건 수사를 통괄하는 것은 형사부장의 역할이지만 현재 이와모토 부장은 장식이라는 말을 들어도 어쩔 수 없을 정도로 존재감이 적다. 게다가 소네 본부장은 한때 이곳 가나가와 현경 형사부장을 역임한 적도 있어 필연적으로 자신이 나서는 것이다.

그런 소네를 아주 거북해하는 사람이 수사1과장 와카미야 가즈오다. 와카미야는 팀워크를 중시하는 간부 후보로 수사1과에서는 일찍부터 두각을 드러낸 인물이지만 염원의 수사1과장 자리에 앉자마자 머리 위에 강렬한 인간이 올라타고 말았다.

소네로서도 현장에서 수사1과장의 무게 정도는 알고 있겠지만 무엇을 하더라도 순서를 중시하고 극단을 싫어하는 와카미야의 방식을 답답해하는 구석이 있다. 와카미야도 맹장이 모인 현장을 통솔하는 것만으로도 신경을 써야 하는데, 위에서도 힘으로 휘두르려 하면 곤란하다는 생각은 있을 것이다.

그런 가운데 마키시마는 한번 수사 분야의 이단자가 된 탓에 현장을 통솔할 때나, 위에서 강압적으로 휘두를 때에도 그렇게 신경을 갉아먹지 않았다. 자기 주위에 떠다니는 작은 불만이나 악의를 흘려보내거나 때로는 제거해 버리면서 그저 수사 진전과 사건 해결을 위해 할 일을 한다는 자세로 있을 수 있게 됐다.

그러나 그렇게 결과를 내 버리면 마키시마의 실력을 인정해야 하는 분위기가 생기고, 그것을 탐탁지 않게 보는 시선도 생기는 법이다. 배드맨 사건 수사 중에도 수사1과의 자존심 높은 자들에게는 상당한 압력이 들어왔다. 사건이 해결되면서 그들의 불만도 깨끗하게 사라졌겠지만, 어떤 응어리가 남아 있어도 이상하지 않다. 마키시마는 텔레비전을 이용한 수사로 뜻하지 않게 시민들에게 얼굴이 알려졌다. 지금도 거리를 걸어 다니면 이따금 놀라서 바라보는 사람이 있을 정도다. 소네가 '극장형 수사'라는 명목으로 지시한 수사 방법도 마치 마키시마 개인의 스탠드 플레이였던 것처럼 받아들이고 혐오하는 사람들도 있는 듯하다.

마키시마와 와카미야는 과거에 그다지 접점이 없다. 와카미야가 수사1과 이인자인 이사관이었던 시절 마키시마는 담당 과장대리로 몇 번인가 수사보고를 주고받은 정도다. 갈등의 싹이 될 만한 일은 아무것도 없었다.

그러나 지난번 샤모토 유타카의 행동을 파악하기 위해 특수반에 협력을 부탁하고 싶다고 와카미야에게 전화로 요청했을 때, 그의 쌀쌀맞은 대응이 조금 걸렸었다. 거절은 하지 않았지만 예전 소속 중대이니 아키모토에게 직접 부탁하면 되지 않느냐는 냉담한 대답을 들은 것이다.

아키모토에게 직접 부탁하더라도 와카미야에게 한마디 양해를 구하는 것이 도리다. 더군다나 순서를 중시하는 와카미야이니 더욱 무시할 수 없었다.

하지만 그 일도 있고 이번 무라세 이야기는 먼저 아키모토에게 이야기를 꺼내 보기로 했다. 일시적인 파견이 아니니까 위에서 모든 것을 결정하고 현장이나 본인의 의사는 뒷전으로 미루는 것도 아니란 생각이 들었다.

자신의 일을 추진하는 가운데 어떤 마찰이나 알력이 생기는 것은 하는 수 없는 일이다. 질투나 시기를 보내오더라도 어느 정도는 버리고 가는 수밖에 없다.

하지만 형사부문의 중추에 있는 남자가 괜한 악감정을 품고 있다고 생각하면 그다지 후련한 기분은 들지 않았다.

이틀 후 아키모토에게 전화가 와 무라세에게 이동 건을 타진해 보니, 꼭 한번 마키시마 밑에서 새로운 일에 도전하고 싶다는 긍정적인 대답이 있었다는 보고를 받았다.

다시 그 녀석과 함께 일할 수 있다……. 뱃살도 애교로 바뀌고 사근사근한 미소로 너스레를 떠는 무라세를 떠올리고 마키시마는 감개에 젖었다. 혼다에게 이야기하자 크게 기뻐하며 어울리지도 않게 악수까지 청했다.

마키시마는 본부 11층 형사총무과에 들르는 김에 수사1과 와카미야에게 전화해 의논하고 싶은 일이 있으니 잠시 시간을 내 달라고 약속을 잡았다. 그리고 와카미야가 지정한 시각에 형사실에 들렀다.

"복잡한 이야기인가?"

파티션으로 나뉜 수사1과장 자리에서 서류 작업을 하던 와카미야는 마키시마를 흘끔 보더니 특별한 표정 변화도 없이 옆 의자를 마키시마에게 권했다.

"아뇨, 한 건만 잠깐 이야기를 나누고 싶어서요."

마키시마가 의자에 앉는 동안에 와카미야는 펜을 놓고 "그래?" 하면서 네모난 안경테 안쪽에 있는 눈을 마키시마에게 돌리며 이야기를 재촉했다.

"사실은 봄 인사이동에 맞춰 특별수사대 인사안을 짜고 있는 참입니다. 유능한 수사원을 보강해 수사대를 강화하고 싶습니다. 긴히 의논드리려는 것도 1과에서 저희 쪽에 와 줬으면 하는 사람이

한 명 있어섭니다."

"누구지?"

"무라세 쓰기후미입니다."

와카미야는 고개를 작게 움직였지만 끄덕인 것은 아니었다. 갸웃하는 듯한 움직임이었다.

"무라세는 이제 겨우 돌아오지 않았나."

"예……. 하지만 무라세 자신도 특별수사대의 일에 흥미를 보였습니다. 특수반에는 벌써 십 년 적을 두었고, 새로운 환경을 준비해 주는 것도 나쁘지 않다고 봅니다."

"뭐야, 본인에게도 벌써 얘기했나?" 와카미야는 언짢아하며 물었다. "아키모토에게는?"

"이야기하고 일단 양해를 구했습니다."

"그야 원래는 자네 밑에 있었으니까 싫다고는 못 하겠지." 와카미야는 콧방귀를 뀌었다. "무라세가 자네한테 그러고 싶다고 했나?"

"아뇨, 그렇지는 않습니다. 젊은 형사들의 수사 기술을 끌어올릴 만한 인물이 필요하다고 생각해서 제가 그를 뽑았습니다."

"그렇다면 순서가 틀리지 않았나?" 와카미야는 볼을 살짝 일그러뜨리며 말했다. "자네가 키웠으니 고개를 끄덕이게 하는 것쯤이야 간단하겠지. 그보다 먼저 그런 이야기를 해도 되는지 나에게 양해를 구하는 것이 순서 아닌가?"

"죄송합니다. 본인의 의사를 확인하지 않은 채 위에서 이야기를 진행하는 것도 아니라는 생각이 들어서……."

"그러니까 그런 소리가 아니야. 본인의 의사를 확인할 때도 나에게 한마디 양해를 구해야 하지 않느냐는 거지."

"생각이 짧았습니다. 죄송합니다."

매사 순서를 고집하는 편이라는 인식은 있었지만 대놓고 불만을 터뜨릴 만큼 까다로운 인물은 아니라고도 생각했다. 역시 마키시마 개인을 향한 악감정이 뿌리에 있는 것인가. 아키모토와의 이야기로 움튼 근심이 머릿속을 스친다.

"본부에 돌아온 뒤로 자네를 보면 아무래도 독단전행으로 전부 통한다고 믿고 행동하는 게 눈에 띄더군. 옛날의 자네는 조금 더 주위를 볼 줄 아는 사람이었다고 생각하는데, 아닌가?"

마키시마는 얌전한 얼굴을 한 채 대답하지 않았다.

"나는 자네가 아시가라로 좌천된 것도 동정적으로 봤어. 그러니까 돌아왔을 때는 잘됐다 했지. 그러나 오랜만의 본부 근무로 기를 쓰는 건지 일 처리가 상당히 조잡해졌어. 자신이 좋으면 그걸로 된다는 방식으로 수사1과 안까지 휘젓고 다니면 곤란해."

"아뇨, 그럴 생각은……."

"그럴 생각인지 아닌지는 차치하고 배드맨 사건에서도 수사에 가담한 우리 애들에게 말을 많이 들었네. 한마디 해야 할까 싶었지만 수사에 찬물을 끼얹으면 안 되겠다 싶어 마음속에만 담아 둔 거야."

"여러모로 부족한 점은 있었을지도 모릅니다." 마키시마는 순순히 고개를 숙였다. "죄송합니다."

"인사는 가장 까다로운 문제야. 아키모토 쪽도 어려운 사건을 떠안고 있다고. 주력급이 한 사람이라도 빠지면 힘들 게 뻔하지."

"억지인 줄 알지만 제발 부탁드리겠습니다."

그렇게 말해도 와카미야의 떨떠름한 표정은 달라지지 않았다. 불쑥 눈을 치뜨고 마키시마를 쳐다본다.

"본부장에게는 이야기했나?"

"강화 방침은 전했습니다."

와카미야는 마키시마에게서 시선을 피하고 아랫입술을 살짝 삐죽거렸다.

"음, 내가 여기서 이러쿵저러쿵 하든 말든 위에서 한마디 하면 그걸로 정해지겠지. 자네는 본부장 마음에 상당히 들은 듯하더군."

속에 담아 뒀던 듯한 것이 잇달아 겉으로 나오기 시작했지만 마키시마는 자신이 대응할 수 있는 문제가 아니었기에, 조금 전 와카미야가 한 것처럼 고개를 살짝 갸웃하며 시치미를 뗐다.

"그렇다고 뭐든 멋대로 할 수 있다고 생각하면 착각이야. 그렇게 순간온수기 같은 분은 사람을 내치는 것도 빠르지. 마음에 든 인간이라도 애정이 지나쳐서 더 미워진다잖나. 다른 사람도 아닌 자네 자신이 그런 일을 한번 경험했으니 말하지 않아도 알겠지만."

와카미야는 안경 안쪽에 냉담한 눈을 숨기고 조용히 웃었다.

"그래도 그 사람에게 부탁해서 밥상을 차릴 텐가?"

어지간히 소네가 무서운 것이리라. 그러니까 마키시마의 자존심을 도발해 그 방법을 봉인하려 하고 있다.

"저로서는 우선 과장님께서 이해해 주시리라 믿고 요청하겠습니다."

마키시마는 그렇게만 대답하고 제 손발을 묶는 일은 굳이 말하지 않았다.

"흥." 와카미야는 언짢은 듯한 소리를 내고 다시 손에 펜을 쥐었다. "알겠네, 나도 아키모토와 이야기하고 신중하게 검토하지."

와카미야는 그렇게 말하고 마키시마를 보던 시선을 서류로 돌렸다.

마키시마는 무라세 말고도 배드맨 사건과 일련의 보이스피싱 사기단 적발 작전에서 수사 협력한 이들 가운데 눈에 띈 담당 경찰서 젊은 형사를 골라 소속 형사과장에게 이동을 타진했다. 최종적으로 미야마에 경찰서 형사과1계의 이하라 미키토, 가가 초 경찰서 형사과1계의 후루이 마사토시, 이세자키 경찰서 형사과2계의 쓰네카와 가즈키를 맡기로 내밀히 결정됐다. 모두 형사가 된 지 이삼 년 차의 성장주로 그대로 실적을 쌓으면 장차 본부 수사과로 차출되어도 이상하지 않은 인재였다.

그리고 알고 지내는 담당 경찰서 형사간부 몇 명에게 말을 걸어

의욕 있는 여성 수사원이 있으면 추천해 달라고 부탁했다. 샤모토의 행동을 파악한 건만 보더라도 알 수 있듯이 섬세한 작전을 감행하려면 여성 형사의 존재가 중요한 경우가 많다. 지금의 특별수사대는 완전히 남자 소굴이고, 단순히 수사력만 보면 달리 문제가 없지만 대응력에는 융통성이 부족하다.

마키시마의 의뢰에 응해 이름이 거론된 이는 다마 경찰서의 고이시 아유미와 아사오 경찰서의 마쓰타니 스즈코였다. 고이시는 이십 대이고 마쓰타니는 삼십 대 중반이다. 둘 다 3계에서 도범을 담당하고 있고 업무 요령도 좋다고 한다. 각 경찰서에 가서 직접 면담한 인상으로는 의욕도 많아 보여서, 마키시마는 그녀들에게 특별수사대의 새로운 힘이 되어 달라고 요청하기로 했다.

「여자는 아니지만 우리 젊은 애 중에 수사관님 쪽에 꼭 가고 싶다고 자원한 녀석이 있어요.」

마키시마가 경시로 진급했을 때 차장으로 부임한 고호쿠 경찰서에서 지금은 형사과장을 하는 한다라는 남자가 연락해 왔다.

「말수는 적은 놈이지만 생각보다 배짱이 두둑하고 폭력단을 맡겨도 겁먹고 빼지 않는 녀석입니다. 한번 만나 주세요.」

한다의 권유로 마키시마는 고호쿠 경찰서로 가서 특별수사대를 희망했다는 형사, 아오야마 쇼헤이를 만나 봤다.

젊은 형사라던 아오야마는 서른두 살로 특별수사대 대원으로 말하면 오가와 가쓰오와 동갑이다. 단, 지역과 근무를 오래 했고 형사가 된 지는 아직 이 년이 되지 않았다니까 그런 의미에서는 햇병아리다.

아직 이십 대인 이하라 외 이동이 내정된 사람들이 대부분 빠릿빠릿한 운동부원 같은 몸놀림이나 말투를 보였던 것에 비해 아오야마는 마키시마가 있는 방에 들어왔을 때부터 종잡을 수 없는 인상을 풍겼다. "안녕하세요."라며 고개를 살짝 숙이고 마키시마 앞에 앉은 모습에서도 '배짱이 두둑하다'는 한다의 말이 어울리는지는 별개로 치고, 적어도 마키시마에게 주눅이 든 기색은 보이지 않았다.

"지금은 폭력단을 맡고 있나?"

"재경회가 얽힌 지하경제 조직을 줄곧 쫓고 있습니다."

아오야마는 담담히 대답했다.

"특별수사대에는 어떻게 흥미가 생겼지?"

"최근에는 보이스피싱 적발에 힘을 쏟고 있다고 들었습니다. 그 종류 사기는 원래 지하경제 조직에서 파생되어 생겨난 것이고, 지금도 사채를 쓴 사람이 수령책이나 실행책이 되기도 하듯이 양쪽의 연계가 깊지 않습니까. 지하경제를 쫓던 몸으로서는 흥미가 있습니다."

"실제로 지하경제의 수사를 하다가, 구체적으로 보이스피싱 쪽 동향이나 조직과 조직의 관계를 들은 적도 있나?"

"그런 경우도 있습니다. 그래서 보이스피싱 수사에도 힘이 될 수 있지 않을까 생각했습니다."

표정 없이 담담히 이야기하는 모습은 붙임성이 없었다. 당장은 신뢰감이 가지 않았지만 장인 기질이 있는 인간이라고 생각하니 그런 남자도 나쁘지 않을 것 같았다. 형사과장인 한다를 불러 이야기를 들은 바로는 눈에 띄지 않지만 착실히 수사하는 타입이라기에 그의 추천을 받아 아오야마를 받아들이기로 했다.

"대신이라고 하기는 그렇지만, 지금 있는 형사를 받아 줄 곳도 찾고 있네. 예전에 여기에 오가와라는 녀석이 있었지. 그 녀석이 지금 우리한테 있어."

그렇게 말을 꺼내자 한다는 낯빛을 바꿨다.

"오가와 가쓰오요? 그놈을 또 떠맡으라고요? 농담하지 마세요. 간신히 털어 냈다고 생각하고 있었는데요."

"아니, 특별수사대에서 많이 단련했고 무엇보다 그 녀석은 가끔 큰 걸 맞추잖나. 작년에는 본부장상도 받았다니까."

"아니요, 그만큼 어김없이 실수도 저지르잖습니까." 한다는 말이 떨어지자마자 되받아쳤다. "경험을 쌓았더라도 인간은 그렇게 쉽게 변하지 않아요. 그런 놈이 눈앞에서 얼쩡거리면 혈압약이 아무리 있어도 부족합니다. 아무튼 사양합니다."

"그래……."

워낙 거칠게 거절하는 바람에 마키시마로서는 머리를 긁적이는 수밖에 없었다.

특별수사대에는 마흔 살과 서른여덟 살의 경보부가 있다. 모리야스 고지로와 세키 도모키다. 두 사람 다 관할과 기동수사대 시절에 폭넓은 수사를 경험해, 어떤 의미로 특별수사대가 요구하는 인재로서는 가장 어울린다고 할 수 있다. 성격은 둘 다 다소 까다로운 구석이 있어 부하를 살뜰히 챙길 타입은 아니다. 소속된 곳에서도 소외되기 쉬워 자연히 특별수사대로 흘러온 듯하다. 다만 실력은 확실해서 혼다도 그 점을 인정했다. 두 사람을 남기는 것은 먼저 결정돼 있었다.

반대로 말하면 다른 사람은 위 세대든 아래 세대든 그들 두 사람에게 맡겨 버리거나 사양해 버리는 실정이었다. 진로희망은 그대로 수사대에 남기를 바라는 자가 대부분이었지만, 저마다 경력이나 의견을 고려하면서 심기일전할 수 있을 만한 이동 부서를 찾았다. 봄부터 특별수사대는 모리야스와 세키, 그리고 와카미야의 허락은 아직 받지 못했지만 무라세를 더한 사십 대 언저리의 장년을 주축으로 생기 넘치는 젊은 형사들을 죽 갖춘 진용이 될 듯했다. 모리야스 외 두 사람도 아직 베테랑이라 할 정도는 아니라, 젊은 형사에 비해 관록 있는 베테랑이 부족한 경향은 있지만 그 부분은 마키시마와 혼다의 역할일지도 모른다.

그렇게 인사안으로 고민하던 어느 날, 마키시마의 휴대전화에 오랜만에 듣는 목소리가 들렸다.

「본부에 잠깐 용무가 있어서 요코하마에 왔습니다.」

불우했던 아시가라 경찰서 시절에는 통제력을 잃었던 마키시마를 도와줬고, 작년 배드맨 사건에서도 측근에서 보좌한 쓰다 요시히토였다. 배드맨 사건의 수사본부가 해산하고 쓰다는 아시가라 경찰서로 돌아갔다.

마키시마는 마침 야마시타 공원 근처 가가 초 경찰서를 방문해 형사과장과 의논을 하던 참이어서, 이쪽으로 와 달라고 쓰다에게 부탁했다.

미팅을 마치고 1층에 내려가니 로비 벤치에 머플러를 감은 쓰다가 앉아 있었다.

"쓰다 부장, 오랜만이군."

일어나 얼굴에 주름을 자글자글 새기며 "오랜만입니다."라고 고개를 숙인 쓰다의 어깨를 두드리고 마키시마는 웃었다.

"건강해 보여서 좋군. 점심은 먹었는지 모르겠지만 여기에 오면 차이나타운에 들러야지. 맛있는 거라도 먹자고."

"예, 저도 오랜만에 수사관님과 점심이라도 먹으려고 찾아왔어요."

"그래, 그거 기쁘군. 좋아, 가지."

마키시마는 옆으로 들고 있던 버버리 트렌치코트에 소매를 꿰고 앞을 여몄다. 작년에 버버리 정장을 산 영향도 있고 십 년 이상 같은 코트만 입고 있기도 해서, 가격이 꽤 나갔지만 눈 딱 감고 새로 코트를 마련했다.

"벌써 아시가라 시절의 녹이 깨끗이 사라졌군요." 그런 마키시마의 모습을 보고 쓰다가 눈을 가늘게 떴다. "역시 수사관님은 바닷가 공기가 어울려요."

걸음을 옮기려던 마키시마가 멈추며 씩 웃고 다시 한 번 쓰다의 어깨를 툭 두드렸다.

"쓰다 부장 덕분이야."

마키시마는 그렇게 말하고 다시 걸었다.

일전에 볶음밥이 맛있었던 차이나타운의 한 가게에 들어가 춘권과 소룡포, 칠리새우와 볶은 야채, 그리고 가게 명물이라는 숯불구이 차사오에 볶음밥 등을 시켰다.

"따뜻해지면 그쪽에 등산이라도 가고 싶지만 날마다 일에 쫓기면 그런 바람을 정말로 이룰 수 있을지 모르겠어. 여기서 쓰다 부장의 얼굴을 볼 수 있어 다행이야."

"아니, 저도 온천이라도 한번 초대하고 싶었지만 저희도 요새 수사본부가 세워졌어요."

"수사본부…… 호오, 웬일이지." 맡은 일이 바빠서 아시가라 쪽 사건까지는 파악하지 못했다. "살인인가?"

"예, 단자와의 산속 도로에 시신이 버려져 있었습니다. 죽은 지 한 달 가까이 지난 듯해요."

"지금 시기면 사람도 없었을 테고, 발견되기 어려웠겠군." 마키시마는 막연히 말하고 나서 고개를 들었다. "그럼 이쪽에 온 것도 그 때문인가?"

"예, 피해자는 고사카 아쓰시라는 액년(운수가 사나운 해. 남자는 25, 42, 50세라고 한다./ 옮긴이)의 남자인데 거주지는 아사히 구 후타마타가와입니다. 그래서 이것저것 조사하다 보니 피해자가 다니던 회사에서 상사에게 괴롭힘을 당해 일 년 가까이 전에 신요코하마에 있는 회사를 그만뒀어요. 해당 회사에서는 부정하고 있고 피해자에게 성격 문제가 있었다고 하지만, 고호쿠 경찰서에 발신인 불명의 고발장이 접수된 사실도 있습니다. 그리고 또 알게 된 일이 있어서요. 그만두고 나서 고사카는 직장도 없이 사채업자에게 이백만 엔이나 돈을 빌린 모양입니다. 그런데 그 빚을 작년 가을 무렵에 단번에 변제했어요. 아무래도 보이스피싱의 실행책 같은 일을 해서 번 돈이 아닐까 보고 있습니다."

"보이스피싱?" 마키시마가 그 말에 반응했다.

"예, 피해자 여동생 이야기인데, 갑자기 씀씀이가 좋아진 오빠가 수상해서 따져 물어봤답니다. 그랬더니 전화 한 통으로 백만 엔, 이백만 엔을 바로 벌 수 있다고 했다네요. 위험한 일이기는 하지만 경찰에 체포될 위험은 없다고…… 그런 이야기를 했다더군요."

"그래." 마키시마가 고개를 끄덕였다. "뭘 숨기겠나, 나도 지금 특별수사대를 이끌고 보이스피싱 적발에 개입하고 있어."

"그러셨습니까." 쓰다는 눈을 동그랗게 뜨고 되물었다. "오늘은 그와 관련된 이야기가 어디 없을까 싶어 수사2과를 찾았는데, 수사관님도 다루고 계셨군요."

"응, 해마다 피해가 늘어서 수사2과만으로는 역부족인 거겠지. 또 본부장 지시야."

마키시마가 그렇게 말하고 눈썹을 꿈틀거렸다. 쓰다는 "그랬군요."라며 슬쩍 쓴웃음을 지었다.

"그래서 수사2과의 반응은 어땠나?"

"특별한 수확은 없었습니다." 쓰다는 천천히 고개를 가로저었다. "체포된 적이 없는 이상 그런 사기에 손을 물들인 인간의 신원은 전부 어둠 속에 있다는군요. 보이스피싱을 수사하고 있으니 아시겠지만."

"그렇다니까." 마키시마가 말했다. "체포하고 나서야 비로소 아, 역시 양아치인가, 불량배인가, 아니 아직 십 대 아이였나, 엘리트 대학생이었나, 그런 걸 알 수 있지. 체포해 보지 않으면 몰라."

쓰다는 고개를 크게 끄덕였다.

"전화를 써서 상대방이 보이지 않는 수법인 만큼 죄책감도 옅은 걸까요. 이렇게 감을 발휘할 수 없는 범죄는 수사하는 저희에게는 정말로 골치 아픈 일이에요."

전화를 이용한 사기는 옛날부터 있었다. 대표적인 것은 '본사 사기'라 불리는 것으로 아르바이트 직원밖에 없는 소매점에 본사 사람을 가장해 전화하고 업자에게 지불해야 할 돈이라고 날조해 매상금을 가로채는 수법이다. 사정을 모르는 아르바이트 직원은 그런 건가 보다 생각하고 쉽게 속아 넘어간다.

그렇게 아는 사람만 알던 전화사기가 언제부터인가 체계적으로 매뉴얼화되어 효율적으로 역할을 분담해, 리스트에 실린 불특정 다수의 사람을 함락시키면서 폭발적인 성과를 올렸다. 이것은 이미 범죄 세계에서 하나의 기술 혁신이라 해도 될 만한 일이었다.

기술 혁신이 일어난 분야에는 자연히 달콤한 열매를 얻기 위한 사람들이 모여든다. 신원은 잡다하고 돈이 필요한 것 말고는 공통 항목이 존재하지 않는다. 수사관의 감 같은 척도는 거기서 아무 의미가 없다.

"그런데 쓰다 부장 건은 살인이니까 피해자와 범인에게는 무슨 인연이 있겠지. 그쪽 수법은 어때?"

"끈으로 목을 졸랐습니다. 조금 전 이야기와 이어지는데 작년 11월 무렵인가요, 피해자가 누군가에게 상당히 심하게 맞은 적이 있었던 듯합니다. 여동생 말로는 얼굴이 붓고 머리에도 열상을 입어 열 때문에 며칠 앓아누울 정도의 상태였다는군요. 드러누워서 끙끙거리며 '꼭 복수해 주마'라느니 '두고 봐'라고 떠들었다고 하니 어쩌면 관계가 있지 않을까 싶어요. 이때를 계기로 보이스피싱에서도 손을 씻은 것처럼 보이기도 했다는데."

마키시마가 깊이 신음했다.

"쓰다 부장…… 액년의 남자라고 했지. 그 정도 나이 대에 작년

11월경 머리에 붕대를 감을 만한 상처를 입은 사람이라면 우리가 쫓던 사건 관계자 중에 한 사람 짐작 가는 바가 있어."

쓰다가 "호오." 하고 응수했다.

"수사관님이 쫓던 보이스피싱 관계자란 말인가요?"

"그래……. 밀고가 들어와서 이세자키에 있던 영업소를 검거했어. 내탐 중에 우리 쪽 형사가 붕대를 감은 중년 남성을 목격했거든. 아마도 그 남자가 밀고자가 아닐까 의심했지만, 그때 본 것만으로는 신원을 파악하지 못했지."

"사기단을 체포한 거군요? 그것도 11월입니까?"

"그래, 맞아. 대낮에 가택수색으로 멤버를 일망타진했지. 샤모토 유타카라는 주범 격 남자도 체포했어."

"살인은 기껏해야 올해 들어서예요. 그러면 관계가 어떻게 될지……."

"흠……. 단, 우리 쪽에서도 그 자리에 없던 한두 사람을 놓쳤을지도 몰라. 쩐주라 불릴 만한 위쪽까지는 단서가 없어서 쫓지 못했고."

"그렇군요. 만약 단자와의 피해자가 그 사기단의 밀고자였다면 위쪽 인간이 손을 써서 입막음을 위해 죽였을 수도 있겠군요." 쓰다는 근심 어린 얼굴로 중얼거린 뒤에 마키시마를 보고 말했다. "수사본부에서는 이 사건 범인을 '립맨'이라 부릅니다."

"립맨?"

"예. 수법은 그야말로 프로였어요. 교살이면서 피해자가 저항한 흔적이 없어요. 손톱에도 상대방 옷이나 피부를 할퀴어 남은 것이 없고요. 꽉 조여서 바로 실신시켜 버렸습니다. 그러고는 피해자의 셔츠에 펜으로 'RIP'라고 적어 놨어요. 그 글자가 시신이 발견될 때까지 희미하게 남아 있었습니다."

마키시마는 다시 깊이 신음했다.

"영어로 'R.I.P'는 '편히 잠들라.'라는 애도의 말이라더군요. 그걸 수사본부의 누군가가 그대로 읽고 '립'이나 '립맨'으로 범인을 부르기 시작한 겁니다……." 마키시마의 반응을 보고 쓰다가 눈썹을 꿈틀했다. "여기에도 짐작 가는 바가 있습니까?"

"그래."

마키시마는 나온 요리에 손을 대면서 '아와노'라 불리는 남자의 존재를 쓰다에게 이야기했다.

"그렇습니까…… 이거 확실히 연결되는군요." 이야기를 들은 쓰다가 수첩에 메모하면서 말했다. "연수 강사라고 하셨지만, 아와노가 쩐주에 상당히 근접한 인물일지도 모르겠군요."

"흠…… 평범한 연수 강사만 연수 강사 노릇을 할 수 있는 건 아니란 말이군. 샤모토는 보이스피싱 세계에 발을 들인 지 일 년 남짓이었다더군. 그런 샤모토에게 온갖 면에서 밥상을 차려 준 브로커 같은 인물이 있어도 신기할 것이 없고, 그 남자가 그런 역할을 맡았다고 해도 이상하지 않아."

"인상과 나이는 전혀 알지 못합니까?"

"완전히 깜깜해. 샤모토가 무심코 한 번 말한 게 다야. 그 뒤로는 변호사에게 무슨 소리를 들었는지 '아와노'라는 이름은 모르고 말한 적도 없다고 우겼어. 그 멤버에게는 매스컴에도 자주 나오는 능력 있는 변호사가 로펌을 총동원해 변호를 맡고 있지. 대체 어디에서 얼마나 많은 돈을 댔나 궁금해질 지경이야. 빈틈이 없으니까 샤모토뿐만 아니라 다른 멤버들도 무너지지 않았어."

"번거롭군요."

"그래……. 하지만 살인이면 그런 소리나 하고 있을 수야 없지. 놈들은 요코하마와 사가미하라의 구치소에 나눠서 집어넣었네. 샤모토는 요코하마지. 부딪혀 볼 수 있는 만큼 부딪혀 보도록 해."

"예, 그러죠."

쓰다는 수첩에 빼곡히 쓴 내용을 다시 검토하고는 수첩을 접고 한숨을 작게 쉬었다.

"쓰다 부장도 모처럼 아시가라로 돌아갔는데, 또 살인 사건 수사본부 근무라니 평온할 날이 없군."

마키시마는 그렇게 말하면서 쓰다에게 접시를 권했다.

"예." 쓰다는 가볍게 고개를 숙이고 젓가락을 쥐면서 말했다. "하지만 배드맨 수사본부를 경험한 덕인지 힘들지는 않습니다."

"그만큼 그 수사본부가 힘들었다는 소리로군." 마키시마는 농담처럼 그렇게 응수했다.

"부정하지는 않겠습니다." 쓰다는 쿡쿡 웃으며 말했다. "수사관님은 저와 비할 바가 아니었을 테지요."

"아니, 나도 쓰다 부장이 도와줘서 겨우 해낸 거지."

"그런 말을 들을 만한 일은 아무것도 하지 않았습니다." 쓰다는 그렇게 말하며 가볍게 흘려버린다.

작년 배드맨 사건에서는 수사 지휘를 맡았던 마키시마를 지원하기 위해 쓰다는 아시가라에서 홀로 와서 날마다 늦게까지 수사본부에 틀어박혀 있는 생활을 감수했다. 초연해 보이는 겉모습과 달리 일을 할 때는 끈질겼다. 형사 경험이 풍부하고 정이 두터워 남의 마음을 헤아릴 줄 안다. 마키시마는 그와 이야기를 나누는 것으로 마음의 정리를 하고 몇 가지 중요한 결단을 내릴 수 있었다.

마키시마보다 다섯 살 많은 순사부장은 이미 자신의 정년이 눈앞에 보일까. 형사라 해도 파란 많은 일상을 스스로 바라는 자는 없다. 앞으로 이 년이면 어깨의 짐을 내리게 되니 그때까지 무탈한 나날을 보내기를 바라는 것이 일반적이리라.

그러나 쓰다가 오랜 형사 생활에서 키운 경험은 무엇과도 바꾸기 어렵다. 말랐지만 여전히 수사본부에서 오래 일할 체력도 있다.

쓰다를 특별수사대에 부른다면……. 그런 생각이 문득 마키시마 안에 생겨났다. 쓰다라면 틀림없이 젊은 수사원들에게 좋은 영향을 끼칠 것이다. 그뿐만 아니라 마키시마도 정신적으로 보조해 줄 것이다.

생각을 머릿속에서 확인한 것만으로도 무척 분에 넘치는 이야기 같았다.

그러나 다소 이기적인 이야기인 듯도 했다.

쓰다에게 남은 형사 인생을 요코하마에서 보내도 괜찮다는 마음이 있다면 좋겠는데…….

"쓰……."

"따님은 잘 지냅니까?"

망설인 끝에 겨우 입에서 나오려던 말이 한순간 빨랐던 쓰다의 목소리 앞에 사라졌다.

"그래." 마키시마는 멋대로 제 기분을 얼렁뚱땅 넘긴 듯한 느낌을 받으며 쓴웃음을 지으면서 대답했다. "특별히 이렇다 할 일은 없어. 건강히 잘 지내지."

"잇페이는요?"

"그 아이도 건강해. 봄부터 드디어 초등학교에 올라가지. 요전에는 가방을 사러 갔어. 내가 코트를 새로 장만했더니 혼자만 돈을 쓰지 말고 손자를 위해서도 쓰라고 마누라에게 한소리 들었거든. 잇페이가 기뻐했으니 된 거지."

쓰다는 실눈을 지으며 마키시마의 이야기를 들었다. 그러고 나서 조금 쑥스러운 듯이 얼굴이 풀어졌다.

"사실은 제 아들네도 아이를 가졌어요. 이제 석 달 뒤면 태어날 예정입니다."

"아, 그런가, 첫 손주인가."

쓰다의 아들은 미나미아시가라의 시청에 다니고 집도 2세대 주택에서 살고 있다.

"집에 돌아가도 진정이 안 된다고 해야 하나, 이상하게 싱숭생숭합니다."

그렇게 말하는 쓰다의 웃는 얼굴은 온전히 할아버지의 모습이었다.

"기대가 되는군. 할아버지라면 내 쪽이 선배야. 뭐든 물어봐." 마키시마는 농담처럼 말했다. "그래……. 참 축하할 일이야."

쓰다와 서로 웃으며 목구멍에 차올랐던 말은 슬쩍 가슴속에 집어넣었다.

「요전의 무라세 건 말인데, 그 뒤에 아키모토와도 이야기해서 여러모로 검토했지만 역시 좀 어렵겠어. 아키모토 쪽도 호텔 폭파 협박 사건을 끌어안고 있어서 일손에 여유가 없어. 무라세든 누구든 경험 있는 녀석이 빠지는 건 부담이 되겠지. 자네 앞에서는 아키모토도 그런 본심을 말하기 어려웠던 것 같더군. 아무튼 그렇게 됐으니 이 건은 포기하게.」

3월, 슬슬 어디든 여기저기서 어디로 이동하게 될지 이야기가 도는 무렵이 되어 와카미야에게 그런 전화가 걸려왔다. 마키시마는 입술을 깨물고 수화기를 내려놓았다. 아키모토의 본심을 물었다지만 와카미야의 의향이 앞서 있음은 자명했다.

와카미야에게 견제받은 소네에게 직접 담판을 짓는 최후의 수단도 진심으로 생각했지만 무라세가 남는 것으로 아키모토가 마음 속 어딘가에서 안심하고 있지 않을까 하는 생각도 떨치지 못한 채 망설임이 이기고 말았다.

"뭐, 무라세는 아쉽지만 하는 수 없겠죠. 제가 아키모토라면 역시 놔주고 싶지 않을 테고요."

혼다도 무라세에 관해서는 미련을 끊듯이 그렇게 말했다. 한편으로 내정한 새로운 진용 리스트를 보면서 불만의 씨앗은 달리 있다는 듯이 이야기했다.

"그건 그렇고 이렇게 바뀌는데 오가와가 남는 건 어떻게 된 겁니까? 저로서는 이 녀석을 맨 먼저 내보냈으면 했는데요."

"응…… 뭐, 그렇게 말하지 마. 이래저래 생각했는데 배드맨 사건에서 본부장상을 받은 녀석을 바로 보내는 것도 좀 그래서 말이야."

"본부장상 따위 개밥도 되지 않습니다." 혼다도 거침없이 되받아쳤다.

"아니, 그 녀석에게는 신기한 운이 따라. 관할서에 있던 무렵과 비교하면 조금씩 성장하고…… 있는 것도 같아."

마키시마는 어디서도 그를 받아주지 않았다는 말은 하지 못하고 얼버무리며 혼다를 진정시켰다.

특별수사대를 떠나는 사람에게는 한 사람, 한 사람 면담을 하며 지금까지 수행한 업무를 치하하면서 마키시마가 느낀 개개인의 장단점을 솔직하게 이야기했다. 다음 부임지에서 저마다 과제와 싸우며 형사로서 한층 더 성장하기를 바라며 그들을 보냈다.

연도가 바뀌는 것을 계기로 이동하게 된 사람 중에는 마키시마의 직속 상사인 형사총무과장 우에쿠사 소이치로도 포함돼 있었다. 4월부터는 경찰청 본청에서 근무한다고 한다.

"수사관님에게는 크게 신세를 졌군요."

마키시마가 인사하러 가니 우에쿠사는 딴마음 가득한 억지 미소를 지으며 응대했다.

"저야말로 짧은 기간이었지만 제가 일하기 쉬운 환경을 만들어 주셔서 과장님께 무척 감사드립니다. 새로운 곳에서의 활약을 바라겠습니다."

마키시마는 온순한 얼굴을 하고 정중하게 감사 인사를 했다.

"언젠가 형사부장으로 이곳으로 돌아오는 게 내 꿈이에요." 우에쿠사는 마음을 채 감추지 못한 듯이 마키시마를 노려보고 목소리 톤을 떨어뜨렸다. "그때 또 잘 부탁드리죠."

"기다리겠습니다." 마키시마는 시치미를 떼고 흘려버리듯이 대답했다. "하기야 그때면 저도 정년일 것 같습니다만."

우에쿠사는 이를 악다물듯이 마키시마를 쏘아보았지만 더 이상 아무 말도 하지 않았다.

그렇게 전도양양한 청년 관료는 직원들에게 꽃다발을 받고 현경 본부를 떠나갔다.

달이 바뀌고 새로운 형사총무과장에는 야마구치 마호라는 시원스러운 눈매를 한 서른두 살의 여성 관료가 취임했다.

형사특별수사대도 새로운 전력이 더해진 가운데 활동 시작을 알렸다.

그로부터 며칠 지나지 않은 어느 날, 마키시마는 소네의 호출을 받았다.

3

도모키는 남자가 눈앞의 카운터에 앉아 이쪽으로 시선을 보냈을 때 비로소 아와노인 줄 알아챘다.

멍하니 있던 탓도 있지만, 아와노는 가게에 들어가 카운터에 앉을 때까지 줄곧 얌전했다. 어둑한 조명이 그에게만 쏠려 있는 것처럼 보일 정도였다.

그러나 조용히 앉아 이쪽을 보는 아와노의 눈을 자세히 들여다보니 누구 한 사람 막 죽이고 온 것 같은 꺼림칙함이 감돌았다. 도모키는 허를 찔린 기분에 사로잡혀 어깨를 움찔했다.

"안녕하세요." 도모키는 간신히 평정을 가장해 아와노에게 인사했다. "물 드릴까요?"

"그래."

"탄산을 넣은 것도 있습니다."

아와노가 고개를 까딱여서 도모키는 탄산수를 잔에 부었다.

샤모토의 영업소가 적발된 뒤에도 도모키는 쇼트바 크레센트에서 계속 아르바이트를 했다. 생활을 크게 바꾸면 누구 눈에 띌지 모른다. 아르바이트 일수를 늘리지도 줄이지도 않고 담담히 이전처럼 주말에만 바텐더 일을 했다.

요코하마 역 서쪽 출구에는 술집과 카바레처럼 밤에 장사하는 가게가 줄지어 있는 작은 일대가 있다. 크레센트는 그 구역 한쪽에 있는 빌딩 지하에 자리하고 있다.

이 부근은 바샤미치나 모토마치 같은 요코하마다운 세련된 분위기는 없다. 부유물이 떠 있는 흐름 없는 강이 근처에 가로놓여 있고, 강 위로 수도고속도로가 뻗어 있다. 투박한 구조의 건물이 늘어서고 화려하다고 말하기는 어려울 정도의 네온이 빛났다.

도모키가 일하는 바도 근무를 마친 카바레 아가씨들이 모이는 심야부터 새벽까지는 그럭저럭 장사가 됐지만 밤 9시나 10시쯤에는 변두리 분위기와 그다지 다르지 않은, 태평하고 나른한 분위기가 가득하다.

아와노도 그런 시간대에 나타났다.

아와노는 이 가게에 네 번째 방문일 것이다. 첫 방문은 도모키가 샤모토의 가게에 들어가기로 했을 때였다. 샤모토와 함께 찾아와 소개받았다. 그때부터 아와노의 주문은 물뿐이었다. 그 뒤로 연거

푸 두어 번쯤 혼자 모습을 비치고 카운터 끝에서 조용히 물을 마셨다. 아마도 도모키의 근무 태도와 인간성을 가만히 관찰했던 것이리라. 샤모토의 영업소가 운영을 시작한 뒤로는 오지 않았다.

샤모토의 영업소가 적발되고 두 달 가까이 흘러 새해가 밝았다. 다행히 경찰의 손이 도모키 형제에게까지 뻗어올 기척은 없었다. 하지만 이대로 샤모토나 사기 조직과 연을 끊고, 평범한 생활로 돌아가리란 예감도 들지 않았다. 샤모토는 변호사를 통해 그의 불량배 동료에게 메시지를 전했다. 메시지는 다케하루에게 전달됐다. 너희는 지켜 줄 테니 너희도 절대로 자신을 배신하지 말라는 소리였다.

그런 가운데 일부러 모습을 드러냈으니 아와노에게는 어떤 목적이 있으리라……. 도모키는 아와노 앞에 탄산수가 든 잔을 놓으면서 어떤 이야기가 나올지 마음을 다잡았다.

아와노는 도모키를 애태우듯이 한동안 말을 꺼낼 기미가 없었다. 그저 탄산수만 핥듯이 마신다.

수수한 양복을 입었지만 성실한 회사원과는 역시 어딘가 다르다. 왼쪽 소맷부리로는 브레게의 투르비옹이 살짝 보였다. 이전에 도모키가 시계를 보고 샤모토에게 "아와노의 시계, 투르비옹이에요." 하고 가르쳐 줬더니 "그게 뭔데? 위블로랑 어느 쪽이 더 대단해?"라고 그가 되물은 적이 있었다.

투르비옹은 시계제조사 브레게의 창업자이기도 한 천재 시계사

아브라함 루이 브레게가 발명한 것으로, 손목시계의 중력으로 발생하는 시간 오차를 바로잡고 정밀도를 높이는 복잡한 장치다. 대부분은 문자반에 창을 내어 장치가 바깥으로 보이게 되어 있다. 명품 시계 브랜드의 고급 라인에만 있는 장치인 만큼 가격도 일천만 엔은 충분히 넘는다. 귀족이나 부호가 파티 때만 착용하고, 평소에는 컬렉션 케이스에 넣어 장식해 두는 종류의 물건이다. 아와노처럼 서른 살이 될까 말까 한 나이의 유약해 보이는 남자가 평소에 착용할 시계가 아닌데, 그는 그런 것에 개의치 않고 늘 그 시계를 손목에 차고 있다.

하지만 믿기지 않을 거금을 단숨에 손에 넣으면 분수에 맞지 않는 쇼핑을 해 버리는 심정이라면 도모키도 잘 안다. 범죄로 손에 넣은 돈이기 때문인지, 단순히 큰돈이기 때문인지는 모르겠다. 아무튼 지금까지의 자기 가치관이 무너지고 정신 균형이 이상해진다. 마음의 안정을 위해서는 결국 그 돈을 써 버리는 것이 제일이다. 장래를 위해서라며 전부 쟁여 두기란 무척 어려운 일이다.

도모키도 샤모토나 아와노에게 자극을 받은 것은 아니지만 롤렉스의 데이토나를 샀다. 데이토나로 산 이유는 고급시계 중에서 중고로 팔 때 값을 제일 잘 쳐 주고, 밤 세계에서도 가장 으스댈 수 있는 시계기 때문이다. 실제로 바에 놀러 온 카바레 아가씨들이 "좋은 시계 찼네."라며 자주 말을 걸어 온다. 바의 점장에게는 카바레에서 일하던 예전 애인이 사 줬다고 했다.

조금이나마 그런 식으로 계산하며 물건을 사려고 의식하고 있지만, 밑바탕에는 역시나 위태로운 정신 상태의 균형이 존재한다. 자신이나 샤모토나 크게 다르지 않을 것이라 생각한다.

아와노 또한 그렇지 않을까. 도모키는 감정을 읽을 수 없는 남자의 소맷부리를 보면서 그런 생각을 했다.

"너는……." 아와노가 잔을 내려놓고 드디어 입을 열었다. "영업소를 열 생각 없어?"

"……샤모 군처럼 말인가요?"

아와노가 고개를 끄덕였다.

"그런 말씀 마세요." 도모키가 대답했다. "샤모 군이 제가 배신했다고 오해할 거예요."

샤모토는 도모키 형제의 이름은 경찰에 절대로 발설하지 않을 테니 걱정하지 말라고 했다. 샤모토가 없다고 그의 일을 빼앗아 돈을 버는 짓을 했다가는 배신자 취급을 받아도 할 말이 없다.

"그 남자는 아마 칠팔 년은 바깥에 나오지 못할 거야." 아와노가 말했다. "나오더라도 경찰에 한번 찍혔으니 더는 쓸 수 없어. 배짱은 있지만 감은 그다지 좋지 않았지. 처음에 영업소를 경찰에 판 사람이 나라고 믿었던 것 같고 말이야."

그 이야기는 도모키도 다케하루에게 들었다. 샤모토는 한때 경찰과 변호사에게도 "아와노가 함정에 빠뜨렸다."라고 엉겁결에 떠든 모양이다. 샤모토의 영업소에서는 만에 하나 경찰에 체포됐을 때를 대비해 정한 약속이 있었다. 샤모토는 어지간히 무서웠는지 점장이면서도 약속을 깨 버렸다. 하지만 쩐주가 체포된 일당에게 일류 변호사를 붙여 준 덕에 샤모토는 오해를 풀고 전언을 뒤집었다고 한다. 쩐주는 당연히 표면에서 움직이지 않으니까 뒤에서 움직인 사람은 아와노이리라.

"누가 팔아넘긴 겁니까?"

"누구라고 생각해?" 아와노가 반대로 물었다.

도모키는 어쩐지 그렇지 않을까 생각했던 이름을 꺼냈다.

"혹시 고사카 씨인가요?"

아와노는 고개를 끄덕였다.

"샤모토가 놈을 자르니까 도리어 입막음 비용을 요구했어. 성실한 공무원 같은 얼굴을 하고는 머릿속이 맛이 갔지. 그런 인간도 싫지 않지만 이쪽에 피해를 준다면 못쓰게 해 둬야 해. 샤모토에게도 그렇게 말했는데 그 녀석이 애매하게 봐줬어. 그러니 도리어 원한의 싹을 남겼지. 그런 인간은 적당히 하면 안 돼."

고사카는 샤모토에게 제재를 받고 붕대 신세를 졌다고 한다. 그게 봐준 거라면 봐주지 않은 제재란 어떤 것인가.

그러나 고사카가 상식적인 힘의 논리가 통하는 인간이 아니었단 말도 사실일 것이다.

"그 사람이 밀고했으면 나나 그쪽 이름도 경찰이 파악하지 않았을까요?"

"걱정하지 마. 고사카는 익명으로 통보했을 뿐이라 경찰도 놈의 존재는 파악하지 못했어. 그쪽은 정리했으니 더는 걱정할 필요도 없어."

익명으로 통보했다는 사실은 어떻게 알았을까……. 그렇게 생각하고 아와노가 고사카에게 확인했음을 깨달았다. 정리됐다는 말은 즉, 이야기를 매듭지었다는 소리다.

아니, 이야기를 매듭지은 것이 아니라…….

그런 인간은 봐주면 안 된다는 아와노의 말이 귓가에 되살아나 도모키는 사고가 미치기 전에 등골이 오싹해졌다.

"끝난 이야기야." 아와노는 어깨를 으쓱하며 말했다. "너는 샤모토보다 잘할 수 있어."

"설마요." 도모키는 부르르 떨듯이 고개를 내저었다. "샤모 군 같은 완력도 없는데 영업을 어떻게 지휘하겠어요."

"완력 같은 건 특별히 없어도 돼. 고사카는 드문 경우지만, 그런 놈이 있다 해도 대처할 방법은 얼마든지 있지."

그런 말을 들어도 마음은 움직이지 않았다.

"이러지 마세요. 칠팔 년은 나오지 않더라도 칠팔 년 후에 반죽음을 당하는 건 사양합니다. 그때야말로 샤모 군도 봐주지 않을 테고요. 무엇보다 칠팔 년이나 그런 일을 할 마음은 없어요."

"지금 손을 씻어서 어쩔 거지?" 아와노가 조용히 묻는다.

"좋은 기회 아닙니까. 그런 일이 있었는데 계속하는 편이 이상하죠."

"그러니까 그만두고 어쩔 거냐고." 아와노가 다시 물었다. "네 배당은 일 년에 이천이백만 엔. 여기저기 써서 수중에는 천오백만 엔도 없잖아. 그 돈으로 뭘 할 수 있지? 여기 아르바이트를 계속할 작정인가? 이런 생활에서 벗어나기 위해서 그 일을 했던 것 아니야?"

아와노는 지금 처지를 비관하는 도모키의 울적한 마음을 정확히 파악하고 있었다. 다케하루에게는 이런 말을 하지 않으리라. 다케하루는 장래가 어쨌다기보다 당장 쓸 돈이 필요해서 보이스피싱에 손댔다. 친구 여럿과 롯폰기나 가부키 초에 가서 흥청망청 썼으니까 지금 수중에는 도모키의 절반도 남지 않았을 것이다.

도모키는 다르다. 아와노의 말대로 이 생활에서 벗어나기 위해 그 일을 했다. 그러나 전부 저축할 정도로 금욕적일 수는 없고, 어찌 됐든 일이천만 엔으로는 이런 바를 얻기에도 불안하다. 이 정도 여윳돈으로는 아무것도 하지 못한다는 사실은 아와노가 말하지 않아도 알고 있다.

"그렇다고 영업소를 꾸리기는 무리예요." 도모키는 혼잣말처럼 말했다.

"그럼 뭘 할래?"

아와노가 즐기듯이 그렇게 묻자 도모키는 흠칫했다.

"나는 한가해. 할 일이 없으면 지루해서 큰일이야."

아와노가 무엇을 할지 묻는 것은 어떤 사기를 치겠느냐는 뜻이리라. 적어도 어둠의 비즈니스이며, 범죄와 관련이 있을 것이다. 범죄에 손을 물들이는 이유는 저마다 다르겠지만 심심풀이로 한다는 건 아무래도 이해하기 어려웠다.

"다른 영업소는 닫으셨어요?"

도모키가 파악하고 있는 바로는 샤모토가 점장을 맡은 영업소는 한 군데 더 있고, 샤모토가 아닌 누군가가 점장인 영업소가 또 있었다.

"그 일 이후로 전부 닫았어. 또 다른 점장 한 명도 완전히 도망칠 태세야. 그 자식은 이대로 은퇴할 작정이야."

샤모토가 이 일을 시작할 때 수습으로 따라다녔다던 점장 이야기일 것이다. 샤모토보다 경력이 긴 만큼 충분히 벌었다는 생각도 있고, 역시 좋은 기회라고 본 것이다. 그리고 아와노는 후임자가 필요해서 도모키에게 제안을 해 왔다.

"하기야 자신과 같은 일을 하던 놈들이 일제히 붙잡혀 들어갔으니 도망치고 싶어지겠죠."

"붙잡히지만 않으면 되는 이야기지."

"아와노 씨는 체포된 적 없습니까?"

"없어."

없으니까 샤모토 일당이 체포되어도 태연할 수 있는 것인가. 자신만은 안전하다는 자신감이 있는지도 모른다.

하지만 그런 자신감에 근거는 있을까. 체포되고 안 되고의 문제에는 확실히 개개의 위기감지 능력이나 회피 능력이 크게 작용한다. 한편으로 운도 빼놓을 수 없다. 샤모토의 영업소가 적발됐을 때 도모키는 두 가지가 모두 필요하다는 사실을 뼈저리게 느꼈다.

아무리 아와노가 체포되지 않을 자신이 있다고 호언장담해도 그건 보장할 수 없는 일이다.

그러나 붙잡히지 않으면 된다는 말은 어떻게 보면 일선을 넘은 곳에 존재하는 진실이기도 했다. 도모키도 이미 여러 차례 범죄에 손을 물들이고 말았다. 좋은 일이니까 한다, 나쁜 일이니까 하지 않는다는 가치관 속에서 판단할 수 있는 인간은 이제 아니었다. 그렇기에 잡히지 않을 자신이 있는 듯한 아와노의 말을 의심하면서도 마음이 끌리기도 했다.

"머리만 조금 쓰면 될 일이야. 경찰을 따돌리고 누군가에게 몰래 돈을 받는…… 그런 수법을 고안하면 돼."

아와노는 마치 정말 별일 아니라는 듯이 말했다.

그날 밤부터 아와노는 사흘이 멀다 하고 도모키 앞에 모습을 비쳤다. 도모키가 바에서 일할 때에는 손님으로 오고, 그렇지 않은 날에는 어떻게 알았는지 잠시 들른 카페 같은 곳에 훌쩍 나타났다.

"위에서는 한동안 느긋하게 있으라고 했지만 아무래도 무료해서 말이야."

아와노는 그런 능청스러운 소리를 하며 도모키와의 간격을 빠르게 좁혔다. 이야기를 듣기로는 도모키에게 무언가 하자고 부추기는 것은 아와노의 독단이며, 쩐주의 생각은 전혀 개입되지 않은 듯하다. 쩐주가 어떤 인물인지는 여전히 알 수 없고, 거기에 흥미를 드러내면 보이스피싱 점장을 맡는 쪽으로 흘러가기 십상이라 아무것도 묻지 못하지만 어쩌면 쩐주는 단순한 출자자 이상도 이하도 아니고, 이 범죄조직의 컬러를 집요하게 어둠의 색으로 물들이는 사람은 아와노라는 한 남자의 존재로 정리되지 않을까…… 하는 그런 생각마저 든다.

아와노는 허를 찌르듯이 도모키를 바라보는 눈에 수상한 빛을 실었다.

"많은 인간에게 범죄는 다른 세계 일이지. 이 나라는 치안이 좋다고 다들 그렇게 생각하잖아. 그런 인식이야말로 이쪽의 어드밴티지야. 외국에서 일어날 만한 범죄도 들여오려고 작정하면 들여올 수 있지. 옛날에 누군가 하려다 실패한 범죄도 머리를 쓰면 할 수 있고."

마치 범죄는 예술이자 엔터테인먼트이며 위험을 무릅쓰더라도 도전할 가치가 있기라도 한 것 같은 말투다. 아와노는 그런 이야기를 지극히 담담하게 들려줬다. 열정은 느껴지지 않지만 이상한 설득력이 있고, 가만히 듣고 있으면 무슨 최면술이라도 걸리는 듯한 멍한 기분으로 이야기에 끌려들기도 한다.

"그래, 이건 일종의 예술이고 창조적인 영역의 문제야. 보이스피싱 영업은 이 세계에서 자기표현을 가능하게 하기 위한 기초 훈련이었다고 생각하라고. 너는 너 자신도 알지 못하는 사이에 체력이 붙었어. 하려고 마음먹으면 더 큰 일도 해낼 수 있겠지. 억 단위 일이라도 말이야."

아와노가 사기꾼으로서 그 화술로 도모키를 농락하려는 것인지, 아니면 정말로 새로운 일이 하고 싶다는 의욕과 성공할 자신감이 있어 권하는 것인지, 도모키는 솔직히 판단이 서지 않았다. 둘 다인 것 같기도 하고, 어느 쪽이든 만날 때마다 마음이 동하는 것은 확실했다. 이 남자가 내 편에 있으면 큰일을 할 수 있지 않을까. 그런 느낌은 샤모토에게 보이스피싱을 도와 달라는 권유를 받을 때보다 더욱 컸다.

"어제 원룸 밖에 나갔다가 앞에 아와노가 서 있어서 진짜 깜짝 놀랐어."

오랜만에 묘렌지에 있는 자택으로 돌아온 다케하루가 넉살을 피우며 그런 소리를 했다.

샤모토의 영업소가 활동하던 동안에는 다케하루도 자택에서 날마다 통근했지만, 11월 적발 이후로 밤마다 롯폰기나 가부키 초 부근에서 노는 것이 일과가 되어 버렸는지 친구와 지인 집을 전전하며 묵거나, 돈을 보관하기 위해 빌린 무사시 고스기의 원룸에서 먹고 자는 일이 늘어났다.

원룸 장소는 아와노는 물론이고 샤모토에게도 이야기하지 않았을 텐데, 아와노가 그곳에 나타났다고 한다.

"그래서 뭐가 뭔지 모르겠는 사이에 우연인데 같이 한잔하러 가자는 이야기가 돼서 지유가오카의 꼬치구이집에 가서 마셨거든. 그 사람 술이 들어가니까 꽤 재미있더라고. '사기꾼이 좋아하는 닭고기는 날개다(닭 날개를 뜻하는 '테바사기'를 사기라는 말에 빗댄 말장난./옮긴이).'라고 시시한 농담을 날리기도 하고. 가게를 나와서도 어깨동무를 하고 딱 한 군데만 더 가자는 거야."

그런 아와노는 상상이 가지 않고, 그거야말로 무슨 꿍꿍이가 있다고밖에 볼 수 없다. 그러나 중요한 점은 무슨 목적이 있든 간에 다케하루와의 거리를 간단히 좁혀 버린 아와노의 솜씨다. 샤모토의 영업소에서 일하던 시절에는 차가운 인상이 감도는 아와노를 다케하루는 어려워했다.

"그 사람에게 얻어먹은 것도 나밖에 없지 않을까." 다케하루는 그렇게 말하고 유쾌한 듯이 웃었다.

"그냥 마시기만 한 거야?" 도모키가 물어봤다. "무슨 얘기는 안 하고?"

"아, 도모 얘기도 나왔어." 다케하루는 가벼운 어조로 대답했다. "지금 도모랑 재미있는 일을 하려고 이런저런 이야기를 나누고 있다고.”

다케하루라면 아와노가 말하는 ‘재미있는 일’이 범죄라는 것쯤은 알아챘겠지만, 다케하루는 그것이 정말로 단순히 재미있는 일이라고 믿는 것 같은 말투로 이야기했다.

“너도 슬슬 돈이 바닥날 때 아니냐고.” 다케하루는 그렇게 말하더니 목을 움츠렸다. “그 사람은 어떻게 그런 걸 아는 거지.”

“뭐?” 도모키는 놀랐다. “너, 그 돈을 벌써 다 썼어?”

“아니, 그야 백만 엔 정도는 남았지만.” 다케하루는 거침없이 대답했다. “연말연시에 쭉 할 일 없이 놀러 다녔으니까 쓰지 말라는 게 말도 안 되는 소리지.”

“아무리 그래도 그렇지.” 도모키는 어이가 없어서 탄식하고 다케하루를 노려보았다. “그러면 전에 하던 장사라도 좋으니까 일하면 되잖아.”

“말이야 쉽지 일할 방도가 없잖아.” 다케하루는 기죽지 않고 대꾸했다. “샤모 군이 없으면 액세서리도 티셔츠도 들여올 수 없단 말이야.”

“그러면 계획 없이 쓰지 마.”

“그렇게 예민하게 굴지 말래도.” 다케하루는 냉장고에서 꺼낸 콜라를 맛있게 한 모금 마시고 나서 미소를 지었다. “아와노가 좋은 계획을 생각하고 있는 거지?”

“바보야…… 그딴 거 어떤 계획일지도 아직 모른다고.”

"우리끼리만 보이스피싱을 하라는 소리면 샤모 군 때문이라도 그다지 내키지 않는 얘기지만, 별개의 새로운 일을 생각해 보기로 했다며. 뭘 할지 모르겠지만 아와노랑 도모가 손을 잡으면 제법 재미있을 거야."

"무책임하게 부추기지 마."

"아니, 당연히 나도 전력으로 도울 거야." 다케하루는 주먹을 쥐며 기세 좋은 소리를 한다.

"은행 강도라도 할 생각이야?" 마음이 아예 쏠린 동생을 보며 도모키는 눈살을 찌푸렸다.

"그것도 좋네."

다케하루는 농담 투로 맞장구치고는 스스로 냉정함을 다소 되찾은 듯이 콜라 페트병을 식탁 위에 내려놓았다.

"뭐라고 해야 하나, 이번에 정말로 기회 아닐까." 다케하루는 그렇게 말하고 스스로 납득했다. "나 같은 놈이랑 달리 도모는 샤모 군 밑에서 일하기에는 아깝다고 줄곧 생각했어. 샤모 군에게는 미안하지만 없는 사람을 의지할 수는 없으니까. 도모가 뭔가 한다면 나는 도모를 따를 거야."

"샤모 군이 잡히든 잡히지 않든 나는 그렇게 길게 할 생각은 없었어. 너처럼 버는 만큼 쓰면 언제까지고 빠져나올 수 없어. 평생 위험한 일로 먹고살려고 그래?"

"나도 그럴 마음은 없어." 다케하루는 쓴웃음을 지으며 손사래를 쳤다. "위험한 일만 하면 언젠가는 붙잡히니까. 그때도 운이 좋았을 뿐이야. 그러니까 이번에 큰돈이 들어오면 아껴 쓸게. 도모가 하고 싶은 일에 돈을 댈 수도 있어. 하지만 도모도 지금 시점에서는 사업을 할 만한 돈은 모으지 못했잖아."

자신의 속사정까지 핑계로 삼는 것에 도모키는 혀를 찼다.

그러나 심적으로는 하는 수밖에 없지 않으냐는 마음으로 굳어 가고 있었다. 자신의 문제도 있지만, 자기가 움직이지 않으면 다케하루가 곤란하리라는 생각도 있다. 보이스피싱이라는 위험한 다리를 함께 건너면서 옛날에는 없던 유대감이 생겼다. 성격도 생각도 다르지만 역시 형제다. 자신과 다케하루는 싫든 좋든 함께다. 장차 큰돈을 자본으로 화려한 사업의 세계에 뛰어들고 싶다. 그리고 자신과 마찬가지로 다케하루도 그런 세계로 끌어올려 주고 싶다.

"투자만 하면 안 돼. 제대로 일해야지."

"알아. 뭘 하지? 크레센트 같은 괜찮은 여자가 오는 바가 좋은데. 나는 도어맨인가."

"멍청아, 공동경영자가 도어맨을 하는 가게는 없어." 도모키는 저도 모르게 웃음을 터뜨렸다.

"그런가…… 그럼 계산대라도 맡을까." 다케하루는 그렇게 고쳐 말하고 나서, "공동경영자라니, 장난 아닌데."라며 꿈을 꾸듯 황홀한 말투로 중얼거렸다.

토요일, 크레센트에 도모키의 대학 시절 동창 세 사람이 놀러 왔다. 학창 시절에는 같은 서클에 들어가 서로 헛소리를 떠들며 사이좋게 놀았다. 도모키는 부모를 잃는 바람에 그들의 활동에 전부 끼지는 못하게 됐지만, 4학년이 되어 각자 취직 자리가 결정된 가을 한때에는 또다시 마음껏 날개를 펼치듯이 함께 놀러 다니던 사이였다.

"스나야마, 이게 뭐야, 완전히 밤의 세계에 물든 얼굴이 되어 버렸잖아."

그들은 그런 농담을 하면서 카운터에 앉아 도모키가 추천하는 한잔을 주문했다.

뜬금없이 '밤의 세계에 물들었다.'는 말에 억지로 맞춰 주며 웃는 얼굴이 굳으려 했다.

머리를 기른 탓일까……. 그런 식으로 이유를 찾아본다. 샤모토의 영업소가 적발되고 나서 이유 없이 머리를 기르고 있었다. 낮에 정장을 입고 돌아다닐 필요도 없어졌고, 수사의 그림자도 두려웠다. 그래야 할 이유는 거의 없었지만, 영업을 하던 시절과는 조금이라도 겉모습을 바꾸고 싶은 마음도 있었다.

우치하시, 마토바, 아라이. 도모키 앞에 앉은 세 사람은 저마다 회사원으로 졸업하자마자 취직한 회사에 지금도 다니고 있는 듯했다. 오늘은 편한 차림이지만, 그래도 다들 말쑥했고 머리는 산뜻하게 쳤다.

우치하시는 냉동식품회사, 마토바는 통신정비회사, 아라이는 여행사 대리점에 들어갔다. 어디든 상장기업 같은 큰 회사는 아니다. 그들은 애초에 대학에 들어온 것도 AO입시(대입 시험이 아니라 면접이나 논술 등으로 신입생을 뽑는 특별전형./ 옮긴이)나 지정교 진학(대학이 지정한 고등학교에서 추천받아 신입생을 뽑는 특별전형./ 옮긴이) 출신으로 대학 수준에 맞는 학력이 있었던 게 아니다. 노는 데는 열심이었지만 학점을 따는 데는 몹시 고생했고 어학 시험에서는 당당히 커닝을 했을 정도다. 구직 활동에서도 대기업에만 지원해서 모조리 떨어졌다. 간신히 타협할 만한 곳으로 결정된 것도 도모키보다 늦었다.

그러나 지금은 세 사람 다 순탄한 생활을 하는 얼굴을 하고 있다. 자신은 오랫동안 그런 표정을 짓지 않았고, 누군가의 그런 얼굴을 가까이에서 보는 일도 없어졌다는 자각도 있어 도모키는 괜히 마음이 불편했다.

"그러고 보니 기미카가 결혼한대."

"뭐?"

대학에 들어가 처음 사귄 동급생 에토 기미카가 결혼한다는 이야기가 우치하시의 입에서 나왔다.

"6월에 결혼하나 봐. 6월의 신부지."

SNS로 서로 일상 소식을 주고받던 중에 안 모양이다. 도모키는 SNS에는 손대지 않았다. 남들에게 특별히 드러낼 만한 일상이 있지도 않거니와 감춰야 하는 일이 많기 때문이다.

"역시 구 남친에게는 충격적인 소식인가."

"하하하, 동요했어."

"헛소리하지 마."

그렇게 말하며 센 척했지만 흥미 없는 연예인이 결혼한다는 이야기보다는 확실히 더 강력했다. 이걸 충격이라고 한다면 충격일지도 모른다.

그와 동시에 도모키가 가볍게 동요를 보이고 만 데에는 이 타이밍에 아와노가 나타난 탓도 컸다.

아와노는 계산대의 점원에게 검은 코트를 맡기더니 어두한 가게 안을 곧장 걸어와 우치하시 일행과 의자 두 개를 사이에 두고 카운터 끝에 앉았다.

"상대가 어떤 남자인지 안 물어?"

"……어떤 남자인데?"

도모키는 세 사람을 상대하면서 아와노에게 탄산수를 냈다.

"나카오야."

같은 서클에 있던 녀석의 이름이 튀어나와서 도모키는 "응?" 하고 외쳤다. 친구들이 호기심의 눈으로 반응을 살핀다는 것을 알면서도 무표정을 지키지 못했다.

"언제 사귀었어?"

"내 말이." 우치하시가 우습다는 듯이 말했다. "졸업하고 나서인 것 같지만, 자세히는 몰라."

나카오도 SNS에서 남몰래 들이댔던 게 아니냐고 마토바가 무책임한 말투로 추리하고, 우치하시가 자신은 들이대지 않았다고 되받아쳤다.

"그런 이야기를 자세히 물으려고 오늘 나카오한테도 말을 걸었는데, 단칼에 거절당했어."

"왜 거절하지. 신부의 예전 애인에게 보고하는 것도 하나의 예의인데."

"하하하, 바보, 그런 예의는 없어."

"하지만 실제로 스나야마에게 자랑하고 싶은 마음이 있어도 이상하지 않잖아."

"의외로 반대 아니야? 스나야마가 버린 걸 물려받아 부끄러운…… 그럴 리는 없나, 하하하."

하고 싶은 말을 떠들고 웃는 세 사람을 머쓱하게 바라보는데 우치하시가 웃음을 거두고 짓궂은 시선을 보내왔다.

"나카오는 일도 순조로운 것 같고, 그런 녀석을 불러도 자랑만 늘어놓을 테니 오지 않은 게 다행인가."

우치하시는 도모키 앞에서 나카오가 자랑을 늘어놓았으면 했다는 얼굴을 하고 정반대의 이야기를 했다.

나카오는 부속 고등학교 출신으로 1학년 때부터 세련됐었다. 우치하시 패거리는 그가 없는 곳에서 '차라오(경박한 남자./ 옮긴이)'라 부르며 그의 센스는 너무 과하다는 듯이 비웃는 것으로 대항했지만 내면적으로 경박한 사람은 굳이 따지자면 우치하시 패거리 쪽이었다. 나카오는 야단법석인 그들에게는 어울리지 않고 자신의 페이스를 관철했다.

물론 권했다고 해서 신부의 전 애인이 일하는 곳에 자랑을 늘어놓으러 올 사람도 아니다.

기미카가 골랐으니 괜찮은 사람이 돼 있을지도 모른다. 나카오는 구직 활동에도 성공해 대기업 해운회사에 다닌다. 여기에 있는 녀석들의 근무처와는 규모가 전혀 다르다. 삼십 대에 연봉이 일천만 엔이 넘는 회사다. 결혼식도 무척 성대하고 화려하리라.

나카오와 기미카는 이제 자신과는 다른 세계에 있는 것 같았다. 같은 캠퍼스에 있었으니 착각했을 뿐, 어쩌면 처음부터 그들과는 다른 세계에 살 운명이었던 것일까. 이런 길이 그 시절에 이미 마련돼 있었던 것일까.

그 시절에는 손톱만큼도 그렇게 느끼지 않았다. 열여덟 열아홉 살 때 이야기니 당연한지도 모르지만, 기미카는 도모키가 사귄 여자 중에서도 가장 순수한 아이였다. 양친을 잃은 1학년 가을이었던가, 그녀와의 데이트 약속에 늦잠을 자는 바람에 전화를 받고 일어났다. 사과하는 것도 귀찮아져 도모키는 통화하면서 열이 나서 피곤하다고 꾀병을 부렸다. 더없이 갑작스럽고 빤한 거짓말이었는데도 그녀는 진심으로 걱정했다. 심지어 교과서처럼 죽을 쑤어 일부러 도모키 집까지 달려오는 바람에 도모키는 하는 수 없이 몸이 아픈 연기를 해야 할 지경이 됐다.

세상 물정 모른다고 하면 그럴지도 모른다. 그런 헌신적인 태도나 온 정성을 다 쏟는 방식만이 여성스러움이 아니고 영리하게 남자와 논쟁하는 여자가 매력적으로 보이기도 한다. 그렇게 생각하는 한편으로 요새는 그런 순수함을 접할 일이 도통 없어졌다는 생각도 든다. 여기에 모여서 새벽까지 담배를 피우면서 동료나 손님의 험담을 하는 카바레 아가씨들과는 명백히 다른 여자였다. 한때는 자신도 그런 사람과 마음이 통했다.

그러나 이제 다시 어울릴 일은 없다.

"스나야마는 이 일을 계속할 생각이야?" 마토바가 묻는다.

"아니, 아무 생각도 없어."

"여기서는 사원으로 일하는 거야?"

"아닌데."

"그럼 보너스 같은 건 없다는 소리구나……. 아니, 잘난 척하며 떠들 처지는 아니지만 앞날도 생각해야지. 요새 경기도 좋아졌고 우리가 구직 활동하던 시절과는 환경도 달라졌으니까."

"스나야마는 밤의 인간이 되어 버렸으니 낮의 세계 이야기는 모르는 거 아냐?"

아라이의 말은 냉담한 웃음으로 답했다.

"결국 말이야." 아라이가 말을 이었다. "스나야마는 미나토당에 매달렸어야 했어. 입사 예정자 잘라내기도 이쪽이 응하지 않으면 억지로 할 수 없다잖아. 지금은 거기 '미나토로망' 캐러멜맛이니 멜론맛 같은 새로운 종류가 텔레비전 방송에서 소개되기도 하고 꽤 잘나가잖아."

"맞아." 마토바도 고개를 끄덕인다. "요새 카페도 엄청 늘었어. 이러쿵저러쿵해도 이번 시즌은 역대 매출을 기록하지 않을까."

"스나야마, 아까운 짓 했다." 우치하시가 웃음을 참는 듯한 목소리로 말했다. "억지로라도 매달렸으면 지금쯤 보너스를 다 쓸 수 없어서 웃음이 그치지 않았을 텐데."

"그리고 기미카와 다시 시작했을지도 모르는데 말이지." 마토바가 덩달아 참견했다.

"무슨 소리야. 그런 옛날 일은 다 잊었어."

옛 친구들의 스스럼없는 놀림 하나하나가 도모키의 기분을 건드렸지만 정색하고 낯빛을 바꿀 수도 없는 노릇이라 상대하지 않는 태도를 보이는 정도밖에 할 수 없었다.

아와노를 흘끔 본다. 표정 없이 눈을 내리뜨고 있지만 귀를 기울이고 있을 것이다. 이 정도 이야기쯤이야 들어도 상관없지만 거북함은 남는다. 그런 생각에서 마음을 돌리듯이 도모키는 아와노의 잔에 탄산수를 더 부었다.

"우리도 한 잔 더 줘."

그 말에 세 사람 앞으로 돌아가 그들의 술을 만드는데 우치하시가 도모키의 손목을 들여다보고 소리쳤다.

"오, 그거 롤렉스 아냐?"

마토바와 아라이도 몸을 내밀고 달려들었다.

"정말이네. 그거 엄청 비싼 건데."

"진짜? 얼마나 해?"

"백만 엔은 한다던데."

"진짜로? 그거 진짜야?"

"굳이 가짜를 왜 차." 도모키는 그렇게 대답했다.

"정말? 어떻게 그런 돈이 있었어?"

아르바이트 따위에게 어울리지 않는 시계가 아니냐는 것처럼 들려 쓸데없는 참견 말라고 대꾸하고 싶었지만, 그들의 반응은 무슨 나쁜 장사라도 뒤에서 하는 것 아니냐는 의문으로 연결될 가능성도 있어, 대충 응수해서는 무덤을 팔 위험이 있었다.

"카바레 아가씨랑 사귈 때 받았어."

하는 수 없이 점장에게도 쓴 변명을 둘러댔다.

"뭐라고? 설마 기둥서방이야?"

"제비야, 제비."

"나쁜 남자네."

세 사람은 저마다 멋대로 떠들며 도모키에게 호기심 가득한 눈빛과 냉소적인 웃음소리를 퍼부었다.

11시가 넘어 세 친구가 돌아가고 카운터에 아와노만 홀로 남자,

평소의 나른한 공기가 크레센트에 돌아왔다.

"대학 동창인가?" 아와노가 불쑥 물었다.

"네."

"친구?"

도모키는 피식 하고 짧게 실소했다. "농담이시죠."

"아니야?" 아와노는 조금 뜻밖이라는 듯이 도모키를 쳐다본다. "친구니까 너를 놀리는 말도 태연히 하는 거 아닌가?"

"유감이지만 아니에요." 도모키는 코로 한숨을 내쉬고 고개를 저었다. "저 녀석들은 그저 기분 풀이를 할 뿐이에요. 나는 나대로 일일이 욱하는 것도 어른답지 못해서 적당히 상대할 뿐이고요. 솔직히 말하면 학창 시절에 뭘 해도 저 녀석들보다는 잘했어요. 학점을 따거나 주변 여자애들에게 인기를 얻는 작은 일이지만요. 하지만 그런 내가 지금은 일정한 직업도 없이 이렇게 아르바이트 신세죠. 저 녀석들은 나름대로 견실하게 살고 있고요. 그래서 녀석들 입장에서는 제법 통쾌한 마음이 있는 거예요."

"그런가……."

그런 줄은 몰랐다는 듯이 아와노는 얌전히 맞장구를 쳤다.

마치 친구라는 존재를 지금까지 모르고 살아온 것 같은 말투다.

물론 도모키도 지금 현재 친구라 부를 사람이 있느냐고 누가 물으면 대답하기 곤란하지만 친구가 어떤 존재인지 정도는 상상할 수 있다.

아와노는 그것조차 모색하는 듯한 말투였다.

종잡을 수 없는 남자다.

"뭐, 저런 놈들이 입방아 찧을 만한 생활을 하는 나도 잘못했지만요."

"일정한 직업이 그렇게 중요한가?"

아와노는 소박한 의문을 입에 담듯이 물었다.

"아와노 씨는 회사에 다닌 적이 없어요?"

"없어."

"대학은요?"

아와노가 고개를 가로저었다.

"그럼 모를 수도 있겠네요." 도모키가 말했다. "조금 전 녀석들도 그렇고 나름대로 대학에 가는 사람들은 뜻밖일 정도로 융통성 없는 사고를 합니다. 단적으로 말하면 돈이 전부가 아니에요. 지위나 이미지나 간판이나 직함, 그런 것이 중요하죠. 다들 연봉 일천만 엔의 수상한 선물 거래 회사보다 연봉 오백만 엔의 이름 들으면 알 만한 회사에 들어가고 싶어 해요. 내가 데이토나를 차도 대단하다고 생각하지 않죠. 신분에 맞지 않는 것을 찼다고 생각하고 끝이에요. 그런 의미로는 놈들은 세상의 일반적인 사물의 견해를 알려줍니다. 눈을 뜬 기분이에요."

아와노는 흥미진진하게 들었다. 그 모습에 낚이듯이 도모키는 계속 떠들었다.

"결국 말이죠, 형태 있는 것을 기반으로 삼았느냐 아니냐가 아닐까 해요. 예를 들어 공무원은 승자예요. 국가라는 조직에 확고한 거처가 있으니까요. 상장기업은 회사명 자체가 형태입니다. 그러니까 그곳의 사원이라는 것만으로 당당해지죠. 그리고 이런 상품을 만든다거나 이런 건물에 입주해 있다거나, 아무튼 그런 형태 있는 것이 중요해요."

"아무리 돈이 많아도 안 되는 건가?"

아와노는 대답을 알면서 굳이 묻듯이 질문했다. 도모키는 그 물음에 어깨를 으쓱했다.

"예를 들어 샤모 군이라면 이삼억 엔쯤 수중에 있으면 기뻐할지도 모르죠. 다음 목표는 아마도 또 이삼억을 버는 일을 할 테고요. 하지만 나는 그만한 금액이라도 단순히 돈만 있는 걸로 기뻐하지 않아요. 그보다 그렇게 벌 때까지 위험한 일을 계속하지 않을 거예요. 지체 없이 내 사업을 할 겁니다."

"그래. 적당히 벌어서 무슨 일을 하고 싶어?"

"꿈을 물어서 어쩌시려고요?"

도모키가 되묻자 아와노는 입가에 쓴웃음을 비쳤다.

"확실히 의미는 없군. 어느 쪽이든 이런 가게라도 여는 일이겠지만." 아와노는 가게 내부로 고개를 살짝 돌리며 말했다.

"뭐, 그렇죠. 고용된 거랑 오너는 입장이 다르다는 것쯤은 누구든 알아요. 가게를 가진 것은 알기 쉽죠. 지금의 나에게 손이 미치는 사업은 그런 거고요."

"하지만 지금 상태로는 손이 닿지 못해."

눈을 내리뜨고 혼잣말처럼 중얼거린 아와노의 말은 도모키에게 어떤 결단을 촉구하는 것처럼 들렸다. 그는 결국 도모키가 털어놓게 하면서 어떠한 방향으로 그의 기분을 움직였다.

그런 사실을 깨달아도 교활하다고 생각하지 않는다. 아와노답다고 생각할 따름이다.

"아와노 씨."

불러도 아와노는 고개를 들지 않는다. 그러나 그 침묵은 도모키에게 이야기를 부추겼다.

"나는 샤모 군을 배신했다는 오해를 살 마음이 없고, 그런 뒷세계에 오래 관여할 마음도 없어요."

아와노가 살짝 고개를 끄덕인다.

"그러니까 무척 뻔뻔한 이야기지만…… 사오천만 엔, 단기간에 깔끔하게 벌 수 있는 일이 있으면 생각해 보고 싶습니다."

아와노가 고개를 든다. 그 눈꼬리에는 확실히 염치없는 이야기라는 듯이 웃음 주름이 잡혀 있다.

그러나 대답은 즉답에 가까웠다.

"당연히 있지."

단기간에 사오천만 엔을 번다. 움직일 수 있는 멤버는 도모키와 다케하루 두 사람뿐이다. 어둠의 세계에서 일어나는 일이라지만 그런 장사가 실제로 있을까. 아와노는 그 자리에서는 구체적으로 무엇을 할지 이야기하지 않았다.

그런 것이 있다면 어딘가에서 누군가 이미 하고 있을 것이다.

그러나 있다고 하니까 있으리라.

막연히 머릿속에 떠오른 것은 가공의 미공개 주식이나 회사채 등을 파는 투자사기였다. 그 수법의 사기라면 건당 금액도 크다. 단, 보이스피싱 이상으로 밑천이 드는 사업이라고 들었다. 일반 회사 수준의 사무실을 준비하고 미공개 주식이나 회사채 대상이 되는 기업 팸플릿이나 정관(회사의 근본 규칙을 기재한 서면./ 옮긴이), 사업 계획 등의 자료를 그럴싸하게 만들어 둬야 한다. 그것들을 갖추지 않고 하려면 이전에 투자사기를 당한 사람에게 끈질기게 영업을 해서 손쉽게 걸려 줄 인간을 찾는 수밖에 없다. 투자사기는 대면 영업이 필수이고 경찰에 체포될 위험도 늘어난다.

하지만 그런 것은 아닌 듯하다. 근거는 없지만 도모키는 그렇게 감지했다.

대체 아와노는 어떤 안을 생각하고 있는 것일까.

그로부터 닷새쯤 지나 아와노가 다시 도모키 앞에 나타났다.

평일 낮이었다. 자택에서 책을 읽던 도모키의 휴대전화에 발신자 표시 제한의 전화가 왔다. 아와노에게 발신자 표시 제한은 자기가 건 전화라고 생각하라고 들었다.

「지금 그쪽으로 간다.」

전화를 받은 도모키에게 아와노는 짧게 고하고 일 분 후에 인터폰이 울렸다.

집에는 마침 다케하루도 있었다. 아와노가 왔다고 알리자 "어? 진짜?" 하고 놀라면서 방에서 나왔다.

아와노는 평소와 마찬가지로 수수한 남색 양복에 검은 비즈니스 코트 차림이었다. 가죽장갑을 벗자 손목에 찬 브레게가 번뜩였다.

"웬일이세요." 도모키와 함께 현관에 마중 나온 다케하루가 그에게 말을 걸었다.

"하실 이야기가 있나 봐." 도모키는 아와노에게 확인하지 않은 채 말했다.

"그래?"

다케하루도 새로운 일 이야기라고 알아챘는지 구미가 당기는 듯한 맞장구를 쳤다.

"잠깐 방 좀 보여 줘."

신발을 벗고 집으로 들어온 아와노는 천천히 말하더니 집 안을 돌아다녔다. 가죽장갑을 냄비 장갑처럼 잡고 문고리를 돌리며 차례차례 방을 들여다본다.

"뭐예요, 뭔데요."

다케하루가 어리둥절해하며 뒤따랐다.

"위는?"

아와노가 계단에 발을 걸치며 묻는다.

"거실이랑 목욕탕이에요."

도모키의 집은 1층에 다다미 여덟 장 크기의 서양식 방 세 개가 있고, 2층에 거실과 욕실이 있다. 그렇게 큰 집은 아니지만 구릉지에 지어서 거실에서 보는 전망은 나쁘지 않다. 바깥은 한쪽은 일방통행, 한쪽은 좁은 언덕길이 있지만 두 변이 도로에 접해 있어서 답답하지 않은 것이 장점이라면 장점이었다.

아와노는 2층에 올라가 거실을 한 차례 둘러본 뒤에 창문으로 베란다에 몸을 내밀고 바깥 경치를 보았다. 창문을 똑똑 두드리며 관찰하기도 했다.

"무슨 조사를 하는 겁니까?"

"이 집을 쓸 수 있는지 보는 거야." 다케하루의 질문에 아와노가 대답했다.

"네? 뭐에 쓰게요?"

그 물음에는 대답하지 않은 채 아와노는 베란다로 통하는 창문을 닫고 커튼을 쳤다. 그대로 옆에 있는 소파에 앉기에 도모키와 다케하루도 덩달아 따라서 앉았다.

"무슨 일을 하겠다는 겁니까?" 도모키가 물었다.

"네가 하고 싶다고 한, 단기간에 깔끔하게 거금이 생기는 일이지." 아와노는 다리를 꼬고 도모키를 응시하며 말했다.

"그게 뭐예요? 그런 일이 있어요?" 다케하루가 천진해 보이기까지 한 목소리로 크게 물었다.

"당연히 있지." 아와노는 지난번에 도모키에게도 대답한 말을 했다. "단기간이라 해도 하루 이틀로 실체가 생기지는 않아. 빈틈없는 준비와 어느 정도의 인내는 필요해. 조금쯤 땀도 흘려야 해. 그것만 버티면 돈은 들어와."

아와노는 꼬았던 다리를 풀고 무릎 위에 팔꿈치를 괴며 치켜뜬 눈으로 도모키를 보았다.

"이를테면 미나토당에서 일억 엔."

"그게 뭐예요? 재밌는데!"

다케하루는 눈을 빛내고 아와노와 도모키를 번갈아 본다.

미나토당 이름을 꺼내서 도모키는 동요했다. 동창들과의 이야기를 옆에서 들으면서 아와노는 역시 도모키 안에 있는 비뚤어진 부분을 민감하게 건져냈다. 그리고 그것을 이 자리에서 효과적으로 이용하고 있다.

실제로 도모키는 아와노가 이야기하려는 것의 정체를 빨리 알고 싶다고 강렬하게 생각하기 시작했다.

"공갈입니까?" 도모키가 물었다.

회사에서 큰돈을 빼앗는다면 먼저 공갈이 떠오른다. 솔직히 그것밖에 떠오르지 않는다.

"어떤 의미로 근접하지만 좀 달라. 미나토당에 관해 여러 가지

조사를 했지만 유감스럽게도 협박할 소재는 없었어."

"그럼 뭡니까?" 도모키는 초조해하며 물었다.

아와노의 붉은빛이 감도는 입술이 움직인다. 말은 입술의 움직임보다 조금 늦게 도모키의 귀에 도달하는 것처럼 느껴졌다. 충격이 커서 이해하기까지 시간이 걸렸기 때문일까.

"유괴 사업이야." 아와노는 그렇게 말했다.

"유괴……."

도모키는 숨을 삼키고 그 말에 숨은 위험성을 갑자기 주체하지 못하고 말았다.

"이 나라에서도 한때 몸값이 목적인 유괴 사건이 자주 일어났지. 하지만 대부분 성공리에 끝나지 못하고 범인은 경찰에 체포되거나 비참한 경우에는 인질도 목숨을 잃었어. 대개는 계획적이지도 않고 조직적이지도 않은 범행이기 때문이야. 어느새 몸값을 노린 유괴는 가장 비효율적인 범죄라는 낙인이 찍히게 됐지."

도모키의 인식도 그에 가깝다. 요즘 시대에 몸값 목적의 유괴에 손을 대는 것은 어지간히 세상 물정을 모르는 짓이다.

"그러나." 아와노는 말을 이었다. "외국, 특히 개발도상국에서는 유괴 사업이 다국적 기업을 떨게 할 만한 신변의 위협이 되고 있어. 사원이 유괴되면 기업은 사람을 되찾기 위해 비밀리에 돈을 지불해야 해. 그런 위험을 회피하기 위한 보험도 있지. 피해를 보면 중개자를 통해 범인 측과 협상한다. 협상해서 합의한 돈이 범인 쪽에 건네지면 인질은 해방되지. 해방된 실적이 있으니까 거기에 모종의 신뢰가 생기고, 이 일이 사업이 되는 거지. 한때 일본에서 흔히 보이던 '유괴는 했지만 거스르니까 바로 죽여 버리는' 계획도 없이 되는 대로 하는 방식이 아니야. 더 조직적이고 몇 주 단위의 전망을 세운 계획적인 일이지. 그 사업을 일본에서 하는 거야."

다케하루가 작게 신음하며 도모키를 바라본다. 그 얼굴은 흥분한 것처럼도 보이고 긴장한 것처럼도 보였다.

"무리예요." 도모키는 참았던 한숨을 토해내듯이 간신히 말을 꺼냈다. "일본에서 가능할 리가 없어요."

"어째서 무리라고 단언하지?" 아와노가 냉정하게 되물었다. "누군가 해서 실패했다면 알겠지만 아직 아무도 하지 않았어. 예전에 구리코 모리나가 사건(1984~1985년에 일어난 제과회사를 협박한 일련의 사건. 84년 3월에 구리코의 사장을 납치해 몸값을 요구한 사건을 계기로 대형 제과회사를 잇달아 협박하며 돈을 요구했지만 끝내 범인들은 나타나지 않았고 범인을 검거하지 못한 채 수사가 종결됨./ 옮긴이)이 있었지. 사장이 유괴당한 뒤에 자력으로 도망쳤어. 케이스로는 유괴 사업의 선구라고 할 수 있을지도 모르지만 그것조차 범인은 잡히지 않았어."

"하지만 성공도 하지 않았어요." 도모키가 반박했다.

"진상은 어둠 속에 묻혔지." 아와노는 의미심장하게 말하고 나서 이야기를 계속했다. "그 범인들이 뒷거래도 못하고 제과회사 주식도 조작하지 못했다는 보도가 전부 사실이라 하더라도 유괴 사업이 불가능하다는 예시는 되지 않아. 범인들은 첫 승부에서 애써 잡은 인질을 놓쳐 버렸어. 그래서 다음에는 독이 든 과자를 뿌리는 수단으로 바꿨지. 그들은 극장형 범죄를 만들어 냈지만 유감스럽게도 유괴 사업의 효율적인 형태에서는 벗어나 버렸어. 세상을 들었다 놨다 할 정도로 떠들썩하게 했으면서 수확은 얻지 못했어. 결국 실적을 만들지 못한 탓이 컸지."

"그만큼 그런 범죄가 어렵다는 얘기예요."

"철저하게 유괴에 집중했다면 어땠을까." 아와노는 말한다. "사장을 유괴하고 기업의 돈을 취한다. 이 노림수는 좋았어. 회사도 몸값을 분명히 준비했지. 형태만 보면 성공할 요소는 있었어. 하지만 범인들은 성공의 청사진은 그리지 못했어. 요구한 몸값은 십억 엔과 금괴 백 킬로그램. 청사진을 그렸다면 이런 요구는 하지 않아. 아무리 욕심을 부려도 받지 못하면 제로다. 나라면 금괴 이십오 킬로그램을 요구할 거야. 지금 시세라면 대충 일억 엔은 돼. 중국인에게 팔 루트도 있어."

돈을 속여서 가로채는 사기와 달리 유괴에서는 지폐 일련번호를 적어 놓을 시간이 생긴다. 은행에 있는 기계로 쉽게 할 수 있는 작업이라 애써 빼앗은 만 엔 지폐로 꼬리가 잡힐 위험성이 크다.

그것만 보더라도 도모키는 도저히 승산이 있다고 생각할 수 없었다.

"현찰 다발이든 금괴든 마찬가지예요. 유괴의 첫째 위험은 몸값을 건네받는 거죠. 직접 받아야 하는 이상 경찰이 잠복하고 있으면 그 자리에서 인생은 끝장이에요."

"따돌리면 돼." 아와노는 태연하게 말했다.

"흔한 형사 드라마처럼 거래 장소를 계속 변경해서 상대를 농락합니까. 몇 년쯤 전에도 요코하마에서 있었죠. 불꽃놀이 날에 사람들 속에 섞여 몸값을 받으려 했던 일이……. 하지만 그때도 건네받는 데 실패하고 결과로 인질인 어린아이를 죽였어요. 범인은 잡히지 않았던 것 같지만 그래도 성공했다고 하지는 못하죠."

"인질을 죽이는 건 의미가 없어." 아와노가 말한다. "아마 단독범이었겠지. 혼자 감당하기에는 버거워서 범인은 손을 대고 말았어. 전부 혼자서 해야 하니까 하루에 결과를 내려 했지. 세 사람이 해서 삼 주 동안 할 마음이 있다면 그런 식으로 하지는 않아. 경찰이 있어도 반드시 틈은 생기지."

"장기전인가." 다케하루가 입을 연다. "그야 생각하기에 따라서는 삼 주 만에 일억 엔을 얻을 수 있다면야 이렇게 수지맞는 일은 없을 테니 열심히 할 거예요. 하지만 시간을 들였다고 절대로 경찰을 따돌릴 수 있다는 보장도 없죠. 도모도 그렇다고 생각하지만 나도 그 점은 걸리는데요."

다케하루는 신중한 말투를 보였지만 수상쩍은 이야기에 끌리는 심정도 반쯤 내비쳤다.

"물론 상대의 집중력이 떨어지기를 마냥 기다리기만 하는 건 아니야. 따돌리기 위한 수단은 여러 가지 있지."

아와노는 그렇게 말하고 뻔뻔한 미소를 지었다.

처음에는 진지하게 상대해서는 안 되는 종류의 이야기처럼 들렸다. 대다수 인간은 함께 누군가를 유괴해서 몸값을 받자고 권유받더라도 그렇게 생각할 뿐이리라.

물론 도모키가 아와노에게 말을 꺼냈듯이 단기간에 뜻을 이룰 수 있는 돈벌이에는 흥미가 있다. 그렇다 해도 적극적인 기분과 소극적인 기분의 비율은 고작해야 1대 9 정도였다.

그런데 도모키와 다케하루가 제시하는 의문이나 반대 의견에 아와노는 차례차례 대답을 마련해 놓았다. 아와노의 이야기를 듣는 사이에 도모키의 생각도 미묘하게 바뀌었다. 그의 이야기를 들으면 들을수록 거기까지 생각한 건가 감탄하게 됐다. 현실에서 통용할지는 모르겠지만, 한편으로는 그래서 시험해 보고 싶다는 생각을 들게 하는 매력도 느꼈다.

아와노의 화술에 속았을 뿐인지도 모른다. 그러나 자신을 이토록 잡아끄는 천재 사기꾼이 계책을 짜내고 짜내서 유괴 사업에 나선다면 역시 성공하지 않을까. 더는 논리조차 없는 생각이 고개를 들더니 도모키 안에서 무시할 수 없는 존재로 탈바꿈했다. 1대 9가 3대 7, 5대 5로 바뀐다.

아와노가 '실적' 이야기를 꺼냈을 때 마음이 기울었다.

일본의 범죄사에 이름을 새긴 유괴범들에게 부족했던 점은 실적이라고, 아와노는 도모키와 다케하루의 머릿속에 못을 박듯이 반복해서 이야기했다. 구리코 모리나가 사건 범인들도 결국 실적 하나를 얻지 못한 것이 극장형 범죄를 단순한 헛수고로 끝내 버린 원인이 됐다고 했다.

실적이란 무엇인가.

인질을 유괴하고 몸값을 받고 인질을 해치지 않고 돌려보낸다.

이것을 성공하면 곧 하나의 실적이 되고, 다음 유괴가 발생한다. 우리들은 이런 실적이 있다고 말할 수 있다. 돈만 확실히 지불하면 인질을 안전하게 돌려보내겠다고 말할 수 있다. 위험과 손해를 냉정하게 저울질하는 기업이 상대라면 경찰을 따돌리는 편이 나을지도 모른다고 생각하게 할 수 있다. 제삼자는 몸값을 줬는지 안 줬는지 모르니까, 기업 이미지도 딱히 손상되지 않는다. 인질과 범인 사이에 신뢰 관계를 쌓는 것이라고 아와노는 말했다.

"하지만 우리도 실적 같은 건 없잖아요."

다케하루가 되받아치자 아와노는 옅은 미소를 입가에 새겼다.

"만들면 되지."

"말이야 쉽지……." 다케하루가 냉담한 웃음을 터뜨렸다.

"아니, 간단히 만들 수 있어."

아와노의 대답에 다케하루의 웃음소리가 그쳤다.

아와노는 실적을 만들기 위한 유괴 계획도 이미 머릿속에 그리고 있었다.

"유괴할 목표물도 결정했어. 시나가와에 있는 '뷰티 웨이브'라는 미용기기회사 이사야. 스도 히토시, 32세. 사장의 외동아들로 전형적인 얼간이지. 사 년 전에 결혼한 아내가 대형 뷰티살롱의 사장 셋째 딸로 그녀에게는 찍소리도 하지 못해. 이 년 전에 자사의 캠페인 걸 중 한 명을 건드려서 임신시켰어. 그것을 알고 약점을 이용한 깡패가 있었지. 스도는 깡패가 협박하는 대로 세 번에 걸쳐 이천만 엔을 줬어. 그런 인간이야. 밤놀이에도 씀씀이가 헤프고.

그뿐만이 아니라, 스도 히토시는 지금 자택과는 별개로 비밀 맨션을 빌려 거기서 마리화나를 하고 있어. 자신의 비서인 애인과 있을 때도 있지. 멍청이라서 베란다에 나와 맛있게 피운다니까. 사진도 마음대로 찍을 수 있어. 다시 말해 형태로는 유괴지만 상대는 따로 유괴하지 않아도 돈을 빼앗을 수 있는 인간이다. 그러나 유괴해서 받아내면 그건 유괴 사업의 실적이 되지. 일천만 엔 정도는 이 녀석이라면 쉽게 내줄 거야. 그걸로 충분해."

일천만 엔으로 실적을 만들고…….

아와노는 분명히 말했다.

미나토당에서 일억 엔.

미나토당 사장에게는 뷰티 웨이브의 도련님 같은 약점은 없다고 한다.

우리에게 실적이 있으면 미나토당은 순순히 지불할까. 지금의 미나토당에게 일억 엔은 결코 어려운 금액이 아닐 것이다.

물리적으로 운반해야 하니까 일억 엔으로 설정할 뿐이지 사실은 더 불러도 될 정도다.

구직 지원금 오십만 엔이라니, 한 사람 인생을 망가뜨린 것치고는 지나치게 푼돈이다.

역시 일억 엔은 받아야만 한다.

"좀 더 생각해 봐."

아와노는 마지막에 그렇게 말하고 소파에서 일어났다. 샤모토처럼 지금 결단을 내리라고 압박하지도 않았다.

그러나 도모키의 심정은 샤모토에게 보이스피싱을 돕지 않겠느냐고 권유받았을 때와 비슷할 정도로 쏠렸다.

7대 3이나 8대 2 정도는 된다.

그래……. 그때도 이 할이나 삼 할은 망설였다. 해서는 안 된다는 마음이 있었다.

하지만 그쯤이라면 자신은 결국 한다……. 그런 인간이라는 자각이 있었다.

"만약 한다면……."

아와노는 현관에서 구두에 발을 집어넣으며 입을 열었다.

"올해는 일본의 유괴 사업 원년이 되겠지."

마지막에 그렇게 말하고는 가 버렸다.

이전에 누군가 전화로 가족인 척하는 사기를 시작하고, 그것이

'나야 나'(전화로 가족을 사칭해 돈을 뜯는 사기./ 옮긴이)나 보이스피싱으로 이름을 바꾸면서 범죄의 일대 움직임이 된 것처럼 지금은 한물간 것처럼 보이는 몸값 유괴도 자신의 손으로 움직임을 일으키게 될 것이라는 소리인가.

"일본이라니, 이야기가 너무 허무맹랑하잖아."

다케하루가 가볍게 장난치듯이 말했다. 그러나 그 말투에는 끌리는 기분이 알기 쉽게 배어 있었다.

"도모는 어쩔래?"

다케하루가 마음이 쏠린 만큼 도모키는 냉정함을 가장했다.

"성공할 것 같아?"

"잘 모르겠지만, 아와노의 이야기를 들으면 성공하지 않을까 싶어진다니까." 다케하루가 대답했다. "하지만 이게 성공하면 진짜로 장난 아니겠지."

마치 그것이 위업으로 찬양해야 할 일이라도 되는 것 같다는 말투다.

다케하루처럼 순진하게 떠들지는 못하지만 도모키도 그런 고양감을 어느 정도 이해할 수 있었다.

보이스피싱을 하자고 권유받았을 때도 그랬다.

가령 그것이 오토바이를 타고 날치기를 하자든가 남을 습격해 가진 물건을 빼앗자는 권유라면 도모키는 단칼에 거절했을 것이다. 남의 금품을 빼앗는 행위라는 의미로는 같더라도 거기에는 어떤 지적 허들도 없고, 그저 거칠고 원시적인 행위뿐이기 때문이다.

사기는 경찰에서는 지능범 분야 안에서 수사한다.

몸값 유괴는 아마도 특수범 분야에 들어가지 않을까.

어느 쪽이고 유괴할 상대나 경찰을 속이고, 협상에 이겨야 수확을 얻을 수 있는 범죄다.

지적 허들이 높다.

그래서 도모키는 그것이 범죄라 해도 끌린다.

아와노는 도모키의 그런 사고를 알고 있다.

"이번에는 체포될지도 몰라."

도모키가 그렇게 말해 보자 다케하루는 깔깔 웃었다.

"해 보라고 해. 그런 걸로 겁먹을 수야 없지. 도모가 한다면 나도 흔쾌히 할 거야. 그뿐이야."

소년 시절부터 샤모토와 함께했다지만 다케하루의 악행은 같은 불량소년 상대의 싸움이 대부분으로, 십 대 시절에 넉 달쯤 소년원에 들어간 적이 있을 뿐이다.

돈을 노린 유괴로 만약 체포되면 단기 형으로는 끝나지 않는다.

그런 위험을 다케하루가 정말로 이해하고 있는지 알 수 없다.

그러나 이해하고 있다고 생각하는 도모키 자신도 그런 일로 마음이 움츠러들지는 않으니, 다케하루에게 말해 봤자 의미는 없으리라.

붙잡힐 마음은 없다.

허들을 포함해 도전해 볼 가치가 있는 일인 것 같아졌다.

그 주 금요일, 거실에서 늦은 아침 식사로 빵을 먹으면서 신문을 펼친 도모키 눈에 사회면 한쪽의 작은 기사가 들어왔다.

이틀 전 단자와에서 목 졸려 죽은 중년 남성의 시신이 발견됐는데, 조사 결과 신원이 판명됐다고 한다.

이틀 전 교살 시신 발견 소식은 전혀 신경 쓰지 않았다. 뉴스에서 본 기억도 없다. 그러나 밝혀졌다는 인물의 얼굴 사진이 실려서 흠칫 놀랐다.

고사카 아쓰시라고 이름이 실렸다.

자신이 아는 고사카가 틀림없다.

가족이 실종 신고를 냈다고 한다.

그 순간 아와노의 얼굴이 떠올랐다. 그는 끝난 일이라고 말했다.

등줄기에 오싹한 한기를 느낀다. 한편으로 마지막까지 따라다니던 불안감이 안개처럼 사라져가는 것도 희미하게 느꼈다.

체포된 영업 멤버들의 입이 아무리 무거워도 밀고자가 도모키의 이름을 경찰에게 알리면 본전도 챙기지 못한다. 고사카가 이쪽의 이름을 전부 아는지는 모르겠지만, 개점 때부터 있던 '도모', '다케'라 불리는 멤버가 있고, 두 사람은 점장 샤모토와 비교적 거리가 가깝다는 정도의 인식은 있었을 것이다. 두 사람이 형제라는 것은 공표하지 않았지만 특별히 비밀로 한 것도 아니다. 두 사람이

나눈 대화의 어떤 말로 알아챘다 해도 이상하지 않다.

그러니까 고사카가 밀고자이며 그만한 정보가 경찰에 흘러 들어갔다면, 그것을 바탕으로 경찰이 도모키의 존재를 밝혀내도 이상하지 않았다.

그러나 오늘에 이르기까지 경찰이 도모키를 쫓는 낌새는 없다.

고사카의 원한은 오로지 폭력을 가한 샤모토에게만 향했는지도 모른다.

그리고 드디어 그의 입에서 도모키의 이름이 나올 가능성은 영원히 사라진 것 같다.

그 점은 한숨 돌렸다. 함께 사기 친 동료이지만, 적잖이 다루기 어려운 남자이기도 했고 동정심은 그다지 끓어오르지 않는다.

다만 이렇게 되니 역시 아와노의 존재가 우려됐다. 어떤 형태인지는 모르지만 고사카의 죽음에 그가 관여했을 가능성이 크다.

살인 사건이면 경찰도 가만히 있지는 않을 것이다. 고사카를 처리하면서 그 선으로 아와노를 추적하지는 않을까.

지금까지 도모키에게 새로운 일을 열심히 권유하던 그도 이 사건이 발각된 것을 계기로 태도를 바꿔야 하지 않을까.

그렇게 되면 자신은 어떻게 해야 할까……. 도모키는 당혹감과 함께 그런 고민을 했으나 이렇다 할 생각은 떠오르지 않았다.

아와노는 그날 밤 도모키가 아르바이트를 하러 출근한 크레센트에 지금까지와 다름없는 모습으로 훌쩍 나타났다.

그날 밤 카운터에 홀로 앉더니 한마디도 하지 않은 채 도모키가 내준 탄산수를 홀짝홀짝 마시기만 했다.

혹시…….

아와노는 지난번 이야기에 대한 자신의 최종 답변을 기다리는 것일까……. 한참 뒤 도모키는 깨달았다.

고사카의 시신이 발견된 것은 아무런 관계도 없다는 듯한 얼굴이다.

아니면 그 뉴스를 아직 모르나……. 그럴 가능성도 있다.

"신문 보셨어요?"

도모키는 그렇게 말을 던져 봤다.

아와노는 눈썹을 작게 움직인다. 역시 모르는 듯하다.

"고사카 씨 시신이 단자와에서 발견됐대요."

"그래." 아와노는 중얼거리듯 말했다. "그거 잘됐군."

"네……?"

무엇이 잘됐다는 건지 이해하지 못한 채 도모키는 묻는 시선으로 그를 보았다.

"죽어서 줄곧 들판에 버려져 있으면 불쌍하잖아." 아와노가 말한다. "이제 여동생 곁으로 돌아갈 수 있겠어."

하고 싶은 말은 알았지만 아와노의 심정이 이해가 됐다고 하기는 어려웠다. 동정 어린 말에는 그 자신이 직접적으로든 간접적으로든 고사카의 죽음에 관여했다는 뜻도 명백히 포함돼 있었기 때문이다.

“레스틴피스.”

아와노는 거의 들리지 않을 만한 목소리로 툭 말하고 탄산수 잔을 비웠다.

아와노가 고사카를 죽였다고 해서…….

그래도 도모키는 이 남자가 무섭지 않은 것이 신기했다.

하지만 그가 지닌 죄책감은 도모키의 가치관을 벗어나 있었다.

“경찰의 움직임은 신경 쓰이지 않으세요?”

도모키가 그렇게 묻자 아와노는 고개를 작게 내젓고 “안 쓰여.”라고 대답했다.

“경찰에게 잡히지 않을 자신이라도 있는 건가요?”

도모키는 전에도 한 번 느낀 점을 그대로 물어봤다.

“나는 잡히지 않아.” 아와노는 시원스레 큰소리쳤다.

“근거는요?”

“근거 따위 필요 없어.” 아와노가 말했다. “도망치면 그만이야.”

“도망칠 수 없을 때는요?”

도모키가 재차 묻자 아와노는 어깨를 으쓱했다.

“가르쳐 주지.” 아와노는 그렇게 대답하고 왼손을 앞에 내밀고 오른손을 왼손에 내리쳤다. “이렇게 수갑을 채우려 하면 이렇게 피하지.”

왼손을 빼면서 이제 알았느냐고 묻듯이 도모키를 보았다.

아무런 참고도 되지 않을 이야기라 도모키로서는 작은 실소를 터뜨릴 수밖에 없었다.

하지만 그 이야기로 무심코 안 것이 있다.

아와노는 만일 어떤 사건의 범인으로 경찰이 자신을 지목하더라도 잡히지 않으면 된다고 생각하는 것이다. 경찰에 쫓기고 수갑이 채워지려 해도 최대한 재빨리 피하면 된다고 믿고 있다.

그 정도로 단호하게 생각할 수 있는 것은 어떤 의미로 부러웠다. 범죄자로서는 무서울 것이 없는 사고다.

"요전번 이야기인데요." 도모키는 아와노가 기다리고 있을 대답을 질문 형태로 꺼냈다. "배분은 어떻게 하실 거예요?"

"일 할을 받지."

"일 할이면 됩니까?"

"충분해." 아와노가 대답했다. "단, 출자해야 해. 일단 일천만 엔."

"쩐주는 관계없다는 소리인가요?"

"물론 관계없지."

"한소리 듣는 거 아닌가요?"

"남의 놀이에 일일이 참견하지 않는 사람이야."

태연한 얼굴로 '놀이'라고 내뱉는 아와노가 도모키가 보기에 어이없었다. 그러나 그 뻔뻔함이 믿음직스럽게도 느껴진다.

"난폭한 짓은 싫습니다."

도모키는 그 점도 견제해 뒀다.

“나도 싫어.” 아와노는 시치미를 떼듯이 말했다. “되는대로 했다가는 결국 과거의 실패 사례와 똑같아져. 일본에 유괴 사업이 뿌리내리지 못하지.”

정말로 일본에서 유괴 사업 운동을 일으킬 작정인가……. 너무 엉뚱한 생각이라 뭐라고 되받아쳐야 할지 말이 떠오르지 않았다.

도모키로서는 미나토당에서 깔끔하게 일억 엔을 빼앗으면 그만이다. 과거의 원한은 그것으로 리셋할 수 있다. 거기서부터 다시 시작한다.

“할게요.” 도모키가 말했다.

바로 아와노의 입매가 씩 올라갔다. 어둑한 조명 아래에서도 무슨 영문인지 입술의 붉은색이 도모키의 눈에 박힐 정도로 선명하게 보였다.

마치 그 너머에 홍련지옥이 펼쳐져 있는 것 같기도 하여, 도모키는 저도 모르게 흥분이 아닌 오싹한 떨림이 등줄기를 훑었다.

4

“뷰티 웨이브의 스도 히토시 씨 전화 맞습니까?”

「예, 맞습니다.」

전화를 받은 스도는 도모키의 물음에 미심쩍은 기색이 뒤섞인 목소리로 대답했다.

“사실은 스도 씨와 거래하고 싶은 이야기가 있어서 전화를 드렸습니다. 지금, 시간 괜찮으실까요?”

「뭐? 무슨 영업이야? 나 바쁜 사람이야.」

벌써 전화를 끊으려 하는 스도를 도모키는 조금 큰 목소리로 “잠깐만요.” 하고 제지했다.

“영업이 아닙니다. 스도 씨, 당진회 하마무라 씨는 아시죠?”

스도는 말문이 막힌 듯 뜸을 들이고 나서 「당신 뭐야?」 하고 긴장한 목소리로 물었다.

“저희는 하마무라 씨와 당신이 거래한 사실을 알고 있습니다. 저희와도 거래에 응해 주시죠.”

「자, 잠깐만.」 스도는 그렇게 말하고 허둥지둥 이야기할 만한 장소로 이동한 듯한 시간이 지난 뒤에 다시 입을 열었다. 「여보세요, 누구야 당신? 그건 끝난 이야기잖아.」

“끝나지 않은 이야기도 있습니다. 스도 씨, 자택과는 별개로 헤이와지마 역 근처에 맨션을 빌리셨더군요.”

헉 하고 숨이 막힌 듯한 목소리가 도모키의 귀에 들렸다.

“당신이 그 집 베란다에 나와 여성과 한 대 피우는 사진이 여기에 있습니다. 여성은 대형 뷰티살롱 그룹의 사장 따님인 사모님이 아니라 당신 비서 같더군요. 그리고 손에 든 게 평범한 담배가 아닌 것도 당연히 파악하고 있습니다. 판매원과의…….”

「자, 잠깐만…….」 스도는 초조감을 그대로 드러내며 입을 열었다. 「당신, 하마무라 씨랑 관계있는 사람이야?」

“관계는 만나 뵈었을 때 설명하겠습니다.” 도모키는 의미심장하게 말해 뒀다.

「돈이야? 돈이구나.」 스도는 앞서가서 말했다. 「알았어……. 안 만나겠다고 하지 않을 거고 돈도 안 준다고 안 해. 하지만 너무 억지를 써도 곤란해. 상식적인 범위에서 부탁해…… 부탁합니다.」

공갈이나 마찬가지인 이야기에 상식이고 뭐고 있을 리가 없다.

아와노가 '이 녀석이라면 쉽게 내줄 거야.'라고 했는데, 상대 반응은 그 말 그대로였다. 아마도 아와노가 쥔 패 중에서도 제일가는 봉일 것이다.

"돈 이야기도 뵙고 하죠. 걱정하지 마세요. 저희는 하마무라 씨보다는 상식적인 사람이니까요."

도모키가 대답하자 전화 너머로 두려움 속에서 희미한 안도가 섞인 듯한 탄식이 새어 나왔다.

덴노즈 공원 앞에 스도가 홀로 서 있었다. 스도 바로 옆에 주차된 밴 안에서 도모키는 대강 오 분쯤 선팅한 차창 너머로 바깥 상황을 관찰했다.

"좋아, 이제 괜찮겠지."

이 시점에서 스도가 경찰에 통보했을 가능성은 적었지만 폭력배인 해결사가 있다면 불렀을 가능성도 있으므로, 아와노는 일단 접촉하기 전에 주변을 살피라고 지시했다. 하지만 아무래도 스도는 정말로 혼자 온 모양이었다. 월요일 저녁 5시. 주변은 어스름하게 땅거미가 졌다. 스도는 회사에서 적당한 용건을 만들고 나왔는지 정장 차림에 코트를 걸치고 서류가방을 들고 있다.

"간다."

곁을 흘끔 보니 파카의 후드를 쓰고 선글라스에 마스크로 얼굴을 가린 다케하루가 "좋아." 하고 고개를 끄덕였다. 파카에 스웨트

팬츠, 스니커즈는 아와노가 준비한 것으로 도모키와 한 쌍이다. 다케하루의 신발 뒤축에는 뭉친 양발을 넣어 삼사 센티미터 키를 높였다. 반대로 도모키는 속옷을 껴입어 살찐 것처럼 보이게 만들었다. 그렇게 나란히 서자 두 사람은 얼핏 봐서 체형이 비슷해 바로 구분하기 어려웠다. 스도에게 본모습을 숨기기 위해서가 아니라 불특정 방범카메라나 자동차 블랙박스에 찍혔을 때를 대비한 위장이라고 봐야 했다.

차 문을 열고 도모키가 바깥으로 나왔다. 다케하루도 함께 내린다.

도모키와 다케하루가 차 안에서 있는 동안 스도는 눈앞의 밴을 자꾸만 신경 썼지만, 차에서 내린 두 사람을 보고 역시 이 차였다고 확신하는 눈치였다. 가만히 도모키와 다케하루를 바라본다.

"스도 씨죠?"

도모키가 말을 걸자 그는 고개를 작게 끄덕였다. 얼굴에 긴장감이 감돈다.

"타."

다케하루가 차 쪽으로 턱짓하자 스도의 얼굴은 더욱 굳었지만 저항하지는 않았다.

도모키와 다케하루 사이에 끼워 넣는 형태로 밴의 중간 좌석에 세 사람이 들어가 앉았다.

"출발."

도모키의 목소리에 아와노가 '운반책'이라 부른 오십 대 운전사가 차를 출발시켰다. 보이스피싱의 수령책과 마찬가지로 아와노가 아는 알선업자가 보낸 남자다. 도모키가 아와노에게 맡긴 일천만 엔의 활동 자금에서 보수가 지불되지만, 도모키는 이 남자의 이름조차 모른다. 그저 예전에 택시 기사를 한 적이 있다고 들었다.

이동 경로는 아와노가 엄선해 N시스템(자동차 번호판 자동 기록 장치./ 옮긴이)이나 방범카메라가 많은 간선도로를 피했지만, 모든 '눈'을 피할 수는 없다. 버스나 택시 등, 블랙박스가 설치된 차량과 지나치는 것은 피할 길이 없다. 스도를 유괴하는 데 쓸 차량은 특별히 신중해야 했기 때문에 운반책은 반드시 필요했다.

"휴대전화 전원을 꺼 주십시오."

"뭐, 뭣 때문에?"

스도는 도모키의 말에 한순간 저항감을 드러냈지만 다케하루가 "잔말 말고 시키는 대로 해."라고 일갈하자 얌전히 휴대전화를 꺼내 전원을 껐다.

"휴대전화는 그거 한 대인가? 태블릿 같은 건 없어?"

"이것뿐이야."

다케하루가 스도의 몸을 뒤지고 가방 안도 들여다보았지만 달리 나오지 않았다.

자동차는 제1게이힌 도로와 접한 주택가 뒷길을 천천히 달린다.

"어디로 가는 거지?"

스도가 참았던 숨을 토해내듯이 물었다.

"입 다물어." 다케하루가 틈도 주지 않고 위협적인 목소리로 명령한다.

"조용히 이야기할 수 있는 곳이에요." 도모키가 말했다. "걱정하지 않아도 신변의 안전은 보장하겠습니다."

자동차는 남서쪽으로 진로를 잡고 이윽고 오타 구의 마고메 부근에 진입했다. 운반책은 아주 우수해서 지도를 얼마 확인하지 않고도 아와노가 지시한 이동 경로대로 순조롭게 달렸다.

"내린다."

주택가 안에 있는 노천 월정액 주차장에 들어섰을 때 다케하루가 입을 열었다. 세 사람이 내리자 밴은 바로 주차장을 나갔다. 이 주차장 부근에 방범카메라는 없다. 밴은 이후에 도내를 적당히 돌아다니다 적당한 곳에 버릴 예정이니, 유괴 지점에서 경찰이 수상한 차의 경로를 쫓더라도 여기서 따돌릴 수 있다.

"이 차에 타세요."

주차장 안쪽에 주차된 세단 뒷좌석에 인기척을 확인하고 도모키가 스도에게 명령했다.

세단 뒷문을 열자 아와노가 앉아 있었다. 스도를 가운데에 두고 끝에 도모키가 탄다. 다케하루는 운전석으로 돌아갔다.

조금 전 밴은 도난차로 번호판을 바꿔 달아 쓴 듯하지만, 이 세단은 아와노가 대포업자의 입김이 닿는 리스회사에서 변통한 자동차다. 사기 영업소 때와 마찬가지로 푼돈과 바꿔 명의를 빌려준 사람의 것이다. 주차장도 여기와 요코하마 시내 두 군데를 반년 계약으로 빌렸다.

도모키도 기억하는데, 마고메에는 보이스피싱으로 이백만 엔을 뺏은 표적의 집이 있다. 아와노는 그 사람 밑조사를 하러 부근을 돌아다니다 이 주차장을 눈여겨보았을 것이다.

선글라스와 파카를 벗는다. 마스크도 벗었다. 스도에게 얼굴을 보이는 것은 위험하지 않다고 아와노는 말했다. 그 말대로 아와노 자신도 아무런 변장을 하지 않았다. 짙은 저녁 어스름 속에서 하얀 피부가 도드라졌다.

다케하루도 마스크만 남기고 선글라스와 파카를 벗었다.

"당신이 리더인가?" 스도는 정장을 입은 아와노의 차림새 때문인지 그를 주모자라 판단한 듯했다. "하마무라 씨와는 무슨 관계지?"

"관계는 없어. 하마무라는 이번 일은 전혀 몰라."

"정말이야?" 스도는 그렇게 묻고 아와노의 옆모습을 보았지만 가면 같은 표정에 거짓이 없음을 감지한 것 같았다. "그러면 얼른 이야기하자고. 돈은 확실히 줄게. 우선 백만 엔은 가지고 왔어. 아니, 그것만으로 끝낼 생각은 없어. 다만……."

아무래도 스도는 이 차 안이 협상 장소라고 생각하는 모양이라고 깨닫고, 도모키는 "스도 씨." 하고 불렀다.

"이야기는 나중에 하세요. 아직 더 가야 합니다."

"뭐?" 스도는 당황한 듯이 눈동자가 이리저리 흔들렸다. "여기서 해도 되잖아. 이야기에는 응하겠다니까."

"저희에게도 순서가 있어요." 도모키가 말했다. "협조 부탁드립니다."

"어디로 데려가려는 거야?"

그 질문에 대답하지 않으니 스도도 포기했는지 아무 말도 하지 않았다.

"좋아, 가지."

운반책의 밴이 떠난 뒤 참을성 있게 이십 분쯤 시간 차이를 두고 드디어 아와노가 출발을 명령했다. 바깥에는 밤의 어둠이 완연히 내렸다.

다케하루가 차를 출발시킨다. 주택가 일방통행로를 느리게 달려 구가하라까지 왔다. 그리고 낡은 맨션 앞에서 멈춘다.

"마스크를 착용하시죠."

도모키는 스도에게 마스크를 건넸다. 아와노는 현관에 방범카메라도 없는 지은 지 삼십 년 된 원룸을 골랐지만, 바깥 길에는 퇴근길 사람들이 드문드문 지나갔다.

마스크를 쓴 스도와 아와노가 먼저 내렸다. 그들과 복장이 다른 도모키는 그들이 원룸 현관에 들어가고 나서 거리를 두고 내렸다.

다케하루는 자동차를 주차장에 돌려놓고 걸어서 돌아오기로 돼 있다.

"이제 마스크는 벗어도 됩니다. 편히 계세요."

도모키는 1층 맨 안쪽에 있는 집으로 들어가 방 한가운데에 우두커니 서 있는 스도에게 말했다. 스도는 이불 두 채에 이십 인치 액정 텔레비전과 게임기, 컵라면과 음료 등이 든 비닐봉지가 덩그러니 놓인 방의 태평한 광경에 긴장감이 꺾인 듯한 얼굴이었다.

아와노가 코트를 벗고 바닥에 책상다리를 하고 앉았다. 도모키도 따라서 앉자, 스도도 이끌리듯이 앉았다.

"이 맨션의 존재를 가족은 알고 있나?"

아와노는 재킷 안주머니에서 사진 한 장을 꺼냈다. 스도가 여자와 함께 베란다에 나와 멍하니 마리화나를 피우는 모습이 찍혀 있었다.

"아니." 당연히 비밀이라는 것처럼 스도는 고개를 가로저었다.

"아는 사람은?"

"이 아이뿐이야."

"네 비서인 기바 료코로군?"

"맞아."

"방세는 자동이체인가?"

"매달 부치고 있어."

"평소 쓰는 계좌에서 송금하나?"

"아니…… 이렇게 말해도 되나, 노는 데 쓰는 돈은 따로 둬어."

가족에게는 비밀로 한 계좌에서 송금한다는 뜻인 듯하다. 아와노가 아마도 그러리라고 말했던 대로다.

"우리는 앞으로의 거래에서 당신과 도움이 되는 관계를 쌓고 싶어." 아와노가 말했다. "당신은 가족, 회사, 그리고 경찰에게도 뒤에서 한 이런 짓들이 알려지지 않고 끝나는 이득을 보는 거지."

스도는 '경찰'이라는 말에 순간 눈살을 찌푸렸지만 "얼마를 원하지?"라고 단도직입으로 물었다.

"일천만 엔."

예상 범위 안이었는지 스도는 표정을 바꾸지 않았다.

"비밀 계좌에 칠백만 엔이 있어. 오늘 가지고 온 백만 엔과 합해 팔백만 엔. 우선 그걸로 눈감아줄 수 없겠어?"

스도는 그렇게 값을 깎았지만 아와노는 고개를 저었다.

"우리도 품이 많이 들어."

아와노의 말에 스도도 기대는 하지 않았던지 알았다고 간단히 포기했다.

"그 대신 사진 데이터를 삭제하고 확인시켜 줘. 그리고 거래는 한 번뿐이라는 확약도 필요해."

"약속하지."

아와노의 대답으로 남은 긴장감도 깨끗이 사라졌는지 스도는 숨을 푹 내쉬었다.

"정말이지 운이 없군. 하마무라 씨와 관계가 없다면 대체 어디에서 이런 걸 알아낸 거야."

"아직 이야기가 끝나지 않았어."

아와노의 한마디에 스도의 표정이 어두워진다.

"할 말이 더 남았어?"

"전혀 어려운 이야기가 아니야. 이삼일 여기에 가만히 있어 줘."

"뭐……?"

스도는 생각이 멈춘 듯한 표정으로 아와노를 쳐다보았다.

"당신은 유괴당한 게 된다."

아와노의 말에도 스도는 그렇게 해야 하는 의미를 좀처럼 이해하지 못했다. 무리도 아니다. 스도는 요구받은 돈을 얌전히 내겠다고 했다. 게다가 이쪽은 이삼일 감금하고 그를 유괴하는 형태를 취한다고 해서 그 이상의 것을 그의 회사나 가족에게 요구할 예정도 없다.

"왜 일부러 그런 짓을 해. 일이 커져서 경찰이 쳐들어오면 난 터무니없는 의심까지 받아야 하잖아."

"터무니없는 일은 아니지." 아와노는 감정 없는 목소리로 찬물을 끼얹고 "맨션을 가족에게 들키지 않았다면 괜찮아."라며 말을 이었다. "비서에게는 당신 메시지를 녹음해서 들려준다. 맨션 이야기는 아무한테도 하지 말라고 당부해 두면 돼. 우리가 회사에 전화를 걸어 몸값 요구라도 하면 경찰은 흥분하겠지만 그런 짓은 하지 않을 테니 그들이 할 수 있는 일은 아무것도 없어. 이삼일 지나 당신이 나와서 뭐가 뭔지 알 수 없는 상태로 풀려났다고 하면 사건은 흐지부지되지. 우리는 당신을 유괴했다는 사실이 필요할 뿐이야."

"그러니까 왜 굳이 그런 짓을…… 나는 다음 이사회에서 전무로 승진하기로 돼 있다고. 번잡한 일에 휘말리게 하지 말아 줘."

자신의 약점을 내보이면서까지 저항감을 노골적으로 드러내는 스도에게 아와노는 냉담한 시선을 보냈다.

"당신 입장은 최대한 존중한다. 자신을 지키고 싶다면 받아들여야 할걸. 협상의 여지는 없다고 생각해 줘."

"공갈과 유괴는 죄의 무게가 다르다고. 내가 돈을 주겠다잖아. 댁이야말로 자신을 지키고 싶다면 그런 쓸데없는 짓은 관두라고."

"당신이 얌전히 따르는 한은 우리는 경찰에 잡히지 않아. 어떤 죄든 상관없어."

"얌전히 따르지 않으면 어쩔 건데?"

스도가 덤비듯이 묻자 아와노의 눈이 슥 가늘어졌다.

"자신의 처지를 잘 파악해. 당신은 실질적으로 유괴됐다. 그런 생각으로는 돌아갈 수 없어…… 영원히 말이지."

위압하는 말투는 아니지만 듣는 사람의 요동치는 감정을 한순간에 얼어붙게 할 만큼 차가웠다. 범죄를 주저하지 않는 인종 특유의 위태로움을 도모키도 옆에서 확실히 느꼈다. 스도의 얼굴에 겁먹은 기색이 스치고 그는 울대뼈를 꿀꺽 움직였다.

그때부터 스도를 풀어줄 때까지 한 작업은 특별히 힘들지 않았다.

아와노에게 반항심이 사라진 스도는 포기도 빨라서, 이후로는 내내 고분고분했다. 아와노가 백팔십도 바뀌어 스도에게 맥주를 권하고, 온화한 분위기를 만든 것도 한몫했다. 첫날은 도모키와 다케하루 두 사람이 스도를 감금한 방에 머물렀지만 이틀째와 사흘째는 낮에 다케하루, 밤에 도모키가 감시하면 그만이었다. 그래도 아무 문제도 일어나지 않았다. 다케하루는 스도와 날마다 텔레비전 게임을 하며 아예 허물없이 지냈다.

전화는 이틀째에 다마가와 녹지까지 가서 스도의 집과 비서 휴대전화에 각각 한 통씩 걸었다. 스도의 집에서는 아내인 듯한 여자가 전화를 받았다. 도모키는 자신을 '대일본유괴단'이라 말했다. 아와노는 그 이름이 앞으로 유괴 사업의 브랜드가 될 것이라고 했다. 스도를 데리고 있으며 몸값은 회사와 협상하겠다고만 이야기하고 끊었다. 비서에게는 맨션 이야기는 경찰에 하지 말라는 스도의 메시지를 녹음해 들려줬다.

유괴 사건은 보도를 막기 때문에 진행 중에는 어느 미디어에서도 다루지 않는다. 텔레비전 뉴스를 봐도 당연히 언급하지 않으니, 도모키 일당의 범죄는 아직 발각조차 되지 않은 것만 같았다.

"쳇, 이렇게 한곳에 틀어박혀 있으면 몸이 둔해져서 못살겠어."

첫날에는 눈도 거의 붙이지 못했던 스도도 이틀, 사흘째에는 드르렁드르렁 코를 골며 이튿날 아침 늦게까지 푹 잤다. 사흘째 아침, 10시쯤 그가 그런 불평을 하면서 도모키와 함께 빵을 먹는데 아와노가 나타났다.

“약속대로 오늘 풀어 준다.” 아와노는 스도에게 담담히 이야기했다. “지금까지 협조해 줘서 고맙다.”

“드디어 나가나.” 스도는 별다른 감개도 없는 듯한 말투로 중얼거렸다. “이제 돌아가면 얼마나 큰 소동이 되려나.”

스도는 말하면서 턱 주변에 덥수룩하게 자란 수염을 쓰다듬었다. 몇 번이나 깎고 싶어 했지만 인질이 너무 깔끔한 차림으로 돌아가면 자작극이란 의심을 받기 쉽고, 같은 이유로 첫날 외에는 목욕도 하지 못하게 했다.

“미안하지만 손목과 발목에 찰과상을 만들게. 돌아가면 아마도 병원에서 의사의 검진을 받게 되겠지. 너무 멀쩡하면 유괴 신빙성을 의심받아.”

“정말 귀찮네.”

스도가 내민 양 팔목과 발목에 아와노는 비닐 끈을 몇 겹이나 감고 억지로 잡아당겼다.

“아야야야.” 스도는 피부가 벗겨진 손목을 열 받은 것처럼 보면서 혀를 찼다. “검진이면 소변 검사 같은 것도 하나? 요전번 일요일에 잎을 피웠는데……. 약물 반응이 나오면 어떡하지?”

“그때는 범인들이 담배 같은 것을 피우게 해서 의식이 몽롱해진 적이 있다는 말이라도 둘러대면 돼.”

“댁들 탓으로 해도 돼?” 스도는 망설이듯이 아와노를 보았다.

"당신은 상냥한 건지 무서운 건지 정말로 모르겠어."

"당신 태도에 달렸어."

아와노는 깨끗하게 되받아치고 그 밖에 경찰에 이야기해야 할 사항을 그에게 전달했다. 자신의 부하가 회사 밖에서 사고를 쳤다는 전화를 받고 자세히 확인하기 위해 상대방과 만나기로 약속했는데, 약속 장소인 덴노즈 공원 앞에서 납치당했다. 감금 장소에는 눈가리개를 하고 끌려갔다. 지하실 같은 창문 없는 방이었다. 범인 일당은 아마도 대여섯 명이고, 자신이 있는 방에는 눈만 보이는 복면 모자를 쓰고 나타났다. 이삼십 대로 보이는 남자도 있고 사십 대 같은 남자도 있었다. 리더는 사십 대 남자로 다들 그의 지시를 따랐다. 납치나 망을 보던 사람은 이삼십 대 남성 세 사람 정도로 그들과는 바깥 뉴스 같은 잡담을 조금 나눴다. 그들은 사내의 중요 인간관계와 자금 흐름 등을 끈질기게 물었다. 누구에게 어떻게 몸값을 빼앗으면 될지 고민하는 듯했다. 나흘째에 갑자기 다시 눈가리개를 채우고 차에 태웠다. 그리고 드디어 풀려났다…… 등등.

"일주일 이내에 경찰의 눈을 피해 이 계좌에 일천만 엔을 입금해." 아와노는 그렇게 말하고 작은 종잇조각을 스도에게 건넸다. "이체하고 나서 최소한 사흘은 놈들에게도 말하지 마. 놈들이 이체 사실을 파악하고 어떤 돈인지 끈질기게 캘 때 가르쳐 주면 돼. 돈을 주지 않으면 다음에는 다른 직원을 유괴하겠다고 했다고. 그때는 직원의 목숨은 보장하지 않겠다고 협박했다고…… 그렇게 말해 둬. 계좌는 이번만을 위해 준비한 대포통장이니까 인출한 뒤면 경찰에게 알려도 상관없어. 돈을 보내지 않거나 우리가 인출하기 전에 계좌가 동결됐을 때에는 당신이 약속을 깼다고 판단한다. 그때는 우리에게도 생각이 있어. 우리는 잡히지 않아. 쓰라린 맛을 보는 건 당신 하나야. 알아들었지?"

"그래, 알았어, 협박하지 않아도 충분히 알아." 스도는 넌더리를 내며 말했다. "단, 이번 한 번으로 끝내야 해. 사진도 지워줘."

아와노는 빨간 펜으로 표시한 디지털카메라 메모리를 주머니에서 꺼내 사진은 여기에 담겨 있으니 삭제한 뒤에 스도에게 보내겠다고 약속했다.

"당분간은 그 맨션에 가지 않는 편이 좋고, 잎도 사러 가지 마. 경찰은 물론이고 매스컴도 사건 뒷면에 뭔가 있지 않을지 당신 주변을 뒤지고 다닐 테니까."

아와노의 충고에 스도는 탄식 섞인 쓴웃음을 지었다.

"어쩔 수가 없네. 아무튼 전무로 결정될 때까지는 얌전히 있어야지. 내가 아무것도 짊어지지 않은 인간이었다면 여기서 댁들 동료가 되어도 좋았겠지만 그럴 수도 없는 노릇이고."

얼빠진 스도의 말에 도모키도 따라 웃었다.

"너는 나보다 훨씬 착실해 보이는데 신기하군." 스도는 도모키 쪽으로 시선을 옮기며 말했다. "언제까지 이런 일을 할지 모르겠지만 나처럼 멍청한 인간만 있지는 않으니까 그렇게 잘 풀리지는 않을 거야. 뭐, 그것도 알면서 손댄 거겠지만."

"계속할 생각은 없어요." 도모키가 대답했다. "나도 조만간 바깥으로 나갈 겁니다. 그러기 위해 돈이 필요하니까 할 뿐이에요."

"그럼 됐고." 스도는 작게 웃고 어깨를 으쓱했다.

다케하루가 마고메의 월정액 주차장에 세워 둔 세단을 타고 나타나자, 도모키와 아와노는 스도를 데리고 바깥 상황을 신중하게 살피며 자동차 뒷좌석에 탔다. 다케하루가 차를 몰고 주차장까지 돌아가 그곳에서 한동안 몸을 숨기며 운반책의 차를 기다렸다.

이윽고 운반책이 첫날과는 다른 차를 타고 왔다. 스도만 태우고 바로 주차장을 나간다. 운반책은 도내를 적당히 돌아다니다, 아와노가 지정한 오모리 역 근처 방범카메라 사각지대인 주택가 한쪽에 스도를 내려 주기로 돼 있다. 스도에게는 차에서 내리면 휴대전화 전원을 켜도 된다고 말했다.

"잘 끝났을까요?"

풀려난 후 스도의 행동을 의심할 근거는 어디에도 없지만, 이것으로 만사가 잘 풀렸다는 손맛도 느끼지 못해 도모키는 의문을 말로 꺼냈다.

"아무 문제 없어."

아와노가 당연하다는 듯이 대답하자 도모키는 그제야 손맛을 느꼈다.

그날 밤 도모키는 심야 뉴스 방송을 이리저리 오가며 보았다.

〈뉴스 나이트 아이즈〉에서는 세 번째 뉴스로 '뷰티 웨이브'의 스도 히토시가 사흘 전에 납치돼 오늘 낮에 풀려나 보호됐다는 사실을 보도했다.

현장에 나간 취재기자의 말이나 스튜디오에서 캐스터인 니라사와 고로와 하야쓰 나나가 한 코멘트가 모호하게 들린 것은 보도하는 쪽이 이 사건을 어떻게 다뤄야 할지 아직 제대로 파악하지 못했기 때문 같았다.

대형 뷰티살롱을 도입하고 패션지 등에서도 자주 다루는 미용기기를 취급하며 매출을 올리고 있는 회사 후계자가 유괴되고, '대일본유괴단'이라는 범인 일당이 몸값을 요구하는 의사를 표명한 것까지는 완벽한 사건이고 매스컴에서도 달려들기 쉬웠을 것이다. 하지만 그 뒤에 범인이 인질의 집이나 회사에 몸값을 협상한 흔적도 없이 공연히 시간만 흐르다 갑자기 인질이 풀려났으니, 왜 그렇게 됐는지 수를 읽든 해석을 하든 간에 정리할 데이터가 턱없이 부족했다.

"납치된 분이 무사한 것은 다행입니다만, 어떻게 된 사건인지 자세한 부분은 아직 수수께끼가 많군요. 경찰 조사에 따른 해명을 기다립니다."

니라사와 고로도 얼굴을 찡그리며 그런 논평을 남기는 수밖에 없는 모양이었다.

그로부터 닷새 후 저녁에 아와노가 도모키의 집에 모습을 비쳤다.

"돈을 회수했어."

아와노는 그렇게 말하고 자신의 몫을 제한 구백만 엔을 가방에서 꺼내 거실 탁자 위에 두었다.

"하앗……."

두꺼운 현찰 다발을 앞에 둔 다케하루는 웃음을 머금은 숨을 내쉬고 도모키를 바라보았다.

현금을 눈으로 보고서야 이번 계획이 성공했다는 실감이 끓어올랐다. 그러나 어쩐지 꿈처럼 느껴지기도 했다. 혹시 아와노가 자기 주머닛돈을 가져온 것이 아닐까 싶기도 하다. 보도된 내용으로 보면 스도는 아와노가 지시한 대로 범인 일당은 대여섯 명이고, 복면 모자를 썼다고 경찰에 증언했다. 그렇다면 일천만 엔도 약속대로 순순히 보냈다고 봐도 좋을 듯했다.

"운반책의 보수와 대포업자, 알선업자에게 줄 수수료, 자동차 조달비, 맨션과 주차장 임대료로 오백만 엔 가까이 들었어. 너는 기껏해야 원금 회수야." 아와노는 도모키에게 그렇게 말했다.

"뭐야, 그렇게 돈이 들었으면 나도 낼게."

다케하루가 자신의 몫에서 절반쯤 건네려는 것을 도모키가 제지했다.

"다케는 돈 없잖아. 됐으니까 받아 둬. 오늘 같은 날은 어깨에 힘 좀 넣고 와."

“괜찮아?” 다케하루는 미안하다는 듯이 묻고는 활짝 웃었다. “그럼 한동안 참았으니 오늘 밤에는 가벼운 마음으로 놀러 갈까.”

“이 돈은 다음 자금으로 써 주세요.”

도모키는 그렇게 말하고 자신의 몫을 그대로 아와노에게 돌려줬다.

“알았어.” 아와노는 현찰을 가방에 도로 집어넣었다. “다음은 어떻게 하지? 또 공갈로 뜯어낼 만한 놈이 한 사람 있기는 한데.”

“아뇨, 이제 다음번은 본 무대로 가죠.” 도모키가 말했다. “오백만 엔을 들여 천만 엔 버는 일은 계속해 봤자예요.”

“그렇군.” 아와노는 슬쩍 웃으며 말했다. “뉴스에도 나왔고 유괴 사업의 막은 올랐어.”

미나토당 사장에게 일억 엔을 받고 막을 내린다. 아와노는 유괴 사업을 크게 키울 작정인지 모르겠지만, 도모키는 그것으로 손을 떼기로 마음먹었다.

“한 달쯤 밑조사와 준비할 시간을 줘. 스도 건의 경찰 움직임을 관찰하는 데도 그 정도는 두는 편이 좋겠어.”

“맡기겠습니다.” 도모키는 말했다. “무슨 일이 있으면 알려 주세요.”

마고메의 월정액 주차장에 세워 둔 세단에 탑재된 소형 카메라의 영상은 인터넷으로 확인할 수 있다는 것 같다. 만약 경찰이 스도를 유괴한 일행의 움직임을 쫓아 도모키 근처까지 닥친다면 수사 중간에 그 세단을 찾아낼 것이다. 그때는 카메라에 형사로 보이는 사람의 모습이 찍히리라. 영상에 형사가 나타나지 않는 한은 도모키의 신변도 안전하다고 볼 수 있다.

스도를 유괴했을 때는 아직 뼛속까지 추워서, 밤이면 그를 감금한 원룸에도 에어컨(일본의 에어컨은 기본적으로 냉난방 기능이 함께 있다./옮긴이) 난방을 계속 틀어놓아야 했지만, 범행을 마치고 나서 빠르게 봄기운이 불어와 그대로 신록의 4월을 맞이했다.

한 달 정도 시간을 달라는 말대로 아와노는 통 연락이 없었다. 무소식은 동시에 스도 사건의 경찰 수사가 도모키 근처까지 덮치지 못했다는 뜻이기도 했다.

몸값 목적의 유괴는 사회적으로도 큰 사건이지만 인질이 거의 멀쩡한 상태로 돌아온 데다 몸값을 주고받기 위한 협상도 없어서 경찰도 어디에 힘을 쏟아야 할지 갈팡질팡하는 것이 아닐까……. 도모키는 그렇게 생각했다.

그러나 주간지나 인터넷에 난무하는 소문을 모조리 취합하면 사건은 스도의 자작극이 아니냐는 견해와 비슷한 비율로 뷰티 웨이브가 뒤에서 몸값을 지불하지 않았느냐는 견해가 그럴싸하게 퍼졌다. 인질은 돌아왔지만 사건의 수수께끼는 그대로 남아 있으니 경찰도 이러지도 저러지도 못하는 기분을 맛보고 있지 않을까 싶었다.

4월에 들어서자 묘하게 상쾌한 공기가 세상을 덮었다. 뉴스에서는 대기업의 입사식 모습을 다루고 실제로 요코하마 거리에도 청결해 보이는 짙은 색 정장을 입은 청년들이 새 가방을 들고 활보하는 모습이 눈에 띄었다. 크레센트에도 신입 사원 환영회를 하다 온 듯한 사람들 모습이 보이고, 희망에 가득 찬 웃는 얼굴로 잔을 기울이는 광경이 존재했다.

그런 그들을 보고 있으면 도모키의 가슴에는 다시금 복잡한 감정이 북받쳤다. 감정을 억눌러 숨긴 채 그들의 술을 만든다. 그러나 문득 손이 비면 역시 매달려서라도 미나토당에 들어갔어야 했다거나, 애초에 식품회사든 음식점 체인이든 더 이른 시기부터 대책을 세워 대기업을 노렸다면 어딘가에는 들어갈 수 있었을 거라는, 이제 와 생각해도 소용없는 생각이 머릿속을 빙글빙글 맴돌았다.

그런 때는 자신에게도 앞날에 희망이 있다는 생각을 하며 억지로 생각을 중단시키는 길밖에 없다. 그 희망의 버팀목이 남에게 말 못할 범죄 계획인 것은 얄궂지만, 거기에 걸었다는 사실로 눈앞이 트이는 기분이 드니 망설이고 있을 수는 없다.

그렇게 애타는 초조감을 주체하지 못하던 도모키에게 응답하듯이 새 분기가 시작되고 얼마 지나지 않아 아와노가 웃는 얼굴로 도모키의 집에 나타났다.

그러나 치켜 올라간 입에서 나온 다음 계획은 상상 이상으로 위험했다.

"이번에는 스도 때처럼은 안 될 거라고 생각해."

한 달 동안 아와노는 다시 미나토당의 젊은 사장 주변을 뒤진 듯했다.

"미즈오카 가쓰토시에게는 역시 협박당할 만한 약점은 없고, 스도처럼 상대에게 약한 인간도 아니야."

지금까지 아와노의 가장 유효한 성공 법칙은 뜯을 수 있는 사람에게 뜯는 데 있다. 보이스피싱 때 엄선한 표적 리스트가 가장 좋은 예라 할 수 있다. 막무가내로 전화를 걸어 상대를 속이려고 하면 그런 성공률은 나오지 않는다. 남을 쉽게 믿는 사람, 분위기에 휩쓸려 버리는 사람, 아들이나 손자를 위해서라면 돈 같은 건 아깝지 않다고 믿는 사람……. 그런 자들을 그가 일류의 시선으로 골랐기 때문에 일이 돌아갈 수 있었다.

스도도 마찬가지다. 일부러 유괴하지 않아도 돈을 뜯을 수 있는 상대이자 유괴 사업의 스파링 상대로 최적이었다.

그러나 미즈오카 가쓰토시는 아와노의 시선으로 고른 표적이 아니다. 도모키에게 동기 부여를 하기 위해 꺼낸 상대다. 그와 동시에 아와노는 지금까지 표적으로 삼은 적 없던 인간을 공략하는 즐거움을 여기서 맛보는 눈치였다.

그리고 공략의 실마리를 잡고 이곳에 나타난 듯한데, 그것이 무엇인지…….

"이번에는 두 사람을 유괴한다." 아와노가 말했다. "미즈오카 가쓰토시와 그의 아들 유타야."

어려운 계획이 되리라는 것은 알고 있었지만, 아무리 그래도 아들까지 함께 유괴하는 방향으로 진행될 줄은 상상하지 못했다.

"네? 그게 가능해요?" 다케하루도 놀라서 큰 소리로 물었다.

"한 번에 두 사람은 아무래도 어렵겠지만 따로따로면 가능해. 유타, 가쓰토시 순서로 하면 돼."

"무리예요." 도모키는 무심코 그렇게 말했다. "어린아이의 행동은 예측할 수 없어요. 계획에 넣기에는 무리가 있습니다."

"아이를 납치하지 않으면 이 계획은 성립하지 않아. 가쓰토시는 우리의 용건을 전하고 나서 풀어 준다. 전 사장은 뇌졸중으로 입원해서 이제 뭔가 결단할 수 있는 상태가 아니야. 가쓰토시가 몸값을 내주기로 마음먹게 할 무언가를 우리가 가져가야 해. 유타밖에 없어."

"그러면 반대로 유타 한 사람이면 되지 않아요?"

다케하루가 멋대로 사고를 앞서가며 물었다.

"안 돼. 전화만으로 협상하면 성공 가능성이 곤두박질쳐. 과거에 많은 실패를 낳은 몸값 유괴와 같은 전철을 밟을 뿐이야. 직접 눈앞에 서서 유괴단의 존재를 피부로 느낄 수 있게 해야 해. 스도를 보고 알았겠지. 이삼일 같은 시간을 보내면 상대는 우리에게 친근감을 품게 된다."

스톡홀름 증후군이다. 스도는 이쪽이 어느 정도 신사적으로 대하니까 피해자와 범인이라는 관계에도 사근사근한 태도로 이쪽 요구에 응했다.

“존재를 현실적으로 감지하면 상대방도 선택지 안에 협상에 응하는 것을 넣게 되지. 경찰 수사로 해결이 나지 않는다면 요구를 받아들이는 편이 빠른 길이라고 생각할 수 있게 길을 트는 거야.”

“그렇구나.” 납득한 다케하루를 대신해 도모키는 이야기를 되돌렸다.

“그렇다 해도 세 사람이서 두 사람을 유괴하기는 무리가 있어요. 아이는 감당하지 못해요. 과거 유괴 사건에서도 납치한 아이를 어떻게 다뤄야 할지 몰라 결국 죽일 수밖에 없었던 패턴이 널리고 널렸으니까요. 그렇게 되는 건 딱 질색입니다.”

“나도 아이를 죽이는 건 질색이야.” 아와노는 깔보는 투로 말했다. “그런 짓을 해도 일 엔도 되지 않아. 나는 안 할 테니까 한다면 너희겠지.”

“나도 그런 짓은 하고 싶지 않아요.” 다케하루가 말했다.

“그럼 문제는 없어.” 아와노는 도모키를 보며 말했다. “아이는 어른보다 훨씬 다루기 쉽지. 유타는 초등학교 3학년이다. 몸이 약한 곳도 특별히 없고 일이 주 정도 데리고 있다고 곤란할 것은 아무것도 없어. 같이 게임이라도 하면 돼.”

“하지만…….”

도모키가 다시 저항감을 말로 꺼내자 아와노는 “뭐야?” 하고 선뜻 물었다.

"아이의 영리 유괴는 중죄예요."

"어른의 영리 유괴도 중죄야."

아와노가 되받아치자 다케하루가 "그렇긴 하네." 하고 웃었다.

"너는 처음부터 체포될 생각으로 하려는 건가?"

"아니, 딱히 그런 건 아니지만……."

"아이에게 손대는 것은 비겁하다 이거야?"

그 말은 자신이 느끼는 바에 가까운 것 같기도 해서 도모키는 부정하지 않았다.

"뭐가 비겁하고 뭐가 비겁하지 않은지 선은 어디에 그어져 있지?" 아와노가 따진다. "보이스피싱도 충분히 비겁하지 않나? 죄 없는 노인네를 속여서 몇백만 엔을 등친다……. 우리는 그 짓을 태연히 해 왔어. 네 안에서 그에 대한 선 긋기는 분명히 했나?"

도모키는 대답하지 못했다. 그저 직감으로 이건 할 수 있다, 못 한다로 판단할 뿐이다.

그러나 법률이라는 틀을 걷어치워 버린 범죄 세계에서 할 수 있고 없고의 기준을 만들기는 어려운 일이다. 아와노가 말하듯이 자신은 이미 비겁한 일을 잔뜩 해 왔다. 전화 너머 상대방이 눈앞에 보이지 않는 걸 핑계로 비겁한 줄 알면서 한 일이다.

"돈은 세상을 돌고 돌지. 그중 얼마쯤 챙긴다고 해서, 그것을 되찾으려는 상대의 미래까지 빼앗지는 않아. 좋게 말하면 사회의 수

업료를 받는 거지. 범죄 세계에서 살려면 그 정도 결심은 할 필요가 있어. 단, 죄 없는 사람의 목숨을 빼앗거나 몸에 후유증이 남을 만한 상처를 입혀서는 안 된다. 이게 내 선 긋기야. 물론 자신에게 해를 미치는 인간에게는 예외가 있지만."

해를 미치는 인간……. 경찰에 샤모토의 영업소를 밀고한 고사카가 떠올랐다.

그건 그렇다 치고 아와노가 제시한 선 긋기는 도모키의 생각으로도 크게 문제 되지 않는다. 그렇게 선을 그어 생각하면 어린아이를 유괴할 수 있을까.

자신의 인생을 바꾼 상대에게 앙갚음하려면 그 상대의 제일 큰 약점을 찔러야 한다.

"어린아이가 가여울지는 너희에게 달렸어. 너희가 가엾지 않게 대하면 돼."

"같이 게임하면 되는 거면 나한테 맡겨." 다케하루가 말했다. "그걸로 돈이 들어온다면 손 안 대고 코 풀기지."

"좋았어."

아와노가 대답하고 묻는 듯한 시선을 도모키에게 보냈다.

"어린아이는 생각보다 경계심이 강해요." 도모키는 논지를 흐리며 아와노의 자신감만을 상대해 봤다. "모르는 사람은 따라가면 안 된다고 머릿속에 박혀 있죠. 어떻게 납치할까요? 힘으로요?"

"힘으로 끌고 오는 것도 그리 나쁘지는 않다고 생각한다만." 아와노는 안색을 바꾸지 않고 대답했다. "그게 싫다면 다른 방법도 있어. 네가 하고 싶지 않다면 내가 깔끔하게 유괴해 줘도 되고."

아와노는 이전에 도모키가 말한 표현을 꺼내 아무것도 아닌 일처럼 대답했다.

결국 약간의 저항감이 있어도 이 범행 계획은 간단히 그만둘 수 없는 곳까지 왔다.

아와노가 이 계획은 불가능하다고 판단하거나 다케하루가 도저히 마음이 내키지 않는다면 괜찮다. 그러나 도모키 자신이 하고 싶지 않다는 말은 할 수 없다.

결국 도모키의 복수심을 밑바탕으로 성립한 계획이기 때문이다. 도모키가 거절하지 못하도록 꺼낸 아와노의 전략적인 계획이라 하더라도, 일단 이야기에 넘어간 이상 이러쿵저러쿵 할 수는 없다.

그와 동시에 일이 어떻게 될지 보고 싶다는 기대를 떨칠 수 없던 것도 분명하다. 악마가 사람의 마음에 사는 존재라면, 그것은 도모키의 마음속에도 존재한다. 그러나 만약 사람의 형태를 했다면 악마는 아와노다. 깔끔하게 유괴해 주겠다고 한 말을 현실에서 확인해 보고 싶은 마음을 들게 만들었다.

사흘 정도에 걸쳐 도모키 일당은 미즈오카 부자의 유괴 계획을 준비했다.

유타의 감금 장소로는 도모키 형제의 자택 2층 거실을 쓰기로 했다. 창문에 최소한의 방음 장치만 해 놓으면 주위의 귀도 크게 신경 쓰지 않아도 되는 환경이고, 인적이 많은 곳도 아니라 드나들기에 고생스럽지 않으리라는 것이 아와노의 견해였다.

처음에 아와노가 도모키의 집에 와서 거실과 다른 방을 살폈을 때부터 유타를 유괴할 계획이 머릿속에 있지 않았을까 의심했지만, 그런 말을 해 봤자 이미 늦었다. 도모키와 다케하루는 아와노가 조달해 온 에어캡을 작은 창문에 몇 겹으로 붙이거나 눈에 뜨일 만한 잡화를 아래층 방으로 옮기며 감금 환경을 만드는 데 힘썼다.

아와노는 모습을 살피러 올 때마다 어린아이용 과자와 주스, 게임소프트와 만화 등을 들고 왔다. 한 달은 감금할 생각이 있지 않을까 싶을 양이었다.

미즈오카 가쓰토시를 감금할 방은 스도 히토시를 감금했을 때와 마찬가지로 방범카메라가 없는 오래된 임대 주택 1층을 아와노가 고즈쿠에 초에서 발견했다. 그곳에도 음식물과 침구를 가져다 놓고, 벽 한쪽에 이삼십 대 일본인 남자 얼굴 사진을 붙이기도 했다. 아와노의 말로는 미즈오카 가쓰토시에게 민낯을 드러냈을 때 눈속임이 된다고 했다.

그리고 드디어 실행의 날이 왔다.

계획에 대해 한차례 자세한 설명을 듣기는 했지만, 그걸로 성공할지도 알 수 없거니와 계획을 전부 말해 준 것인지조차 알 수 없었다. 아와노는 잘될지 안 될지에 대해선 "괜찮겠지."라고 말하며 잘 풀리지 않는다면 "그때는 그때다."라고 말한다. 하지만 어느 정도 불확실성은 아와노도 알고 있는 듯했고, 그 점까지 포함해 이 계획을 즐기는 듯도 했다.

미즈오카 부자는 요코하마 혼모쿠에 있는 아파트에 산다. 유타가 다니는 초등학교는 집에서 걸어서 십오 분쯤 걸리는 언덕 위에 있다. 하교 시 혼모쿠 거리에서 집으로 통하는 길에 접어들 때는 혼자라고 한다. 새 학기가 막 시작되어 점심이면 수업이 끝나는 계획 당일도 혼자 이 길을 지나가리라. 집까지는 삼백 미터 정도다.

그때를 노린다……. 아와노는 그렇게 말했다.

혼자일 가능성이 크다고 해도 목격자가 나오지 않기를 기대하는 것은 지나치게 뻔뻔한 바람이다. 아와노도 거기까지는 바라지 않는 것 같다.

그러나 그만한 조건을 갖추면 대낮에 당당히 아이 한 명을 깔끔하게 유괴할 수 있다고 한다.

도모키는 반쯤 의심을 품은 채 유타가 오가는 길가에 세운 미니밴 운전석에 앉아 있었다. 모자를 깊이 눌러쓰고 마스크를 썼다. 옷은 아와노가 준비한 작업복 차림이다. 어린아이를 유괴하는 현장을 아무 각오도 없이 날품팔이 운반책에게 맡기는 것은 위험해서 도모키가 맡기로 했다. 고용한 운반책은 중계 지점인 월정액 주차장에 있다. 유괴에 쓴 차로 갈아타기만 하는 일이라 아와노는

"운반책이 아니라 도주책."이라고 했다.

미니밴 바로 뒤에는 아와노가 있다. 그가 아와노라는 것은 함께 왔으니 아는 것이지 우연히 이 길을 지났을 뿐이라면 도모키도 알아채지 못했을 것이다. 아와노는 평소의 정장을 벗고 반세기 전 히피 같은 차림을 하고 있었다. 카우보이모자에 회색 턱수염을 붙이고 볼에 드러나는 피부는 가무잡잡하고 거칠었다. 나이를 알 수 없는 차림이지만 마흔 살 이하로는 보이지 않는다. 새우등처럼 몸을 구부정하게 하고 지팡이를 한 손에 들어서 그런 인상을 더했다.

아와노는 인도 한쪽에 돛천으로 된 접이식 의자에 앉아 눈앞에 비닐시트를 깔고 작은 가게를 열었다. 늘어놓은 것은 유행하는 게임소프트 '몬스터 트레인'에 나오는 몬스터 캐릭터 피규어와 카드다. 아무래도 유타가 그 게임에 빠져 있는 모양이다. 어떻게 그런 것을 알았는지는 굳이 묻지 않았다. 아와노라면 그 정도의 정보를 파악해도 이상하지 않다는 생각이 대답보다 앞서고 만 까닭이다.

그러나 유타가 그 게임에 빠졌다고 해서 수상한 노점상에게 걸려들어 차까지 탄다는 확신은 전혀 없다.

그래도 반드시 그렇게 되리라는 아와노의 자신감을 나타내듯이 미니밴 뒷좌석 슬라이드 도어는 활짝 열린 채 유타가 타기를 기다린다.

아와노는 아침부터 그러고 있었다는 듯이 장사꾼인 척했지만, 실제로 여기에 차를 세우고 가게를 펼친 것은 사오 분 정도 전이다. 초등학교 근처에서 수업을 마치고 나오기 시작하는 아이들을 확인하고 나서다.

이윽고 혼모쿠 길을 등진 미니밴의 백미러에 초등학생으로 보이는 남자아이의 모습이 하나둘씩 비친다.

반대쪽 인도에 여자아이 세 명이 지나간다. 유타의 집은 이쪽 길에 있다. 이쪽 인도에도 아이의 그림자가 보인다.

그림자가 점점 가까워진다. 남자아이라고 확실히 알았을 때, 바깥에서 어떤 음악이 작게 들렸다. 게임 음악일까. 아와노가 준비한 것인 듯하다.

"아, 몬스터 트레인."

음악에 귀를 기울이고 있는데 느닷없이 남자아이 목소리가 뒤섞였다.

백미러를 보니 남자아이가 아와노의 가게 앞에 쪼그려 앉아 있었다. 아와노가 늘어놓은 상품을 가리키면서 뭐라고 떠들고 있다. "와아, 굉장하다."라는 남자아이의 목소리가 들린다. 도모키는 긴장감으로 몸이 굳었다.

유타인지는 알 수 없다. 그러나 아와노가 상대하고 있는 모습으로 보아 그 아이가 유타일 것이다.

아와노가 소곤소곤 떠드는 데 반해 유타의 목소리는 "어? 긴가오리엔트도 있어요? 굉장하다. 보고 싶어."라며 들떴다.

"……긴가오리엔트는 우리도 구하기가 어려워. 잠깐만 기다려.

차 안 상자에 들어 있어."

아와노의 목소리가 서서히 가까워진다. 평소 목소리가 아닌, 술로 망가진 듯한 탁한 목소리다. 하지만 그것이 묘하게 친절한 이미지를 주었다.

"아아, 아저씨, 다리가 좀 아프네. 얘, 저기 상자 안에 있으니까 찾아봐 줄래. 상자에 긴가오리엔트라고 딱 적혀 있을 거야."

"하지만 난 지금 돈이 없어요."

유타의 목소리도 이제 슬라이드 도어 곁에서 들린다. 도모키는 돌아보지 않고 자동차 키에 손을 대면서 등 뒤 기척을 느끼고 있다.

"돈은 나중에 얘기해도 돼." 아와노가 크하하 하고 웃으며 말한다. "아빠한테 전화하면 일억 엔쯤 가져오실 테지."

"뭐예요. 안 가져와요."

유타는 시시한 농담을 들은 것처럼 웃었다.

"그래, 알았으니 잠깐 들어가 봐."

아와노의 말에 떠밀리듯이 소년이 차 뒷좌석에 타는 기척이 났다. 그러나 한순간 움직임이 멈췄다. 운전석의 도모키를 보고 놀란 것 같았다.

"응, 맞아 그 상자야. 긴가오리엔트 말고도 여러 가지가 많이 있단다."

아와노의 목소리가 소년의 시간을 다시 움직였다.

"안녕하세요." 유타는 작은 목소리로 도모키에게 인사하고 상자 안을 뒤적였다.

"안녕."

도모키는 말하면서 흘끔 돌아본다. 아와노가 몸을 돌려 노상으로 돌아간다. 그러더니 가게를 정리한 짐을 옆구리에 끼고 유타 옆에 탔다.

슬라이드 도어가 천천히 닫힌다.

"출발." 아와노가 말했다.

유타 소년이 "어?" 하는 소리를 지른 것과 동시에 도모키가 시동키를 돌렸다.

5

「미즈오카 유타 군의 아버님 휴대전화 맞습니까?」

“예, 그렇습니다만.”

요코하마의 호텔에서 거래처 사람과 미팅을 마치고 돌아가는 길에 회사 차 뒷좌석에서 전화를 받은 미즈오카 가쓰토시는 상대방의 생각지도 못한 첫마디에 눈살을 찌푸렸다. 등록되지 않은 전화번호라서 잘 아는 사람이 아닌 줄 알고 전화를 받았지만 아들과 관련된 전화일 거라고는 예상하지 못했다.

「저는 말이죠, 장난감용품점 ‘토이 파라다이스’ 혼모쿠점의 오시타라고 합니다. 사실은 지금 댁의 아드님과 그 친구들을 저희 사무실에서 데리고 있습니다. 좀 곤란한 일이 있었어요.」

“네, 무슨 일이시죠?”

그러고 보니 오늘은 새 학기가 시작하는 날이라 학교도 일찍 끝난다고 했다. 그래서 친구랑 장난감 가게에 간 모양인데……. 가쓰토시는 이야기의 흐름을 재빨리 그렇게 파악하고 오시타에게 뒷말을 재촉했다.

「예, 실은 아드님이 저희 상품을 슬쩍하려다가 종업원에게 붙잡혔어요.」

"네? 그럴 리가 있나요?"

가쓰토시의 입에서는 반사적으로 의심하며 되묻는 말이 튀어나왔다. 유타는 아직 초등학교 3학년이다. 그 정도로 성격이 비뚤어진 아이도 아니다. 원하는 장난감은 웬만하면 사 줬다. 그런 아이가 도둑질 같은 문제를 일으켰다고는 잘 믿기지 않았다.

「아뇨, 틀림없습니다. 들고 있던 가방에서 물건도 나왔고 본인도 인정했어요. 몬스터 트레인이라는 게임 아세요? 그 게임의 피규어인데요.」

가쓰토시는 자신도 모르게 앗 하고 소리 지를 뻔했다. 몬스터 트레인은 유타가 요즘 푹 빠진 휴대용 게임기의 인기 소프트다. 다른 사람도 아니고 가쓰토시가 작년 크리스마스 선물로 사 줬다. 자세히는 모르지만 몬스터 대륙을 둘러싼 몬스터 철도를 달리는 열차형 몬스터 캐릭터가 백 종류 이상 있고, 각각 연결하거나 속도를 겨루며 노는 듯하다. 게임을 하다가 얻은 비밀 패스워드를 게임 회사와 제휴한 장난감 가게에 신청하면 인기 트레인 피규어를 받을 수 있다는 이야기도 들었다.

도둑질한 것은 믿기 어렵지만 유타의 평소 모습으로 짐작해 보건대 몬스터 트레인 피규어를 앞에 두고 순간 나쁜 마음이 들었을 수도 있다고 생각했다.

「그런데 유타 군과 함께 행동하던 아이 중에 중학생도 있었어요.」

"네?"

유타가 중학생과 어울리고 있는 줄은 몰라서 가쓰토시는 또 한 번 놀랐다.

「중학생 애는 인정하지 않지만, 그 아이가 시켜서 유타 군이 도둑질을 한 것은 아닐지도 의심하고 있어요.」

중학생 무리에 들어갔다면 역학 관계로 봐서 틀림없이 그럴 것이라 생각했지만 도둑질을 한 아이의 부모 입장에서 '당연히 그렇겠죠.'라고 말하지는 못하고, 가쓰토시는 "아아." 하고 애매하게 반응했다.

「문제는 저희 쪽 여러 점포에서 몬스터 트레인 피규어 절도가 잇따라서 아이가 한 일이라고 가볍게 볼 수만은 없다는 겁니다. 조직적으로 훔쳐서 팔아 치우는 무리가 있지 않을까, 저희 쪽에서도 경계하고 있던 참이거든요.」

좀도둑 피해가 소매점에 얼마나 큰 손실을 주는지는 가쓰토시도 업무상 지겹도록 알고 있다. 역 안에 있는 기프트숍에서도 어쩌다 계산을 깜빡한 것 같은 얼굴로 미나토로망을 들고 천연덕스럽게 가게를 나가려는 인간들이 끊이지 않았다. 그런 피해를 줄이려고 '도난 주의 달' 등을 만들어 대책도 세웠다. 그런 자신의 아들이 도둑질에 손을 댔다니 참으로 얄궂은 상황이었다.

아마도 중학생의 명령에 거스르지 못했을 테고, 죄의식도 크지 않았을지도 모른다. 물론 그렇다고 해서 너그러이 봐줄 수는 없다. 이번 기회에 나쁜 짓은 나쁘다고 깨닫게 해 줘야 한다.

하지만 그것도 장난감 가게와 이야기를 원만하게 해결하고 나서 할 일이다.

「그래서 저희로서도 경찰의 협력도 받고 도둑질을 하는 패거리들의 실태를 자세히 조사하는 편이 좋겠다고 이야기가 됐어요.」

가쓰토시는 저도 모르게 얼굴을 찡그렸다. 도둑질이 악질 범죄라는 데는 이견이 없지만 어린아이가 한 짓이기도 하고, 굳이 경찰을 부르는 것은 피해를 본 쪽에서 지나치지 않나 싶었다. 내 자식 일이라서 그런 생각이 드는 것일까. 어쨌거나 그렇게 되면 이쪽도 변호사와 상담해야 하나……. 생각이 그런 식으로 흘러갔다.

"아, 아들이 한 짓은 당연히 사죄드리고 피해를 본 부분은 변상하겠습니다. 다만 경찰을 부르기에는 아직 어린아이이기도 하고, 조금 더 원만하게 해결할 수 있지 않을까 합니다만……."

「예, 그 점입니다.」 오시타는 자신도 동감이라는 듯이 말했다. 「저 역시 유타 군과는 전에도 가게에서 이야기를 나눈 적이 있고 나쁜 아이가 아니라는 것도 압니다. 그 아이 자신은 도둑질은 이번

이 처음이라고 하고, 아무래도 중학생이 시켜서 한 짓이 아닐까 싶어요. 유타 군까지 경찰에 넘기기는 가여운 것 같아서 점장님과도 이야기를 했습니다. 그래서 말인데요, 중학생 건은 경찰에 통보하기로 하고 유타 군은 아버님께서 오셔서 앞으로 이 같은 문제를 일으키지 않도록 지도한다는 약속을 해 주시면 어떨까 합니다.」

유타가 집에는 어린 여동생이 있고 어머니는 동생을 돌보느라 바쁘다고 하기에 아버지에게 연락했노라고 설명을 덧붙였다.

"그런가요." 가쓰토시는 조금 안도했다. 그것으로 끝난다면 일부러 변호사를 부를 필요도 없다. "배려 감사합니다. 꼭 약속드리겠습니다."

「유타 군도 있으니 지금 오실 수 있겠습니까?」

"알겠습니다. 지금 간나이에 있으니 혼모쿠까지 십오 분이면 갈 수 있습니다. 브레즈에 있는 가게인가요?"

가쓰토시는 유타와 간 적이 있는 장난감 가게를 떠올리며 혼모쿠의 쇼핑몰 이름을 말했다.

「예, 맞습니다. 본부 사람도 있으니 몰 앞에서 기다려 주세요. 두세 가지 미리 의논해 둘 일이 있습니다.」

이야기를 들어 보니 본부 사람은 아이들을 경찰에 신고하려 하고, 현장 직원은 어떻게든 원만하게 끝내려고 하는 듯했다.

오시타는 5시에 쇼핑몰 브레즈 북쪽 출구 앞에서 기다리겠다고 하고 전화를 끊었다.

"미안하지만 혼모쿠의 브레즈까지 가 줘." 가쓰토시가 기사에게 말했다.

"무슨 문제라도 있으세요?"

조수석에 앉은 비서 구로키 하루야가 고개를 돌려 물었다.

"아니, 집안일이야."

자식 일이기도 하고 우스갯소리처럼 털어놓아도 되겠지만, 유타는 장차 미나토당의 경영을 맡을지도 모를 인물이다. 나중에 어릴 적 실수를 끄집어내어 나이든 자들에게 멍청한 아들 취급을 받는 것도 곤란하다. 벌써 그런 데 마음을 쓰기는 너무 이르지만, 위에 서는 사람은 안 그래도 적이 많으니 약점을 보여서는 안 된다. 자신이 사장으로 취임할 때 고생한 경험 때문이라도 유타에게는 되도록 자신의 힘을 내기 쉬운 환경을 갖춰 주고 싶었다.

가쓰토시의 짧은 대답에 구로키는 더 이상 질문하지 않았다. 이 남자는 특별히 영특한 사람은 아니지만, 가쓰토시의 명령에 충실하고 주제 넘는 짓도 하지 않아서 곁에 두고 편하게 자질구레한 일을 부탁할 수 있는 존재다.

혼모쿠로 향하는 길에 집에 있는 아내 유미코에게 전화가 걸려 왔다.

「오늘은 점심에 학교가 끝났을 텐데 유타가 아직 집에 돌아오지 않았어.」

그 녀석 집에도 가지 않고 그대로 놀러 나간 건가……. 가쓰토시는 얼굴을 찡그리면서도 말투는 평정을 가장했다.

"그래, 알아. 브레즈의 장난감 가게에 있다더군. 작은 문제가 있었던 것 같아. 지금 데리러 가는 참이야."

「무슨 문제?」 유미코는 불안한 듯이 물었다.

"별일 아니니까 걱정하지 마. 집에 돌아가서 이야기하지. 당신은 저녁 준비해 놓고 있어."

가쓰토시는 그렇게 대답하고 전화를 끊었다.

자동차는 혼모쿠 초를 지나 조금 더 가서 혼모쿠 부두 쪽으로 좌회전했다. 거기서 곧바로 우회전하면 얼마 안 가 브레즈 북쪽 출구다. 문이 있고 업체의 배송차량이 여러 대 서 있다. 그 앞, 가로수 가까이에 넥타이 차림에 하얀 블루종을 입은 젊은 남자가 서 있었다. 검은 테 안경을 썼다. 이 사람이 오시타라고 짐작하고 가쓰토시는 차를 세웠다.

"오늘은 이대로 집에 갈 거야. 내일은 제조부장과 기획부장을 불러 줘. 점심 미팅으로 오늘 건을 이야기하고 싶으니까."

"알겠습니다."

구로키는 메모를 하고 짤막하게 대답했다.

"그럼 수고해."

"수고하셨습니다."

가쓰토시는 자신의 가방을 들고 차에서 내렸다.

유통기한 위조 문제로 책임을 지고 사임한 아버지의 뒤를 이어 사장에 취임했을 때에는 빈사 상태였던 회사도 필사적으로 재정비해 간신히 회생할 수 있었다. 가정보다 회사를 우선한 생활이 이어졌지만 요새는 가정에 관심을 돌릴 여유가 생겼다. 다행한 일이다.

회사 차가 출발하자마자 오시타인 듯한 남자가 자신에게 한 걸음 다가왔다. 하얀 블루종 가슴 부분에는 몬스터 트레인 휘장이 달려 있고 신분증 같은 것을 목에 걸었다. 틀림없어 보인다. 상대방도 자신이 유타의 아버지임을 알아챈 것 같았다.

"미즈오카 유타 군의 아버님이십니까?"

"네."

"토이 파라다이스의 오시타입니다."

그렇게 자신을 소개한 그에게 가쓰토시는 고개를 숙였다.

"이번에 아들이 폐를 끼쳐서 정말로 죄송합니다."

"아니에요, 자세한 이야기는 차 안에서 하시죠."

오시타가 그렇게 말하고 눈앞 길가에 서 있던 검은색 왜건을 가리켜서 가쓰토시는 머뭇거렸다.

"유타 군은 지금 저희 요코하마 사무소 쪽으로 갔어요. 여기서는 그 아이들과 찬찬히 이야기할 곳이 없어서요."

"아, 그렇습니까."

여기서 집까지 걸어서도 이십 분 정도라 차를 돌려보냈는데, 이런 상황은 예상하지 못했다. 그럼 돌아갈 때는 택시라도 불러야겠다고 마음을 고쳐먹었다.

오시타가 선팅한 차창 뒷문을 열고 가쓰토시에게 타라고 재촉했다. 안을 들여다보니 운전석에 앉아 있는 마스크를 쓴 남자가 보였다. 도둑질한 소년의 보호자를 데려가는 데 사람을 몇 명이나 쓰는 건가, 아무래도 상관없는 생각이 머릿속을 스쳤다. 자신의 회사 사람이라면 주의를 한마디 했을 부분이다.

"안으로 들어가세요."

가쓰토시를 안쪽 자리까지 몰아넣고 오시타는 그 옆에 탔다.

오시타가 문을 닫는다.

"안전벨트 매세요."

가쓰토시는 운전사의 말에 따랐다.

"출발."

오시타가 묘하게 연극 말투로 말해서 가쓰토시는 눈살을 찌푸렸다.

자동차는 이미 달리고 있다.

옆을 보니 오시타는 마스크를 하고 선글라스를 끼고 있었다. 아무래도 뭔가 이상한 낌새를 느꼈다.

"지금 뭐하는 거죠?"

그렇게 물어도 오시타는 얼굴을 슬쩍 돌렸을 뿐이었다.

"아이는 잘 데리고 있어." 오시타의 말투가 바뀌었다.

"네?"

"얌전히 우리를 따라야 할 거야."

오시타는 품에서 칼집에 든 칼 같은 것을 꺼내 보란 듯이 흔들었다. 단숨에 긴장감이 퍼졌다.

"너희 뭐야? 무슨 짓이지?!"

가쓰토시는 물으면서 좌우를 둘러본다. 오른쪽 문을 보니 고리를 당길 수 없도록 테이프를 붙여 놓았다. 도망칠 곳 없는 밀실이 되어 버렸다.

"무슨 속셈이야? 내려 줘!"

"포기해." 운전사가 쌀쌀맞게 말했다. "지금 내려도 아이는 돌아오지 않아."

"너희 대체 누구야?"

"대일본유괴단이다."

오시타가 천천히 이름을 밝혔다.

자동차가 요코하마의 시가지를 빙글빙글 도는 사이에 가쓰토시는 안대를 써야 했다. 슬쩍 칼을 보여 주는 데다 그들이 유타를 데리고 있다는 사실을 안 터라 거스르려 해도 거스를 방도가 없었다. 그런 뒤 양복 주머니를 뒤져 휴대전화를 빼앗아 갔다. 가방 안을 뒤지는 기척도 전해졌다.

그러다 차가 멈추고 가쓰토시는 손을 잡아끌려 내려야 했다. 바로 옆에 다른 차가 있었는지, 그 차에 태워졌다. 옮겨 탄 차가 아직 출발하지 않고 있는 사이에 지금까지 탔던 차 엔진 소리가 멀어졌다. 그 뒤 몇 분이나 차는 정지한 상태였다. 십 분이나 십오 분쯤 지나고 나서 오시타 목소리로 "좋아, 가자."라고 명령이 떨어졌다.

그로부터 오 분쯤 달리다 다시 차가 멈췄다. 몇 번인가 문이 쾅쾅 열렸다가 닫히고 갑자기 가쓰토시의 안대를 벗겼다. 바깥에 어둠이 내리고 있는 것은 알았지만 여기가 어디인지를 관찰할 새도 없이 이번에는 도수가 높은 안경을 씌웠다.

소리 내지 마. 지금부터 아들 이야기를 할 수 있는 곳으로 데려간다. 그곳에 도착할 때까지 소리를 질렀다가는 모든 것이 끝장이라는 걸 명심해……. 오시타의 말에 가쓰토시는 하는 수 없이 명령에 따랐다. 유타가 어떤 상황에 처했는지 모르는 지금은 그러는 길 말고 다른 선택지가 없다.

오시타의 손에 끌려가며 가쓰토시는 낡은 공동주택의 어느 집으로 들어갔다. 다다미 여섯 장 크기의 부엌 겸 거실을 지나 안쪽에 비슷한 크기의 방이 있다. 한쪽 벽면에 사람 얼굴 사진들이 붙어 있고, 창문은 에어캡으로 막혀 있다. 이상한 방이었다.

"미안하지만 팔다리는 묶겠어."

그렇게 말하며 가쓰토시의 손목에 수갑을 채우고, 다리에는 끈을 묶었다. 이불이 깔려 있고 그곳에 엉덩방아를 찧듯이 앉혔다.

한참 이따 문이 열리고 닫히는 소리가 들렸다. 다른 한 사람이 온 듯했다. 아까 운전하던 남자인가.

"안경을 벗겨 줘. 속이 울렁거려."

가쓰토시가 부탁하자 오시타가 가쓰토시의 얼굴에서 안경을 벗겼다.

두 남자 모두 눈만 나온 복면 모자에 선글라스를 쓴 모습으로 바뀌어 있었다.

한 사람이 벽쪽에 놓인 라디오 전원을 켰다. 텔레비전이나 라디오의 채널을 계속 바꾸는 듯한 소리가 흘러나왔다.

"수고하십니다." 오시타가 휴대전화를 귀에 대고 어딘가와 연락했다. "아버지 쪽은 계획대로 잡았습니다…… 예, 알겠습니다."

대일본유괴단이라고 했던가……. 가쓰토시는 최근 텔레비전 뉴스 프로그램에서 그 이름을 들은 적이 있다. 아마도 미용기기회사 후계자가 그런 이름의 유괴단에 납치당했다가 며칠 뒤에 풀려난 사건이었을 것이다.

여기에 있는 두 사람이 나이가 어린 청년이라는 건 알겠다. 그러나 그들 위에 계획을 관리하는 사람이 따로 있는 듯하다. 정체가 뭔지 도저히 파악되지 않았다.

"물어볼 거 있어?"

오시타가 바닥에 앉아 물었다.

"유타는 어디에 있지?"

"다른 곳에 있다. 나중에 영상을 보여 주지."

"무사한 거겠지?"

"걱정하지 마. 당신한테 하는 것보다 다정하게 대하고 있으니까."

"유괴는 전형적으로 실패하기 쉬운 범죄야. 험한 소리 하지 않을 테니 그만둬. 유타와 함께 무사히 돌려보내 준다면 경찰에도 신고하지 않을게."

"어째서 실패할 거라고 믿지?"

그렇게 물은 오시타의 말투는 여유가 넘쳐서 가쓰토시는 으스스했다. 브레즈 앞에 서 있을 때의 싹싹하던 청년 모습과는 달리 위험천만한 다리를 건너는 데 상당히 익숙한 남자로 보였다.

"과거에 유괴 사건은 모두 실패했으니까."

"과거의 유괴 사건은 어째서 실패했지?" 오시타는 재차 묻는다.

"결국에는 몸값을 받을 계획이 틀어져 실패했지."

"그건 왜 틀어졌다고 생각해?" 오시타는 또 물었다. "인질이 잡힌 쪽이 약속대로 몸값을 준비해 범인에게 건네면 틀어질 리가 없는데."

"그건…… 경찰이 있으니까."

"그거야." 오시타가 가쓰토시를 손가락으로 가리켰다. "경찰이 방해하니까 틀어지지. 간단해. 피해자가 경찰에 알리지 않으면 돼."

"지금 당장 아들과 함께 풀어 주면 경찰에는 알리지 않겠다. 하지만 이렇게 나와 아들을 붙잡아 두면 아내도 어쩌면 좋을지 우왕좌왕할 테고 회사도 시끄러워질 거야. 경찰에 알리지 말라는 소리가 억지지."

"음, 그렇지." 오시타는 순순히 수긍했다. "우리도 솔직히 거기까지 기대하지는 않아. 하지만 경찰이 간섭해도 몰래 몸값 거래를 할 수는 있어."

"어떻게 그럴 수 있지? 너희가 내 집이든 회사에든 몸값을 요구할 때 경찰이 함께 듣고 있지 않다는 보장은 없잖아."

가쓰토시로서는 너무나 당연한 소리를 한 것이겠지만, 오시타는 그렇게 되지는 않으리라는 듯이 고개를 가로저었다.

"차차 이야기하겠지만 우리도 생각이 있어. 거기까지 걱정해 줄 필요는 없어."

오시타의 말투에는 자신감이 엿보였지만 무슨 생각을 하는지 전혀 헤아릴 수 없었다.

"한 가지 가르쳐 주지." 오시타는 말했다. "우리는 이미 다른 곳에서 이 협상을 성공시켰어."

"뭐?"

"대일본유괴단이라는 이름을 어디에서 들은 적 없어?"

오시타가 아니라 운전사였다고 생각되는 다른 한 남자가 말했다. 선글라스에 마스크를 끼고 있어 인상은 파악할 수 없지만 이 남자도 청년이라 표현해야 할 만큼 젊은 사람임은 분명했다.

"뉴스에서 들은 것 같기는 하지만 자세히는 기억나지 않아." 가쓰토시가 대답했다.

"뷰티 웨이브라는 회사의 후계자를 유괴했지. 그리고 협상 결과 문제없이 몸값을 받았어."

"어떻게?" 가쓰토시는 반쯤 믿기지 않는 심정으로 물었다.

"자세한 건 기업 비밀이야." 오시타가 이야기에 끼어들었다. 입매밖에 보이지 않지만 얼굴에 당당한 미소가 새겨진 것을 알 수 있었다. "상대방과 신뢰 관계도 필요하지."

신뢰 관계라는 말이 나오자 농담으로 하는 소리가 아닐까 의심하고 싶어진다.

"그 사건 피해자는 사나흘 만에 풀려나 구체적인 몸값 요구도 없었다고 뉴스에서 들었어."

"오, 자세히 아네." 오시타가 말했다. "그건 경찰이 파악한 사실이지 진실은 아니야. 그러니까 우리는 경찰이 모르는 곳에서 협상을 성공한 거야."

"말도 안 돼……."

"경찰이 깔려 있는데 현금을 어디어디로 가지고 오라는 요구는 애초에 하지 않아."

"그럼 어떻게……?"

"신뢰 관계가 있으면 가능하지."

오시타는 수수께끼를 내듯이 그렇게만 말했다.

이야기를 시작하고 나서는 범인들은 어떤 일에도 폭력을 행사하거나 과격한 언동을 하지 않았다. 그렇다고 해서 신사적이라고 할 수는 없다. 그들은 저마다 칼을 가지고 있었고, 어디까지나 유괴 계획을 성공시킨다는 하나의 뜻으로 행동하는 것이 틀림없었다. 무엇보다 유타를 유괴해 다른 곳에 감금해 놓은 사실로 생긴 자신들의 우위성을 충분히 알고 있었다. 협박하는 듯한 태도는 아니지만, 그 대신 일종의 잔인함이 서려 있었다.

세 사람이 함께 컵라면으로 저녁을 때운 뒤에 주로 오시타가 가쓰토시의 평소 생활이나 근무 태도, 회사 내부 사정을 자세히 캐물었다.

"사장실은 회사 어디에 있지? 얼마나 넓어? 뭐가 놓여 있어? 사장실을 자주 찾는 사람은 누구지?"

"당신이 참석하는 회의는 몇 개 있어? 출석자는 달리 누가 있나? 회의에서는 어떤 이야기를 하지?"

"어떤 용건으로 밖에 나갈 때가 많지? 점포 시찰은 언제 하지? 누가 동행하지?"

"직원에게는 늘 어떤 식으로 말을 걸지? 반대로 직원들은 당신을 어떻게 부르지?"

"주로 퇴근을 몇 시에 하지? 돌아갈 때는 사장실을 잠그나? 당신보다 늦게까지 회사에 있는 사원은 얼마나 있어?"

오시타는 질문의 말을 바꾸면서 가쓰토시가 회사에 출근해 집으로 돌아갈 때까지 하는 일상적인 업무와 습관, 직원들의 인물평에 이르기까지 자세히 물었다. 가쓰토시의 대답을 자신의 귀로 듣기만 하는 것이 아니라 눈앞에 녹음기를 놓고 녹음까지 했다.

몸값 협상에 참고하려는 것은 짐작이 갔지만 질문에 일절 대답하지 않는 선택지는 고를 수 없었다. 그들은 가쓰토시뿐 아니라 유타를 가둬 두고 있다. 유타의 안전을 확인시켜 달라고 여러 번 말했지만, 가쓰토시가 그들의 질문에 대답해야 한다는 조건만을 내세웠다. 그들은 거친 목소리도 내지 않고 가쓰토시의 감정을 교묘하게 조종해 몸값 협상을 위한 밑 준비를 착실히 하고 있는 것처럼 보였다.

"비서는 구로키 하루야라고 했지……. 언제부터 당신 비서가 됐지?"

오시타는 사원 중에서도 평소 가쓰토시와 가장 가까이에 있는 비서 구로키에 대해 특별히 꼬치꼬치 물었다. 구로키는 입사 십일 년 차에 서른네 살. 일 년쯤 전에 그를 비서로 등용했고, 그때까지는 제조공장에 있던 남자다.

"아직 일 년인가…… 그때까지 비서를 하던 사람은 어디 있지?"

"이전 비서는 정년퇴직했어. 아버지 때부터 비서였던 사람이고 나도 갑자기 사장이 되어서 경험 있는 사람이 필요했어."

"비서가 정년퇴직한 것을 계기로 구로키를 비서로 발탁한 건가. 구로키가 희망했어? 아니면 당신이 구로키를 높이 산 건가?"

"높이 샀다고 할 정도는 아니지만 성실한 남자라 잘할 거라고 생각했네."

"높이 샀다고 할 정도는 아니라면 우수하기 때문은 아니란 말인가?"

"장래에 간부가 될 만한 인재냐고 하면 그렇지 않은 건 분명하지. 그 사람은 원래 명예퇴직자 후보였다. 유통기한 위조 건으로 회사 실적이 악화되고 내가 사장에 올랐을 때, 사원 사분의 일을 해고하기로 했지. 구로키는 들어온 지 육칠 년 된 젊은 사원이었지만 존재감이 없고 눈에 띄는 실적을 남기지도 않았으니 당연히 해고 대상이 됐어. 그런데 그렇게 실적이 부진해서 정리해고할 때면, 능력 있는 녀석일수록 회사에 가망이 없다고 재빠르게 판단하고, 능력이 없는 녀석은 체면을 구기건 물을 뿌리건 필사로 들러붙어 그만두려 하지 않는 법이지. 구로키도 그 시절 결혼한 지 얼마 되지 않은 시기였고, 회사에 매달렸어. 공장 제과작업으로 좌천돼 월급도 줄고 현장 직원들에게도 구박받으며 상당히 힘든 일을 겪었을 거야. 그래도 불평하지 않았어. 결국 회사 실적이 회복되고 한숨 돌리면서 그런 요령 없는 완고함을 이제야 높이 살 수 있게 된 거야. 나도 어느 정도 사장 자리에 익숙해지고 감시역 같은 비서보다 고분고분하고 성실한 사람이 다루기 편하기도 했고. 경영 위기에 빠진 동안에 사원들이 많은 불편을 감내했다. 각자 생활이 있어 그만두려 해도 그만둘 수 없는 사람도 많았겠지만, 뿌리에는 다들 회사에 애착이 있었던 거지. 이 지역 사람들과 관광객에게 사랑받는 과자 브랜드의 긍지 때문에, 어떻게든 회사를 다시 일으키고 싶은 마음이 있었어. 그러니까 그런 것에 조금쯤은 보답해 주고 싶었고, 구로키를 비서로 삼은 것도 그중 한 형태라고 생각한다."

정체 모를 상대지만 회사 이야기를 물으면 가쓰토시의 말투에도 자연스레 열기가 담긴다. 이 범인들은 아마도 미나토당의 이익을 노리고 그중 얼마를 빼앗으려는 속셈일 것이다. 그러나 이 회사는 미증유의 경영 위기를 가쓰토시 이하 사원들이 필사로 버티고 버텨서 간신히 현재 상태까지 밀어올린 것이다. 남이 이기적인 생각으로 손대도 될 만한 회사가 아니라는 점을 범인들에게 조금이라도 전달하고 싶었다.

"그래, 구로키 하루야는 불우한 시절에도 낙심하지 않았던 점을 사장에게 인정받은 것인가."

오시타는 어쩐지 연극 같은 어조로 감탄하며 "훈훈한 이야기로군." 하고 운전하고 온 남자에게 동의를 구하듯이 얼굴을 돌리기도 했다. 운전사는 그 말에 조금도 반응하지 않았고 도리어 선글라스 너머로 가쓰토시를 노려보는 것 같았다. 그래서 가쓰토시는 아쉽게도 자신의 이야기가 그들 마음에 통했다는 느낌을 얻지 못했다.

"그래서 그 구로키와 아침에 어떤 이야기부터 시작하지?"

그들의 질문은 그 뒤로도 늦은 밤까지 계속됐다.

"당신 아들이야."

질문을 일단락 짓고 오시타가 휴대전화 액정 화면을 가쓰토시에게 보여 줬다.

카메라를 보는 유타가 찍혀 있었다. 입을 조금 벌린 표정은 불안해 보이거나 멍하니 있는 것처럼 보이지 않는다. 등받이가 있는 소파 같은 곳에 앉아 있는 것은 알겠지만 어떤 장소인지는 판별할 수 없다.

"언제 찍은 사진이지? 지금은 어떻게 하고 있어?"

"낮에 찍은 사진이지만 걱정하지 마. 여전히 무사하니까."

"확인했어? 거기에도 사람이 있겠지?"

"애를 보는 사람이 틀림없이 있어. 벌써 1시가 지났어. 지금은 잘 시간이다."

"신뢰 관계라고 했지. 신뢰가 필요하다면 아들의 안전을 제대로 확인시켜 줘."

가쓰토시가 강하게 주장하자 오시타는 어깨를 으쓱하더니 "기다려 봐."라면서 휴대전화를 만졌다.

"역시 잠들었네."

그렇게 말하며 그가 가리킨 화면에는 어두운 공간에 소파로 보이는 곳에 누워 이불을 덮고 잠든 아이의 모습이 보였다. 적외선 카메라 같은 것으로 찍은 데다 화면이 그다지 크지 않아서 유타 본인인지 한눈에 알아볼 수 없지만 어린 남자아이라는 것을 알 수 있다.

"살아 있는 게 맞겠지?"

당연히 그럴 거라 생각했지만 눈을 뜬 영상이 아닌 이상 씻을 수 없는 불안감이 입을 통해 나왔다.

"잠들었을 뿐이야. 원한다면 깨워 줄 수도 있어."

그렇게까지 말한다면 믿을 수밖에 없다. 아이가 애써 현실의 악몽에서 벗어나 꿈속에 있는 데 깨우기는 가여웠다.

"내일 시간이 있으면 잠시 이야기를 나눌 수 있게 해 주지."

오시타의 말에 가쓰토시는 언쟁을 그만두기로 했다.

운전사의 감시를 받으며 볼일을 보고 나서 시판하는 수면유도제를 먹었다. 멋대로 일어나 돌아다니는 위험을 줄이려는 것 같다. 안대를 씌우고 관자놀이 부근을 테이프로 고정했다. 그러고 나서 그들이 깐 이불에 눕게 했다.

가쓰토시 옆에는 운전사가 자는 듯했다. 옆 거실에 이불을 깔았으니 오시타는 그곳에서 자리라.

양복을 입은 상태라 당연하지만 잠들기 어려워 하다못해 바지 벨트를 느슨하게 다시 매려는데 운전사가 그 기척을 느끼고 "뭐 해?"라고 물었다.

"벨트를 느슨하게 하려고. 그 정도는 괜찮잖아."

가쓰토시가 그렇게 대답하자 운전사는 "풀어 주지."라며 가쓰토시의 이불을 걷고 허리에서 벨트를 뺐다. 반격하는 데 쓸 무기가 되기 쉬우므로 미연에 싹을 뽑아 두려는 생각인지도 모른다. 가쓰토시로서는 유타가 잡혀 있는 이상 그런 짓을 할 수 있을 리가 없고, 그저 신경이 예민한 남자라고 생각했을 뿐이다.

아내인 유미코가 많이 걱정하고 있겠지. 아들이 돌아오지 않는데다 아들을 데리러 간 남편도 돌아오지 않는다. 휴대전화가 울리지 않는 것으로 보아 전원을 꺼 둔 듯하다. 그런 상태니 틀림없이 무슨 일이 있었다고 알아챌 것이고 지금쯤 벌써 경찰에 신고했어도 이상하지 않다. 혹시 범인들은 이미 다른 곳에서 몸값 협상을 시작했을까. 오시타는 밤에도 두 번쯤 어딘가로 전화했다. 그들을 이끄는 범인들의 리더가 다른 곳에 있는 것 같다. 유타가 있는 곳일지도 모른다.

몇 시간이나 그들과 이야기했지만 가쓰토시가 회사나 가족에 대해 묻는 대로 대답했을 뿐, 범인들이 어떤 사람들인지는 전혀 보이지 않았다. 범인상을 파악하기는커녕 지금 이렇게 오늘 있던 일의 기억을 더듬어 보아도 운전사는 물론이고 오시타조차 어떤 얼굴이었는지 기억나지 않는다는 사실을 깨닫고 오싹했다. 비일상적인 일이 한번에 일어나 머리가 뒤죽박죽이다. 방 안 벽에 붙여 놓은 여러 남자의 얼굴 사진으로 기억이 완전히 뒤죽박죽돼 버린 것도 영향을 끼쳤다.

볼륨은 줄였지만 라디오나 텔레비전 채널을 계속 돌리는 듯한 소리는 이대로 자는 동안에도 영원히 흐를 듯했다. 아마도 방에서 하는 대화나 인기척이 옆집에 새어 나가기 어렵게 하면서 동시에 가쓰토시가 바깥 소리를 듣고 여기가 어디인지 알아채지 못하도록 하는 노림수도 있을 것이다. 그리고 거기까지 의도했는지는 모르겠지만 오시타의 차가운 목소리를 떠올리려 해도 역시 이 음성이 방해했다.

대담한 듯하면서 공을 들여 계획된 범행이라고 느꼈다.

몸값을 목적으로 하는 유괴는 개인정보가 보호되고, 거리 곳곳에 방범카메라가 설치된 요즘 세상에는 사라질 운명의 범죄라고 생각했다. 그러나 그들은 그에 도전하고 순조롭게 계획을 수행하고 있다.

대체 그들은 누구일까.

언동에는 상스러운 부분이 없고 대화 솜씨는 지적이기까지 하다. 넥타이를 매고 일해도 이상하지 않은 사람들이다. 폭력배나 양아치 같은 험한 느낌도 없고 돈이 궁해 하는 수 없이 범죄에 손댄 생계형 범죄자 같은 거친 분위기도 배어 있지 않다.

가쓰토시를 노린 이유도 모르겠다. 부모에게 회사를 물려받은 형태기는 하지만 사장에 오르고 나서는 기운 회사를 지탱하느라 정신없는 나날이었다. 임원 보수가 삭감 없이 나오게 된 것도 최근 일이 년 일이다. 유타도 지역 공립 초등학교에 보냈고 특별히 사치하며 살지도 않는다.

"왜 나지?"

의문점이 입을 통해 나왔다. 운전사는 반응하지 않았지만 가쓰토시는 되물었다.

"왜 나를 노렸지?"

"……주머니 사정이 좋아 보였으니까."

간신히 그런 대답이 돌아왔다.

"우리가?" 가쓰토시는 무심코 되물었다. "웃기는 소리군. 우리는 이 년 연속 큰 적자로 한때는 채무 초과 직전 상황까지 갔었어. 아슬아슬한 자금 운용으로 극복하면서, 간신히 지금까지 버텨 냈을 뿐이야."

"상반기는 어느 정도 이익이 났지?" 남자가 조용한 목소리로 도리어 물었다.

"결산은 아직 나오지 않았어."

"회사 예상 매상은 역대 최고. 경상이익 예산도 역대 최고인 이십이억 엔. 이건 클리어했잖아." 회사의 실태 조사는 끝나 있다는 양 남자는 말했다.

"그렇다 해도 우리는 부채도 아직 많아. 잘나가는 회사는 달리 얼마든지 있잖아."

"그러니까 뭐?" 남자는 쌀쌀맞게 말했다. "눈에 띄어서 노렸다. 그걸로 충분해."

그 말에는 가학적인 비웃음마저 섞여 있었다.

"기울어 가던 회사를 다시 일으키는 게 얼마나 큰일인지 알아?" 가쓰토시는 억누른 목소리지만 필사적으로 호소했다. "전 직원 모두가 죽을 각오로 이를 악물고 애썼어. 마침내 이뤄 낸 수익은 사원 모두의 피와 땀과 눈물의 결정이라고."

"재지 마." 남자의 냉담한 대답에 아주 희미하지만 조바심이 배어 있었다. "당신은 남을 희생하며 소문이 잠잠해지기를 기다렸을 뿐이잖아. 당시 나라 경기도 회복되고 있었지. 운이 좋았어."

"그렇게 간단한 게 아니야."

가쓰토시는 안대로 막힌 시야 속에서 끝없이 펼쳐지는 암흑을 향해 말했지만 그 말은 어디에도 닿지 않았다.

"우리한테 원한이라도 있는 건가?"

그렇게 묻자 남자는 잠시 생각하는 듯한 뜸을 들이고 나서 대답했다. "나는 당신 같은 금수저가 아주 싫어. 축복받은 환경 덕분에 성공했을 뿐인데, 마치 자신의 노력으로 그렇게 된 것처럼 생각하는 녀석을 보면 정말 역겨워. 많은 사람에게 폐를 끼쳐 왔으면서 아무 일도 없었던 것 같은 얼굴을 하고 주변에 있는 몇 명의 노고에 보답한 것만으로 자기만족에 취하지. 그런 인간의 얼굴은 어떤 수를 써서라도 일그러뜨리고 싶어지거든."

마치 그 자신이 표적을 가쓰토시로 결정해 이 계획을 세운 것 같은 말투였다. 침착한 음성이지만 나오는 말의 퉁명스러움에는 가쓰토시도 대꾸할 말을 한동안 찾지 못했다. 대화를 주도하던 오시타의 그림자에 숨어 있어 어떤 인간인지도 채 파악하지 못했지만, 그 내면에 분명한 어둠이 존재한다는 것만은 알았다.

가쓰토시는 자신이 혜택받은 환경에 산다고 생각하지 않는다. 만약 그렇더라도 거기에는 그에 걸맞은 책임이 따라다닌다. 그 압박감과 스트레스는 이만저만한 것이 아니다.

그러나 어떤 처지의 인간에게는 그런 책임감조차도 혜택으로 보일지도 모른다.

“무슨 일이 있었는지 모르지만 이런 방식으로 울분을 풀려는 건 잘못됐어.”

“틀렸어도 괜찮아. 이 일이 성공하면 나는 그것으로 만족한다.”

“이런 일로 돈 좀 만진다고 해서 꼭 성공한 것은 되지 않아.”

“네가 판단할 일이 아니야!”

남자는 한순간 격앙된 듯한 감정적인 목소리로 그렇게 내뱉었지만 잠시 뒤에 꺼낸 다음 말은 의식한 것처럼 다시 침착했다.

“당신, 지금 눈을 뜨면 뭐가 보이지?”

“뭐?”

“눈을 떠 봐. 뭐가 보이지?”

남자의 조용한 목소리에 빠져들듯이 가쓰토시 안에 소리 없이 깊은 잠이 찾아왔다. 힘겹게 눈을 떴지만 당연히 아무것도 보이지 않는다.

“캄캄해.” 가쓰토시가 중얼거렸다.

“나는 지금 그곳에 살고 있어.” 남자가 말했다.

이런 어둠 속에서.

그러나 틀린 생각이다. 그것은 그 자신의 마음이 멋대로 만들어낸 어둠이지 현실이 아니다……. 가쓰토시는 멍하니 그렇게 생각했다.

“하지만 그런 캄캄한 어둠 속에서도 나한테는 보여. 반짝거리는 것이 있어. 나는 그걸 손에 넣을 거야."

그것도 틀리다. 마음이 멋대로 만든 어둠 속에서 보이는 것이라면 그것도 현실이 아니다. 신기루와 같다. 다다를 수 없고 잡히지도 않는다…….

가쓰토시는 입을 움직이려 했지만 목소리로 나오지 않은 채 그대로 깊은 잠 속으로 빠져들었다.

6

이튿날 아침, 도모키가 눈을 떴을 때 옆방에서 자던 아와노는 이미 없었다.

예정으로는 아와노가 미즈오카 가쓰토시의 휴대전화와 똑같은 기종을 조달해 전파가 닿지 않는 곳에 가서 가쓰토시의 휴대전화 데이터를 그 전화기에 복사하는 작업을 한다고 들었다.

그래서 아와노의 모습이 보이지 않아도 놀라지는 않았지만, 인질인 가쓰토시와 단둘뿐이라 도모키로서는 몽롱한 머리를 서둘러 깨우고 긴장감을 되찾을 필요가 있었다. 가쓰토시의 눈에 띄지 않도록 손목에서 푼 데이토나를 주머니에서 꺼내서 보았다. 9시가 넘었다.

세면대에서 세수를 하고 방으로 돌아오자 가쓰토시가 덮는 이

불을 걷고 느릿느릿 몸을 움직였다.

"이제 아침이 됐겠지. 눈가리개를 벗겨 줘." 가쓰토시가 요구한다.

"눈가리개가 아니야. 편히 자라고 씌워 줬을 뿐이야."

도모키는 복면 모자를 다시 쓰고 선글라스를 끼고 나서 가쓰토시의 안대를 벗겼다.

볼일을 보게 하기 위해 화장실로 데려간 뒤 세수하는 모습을 뒤에서 감시한다. 다리는 종종걸음 정도로는 걸을 수 있게끔 느슨하게 구속했고 손도 앞으로 묶어서 최소한의 일은 스스로 할 수 있다. 그런 만큼 의지만 있다면 도모키에게 덤빌 가능성도 있으므로 단둘이 있을 때에는 긴장해야 한다.

"오시타는 어디 갔지?"

방에 돌아와 깔아 놓은 이불 위에 앉은 가쓰토시가 물었다.

"조만간 돌아올 거야."

도모키는 대답하면서 준비한 식량에서 젤리를 꺼내 가쓰토시에게 건넸다.

"당신은 이름이 뭐야?"

"기노시타다."

도모키는 이번 계획에서 대충 붙인 이름을 말했다. 아와노가 오시타, 도모키는 기노시타, 다케하루는 야마시타. 이름만 들어도 가명인 것이 빤했지만 가쓰토시도 처음부터 본명이라고 생각지 않았을 것이다.

"유타는 어떻게 됐지? 잘 잤나, 아침은 먹었나, 어제처럼 영상을 보여 줘."

"오시타가 돌아오면."

도모키는 그런 대꾸로 그의 요구를 거절하고 끊임없이 흐르는 라디오 소리를 키웠다. 채널이 뒤죽박죽되어 듣고 있다 보니 슬슬 머리가 이상해질 것 같은 소리지만 거북한 고요함으로 방 안이 가득한 것보다는 낫다고 생각한다.

"너는 오시타와 무슨 관계지?"

가쓰토시는 흥미가 있기 때문인지, 달리 할 이야기가 없기 때문인지 그렇게 물어 왔다.

"무슨 관계고 자시고 없어. 이번 계획을 함께하는 동료지."

"어제 상황을 봐서는 오시타가 중심이 되어 계획을 이끄는 것 같던데. 하지만 간밤에 들은 당신 이야기는 꼭 당신이 표적으로 나를 골라 계획을 세운 것 같은 말투였지."

자기 전에 잠깐 도모키는 가쓰토시와 이야기를 나눴다. 냉정하게 상대할 작정이었지만 생각지 못하게 감정이 격앙되어 억누르는 데 애를 먹었다. 불을 끈 어둠 속에서 자신이 지금 정말로 크나큰 범죄를 저지르고 있다고 생각하자 그 어둠에 자신이 삼켜질 듯한 기분이었다. 위세를 부리면 한순간이라도 어둠은 옅어진다. 희망을 이야기하면 모조품이라도 빛이 밝혀진다. 그 빛에 매달리고 싶은 심정이 잠들기 전 그때에는 있었다.

당연히 자신이 누구인지를 상대가 깨달을 만한 것까지 말하지는 않았다. 그래도 다소 이야기가 지나쳤다는 마음은 남았다.

"나와 오시타는 그저 동료지, 그 이상도 이하도 아니야. 댁을 표적으로 고른 것도 내가 아니야."

"리더가 달리 있다는 소리인가?"

아와노는 어제 리더임 직한 사람에게 전화로 보고하는 연극을 가쓰토시에게 두세 번 보여 줬으니, 얼핏 그렇게 생각해도 이상하지 않다.

"맞아." 도모키는 긍정해 줬다.

"유타 쪽에 있는 건가?"

"글쎄."

도모키가 혼자 상대하자 가쓰토시도 범인들의 실태를 슬쩍 떠보려는 태도를 감추지 않았다. 그 점은 주의해야 한다.

미즈오카 가쓰토시는 같은 창업가의 후계자라도 스도 히토시 같은 도련님과는 달랐다. 어제 아와노의 질문에 하나하나 대답하는 모습을 본 것만으로도 분명히 알 수 있었다. 이미 몇 년이나 사장직을 맡아 회사의 실적을 회복시켰다는 자신감이 그의 토대가 됐다. 이 같은 범죄에 휘말려도 공연히 이성을 잃지 않고 범인과의 대화에 응하며, 틈을 봐서 정체를 밝힐 꼬리를 잡으려는 의도마저 엿보인다. 그리고 자신의 직무나 회사 사정을 이야기하는 것에서 한 걸음 더 나아가 그런 자신들이 피해를 보기는 억울하다고 설득해 범행을 멈추려고도 했다. 방심해서는 안 되는 상대임은 확실하다.

하지만 가쓰토시의 이야기에 마음이 움직이지 않았기에 도모키는 무슨 말을 들어도 냉소적으로 대응할 수 있었다. 그의 말에 전혀 공감할 수 없는 까닭은 그와 자신이 전혀 다른 인간이기 때문이 아니라, 오히려 닮은 탓인지도 모른다. 처지와 환경이 다를 뿐이다.

가쓰토시는 사원과 함께 이를 악물고 애쓴 덕에 경영 위기를 극복할 수 있었고 지금의 이익도 피와 땀과 눈물의 결정이라고 자랑스럽게 말한다.

그러나 그 뒷면에는 도모키처럼 입사를 스스로 포기하도록 강요받은 자를 포함해 정리해고로 잘린 사람이 수십 명은 있다. 그들은 착실히 일했다면 얻었을 벌이와 생활 기반을 잃고, 금전적으로도 정신적으로도 피해를 봤다. 미나토당의 회복된 업적은 그 희생 위에 세워졌다.

그것과 도모키가 손댄 범죄는 무엇이 다를까. 보이스피싱이든 몸값을 노린 유괴든 누군가를 희생으로 이익을 얻는 점은 가쓰토시가 사장으로서 한 짓과 아무것도 다르지 않지 않은가. 도모키의 행동이 명백한 범죄고, 가쓰토시의 행동이 경영 판단이라는 단순한 차이뿐이다. 가해 의식이 적은 만큼 오히려 가쓰토시 쪽이 질이 나쁘다고 말할 수도 있다.

물론 도모키 자신도 자신의 행위 전부를 정당화할 마음은 없다. 다만 세상에는 남을 희생시켜야 이익을 올릴 수 있는 일이 있다. 그렇게 하고자 정한 사람이 표적으로 삼은 사람을 먹어치운다. 그런 의미로 가쓰토시가 한 짓과 도모키가 한 짓은 똑같다고 생각하고, 반대로 말하면 도모키가 만약 미나토당 사장이라면 역시 망설임 없이 정리해고를 추진하리라고 생각했다. 그리고 가쓰토시가 도모키의 처지라면 범죄에 손댈지도 모른다.

닮았기 때문에 그의 자존심은 역겹고 동정의 여지도 생기지 않는다. 처지가 다를 뿐이다. 전에는 도모키가 먹혔다. 이번에는 도모키가 가쓰토시를 잡아먹을 차례다.

이따금 가쓰토시가 묻거나 이야기를 꺼내도 도모키는 의식적으로 간단하게 대답했다. 시간은 더디게 흐르고, 도모키의 쌀쌀맞은 반응에 가쓰토시는 가쓰토시대로 서서히 가만히 있어야 하는 상태에 심한 조바심을 내는 것처럼 보였다.

점심이 되어 야키소바 컵라면을 다 먹을 무렵에 아와노가 돌아왔다.

"지루하면 샤워라도 하겠어?"

복면 모자와 선글라스 차림으로 안쪽 방에 얼굴을 쑥 내민 그는 가쓰토시에게 물었다.

"그보다 대체 언제까지 이러고 있어야 하지?" 가쓰토시는 주춤 일어나면서 안달하듯이 물었다.

“뭘 초조해하고 그래?” 아와노는 아랑곳하지 않고 되물었다. “너무 지루해서 그러나?”

“그런 문제가 아니야.”

“그래도 어쨌거나 그런 의미잖아.” 아와노는 멋대로 단정했다. “지루하다면 아들과 전화로 한번 이야기해 보겠어?”

그 순간 가쓰토시의 표정이 바뀌고 생기가 돌아왔다.

“그래, 부탁하네.”

“좋아.”

아와노는 고개를 끄덕이고 휴대전화를 꺼냈다. 그러나 엉덩이를 뗀 채 허둥대는 가쓰토시를 가만히 응시하고 손을 멈췄다.

“한 가지 주의해 두지.” 아와노가 말했다. “현재 당신 아들에게 문제는 없어. 그러니까 최대한 침착하게 얘기해. 당신이 흥분하면 아들도 흥분한다. 당신이 울면 아들은 불안해져. 아이의 정서가 불안정해져서 울부짖으면 어떻게 될까. 옆에 있는 사람이 감당하지 못하게 된다는 사실은 쉽게 상상할 수 있겠지. 우리가 계획하지 않은 변칙적인 사태가 발생할 가능성도 생긴다. 그러니까 너희 부자를 위해 말해 두는데 불안하게 만드는 말은 하지 마. ‘괜찮아.’, ‘안심해,’, ‘다들 좋은 사람이다.’, ‘아버지가 이야기할 테니까 조금만 기다려.’……뭐든 좋아, 상냥하게 말해. 아이의 불안을 부추겨서 좋은 일은 아무것도 없어. 알아들었지?”

아와노의 이야기를 듣던 가쓰토시는 온순한 얼굴로 작게 고개를 끄덕이며 "알았다."고 대답했다.

아와노가 휴대전화를 만지고 귀에 가져갔다.

"오시타다…… 아이는 뭘 하고 있지? 그래…… 잠깐 아버지와 이야기를 나누게 하고 싶어. 바꿔 주겠어?"

그렇게 말하고 유타가 전화 받기를 확인하는 듯한 뜸을 들이고 나서 아와노는 가쓰토시에게 휴대전화를 건넸다.

"유타니? 아빠야. 응…… 지금 뭐하고 있어? 그래. 춥지는 않니? 응…… 응, 그렇구나. 어제는 잘 잤어? 응, 그래. 같이 있는 사람은 잘 대해 주고? 그래, 다행이구나. 둘뿐이야? 응…… 그래, 좀 놀랐구나. 유타, 아무것도 걱정하지 않아도 돼. 금방 돌아갈 수 있으니까. 뭐 불편한 점은 없고? 그래, 엄마한테도 네 이야기할게. 그러니까 조금만 더 기다려 줘. 감기는 조심해야 해. 추우면 형한테 춥다고 해. 그러면 따뜻하게 해 줄 거야. 알겠니…… 응."

이야기를 마치고 휴대전화를 내려둔 가쓰토시는 "후우." 하고 한숨을 쉬고 나서 다소 감격한 것처럼 눈이 빨개지고, 입술을 꾹 다문 채 한동안 침묵했다.

"몸값 협상은 누구와 하고 있지?"

간신히 감정을 진정시킨 가쓰토시가 아와노에게 물었다.

"협상은 아직이야. 지금은 준비해야 할 게 많이 남았거든."

"아직……?" 가쓰토시가 놀라서 되묻는다. "전화도 하지 않았다는 소리인가?"

"전화를 해 봤자 무슨 소용이겠어. 아비와 자식이 잇달아 행방불명이 되면 무슨 사건에 휘말렸다는 것쯤은 말하지 않아도 알겠지."

"하지만……." 가쓰토시는 우물거리며 말했다. "이전 유괴 때는 '대일본유괴단'이라고 이름을 밝히고 전화를 했잖아."

"그때는 한 사람만 유괴했어. 전화해서 집에 알리지 않으면 왜 돌아오지 않는지도 모를 테니 그렇게 했을 뿐이다."

"이번에는 어째서 두 사람을 유괴했지? 나만 있어도 되잖아. 부탁이니까 유타는 어서 돌려보내 줘."

"진정해." 아와노는 비웃듯이 말하고 웃음기가 섞인 목소리로 말했다. "우리한테도 생각이 있어서 한 일이야. 당신 아들은 적어도 당신보다는 극진히 대접하고 있어. 포근한 소파에 앉히고, 식사는 뭐, 주로 즉석식품이지만 여기의 컵라면보다는 호화롭지. 과자와 주스도 준비했고, 게임 소프트와 만화도 갖춰져 있어. 밤에도 추울 일은 없어. 그러니까 그렇게 걱정하지 않아도 돼. 내일은 우리도 움직인다. 그러니까 조금만 참아."

내일, 움직이는 것은 예정대로지만 유타가 아니라 가쓰토시를 풀어 준다. 아와노는 그 점은 일단 덮어둔 채 교묘한 말로 가쓰토시의 분노에 뚜껑을 닫았다.

"여기 욕실은 좀 답답할지도 모르지만 샴푸와 비누도 장만해 뒀어. 샤워하고 개운해지면 나아질 거야. 나도 그러고 온 참이다. 자, 수갑을 풀어 주지."

수갑과 족쇄를 풀고 둘이서 감시하며 가쓰토시가 샤워를 하게 했다.

"수염은 기른 채 참아 줘. 너무 깔끔하면 막상 집으로 돌아갔을 때 정말로 납치당했던 거냐고 부인이 의심할 테니까."

아와노는 그런 실없는 소리를 하면서까지 울적해지는 가쓰토시의 표정을 풀려고 했다.

계획 실행력만이 아니라 인질의 고삐를 빈틈없이 다루는 솜씨도 훌륭했다. 도모키와는 다소나마 삐걱거리던 가쓰토시가 아와노에게는 어렴풋하지만 미소도 지으며 모종의 신뢰감마저 갖고 있는 것처럼 보였다.

아와노는 인질과 신뢰 관계를 만드는 것이 중요하다고 했다. 그것이야말로 유타만이 아니라 일부러 가쓰토시까지 유괴한 이유 중 하나다. 아와노는 목적을 착실히 달성하고 있었다.

샤워를 마치고 옷을 입은 가쓰토시에게 다시 수갑과 족쇄를 채우자 아와노는 도모키에게도 저녁까지 쉬고 와도 된다고 했다.

도모키는 그 말에 기대 가쓰토시를 감금한 집을 나왔다.

가쓰토시를 공동주택으로 끌고 온 지 아직 꼬박 하루도 지나지 않았지만 아주 오랜만에 바깥 공기를 마시는 기분이었다. 기묘한 폐쇄감에서 해방되어 기분이 편해진다. 감금된 쪽인 가쓰토시의 스트레스는 상당하리라고 새삼 알 것 같았다.

전철을 타고 묘렌지의 자택으로 돌아갔다. 유타가 마음대로 밖으로 나가지 못하도록 현관에는 특수한 안전고리가 걸려 있었기 때문에 도모키는 인터폰을 해서 다케하루에게 안전고리를 열어 달라고 했다.

다케하루는 커다란 수건을 눈 부근까지 덮도록 머리에 두르고 있다. 양쪽 눈 주변은 가위로 뚫었다. 쾌걸 조로 같은 변장이라 우스꽝스럽다. 아이 상대로는 복면 모자보다 이러는 편이 상대에게 주는 공포심도 적을 거라고 아와노가 고안한 것이다. 도모키도 현관에서 수건을 둘렀다.

감금방이 된 2층 거실은 익숙한 광경과 달라져 있었다. 이 집이라는 것을 알 만한 잡화와 작은 물건은 모두 1층 방으로 옮겨 뒀기 때문에 기분 나쁠 정도로 말끔했다. 도모키 자신도 함께 치웠으니 바뀐 모습을 알고 있었지만, 새삼 다시 보니 역시 위화감은 씻을 수 없었다.

그 대신에 유타가 앉은 소파 앞 탁자에는 과자와 만화책이 잔뜩 쌓여 있다. 만화를 읽던 유타가 도모키의 모습을 보고 깜짝 놀라 몸이 굳었다.

"아무 짓도 하지 않을 테니 무서워하지 마."

도모키는 미소를 지으며 말하고는 탁자에 놓인 과자를 집어 먹었다.

"그거 재밌니?"

도모키의 질문에 유타는 고개를 갸웃하고 나서 "이제 막 읽기 시작해서."라고 작은 목소리로 대답했다.

"조금 전까지 형이랑 게임을 했지. 몬스터 트레인."

다케하루가 쾌활하게 말했다. 아이를 상대하는 것이 적성에 맞는지 그에게 스트레스 같은 것은 없어 보였다.

"그랬군."

자신이 유괴당한 것쯤은 알고 있을 텐데 자제심이 강한지, 유타도 침착하다. 처음에는 족쇄도 아무것도 없이 괜찮을까 의심했는데 걱정할 필요는 없는 듯했다. 아와노가 처음 이리로 데려왔을 때 온화한 말투로 "도망칠 생각은 하지 마."라고 타이른 것이 효과가 있는지도 모른다.

잠깐 아이의 상태를 살피고 아무 문제도 없음을 확인하고 나서 도모키는 욕실에서 샤워하고 새로운 속옷으로 갈아입었다.

"유타, 같이 샤워하자."

다케하루가 교대로 유타를 데리고 욕실로 간다. 그동안에 도모키는 소파에 앉아 몸을 쉬었다.

저녁이 다 돼서 도모키는 다시 집을 나와 가쓰토시를 감금한 공동주택으로 돌아갔다. 아와노는 어제와 마찬가지로 가쓰토시에게 회사 내부 사정이나 유타에 대해 자세히 물었다. 도모키는 둘의 대화를 들으면서 젖은 걸레와 테이프클리너 등으로 열심히 방을 치웠다.

내일은 드디어 가쓰토시를 풀어 준다.

이 유괴 계획은 그때부터가 진짜 시작이다.

7

눈을 뜨자 그곳에는 넓이고 뭐고 공간을 파악할 수 없는 어둠만 이 펼쳐졌다. 이렇게 눈을 뜨는 것도 이틀째인데, 가쓰토시는 도무지 익숙해지지 않았다. 시야 구석에서 희미하게 새어 들어오는 빛으로 밤이 걷힌 것을 의식하자 그와 동시에 자신이 처한 현실을 떠올리고 암담해졌다.

오늘은 이곳에서 나갈 수 있을까.

어서 경찰이 뛰어들어 왔으면 좋겠다. 오시타와 기노시타가 든 무기는 칼뿐이다. 경찰이 마음만 먹으면 쉽게 제압할 수 있으리라.

문제는 감금 장소를 경찰이 파악할 수 있느냐다.

오시타 일당이 몸값 협상 전화를 아직 걸지 않았더라도 이만큼 오랜 시간 남편과 아이의 행방을 알 수 없으니 유미코는 틀림없이 경찰에 신고했을 것이다. 유미코와 구로키에게 정황을 들으면 누군가 전화로 가쓰토시를 꾀어냈고, 가쓰토시가 혼모쿠의 브레즈 근처에서 자취를 감췄다는 사실도 알 수 있다. 경찰의 수사력을 투입하면 주변 방범카메라 영상으로 범인 일당의 차를 밝혀내고 감금 장소를 찾아내는 것도 불가능하진 않다고 봐야 하지 않을까.

하지만 오시타 일당은 상당히 공을 들여 범행을 계획한 것으로 보였다. 가쓰토시를 유괴할 때에도 차를 바꿔 탔고, 유타와 감금 장소를 따로 둔 것도 그럴 만한 의도가 있을 것이다. 그들의 계획에 의해 경찰을 잘 속이고 있다면 한참 더 견뎌야 할지도 모른다.

유타의 신변 안전을 생각하면 자신이 오시타 일당의 틈을 타 무슨 일을 벌이는 것도 위험했다. 감금 생활은 고통스럽지만 오시타가 마음을 써 줘서 가쓰토시의 스트레스는 아슬아슬하게 한계치에 달하지 않도록 억제돼 있었다. 그 때문에 어떻게든 해 보려던 마음이 일단은 상황을 살피자는 판단으로 기울었고, 결국 시간만 허투로 보내 버렸다.

오늘도 그런 하루를 보내야 할까.

그러나 오시타 일당은 오늘은 어떤 움직임을 보일 듯한 말을 했었다.

그 점에 기대를 품었다. 당연히 기대만큼 불안도 존재한다.

"일어났어?"

기노시타가 물었다. 수면유도제를 먹어서 가쓰토시 쪽이 더 늦게 일어나는 듯하다. 가쓰토시는 안대를 벗고 기노시타의 감시를 받으며 화장실에서 용변을 본다. 오시타는 오늘도 이미 어딘가로 나간 모양이었다.

방으로 돌아오자 기노시타는 가쓰토시에게 아침 젤리를 건넸다.

"협상은 시작됐나?"

가쓰토시가 젤리를 입에 넣으며 물었다.

"아직이야." 기노시타가 쌀쌀맞게 대답한다.

"어째서? 협상하지 못할 문제라도 있나? 당장에라도 행동한다고 하지 않았어?"

"그 말은 맞아." 기노시타가 말한다. "오시타가 돌아오면 아마 그 이야기를 할 거야."

오시타는 지금 그들의 리더와 의논을 하고 있는 상황일까. 역시 오늘은 무슨 행동을 보일 듯하다.

젤리를 다 먹고 한 시간쯤 지났을 무렵, 오시타가 돌아왔다. 할 일이 아무것도 없어서 누워 있던 가쓰토시는 그에게 무슨 이야기가 있으리라 생각하고 몸을 일으키고서 마음을 다잡았다.

"잘 잤나?"

오시타는 가쓰토시 앞에 앉아 그렇게 입을 열었다.

"그래, 진력날 정도로 푹 잤어."

"그거 잘됐군." 오시타가 말한다. "당신을 대접하는 입장에서 건강을 해친다면 가슴이 아플 거야."

우습지는 않았지만 가쓰토시는 억지로 웃었다.

"나는 대접받고 있는 건가. 몰랐군. 철석같이 인질로 잡혔다고만 생각했어."

"환대하고 있지." 오시타는 가쓰토시가 비꼬듯이 되받아친 말을 흘려버리며 말했다. "당신은 인질이 아니야."

어떤 의미를 내포하고 있는 것처럼 보였지만 가쓰토시로서는 그 뜻을 알 수 없었다.

오시타가 말을 잇는다. "이래저래 힘들게 해서 미안했다. 당신은 이제 집으로 돌아갈 거야."

느닷없이 풀어 준다는 소리를 듣고 가쓰토시는 당황했다.

"돈 협상은 이제 하지 않는 건가?"

계획이 벽에 부딪혀 진행을 포기한 모양이라고 생각했지만, 무슨 사정인지 좀처럼 파악이 되지 않아 확인하듯이 물었다.

"몸값 거래는 당신과 할 거야." 오시타가 말했다.

"뭐?"

"몸값은 오늘 여기를 나가고 나서 당신이 우리에게 보낸다. 다시 말해……."

가쓰토시는 그들의 계획이 상상한 것과 다르다는 사실을 깨닫고는 '앗!' 하고 소리칠 뻔했다.

"인질은 당신이 아니라 당신 아들 하나야. 몸값 전달이 무사히 끝나면 아들은 풀어 준다."

"허튼소리 하지 마!" 가쓰토시가 외쳤다. "그렇다면 내가 아니라 유타를 돌려보내!"

오시타는 검지를 입술에 대고 조용히 하라는 몸짓을 했다.

"불가능한 이야기군. 당신은 몸값을 보내고 경찰의 눈을 속여서 우리와의 거래에 응해야 해. 초등학교 3학년생한테는 짐이 너무 무겁잖아."

농담 비스름히 말하는 오시타의 말에 가쓰토시는 눈앞이 캄캄해졌다. 집으로 돌아갈 수 있다는 말을 듣고 반사적으로 희망을 품었지만, 한순간에 희망이 무너졌다.

가쓰토시는 그들의 계획을 그제야 이해했다. 그들은 가쓰토시와 직접 몸값을 어떻게 받을지 이야기할 작정이다. 그러니까 가쓰토시의 집이나 회사에 굳이 전화할 필요도 없었다. 협상한 내용을 가쓰토시가 경찰에 떠들지 않는다면 경찰을 따돌리는 것도 어렵지 않다는 소리다.

"우리의 요구는 일억 엔이다." 오시타는 가쓰토시가 놀라거나 말거나 개의치 않고 말했다. "당신이 준비하기에 애먹지 않을 금액을 설정했지."

"쉬, 쉽게 말하지 마." 가쓰토시는 간신히 목소리를 짜내 되받아쳤다. "회사가 일억 엔의 수익을 올리려면 대체 얼마나 노력해야 하는 줄 알아?"

"협상의 여지는 없다." 오시타는 냉정하게 딱 잘라 말했다. "이 계획에도 나름대로 비용이 들어."

"그런 억지가……."

"억지든 뭐든 간에 지불해야 해. 유괴 사업은 수요 과잉 시장이야." 오시타는 의기양양하며 말했다. "올해는 일본에서 유괴 사업 원년이 된다. 지금은 우리뿐이지만 조만간 다른 무리들도 이 시장에 뛰어들고 몸값도 점점 치솟겠지. 여명기인 지금 시험 가격으로 고객이 된 당신은 어떤 의미에선 행운아야."

이런 범죄가 앞으로 일본에서 유행할 거라고 호언장담하는 오시타에게 가쓰토시는 어떻게 대꾸해야 좋을지 몰랐다.

"몸값은 금괴로 준비해. 일 킬로그램의 골드바 스물다섯 개다. 귀금속 회사에서 사면 돼. 골드바를 열두 개와 열세 개로 나누어 보자기에 싸서 이 가방에 넣어."

오시타는 거실에서 돛천으로 제작된 검은색 에코백 두 개를 들고 와 가쓰토시에게 건넸다. 첫날부터 거실에 놓여 있던 물건이다.

"준비한 금괴는 비서인 구로키에게 맡겨. 거래가 성사될 때까지는 구로키를 비서직에서 해임하고 오로지 금괴만 지키게 해. 금괴를 건네는 장소에도 구로키를 보낸다. 경찰의 눈은 당신이 끌면 돼."

그래서 오시타가 구로키에 대해 낱낱이 집요하게 물었던 것인가……. 가쓰토시는 그들의 계획이 사전에 잘 짜여 있던 것과 동시에 가쓰토시에게 알아낸 정보로 이삼일 동안 수정까지 이뤄졌다는 걸 이해했다.

“거래는 사흘 뒤, 11일 14시다. 장소는 요코하마 스타디움이 있는 요코하마 공원 분수 앞. 구로키에게는 이 가방을 양손에 하나씩 들고 기다리도록 지시해. 우리는 리더가 간다. 이름은 모리시타. 수상한 흥정은 없다. ‘구로키인가? 모리시타다.’ 그렇게 말하면 얌전히 가방을 건네. 그것으로 거래는 성사된다. 리더에게 거래가 성사됐다는 연락이 오면 정식으로 우리가 당신 아들을 풀어 준다.”

리더인 모리시타는 오시타가 이따금 전화로 보고하던 상대이리라. 리더가 직접 몸값을 받으러 나온다는 것으로 묘한 잔꾀—이를테면 현장에 경찰을 잠복시키는 짓을 해도 자신들은 알아챌 수 있다는 압박을 가한 것이다.

“우리도 리더가 나가는 이상 기회는 한 번이다. 단, 어떤 일이든 우발적인 사고는 따르는 법이지. 만약 어떤 변수의 상황이 발생해 거래가 제대로 성사되지 않았을 경우에는 다시 시작해야 해. 장소도 바꾸고 다시 거래 일시를 정한다. 그게 일주일 뒤가 될지 한 달 뒤가 될지는 몰라. 우리가 태세를 재정비하고 연락한다. 연락용 휴대전화는 나중에 건넬 테니 경찰이 알아채지 못하도록 해. 그게 당신과 아들의 구명줄이다. 알아들었어?”

양쪽이 경찰에 숨기고 비밀리에 금전을 주고받으려 해도 경찰이 민감하게 알아채고 수사망을 펼치는 경우도 생각할 수 있다. 오시타 일당은 그런 가능성까지 준비해 놓았다.

"발신자 표시 제한 전화는 우리가 연락한 거라고 생각해. 당장 어디로 오라는 이야기가 될지도 몰라. 그런 지시에 바로 대응할 수 있도록 금괴 보관은 계속 구로키에게 맡긴다. 근무 시간이 끝나면 회사 금고에 넣어 두든 구로키가 집으로 가지고 돌아가든 상관없어. 밤에는 전화하지 않는다. 아무튼 거래를 무사히 성사시킬 생각이라면 서로 변칙적인 상황에도 대응할 수 있도록 철저하게 준비해 둬야지."

"만약 그것도 제대로 성사되지 않는다면?"

"우리가 건넨 휴대전화가 살아 있는 한은 거기로 연락한다. 휴대전화가 완전히 경찰 손에 넘어갔거나 이야기가 누설됐다고 판단되면 다른 방법을 생각하지. 단, 다른 방법으로 당신과 접촉하는 데 몇 주, 아니면 몇 달이 필요할지는 알 수 없어. 물론 그동안 아들은 돌아가지 못해."

가쓰토시 자신은 감금 생활을 두 밤 보낸 것만으로도 심적으로 한계에 달했다. 오시타가 다독여서 간신히 버텼을 뿐이다. 그런 자신에게 비추어 보면 유타에게 몇 주 동안 감금되어 지내라는 것이 얼마나 잔혹한 일인지 뼈저리게 와 닿았다.

무섭다. 이 남자들은 얼마나 무서운 짓을 하려는 것인가……. 가쓰토시는 악마의 마음을 엿본 것 같은 심정으로 오시타가 말한 그들의 계획을 받아들였다.

"마지막으로 다시 한 번 말하지만 이건 비즈니스고, 당신과 우리의 신뢰 관계로 성립하는 사업이야. 제멋대로일지도 모르지만 사흘간 함께 지내면서 우리는 당신과 신뢰 관계를 맺었다고 생각하고 있다. 우리가 부르는 값에 응하는 것은 다소 본의가 아닐 수도 있으나 그 점은 받아들여 달라고 하는 수밖에 없군. 거래가 성사되면 앞으로 우리는 당신들 부자에게 관여하지 않을 거야. 약속하지. 서로가 조금씩 노력하면 이번 거래는 반드시 성공한다. 그러니까 당신도 당신네 회사의 번영과 당신 가정의 행복을 쟁취하기 위한 하나의 시련이라고 생각하고 극복해 주기를 바란다."

오시타의 이기적인 주장을 들으면서 가쓰토시는 자신의 생각을 정리하려 했고, 결국은 정리하지 못했다.

그들의 요구에 순순히 따라야 하는가.

아니면 따르는 척하고 경찰에게 모든 것을 털어놓고 도움을 받아야 하는가.

그것도 아니면 내용을 협상해 제시한 조건을 조금이라도 낮추도록 응해야 하는가.

자신이 조건을 꺼내면 흔들리는 자신의 방향성이 고정돼 버린다는 문제가 있다. 조건을 꺼내 협상하려면 경찰에게 맡기는 선택지를 버려야 하기 때문이다. 그들의 계획을 처음 들은 이 자리에서 그런 엄청난 결단을 내려서는 안 된다.

그러나 자신이 감당할 수 없다고 해서 경찰에 모든 것을 맡기는 것이 과연 최선책일까? 그 부분에도 강한 의문이 남는다. 견해에 따라서는 상당히 위험이 큰 방법처럼 여겨졌다.

"거래일까지 아직 사흘 있어. 경찰에게는 적당히 이야기하고 천천히 생각하면 돼."

오시타는 가쓰토시의 마음속 흔들림을 마치 꿰뚫어 본 것처럼 말했다.

"한 가지 충고하지. 삼천만 엔 정도면 돼. 범인이 요구했다고 하고 수중에 현찰을 두둑하게 준비해. 그리고 경찰에게는 비밀로 하고 구로키에게 금괴를 준비시켜. 그러면 어려울 거 전혀 없어. 거래 지정은 적당히 꾸며내든 범인에게 전화가 올 거라고 해 두면 돼. 경찰이 허둥대는 사이에 아들은 풀려난다. 사건은 어둠 속에 묻히지만 그런다고 아무도 곤란해지지 않아. 뷰티 웨이브 이사를 납치했을 때도 우리는 그렇게 경찰을 따돌리고 성공을 거뒀지."

그 사건도 역시 뒤에서 거래가 성사된 것이다. 처음에 오시타가 넌지시 말했을 때에는 의심스러웠지만 이제는 무척 신빙성 있게 느껴졌다. 이 남자들이라면 그랬다 해도 이상하지 않다.

"뭐 질문 있나?"

오시타가 묻는다. 가쓰토시는 타는 목 안쪽으로 신음을 삼키고 나서 말했다.

"그 거래로 유타가 돌아온다는 건 확실한가? 보통 일억 엔을 건네면 다시 추가 몸값을 요구하지 않나?"

"그런 일은 없어." 오시타는 가볍게 부정했다. "거래에 응해도 인질이 돌아오지 않는다면 앞으로의 상대가 거래에 응하지 않겠지. 유괴 사업의 신용에 지장을 줄 짓을 하면 앞으로 우리가 손해를 볼 뿐이야. 그러니까 마음 놔. 필요하면 계약서를 써 주지."

범죄 세계에서 피해자와 범인 사이에 계약서를 작성한다고 무슨 도움이 될까. 그 말이 농담일 뿐이라는 사실을 뒷받침하듯이 옆에서 기노시타가 짧게 실소를 터뜨렸다. 가쓰토시는 어떤 협상을 하든 더 이상 아무것도 바뀌지 않는다는 사실을 깨달았다.

"달리 질문할 게 없다면 이제 우리는 당신을 돌려보낼 준비에 들어간다."

"유타에게 별일 없나? 확인하게 해 줘."

가쓰토시의 부탁에 오시타는 자비를 베푸는 양 천천히 고개를 끄덕였다.

"그렇군. 마지막으로 다시 한 번 통화하게 해 주지."

오시타는 아이가 동요할 만한 소리는 하지 말라고 지난번과 마찬가지로 못을 박고는 휴대전화를 꺼냈다.

"좋아."

전화를 걸어 수화기 너머 상대가 유타를 바꾼 것을 확인한 오시타가 가쓰토시에게 휴대전화를 넘겼다.

"여보세요?"

「여보세요, 아빠?」

유타의 앳된 목소리에 귀를 기울인 순간, 가쓰토시는 가슴이 꽉 죄어들었다. 이 아이는 그 작은 몸으로 대체 지금 얼마나 큰 불안과 싸우고 있을까. 아이의 목소리에는 그런 불안한 마음을 애써 감추려 했지만 도저히 전부 감추지는 못한 것 같은 불안감이 배어 있다.

"유타…… 별일 없니? 어제는 잘 잤어?"

「응.」

"감기는 걸리지 않았어? 어디 아픈 데는 없니?"

「응, 괜찮아.」

"밥은 잘 챙겨 먹었어? 뭐 먹었어?"

「잘 먹었어. 오늘 아침에는 빵이랑 요구르트랑 주스였어. 어제 저녁에는 카레라이스를 먹었어.」

"그랬구나, 맛있었니?"

「응, 조금 매웠지만.」

"지금은 뭐하고 있어?"

「형이랑 볼링 게임 하고 있어.」

"그렇구나, 형은 잘해 주니?"

「응…… 아직은.」

유타는 다부진 모습을 보이면서도 말 구석구석에 불안을 내비쳤다. 아이의 대답을 듣는 사이에 가쓰토시는 애절한 나머지 눈시울에 치밀어 오르는 것을 안간힘을 다해 참아야 했다.

"유타, 뭐 불편한 점은 없어?"

「으음…… 오늘 다나카 선생님이 오는 날인데 괜찮을까?」

가정교사가 오는 날이라는 사실을 신경 쓰는 아들의 티 없는 마음에 가슴이 아팠다.

"그래……. 걱정하지 않아도 돼. 선생님께는 아빠가 말해 둘게."

「학교에도 말했어?」

"그래, 괜찮아. 사정이 있어서 쉰다고 했으니까."

「얼마나 있다가 돌아갈 수 있는지 알아?」

순간적으로 말문이 막힐 뻔했지만 빨리 대답하지 않으면 공연히 유타를 불안하게 할 뿐이라고 의식해서 생각도 하기 전에 입을 열었다.

"곧…… 응, 조금만 있으면 돌아갈 수 있어. 지금 아빠가 열심히 이야기를 하고 있어. 얘기가 끝나면 데리러 갈게. 그러니까 조금만……."

어떻게든 마음만은 전해지도록 떠들다 보니 감정이 스스로 억누르지 못할 정도로 북받쳐 버려서 가쓰토시는 말하는 도중에 입술을 꽉 다물었다.

"조금만 더 참고 있어……. 미안하다."

간신히 그 말만 하자 유타도 가쓰토시의 고뇌를 알아챘는지 불평 한마디 없이 "응."이라고만 대답했다.

「엄마는?」

"응…… 엄마는 전화를 받을 수 없지만 잘 지내니까 걱정하지

마. 네 이야기도 잘 말해 뒀어."

「미도리도 잘 있지?」

"그럼. 미도리도 잘 있어. 네가 없어서 외로워하지만 걱정하지 않아도 돼."

여동생 걱정까지 하는 아들의 기특한 마음에 가쓰토시는 다시 목소리가 갈라졌다.

"아무튼 유타는 아무 걱정도 하지 마. 평소 기분으로 있으면 돼. 남자니까 불안해도 울지 마. 알겠지?"

「응…… 아빠도.」

가쓰토시 목소리에 울음기가 섞여 있는 것을 눈치챈 듯이 유타에게서 그런 대답이 돌아왔다.

"그래. 아빠도 힘낼게."

가쓰토시는 억지로 웃으며 대답했다.

통화를 마치자 오시타 일당은 가쓰토시를 풀어 주기 위한 준비에 착수했다. 오시타는 이 집으로 돌아왔을 때부터 정장 차림이었고, 기노시타 역시 마찬가지로 정장으로 갈아입고 차를 가지러 간다며 먼저 바깥으로 나갔다.

가쓰토시는 이곳에 왔을 때처럼 도수가 높은 안경을 써야 했다. 바깥으로 나갈 때에는 오시타도 복면 모자와 선글라스를 벗고 대신에 마스크만 쓴 모습으로 바꿨지만 그 얼굴을 기억에 새길 만큼 볼 수는 없었다.

기노시타가 운전하는 자동차 뒷좌석에 태워지고 옆에는 오시타가 앉았다. 수갑과 족쇄를 풀고 바깥 공기를 마시자, 그래도 여태까지의 폐쇄감이 멀어지는 것을 느낀다. 주택가를 잠시 달리다 어딘가의 주차장으로 들어갔다. 잠시 뒤 미니밴이 나타나 세 사람이 탄 차 앞에 섰다.

"이동한다."

왔을 때와 마찬가지로 차를 갈아타는 것 같았다. 가쓰토시를 뒷좌석에 태우고 옆에는 계속해서 오시타가 탔는데, 기노시타는 이전 차에 그대로 타고 있었다. 운전하는 사람이 바뀐 것이다. 새로운 운전사가 어떤 남자인지는 그저 중년 같은 느낌을 받은 것 말고는 아무것도 알 수 없었다. 그는 입도 열지 않았다.

주택가 안을 얼마쯤 달렸을 때, 오시타가 옆에서 "휴대전화를 돌려주지."라며 가죽장갑을 낀 손으로 양복 주머니에서 휴대전화를 꺼냈다. 줄곧 전원을 꺼 놓았는지 그는 버튼을 눌러 전화를 켜고는 "부재중 통화가 많이도 왔군." 하면서 화면을 가쓰토시에게 보여 줬다. 하지만 도수 높은 안경을 쓴 상태로는 초점이 전혀 맞지 않아 휴대전화를 잡으려다 헛손질을 하는 지경이었다.

오시타는 갑자기 웃고 나서 "나중에 보면 돼."라고 말하고 다시 휴대전화를 만졌다.

"우선 구로키에게는 연락 한 통 해야지."

가쓰토시는 묘한 참견을 하며 휴대전화를 귀에 댔다.

"쓸데없는 말은 하지 않아도 돼. 그저 지금 돌아간다, 자세한 사항은 돌아가서 이야기하겠다고 해."

휴대전화를 자신의 손으로 잡고 귀를 기울인다. 구로키의 휴대전화로 연결됐는지 호출음이 들린다.

「여보세요?」 어쩐지 미심쩍어하는 듯한 구로키의 목소리가 들렸다.

"여보세요…… 구로키인가?"

「네…….」

"나야. 미즈오카."

「사장님? 어, 사장님이세요?」

구로키는 죽은 사람에게 전화가 걸려온 것처럼 놀라서 소리쳤다. 행방불명되어 사건에 휘말린 것이 확실한 사람에게 갑자기 전화가 왔으니 당연한 반응이다.

"맞아, 나야."

「사장님, 지금 어디에 계세요?」

"차 안이야. 자세한 이야기는 나중에 하지. 지금 돌아갈 수 있게 됐어. 많이들 걱정했겠지만, 아무튼 간에 나는 무사해. 안심해. 그 말만 전해 두려고."

「그렇습니까. 걱정했는데 다행입니다. 그럼 아드님도 함께 계십니까?」

"아니, 나 혼자야."

「저, 아실지 모르겠지만 아드님도 행방불명돼서 두 분에게 무슨 일이 생긴 게 아닐까 사모님께서 걱정하시고 경찰에 실종 신고를 하셨어요. 경찰이 회사에도 이야기를 들으러 오고, 일이 상당히 커져서…….」

"응…… 그랬을 거라고 생각했어. 아무튼 자세한 이야기는 집에 돌아가서 하겠네. 또 연락하지."

「알겠습니다. 그럼 연락 기다리겠습니다.」

전화를 마치자, 오시타는 화면에 초점이 맞지 않는 가쓰토시에게서 휴대전화를 빼앗아 통화 종료를 눌렀다.

"휴대전화는 가방에 넣어 두지."

휴대전화를 가방에 넣으려는 그에게 가쓰토시는 "집에도 전화해 줘."라고 부탁했다.

"차에서 내리고 나서 전화하면 돼."

오시타는 그렇게 대답하고 그 부탁까지는 들어주려 하지 않았다.

"그리고 이 하얀 휴대전화는 조금 전에 이야기한 구명줄이다. 가방 속 주머니에 넣어 두지."

몸값 전달이 불발됐을 때 오시타가 발신자 제한 표시로 걸겠다는 휴대전화다. 그 전화기도 가방 안에 집어넣더니 가쓰토시 무릎 위에 가방을 두었다.

그 뒤로 다시 한동안 달리다가 오시타가 세우라고 말하자, 미니밴은 주택가 한쪽에서 천천히 멈춰 섰다.

"내 임무는 여기까지다. 이제 기사가 당신 집 근처까지 데려다 줄 거야."

오시타는 그렇게 말하고 자동차 문손잡이를 잡았다.

"지금까지 협조해 줘서 고맙다. 거래가 무사히 성사되기를 바란다."

그런 말을 남기고는 문을 열고 차에서 훌쩍 내린다.

문이 닫히고서 뒷좌석에 홀로 남은 가쓰토시를 태운 채로 차는 다시 달렸다.

8

그날 오후, 마키시마는 소네의 호출을 받고 가나가와 현경 본부 9층에 있는 본부장실 문을 두드렸다.

"마키시마, 사건이다."

방에 들어가자마자 집무 책상에 앉아 있던 소네가 말했다. 한쪽에는 형사부장인 이와모토 신이치가 서 있었지만, 소네는 그 존재를 잊어버린 것처럼 마키시마만 보고 이야기했다.

"자네 특기인 유괴다. 지휘를 맡아."

뜬금없는 말에 왜 자신에게 지휘를 맡기는지 당혹감이 들었지만 얼굴에는 드러내지 않았다. 일전에 아키모토가 한 말을 떠올린다. 본부장은 앞으로 사건에 따라 에이스가 아니라 조커를 낼 거라고. 그 말이 드디어 실현된 듯하다. 유괴 사건이면서 이 자리에 와카미야가 없다는 점이 그것을 말하고 있다.

마키시마는 당황하기는 했지만 주저하는 마음은 없었다. 형사로 오래 살아왔고 그런 습관이 몸에 배어 있는 이상 수사 지휘권이 주어지는 기회를 눈 뜨고 놓칠 만한 선택지를 고를 일은 없다.

"이틀 전 미나토당 사장과 아들이 각각 행방불명됐다. 실종 신고가 접수되고 누군가에게 납치당했을 가능성이 있어서, 사건에 휘말렸다고 판단하고 야마테 경찰서에서 수사하고 있었다."

부자의 행방불명 사안 자체는 마키시마도 알고 있었다. 수수께끼의 행방불명으로 어제 뉴스로 다룬 매체도 많았다. 하지만 범행성명이나 몸값을 요구하는 연락 같은 범인 측의 움직임이 전해지지 않아서 어떤 사건인지까지는 파악하지 못했다.

아무래도 역시 몸값을 노린 유괴였던 듯하다.

그러나 소네가 이어서 한 이야기로는 사건은 단순한 양상을 띠지 않은 것 같았다.

"오늘 낮에 사장만 집으로 돌아왔어. 범인 일당이 풀어 준 모양이다. 아들은 처음부터 사장과는 다른 장소에 감금되어 있었고 지금도 여전히 같은 상태다."

부자가 일시적이라도 다른 장소에 잡혀 있었다는 것은 복수범의 범행일 의심이 짙다. 그래서 소네도 '범인 일당'이라 말한 것이리라.

"범인은 몸값을 요구했고, 이미 사장에게 전달했다고 보인다."

마키시마는 마음속으로 납득하고 신음했다. 한때 영리 유괴라고 하면 전화 등으로 범인의 요구를 인질 가족에게 전달하는 것이 보편적이었지만 이번 범인들은 협상 상대인 아버지까지 납치해 그곳에서 협상을 몰아붙였다. 요구가 전달됐다면 어떻게 넘겨받을지 자세한 방법도 이미 전달했을 가능성이 크다.

전화를 쓰면 경찰에게 덜미를 잡힐 위험이 크다고 판단하고 이런 수법을 썼을 것이다. 그러나 아이 아버지와 접촉한 만큼 전화와는 또 다른 수사 단서가 생겼을 것이다. 단서를 신중하게 가려낸다면 범인에게 다가서기란 어렵지 않아 보였다.

"이미 특수반이 야마테 경찰서로 향했다. 그곳에 세워지는 대책본부 지휘는 자네가 맡아. 당연한 말이지만 유괴 수사에서는 인질을 무사히 구하고 범인을 일망타진해야 한다. 둘 중 하나만 놓쳐도 용납되지 않아. 알겠나?"

설명하는 사이에 흥분이 더해졌는지 말투가 예리해진 소네는 마지막에는 이 사건의 지휘를 잡는 각오를 강요하듯이 마키시마에게 삿대질했다.

"알겠습니다." 마키시마는 짤막하게 대답했다.

"요즘 시대에 경찰과 겨루며 유괴로 당당히 돈을 벌려는 놈은 재기 불능의 멍청이다. 수법을 다소 비틀었다 해도 돈을 뺏을 때가 되면 어차피 우리 앞에 나와야 해. 그렇다고 방심은 하지 말게. 괜한 욕심도 부리지 마. 체포할 수 있을 때 체포할 수 있는 인간을 체포한다. 알아듣겠지?"

소네는 형사부장 시절부터 몸값을 받으러 온 인간을 공연히 이용하지 않고 신속하게 체포하는 수사 방침을 고집했다. 마키시마는 "알겠습니다."라고 짧게 대답했다.

"다행히 자네에게는 칠 년 전 교훈이 있지. 그래서 자네에게 맡기는 거야. 같은 전철을 밟으면 아시가라로 좌천되는 정도로 끝나지 않을 거라고 생각하게."

소네의 독려는 위협이나 다름없는 분위기를 띠었다.

칠 년 전 이른바 '와시' 사건에서 몸값 수수 현장을 지휘한 마키시마는 전달하기로 한 장소를 잇달아 바꾸는 유괴범 지시에 휘말린 끝에 범인 검거에 실패했다. 그리고 인질이었던 소년은 무참히 살해당하고 말았다.

그때의 통한은 마키시마 안에서 사라지지 않는다. 당연히 같은 전철을 밟을 마음은 없었다.

"과장님, 야마테 경찰서 유괴 사건은 들으셨습니까?"

형사총무과에 들러 새로 온 과장 야마구치 마호에게 묻자 그녀는 "들었어요, 들었습니다."라고 빠르게 말하며 손에 든 수화기를 내려놓았다. 군살 없는 몸에 정장을 입고, 빨간 테 안경이 어울리는 그녀는 겉보기에 냉정한 인상을 주지만 언동은 아직 앳된 부분이 엿보인다.

“마침 지금 와카미야 과장에게 확인하고 나서 마키시마 수사관에게도 의논하려고 했습니다. 지원이 필요하다면 특별수사대도 출동할 수 있게요.”

“와카미야 과장님께 확인하시지 않아도 됩니다. 이 사건 수사 지휘는 제가 맡기로 했습니다.”

“네? 와카미야 과장 대신 말입니까?” 마호는 눈을 동그랗게 뜨고 진심으로 놀란 감정을 고스란히 드러냈다. “수사관님이 어째서요?”

“본부장님 지시입니다.” 마키시마는 그렇게만 대답했다.

“본부장님 지시라니…… 그럼 지금 야마테 경찰서로 가실 건가요?”

“네, 갈 겁니다.”

“그래요. 음, 어떻게 할까……. 그럼 저도 가죠.”

“부탁드립니다.”

혼란스러운 머리로 어쩐지 그러는 편이 낫겠다고 판단한 선택인 듯한데, 감은 그렇게 나쁘지 않아 보였다. 마키시마가 수사 지휘를 맡은 사건에서 형사총무과장은 수사에 필요한 인원과 기기를 준비하는 원래의 업무에 더해 본디 1과장이 하는 매스컴 대응도 소화해야 한다. 그러기 위해서는 되도록 수사 현장 가까이에 있을 필요가 있다.

엘리베이터를 타고 주차장으로 내려가는 동안에 마키시마는 휴대전화로 혼다에게 연락해 부하와 함께 야마테 경찰서로 급히 가도록 지시했다. 특별수사대는 보이스피싱 적발 작전의 새로운 정보를 기다리는 한편, 새해부터 추가된 인원을 중심으로 시내에서 미행 훈련을 실시하는 중이었다.

"제 이동 수단이 스쿠터라서 마키시마 수사관 차에 타도 되겠습니까?"

스쿠터로 통근하는 젊은 여성 관료의 모습을 상상하고 순간 긴장감이 풀어질 뻔했지만, 마키시마는 어깨를 으쓱하며 그 감정을 흘려보낸 뒤, "그러시죠."라며 스카이라인에 타라고 재촉했다.

마키시마가 운전해서 야마테 경찰서로 향했다.

"저기……." 조수석에서 마호가 묻는다. "이런 일이 자주 있나요?"

"배드맨 사건 이후 처음입니다."

"아, 그때는 본부장님 지시로……."

마호는 현경 내의 힘 균형을 대강 이해했는지 거기서 질문을 멈췄다.

야마테 경찰서 회의실 앞쪽에 놓인 커다란 원탁이 지령석이다. 그곳에 특수반 과장대리 아키모토 다카유키 외 야마테 경찰서 형사과장 사카쿠라의 모습이 보였다. 그들이 함께 회의하는 동안에 젊은 경찰들이 통신기기 등을 설치하기 위해 움직였다.

마키시마가 그 자리에 나타나자 보이스피싱 적발 작전으로 안면을 튼 사카쿠라 등은 뜻밖에 놀란 얼굴을 보였지만, 아키모토는 예감했는지 낯빛도 별로 바꾸지 않은 채 "수고하십니다."라며 마키시마를 맞이했다.

"이번 사건의 수사 지휘를 임명받은 마키시마입니다."

마키시마는 회의실에 있던 야마테 경찰서 서장 등에게 인사하고 나서 아키모토 옆에 앉아 "어떻게 됐지?"라고 지금까지의 보고를 요청했다.

"무라세가 지금 자택으로 가서 풀려난 사장에게 이야기를 듣고 있습니다."

아키모토는 마키시마에게 이틀 전에 미나토당 사장과 아들이 잇따라 행방불명된 사건이 실제로는 복수범에 의한 유괴 사건이었고, 두 사람이 다른 장소에 감금됐다가 사장만 오늘 오전에 풀려나 자택으로 돌아온 경위를 설명했다.

사장인 미즈오카 가쓰토시가 집으로 돌아온 후, 야마테 경찰서 형사과장의 수사원이 그에게 사정을 듣고 몸값을 노린 유괴 사건이라는 의심이 짙어진 터라 특수반이 출동했다. 현재는 무라세가 다시 가쓰토시에게 사건을 자세히 듣는 중이다.

설명을 듣는 사이에 혼다가 특별수사대 부하를 데리고 모습을 비쳤다.

"범인은 자신들이 대일본유괴단이라고 했답니다."

아키모토는 원탁에 가담한 혼다에게 인사하며 말했다.

"대일본유괴단이라면 얼마 전 시나가와 사건에서 나온 이름이죠. 미용기기회사 이사인가를 유괴했다는." 혼다가 자리에 앉자마자 바로 이야기의 흐름을 파악한 듯이 반응했다.

"예, 뷰티 웨이브의 후계자죠." 아키모토가 대답한다. "이 사건에서 범인 쪽에서 범행 성명 전화가 한 번 있었던 모양이지만, 그 전화를 끝으로 몸값을 요구하는 이야기도 없이 인질이 순순히 풀려났다고 들었습니다."

"인질도 이사 한 사람이었지?" 마키시마가 확인차 물었다.

"예, 어린 딸이 있었던 모양이지만 그 아이는 유괴되지 않았습니다."

"그러면 이번 사건과는 꼭 부합하지는 않는 건가……." 마키시마가 혼잣말처럼 말했다.

"시나가와 사건을 뉴스에서 알고 이름을 사칭했을 가능성도 있어요." 혼다가 응수한다.

"하지만 수법은 닮은 구석이 있습니다." 아키모토가 말한다. "시나가와 사건에서는 스도 히토시를 유괴하면서 감금 장소까지 차를 갈아탔다고 했는데, 이번 사건에서도 유괴할 때와 풀어 줄 때 모두 다 차를 한 번 갈아탔다고 합니다."

"그랬군……."

범행 수법에 그런 유사점이 있다면 동일범이라는 견해는 버릴 수 없다.

“유괴할 때와 풀어 줄 때 쓴 차는 찾았습니까?”

혼다가 아키모토에게 묻자 아키모토는 그대로 질문을 돌리듯이 사카쿠라 과장을 바라보았다.

“스무 명 정도가 N시스템과 주변 방범카메라 분석을 하고 있습니다만, 현재로서는 유괴할 때의 행적을 쫓는 걸로도 여유가 없습니다.”

유괴할 때만 해도 아버지와 아들 두 가지 루트를 특정하려면 일손이 아직 부족하다.

“그럼 풀려났을 때를 포함해 그쪽 분석반을 서둘러 증원하지.” 마키시마가 말했다. “야마구치 과장님, 수사지원실에도 협력을 부탁해 주십시오.”

“알겠습니다.”

현경 본부에는 방범카메라 화상 분석 등을 전문으로 다루는 수사지원실이라는 부서가 있다. 수사지원실도 특별수사대와 마찬가지로 형사총무과가 관장하고 있으므로 마호가 지시하면 지체 없이 움직인다. 상기된 목소리로 대답한 그녀는 재빨리 원탁에 나란히 놓여 있던 전화 중 한 대를 집었다.

요코하마 시내나 그 주변 부근이라면 공공, 민간 불문하고 방범카메라 망이 둘러쳐져 있으니까 자동차 이동 경로는 늦건 빠르건 밝혀낼 수 있으리라. 마키시마는 그렇게 생각하면서 한편으로 범인들이 차를 갈아탄 것이 마음에 걸렸다. 아마도 범인도 이동 경로를 알아내는 것을 막기 위해서 그 같은 귀찮은 방법을 썼을 것이다. 주변 교통 사정을 파악하면서 신중하게 경로를 좇아가면 갈아탄 차도 특정하기 어렵지 않을 테지만, 범인이 얼마나 공을 들여 교란했는지는 아직 알 수 없다.

"몸값 요구에 대해 자세한 사항은 아직 모르나?" 마키시마는 아키모토와 사카쿠라 양쪽에 눈길을 보내며 물었다.

"예." 사카쿠라가 무거운 표정으로 대답했다. "그게 좀 부친의 말이 모호하다고 할까요. 감금 충격에서 벗어나지 못한 탓도 있겠습니다만, 갈피를 잡지 못하고 횡설수설하는 모양입니다."

"그 부분을 빨리 확인하지 않으면 곤란해." 마키시마가 말했다. "오늘내일에 할 것 같은 느낌은 아니었나?"

"내일은 모르겠지만 오늘 당장 움직여야 하는 느낌은 아닙니다. 우선 전해 들은 정보는 범인 측 요구를 들었고 몸값이 삼천만 엔이라는 점입니다."

"삼천만 엔이라……."

"예, 그래서 회사 비서를 자택으로 부른 모양이더군요. 아마도 비서에게 몸값을 준비시키지 않겠습니까."

"회사 돈으로 마련하겠다는 건가."

"그런 것이겠죠." 사카쿠라가 자신도 절반 정도밖에 납득하지 못한 말투로 대답했다. "미나토당의 사장이라면 삼천만 엔쯤이야

예금 같은 데서 조달할 수 있을 것 같은데, 그 회사는 유통기한 위조 문제로 한때 도산 직전까지 갔으니까 사장이라고 해도 주머니가 그리 여유롭지 않은 걸까요."

"아, 그러고 보니 그런 일이 있었군." 혼다가 기억을 더듬듯이 신음하는 것처럼 말했다. "거기에 이번에 이런 유괴 소동까지……. 유괴범도 더 잘나가는 곳을 노리면 될 것을."

"아니." 마키시마가 말참견을 했다. "위조 문제는 벌써 몇 년이나 지났어. 경영은 예전에 회복했겠지. 내 딸도 이쪽에 올 때는 미나토로망을 사서 돌아오는 것이 습관이 됐을 정도야."

"그 말씀대로 요새 회사 경영은 순조로운 듯합니다." 사카쿠라가 거들었다. "하지만 그래도 한때는 혹독하게 정리해고를 한 모양이고, 젊은 사장이기도 하니까 아직 자신의 주머니를 채울 정도는 아니지 않았을까 싶습니다. 자식도 지역 공립 초등학교에 보냈고요."

"사장 자신의 주머니 사정은 별개로 하고 경영이 안정됐다면 회사를 일종의 금고처럼 생각하는 면은 있지 않겠습니까." 아키모토가 말했다. "말 한마디로 회사에서 돈을 빌릴 절차를 밟는 것쯤은 수고도 들지 않을 테고, 그편이 스스로 움직이지 않아도 돈을 준비할 수 있으니까요."

"흠." 마키시마는 생각에 잠긴 채 말장구를 치고 나서 말했다. "아니, 내가 걱정하는 건 미즈오카 사장이 우리의 간섭을 피해 범인과 거래에 응할 가능성이야. 삼천만 엔 정도로 끝난다면 괜한 위험을 무릅쓰기보다 주고 말자는 판단으로 기울 수도 있어 보여."

일동에게서 신음이 새어 나왔다. 그럴 가능성이 있다는 사실은 다들 알았던 듯하다.

마키시마가 계속 말했다. "그러니까 그럴 가능성을 포함해 생각하면 시나가와 사건도 정말로 몸값 거래가 없었느냐는 의문이 튀어나오지."

"그건 하지만." 아키모토가 입을 열었다. "이사 한 사람만 유괴됐을 뿐이고……."

"그렇다고 거래가 전혀 없었다고 단정 짓는 건 경솔한 생각이다. 자동차를 갈아타는 것을 보더라도 이놈들은 꼼꼼하게 계획을 짰다고 봐야 해. 대일본유괴단이 이번과 같은 범인들이라면 유괴한 사람과 직접 협상하는 방법을 가볍게 보지 않는 편이 좋겠지."

마키시마의 말에 아키모토는 재차 신음하고 그 말에 동의할 수밖에 없다는 듯이 고개를 끄덕였다.

"지금 경시청(도쿄도의 경찰청./ 옮긴이) 특수반은 누가 통솔하고 있지?"

"저쪽 관리관 말씀이신가요?" 아키모토가 대답한다. "도코로 관리관이군요. 봄 인사이동으로 바뀌었습니다. 지금까지 사이버범죄대책실에 계셨습니다."

"신임인가." 그렇다면 과거 사건의 뒷사정을 잘 알고 있을지 분명치 않다. "1과장은 아직 고토 과장이지?"

"예."

경시청 수사1과장은 한때 같은 특수반 담당 경시로 마키시마와 서로 기 싸움을 하던 고토 쓰네노부가 작년부터 그 자리를 맡았다.

"아키모토, 잠깐 저쪽에 가서 고토 과장에게 확인하고 와 주겠나. 진실은 어땠는지……. 전화로만 물으면 적당히 넘겨버릴 거야. 얼굴 보고 직접 붙잡아서 우리도 이런 사건을 맡고 있는데 내밀히 묻고 싶다고 부딪쳐 보면 뭔가 나올지도 몰라."

"알겠습니다."

아키모토는 대답하고 자리에서 일어났다.

그 뒤 마키시마는 사카쿠라 과장에게 지금까지 밝혀진 사실을 자세히 들었다.

유괴할 때 범인들이 쓴 차량은 거의 특정됐다. 미즈오카 가쓰토시 사장을 유괴할 때는 검은색 왜건, 유타를 유괴할 때는 흰색 미니밴을 이용한 것으로 보인다.

범인들은 먼저 유타를 집 근처에서 끌고 갔다. 집으로 가는 길에서 있던 흰색 미니밴과 인도 옆에서 캐릭터 상품 같은 장난감을 펼쳐 놓고 파는 사오십 대 장사꾼을 하교하던 초등학생과 주민 여럿이 목격했다. 유타를 표적으로 삼은 범인들은 장사꾼 차림을 하고, 유타를 붙들어 세워 교묘한 말로 미니밴 안으로 끌고 들어갔다고 보인다. 근처에는 안타깝게도 방범카메라가 없었기 때문에 그 모습이 직접 찍힌 영상은 입수하지 못했지만 유타가 걸어가는 모습이나 미니밴이 지나가는 주변 영상을 시간 축으로 이어 보면 경찰의 판단이 사실에 가깝다는 결론을 내려도 문제는 없을 것이다.

그 뒤, 범인 일당은 미즈오카 사장을 쇼핑센터 브레즈 혼모쿠점 입구 앞에서 납치했다. 그 수법은 풀려난 미즈오카 사장을 조사한 내용이 전해지면서 대부분 밝혀졌다. 브레즈에 있는 토이 파라다이스에서 유타가 다른 아이들과 물건을 훔치다가 잡혔다는 소식을 접하고, 토이 파라다이스 종업원이 미즈오카 사장을 불러내는 방식이었다. 사장을 현장까지 바래다준 회사 차의 운전기사가 길에서 있던 검은색 왜건을 기억했고, 사장의 이야기로도 그 사실이 뒷받침됐다.

차량 두 대의 행적을 쫓는 수사는 그럭저럭 진행되어 잘하면 감금 장소와 범인들의 아지트를 특정할 실마리가 될 수 있을 것 같았다. 특히 검은색 왜건은 브레즈에 드나드는 트럭의 블랙박스에도 찍혀 있어, 차종까지 알아냈다. 번호판도 알아냈으나 이는 위조의 의심이 짙다고 한다. 그래도 진행 방향 곳곳에 설치된 방범카메라 영상을 수집하면 차량이 멈춘 장소를 판명하는 것은 시간문제였다.

단, 감금 장소와 아지트를 밝혀내려면 자동차에서 내린 사람의 족적과 갈아탄 차량의 행방까지 찾아야 한다. 거기까지 이를 수 있을지는 현시점에서는 불투명했다.

특별수사대 인원도 우선은 차량의 이동 루트를 해석하는 팀에 투입했다. 혼다는 마키시마와 함께 사카쿠라의 설명을 들으면서, 한편으로 특별수사대를 사건에 투입했다. 야마구치 마호는 형사총무과와 기자클럽에 연락해 이번 사건의 보도를 막았다.

저녁이 되어 경시청에 갔던 아키모토가 돌아왔다.

"고토 1과장을 직접 만나서 듣고 왔습니다." 지령석에 앉은 아키모토가 보고했다. "역시 범인의 전화는 '대일본유괴단'이라고 밝히며 인질을 잡고 있다고 전한 한 통뿐이었고, 몸값을 요구하거나 돈을 건네받은 사실도 전혀 없다고 합니다."

"감금 중에 범인과 인질이 몸값 협상을 해서 지불했을 가능성이 있는지도 물어봤나?" 마키시마가 물었다.

"예. 그렇게 떠보니 고토 과장이 눈을 치켜뜨고 역정을 내더군요. 사쿠라다몬(경시청 소재지. 경시청 자체를 뜻하기도 한다./ 옮긴이)은 그런 사실을 놓칠 만큼 얼간이가 아니다, 우습게 보지 말라면서 서슬이 시퍼랬어요." 아키모토는 그때의 머쓱했던 기분을 표현하듯이 한쪽 볼을 일그러뜨렸다. "너무 대놓고 물어봤나 봅니다."

마키시마는 잠깐 쓴웃음을 거들면서 재차 질문했다.

"그 사람은 아픈 곳을 찔릴 때도 허세를 부려서 얼버무리려 하지. 어느 쪽으로 보였지?"

"아뇨, 정말로 말 그대로일 겁니다." 아키모토가 대답했다. "인질은 뷰티 웨이브 이사인 스도 히토시 한 사람이고 그런 그가 풀려난 이상 몸값을 낼 의미도 없거니와 감출 이유도 없으니까요. 스도에게는 유치원을 다니는 딸이 있는데, 등하원 때 늘 엄마와 함께해서 납치할 틈은 없다고 합니다. 이쪽 사건 이야기를 들은 고토 1과장의 견해로는 당초 범인들은 스도와 함께 딸도 유괴할 생각이 아니었을까 하더군요. 그런데 도저히 딸을 유괴할 수 없는 바람에 계획이 틀어졌고 전부 백지화하고 스도를 풀어 준 것이 아니겠느냐고 하셨습니다. 그러고 나서 미나토당 사장으로 표적을 바꿨겠죠. 그렇게 듣고 보면 앞뒤는 맞지 않나 싶습니다."

"흠, 그런 견해도 가능한가……." 마키시마는 신중히 대답했다. "그러나 그 사건에서도 스도 히토시는 나흘 정도 감금되어 있었어. 딸을 유괴하지 못한 시점에서 계획에 가망이 없었다면 더 빨리 풀려나도 됐을 텐데."

"범인들도 처음에는 스도 히토시를 인질로 몸값을 요구하는 방법을 모색하지 않았을까요. 실제로 자택으로 전화가 한 번 걸려 왔습니다. 하지만 위험도 크고 아무래도 승산이 없다고 판단해 포기한 것 아니겠습니까."

"그래." 고토의 감정적인 태도가 약간 걸리기는 했지만 아키모토의 견해도 합리적이라 판단되어 마키시마는 일단 받아들이기로 했다. "대일본유괴단에 대해 저쪽에서 따로 파악한 이야기는 없었나?"

"예." 아키모토가 대답했다. "스도의 말로는 유괴단 멤버는 대여섯 명이었다고 합니다. 자신의 부하 직원이 외근 중에 미성년자가 있는 데이트 카페를 드나든다는 밀고 전화가 와서, 자세히 이야기를 듣기 위해 상대와 만나기로 했답니다. 약속 장소인 덴노즈 공원에 갔다가 남자 몇 명에게 납치당했다는군요. 그 뒤에 눈가리개를 하고 차를 한 번 갈아타 끌려간 곳은 지하실처럼 창문이 없는 어떤 방이었다고요. 유괴단 놈들은 복면 모자를 써서 자세히는 모르겠지만 인상으로는 이삼십 대 젊은 남자가 서너 명 있고, 마흔 줄의 점잖은 남자도 두어 명 있었다는군요. 사십 대쯤 되어 보이는 남자 중 한 사람이 리더인지 다른 멤버는 그의 지시에 따랐다고 합니다. 그들은 인질인 스도에게 회사 내부 사정과 자금 움직임을 상세히 캐물었고, 어떻게든 몸값을 빼앗을 계획을 짜려고 모색하는 것처럼 보였다고 합니다. 그러다 나흘째에 갑자기 눈가리개를 씌운 채 차에 태워진 것이고요. 스도는 유괴단에게 아무 이야기도 듣지 못해서 자기도 풀려난 영문을 모르겠다고 주장하고 있는 모양입니다."

마키시마는 아키모토가 들려준 이야기의 요점을 수첩에 적으면서 "흠……." 하고 작게 신음했다.

"스도 히토시를 유인하는 미끼가 된 부하 직원이 이번 사건의 유타와 겹치는 건가……. 그 직원은 누군가에게 납치당했다거나 수상한 전화가 온 적은 없었다던가?"

"직원 주변에 유괴단의 흔적이 없는지 수사반도 여러모로 조사한 모양이지만 특별히 의심 가는 점은 없었던 것 같군요. 직원이 데이트 카페에 드나든 사실도 없었다고 합니다."

"그런가." 마키시마는 고개를 한 번 끄덕이고 나서 마지막 질문을 꺼냈다. "경시청은 유괴단의 꼬리를 잡을 만한 부분까지는 전혀 접근하지 못했던가?"

"그런 것 같습니다. 흠, 몸값 협상까지 가지 않아서 수사할 사기가 오르지 않았을지도 모르지만, 유괴단의 그림자는커녕 감금 장소도 파악하지 못했다고 합니다."

"그래도 어느 정도 인력은 할애하고 있을 것 아닌가." 마키시마가 눈살을 찡그렸다. "그렇게 성가신 사건인가. 유괴에 사용된 차량은?"

"두 대로 추정됩니다. 유괴할 때와 풀어 줄 때 각각 사용한 차량입니다. 두 대 모두 도난차량에 위조 번호판을 걸었습니다. 다만 그 차량에서 갈아탄 다른 차량을 특정하지 못하면 감금 장소도 찾아내지 못하는데 그게 어려운 듯합니다."

"그 말은 풀어 줄 때 아직 특정하지 못한 차로 감금 장소에서 중계 지점까지 갔다는 건가. 중계 지점에서 특정된 차량으로 갈아타고 어딘가에서 스도를 풀어 줬다."

"오모리 역 근처입니다."

"그런 곳이라면 주변 카메라가 놓치지 않았겠군. 당연히 알아낼 수 있었겠지."

"예. 범인은 그러고 나서 오사키 역 근처까지 차를 몰고 가서 코인 주차장에 버렸습니다. 코인 주차장 카메라는 중년으로 보이는 남성 한 명이 차에서 내리는 모습을 포착했습니다."

"그 뒤 행방은?"

"그게 말이죠, 오사키 역으로 들어간 것까지는 압니다. 개찰 카메라와 조합해 와카마쓰 다케시 명의의 스이카(JR 동일본 교통카드./옮긴이)로 개찰구를 통과한 것도 알아냈습니다. 문제는 같은 교통카드로 개찰구를 나간 기록이 다른 어느 역에도 없다는 겁니다."

경시청 수사반이 애를 먹고 있는 모습이 마키시마에게도 서서히 보였다.

"그 사람이 어느 전철을 타고 어느 역에서 내렸는지, 승강장 CCTV를 쫓아가면 파악할 수 있지 않나?"

아키모토는 고개를 내저었다. "그렇게 간단한 이야기가 아니었어요. 범인은 야마노테 선(도쿄 전철 노선 중 하나. 서울지하철 2호선 같은 순환선이다./ 옮긴이)을 탄 뒤로 행방을 감췄답니다. 아마도 빙글빙글 도는 동안에 다른 차량으로 이동했겠죠. 그러다 어느 역에서 사람들에 섞여 내선에서 외선 전철로 갈아타기도 하고요. 그때 모자를 쓰거나 옷을 갈아입는 간단한 변장을 했을지도 모릅니다. 환승하는 순간을 잡아내지 못하면 그 이상 쫓을 수 없으니까요."

"어느 승강장이나 차량 안에서 동료와 만나 다른 표를 건네받고

개찰구를 나왔다…….”

“아마도 그렇겠죠.”

마키시마는 씁쓸한 기분으로 펜을 내려놓았다. 이번 사건에서도 그만큼 치밀하게 도주를 계획하고 있다면 차량을 특정하더라도 범인들에 가까워지지 못할 가능성이 커진다.

“그리고 범인들에게 걸려온 유일한 전화 말입니다. 발신 휴대전화 명의인은 사건과 관계없다는 사실이 확인됐습니다. 대포폰이었습니다.”

“대포폰이라…….”

보이스피싱에서는 흔한 범죄 도구다. 이 같은 범행을 꾸미는 인간이 경찰에 붙잡힐 위험을 줄일 작정이라면 당연히 사용할 도구이기도 하다.

시나가와 사건과 이번 사건은 자잘하게 다른 부분은 있지만 비슷한 점도 많다. 대일본유괴단이라 밝힌 범행 일당이 동일 집단이란 점은 틀림없다고 봐도 되겠다. 시나가와 사건에서 그들이 공격 수단을 잃고 범행을 포기했다면 이번 계획에 수정을 더한 것은 자연스러운 일이며, 그것이 두 사건의 차이점이 됐는지도 모른다.

주목할 점은 몸값을 뜯어낼 목적의 유괴라는 엄청난 범행을 꾸미면서 경찰에 잡힐 위험에는 지극히 신경질적이란 부분이다. 꼬리가 잡히지 않는 도구를 이용하고 도주에는 세심한 주의를 기울인다. 잘 풀리지 않는다고 판단하면 그 자리에서 계획을 중지한다.

직업 범죄 집단, 적어도 얘기가 나온 사십 대 리더는 뒷세계 경험이 있는 인간이며 경찰과 싸우는 법을 잘 알고 있다. 마키시마가 머릿속에 그린 범인들의 실루엣은 그런 모습이었다.

반대로 생각하면 그런 집단의 경찰 대응책은 뻔하다. 시나가와 사건에서는 계획을 중지하고 인질을 풀어 줬다. 위험이 있다고 판단하면 놈들은 도주를 선택한다. 거기에 힌트가 있다.

틈이 있다면 경찰에서 공격해 놈들에게 압박을 줘야 한다. 위험을 눈앞에 들이밀면 놈들은 득이 되지 않는 싸움을 포기할 것이다.

경찰이 싸움을 걸 기회는 당연히 몸값을 주고받는 현장이다. 이 기회를 어떻게든 붙잡아야 한다.

날이 저물고 나서 미즈오카 사장 집에 투입된 무라세가 대책본부로 돌아왔다.

"어이쿠, 와카미야 과장님이 머리가 많이 기셨다 했습니다."

지령석에 앉은 마키시마를 보더니 무라세가 가볍게 농을 걸면서 다가왔다. 마키시마는 인사 대신 그의 둥그런 배에 주먹을 찔렀다.

"몸값은 삼천만 엔, 사흘 뒤에 건네주기로 했답니다."

무라세는 테이블에 손을 얹고 말했다.

"장소는?"

마키시마가 묻자마자 무라세는 떨떠름한 표정을 지었다.

"몇 번이나 끈질기게 물었는데 오늘은 피곤해서 머릿속이 정리되지 않는다고 피하더군요."

미즈오카 사장은 경찰의 권유로 병원에 가서 간단한 진찰을 받았지만, 피로보다 심각한 증상이나 손발 구속 상처 말고 다른 부상은 발견되지 않았다고 한다.

"범인에게 이미 많은 사항을 전달받았지만 말을 흐리는 느낌이에요. 범인 쪽에서 단단히 못을 박아둔 것 아니겠습니까. 어떻게든 유타를 무사히 돌려받고 싶은 마음과 갈등하고 있는 게 아닐까 싶습니다. 이제 막 풀려났으니 정상적인 사고로 버티기 힘든 부분도 당연히 있겠죠."

"다른 말은 없나?"

"유타가 도둑질에 가담해 장난감을 훔쳤다는 구실로 불러낸 이야기는 들으셨습니까?"

"그래, 그 얘기는 들었어."

"유타가 사무소에 있다며 차에 태웠고 안에서 안대를 씌웠답니다. 이삼십 분 타고 가다 차를 한 번 갈아타고, 공동주택 1층에 있는 집으로 끌려갔다는군요. 납치당했을 때부터 감금 내내 곁에 있던 두 사람은 오시타와 기노시타라는 남자들이었다고 합니다. 두 사람 다 젊고 이십 대 후반에서 기껏해야 삼십 대 초반인 듯하다고요."

"두 사람의 얼굴은 봤나?"

"예, 납치당할 때 장난감 가게 종업원을 가장하고 있어서, 안대를 차기 전까지는 봤다고 합니다. 하지만 어떤 풍모의 남자들이었는지 떠올리기 어렵다는군요. 그도 그럴 것이 감금 장소의 벽 한 면에 젊은 남자의 얼굴 사진이 여러 장 붙어 있었고, 그런 장소에서 몇십 시간이나 지내는 동안에 두 사람이 어떻게 생겼는지 기억이 뒤죽박죽돼 버린 거죠. 감금 중에는 두 사람 다 계속 복면 모자에 선글라스를 낀 차림이었고, 풀려날 때도 미즈오카 사장에게 도수가 높은 안경을 씌워서 두 사람 얼굴을 확인할 기회는 없었다고 합니다. 두 사람 다 호리호리하고 평균적인 남자보다는 날씬해 보였다…… 그 정도예요."

오시타와 기노시타—예명이 틀림없는 이름을 수첩에 적으면서 마키시마는 얼굴을 슬쩍 찌푸렸다. 감금된 사람이 풀려났건만, 이건 정보가 있어도 없으나 마찬가지다.

"감금 장소에는 이불과 음식 외에는 가구 같은 것은 일절 놓지 않았다니, 감금하기 위해 준비한 방이었던 것 같습니다. 유타가 감금된 다른 곳은 소파가 놓인 방이라고 합니다. 미즈오카 사장은 오시타가 유타가 소파에서 잠든 영상을 한 번 보여 줬던 것 말고, 전화로 두 번 정도 이야기를 나눴다고 합니다. 유타가 '형'이라고 했으니까 젊겠죠. 유타 곁에 그 남자가 붙어서 아이와 게임도 하며 같이 지내는 모양입니다. 유타는 침착한 모습이었지만 애써 침착하려는 것처럼 느껴지기도 했다고 미즈오카 사장은 이야기하고 있습니다."

두 사람을 유괴하면서 감금 장소를 따로 두고, 가끔 아버지에게 아이의 상태를 알린 것인가. 부친의 불안을 부추기며 범인들이 미즈오카 사장의 마음을 제어하기 위해 철저하게 계산된 수법이다.

사흘간의 감금……. 그만한 시간 동안 자유를 빼앗기면 인간은 마음에 상당한 상처를 입고, 남에게 심리적으로 조종당할 틈을 주고 만다.

하물며 소중한 아들이 여전히 범인에게 잡혀 있다. 아버지로서 어떤 선택을 하면 좋은지 미즈오카 사장은 갈등하는 마음 한복판에 서 있을 것이다.

밤중에 범인 측이 미즈오카 사장의 휴대전화 등으로 어떤 연락을 해 올 가능성은 적은지 미즈오카 사장은 삼천만 엔도 비서에게 내일 중으로 준비하도록 지시했다. 하지만 만약을 위해 미즈오카 사장의 자택에는 야간에도 누군가 대기시켜 돌발 사태에 대비하는 편이 좋겠다는 것이 무라세의 의견이었다.

"흠…… 알았네. 삼천만 엔은 이쪽에서도 은행에 이야기해서 지폐 일련번호를 기록해 두라고 하지."

"알겠습니다."

보고를 마친 무라세는 저녁을 먹고 오겠다면서 지령석에서 일어났다.

"전달하기로 한 현장을 말하지 않는 것은 역시 경찰에게 입 다물고 몸값을 주려는 생각이 있는 걸까요?" 혼다가 달갑지 않은 듯이 입을 연다.

“그런 생각이 머릿속에 있으니까 태도가 그런 식으로 나오는 거겠죠.” 아키모토가 대답한다. “하지만 사장이 몸값을 가져간다면 우리는 사장 뒤를 미행하면 그만입니다. 정말로 경찰을 따돌릴 수 있다고 생각하는지는 모르겠지만.”

“무라세!”

마키시마는 회의실을 나가려던 무라세를 불러 세웠다.

“시험 공부는 순조롭나?”

돌아온 무라세는 마키시마의 물음에 “뭔가 했더니만.”이라며 웃음 섞인 콧바람을 불었다. 그러나 마키시마의 눈을 보고 뒷이야기가 있음을 감지했는지 “그건 앞으로 하실 말씀의 내용에 따라 다르겠죠.”라고 덧붙였다.

“이삼일 무리할 수 있나?”

“왜 그렇게 물으십니까?”

옆에 있던 아키모토가 너무 무리한 일은 안 된다고 눈치를 줬지만, 그 시선은 못 본 척했다.

“사장 곁에는 되도록 자네가 붙어 있어.” 마키시마가 말했다. “타고난 뻔뻔함으로 잡담이든 뭐든 이야기 상대가 되어 마음을 열어 봐.”

“타고난 뻔뻔함은 빼세요.”

“상대는 아이를 유괴당한 부모다. 그 부분에 대한 배려를 빼놓지 말고 이 남자한테라면 뭐든 이야기해도 되겠다고 믿게 하는 거야. 경찰에게 전부 털어놓는 편이 결국 유타를 무사히 되찾을 길로 이어진다는 사실을 알아주도록 힘 좀 써 봐."

마키시마가 그렇게 말하자 무라세는 어깨를 으쓱했다.

"그런 명령이라면 잘 받들겠습니다. 저랑 사장은 동갑이니까요. 하기야 상대방은 요코하마의 명문 제과회사의 젊은 사장이고 부인은 미인에 귀여운 자식까지 있지만 말입니다. 저로 말할 것 같으면 박봉의 독신 형사고 장점은 체력, 친구는 군살뿐이니, 마구 대하기에는 안됐다고 여겨 주겠죠. 중요한 사항이 있다면 몸값을 주고받기 전까지 입을 열게 해야 하니까요. 타고난 듬직함으로 노력해 보겠습니다."

곧바로 미즈오카 사장의 자택으로 돌아가려고 걸음을 옮긴 무라세는 돌아보고 한마디 덧붙였다.

"시험 공부는 처음부터 하룻밤 새우면서 벼락치기로 할 생각이었으니 걱정하실 필요 없습니다."

"그런가." 마키시마가 응수했다. "자네도 내년에는 고액 연봉을 받는 잘나가는 경부다."

무라세는 쓴웃음을 지은 옆얼굴을 마키시마에게 보이고 회의실을 나갔다.

「검은색 왜건, 현물을 찾았습니다.」

9시가 지났을 무렵, 미즈오카 사장을 납치할 때 이용한 것으로 보이는 검은색 왜건을 쫓던 담당반으로부터 무전으로 보고가 들어왔다.

"장소는?"

테이블에 놓인 무전 마이크에 대고 마키시마는 질문을 던졌다.

「주소는 시모메구로 1초메입니다. 메구로 역 인근 코인 주차장입니다. 관리회사에 조사해 본 바로는 사흘 전부터 방치되어 있던 모양입니다.」

시나가와 사건과 마찬가지로 야마노테 선에서 행방을 감추었나……. 마키시마는 혼다와 시선을 교환하고 작게 탄식했다.

차량은 압수 절차를 밟고 메구로 역을 비롯한 인근 방범카메라 조사는 내일 아침부터 착수하기로 했다. 무전 너머 수사원은 큰 수확에 기세가 등등했지만 지령석에 앉은 사람들에게 고양감은 없었다.

유타의 유괴에 썼다고 보이는 흰색 미니밴을 쫓던 수사반도 돌아왔다. 그들은 각지에서 확인한 방범카메라 데이터 등을 거둬들여, 시간 순서대로 지도에 기입하는 작업을 마친 뒤 지령석에 보고했다.

확대 복사해서 이어붙인 요코하마와 가와사키 지도에 빨간색으로 이동 경로 선이 그려지고 그 지점을 지났다고 보이는 시각을 덧붙였다. 확실히 지났다고 보이는 길에는 실선을 긋고, 지나갔으리라 예측되는 길에는 점선을 긋는다. 전부 이어지지는 않았지만, 그래도 이만큼 루트를 특정 짓느라 얼마나 많은 노력이 필요했을지는 상상이 갔다.

지도를 보면 자동차는 요코하마 시내 주택가 안을 서서히 북쪽으로 이동하면서 빙글빙글 돌다가 이윽고 가와사키로 진입해 도쿄도내로 더욱 들어갔다. 도내는 아직 쫓는 도중이지만 굳이 추측한다면 이 차량도 야마노테 선이나 야마노테 선과 이어지는 철로 역 근처에 버려졌을 가능성이 크다.

"인질과 범인들 일부는 차를 갈아탔다고 봐야 한다. 내일부터는 갈아탄 지점이 어디인지 갈아탄 차량은 어디로 갔는지 밝혀내는 작업도 병행해."

마키시마가 그렇게 지시해도 담당반 책임자는 어디서부터 어떻게 캐내면 될지 좀처럼 가늠하지 못하는 눈치였다.

"예를 들어 차량이 바뀐 곳에서 정차한 모습이 카메라에 찍혔다거나, 이동하는 데 부자연스럽게 시간이 걸렸다거나, 그런 부분을 면밀히 살피면서 작은 변화를 찾아내."

마키시마는 제 입으로 말하면서 이 일이 상당히 어려운 문제임을 의식하고 있었다.

미즈오카 사장을 납치했을 때는 삼사십 분 만에 갈아탔다는 정보가 들어왔다. 시간대를 조금 더 줄여 자동차 이동 루트와 조합하면 갈아탄 장소를 대강 파악할 수 있고, 어쩌면 감금 장소를 특정할 단서로 이어질지도 모른다. 그러나 미즈오카 사장의 감금 장소는 일시적으로 준비된 곳으로 현재 그곳에는 아무도 없다고 봐야 한다.

유타의 감금 장소에는 소파가 놓여 있었다고 한다. 틀림없이 그곳이 범인들의 아지트다. 빠르게 해결하려면 아지트를 알아내야 한다. 유타가 첫 번째 차량을 타고 가다 얼마 만에 갈아탔다는 정보가 없는 현재로서는 어디에 있는지도 모르는 조사의 실마리부터 찾아야만 한다.

밤늦게 모든 수사원이 돌아왔지만 범인들의 정체와 연결 지을 정보나 감금 장소를 특정할 만한 단서는 아무도 들고 오지 못했다. 수사 간부들은 수면실로 이동해 남은 밤을 보냈다.

이튿날 이른 아침, 마키시마는 수사원들에게 짧게 격려 인사를 하고 그들을 출동시킨 후, 현경 본부로 돌아왔다. 이와모토 형사부장에게도 동석을 부탁해, 소네 본부장에게 사건의 밝혀진 사실과 현재까지 수사 상황을 설명했다.

"대일본유괴단……."

소네는 그 허풍스러운 이름이 마음에 드는 것처럼 되뇌었다. 그들이 일으킨 시나가와 사건이 미해결로 남아 있다는 사실이 소네의 마음을 끈 것 같았다.

"마키시마, 이 사건은 반드시 해결한다. 멍청한 놈들을 깜짝 놀라게 해 줘."

멍청한 놈들이란 범인들이 아니라 경시청을 가리킨다. 지방 현경만 도느라 경시청 근무 경험이 없는 소네는 형사부장 시절부터 경시청을 향한 적대심을 숨기려 하지 않았다.

"몸값을 주기로 한 시간과 장소를 빨리 알아내. 범인에게 한발 뒤져 멋대로 몸값 협상을 하게 둔다면, 자네를 다시 한 번 아시가라에 유폐하겠어."

소네의 협박이나 다름없는 거친 독려에 이야기를 들은 당사자도 아닌 이와모토가 움찔하며 한껏 긴장했다.

"그, 그 점은 지금 전력을 다해 대처하고 있으니 아무쪼록 걱정하지 마시고……."

이와모토가 딱딱한 말투로 쭈뼛쭈뼛 대답하고 긍정을 강요하듯이 마키시마를 바라본다.

"몸값 전달 계획은 여러모로 캐고 있습니다만 불의의 움직임에도 대처할 수 있도록 수사 태세를 정비해 두겠습니다."

"얕보이지 마." 소네는 마키시마를 손가락질하며 말했다. "범인이나 인질 가족에게도 말이야."

나도 보고는 받아야 하지만, 본부장님께 하는 보고는 앞으로 특별수사관이 직접 해도 됩니다. 범인 체포와 인질 구출을 위해 세울 수 있는 대책은 다 세워 주십시오……. 본부장실을 나와서 알맹이 없는 지시를 받고 이와모토와 헤어진 마키시마는 혼다의 전화를 받았다.

「무라세의 보고입니다. 미즈오카 사장이 오늘은 출근할 생각인 듯합니다.」

"무슨 일이 있나?"

「아니요, 그동안 자리를 비워서 쌓인 업무도 있을 테고 얼굴을 내밀지 않으면 뭐가 어디까지 돌아가고 있는지도 알 수 없다면서.」

"하지만 아직 몸값 문제도 그렇고, 물어야 할 것들이 많이 남아 있잖아."

「예, 무라세도 강력하게 말렸지만 자신의 가정일로 업무에 차질을 빚을 수는 없다, 자신의 어깨에 사원들의 생활이 걸려 있다며 듣지 않는답니다. 몸값 전달까지 아직 이틀이 남았으니 그때까지 놀고 있을 수는 없다는군요.」

"몸값을 전달하기로 한 장소와 시간은 들었나?"

「아뇨, 아직 못 들은 것 같습니다.」

마키시마는 속으로 혀를 찼다.

"회사에 간다면 하다못해 몸값을 주기로 한 장소와 시간만이라도 말하고 나서 가도록 이야기해 주게. 그리고 보호 차원에서 필요하다고 무라세와 또 누구 한 사람을 회사까지 붙이도록. 업무를 볼 때도 되도록 가까이에 있어."

「알겠습니다. 무라세에게 전하겠습니다.」

"사건 이야기는 회사 사람이나 거래처에 함부로 이야기하지 말라는 점도 꼭 못을 박아 두게."

「알겠습니다.」

현경 본부에서 야마테 경찰서로 돌아가자 대책본부 지령석에서는 혼다와 아키모토가 마키시마를 목이 빠지게 기다렸다는 얼굴을 하고 있었다.

"무라세에게 보고가 있었습니다. 몸값 전달은 내일모레 14시, 미나토미라이의 범선 니혼마루 앞이라고 합니다."

범선 니혼마루는 한때 선원 양성을 위해 쓰인 연습선으로 역할을 다한 지금은 요코하마 랜드마크타워 옆에 있는 메모리얼 파크 안 선착장에 계류돼 있다. 미나토미라이의 관광지 중 하나로 선내도 견학이 가능할 것이다.

마키시마가 아는 한, 관광지라 해도 사람이 그렇게 많이 밀려드는 장소는 아니다. 주위에는 보행자 통로 같은 범선을 내려다볼 수 있는 장소가 몇 군데 있으므로 감시하기에도 그리 어렵지 않다.

"그런데 말이죠, 무라세의 말로는 아직 사장은 범인과 한 약속을 전부 털어놓지는 않았을 가능성이 있다는군요. 무라세의 심증으로는 그런 모양입니다."

출근하려면 얘기해야 한다고 압박한 탓에 하는 수 없이 그것만 털어놓은 측면은 있을 것이다. 범인들이 달리 어떤 이야기를 했는지 모르지만 우선 내일모레 14시에 있을 몸값 전달을 위해 대책을 세워야 한다.

"회사에는 몇 명이 붙지?"

"무라세와 또 한 명, 저희 쪽 형사가 따라갑니다." 아키모토가 말했다.

"자택에도 누군가 남겨둬. 범인이 집 전화로 연락하지 않는다는 법은 없어."

"그러겠습니다."

자택에는 미즈오카 사장의 아내 유미코와 두 살배기 딸 미도리가 있다. 결국 자택에 두 사람, 미즈오카 사장 동행에 무라세를 포함한 두 사람의 수사원을 배치하고 무슨 일이 있으면 대책본부에 바로 보고가 오도록 태세를 갖췄다.

그러는 한편으로 마키시마는 이틀 뒤 몸값 전달 예정에 대비해 현장에서 작전 계획을 짰다. 특수반 여러 명을 현장 예비조사로 보내고 지휘 차량과 효과적인 인원 배치를 어떻게 할지 지도를 노려보며 고민했다.

몸값 전달 현장의 작전은 특수반을 중심으로 돌아가고 특별수사대와 야마테 경찰서 형사과 사람이 보강하는 형태지만, 현장 이동과 우발적인 사고에 대응하기 위한 지원부대도 후방에 손써 두어야 한다. 마키시마는 현경 본부에서 대기하는 야마구치 마호에게 연락해 지금부터 각 경찰서로 작전을 위한 인원 파견을 요청해 달라고 부탁했다.

그 뒤, 무라세에게 점심 전에 회사에서 몸값 삼천만 엔을 준비했다는 보고가 올라오자 특수반 중대장 이하 몇 명을 지휘 차량에 신고 간나이에 있는 미나토당 본사 근처에서 대기하도록 했다. 몸값 전달 예정은 정해졌지만 앞으로 무슨 일이 일어날지 알 수 없다. 신경을 곤두세운 시간이 흘렀으나 결과적으로 아무 일도 일어나지 않은 채 그날의 끝을 맞이했다.

미즈오카 사장은 출근한 뒤 사장실에 틀어박혀 이따금 부하 직원을 불러서는 자리를 비운 사이 상황을 보고 받고, 밀린 결재 안건 등의 서류 작업을 해치운 듯하지만, 여전히 감금당했던 피로가 남아 있는 데다 집안도 신경 쓰이는지 3시 전에는 일을 접고 본가에 잠시 들른 뒤에 자택으로 돌아갔다고 한다. 무라세는 사장실 앞에 있는 총무과 한쪽에서 가만히 대기하고 있었던 모양인데 아무 일도 없이 사장을 따라 퇴근했다. 사장의 안색을 보면 범인에게서 돌발적으로 계획을 변경한다는 연락은 오지 않았다고 판단된다.

자택에서 대기하던 수사원에게서도 특별한 이상은 없다는 내용의 보고가 있었다. 집에 있던 미즈오카 유미코도 아이를 돌보는 것 말고는 침실에 틀어박혀 있는 듯하다.

"역시 범인들도 니혼마루에서 예정된 거래에 기대를 걸고 있나 보군요."

날이 저물고 긴장된 분위기 속에 피로에 가까운 나른함이 감돌기 시작한 지령석에서 도시락을 치운 혼다가 종이컵에 급수기의 차를 따르며 말한다.

마키시마는 고개를 끄덕이면서도 개운치 않은 기분이었다.

“아니, 그게 다가 아니겠지.”

자신을 일깨우듯이 말해 본다.

미즈오카 사장과 유타를 유괴하고 풀어 줄 때 세심하게 주의를 기울였고, 경찰이 범인들의 정체와 아지트를 특정할 실마리를 주지 않기 위해 행적을 감추는 모습은 지금까지 수사만으로도 파악할 수 있다. 그토록 주의 깊은 상대이니 몸값을 받으러 올 때도 단순히 범선 니혼마루 앞에서 만나 돈을 건네받는 것이 전부일 리가 없다.

부자가 사흘 동안 행방불명이 된 시점에 뉴스에서 사건을 다뤘다. 경찰이 수사에 관여하고 있는 것은 범인도 알고 있다. 감금 중에 미즈오카 사장에게 몸값을 어떻게 전달할지 자세히 일러두어 다시 전화할 수고를 줄인 데에는 역탐지로 아지트를 특정하려는 경찰 수사를 대비한 측면도 있을 것이다. 그들에게는 나름대로 의미가 있는 일이다. 다만 그런 대비도 성공적인 몸값 수수까지 약속하지는 못한다.

그렇기에 범선 니혼마루 앞에서 이루어지는 몸값 전달 뒤에 무언가 더 있다고 의심하게 된다. 미즈오카 사장 가까이에 있는 무라세가 사장이 본인 입으로 전부 털어놓은 것 같지 않다는 심증을 얻기도 했다.

“그렇다면 현장에서 무슨 일이 일어날지 모를 일이로군요.” 혼다는 차를 마시며 떨떠름한 얼굴을 하고 말했다.

"당일은 토요일이니까 미나토미라이 전체에 어느 정도 인파가 있겠지만, 특별히 경계해야 할 이벤트는 없습니다." 아키모토가 선발대의 보고 메모를 흘끔 보면서 이야기에 끼어들었다. "물가니까 수상 경찰의 지원도 받아야 하겠지만 주의할 점은 그게 답니다. 솔직히 범인이 진심으로 니혼마루 앞에서 몸값 거래를 성사시키려고 한다면 승산은 우리에게 있습니다."

그의 말투는 자신이 이끄는 특수반 능력을 자랑하는 것 같기도 했다.

"나도 그렇게 생각해." 마키시마가 말했다. "다만 지금은 그렇게 쉽게 풀리지는 않을 거라고 의심해야 한다. 뒤가 또 있을 거야. 범인은 몸값을 확실히 받아내기 위해 준비했고 미즈오카 사장이 아는지 모르는지는 둘째 치고, 어렴풋이 뭔가 있다고 냄새는 맡았을 계획의 뒷면이 있다."

"그렇다면 역시 당일 현장에서는 몸값 전달 장소를 변경하는 연락이 올 가능성이 크다고 봐야 하나……."

혼다의 혼잣말에 마키시마가 목소리를 덧씌웠다. "아니면 미즈오카 사장이 우리가 생각지 못한 움직임을 보이거나……."

"그 말씀은?" 아키모토가 눈을 부릅뜨고 묻는다.

"결국 지금 상황의 핵심은 유타 혼자 범인에게 잡혀 있다는 점이다. 미즈오카 사장 입장에서는 어떻게든 자기 아들을 되찾고 싶은 마음뿐일 거야. 유타와 통화하고 자신이 어떻게든 해야 한다고 생각하고 있어. 혼자 풀려나는 바람에 아들에게 미안한 마음도 틀림없이 커졌을 테고. 과연 이대로 경찰에 맡기면 정말로 아들이 무사히 돌아올까. 실제로는 그 점을 불안해하고 있겠지."

"뭐, 현실적으로 우리가 입으로 어떻게 말하든 결과는 뚜껑을 열어 보지 않으면 모르니까 말이죠." 혼다는 어깨를 으쓱하며 말했다.

"한편 범인 입장이 되어 보면 어떨까……. 돈 목적의 유괴에서 가장 큰 난관은 몸값을 받아 내는 거야. 유괴에 성공해도 몸값을 해결하지 못하면 전부 헛수고지. 경찰이 깔릴 것도 당연히 각오해야 해. 그런 가운데 성공적으로 몸값을 받아 내기 위해서는 어떤 열쇠를 쥐어야 할까……."

"열쇠요?" 혼다가 아리송하다는 듯이 말하고는 코로 숨을 푹 쉬었다.

"그래, 이것을 유괴단과 우리의 대결이라고 생각하면 이해하기 쉽지. 우리가 유리하다고 생각해도 이쪽에 붙어야 할 사람을 상대편이 포섭했다면 형세는 도리어 불리하다고 할 수 있다."

"그러면 인질 가족—다시 말해 미즈오카 사장이 열쇠입니까." 혼다가 물었다.

"그렇지." 마키시마가 고개를 끄덕였다. "몸값을 주고받는 현장에서 건네는 쪽이 아군이라면 받는 쪽에게 이만큼 든든한 게 없지. 아군이라는 소리는 원하는 대로 움직여 준다는 뜻이다."

아키모토가 마키시마의 이야기를 곱씹듯이 신음했다. "미즈오카 사장은 표면적으로 수사에 협력하는 태도를 보여도, 몸값을 전달하는 현장에서는 오히려 범인이 무사히 몸값을 가져가 거래가 성사되도록 온갖 수단을 다 쓰려 할지도 모른다, 이 말이군요."

"경찰에게 맡기기보다 몸값을 성공적으로 건네는 편이 아들이 돌아오는 지름길이라고 생각한다면, 그런 짓을 해도 이상하지 않다는 거지. 무엇보다 미즈오카 사장은 범인들과 사흘 동안 함께 지냈다. 그 관계성이 아직 꼬리를 물고 있다고 봐야 해."

"몸값 전달 현장에서 범인이 우리의 허를 찌를 만한 방법을 짜내, 미즈오카 사장까지 거기에 가담한다면 우리는 손 놓고 당할 수밖에요." 혼다가 씁쓸하게 말했다. "대체 어떤 수법으로 나올 작정일까요?"

"반대로 말하면." 마키시마가 말했다. "미즈오카 사장을 확실히 우리 편으로 포섭만 한다면 형세는 역전할 수 있다."

"그렇군요. 범인이 가진 비장의 무기에 미즈오카 사장이 협력하는 형태라면 사장은 이미 내용을 어느 정도 알고 있을 테니까요." 혼다는 책상을 탁 두드리고 말했다. "우리 편으로 끌어들여 내용을 알 수 있다면 저쪽 비장의 무기를 원천 봉쇄할 수 있겠어요."

"그렇게 생각하면 무라세의 역할이 중요하군요."

마키시마가 무라세에게 무리하게 움직이게 한 이유를 뒤늦게나마 납득했는지 아키모토가 말했다.

"그렇지, 그 녀석이 미즈오카 사장과 얼마나 거리를 좁히느냐에 따라 이번 작전의 성패가 달려 있다."

오늘은 아직 무라세에게 괜찮은 보고는 올라오지 않았다. 낮에는 업무를 방해할 수도 없어 끈기 있게 대기하는 것이 고작이니, 할 수 있는 일에도 한계가 있다. 그러나 몸값을 주기로 한 날까지는 그의 손으로 어떻게든 흐름을 이쪽으로 불러들이기를 바라고 있다.

"말씀드릴 기회를 놓쳤지만 이동 건은 요청에 따르지 못해 죄송했습니다." 아키모토는 정색하며 마키시마에게 고개를 숙이고 혼다에게도 눈인사하듯 눈길을 주었다. "저 역시 틀림없이 결정이 날 줄 알았습니다만."

"아니, 사정은 대강 알았네." 마키시마는 쓴웃음으로 응수했다. "자네가 사과할 일이 아니야."

"무라세까지 휘둘린 꼴이 되어 부끄럽습니다."

"나도 사전 협상이 서툴렀어. 자네와 같은 마음이네."

"아, 그래도 말이죠." 혼다가 의식적으로 명랑한 목소리로 말했다. "각자가 열심히 하다 보면, 이렇게 울타리를 뛰어넘어서 또 함께 일할 수 있으니까 됐지 않습니까."

"그렇군."

아키모토는 그 말에 고개를 끄덕이고 나서 덧붙였다. "무라세가 경부 시험에 합격하면 다음 이동 때는 바깥 공기를 마시게 하자는 이야기가 나올 겁니다. 제가 그때 강력하게 추천해 두겠습니다."

"흠……."

마키시마는 기대감을 겉으로 너무 드러내지 않도록 짧게 대답했다.

간밤에 메구로 역 근처에서 발견한 검은색 왜건은 압수해서 감식반이 조사를 진행했으나, 내부는 범인들이 한차례 청소를 했는지 장문이나 유류품 종류가 발견되지 않았다. 차 자체는 중고차를 동남아시아에 팔아치우는 업자의 차고에서 훔친 것으로 밝혀졌다. 그러나 어떤 인물이 어떻게 훔쳤는지는 여전히 오리무중이다.

왜건이 발견된 주차장 주변에는 방범카메라가 여러 대 있어 왜건에서 내린 남자가 메구로 역으로 향하는 모습도 확인됐다. 그다음도 JR의 협력을 얻어 개찰구와 승강장의 방범카메라 확인을 진행하고 있으나 야마노테 선 신주쿠·시부야 방면행 전철에 탄 남자가 어디에서 내렸는지는 아직 밝혀내지 못했다. 그 부분은 경시청 수사가 난항을 겪은 시나가와 사건과 완벽하게 일치했다.

유타를 유괴하고 미즈오카 사장을 풀어줄 때 사용한 차량들의 행방도 조사는 조금씩 진행되고 있지만 커다란 성과는 아직 없다.

"이만큼 주의 깊게 공을 들인 데다, 대여섯 명이 움직이고 있다면 몸값 삼천만 엔으로는 수지가 맞지 않을 것 같군요."

밤이 깊고, 야근 당번 몇 명을 대책본부에 남기고 돌아온 수면실에서 혼다가 농담이라도 하는 투로 그런 소리를 했다.

“어차피 몸값을 받고 나서 운반하기 쉬운 금액을 고려한 거겠지만, 한 사람당 오륙백만 엔이면 이만한 범죄의 위험에 걸맞나 싶은 기분은 남죠.” 아키모토는 그렇게 동조했다.

마키시마도 똑같은 부분이 걸렸다. 삼천만 엔으로 여겨지는 게 있다면 돈을 받은 뒤 운반법이다. 현장에서 어느 정도 떨어질 때까지 범인은 걸어갈 가능성이 크다. 그리고 손에 든 가방에 몸값을 담고 근처에 있는 동료에게 건네든 해서 수사의 눈을 따돌리는 방법도 고려할 수 있다. 삼천만 엔이라는 현찰 다발의 부피는 딱 무리 없이 그럴 수 있는 정도다.

그와는 별개로 삼천만 엔이 범인들이 만족할 만한 금액인가 하는 의문도 확실히 생긴다. 그 점은 그 점대로 검토할 필요가 있다. 범인은 삼천만 엔을 받고도 인질을 돌려보낼 마음 없이 제2, 제3의 요구를 염두에 뒀을지도 모른다.

“요즘 세상에 이런 엄청난 짓을 벌이지 않아도 머릿수가 대여섯쯤 된다면 보이스피싱 같은 돈벌이도 얼마든지 할 수 있을 텐데요.”

혼다의 이야기에 수긍하면서 마키시마는 생각했다. 범인들이 벌이는 범행의 대담함과 경찰 눈을 피하려는 주의 깊은 모습은 보이스피싱을 다루는 사기단 방식과 통하는 면이 있다.

정보화와 휴대전화 단말기 같은 디지털 도구가 낳은 요즘 시대 범죄자들 특유의 성질인 것일까.

아니면 범인 중에 보이스피싱을 하던 자가 있을지도 모르는 일이다……. 마키시마는 거기까지 생각하고는 그러나, 하고 의아해했다.

보이스피싱에 종사한 경험이 있다면 반대로 이런 유괴 범죄가 얼마나 효율이 낮은지 주판알을 튕겨 보면 간단하리라. 혼다의 말처럼 보이스피싱은 건수를 잡으면 한 사람당 오륙백만 엔쯤이야 며칠이면 기대할 수 있는 매상이다. 그들은 경찰에 잡힐 위험에 특히 민감하다. 위험과 매상의 크기를 저울질하면서 유괴로 돈을 벌려는 마음이 사라지지 않는다면, 괴짜라고 할 수밖에 없다.

대체 어둠 저편에는 어떤 놈들이 숨어 있을까……. 수사를 우세로 몰고 가려면 그 부분에 대한 판단도 신중히 해야 한다. 칠 년 전 유괴 사건에서 마키시마는 몸값 수수 현장에서 한 청년을 수상한 인물로 파악했다. 그러나 모습을 시야에 포착한 것만으로는 그 인물이 어떤 인간인지 이해할 수 없었다. 훗날 '와시'라는 1인칭으로 적힌 기괴한 범행 성명서를 보고서야 비로소 그 남자가 그만큼 굴절된 인간성을 지녔음을 알았다.

이런 범죄 행위를 어리석다고 단정하고 범인도 얕잡아 보면 뼈아픈 보복을 당하고 만다. 그러나 정체를 파악하지 못했다고 해서 공연히 두려워만 한다면 아무것도 보이지 않는다. 냉정하게 한 사람의 인간으로 범인을 보려는 시선 너머에 사건 해결의 실마리가 있다.

그런 의미로는 아직 이번 사건 범인들의 모습을 거의 파악하지 못했다. 어렴풋하게 보일 듯하면서 아무것도 보이지 않는 것은 역시 풀려난 미즈오카 사장의 증언이 충분하지 않기 때문이다.

그 점을 어떻게든 하지 않으면 몸값을 전달하는 날까지 손쓸 방법은 한정되고 만다.

어떻게든 해야 하는데……. 마키시마는 머릿속으로 그 생각만 하면서 이윽고 얕고 짧은 잠이 들었다.

9

"안녕하십니까."

밤새도록 조는 듯한 얕은 잠으로 간신히 몸을 쉰 가쓰토시가 침실에서 나와 거실을 들여다보니 가나가와 현경 형사 무라세가 딸 미도리와 장난을 치면서 아침 인사를 했다.

"좀 주무셨어요?"

"예, 뭐."

그렇게 긍정한 가쓰토시에게 무라세는 "그래요, 다행이네요."라고 대답했다. 싹싹한 말투지만 미도리에게 짓던 미소는 가쓰토시 쪽으로 시선을 옮겼을 때에는 이미 사라지고 없었다. 유괴 사건의 인질 가족에게 수사원으로서 바로 곁에 있는 입장을 충분히 분별할 줄 아는 남자로 보였다.

다만, 그저께보다 어제, 어제보다 오늘, 그의 태도에서는 딱딱함이 사라지고 형사가 수사의 일환으로 집에 있는 것이 아니라, 청년회의소 봉사자가 가쓰토시에게 닥친 재난을 알고 도울 일이 없는지 물으러 달려온 듯한 가식 없는 분위기를 풍겼다.

식탁에는 가쓰토시 가족 식사에 더해 무라세와 다른 형사 한 사람, 오쿠데라의 몫인 듯한 접시도 나와 있다. 부엌에서는 어제까지 아팠던 것이 조금은 나았는지, 아내 유미코가 아침을 준비하는 모습이 보였다.

"죄송합니다, 괜찮다고 말씀드렸는데 저희까지 아침을 얻어먹게 됐네요."

무라세는 그렇게 말하고 멋쩍은지 머리를 긁적인다.

"아닙니다, 불편해하시지 말고 드세요."

어깨를 움츠리고 면목 없어 하는 그의 모습에는 애교가 있어 가쓰토시도 함부로 대하는 데에는 저항감이 들었다.

오쿠데라처럼 파트너 형사는 몇 시간마다 교대했지만 무라세는 그저께 밤부터 줄곧 가쓰토시의 자택에 머물다 가쓰토시가 회사에 가면 함께하는 식으로 임무를 이어가고 있다. 침낭을 가져와서 자고, 가쓰토시 가족이 일어날 즈음에는 벌써 침낭은 치운 상태다. 떡 벌어지고 두툼한 풍채치고는 자신들이 신경 쓸 일도 만들지 않고, 잠깐 본부와 연락하고 오겠다며 나갔나 싶으면 셔츠를 갈아입고 산뜻한 모습이 되어 과일 같은 선물을 들고 돌아오기도 했다. 놀이 상대가 없어 짜증이 난 미도리와 놀아 주는 모습도 호감이 갔다.

하지만 가쓰토시는 무라세에게 유괴 사건에 대해 해야 할 이야기를 아직 전부 밝히지 않았다. 가장 중요한 몸값 전달 이야기는 새빨간 거짓말이었다.

"오늘도 출근하십니까?"

아침을 먹기 위해 식탁 의자에 앉아 스크램블드에그를 입에 잔뜩 집어넣으면서 무라세가 물었다.

"아뇨, 오늘은 별일 없으면 집에 있을 생각입니다."

어제, 이만한 사건이 일어나는 와중에도 기어코 회사를 나간 데에는 자리를 비운 동안 결제하지 못한 일도 처리해야 했지만, 몸값으로 오시타에게 요구받은 금괴 이십오 킬로그램을 준비하기 위함이 컸다.

경찰에게 이야기한 표면상의 몸값 삼천만 엔은 가쓰토시가 개인적으로 회사에서 빌리는 형태로 구로키에게 준비시켰지만, 그와는 별개로 그에게 그저께 밤부터 어젯밤까지 꼬박 하루 동안 금괴를 조달하게 했다.

그 움직임을 아는 사람은 구로키 말고는 상무 히로오카뿐이다. 히로오카는 아버지 시절부터 총무과장을 맡은 미나토당의 지배인 같은 사람인데, 경영 위기 때는 가쓰토시를 지원하는 형태로 정리해고책을 추진했다. 이번에도 사정을 안 히로오카의 지시로 신상품 프로모션 경비로 거래 은행에서 의심받지 않고 일억 엔을 찾을 수 있었다. 긴자의 야마다 귀금속에 연락해 일 킬로그램 골드바 스물다섯 개도 준비해 줬다. 그리고 구로키가 어제 오후, 긴자로 날아가 골드바를 구입해 왔다. 보고를 듣고 일단 한숨 놓은 가쓰토시는 금괴를 들고 돌아온 구로키와 형사들이 맞닥뜨리지 않게 할 요량으로 뒷일을 히로오카에게 맡기고 귀가했다.

가쓰토시는 그런 움직임을 비밀리에 추진하면서 몸값을 전달할 장소를 무라세에게 거짓으로 전했다. 내일 14시, 즉 오후 2시라는 시간은 맞지만, 장소는 범선 니혼마루 앞이 아니라 미나토당 본사 근처 요코하마 공원 분수 앞이다.

경찰은 아마도 내일 미나토미라이에 수사원을 동원해 몸값을 받으러 오는 범인을 기다릴 것이다. 그러나 그곳에는 아무도 오지 않는다. 표면적으로 몸값 전달은 불발로 그치게 된다. 하지만 인질인 유타는 풀려난다. 범인이 어떤 이유로 돈 받기를 포기하고 인질을 풀어 주기로 했다……. 경찰의 견해를 포함해 사람들에게는 그렇게 보일 것이다. 세간의 입이 험한 사람들이 어떤 소문을 쑥덕이든 간에 돈을 준 사실이 수면 아래에 감춰져 있는 한 가쓰토시 본인이 한 푼도 주지 않았다고 주장하면 끝날 이야기다.

가쓰토시는 대부분 오시타가 조언한 대로 움직이고 있었다.

그래도 그 행동에 갈등은 존재한다.

이것은 부조리한 범죄다.

가쓰토시나 유타는 아무리 생각해도 오시타의 대일본유괴단과는 아무런 인연이 없다. 어느 정도 업계에서는 알려진 오래된 기업 수장이니 돈을 움직일 수 있는 사람이라고 생각했을 것이다. 그리고 어린 자식이 있다는 점이 약점으로 움직였다. 고작 그만한 일로 표적이 됐다.

몸값을 내는 것은 묻지 마 범죄 같은 부조리한 범죄에 굴복함을 뜻한다.

가쓰토시는 자신이 정의감이 강한 인간이라고 자부했다. 젊은 시절부터 신문에 대대적으로 실리는 사건에는 혐오감밖에 느끼지 않았고, 남에게 말 못 할 떳떳하지 못한 짓은 하고 싶어도 하지 못하는 성격이다. 미나토당에 입사해서도 사회에 공헌할 수 있는 기업으로 만들고 싶다고 생각하며 일했다. 주로 상품개발이나 출점계획 부문에서 능력을 발휘해 온 가쓰토시에게 유통기한 위조 문제는 그야말로 아닌 밤중에 홍두깨 같은 이야기였다. 자신의 회사가 그런 부정을 저지른 것이 분하고, 사실임을 확인했을 때 가쓰토시는 눈물을 흘리며 영업부장을 꾸짖었다. 사장 자리에 올랐을 때에는 경영을 다시 일으키는 것은 물론이고 땅에 떨어진 회사의 이미지를 다시 한 번 높이고, 두 번 다시 사람들을 배신하는 불상사는 일으키지 않겠다고 가슴속에 맹세했다.

그런 자신이 또다시 세상을 기만하는 형태로 반사회적 인간을 이롭게 하는 짓을 해야 한다. 소중한 아들을 인질로 잡혀서 어쩔 수 없다는 것은 어떤 의미로 자신을 향한 변명일 뿐이다. 과거에 비슷한 유괴 사건에 휘말린 인질 가족은 경찰에 전면 협력해 그들의 수사에 모든 것을 맡겼다.

물론 경찰에 맡겨서 반드시 수사가 성공하고 유타도 무사히 돌아온다는 보장이 있다면 자신도 이런 선택을 하지 않는다. 경찰에 맡긴 과거 유괴 사건에서는 비참한 결말이 얼마든지 널려 있다. 그것이 사실이다.

유괴단 리더는 만난 적이 없었지만 가쓰토시는 오시타, 기노시타와 몇십 시간을 함께 지냈다. 얼굴을 감춘 상대이기에 그 인간성을 민감하게 느꼈다. 오시타도 기노시타도 결코 무지렁이 같은 인간이 아니다. 언동에는 어느 정도 지성이 배어 있고 바깥 사회의 사교 자리에 나간다 해도 붙임성 있게 행동할 정도의 사회적 상식은 갖춘 부류의 인간이다.

그러나 오시타는 협상 내용에 따라서는 상대에게 가차 없는 냉정함을 보이고 담담히 계획을 진행하는 사무적인 일면이 엿보였다. 기노시타는 기노시타대로 안쪽에 굴절된 깊은 원한을 품고 있는 게 조금만 다가가면 보일 듯한 인간이었다.

그런 남자들에게 자신이 뜻에 어긋나는 태도를 드러냈을 때, 과연 어떤 대응이 기다릴까……. 그런 생각을 하면 가쓰토시는 도저히 낙관적으로 생각할 수 없었다.

반대로 자신이 그들의 요구대로만 움직인다면 유타를 무사히 돌려보낸다는 약속은 틀림없이 이뤄지리라 예상됐다.

상황에 따라서는 유타가 풀려난 뒤, 경찰에게 사실을 이야기하고 수사를 돕는 방법도 할 수야 있다.

하지만 그래 버리면 수사력을 신용하지 못하고 일시적이라 할지라도 경찰을 기만한 사실이 드러나고, 그 사실이 사람들에게 알려져 언론도 호기심 어린 눈으로 대단한 추문처럼 다룰지도 모른다. 피해자이면서 회사 이미지를 실추시키는 이차 피해를 볼 수도 있다.

그렇게 생각하면 한번 뒷거래에 응하겠노라 마음먹은 이상 유타가 풀려난 뒤에도 경찰에게는 역시나 끝까지 시치미를 떼야만 한다.

정말로 그래도 괜찮은 건가…….

생각하면 할수록 가쓰토시는 자신의 마음속에 퍼지는 무거운 고뇌를 느꼈다. 유타가 유괴된 지 벌써 닷새다. 빨리 집으로 돌아오고 싶을 것이다. 빨리 집으로 돌아오게 해 주고 싶다……. 그러나 그런 생각과는 별개로 몸값을 건네기로 한 내일이라는 날이 오지 않기를 바라는 마음이 존재한다. 그야말로 몸이 찢기는 듯한 심정이었다.

아침 식사를 마치고 한동안 침실에 틀어박혀 침대 옆 일인용 소파에 앉아 업계지의 매상 보고를 펼쳐 봤지만 당연히 글자도 숫자도 머릿속에 들어오지 않았다. 미도리를 데리고 장을 보러 나간 유미코가 돌아와 잠시 쉬고 싶다기에 가쓰토시는 교대하듯 침실을 나왔다.

거실에서는 미도리가 무라세에게 그림책을 읽어 달라고 조르고 있었다. 처음에는 형사들의 삼엄한 분위기에 겁먹은 모습을 보였고, 지금도 교대로 연달아 나타나는 다른 형사에게는 낯을 가리며 다가가지 않지만, 줄곧 이 집에 눌러앉아 있는 무라세와는 친해진 모양이었다.

가쓰토시는 직접 딸과 놀아 줄 기분은 아니라서 무라세가 짜증내지 않는 것을 핑계 삼아 한동안 그대로 뒀다. 그러나 무라세가 그림책을 다 읽고 나자 역시 부모의 관심도 받고 싶었는지 미도리가 가쓰토시 곁으로 다가왔다.

"아빠, 놀자."

가쓰토시의 소매를 붙잡고 그렇게 보챈다.

"아빠는 일 때문에 공부해야 하니까 미도리 혼자 놀렴."

"에에, 엄마는?"

"엄마는 잔단다."

"깨워 줘."

"안 돼, 안 돼, 엄마는 피곤하셔. 오빠 방에 들어가도 되니까 인형 가지고 놀렴."

미도리에게 인형을 들려 유타 방으로 들여보냈다. 가쓰토시는 조용해진 거실로 돌아와 한숨 돌렸다.

"사모님이 아침에는 생각보다 괜찮아 보이셨는데 좀 어떠세요?" 무라세가 마음을 쓴다.

"걱정할 일은 없을 겁니다." 가쓰토시는 대답했다. "그저 잠이 부족한 거겠죠."

"그나마 미도리가 말을 잘 들어서 다행이군요. 처음에는 '아빠는 어떻게 된 거야? 오빠는 어떻게 된 거야?' 하며 난리였던 모양이지만."

"예."

자신이 돌아오기 전 일은 가쓰토시도 유미코에게 들었다. 자기 가족이 두 사람이나 한번에 사라져 버렸으니 미도리도 불안을 견디지 못했을 것이다. 그 작은 몸을 뒤덮은 불안을 생각하자 가여웠다. 그리고 유미코도 두 사람이 없는 시기를 잘 견뎠다. 지금 미도리가 울부짖어도 가쓰토시는 끈기 있게 달랠 만한 여유가 없다.

식탁에는 가쓰토시의 휴대전화가 놓여 있다. 만약 범인이 연락해 올 경우, 바로 녹음 등의 조치를 할 수 있도록 그렇게 해 달라고 무라세가 부탁했다. 직원들에게는 부주의하게 연락하지 말라고 해뒀다. 그 때문인지 오늘은 아직 어디에서도 전화는커녕 메일 착신도 없는 듯하다.

"미즈오카 사장님." 무라세는 격식을 차린 말투로 가쓰토시가 앉은 소파 맞은편에 앉았다. "드디어 내일이군요. 이 집에 네 사람이 다시 모일 수 있도록 저희도 어떻게든 노력하고 싶습니다."

이럴 때, 전혀 켕기지 않는 인질 가족은 어떻게 반응할까……. 똑바로 응시하는 눈빛에 가쓰토시는 그저 "잘 부탁드립니다."라고 작게 고개를 숙여 응하는 데 그쳤다.

"지금까지 저희에게 들려주신 얘기 말고 기억나시는 일은 없습니까?"

일단 생각하는 듯한 뜸은 들였지만 그저 보여 주기용 행동이었을 뿐이다. 가쓰토시는 천천히 고개를 내저을 수밖에 없었다. "없습니다."

"범선 니혼마루 앞에서 오후 2시는 틀림없군요?"

"예."

"그것 말고는요?"

"무슨 뜻이죠?"

"이를테면 경찰을 가까이 두지 말라든가."

"아아, 그야 당연히 그런 말은 했죠."

"경찰에게는 알리지 말라는 말은 하지 않았다?" 무라세는 주의 깊은 시선으로 가쓰토시를 바라본다.

"접근하게 하지 말라고 했는지 알리지 말라고 했는지, 거기까지는 잘……." 기억나지 않는다는 듯이 가쓰토시는 고개를 저었다.

"하지만 두 사람이 유괴되어 연락이 끊긴 시점에서 경찰이 개입한 사실은 범인들도 당연히 알았겠죠?"

"그렇군요……. 역시 접근하게 하지 말라는 의미의 말을 했던 것 같습니다."

"그게 답니까?"

"예?"

"범인들은 말로만 못을 박고 경찰이 오지 않을 것을 믿으며 몸값 거래가 성공하리라 확신할 수 있을까요? 달리 들은 말은 없었습니까?"

"잠복한 경찰을 발견하면 거래는 중지하겠다고 했습니다. 유타의 안전도 약속하지 않겠다고요……." 가쓰토시는 억지로 입을 움직여 그런 말을 짜냈다.

"그랬군요." 무라세가 고개를 끄덕였다. "경찰이 유타가 유괴됐다는 사실은 알더라도 몸값을 어떻게 전달할지는 파악하지 못한 채로 두라는 뜻이군요. 그러면 혹시 범인에게 경찰을 이런 말로 속이라는 이야기는 뭐라도 듣지 못했습니까?"

"아뇨……."

"예를 들어 자세한 전달 방법은 다시 전화로 알리겠다고 말해 두라든가."

"아아…… 그런 이야기는 들었습니다."

지나치게 작위적인 긍정이었나 싶어 후회했다.

"……지금 생각났어요."

얼버무리듯이 말했지만 그마저 부자연스러움을 부추기는 것만 같았다.

"니혼마루 앞이 대충 어떤 분위기의 장소인지 아십니까?"

"예, 작년에 유타를 데리고 배를 견학하러 간 적이 있으니까요."

그 경험 덕에 아무렇게나 말한 장소로 범선 니혼마루가 튀어나온 것이다.

그러나 대답 자체가 가쓰토시가 아무렇게나 둘러댄 사실을 대놓고 암시하는 듯한 느낌도 들었다. 무라세도 특별한 반응 없이 가쓰토시를 가만히 바라보았다.

"범인들이 이것저것 물었을 때에도 그런 이야기를 잠깐 한 적이 있어요. 그래서 그곳이 전달 장소가 됐을 수도 있겠죠." 가쓰토시는 그렇게 덧붙였다.

"오, 그렇습니까." 무라세는 그제야 맞장구를 쳤다. "간 적이 있다면 아시겠지만 거기는 주말이면 산책하는 사람도 웬만큼 많아요. 수사원이 뒤섞이기 쉽다는 얘기죠. 그리고 곳곳에서 내려다볼 수 있는 장소도 있으니까 감시하기 좋을 겁니다. 저희에게는 바라마지 않는 장소예요. 진심으로 그곳에 나타날 생각은 있을지 도리어 걱정이 됩니다."

"아마도 경찰은 오지 않을 거라 믿는 거겠죠."

"유타를 인질로 잡고 있으니까 미즈오카 사장님도 경찰에는 숨길 거라는 거군요. 하지만 경찰도 인질 수색에 목숨을 걸고 있다는 것쯤은 범인들도 알 겁니다. 그런 상황에서 사장님이 어딘가에 간다면 아무 말 하지 않더라도 알아서 수사원이 따라붙을 가능성이 있다는 것쯤은 상상할 법한데요."

"글쎄요, 거기까지는 저도……." 무라세의 의문을 끝까지 거짓말로 회피하기가 괴로워져서 가쓰토시는 두 손 두 발 들듯이 더 이상 대화를 포기했다. "저도 범인이 무슨 생각인지, 거기까지는 모르겠군요."

"혹시 범인이 그곳에 나타나지 않고 휴대전화나 다른 방법으로 어떤 지시를 내린다거나……."

무라세가 유도했지만 가쓰토시는 모르겠다는 듯이 고개를 가로저었다.

무라세도 전부 납득하지는 못한 얼굴이었지만 "그런가요."라고 자신의 기분을 마음속에 담아 두듯이 대답했다.

"이것저것 떠올려 주셔서 감사합니다. 범인들은 확실히 사장님이 자신들의 요구에 순순히 따르리라 믿고 있을 가능성이 크겠죠. 그런 가운데 저희 수사에 협력해 귀중한 정보를 알려 주신 점에 크게 감사드립니다."

이 말을 있는 그대로 받아들이면 되는지, 아니면 무라세 나름대로 꿍꿍이가 있는지 가쓰토시로서는 분간이 가지 않았다. 자신이 부도덕하기에 남의 말에 선입견이 생긴다.

"뭔가 또 생각나는 일이 있으면 알려 주십시오."

"예…… 알겠습니다." 가쓰토시는 모호하게 맞장구를 놓았다.

"저희로서는 당연히 사건 해결을 위해 최선을 다할 것을 약속드리겠습니다. 단, 제가 그렇게 말씀드린다고 해서 사장님의 불안이 가시지는 않겠지요."

"유타가 무사히 돌아올 때까지 당연히 마음은 편해지지 않을 겁니다." 가쓰토시는 솔직한 심정을 말했다.

무라세는 그 말에 크게 고개를 끄덕였다.

"그 불안이 바로 범인들의 승산이기도 합니다. 범인의 정체가 보이지 않고 일방적으로 인질을 잡힌 상태라 상대하기 어렵죠. 수사하는 입장에서는 그런 난점도 있고, 실제로 저희도 과거에 이런 유괴 사건에서 쓴맛을 보기도 했습니다."

요코하마에서는 육칠 년쯤 전이었나, 몸값을 주기로 한 현장에서 경찰이 범인을 놓쳐 유괴된 남아가 살해당한 사건이 있었다. 무라세는 그 사건을 이야기하는 것일까……. 슬쩍 그렇게 생각했지만 굳이 확인할 마음은 없었다.

"하지만 그런 사건도 전부 잘 새겨서 다음 사건은 반드시 무사히 해결하겠다는 심정으로 전념하고 있습니다. 저를 포함해 이번 수사에는 그런 사람들이 여럿 함께하고 있습니다."

다기찬 표정으로 이야기한 무라세는 일단 말을 끊고 눈을 내리깐 뒤에 어깨를 작게 으쓱하더니 다시 가쓰토시를 바라보았다.

"이런 말을 한들 무슨 소용인가 생각하실 수도 있겠군요. 그저 저뿐만 아니라 어떤 사람이 수사에 관여하고 있는지를 아신다면,

불안이 가실 정도는 아니라도 혹여 내일 일에 무언가 느끼시는 바가 있지 않을까 했습니다."

무라세는 그렇게 말하고 속으로 자신의 생각을 검토하는 것처럼 뜸을 두고 나서 납득한 듯이 고개를 살짝 끄덕이고는 다시 입을 열었다.

"괜찮으시다면 오후에라도 저희 수사 책임자를 이쪽으로 부르고 싶습니다. 어떠십니까. 내일 일로 불안한 점이 있다면 뭐든 털어놓으셔도 괜찮습니다."

"아뇨, 저는 딱히 형사님께 불만이 있다거나 미덥지 못하다는 생각은 전혀 없고요……."

오히려 무라세에게는 호감을 느꼈지만, 자신의 언동 어딘가에 어색함이 배어 나온 것일까. 그것이 무엇이든 경찰을 향한 불신감으로 받아들인 것이다……. 가쓰토시는 무라세의 제안을 그렇게 파악했다.

"감사합니다." 무라세는 잠시 표정을 누그러뜨리고 눈꼬리를 내린 뒤에 이야기를 이었다.

"그런 것이 아니라, 경찰아 부탁한다, 같은 한마디만이라도 괜찮습니다. 이번 수사 지휘를 맡은 사람은 마키시마라는 형사입니다."

"마키시마 씨……."

경찰에는 딱히 인연이 없지만 어디서 들은 것도 같은 이름이라 가쓰토시는 눈살을 찡그렸다.

"작년에 배드맨이라고 자칭하던 연쇄 살인마 사건으로 텔레비전 방송 〈뉴스 나이트 아이즈〉에 출연한 수사관인데……."

"아, 그 사람……."

가쓰토시도 그 방송 프로그램은 보았다. 텔레비전을 이용한 공개수사를 펼쳐 훌륭하게 범인을 체포했다. 사건 해결 전후로 상해 사건에 휘말린 영향도 있어서인지 그 이후로 매스컴에서는 자취를 감췄다. 그러나 장발을 포함한 독특한 풍모와 범인에게 말을 걸 때의 색다른 박력은 일개 시청자인 가쓰토시의 기억에도 강렬하게 남아 있다.

"저 개인적으로도 마키시마 수사관은 우리 현경에서 가장 존경하고 신뢰를 갖고 있는 경찰입니다."

무라세의 한마디에 가쓰토시는 등을 떠밀린 기분이었다.

자신은 내일 경찰을 속이려 하고 있다. 수사의 수장과 만나 봤자 걱정만 더욱 늘 뿐이다. 그렇다고 해도 다른 대답을 찾을 가능성이 있다면 만나야 한다. 거부하고 내일을 맞이하면 어딘가에서 후회할 것이다.

묻는 눈치의 무라세를 보고 가쓰토시는 마음을 먹었다.

10

무라세의 전화는 대책본부에서 대기하던 수사원이 받아서 마키시마에게 바꿔 줬다.

무라세는 미즈오카 사장에게 들은, 특별히 새로운 정보 없는 이야기를 보고한 뒤 「사장의 모습을 보건대 아직 중요한 부분을 이야기하지 않았고, 말해서는 안 된다고 생각하는 게 절실히 전해집니다.」라고 덧붙였다.

"그런가." 마키시마는 작게 끄덕였다. "아직 뭔가 감추고 있는 것 같은가."

「예.」 무라세가 대답했다. 「그래서 말인데요, 수사관님, 죄송하지만 오후에라도 이쪽에 오셔서 미즈오카 사장과 잠깐 이야기를 나눠 주실 수 없을까요?」

"미즈오카 사장이 그러기를 바랐나?"

「아뇨, 제가 권했습니다.」 무라세는 선선히 단언했다. 「임무를 통째로 맡기려는 건 아닙니다. 그저 사장의 마음을 움직이려면 그러는 편이 좋겠다고 생각했을 뿐이에요. 급할 때는 부모든 누구든 이용하라고 하는데, 저는 이 수사에서 비장의 카드는 수사관님이라고 봅니다. 그리고 바로 지금 비장의 카드를 쓰고 싶습니다.」

미즈오카 사장과의 거리를 좁혀야 이 수사의 열쇠를 쥔다고 판단하고 투입한 무라세는 말하자면 마키시마가 가진 비장의 카드였다. 그 남자가 도리어 자신을 이용하는 형세가 되자 마키시마는 쓴웃음을 지을 따름이었다. 그러나 무라세가 미즈오카 사장과 접촉해 그러는 편이 좋겠다고 판단했다면 그것이 현재 상황을 바꾸기에 가장 좋은 방법일 것이다.

"알겠네. 오후에 서둘러서 그쪽으로 가지."

마키시마는 그렇게 대답하고 전화를 끊었다.

오후에 야마테 경찰서 젊은 형사가 운전하는 경찰차를 타고 마키시마는 미즈오카 사장의 집으로 향했다.

미즈오카 사장의 자택은 아파트 6층이며 분양 물건을 임대로 빌린 집인 듯하다. 방 세 개짜리 집은 그럭저럭 넓고 깨끗했지만 특별히 호화롭지 않았고, 어린아이가 있는 가정 특유의 생활감이 곳곳에 넘쳤다. 창업자 집안 사장이라도 회사가 경영 위기에 처했던

적이 있기 때문인지, 살림에는 견실함이 엿보였다.

"이번 사건의 수사 지휘를 맡은 마키시마입니다. 인사가 늦어서 죄송합니다."

마키시마는 거실 소파로 안내받아 미즈오카 가쓰토시와 인사를 주고받았다. 폴로셔츠에 슬랙스를 입은 가쓰토시는 젊은 사장이라는 호칭이 어울릴 만한 피부의 탄력이 있었지만, 눈 밑에는 그리 순탄한 인생은 보내지 않았음을 드러내듯이 다크서클이 드리워져 있었다.

점심을 치우던 부인 미즈오카 유미코는 마키시마에게 차를 내며 짧게 인사하더니, 딸을 데리고 다른 방에 틀어박혔다.

"죄송합니다. 아내가 많이 피곤한 모양입니다."

가쓰토시는 아내가 함께하지 않는 것을 그런 말로 사과했다.

"이해합니다."

얼마나 마음이 아플지 그녀의 낯빛만으로도 알 수 있었다.

"사장님 몸은 좀 어떠십니까?"

"저는 아직 괜찮습니다."

"감금됐을 때 별로 주무시지 못한 것 아닙니까?"

"아뇨, 아마도 밤에 멋대로 움직이면 곤란했기 때문이겠지만, 수면제를 먹여서 한숨도 못 자는 일은 없었어요."

"구속되어 계셨죠?"

"예, 수갑을 채우고 다리도 묶였습니다. 밤에는 안대도 채웠죠.

하지만 수갑은 팔을 앞으로 해서 채웠기 때문에 안대를 벗으려고 하면 벗지 못할 것도 없었어요. 일어나서 깡충깡충 뛰어서 이동하려고 하면 하지 못할 것도 없었어요. 밤이면 놈들도 함께 자는 것 같았는데, 도주를 막으려는 수작이겠죠. 그러나 제가 도망치려 하지 않은 까닭은 안대와 수갑이 채워져 있었기 때문이 아니라 유타가 다른 장소에 감금된 상태였기 때문이에요."

"그랬군요."

이야기는 미즈오카 사장이 풀려난 날에 들었던 보고 내용과 대체로 똑같았다. 그 안에 감추고 있는 무언가가 달리 있어 보이지는 않는다.

"유타는 아직 돌아오지 못했습니다. 저희도 가슴이 아프고, 범인들의 정체를 밝혀내고자 수사에 전력을 다하고 있습니다. 그러나 유괴에 쓰인 자동차의 행방을 쫓아도 도중에 갈아타거나 타다 버리고 전철을 이용해서 도저히 추적이 어려워졌습니다. 해결의 가장 확실한 지름길은 내일 몸값을 전달하는 현장에서 범인을 잡는 거라고 봅니다."

몸값 거래 이야기를 꺼내자 미즈오카 사장의 표정이 희미하게 굳는 것이 보였다. 작게 목울대를 움직여 헛기침한다. 마음을 다잡는 듯한 모습으로 보이기도 했다.

"그리고 이 일은 사장님의 협력 없이는 해낼 수가 없습니다."

마키시마에게서 조금 떨어져 앉은 무라세의 고개가 끄덕하고 움직인다. 미즈오카 사장은 그 모습에 잠깐 시선을 움직였지만 표정에는 딱딱함이 남아 있고 거북해 보이기까지 했다.

"저는 제가 할 수 있는 일을 할 뿐이니까요." 그는 잠긴 목소리를 짜내듯이 대답했다.

"물론입니다. 몸값을 전달하는 현장에서 자연스럽게 행동해 주십시오. 그게 무엇보다 중요합니다. 나머지는 저희에게 맡기시면 됩니다. 현장에서는 범선 주변부터 앞 도로, 사쿠라기 초 역과 미나토마라이 역 부근까지 총 백 명 가까운 수사원이 깔릴 겁니다. 자동차와 오토바이, 경비 보트 등도 동원해서 물샐 틈 없는 태세로 현장을 포위할 예정입니다. 범인이 나타난다면 놓칠 일은 없습니다."

미즈오카 사장은 마키시마의 말에 조그맣게 고개를 끄덕였다. 마키시마는 납득한 것처럼 보이는 반응이 신경 쓰였다. 그는 몸값을 주고받는 현장에서 범인을 체포하겠다는 점을 이야기 중에 강하게 암시했다. 나타난 범인을 그 자리에서 체포할지, 감시만 하며 미행해서 감금 장소나 아지트를 밝혀낼지는 몹시 민감한 문제다. 나타난 범인을 그 자리에서 체포할 경우, 감금 장소나 아지트를 찾아내는 데 시간이 걸리는 상황이 생긴다. 유괴단의 다른 멤버가 움직임을 알아채면 경찰이 찾아내기 전에 도주할 수도 있고, 경찰 개입 보복으로 인질을 해칠 위험도 생긴다.

반면 몸값을 받으러 온 범인을 감시만 할 경우에는 미행을 들키거나, 범인이 경찰을 따돌릴 가능성이 늘 따라다닌다. 미행에 실패하고 두 마리 토끼를 다 놓치고 끝나 버렸을 때의 수사 측 타격은 가늠할 수 없다.

방침을 결정하는 사람은 본부장 소네지만, 소네는 단독범이든 복수범이든 일관되게 몸값 전달 현장에서 체포를 기본 방침으로 삼는다. 칠 년 전 '와시' 사건부터 한결같다. 나타난 범인의 신병을 재빠르게 검거하는 편이 수사하기 훨씬 쉽기 때문에 마키시마도 그 방침에 이론은 없다.

다만 인질 가족의 심경이라면 어떨까. 감시하면서 뒤쫓는다고 해도 감금 장소에 진입할 때에는 인질이 다치는 등의 피해가 미칠 위험은 따른다. 그러나 현장에서 경찰이 범인 한 사람을 체포해 버리면, 남은 범인들이 보복으로 인질에게 위해를 가할 위험성이 커지지는 않을까 우려한다 해도 이상하지 않다. 경찰 방침에 단호히 반대할지 말지는 별개로 쳐도 불안해지는 것은 오히려 자연스러운 일이며, 마키시마는 마음속 어딘가에서 그러한 반응을 대비하고 있었다.

미즈오카 사장은 경찰의 방침에 우려를 비치지 않는다.

그 점이 마음에 걸린다.

"범인 일당 중에 누가 온다고 했습니까?" 마키시마가 물었다.

"오시타 아니면 기노시타일 겁니다." 미즈오카 사장이 대답했다. "제 얼굴을 아니까요."

"오시타도 기노시타도 이십 대 후반에서 고작해야 서른 전후라고 하셨죠? 두 사람 다 키는 백칠십오 센티미터 전후고 날씬한 체형…… 두 사람은 비슷합니까?"

"아뇨, 닮지는 않았어요. 겉모습이 어떻게 다른지 설명하기는 좀 어렵습니다만. 기본적으로 그들은 복면 모자에 선글라스를 끼고 있었고요. 하지만 가까이 있으면 차이는 금방 알 수 있습니다."

"인간적인 인상이 다르다는 소리십니까?"

"예, 그렇죠. 오시타는 범죄에 익숙한지 언동에 여유가 있었어요. 그리고 계획을 수행할 때면 용서가 없고 냉소적인 면모를 드러냈습니다. 기노시타는 행동거지는 주변에 흔한 젊은 회사원과 다를 바 없는 남자지만, 마음속에는 어두운 원한 같은 것을 담고 있는 듯한 구석이 있었습니다."

"그렇군요."

얼굴을 숨긴 탓에 도리어 남자들의 성격이 두드러졌는지도 모른다. 미즈오카 사장이 말하는 두 사람의 인간성은 그가 피부로 느낀 진실미가 담겨 있어 보였기에 마키시마는 그대로 받아들여도 되는 정보로 판단했다.

"그들은 이번 유괴 계획에 자신감이 있어 보이던가요?"

"그렇게 보였습니다." 미즈오카 사장은 대답했다. "올해는 일본 유괴 사업 원년이 될 거라고…… 큰소리치더군요."

유괴범의 지나치게 사람을 우습게 보는 주장에 어이가 없어 마키시마는 절로 무라세와 얼굴을 마주 보았다. 무라세는 입을 뾰로 통하게 일그러뜨렸다.

"엄청난 호언장담이군요." 마키시마는 그렇게 말하고서 유괴범이 보인 자신감의 원천을 탐색하고 싶어졌다. "그러고 보니 그들 '대일본유괴단'은 2월에 시나가와 유괴 사건을 일으켰는데, 그 사건 이야기는 하던가요?"

시나가와 사건에서는 스도 히토시의 딸을 유괴하지 못하고 어쩔 수 없이 계획을 단념했고, 그 때문에 이번 범행에는 범상치 않은 투지를 불태우고 있다……. 마키시마가 단순히 머릿속에 그린 범인들 모습은 그러했다.

그러나 미즈오카 사장은 선뜻 마키시마의 예상한 대답을 제시하지 않았다. 범인들과의 대화를 떠올리고 있는 건지, 아니면 무엇을 어떻게 이야기할지 신중하게 고민하는 중인지, 뜸이 생겼다.

미즈오카 사장은 마키시마가 고개를 살짝 갸웃하며 재촉하고서야 간신히 입을 열었다.

"그러고 보니…… 범인들은 자신들에게는 시나가와의 실적이 있다는 식으로 말했습니다."

"실적?" 마키사마가 눈살을 찌푸렸다. "범인들이 그렇게 말했습니까?"

"예." 미즈오카 사장은 고개를 끄덕였다.

"범인들은 어떤 의미로 말했을까요. 경찰에게 잡히지 않은 사실을 실적이라고 말한 겁니까?"

"아뇨, 몸값을 성공적으로 받았다는 의미입니다."

"범인들이 그렇게 말했다고요?"

"예."

마키시마는 가만히 생각한 뒤에 질문을 이어나갔다.

"어떻게 몸값을 받았다고 하던가요?"

"그건……." 미즈오카 사장은 눈을 내리뜨고 고개를 저었다. "기업 비밀이라는 식으로 말했습니다."

인질 가족이 경찰에 전부 협력하지 않은 채 몸값과 관련해 약속한 사항을 숨기고, 범인에게 유리해지도록 움직이는 마법이 있다 치고, 범인들이 감금한 사흘 동안 미즈오카 사장에게 그 마법을 걸었다고 한다면, 마키시마는 트릭 한 가지를 발견한 기분이었다.

"사장님." 마키시마는 마법을 풀기 위해 단호히 말했다. "시나가와 사건에서는 몸값을 빼앗기지 않았습니다."

미즈오카 사장은 고집스럽게 고개를 내저었다.

"경찰이 모르는 곳에서 몸값을 받았다고 했어요."

마키시마도 물러서지 않았다.

"그들은 어떻게 받아냈다는 중요한 부분을 밝히지 않았죠? 그 말인즉슨 범인들의 허풍일 뿐이라 이 말입니다."

"아뇨, 하지만……."

미즈오카 사장의 시선이 갑자기 흔들렸다.

"시나가와 사건에 대해서는 저희도 경시청에서 정보를 제공받아 몸값 거래가 없었다는 사실을 확인했습니다. 시나가와 사건에서는 뷰티 웨이브의 스도 히토시 한 사람만 유괴되었다 그대로 사흘 뒤에 풀려났습니다. 처음에는 자택에 범행 성명 전화가 걸려와 회사와 몸값 협상을 하고 싶다는 뜻을 전달했습니다만, 그 뒤 회사에 다른 요구 전화는 오지 않았어요. 경찰이 사장과 함께 범인의 전화를 기다렸으니 그 점은 놓쳤을 리가 없습니다. 어린 딸이 한 명 있었지만 유괴되지 않았습니다. 이번 사건과 결정적으로 다른 점은 그 부분입니다. 아마도 범인들은 딸 역시 유괴하려고 일을 꾸몄지만 기회가 없어 결국 계획 자체를 포기한 게 아닌가, 경시청에서는 그렇게 보고 있습니다. 물론 유괴된 스도 히토시도 갑자기 풀려났을 뿐 범인들이 몸값을 받고 풀어 줬다는 사실은 확인되지 않았습니다."

"경찰이 모르는 곳에서 몸값을 받았다고 하던데요……."

"경찰도 바보가 아니니까 왜 인질이 풀려났는지, 혹시 뒷거래가 있지 않았는지 하는 선까지 관계자를 조사했을 겁니다. 당장은 알 수 없더라도 조사를 하다 보면 알게 되죠. 사건이 일어나고 두 달 가까이 지난 현재 시점에서 경시청이 그 가능성을 부정하고 있다는 얘기는 몸값 거래가 없었다고 봐도 무방합니다."

미즈오카 사장의 입에서는 반론의 말이 나오지 않았다. 그러나 표정에는 여전히 마키시마의 말을 믿어야 할지 말아야 할지 고민하는 듯한 낌새가 보였다.

"상황을 생각해도 몸값을 빼앗을 여지가 없어요." 마키시마는 다그치듯이 말했다. "범인들이 유일하게 자랑할 수 있는 점은 그 사건으로 체포되지 않았다는 사실뿐입니다. 단, 잡히지 않은 이상 사람들이 보기에는 사건의 진상은 밝혀지지 않았죠. 당사자인 만큼 무슨 얘기를 해도 그럴싸하게 들리겠죠. 그것을 역으로 이용해 몸값을 받았다고 우기는 겁니다."

미즈오카 사장은 괴로운 듯이 나직하게 신음했다. 얼굴은 창백하고 이마는 옅게 땀이 배었다.

"사장님." 마키시마는 미즈오카 사장을 부르며 몸을 내밀었다. "시나가와 사건에서 얻은 정보로 저희가 짐작하는 범인은 이렇습니다. 그들은 계획을 면밀하게 세우고, 여러 사람이 역할을 분담해 일을 맡아서 대담한 범행을 성공시키려 하는 반면에 경계심이 상당히 강하고 경찰에 잡힐 위험을 철저하게 피하려 하고 있어요.

범인들은 경찰의 그림자가 자신들에게 다가온다고 감지하면 계획을 포기하고 단숨에 도망칠 태세에 들어갑니다. 그러니까 이번 사건 수사도 몸값을 받으러 나타난 범인을 현장에서 체포하면 범인들 전체가 일을 중단하고 그대로 사건 해결과 유타의 구출로 이어질 겁니다."

"현장에서 범인을 잡는다고요……?"

미즈오카 사장은 마키시마가 몇 번이나 그런 뜻을 비쳤음에도 처음 이야기를 듣는 것처럼 화들짝 놀란 얼굴을 했다.

"그렇죠. 그것이 몸값 거래 현장의 저희 방침입니다. 몸값을 받으러 온 범인을 체포해 빠르게 조사해서 감금 장소를 자백 받고, 유타를 구출하기 위해 움직일 예정입니다."

"범인들은 여러 사람이에요. 그러다 만에 하나 유타에게 무슨 일이 생기면……."

"체포하지 않고 몸값을 받으러 온 범인을 놓아주고 미행해서 감금 장소를 밝히는 방법도 있지만, 범인이 돌아간 곳이 감금 장소라고 단정할 수 없습니다. 우선 이 방법은 미행에 실패할 위험이 적지 않아요. 운 좋게 감금 장소를 특정하더라도 그곳으로 쳐들어갈 때에는 역시 인질이 우발적인 사고에 휘말릴 위험성이 남으니, 어느 쪽이 안전하다는 법은 없습니다. 그렇다면 공격 태세로 나타난 놈을 먼저 붙잡고, 범인들의 기세를 꺾는 편이 유리하게 돌아갈 확률이 높습니다. 이번처럼 형세가 불리하다고 판단되면 도주로 태세를 전환하는 범인들에게는 매우 유효한 작전이죠."

"몸값을 받으러 온 사람을 체포하면 범인들은 포기할 거라고요……?"

"그렇다고 봅니다. 오시타든 기노시타든 누군가 붙잡히면, 범인들한테는 충격이 크겠죠. 더는 무리하게 계획을 진행할 여유도 없어질 테고, 하물며 인질에게 손을 대서 자신들의 입장을 불리하게 하는 짓은 어리석기 짝이 없는 행동입니다. 오로지 어떻게 하면 도망칠 수 있는지를 생각하는 것이 범죄자 심리예요."

미즈오카 사장은 명백히 고민하는 모습이었다. 역시 그에게는 경찰에는 이야기하지 않은 내용이 있는 것이다. 그러나 미즈오카 사장이 털어놓지 않는 이상 내용을 알 방도는 없다. 애가 탔지만 마키시마는 끈기 있게 기다리는 수밖에 없었다.

"제가 드릴 말은 지금까지 이야기한 내용이 전부입니다. 내일 잘 부탁드립니다."

오랜 시간 숨을 죽이고 생각에 잠겨 있던 미즈오카 사장이 고뇌의 표정을 그대로 지은 채 뱉은 말이었다.

"그렇습니까. 알겠습니다. 물론 저희는 해결을 위해 전력으로 대응하겠으니 사장님도 마음을 굳게 가지십시오."

결국 미즈오카 사장은 자신의 가슴속에 있는 것을 밖으로 꺼내지 않았다.

"설령 작은 것이라도 저희가 그 사실을 모른 채 내일에 임했을 때, 결과적으로 범인 측에 도움이 될 가능성은 충분히 있습니다. 이 범죄를 막지 않으면 그들은 반드시 다음 사건, 그다음 사건으로 돌진할 겁니다. 그때는 진짜로 이 사건이 그들의 실적으로 인용될지도 모르죠. 그것만큼은 어떻게든 막아야 합니다. 그러기 위해서는 저희와 사장님이 손을 잡고 내일 몸값 전달 상황을 맞을 필요가 있습니다."

마키시마는 그런 말로 자신들은 미즈오카 사장이 무언가를 숨긴다고 생각하고 있다는 사실을 대놓고 드러냈지만, 역시나 그의 마음에 있는 벽을 허물지는 못했다.

"내일, 현장에 가기 전에 다시 한 번 이야기를 나눠 보지."

마키시마는 아파트 앞에서 배웅을 나온 무라세에게 말했다.

"수사관님 말씀에 반응하는 것 같긴 했는데요." 무라세는 아쉬워했다. "아직 유괴단의 영향에 사로잡혀 있는 걸까요. 생각보다 훨씬 까다롭네요."

"아무래도 경찰에게 전부 맡겨도 유타의 안전을 완벽하게 보장받지 못한다는 점이 난관이겠지. 범인에게 순순히 몸값을 건네는 편이 무사히 풀려날 가능성이 크다고 보는 거야."

"그렇다면 미즈오카 사장이 숨기고 있는 것은 저희를 따돌리고 범인들이 감쪽같이 몸값을 가로채는 방법……이 되겠군요."

"틀림없이 그렇겠지." 마키시마가 말했다. "장소 이동인가, 아니면 우리의 허를 찌르는 소품이라도 있는 건가. 그걸 파악하지 못하고서는 아무리 포위망을 깐다 한들 범인들에게 한 방 먹을 위험성이 남아."

"조금만 더 하면 될 것 같은데 말이죠. 이게 정말 옳은 일인지 미즈오카 사장이 고민하고 있는 것은 분명하니까요. 저도 조금만 더 버텨 보겠습니다."

마키시마는 무라세의 말에 고개를 끄덕이고 차에 올라탔다.

"어땠던가요?"

마키시마는 대책본부 지령석에서 기다리던 혼다와 아키모토를 "흠……." 하고 내키지 않는 얼굴로 바라보았다.

"내일로 미룬다. 이대로는 위험할지도 몰라. 니혼마루 현장은 예기치 못한 사태에도 대응할 수 있을 만한 태세를 갖춰야 해."

"역시 장소를 옮기면서 저희를 따돌리려는 움직임이 있을 수도 있겠군요."

혼다가 하는 말에 아키모토도 "무슨 일이 생긴다고 치면, 물가니까 그쪽 관리도 더욱 강화할 필요가 있겠어요."라며 응수했다.

"배치를 손보자."

마키시마는 작전 인원 배치를 다시 짜기로 했다. 자동차와 오토바이 등을 늘리고 특수반 몇 사람은 그에 동승해 몸값 전달 장소 이동에도 대처할 수 있도록 해 둔다. 본부의 야마구치 마호에게 연락해 수상 경찰 지원에 잠수부를 추가하도록 지원을 부탁했다. 당일은 경비보트를 대기해 놓고 수상뿐만 아니라, 수중을 이용한 어떤 공작이 있더라도 어느 정도 대응할 수 있도록 해 두고 싶었다.

무슨 일이 일어날지는 알 수 없다.

그러나 무슨 일이 일어날 것이다……. 아마도.

"내일, 여기는 자네에게 맡기겠네."

마키시마는 지령석을 탁 두드리고 혼다에게 말했다. 마키시마는 아슬아슬한 시각까지 미즈오카 사장 곁에서 일어날 수 있는 일의 정체를 파악할 작정이었다.

"그렇게 나오실 줄 알았습니다."

혼다는 옅은 미소를 짓고 어깨를 작게 으쓱했다.

11

"그러니까 그 두 대는 연결할 수 없어!"

"뭐? 왜 못 해?"

"계열이 다르다고. 도쿠로오는 스컬 계열이고 블루 데빌은 데몬 계열이래도."

"진짜? 도쿠로오도 데몬 계열 아니야?"

"아니라고 했잖아."

아침부터 다케하루와 유타가 거실 소파에 나란히 앉아 휴대용 게임기를 들고 게임에 빠져 있다. 최근 이틀 정도는 유타도 아버지와 이야기할 기회가 없어져서 불안감이 더했는지, 이따금 훌쩍훌쩍 흐느껴 우는 모습을 보이기도 했지만, 그때마다 "이제 곧 돌아갈 수 있으니까 걱정하지 마."라며 다케하루가 기운을 북돋아 준

덕에 오늘은 기분이 나아진 것처럼 털털한 명랑함을 되찾았다.

도모키는 그런 모습을 흘끔 보고 부엌에서 커피를 탔다.

모든 것이 계획대로 진행된다면 유타는 오늘 몸값을 받은 뒤 무사히 풀어 준다.

계획대로 진행될지는 알 수 없다.

아와노의 말로는 고즈쿠에의 유료 주차장에 세워 둔 리스한 세단에 경찰이 접근한 흔적은 아직 없다고 한다.

그러나 미즈오카 가쓰토시를 유괴했을 때 쓰고, 운반책이 타다 버린 검은색 왜건은 아무래도 경찰이 찾아내 압수한 모양이다. 경찰도 필사적으로 범인들이 어디로 움직였는지 쫓고 있다는 소리다.

그래도 현재 시점으로는 아와노가 세운 계획은 경찰 위에 있는 듯하다. 아와노가 이번 운반책을 "운반책이 아니라 도주책."이라고 말한 것처럼 운반책은 차를 버리고 나서 다른 승객에 뒤섞여 야마노테 선에 타, 차량을 옮기면서 변장하고 어느 승강장에서 가세한 도주책에게 들어올 때와는 다른 표를 받는 등의 수법으로 상당히 공을 들여 도주했다. 그런 보람이 있는지 어느 운반책도 경찰에게 붙잡히지 않았다.

문제는 오늘이다.

경찰을 따돌리고 금괴를 받을 수 있을지에 모든 것이 달려 있다.

이와 관련해 아와노는 어제 시점에서 "반반이다."라고 말했다.

평소의 무표정한 말투였으니 낙관적인 견해인지 비관적인 견해인지는 알 수 없었다. 앞일은 어느 쪽으로 굴러갈지 읽을 수 없다는 의미로 말했는지도 모른다. 어느 쪽이든 신중한 자세임은 분명했다.

그 신중함은 경찰의 동향을 확인하고 내린 것인 듯하다.

"경찰은 미나토미라이의 배를 지킬 거야."

어디에서 가져온 정보인지 아와노는 그렇게 말했다.

"가쓰토시가 그곳이 몸값을 주기로 한 장소라고 했겠지."

아무래도 가쓰토시는 진짜 몸값 전달과 같은 시각에 미나토미라이의 범선 니혼마루 부근에서 몸값 거래가 있다고 경찰에게 말한 듯하다. 그러나 어째서 그런 정보가 아와노의 귀까지 들어왔는지……. 경찰에 내통자가 있다고 의심할 수밖에 없다.

아와노에게 그렇게 묻자 부정하지는 않았다. 하지만 경찰의 수사방침은 시시각각 달라지고 정보가 실시간으로 전해지는 상황이 아니므로, 그런 정보도 참고 정도로 들어 두는 것으로 인식하는 것 같았다.

경찰이 가쓰토시의 말대로 미나토미라이에서 허탕을 치고, 비서 구로키의 동향을 알아채지 못한다면 승부는 자신들 손을 들어 줄 것이다.

어떻게 될까…….

"그럼 야마시타, 다녀올게."

커피를 다 마신 도모키는 컵을 치우고 나서 다케하루에게 말을 걸었다.

"그래 기노시타, 조심해."

형제끼리 '야마시타', '기노시타'라고 서로 부르는 우스운 대화는 요 며칠 두 사람 사이에서 유행하는 놀이 같은 것이다. 쾌걸 조로 같은 수건 복면을 두르고 연극 같은 대사를 주거니 받거니 하고 있으니 더 우스꽝스러웠다. 다케하루의 말투에서도 오늘 찾아올 일확천금을 향한 기대감이 배어 있다.

도모키는 1층으로 내려가면서 수건을 풀고 주머니에서 꺼낸 데이토나를 손목에 찼다. 오페라글라스 등을 넣은 가방을 들고 현관을 나온다.

바깥은 햇살이 눈에 부실 정도로 쾌청했다. 현관 앞 돌계단을 내려가 창고로 변한 차고를 지나서 앞쪽 도로로 나왔다. 다케하루의 오토바이와 도모키의 스쿠터는 현관 옆에 있는 지붕 달린 자전거 주차장에 세워 뒀다. 비탈이라 집보다 약간 아래에 있는 차고는 아버지의 차를 처분한 뒤로 사용하지 않았다. 그러나 유타를 유괴할 때는 리스한 세단을 차고에 두고 주위를 신중히 살피면서 유타의 몸을 숨기듯이 셋이서 현관까지 옮겼다. 자전거 주차장은 비탈인데다 좁아서 자동차를 세워 둘 수 없다.

귀를 기울여 봤지만 2층에서 다케하루와 유타의 목소리는 새어 나오지 않는다.

옆집에서는 나이 든 주인이 차고에 세운 크라운을 세차하고 있다. 앞을 지날 때 시선이 맞아 도모키가 인사하자, 상대방도 아주 자연스럽게 인사를 받았다. 젊은데 무슨 일을 하는지 모르겠다고 생각할지도 모르지만, 이웃으로 산 지도 십여 년이라 특별히 수상쩍게 여기는 듯한 반응은 아니다. 사고뭉치에 십 대 시절에는 오토바이 엔진 소리로 이웃을 시끄럽게 하던 다케하루도 옛날과 비교하면 겉모습부터 차분해졌다. 설마 이 젊은 형제 집이 유괴 감금 장소인 줄은 생각지도 못할 것이다.

묘렌지 역까지 걸어서 전철을 타고, 모토마치·차이나타운 역에서 내린다. 혹시 몰라 모자와 마스크를 썼다. 토요일 차이나타운은 북적이고 고기만두를 들고 산책하는 가족이나 청년이 길에 넘쳐났다. 마침 점심때기도 해서 변두리의 작은 중국집까지 손님으로 가득했다. 도모키는 딱 한 자리 빈 카운터 구석에 앉아 덴신한(게살 달걀부침 덮밥./ 옮긴이)을 급히 먹었다.

식사를 마치고 차이나타운을 지나, 마침내 신록이 짙푸른 커다란 수목이 눈앞에 펼쳐지는 대로에 나왔다. 도로 건너편은 요코하마 공원이다.

도모키는 요코하마 공원의 녹음을 곁눈질하며 인도를 얼마쯤 걸어, 비즈니스호텔 간판을 확인하고 들어갔다. 엘리베이터에 타 12층에서 내린다. 1205호실 문을 두드리자 이윽고 안쪽에서 조용히 문이 열렸다.

어제부터 이 방을 빌린 아와노가 그곳에 서 있었다. 최근에는 편한 차림에도 익숙해졌지만, 오늘은 가장 아와노답다고 할 만한 검은 정장을 입었다. 문고리를 당긴 왼쪽 손목에는 브레게가 들여다보인다.

도모키는 이끌리듯이 자신의 손목시계를 보았다. 1시 십 분 전이다. 앞으로 한 시간 남짓만 지나면 눈앞의 요코하마 공원에서 몸값을 받는다.

도모키는 방 안으로 들어가 그대로 창가까지 걸어갔다. 트윈베드룸의 널찍한 방이었다. 아와노의 짐은 거의 아무것도 나와 있지 않지만 작은 테이블에 쌍안경 하나가 놓여 있다.

창문에는 얼굴 하나만 한 틈을 남기고 커튼이 쳐져 있었다. 도모키는 그 틈 앞에 서서 그곳에서 보이는 요코하마 공원을 시야에 담았다.

신록의 나무들이 앞쪽 정원을 뒤덮듯이 펼쳐졌다. 녹음은 안쪽을 향해 서서히 밀도가 옅어지고 중앙 부근에서 빠끔히 지면이 들여다보인다. 나무가 사라진 부근에 분수가 있다. 다시 말해 이 창문으로는 나무에 방해받지 않고 딱 관찰하기 좋게끔 분수가 보였다.

안쪽 광장은 공원을 산책하는 사람들에 더해 프로야구를 관전하러 온 차림의 푸른 인영도 많이 눈에 띈다. 왼쪽에 있는 요코하마 스타디움에서는 2시부터 프로야구 주간 경기가 시작한다. 앞으로 사람이 더욱 많아지겠지만, 몸값 전달 시각인 2시에는 관객 대부분은 야구장에 들어갔을 테고, 분수 주위는 어느 정도 조용해질 것이라 예상했다.

“받을 수 있을까요?” 도모키는 기대가 담긴 질문을 던져 봤다.

“반반이야.” 아와노는 어제 물었을 때와 똑같은 대답을 했다. “아까 주변을 돌아다녔을 때 살핀 바로는 아무것도 없었어.”

경찰이 잠복하고 있을지도 모르는데 그곳을 돌아다녔나. 도모키는 아와노의 변함없는 대담함에 기가 막히면서도 경찰의 그림자가 전혀 없다는 사실에 은밀히 가슴이 뛰었다.

금괴를 뺏을 수 있지 않을까……. 그런 자신감에 가까운 생각이 불끈불끈 용솟음쳤다.

12

이날 아침 미즈오카 가쓰토시는 옷을 갈아입기 위해 욕실에서 침실로 되돌아가, 아침 준비로 자리를 비운 유미코의 휴대전화를 빌려 비서 구로키에게 전화를 걸었다.

가쓰토시의 휴대전화는 형사들이 착신을 감지하기 쉽도록 거실 테이블에 둔 상태다. 범인에게 전화가 온다면 녹음기에 연결할 필요가 있고, 통신회사의 전파 발신 상황을 조사해 상대방 위치를 탐지할 준비도 해야 한다. 지체 없이 모든 대응을 하기 위해서도 다소 번거로움을 참아 달라고 무라세가 부탁했다. 지인과 업무 관계자에게 전화가 올 때마다 무라세가 가쓰토시를 침실에서 불러야 하므로 가까운 사람들에게는 급한 용무가 아닌 한, 한동안 휴대전화로 전화를 걸지 말라고 말해 뒀다.

"여보세요, 나야, 미즈오카다."

「어, 아…… 사장님이세요? 안녕하십니까.」

구로키는 평소의 휴대전화 번호가 아니었기 때문인지, 잠시 망설이는 듯한 목소리로 전화를 받았다.

"그래." 가쓰토시는 짤막하게 인사를 받고, 바로 본론으로 들어갔다. "오늘 건, 잘 부탁하네. 자네는 아무 걱정하지 않아도 돼. 그냥 그걸 가지고 가서 말을 거는 남자에게 건네면 돼."

「알겠습니다.」 구로키는 순순히 대답했다. 「맡겨 주십시오.」

"흠." 가쓰토시는 고개를 끄덕였다. "내 쪽에서는 더 이상 쉽게 연락할 수 없으니까 뒷일은 부탁하지."

「알겠습니다.」

가쓰토시는 전화를 끊고 통화 기록을 지우고, 휴대전화를 원래 장소에 두고서 한숨을 한 번 쉬었다.

어젯밤에는 한숨도 자지 못했다.

가나가와 현경의 마키시마와의 대화가 미처 소화되지 못한 채 그 말을 떠올릴 때마다 불안과 의심과 죄책감 같은 온갖 감정이 들끓었다.

대일본유괴단을 자칭하는 오시타와 기노시타 일당이 실제로는 시나가와 사건에서 아무 실적도 올리지 못했고, 경찰이 마음먹고 강경한 수단으로 나가면 그들은 신변의 안전을 우선시해 그 자리에서 도주로 태세를 바꿀 것이라는 견해는 가쓰토시의 한쪽으로 기운 마음을 다시 흔들었다. 자신의 판단력이 오시타의 말에 지나치게 좌지우지되고 있었음을 깨달았다. 숨긴 사실을 말해야 한다……. 그런 생각이 강해지고, 목구멍까지 말이 올라왔다.

그러다 간신히 마음을 되돌렸다. 어쩌면 하려고 해도 나오지 않았다고 해야 할까…….

경찰에 아무리 승산이 있더라도 감금 장소에 진입할 때에는 유타에게 만일의 사태가 일어날 위험을 완벽하게 피할 수 없다. 그 점이 해결되지 않는 한 경찰 수사에 모든 것을 맡길 마음은 없었다. 순순히 몸값을 건네고, 범인들이 약속대로 유타를 풀어 주기를 기다리는 편이 상책이라는 생각을 자신 안에서 물리칠 수가 없다.

다만, 정말로 그것만이 이유인지는 스스로도 모르겠다. 마키시마가 돌아가고 나서도 무라세와 조금 이야기를 나눴다. 무라세는 진지하게 마키시마의 말을 따라 하듯이 자신들을 믿어 달라고 했다. 그 자세에도 가쓰토시는 마음이 계속 움직였다. 그런데도 여전히 범인들과 뒤에서 한 약속을 밝히지 못한 까닭은 단순히 한번 뱉은 거짓말을 정정해야 하는 저항감이 컸기 때문인지도 몰랐다.

과연 이대로 자신은 끝까지 거짓말할 수 있을까. 어떤 감정으로 몸값 전달 시간을 맞이할 것인가. 가쓰토시로서는 알 수 없었다.

“오늘은 현장에서도 되도록 가까이에 대기하고 있겠습니다.”

아침에 한 번 가쓰토시의 자택을 나갔던 무라세는 청재킷에 카고 바지를 입고 열 살은 젊어진 듯한 편한 차림으로 돌아왔다. 현장 주변을 산책하는 관광객에 뒤섞이는 작전을 하려는 것이다.

"현장에는 어떻게 가시겠습니까?"

"그건……." 특별히 생각하지 않았다. "택시를 부를까 합니다."

"회사 차를 준비하지는 않으신 거로군요?"

자칫하면 비서의 거동을 물을 만한 이야기의 흐름에 가쓰토시는 마음을 다잡았다.

"아뇨, 하지 않았습니다."

"그렇습니까. 마침 마키시마 수사관님이 그 전에 다시 한 번 이야기를 나누고 싶으시다니 함께 가시죠. 하지만 어디에서 범인들이 보고 있을지 모릅니다. 여기서는 혼자 나가셔서 택시로 야마테 경찰서로 가시는 편이 좋겠습니다."

"알겠습니다."

마키시마도 어제 이야기하는 모양새를 보아 뭔가 숨기는 것이 있지 않을까 의심하는 게 틀림없었다. 가쓰토시는 그런 눈으로 바라보는 사람과 다시 얼굴을 마주하기가 내키지 않는다. 그러나 한편으로는 정말로 이대로 뒷거래를 강행해도 괜찮을까 하는 생각이 여전히 응어리져 있는 것도 사실이다. 앞으로 바로잡을 기회를 남겨 두는 것은 어떤 의미로 최종적인 결단을 아슬아슬할 때까지 유보하는 행위나 마찬가지며, 그만큼 그동안 자신을 내몰지 않아도 되는 게 아닌가 싶었다.

"그럼 1시가 되면 택시를 불러 야마테 경찰서로 가 주십시오. 처음에는 잠시 주택가의 좁은 골목을 지나세요. 뒤에 오토바이 한 대가 따라붙을 건데, 저희 쪽 사람입니다. 그 외에 자동차나 오토바이가 계속 따라붙는 것 같으면 저에게 연락하세요. 저는 한발 먼저 야마테 경찰서에 가서 기다리겠습니다."

무라세는 그렇게 말하고 오쿠데라 형사를 남기고 먼저 나갔다.

점심 식사는 유미코가 만든 오므라이스를 절반쯤 배 속에 넣었지만 그 이상은 들어가지 않았다. 속 쓰림 때문에 위장약을 먹었다. 한동안 화장실에 틀어박혀 호흡을 가다듬고 침실로 돌아가 재킷을 걸친다.

"유타를 꼭 데려와. 범인에게 돌려 달라고 꼭 말해야 해."

유미코는 이제 그것밖에 바라는 바가 없는 것처럼 절박한 얼굴로 가쓰토시에게 말했다. 유미코는 경찰과 마찬가지로 가쓰토시가 몸값을 전달하기 위해 범인과 접촉한다고 믿고 있다.

"그래, 나도 알아."

그러나 가쓰토시가 접촉하든 말든 모든 것은 유타를 무사히 되찾을지에 달려 있다. 그것만 이룬다면 이 가정에도 이전 같은 평화로운 생활이 돌아온다.

삼천만 엔이 든 종이봉투를 들고 거실로 나간다.

"이제 전화는 제가 가져가도 되겠죠?" 휴대전화를 들고 오쿠데라에게 물었다.

“예…… 단, 모르는 번호나 발신자 표시 제한으로 걸려 온 전화는 범인일지도 모르니, 만약을 대비해 녹음해 주십시오.”

이 휴대전화로 오시타가 전화를 걸어 올 가능성은 없으므로 가쓰토시는 대충 대답했다. 1시가 다 된 것을 시계로 확인하고 택시 회사에 전화했다.

“다녀올게.”

어른들의 긴장감을 민감하게 느끼고 아침부터 말수가 적은 미도리의 머리를 쓰다듬고, 유미코에게 인사했다. 유미코는 “다녀오세요.”라는 말밖에 하지 않았다.

오쿠데라와 함께 현관홀까지 내려갔다. 택시가 도착하자 가쓰토시만 바깥으로 나간다. 오쿠데라는 현관홀에 남아 “지금 택시에 탔습니다.”라고 각 경찰서에 무전으로 연락했다.

택시에 타 야마테 경찰서로 가 달라고 했다. 무라세는 범인들의 미행을 신경 썼지만 가쓰토시의 행동이 거짓인 이상, 있을 수 없는 일이었다. 택시 삼사 미터 뒤쪽에 형사가 탄 듯한 오토바이를 확인했다.

야마테 경찰서에서는 길가에 무라세가 기다리고 있었다. 택시를 내리자마자 가쓰토시를 가드하듯이 좌우를 둘러보면서 다가왔다.

“경찰서 안에는 기자들이 있으니까 이쪽으로 오세요.”

무라세는 그렇게 말하고 가쓰토시를 경찰서 뒤쪽으로 데려갔다.

작은 주차장에 뒷면을 전부 선팅한 마이크로버스가 서 있었다. 무라세가 출입구 문을 열고 가쓰토시를 불렀다.

버스 안에는 마키시마가 있었다. 창문을 등지고 모니터가 늘어서 있고 어딘가의 영상을 비추고 있다. 마키시마는 모니터를 보던 눈을 가쓰토시에게 돌리며 "어제는 실례가 많았습니다."라고 인사했다.

"아닙니다. 저야말로 신세졌습니다." 가쓰토시는 어색하게 대답했다.

마키시마 옆에는 사십 대 후반쯤 됐을까, 안경을 쓴 마른 남자가 앉아 있다. 수사1과 과장대리 아키모토라고 했다. 무라세의 직속 상사다. 그 밖에도 젊은 형사 두 사람이 옆에서 모니터를 조정하고 있었다.

"이 버스는 현장 근처에 가서 수사반을 지휘하는 거점이 됩니다. 현장에는 행락객 등으로 분장한 수사원이 이미 스무 명 남짓 투입됐습니다. 몸값 전달 시간까지는 더욱 인원을 늘려 역과 도로, 바다 쪽까지 커버할 겁니다. 이 영상은 지금 현장입니다. 배와 박물관에 미리 설치한 카메라 말고, 수사원이 든 카메라로 촬영한 화상이 이리로 전달됩니다. 영상은 야마테 경찰서의 대책본부와 본부장들이 대기하고 있는 현경 본부 대책실에도 동시에 수신되고 있습니다."

가쓰토시는 가슴이 꽉 조이는 듯한 갑갑함을 느꼈다. 가쓰토시의 가짜 정보로 가나가와 현경이 총력을 다해 수사를 개시했다. 전날까지 말로 들은 것과는 달리 실제로 그것이 대대적으로 진행되는 모습을 눈앞에 두자 말로 표현하지 못할 견디기 힘든 기분이 북받쳤다.

"감금 중에 범인들은 복면 모자를 쓰고 있었다고 하셨는데, 납치당했을 때는 오시타와 기노시타도 맨 얼굴을 드러내고 있었죠?"

"예. 기노시타는 마스크를 쓰고 있었던 것 같지만 오시타는 안경만 쓴 상태였습니다."

"그런데 어떤 얼굴이었는지 기억은 애매하다고요……."

"감금된 방에 남자들 얼굴 사진이 잔뜩 붙어 있던 탓에 기억이 또렷하지 않습니다."

"만약 실제로 그 남자 얼굴을 보면 알 수도 있습니까?"

"그럴 수도 있겠지만, 확언할 수는 없어요. 이야기를 나누면 알겠지만."

"그렇군요. 직감적이라도 괜찮습니다. 촬영팀이 근처를 어슬렁거리는 의심스러운 사람을 비출 테니 혹시나 싶으면 알려 주시겠습니까?"

"……그러겠습니다."

마키시마는 무전으로 현장 촬영팀에 지시를 내린다. 이윽고 현장 영상 중 하나가 배를 견학하는 남자나 공원 안을 어슬렁거리는 남자들의 모습을 잡았다.

"이 남자는 어떻습니까? 이 남자는요?"

젊은 남자들의 얼굴을 잡을 때마다 마키시마가 낯이 익지 않는지 묻는다.

가쓰토시는 그때마다 "아뇨."라고 부정했다. 오시타나 기노시타가 이 현장에 올 리가 없다. 눈여겨 확인할 것까지도 없다. 십 분쯤 그런 행동에 동참하고 있는데 마키시마가 손목시계를 보고 슬슬 나가자고 아키모토에게 말했다.

"거점에서 각 국. 이제부터 몸값 전달 현장으로 이동합니다."

아키모토가 무전으로 말하고 버스가 출발한다. 이따금 무전 스피커에서 누군가의 목소리가 들렸지만, 마키시마 일행은 말이 없었다. 차 안에는 점점 더 긴장감이 차올랐다. 그러나 이 수사는 연극이다. 자신이 그들에게 가짜 정보를 줘서 그렇게 만들었다. 원래 같으면 가쓰토시 자신은 더 냉정한 심정으로 그들의 모습을 바라보는 게 자연스러울지도 모른다. 그런데도 그들이 자아내는 긴장감 속에 사로잡히고 말았다면, 몸값을 전달할 시각이 가까워지고 있기 때문이 아니라, 자신의 거짓말이 시시각각 결과를 확인할 때를 맞이하고 있다는 사실에 대한 두려움 때문이 아닐까.

아니, 그렇지 않다. 자신은 요코하마 공원에서 몸값을 무사히 전달할지도 신경 쓰고 있다……. 요코하마 공원으로 이어지는 니혼대로를 지나가는 차량 선팅 유리 너머로 바라보면서 그렇게 믿으려 했다. 그러나 요코하마 공원의 몸값 거래야말로 새빨간 거짓말처럼 현실감이 빈약하고, 그 자리에서 멀어져 미나토미라이에 가까워질수록 기분 나쁜 긴장감이 더했다.

마침내 범선 니혼마루의 돛대들이 오른쪽에 나타나고 그것을 지나친 곳에 있는 주유소로 들어갔다. 사용 허가를 받았는지 주유소 한쪽에 버스가 섰다. 시곗바늘은 1시 반을 지나고 있었다.

"거점에서 각 국. 방금 현장 근처 주유소에 도착. 미즈오카 사장도 동행. 시간까지 대기합니다."

아키모토가 무전으로 버스가 도착했음을 보고했다.

"현장에는 시간이 다 되면 나가실 겁니다." 마키시마가 가쓰토시를 바라보며 입을 열었다. "그때까지는 이쪽에서 수상한 사람을 체크해 주십시오."

"……알겠습니다." 가쓰토시는 잠긴 목소리를 짜냈다.

"미리 몸값 전달 시에 주의하셔야 할 점을 이야기해 두죠." 마키시마가 말한다. "사장님은 범인이 접촉해 오면 저항하지 말고 몸값을 건네면 됩니다. 그 뒤에 현장을 지키고 있는 수사원이 그놈을 체포할 겁니다. 동시에 그 모습을 어딘가에서 관찰하는 사람이 없는지도 체크합니다. 수상한 사람이 있으면 무전으로 서로 알리고 근처에 있는 수사원이 추적합니다."

마키시마의 말투에는 이미 임전 태세의 긴장감이 담겨 있어 가쓰토시가 참견할 틈은 없었다.

"문제는 범인의 접촉이 없을 경우입니다. 몸값 전달 현장에서는 때때로 이런 일이 있습니다. 특히 몸값 전달 장소를 변경하는 전화가 걸려오는 상황은 미리 대비해야 합니다. 미즈오카 사장님의 휴대전화로 걸려오거나 니혼마루 박물관에 걸려와 바꿔 달라고 부탁하는 경우를 생각할 수 있습니다. 현장에 경찰이 깔렸는지를 확인하거나 수사망에서 벗어나기 위해서 그런 수법을 쓰는 것이죠. 범인 일당의 일원이 현장 근처에서 상황을 지켜보는 경우도 있으니 저희도 일일이 사장님 곁에 가서 전화 내용을 물을 수는 없습니다. 그러니 그런 사태에 대응하기 위해 미리 이 손수건을 드리겠습니다."

마키시마는 그렇게 말하고 손수건 한 장을 내밀었다.

"범인에게 뭔가의 수단으로 새로운 지시가 도착했을 경우, 손수건을 주머니에서 꺼내 주십시오. 그러고 나서 박물관 안에 있는 화장실로 가세요. 손수건이 보인 것을 확인하고 무라세가 먼저 가 있을 겁니다. 그곳에서 무라세에게 범인의 지시를 전달해 주십시오."

"알겠습니다."

가쓰토시는 절대로 쓸 일이 없을 손수건을 받아서 안주머니에 넣었다.

"미즈오카 사장님."

마키시마는 몸을 내밀듯이 가쓰토시에게 얼굴을 가까이 댔다. 위압적인 눈빛이다.

"이 현장에서 어떻게 대응하느냐에 따라 사건의 흐름이 크게 바

겁니다. 이 사건은 아직 진행형입니다. 바로 지금 움직이고 있어요. 반대로 말하면 지금이라면 그것을 막을 수 있다는 소리입니다. 지금은 아직 범인들의 정체도 감금 장소도 모르지만, 일당 중 누군가 한 사람이라도 잡으면 단숨에 거기에 가까워질 겁니다. 수사의 절정이자 승부는 지금입니다. 저희는 그러기 위해 온갖 사태에 대응할 수 있을 만한 태세를 갖췄습니다. 단, 실제로 무슨 일이 일어날지는 모릅니다. 사장님, 저희에게 조금만 더 힘을 빌려주십시오. 어젯밤 이후에 범인에 대해 새로 떠오른 점은 없습니까?"

마키시마만이 아니라 무라세와 아키모토도 가쓰토시를 가만히 응시하고 있었다. 세 사람의 시선에 꿰뚫려 꼼짝할 수가 없다. 이마에 땀이 송골송골 맺힌다.

"사장님, 뭐든 상관없습니다." 마키시마가 압박하듯이 말한다. "그 몸값도 회사에서 빌리셨다고 들었습니다. 직원분들이 필사의 노력으로 일해서 만든 돈을 눈 뜨고 범인들에게 건네서는 안 됩니다."

마키시마는 가쓰토시가 뭔가를 숨기고 있음은 어렴풋이 눈치채고 있다. 그러나 거래가 가짜고 이곳에서 몸값을 건네기로 했다는 사실이 속임수라는 사실은 알아채지 못했다.

하지만 마키시마의 말은 가쓰토시 마음의 급소를 찔렀다. 요코하마 공원에 구로키가 가지고 간 금괴도 미나토당 사원들이 이를 악물고 만든 이익의 일부이며, 피와 땀과 눈물의 결정이다. 금액으로 따지면 가쓰토시가 들고 있는 삼천만 엔에 비할 바가 아니다.

경찰에게 끝까지 숨긴다면 금괴에 충당한 일억 엔은 뒷돈으로 처리될 것이다. 가쓰토시와 상무인 히로오카, 그리고 구로키 세 사람밖에 모르는 가운데 회사 돈을 세탁했다.

물론 가쓰토시가 사장으로 취임하고 나서 그런 금전 처리를 한 적은 없다. 배임이라 비난받더라도 어쩔 수 없는 일이다. 그래도 이 사태에서는 어쩔 수 없는 일이라 생각하고 결단했다.

그러나 정말로 어쩔 수 없는 일인 걸까……. 그 의문은 골똘히 생각해서는 안 된다. 의도적으로 굳이 생각하지 않으려 했다. 경찰은 이만한 패기로 수사하고 있다. 전부 맡기는 편이 좋은 결과로 이어지지 않을까…….

가쓰토시는 무의식중에 손목시계를 보았다. 2시까지 이제 십오 분도 남지 않았다.

"무슨……?"

마키시마가 그 행동을 수상히 보고 물었다.

"아뇨……."

이마에 맺힌 땀이 관자놀이에서 볼을 타고 흘러 떨어진다. 그 모습을 마키시마가 지그시 바라보고 있다.

「촬영팀에서 거점으로 확인 부탁드립니다.」

느닷없이 무전기 스피커에서 여성 수사원의 목소리가 흘러나왔다.

"확인 사항, 말해." 아키모토가 마이크에 응답한다.

「현장에서 사쿠라기 초 역 사이를 걷는 남자입니다. 미나토당의 종이봉투를 들고 있습니다.」

버스 안 사람들이 일제히 모니터 하나를 응시한다. 그곳에는 서른 살 전후의 남자가 종이봉투를 손에 들고 멍하니 걷는 모습이 비치고 있었다. 종이봉투는 분명히 미나토당 것이다.

"사장님, 어떻습니까?"

마키시마는 야마테 경찰서 뒤에서 모니터를 볼 때와 마찬가지로 낯이 익지 않는지 묻는다.

"아닙니다."

가쓰토시는 바로 대답했다. 관계가 있을 리가 없다. 아무리 보아도 근처 미나토당 가게에서 제품을 구입했을 뿐인 손님이다. 사쿠라기 초 역과 미나토미라이 역 앞에 미나토당 가게가 있다. 모니터에 비춘 남자는 아무런 죄도 저지르지 않은 듯한 평화로운 얼굴을 하고 걷고 있다.

그러나 가쓰토시가 단호히 부정해도 마키시마의 얼굴에서 긴장의 기색은 사라지지 않았다.

"저희 상품을 산 평범한 고객이에요." 가쓰토시가 덧붙였다.

마키시마는 가쓰토시를 흘끔 보았지만 그 말을 흘려듣듯이 모니터를 노려보고 있다.

"누군가 붙여." 마키시마가 아키모토에게 명령했다.

"그만하세요!" 가쓰토시는 저도 모르게 소리쳤다. "그저 평범한 손님입니다!"

아무 죄도 없는 손님이 미나토당의 과자를 샀다는 이유로 경찰에게 감시당하는 일이 있어서는 안 될 일이다.

"어떻게 확신하십니까?" 마키시마는 삼엄한 표정을 지우지 않고 묻는다.

"보면 압니다!" 가쓰토시는 감정적이 되어 대꾸했다. "우리 가게는 이 근처에도 있어요. 어쩌다 그곳에서 구입했을 뿐인 일반 고객이에요."

"범인이 표시 삼아 미나토당 종이봉투를 들고 나타나겠다는 이야기는 없었습니까?"

"없었습니다." 가쓰토시는 고개를 내저으며 거칠게 숨을 토해냈다.

마키시마는 가쓰토시와 모니터를 번갈아 바라보더니 이윽고 "패스해."라고 아키모토에게 지시했다.

"대상은 관계없다고 판단된다."

아키모토가 무전에 대고 말하고 스피커에서 「알겠습니다.」라는 대답이 돌아왔다.

가쓰토시는 거칠게 한숨을 쉬고 이마의 땀을 닦았다.

"괜찮으십니까?"

무라세가 걱정하는 목소리로 물었지만, 가쓰토시는 작게 고개를 끄덕이는 것밖에 하지 못했다. 쉽사리 진정되지 않을 수준까지 감정이 울렁였다.

마키시마를 나무랄 수는 없다. 가쓰토시는 제 잘못임을 알고 있었다. 자신의 거짓말이 현실을 크게 일그러뜨리고 미나토당 고객한테까지 민폐의 악영향이 미쳤다. 이 상황은 우연이 아니라 가쓰토시가 일으킨 이번 사태의 축소판이다.

미나토당은 유통기한 위조 문제로 많은 손님을 배신했다. 이미지는 땅에 떨어지고 여행 선물로도 답례품으로도 전혀 적합하지 않은 상품이라는 꼬리표가 붙었다. 공장 생산 라인은 멈추고 모든 것이 원래대로 가동하기까지 연 단위의 세월이 걸렸다.

그 부활의 첫 번째 원동력이 된 것은 가쓰토시의 사장으로서 수완이 아니다. 남은 종업원들의 노력도 아니다. 미나토당을 용서하기로 한 많은 단골이다. 조금 전 모니터 속 남자처럼 미나토당의 상품을 사고, 당당히 종이봉투를 들고 거리를 걸어 준 고객들이다.

그러나…….

가쓰토시가 하려는 짓은 그들을 다시금 속이는 일이기도 했다.

뒤에서 반사회적인 범인 일당과 내통해 금품을 건네고, 겉으로는 아무 일도 없었다는 얼굴을 관철하는 것이다. 아무리 하는 수 없는 일이라고 변명하려 해도 경찰이나 미나토당의 고객을 포함한 사회 구성원을 속이고 배신하는 행위라는 사실은 달라지지 않는다.

한 번도 아니고 두 번이나…….

대일본유괴단은 이번 거래에 성공하면 재미를 붙여 조만간 다음 표적, 그다음 표적으로 범죄를 더해 갈 것이다. 그러다가 언젠가는 경찰에 잡힐 날이 올지도 모른다.

그들이 체포되고 이 사건의 진실이 드러나는 날에는 세상 사람들은 그것을 어떻게 받아들일까. 시나가와 사건에서 몸값을 뜯기지 않았다면 이번이 그들의 첫 성공 사례가 될 것이다. 미나토당은 또다시 세상을 기만했다. 자기 자식이 소중한 나머지 독선적인 판단으로 범죄 집단을 설치게 하고 사회에 혼란을 야기했다……. 그렇게 받아들이지 않을까.

유타 또한 장차 자신이 어떻게 해서 살았는지 알았을 때, 과연 어떤 느낌을 받을까. 세상을 향한 양심의 가책을 느끼지 않고 당당히 살아갈 수 있을까…….

가쓰토시는 마음속 의문에 고개를 내저었다.

마키시마가 가만히 자신의 상태를 살핀다.

그러나 그들의 침묵이 가쓰토시의 입을 지독히도 무겁게 했다. 입을 열어도 말이 목구멍에 걸려 가쓰토시는 등을 둥글게 말고 신음했다.

"슬슬……." 무라세가 타임 오버라고 선언하듯이 손목시계에 시선을 떨어뜨렸다. "저는 먼저 현장에 가겠습니다."

그렇게 말하며 무라세가 일어난다. 이제 2시까지 십 분도 남지 않았다.

"자, 잠깐만요."

무라세가 출입구 문을 잡았을 때 가쓰토시는 간신히 말을 꺼냈다.

무라세가 돌아본다.

지금 솔직히 말해도 이제 제때 도착할 수 있을지 없을지 모를 시간이 됐다.

하지만 일단 입을 열자 이번에는 사실을 말하지 않고는 배길 수 없었다.

"여기가 아닙니다." 가쓰토시는 고개를 젓고 말했다.

"여기가 아니라니요?" 마키시마가 되물었다.

"몸값 전달 장소는 여기가 아닙니다." 가쓰토시가 대답했다. "사실은 요코하마 공원 분수 앞이에요. 비서인 구로키에게 전달해 달라고 부탁했습니다."

마키시마는 눈을 부릅떴지만 거듭 묻는 말투 자체는 침착했다. "시간은 몇 시죠?"

"똑같아요. 2시입니다."

그들은 일제히 시계를 보았다.

"아키모토!"

마키시마가 부르는 소리와 거의 동시에 아키모토가 무전기 마이크를 잡았다.

"출발해! 요코하마 공원!" 무라세가 운전석을 향해 명령했다.

13

"알겠습니다."

핸드백에 넣은 카메라 렌즈로 오가와 가쓰오를 비추던 마쓰타니 스즈코는 무전 마이크에 대답하더니 멍청한 놀이가 끝났다는 양 오가와를 촬영하던 일을 그만두고 코로 한숨을 내쉬었다.

"그야 당연히 관계없겠지."

스즈코는 혼자 중얼거리고 나서 오가와에게 "이제 됐대."라고 전했다.

"이제 됐습니까?"

오가와는 마키시마가 꼭 부탁한 지시라는 기묘한 역할이 한순간에 끝나 허탈한 심정으로 손에 든 미나토당 종이봉투에 시선을 떨어뜨렸다.

"대체 이게 무슨 의미가 있었던 걸까요?"

"글쎄." 스즈코는 어깨를 으쓱했다. "뭐, 너에게 주어질 정도니까 어차피 대단한 의미는 없었겠지."

"마쓰타니 씨, 너무하네." 오가와는 메마른 소리로 웃었다. "우리 쪽으로 이동하고 아직 얼마 되지도 않았는데 나를 엄청 잘 아는 것처럼 말하고."

"알고 싶지 않아도 이런저런 소문이 들어오니까."

"어떤 소문인지 모르겠지만, 나쁜 소문에는 타인의 시샘이 섞여 있다는 사실을 잊지 마세요." 오가와는 한마디 했다. "진실은 하나, 가나가와 현경 역사에 남을 배드맨 사건으로 본부장상을 받은 남자가 바로 이 오가와 가쓰오란 말입니다."

"예예."

4월부터 같은 부서로 배치된 스즈코에게는 아직 세 번 정도밖에 하지 않은 이야기인데, 그녀는 벌써 귀에 못이 박힐 만큼 들은 이야기라는 것처럼 아무렇게나 맞장구를 쳤다.

이전에는 현경 형사 분야의 힐링 담당을 자처하던 오가와지만, 배드맨 사건에서의 활약을 기점으로 지금은 수사 전력으로서도 빠지지 않는 사람으로 성장했다는 자부심을 은근히 가지게 됐다. 형사특별수사대에도 각 경찰서에서 새로운 인재가 추가되어 형사 경력으로 봐도 오가와는 중견 형사가 됐다. 새로운 인재에는 여성 형사도 있다. 마쓰타니 스즈코는 오가와보다 연상에 더없이 대범해 보이는 여자지만 또 한 사람, 고이시 아유미는 오가와 취향의 가련하고 귀여운 여자다. 주변 환경이 싹 바뀌었으니 의욕이 안 넘칠 수가 없다.

그러나 그런 오가와의 패기에 반해 아직 가동을 시작한 지 얼마 되지 않았음에도 특별수사대 안에서 자신의 지위가 일찌감치 떨어지는 듯한 기분이 들 듯 말 듯했다. 스즈코 같은 연상의 형사가 선배티를 내는 것은 둘째 치고 형사 경력도 연차도 아래일 이하라나 후루이 같은 후배들에게도 선배로서 대접받는 느낌이 들지 않는다.

이번 임무도 오늘 아침에 대장인 혼다가 멤버를 모아 "누구 오늘 손이 비는 사람 없나?"라고 물었다. 몸값 전달 현장의 작전이 기다리고 있는데 손이 비고 자시고가 없지만, 그 말에 이하라가 "손이 비는 사람이라면 오가와 형사 아닙니까."라고 대답했다. 그리고 혼다는 "그렇군, 오가와밖에 없겠어."라며 납득했다.

대책본부의 지휘를 맡은 마키시마에게 직접 내려온 임무라고 해서 오가와도 사쿠라기 초 역 개찰구 부근에서 대기하는 팀에서 벗어나 그 일을 받아들이기로 했지만, 어쩐지 개운치 않은 마음은 남았다. 그리고 명령받은 임무 자체도 미나토당의 과자를 사서 어슬렁거리며 돌아다니라는, 도무지 시원찮은 임무였다. 이런 일이면 후배 중 아무한테나 시켜도 되지 않았을까 하는 생각을 떨칠 수가 없다.

자신의 지위가 내려가는 기미인 것은 누군가 이상한 소문을 흘린 탓도 있는 것 같다. 최근에 들은 소문은 마키시마가 오가와를 어딘가로 보내려고 여러 경찰서에 타진했지만, 어디에서도 받겠다는 곳이 없어서 결국 특별수사대에 잔류할 수밖에 없었다는 이야기다.

오기와는 그 이야기를 웃어넘겼다. 그런 일이 있을 리가 없다. 자신은 본부장상을 받고 특별수사대에 크게 공헌한 남자다. 아마도 올 4월에 특별수사대에서 쫓겨난 선배들이 반쯤 질투로 흘린 유언비어겠거니 했다. 유감스럽게도 그들은 남 험담하는 모습으로 눈에 띈 반면 업무상으로는 큰 성과를 올리지 못했다.

오가와는 그들과 달리 자신은 말없이 행동하는 남자라고 생각했다. 그리고 마키시마는 그런 점을 좋게 보았다. 배드맨 사건 때도 "자네는 운이 따르는군."이라고 직접 칭찬해 줬다. 인력을 재정비한 특별수사대에 남은 데에는 그만한 기대와 신뢰가 있어서일 것이다.

그러니까 이상한 소문 따위 신경 쓰지 않고 특별수사대의 중견으로서 열심히 뛰자고, 그 어느 때보다 기력이 충만했다.

"하지만 이렇게 간단히 끝나 버렸으니 이제 어쩌면 좋지?"

자신에게 주어진 임무가 싱겁게 끝나 버려서 지금의 오가와는 모처럼 가득했던 기력이 울컥울컥 소리 내며 몸에서 새어 나가는 듯한 기분이다. 끝나고 나면 어떻게 하라는 지시는 듣지 못했다.

"글쎄." 스즈코가 아무래도 좋은 일처럼 대답한다. "수사본부로 돌아가서 미나토당 과자라도 먹지 그래?"

"진짜 무대는 이제부터잖아요."

"아니, 너는 정말로 이걸로 할 일이 끝난 것 같아. 대장님이 오가와는 절대로 현장에 가까이 가지 말라고 했으니까."

"그런 소리는 두말할 것 없이 혼다 대장님의 농담일 뿐이에요." 오가와는 일소에 부쳤다. "대장님은 정말로 농담을 좋아한다니까요. 진심으로 받아들이지 마세요."

"아, 벌써 시간이 됐네."

스즈코는 오가와의 말을 흘려버리고 손목시계로 시선을 떨어뜨리고는 니혼마루 쪽으로 발길을 돌렸다.

"저도 가겠습니다."

"안 따라와도 된다니까."

"그럴 수야 없죠."

스즈코의 말에 개의치 않고 뒤를 따른다. 현장에서는 고이시 아유미가 이하라와 팀을 짜고 커플을 가장해 니혼마루 앞 벤치에서 지키고 있을 것이다. 이하라의 역할을 맡고 싶었다는 생각을 하면서 잰걸음으로 걷다가 느닷없이 멈춰 선 스즈코의 등에 부딪칠 뻔했다.

"이게 무슨 소리야?"

스즈코는 무전 연락 소리에 귀를 기울이는 듯 보였다.

"뭔가요?"

오가와는 의아해하면서 겉옷 주머니에 넣은 무전 이어폰을 귀에 꽂았다.

그러자 긴박한 목소리가 귓가에 날아들었다.

「싸이카(경찰 오토바이./ 옮긴이) 팀은 요코하마 공원으로 즉시 출동하라! 싸이카 팀은 요코하마 공원으로 출동하라! 몸값 전달은 요코하마 공원 분수 앞! 반복한다! 몸값 전달은 2시, 요코하마 공원 분수 앞!」

오가와는 반사적으로 스즈코와 얼굴을 마주 보았다.

14

"저쪽은 유괴단의 리더가 돈을 받으러 온다고 했습니다. 만난 적은 없지만, 오시타는 늘 그 리더의 지시를 받았습니다. 그러니까 리더만 체포하면 저쪽은 무너지지 않을까 싶습니다……."

요코하마 공원을 향해 질주하는 지휘 차량 안에서 미즈오카 사장이 여태껏 입을 다문 반동처럼 숨을 헐떡이면서 떠들어 댔다.

입장이 아버지로서의 영역에서 벗어나지 않던 미즈오카 사장의 마음을 움직이는 데는 명문 제과회사의 사장이라는 공적인 얼굴을 자극할 만한 재료가 필요했다. 그런 생각으로 반칙이나 다름없는 수법으로 그를 흔들어 봤는데, 겉으로 드러난 사실은 마키시마가 크게 당황할 만한 것이었다.

"거점에서 현장 체포팀으로! 각자 택시 등을 이용해 요코하마 공원으로 서둘러 출동하라!"

싸이카 팀의 이동 개시를 확인한 아키모토가 다른 팀에도 이동을 명령한다. 그러나 2시까지 이제 삼 분도 남지 않았다. 지금 택시를 잡으려는 사람들은 늦는다.

"싸이카 팀에 함께한 사람은?"

"가와구치, 미노와, 이즈미가 동승하고 있습니다."

몸값 전달 장소 이동에 대응하기 위해, 일부러 특수반 중에서 몇 명을 현장에서 빼서 싸이카 팀 동승자로 대기시켜 뒀다.

"좋아, 세 사람을 요코하마 공원의 체포팀으로 해."

"알겠습니다!"

몸값 전달 현장에 제때 도착하느냐가 관건이다.

"몸값은 일억 엔 상당의 금괴입니다. 범인들이 준 검은 에코백 두 개에 나눠 담았습니다."

어둠에 가려진 범행 계획은 어떤 의미로 대일본유괴단이라는 이름에 어울린다 싶을 정도로 탐욕스럽고 대담했다.

"검은색 에코백을 싸이카 팀에 알려!"

마키시마의 지시를 받고 아키모토가 서둘러 출동한 싸이카 팀에 무전으로 연락한다.

「소네다. 뭐 하는 거야? 요코하마 공원에 제때 갈 수 있겠나?」

현경 본부 대책실에서 상황을 지켜보던 소네가 가만있지 못하겠다는 듯한 목소리로 물었다. 시계는 정확히 2시를 가리켰다. 마키시마가 탄 지휘 차량은 요코하마 공원으로 이어지는 니혼 대로에 접어든 참이었다.

"현재 서둘러 가고 있습니다!"

아키모토가 소네에게 대답했을 때 싸이카 팀에서 보고가 들어왔다.

「싸이카 팀 가와구치, 요코하마 공원에 도착했습니다!」

「싸이카 팀 이즈미, 도착했습니다!」

"분수 앞으로 서둘러! 검은색 에코백을 든 사람을 찾아!"

아키모토의 지시에 무전기 스피커에서 「알겠습니다!」라는 대답이 돌아왔다.

15

「유타, 아무것도 걱정하지 않아도 돼.」

"유타, 아무것도 걱정하지 않아도 돼."

「조금만 더 기다려 줘.」

"조금만 더 기다려 줘."

약속 시각이 시시각각 가까워지는 가운데 요코하마 공원이 바라다 보이는 방에는 아와노가 창가에 서서 기묘한 시간 때우기를 했다.

「아빠가 그 형 친구들이랑 많은 이야기를 나누고 있거든.」

"아빠가 그 형 친구들이랑 많은 이야기를 나누고 있거든."

IC레코더에서 들리는 소리는 미즈오카 가쓰토시의 목소리다. 일전에 감금하면서 아들 유타와 통화했을 때 녹음해 둔 것이다.

아와노는 조금 전부터 줄곧 가쓰토시의 목소리를 틀어 놓고는 성대모사를 하며 그대로 따라 하는 행동을 되풀이했다.

같은 사람이 아니니 음질은 미묘하게 다르지만, 아와노는 억양과 리듬, 목소리 톤을 절묘하게 포착해 가쓰토시의 말투를 점점 비슷하게 연기한다. 되풀이할 때마다 가쓰토시의 특징을 파악해서, 곁에서 들어도 이따금 가쓰토시가 이야기하는 듯한 착각에 빠질 정도였다.

「금방 돌아갈 수 있으니까.」

"금방 돌아갈 수 있으니까."

놀이로 하는 건지, 앞일을 내다보고 하는 일인지 도모키는 알 수 없다. 이제부터 있을 몸값 거래가 성공하면 이번 계획은 전부 종료된다.

아와노는 IC레코더를 멈추고 왼손에 든 쌍안경으로 눈앞의 요코하마 공원을 내다본다.

"구로키다."

아와노의 목소리에 도모키도 자신의 오페라글라스를 공원 분수 부근으로 돌렸다.

분수 너머에 정장 차림의 남자가 서 있다. 양손에 각각 검은색 에코백을 들고 있는 모습이 보인다. 이쪽에 등을 돌리고 있지만, 이따금 초조한 모습으로 돌아보거나 주위를 둘러보았다.

"경찰 냄새는 납니까?"

"아니."

아와노의 대답을 듣고 별안간 가슴이 쿵쾅거렸다. 지금까지는 불안한 마음이 컸지만, 이제 기대감이 불안감을 훨씬 웃돌았다.

오페라글라스에서 눈을 떼고 손목시계를 본다. 하루에 약 일 초 정도밖에 어긋나지 않는 크로노미터 규격의 정교한 기계식 시계는 2시까지 삼 분도 남지 않았다고 알리고 있다.

빨리 와라.

이쪽의 몸값 수령 역할에는 알선업자에게 소개받은 수령책을 고용했다. 착수금으로 백만 엔, 성공하면 사백만 엔을 더하는 고액 보수라 할 사람은 손쉽게 발견했다고 한다. 고작 가방 두 개 받는 데 그만한 보수가 들어온다는 것은 어느 정도 위험도 따른다는 뜻이지만, 돈이 필요한 인간에게는 눈에 보이지도 않는 위험은 제대로 상대할 가치가 없는 것이리라. 도모키로서는 성공하면 안전하게 사천오백만 엔의 몫을 얻을 수 있으니, 합계 오백만 엔의 수령책 비용도 전혀 아깝지 않다.

가쓰토시는 일개 수령책을 대일본유괴단의 리더라고 믿고 있다. 리더가 스스로 나올 정도로 유괴단은 이번 몸값 거래에 전부를 걸고 있다는 메시지를 그는 떠안았다. 거꾸로 말하면 그만한 믿음을 배신하면 어떻게 되겠느냐는 협박도 담겨 있다. 아와노의 일 처리는 꼼꼼하다.

그러나 아와노는 이 설정이 양날의 검이라고 했다. 가쓰토시가 용기를 짜내 리더를 잡으려고만 한다면, 유괴단에게 큰 타격을 주고 경찰 힘으로 사건도 해결할 수 있다는 기대를 바탕으로 행동하지 말라는 법은 없다.

그러니까 이것만큼은 뚜껑을 열어 보지 않으면 알 수 없다.

그 뚜껑이 곧 열린다.

도모키는 크게 숨을 내쉬고 수령책이 나타나기를 기다렸다. 오페라글라스가 포착한 구로키의 모습을 끈기 있게 응시한다.

손목시계로 시선을 떨어뜨리자 바늘은 2시 정각을 가리켰다.

빨리 와라.

"왔다."

아와노가 그렇게 중얼거렸지만 도모키는 누가 수령책인지 모른다. 오페라글라스를 천천히 움직이면서 구로키 근처에 있는 인물을 포착해 간다. 칙칙한 블루종을 입은 초로의 남자인가. 베이스타스(요코하마를 연고지로 둔 일본 프로 야구팀./ 옮긴이) 모자를 쓴 통통한 남자인가. 정장 차림의 키가 큰 남자인가…….

베이스타스 모자를 쓴 남자가 구로키에게 접근한다. 자세히 보니 마스크를 찼다.

이 남자다……. 도모키는 확신했다.

남자는 구로키에게 다가가 그 앞에 섰다.

두세 마디 대화를 나누는 듯한 뜸을 들이고는 구로키가 남자에게 가방을 건넸다. 남자는 양손에 가방을 들고 발길을 돌린다.

"해냈어……."

경찰의 움직임은 그럴싸한 움직임을 찾으려 해도 발견되지 않는다. 주위 사람들은 수령책의 존재는 전혀 신경 쓰지 않는 것처럼 제각기 걷고 있다.

수령책은 간나이 역 방면으로 걷는다. 총 이십오 킬로그램의 금괴를 나르는 일이니 발걸음은 가볍지 않지만, 그래도 착실히 현장에서 멀어진다. 이제 간나이 역에서 전철을 타고 그 안에서 금괴 보퉁이를 가지고 있던 배낭에 모두 넣고 차량을 옮겨 가면서 옷을 갈아입고 모자도 바꿔 쓰면 된다. 도주책의 요령과 마찬가지다. 최종적으로는 야마노테 선까지 이동해 철저하게 경찰을 따돌린다. 그 도중에 요코하마 역 화장실에서 아와노가 금괴를 전달받기로 되어 있다.

거기까지 하면 성공한 것이나 마찬가지다. 이 요코하마 공원에 경찰이 잠복하지 않은 상황에서 승산은 있었다.

수령책의 등이 분수에서 멀어지면서 도모키의 몸에서 긴장감이 천천히 풀리고 대신에 희열이 치밀어 올랐다. 미나토당을, 그 사장을, 힘으로 무릎 꿇게 했다. 기분이 나쁠 리가 없다.

"왔다."

아와노가 쌍안경을 들여다보면서 불쑥 작게 중얼거렸다. 그 말이 무슨 뜻인지 파악하지 못한 채 도모키는 한순간 흘려들을 뻔했다.

"레스틴피스."

이어서 들린 아와노의 혼잣말에 도모키는 오싹했다.

"뭐가요?" 잠긴 목소리로 물었다.

"경찰이다." 아와노가 대답했다.

말도 안 돼.

도모키는 오페라글라스를 다시 든다. 손이 떨리기 시작해 좀처럼 수령책을 포착할 수 없다. 침착하라고 자신을 타이른다.

어디지…….

간신히 수령책의 모습을 오페라글라스의 시야에 포착했을 때, 도모키는 수령책 뒤로 성큼성큼 다가가는 두 사람을 발견했다. 동시에 빠른 걸음으로 다가온 남자가 수령책 앞을 가로막아 섰다. 수령책이 걸음을 멈췄을 때는 뒤에서 따라온 두 사람이 그의 팔을 붙잡았다.

무심코 입에서 신음이 터져 나왔다.

"훌륭하게 모습을 감추고 있었군." 아와노가 마치 경찰을 칭찬하듯이 말했다. "아니면 아슬아슬하게 도착한 건가……."

아와노의 사전 정보에 따르면 경찰은 범선 니혼마루 부근에서 몸값 전달 상황에 대비하고 있었다. 당연히 가쓰토시의 증언을 근거로 했을 것이다.

그러나 아슬아슬한 시간에 그 증언이 위장임을 밝힌 것인가.

"어쨌든 이번에는 당했군."

무슨 영문인지 아와노의 말투는 마치 이 전개를 환영하는 것처럼 들리기까지 했다.

수령책은 세 형사에게 붙들린 채 우두커니 서 있다. 힘이 빠진 그 모습은 도모키의 심경과 일치했다.

거의 성공했다고 확신한 뒤였던 만큼 낙담이 컸다.

"저 남자…… 낯이 익어."

아와노의 말에 도모키가 화들짝 정신을 차렸다.

"네……?"

"머리 긴 남자."

수령책의 신병을 확보한 형사들 곁으로 나중에 도착한 두세 명의 남자들이 달려왔다. 그들도 동료 형사일 것이다.

그중에 머리가 긴 남자가 한 사람 있다. 체포한 수령책을 확인하고는 그의 다른 동료가 없는지 찾는 것처럼 주변을 둘러본다. 그 남자를 가리키는 모양이다.

"전에 아이 연쇄 살인 사건 수사로 뉴스에 나왔었지."

오페라글라스로는 얼굴까지 알 수 없다. 그러나 뉴스 프로그램에 출연한 형사는 도모키도 기억했다. 수사를 지휘하는 간부급 사람이었다.

이번에도 그 사건과 마찬가지로 가나가와 현경이 총력을 다해 수사망을 깔았다는 뜻인가.

장발의 남자가 한순간 올려다보듯이 고개를 들었다. 자신들의 존재를 알아챈 것이 아닐까 하는 착각을 느껴 도모키는 반사적으로 오페라글라스에서 얼굴을 뗐다.

물론 이 정도 거리에서 커튼 틈으로 바깥을 내다보는 도모키의 모습이 보일 리가 없다.

그러나 옆으로 시선을 옮기자 아와노는 쌍안경을 든 채 마치 시선이 마주치기라도 한 것처럼 입꼬리를 씩 올렸다.

16

요코하마 공원에서 체포한 범인은 곧바로 야마테 경찰서의 취조실로 보내졌고, 신문은 특수반 계장인 경보부 나가누마가 맡았다. 강력범 수사중대에서의 경력도 있고 취조 경험도 풍부하다는 이유로 아키모토가 추천한 기가 세 보이는 남자다.

체포한 범인 심문은 한시를 다투는 임무였다. 유타를 어디에 감금했는지 알아내서 그곳에서 소년을 구출해야 한다.

마키시마는 대책본부로 돌아와 취조 결과 보고를 기다리면서 감금 장소로 투입할 부대 편성에 착수했다. 큰 틀은 미리 만들어 뒀고 담당 수사원에게도 역할을 배당했지만, 다시 한 번 확인하면서 감금 장소에 따라 변형할 필요가 있었다.

그러나 특수반 정예로 구성된 현장투입반을 대기시키고 취조 결과보고를 기다려도, 좀처럼 감금 장소를 알아냈다는 보고가 없었다.

요코하마 공원에서 남자를 체포했을 때부터 사태가 심상치 않았다. 마키시마도 요코하마 공원에 도착하자마자 무라세와 함께 지휘 차량에서 나와 현장을 살폈는데, 남자는 아무 저항도 하지 않고 가와구치 이하 세 형사들에게 손쉽게 제압당했다. 에코백의 내용물 확인을 요구해도 "나는 아무것도 모른다. 부탁받아서 물건만 건네받았을 뿐이다."라는 말만 계속 되풀이했다.

미즈오카 사장은 요코하마 공원에서 몸값을 전달할 때 범인들의 리더가 온다고 들었던 모양이다. 사장은 범인들의 그런 강경한 자세 때문에 지시에 따라야 한다는 심리 상태에 빠졌던 것 같다.

그러나 현장에서 붙잡은 남자는 창백해진 낯빛으로 경찰에게 붙잡힌 충격을 숨기려 하지 않았다. 나이는 분명히 사십 대고, 시나가와 사건에도 나온 범인들 내 연장자 인물상과도 일치하지만 이만큼 엄청난 범행을 저지른 범죄 집단의 리더 같은 분위기는 전혀 풍기지 않았다.

취조를 시작하고 얼마 지나지 않아 나가누마를 보조하기 위해 붙인 특별수사대의 쓰네카와가 대책본부에 다급히 들어왔다.

"받은 짐은 3시에 요코하마 역 화장실에서 가죽장갑을 낀 남자에게 건네기로 약속돼 있었다고 합니다."

취조하던 남자의 신원도 아직 판명되지 않았고, 그가 유괴단의 리더인지 아닌지도 분명치 않은 상황이었지만, 시간도 마침 3시에 가까웠으므로 마키시마는 우선 그 정보에 대응하고자 요코하마 역의 지정 화장실에 수사원 몇 사람을 보냈다.

그로부터 한 시간 가까이 지난 뒤 쓰네카와가 다시 보고하러 나타났다.

"남자는 자칭 오하타 미치오, 사십오 세. 미쓰자와의 공동주택에 살고 있답니다. 독신으로 현재는 무직. 파친코 친구에게 알선업자를 소개받아 고토부키 초에 몇 번 가서 일용직 일을 얻었다고 하는데, 일주일쯤 전 일자리를 얻지 못한 날에 다른 알선업자가 말을 걸었고, 그것이 이번 일이었답니다."

선금으로 백만 엔을 줘서 평범한 일이 아닌 것 같기는 했지만, 물건만 받으면 사백만 엔의 성공 보수를 더 받을 수 있다는 이야기라 달려들었다고 한다.

"그래서 범인 내부의 다른 인물이나 사건에 대해서도 아무것도 모른다고 딱 잡아떼고 있습니다."

마뜩잖은 보고에 마키시마는 혼다와 얼굴을 마주 보고, 작게 고개를 끄덕였다. 일단 고삐를 늦추지 말고, 계속 엄중하게 추궁하도록 지시하고 보고에 맞춰 오하타의 집 수색영장 발부를 요청했다. 또한 공동주택의 정황을 살피기 위해 선발대를 몇 사람 지명해 미쓰자와로 보냈다.

"오하타의 이야기가 사실이라고 한다면." 혼다가 퉁명스럽게 입을 열었다. "이건 보이스피싱의 수령책을 잡은 거나 마찬가지일지도 모르겠군요."

"흠……."

정말 딱 그 꼴이었다. 범인들의 실루엣은 어둠 속으로 숨었고 놈들을 압박할 수단은 아무것도 잡지 못했다.

날이 저문 뒤에도 대책본부에 들어오는 것은 신통치 않은 보고뿐이었다. 요코하마 역으로 출동한 수사원들은 저녁까지 잠복하다가 지정된 화장실 부근에 가죽장갑을 낀 인물은 나타나지 않았다고 보고했다. JR의 협력을 얻어 화장실 부근에 설치된 CCTV 영상을 시간을 거슬러 확인했지만 역시나 헛수고로 끝났다고 한다.

오하타의 공동주택을 정찰하러 간 수사원에게는 집에는 전혀 인기척이 없고, 아이가 갇혀 있는 듯한 흔적도 보이지 않는다는 보고가 올라왔다. 그 뒤 영장이 나와서 집주인의 입회하에 집으로 들어갔지만, 역시 아무도 없다는 사실만 확인했다.

미즈오카 사장은 야마테 경찰서 안 별실에서 무라세와 함께 대기하도록 했으나 범인들이 사장의 휴대전화로 연락하는 일 역시 없었다.

밤이 되어 마키시마는 미즈오카 사장에게 상황을 설명했다. 이미 무라세에게 현재 상황을 대강 들은 듯했지만, 마키시마의 이야기에도 좋은 소식이 더해지지 않자 역시나 낙담한 기색을 감추지 못하고 초췌해질 대로 초췌해진 모습이었다. 그래도 범인들에게 어떤 연락이 올 가능성은 배제할 수 없으므로, 하루 이틀은 이대로 형사들을 곁에 두겠다고 양해를 구하고 경찰차로 집까지 데려다주기로 했다.

미즈오카 사장이 무라세와 함께 경찰서를 나가고 나서 마키시마는 저녁을 먹을 새도 없이 현경 본부로 갔다. 형사부장인 이와모토에게 본부장에게 보고하러 오라고 여러 차례 주문이 들어와 있었다.

본부장실에는 야마구치 마호가 함께했다. 좋은 소식이 없다면 나는 됐다며 이와모토가 동석을 꺼려, 마호가 대역을 맡았다.

"오늘 그 우왕좌왕하던 모습은 어떻게 된 거야."

소네는 본부장석 앞에 선 마키시마를 노려보며 날이 선 시선을 꽂아 박는다.

"직전에야 미즈오카 사장이 실제 계획을 털어놓았습니다."

"인질 가족에게 뒤통수를 맞고 범인들 뜻대로 휘둘린 건가." 소네는 그렇게 말하고는 "핫." 하고 어이없어하며 외쳤다. "머저리같이 뭘 하는 거야!"

"다만, 결과적으로는 몸값을 받으러 온 남자를 체포했고 당초 예상대로 성과를 얻었습니다."

"체포한 남자가 단순히 고용된 놈이었던 점은 그와 별개의 문제라는 뜻인가?" 소네는 책상을 주먹으로 치면서 마시키마를 날카롭게 쏘아보았다. "정말로 그런가?"

마호가 깜짝 놀라 어깨를 부르르 떨었다.

"내가 범인이고 몸값을 받는 데 누군가를 고용했다면 그 현장을 지켜볼 거야. 고용한 남자도 사장 비서도 범인의 얼굴은 모르겠지. 어디에서 보든 상관없어. 우리가 요코하마 공원이라는 사실을 빨리 알았다면 미리 그런 수상한 사람도 점검할 수 있었다. 내 말이 틀렸나?"

"가능성은 부정하지 않겠습니다." 마키시마가 대답했다. "단, 미즈오카 사장에게 몸값을 전달하는 현장을 속이게 한 것은 범인이 생각한 장치로서도 혼신의 한 수 아니었겠습니까."

"그러니까 덫에 걸려도 어쩔 수 없다는 소리가 하고 싶은가?"

"아뇨, 실제로 걸리지는 않았습니다. 하지만 그 한 가지 수를 공략하는 데 그만한 시간을 빼앗기고 말았습니다. 그 때문에 결과적으로는 요코하마 공원의 케어까지는 손길이 미치지 못했습니다. 그 일은 어떤 의미로 어쩔 수 없는 일이라고 생각합니다."

"자네 편한 대로 지껄이지 마!" 소네는 또다시 책상을 쳤다. "결국 너는 범인들에게 당한 것 아닌가? 이 소란은 그런 뜻이잖아! 아니야?"

"아직 승부는 나지 않았습니다." 마키시마는 냉정하게 받아쳤다. "오늘은 좋게 보면 서로 상처를 입고 비겼죠. 범인들도 몸값을 받지 못해서 아마도 지금쯤 이를 갈고 있을 겁니다."

"또 다른 승부처가 있다고 단언할 수 있나?" 소네가 얄밉게 입술을 일그러뜨렸다. "칠 년 전 일을 잊지 않았겠지. 범인들이 보복하면 어쩔 건가? 이번에야말로 네놈은 끝장이야."

마키시마는 입술을 깨물고 소네의 시선을 말없이 받아들였다. 그 순간, 칠 년 전 '와시' 사건 기억이 나타났다 사라지며 가슴에 따끔한 통증을 일으킨다.

몸값 거래는 중지됐지만 그때 같은 전개는 되지 않는다……. 마키시마에게는 그런 감이 움직이고 있다. 그러나 그런 말을 한다고 현실적인 보장이 될 리도 없고, 지금은 침묵으로 대답하는 수밖에 없었다.

"오늘 밤에는 자지 마. 목욕재계라도 하고 나쁜 뉴스가 튀어나오지 않도록 치성이라도 드려."

소네는 농담인지 진심인지 모를 소리를 하고, 마지막에는 손짓으로 마키시마와 마호에게 퇴실을 명령했다.

"하아." 마호는 엘리베이터에 타자마자 크게 한숨을 쉬었다. "부장이 함께 오지 않은 이유를 알았어요."

"다음부터는 과장님도 안 오셔도 됩니다."

"아뇨, 저는 괜찮습니다." 마호는 허세를 부리듯 대답했다. "하지만 특별수사관의 태연한 태도에도 놀랐어요."

"그렇게 보입니까?" 마키시마는 작게 어깨를 으쓱했다. "그래서 본부장님 말이 살벌해지는 거라면 신경 써야겠군요."

마호는 뜬금없이 웃음이 터진 듯한 소리를 내고는 웃을 때가 아니라는 양 표정을 다잡았다.

"유타가 무사한지는 본부장님 말씀대로 기도하는 수밖에 없네요."

"예, 하지만 이번에는 칠 년 전 같은 형태는 되지 않으리라는 예감이 듭니다."

엘리베이터를 내려 형사총무과로 돌아간다.

"칠 년 전에는 분명히 이른 아침에 인질의 시신이 발견됐죠. 이번에는 그때와 다르면요?"

"칠 년 전 사건은 단독범입니다. 미해결 사건이지만 저희는 그렇게 보고 있습니다. 이번 사건은 명백히 복수범이고, 공들여 계획을 짠 흔적이 있어요. 미즈오카 사장에게는 '올해는 일본의 유괴 사업 원년이다.'라고 호언장담했답니다. 아마도 이 범행 근간에 칠 년 전 사건은 없을 겁니다. 과거에 우리나라에서 있었던 많은 영리 유괴 사례도 그다지 관계없겠죠. 있다고 친다면 구리코 모리나가 사장 유괴 사건, 그리고 외국에서 빈발하는 유괴 사업 부류라고 생각합니다. 경찰에게 꼬리를 잡히지 않았다는 자각이 있는 한, 범인들은 채널을 찾아 새로운 협상을 준비할 공산이 커요. 반대로 꼬리를 잡혔다고 판단되면 지체 없이 인질을 풀어 주고, 새끼 거미가 흩어지듯이 사방팔방으로 도망치겠죠. 도망칠 수단도 마련해 놓았을 테니 돈벌이도 되지 않는 인질을 처리하는 일에는 손대지 않을 겁니다. 저는 그렇게 움직이는 놈들이라고 보고 있습니다."

"본부장님께서 말씀하신, 또 다른 승부처가 반드시 있다는 얘기군요."

"그렇게 생각합니다." 마키시마가 대답했다.

또 다른 승부처가 있다는 판단에 거짓은 없지만, 마호 앞에서 딱 잘라 단언할 정도로 확신이 있는 것도 아니었다.

이 세계에 절대는 없다. 와시 사건의 악몽이 여전히 머릿속을 스치는 마키시마로서는 더더욱 머릿속에서 최악의 가능성을 배제하지 못했다.

소네의 말을 들을 것도 없이, 이날 밤에는 잠들지 못했다. 조명을 반쯤 떨어뜨린 대책본부 지령석에 앉아 팔짱을 낀 채 가만히 밤이 새기를 기다렸다.

옆에서는 혼다가 함께해 줬다.

"어차피 간단히 정리될 사건은 아니라고 생각했어요." 혼다는 그런 말투로 사건의 전개를 받아들였다. "요코하마 공원까지 이른 것만으로도 오늘은 수확이 있었어요."

"그렇지." 마키시마는 눈을 감고 눈꺼풀을 주무르면서 대답했다. "그대로였다면 확실히 당했어. 하지만 결과가 나오지 않은 탓에 사장과의 사이에 새로운 응어리가 생겼을지도 몰라."

"오가와를 이용한 부분 말인가요." 혼다는 키득키득 웃었다. "하지만 사장도 실제로 중요한 사실을 숨겼고, 방법은 어른스럽지 못했을지언정 덕분에 진실을 밝혔다고 해서 불평은 하지 않겠죠."

날이 저문 뒤에 미즈오카 사장에게 현재 상황을 설명했을 때, 마키시마는 모니터로 보여 준 미나토당 종이봉투를 든 남자가 수사원 중 한 사람이었음을 넌지시 밝혔다. 사장은 불평하지 않았지만 그것은 사장 자신이 아직 현실에 마음이 따라가지 못한 증거이기도 했다.

"실제로 계획대로 범인과 사장이 뒷거래를 했다고 생각하면 오싹해요." 혼다는 그렇게 말을 이었다. "어쩌면 그래서 유타는 지금쯤 풀려났을지도 모르겠지만, 그 대신에 또 새로운 사건, 그다음 사건이 일어날 테니 말입니다."

그렇다. 유괴 사업 원년이라고 큰소리치고 있고, 범인들은 이런 범죄를 연달아 착수하겠다는 야심을 감추지 않는다. 그런 어리석은 속셈은 어떤 짓을 해서라도 무너뜨려야 한다.

그런 생각을 하면서 동시에 마키시마는 마음속에 싹트는 어떤 의심을 의식했다. 혼다의 말처럼 이번에는 하마터면 범인과 인질 가족 사이의 뒷거래를 허락할 뻔했다. 그렇게 되어도 이상하지 않았다.

그렇게 생각해 보면 시나가와의 유괴 사건에서는 과연 아무 일도 없었던 것이 맞는가 하는 의문과 맞닥뜨린다.

범인들은 미즈오카 사장에게 시나가와 사건을 자신들의 실적으로 들며 관록을 자랑했다고 한다.

경시청의 고토는 시나가와 사건에서 몸값 거래 가능성을 부정했다. 시나가와 사건에서 유괴된 사람은 스도 히토시 한 사람이고, 이번 사건과는 형태가 다르다. 마키시마도 아키모토의 보고에 고개를 끄덕였고, 미즈오카 사장에게도 그 사실을 전했다. 범인들이 거짓말로 자신들의 실적을 올리려 한다는 사실은 미즈오카 사장의 심경 변화에도 적지 않게 영향을 끼쳤을 것이다.

그러나 실제로는 어땠을까.

시나가와 사건의 성공 여부로 범인상을 어떻게 그릴지도 달라진다.

다음 움직임에 대응하기 위해서라도 이는 확실히 해 둬야 할 문제다.

고요한 밤이 밝고, 아키모토를 포함해 잠시 눈을 붙인 사람들이 대책본부로 돌아왔다. 결국 밤사이에 소년이 보호됐다거나, 어딘가에서 소년으로 보이는 시신이 발견됐다는 새로운 움직임은 전혀 일어나지 않았다.

혼다는 아키모토와 교대로 수면실로 들어가고 마키시마는 차를 타고 경찰서를 나섰다. 일단 자택으로 돌아가 뜨거운 물로 샤워를 하고 나서 경시청 고토에게 연락할 작정이었다.

17

「자네인가? 나야. 미즈오카.」

요코하마 공원에서 몸값 전달이 이루어진 그날 밤, 자택으로 돌아온 구로키 하루야의 휴대전화로 전화가 걸려왔다. 평소 미즈오카 사장의 휴대전화 번호가 아니었지만 예비 전화기일 것이다. 구로키는 이전에도 한 번 이 번호로 사장에게 전화를 받았다. 사장이 유괴단에게 풀려났을 때다.

"안녕하세요."

사장에게 부탁받은 몸값 전달 임무를 마치고 나서, 상대방이 경찰에 체포되고 구로키도 그 뒤에 야마테 경찰서에서 조사를 받는 등, 종일 여러 가지 일에 휘말린 탓도 있어 신경이 녹초가 됐다. 소파에서 꾸벅꾸벅 졸다가 받은 전화였다.

시계를 보니 자정이 다 됐다. 이런 시각에 사장에게 전화가 오기는 처음이지만 오늘 같은 날은 어쩔 수 없다고 생각했다.

「오늘은 고생 많았어.」

위로하는 말에 구로키는 "아뇨, 당치도 않습니다." 하고 몸 둘 바를 몰라 했다.

"유타는 아직 돌아오지 않았나요?" 신경이 쓰여 물어봤다.

「그래.」 사장은 실망감이 담긴 목소리로 그렇게 대답했다.

"그렇습니까……. 안타깝네요."

「유타가 돌아오지 않는 것을 생각하면 오늘 행동이 옳았던 건지…….」

고민스러운 듯이 사장이 말했다. 구로키에게 이렇게 고민을 털어놓는 일은 거의 없는 남자지만, 그만큼 약해져 있다는 표시일 것이다.

"결과적으로는 무사히 해결하지 못했지만, 경찰에 맡기는 것 자체는 틀리지 않았다고 봅니다."

구로키의 본심이기도 했다. 아들이 무사히 돌아오는 것을 우선하려는 사장의 마음은 이해하고, 비서로서 지시가 있으면 그대로 따를 생각이지만, 경찰을 속이고 뒤에서 거래에 응하는 것은 전달 역할을 맡은 자신도 반사회적 행위에 가담하는 듯해서 마음이 편치 않다. 오늘 거래에서도 금괴를 받으러 온 남자를 포위한 형사들을 보고 내심 안도했다.

「하지만 유타는 돌아오지 않았어. 맡기는 게 아니었어. 다음에 기회가 있다면 이번에는 고민해 봐야겠어.」

"범인들이 무슨 말을 했습니까?"

새로운 몸값 거래 지시가 있음을 밑바탕에 깐 듯한 사장의 말을 듣고 구로키는 그렇게 물어봤다.

「구체적으로는 아직이야. 하지만 범인들도 생각이 많겠지. 언제가 될지는 모르지만 자네도 마음의 준비는 하고 있어.」

"알겠습니다." 구로키는 고분고분 긍정적으로 대답했지만 덧붙이지 않고 배길 수 없었다. "사장님 혼자 너무 모든 것을 떠안으시다 건강을 해칠까 걱정입니다. 무리하지 마세요. 경찰의 수사가 앞으로 빛을 발할지도 모르지 않습니까."

경찰에게 맡겨야 한다는 의견을 너무 내민 것 같기도 하고, 주제넘은 짓에 질책이 돌아올까 마음의 준비를 했지만 사장은 「글쎄.」 하고 경찰을 향한 불신감만 드러냈을 뿐이다.

「어찌 됐든 자네에게는 또 도움을 받아야 해.」

"제가 할 수 있는 일이라면 그래야지요."

「중요한 연락은 이 휴대전화로 하게 될지도 몰라.」

평소 쓰는 휴대전화는 경찰이 통화에 눈을 번뜩이고 있기 때문이리라.

"알겠습니다. 이쪽 번호도 등록해 두겠습니다."

「잘 부탁하지. 수고해.」

"네. 끊겠습니다."

전화가 끊기는 것을 확인하고 나서 구로키는 휴대전화를 귀에서 떼고 지금 번호를 사장 연락처에 추가했다.

어쩔 수 없기는 하지만 사장의 목소리에는 배에서 나오는 듯한 평소의 생기가 없고 피로감이 질게 배어 있었다.

또 머지않아 경찰을 속이고 범인에게 금괴를 건네는 역할을 맡아야 하는 건가……. 그렇게 생각하면 마음이 무겁지만 자신을 거둬 준 사장의 부탁이다. 비서 자리에 있는 이상 잠자코 받아들여야 한다고 마음먹는 수밖에 없었다.

18

창밖으로 동이 텄다.

가쓰토시는 한숨도 눈을 붙이지 못한 채 더 이상 잠들기는 포기하고, 조금 전부터 계속 눈을 뜨고 있었다.

옆 침대에는 유미코와 미도리가 있다. 미도리는 자는 듯하지만 유미코는 역시 잠들지 않은 것 같았다. 몸을 뒤치거나 한숨이 새어 나오는 소리로 알 수 있다. 가쓰토시도 똑같다는 사실 역시 유미코는 알고 있으리라. 서로가 그런 줄 알면서도 두 사람 사이에 대화는 없었다.

어제 있었던 일이 머릿속을 맴돌았다.

범인들에게 속았다.

경찰에게도 속았다.

유타는 돌아오지 않았다.

후회해도 소용없지만, 가쓰토시는 자신의 판단이 타이밍을 포함해 최악이었노라고 생각했다.

경찰에게 맡기려거든 더욱 빨리, 하다못해 전날에 마키시마가 이 집을 방문했을 때 털어놓았어야 했다. 경찰은 명백히 가쓰토시가 무언가를 숨기고 있다는 사실을 알고 있었다. 몸값 전달 계획에 내막이 있다는 사실을 알아채고, 예측하지 못한 사태에도 대응할 수 있을 만한 준비를 하고 있었다. 덕분에 고백하고 오 분 남짓한 시간밖에 없었는데도 요코하마 공원의 몸값 전달 현장에 늦지 않았다.

더 일찍 털어놓았더라면 그 기동력과 수사력으로 다른 결과가 나왔을지도 모른다.

그러나 확실히 유타를 되찾을 생각만 했다면 그대로 요코하마 공원의 약속을 끝까지 숨겨야 했다. 그러면 유타는 지금쯤 이 집으로 돌아왔을 것이다.

유타만 생각해야 했다. 가족을 우선시하는 것이 무엇이 잘못이냐고 뻔뻔하게 나가야 했다. 기업가로서 사회적 사명을 어설프게 신경 쓰고 만 탓에, 어떤 의미로 그 점을 약점으로 본 마키시마 외 경찰에게 보란 듯이 휘둘리고 말았다.

니혼마루 앞 현장에서는 저희 수사원 중 한 사람이 좋아한다는 미나토로망을 산 모습을 보여 드렸는데 사장님도 그 영상으로 많은 것을 느끼신 듯하여……. 마키시마는 나중에야 뻔뻔하게 그렇게 설명했다. 가쓰토시는 처음에 무슨 이야기를 하는지 이해하지 못했다. 이야기의 속내를 알았을 때에는 당연히 어이가 없었지만 가쓰토시도 그 일이 없었다면 경찰을 기만하려 했던 사실을 들켜 버린 상황에서 불평한다 해도 열변을 토할 수는 없었다.

경찰뿐만 아니라 범인들에게도 한 방 먹었다. 오시타는 그들의 리더가 몸값을 받으러 간다고 했다. 그러나 실제로는 아니었다. 생각해 보면 금괴를 받기만 하면 되는 일에 리더가 나올 필요는 없었다. 그런데도 가쓰토시는 믿었다. 그들이 얼마나 진심인지를 나타낸 것이라고 받아들였다.

그들에게는 이 사건을 주도하는 우위성이 있다. 그만큼 연기가 한 수 위다. 그런 그들을 어떻게든 꼼짝 못하게 하려는 생각 자체가 글렀다. 그들은 그런 생각에 대한 방어책도 확실하게 세웠다.

그들의 불합리한 요구에 굴복하기는 분하지만 유타를 빼앗긴 이상 함부로 싸움을 걸어도 될 상대가 아니다. 오늘 겪은 일로 통감했다.

하지만 이번에는 그들도 가쓰토시를 쉽게는 움직이려 하지 않을 수도 있다. 다시 한 번 몸값을 주기로 약속한들 또 경찰에 알려지리라 여겨도 이상하지 않기 때문이다.

대체 그들은 어떤 방법으로 나올까.

베개 밑에 둔 휴대전화를 보자 시각은 6시가 되려 했다.

가쓰토시의 휴대전화가 아니다. 오시타가 만에 하나를 대비해 연락용이라며 가쓰토시 가방에 넣은 전화다. 어제 집으로 돌아오고 나서 맨 먼저 이 휴대전화를 확인했다. 온 전화는 없었지만, 이제는 이 전화에 매달릴 수밖에 없었다. 오시타가 말한 대로 이 전화기가 가쓰토시와 유타의 구명줄이다.

휴대전화를 베개 밑으로 돌려놓고, 벌써 수차례 한숨을 쉬었다. 누워 있어도 몸을 쉴 수 없다면 그만 일어날까. 그렇게 생각했을 때, 베개 밑이 이상한 소리와 함께 떨렸다.

가쓰토시는 반사적으로 몸을 일으키고 휴대전화를 쥐었다. 발신자 표시 제한 전화가 왔다.

통화버튼을 누르고 귀에 댔다. 이쪽 상황을 살피는지 아무 말도 들리지 않는다.

"여보세요."

가쓰토시는 목소리를 낮추고 말했다.

「오시타다.」 그제야 상대방이 이름을 댔다. 「거기 경찰은 없겠지?」

"없어. 옆방에서 자고 있어." 가쓰토시는 그렇게 대답하고 나서 빠르게 말했다. "오늘은…… 아니 어제는 미안했네."

「댁이 어떻게 나올지는 우리도 파악하고 있어. 그러니까 그 전화기를 줬지.」

“유타는, 유타는 무사한가?”

「걱정하지 마. 우리는 댁과의 신뢰 관계가 무너지지 않도록 애쓰고 있어. 댁의 배신으로 반쯤 금이 가 버렸지만.」

“정말로 미안하네.” 가쓰토시는 침통한 목소리를 짜냈다. “경찰에는 거짓 장소를 전했는데 추궁을 피하지 못했어. 이번에는 잘하도록 하지.”

「이번 건은 없던 일로 해 주지. 하지만 기회는 여러 번 없어. 우리가 준비하는 데도 시간이 걸린다. 며칠 기다려. 금괴는 비서과 금고에 넣어 두고 경찰에는 당분간 움직임이 없다는 듯이 행동해. 단, 우리가 연락하면 바로 움직일 수 있도록 구로키에게 말해 둬. 댁은 이 휴대전화를 가지고 있으면 일반적으로 업무를 보고 돌아다녀도 상관없어. 하지만 구로키는 동행하지 말고 언제나 거래에 응할 수 있도록 업무 시간 중에는 비서과에 붙어 있게 둔다. 알아들었어?」

“아, 알겠다.”

「다음에는 지금 당장 어디로 가지고 오라는 형태가 될 거야. 꾸물거리며 우리 말대로 하지 않으면 다시 경찰이 개입했다고 판단하겠다. 쓸데없는 생각은 하지 마.」

“알았어. 지시에 따르게.”

「좋아, 또 전화하지.」

그런 말과 함께 오시타의 전화는 끊어졌다.

"누구야……?"

귀를 기울이고 있던 듯한 유미코가 물었다. 가쓰토시는 검지를 입술 앞에 대고 거실에 있는 무라세를 신경 쓰는 몸짓을 보였다.

"괜찮아. 나한테 맡겨. 유타는 무사해."

유미코는 억지로 대답하듯이 작게 고개를 끄덕였지만, 다음 순간에는 울음이 터질 듯한 얼굴로 베개에 엎드려 어깨를 떨었다.

"유타……." 사랑하는 아들을 부르는 울먹이는 작은 목소리가 가쓰토시의 귀에도 들렸다.

"괜찮아."

가쓰토시는 유미코뿐만 아니라 자신도 타이르듯이 그렇게 되뇌었다.

19

아침 6시 전 크레센트의 아르바이트에서 돌아온 도모키는 자택의 현관 앞에 섰을 때 안에서 달칵달칵 문고리가 움직이는 기척을 느끼고 움직임을 멈췄다. 처음에는 도모키가 돌아온 기척을 감지하고 다케하루가 문을 열어 주는 건가 생각했지만, 도모키는 별소리를 내지 않았고 그렇다 해도 이건 반응이 너무 즉각적이다. 어젯밤에 일하는데 다케하루가 전화해서 현관문 안전고리는 잠그지 않겠다고 한 참이다.

유타를 감금했어도 도모키는 금요일과 토요일 아르바이트만은 쉬지 않았다. 어제 아침에는 인터폰을 해서 다케하루를 깨워 안전고리를 풀게 했다. 아와노가 설치한 것으로 일반적인 안전고리가 아니라서 안에서도 다이얼을 맞추지 않으면 열 수 없다. 그러나 아침잠이 부족한 시각에 번번이 억지로 일어나 썰렁한 날씨에 이불 밖으로 나가야 하는 것은 어제 하루로 진저리가 난 모양이다.

설마 하는 마음으로 도모키는 경계했다. 만약을 위해 주머니에 넣어 둔 마스크를 썼다.

문이 열리고 그곳에 있던 유타와 눈이 맞았다.

역시…….

"뭐하는 거지?"

흠칫 놀라 우두커니 서 있는 유타를 도로 밀어 넣고 현관 안으로 들어갔다. 그대로 유타의 목덜미를 붙잡아 2층으로 끌고 간다.

2층 거실에는 소파 앞에 깐 이불 안에서 다케하루가 새근새근 자고 있었다.

"어이, 야마시타, 일어나."

다케하루의 허리를 발로 찔러 일으킨다.

"뭐야, 도모……."

눈도 뜨지 않은 채 잠에 취한 목소리로 도모키의 이름을 그대로 부른 다케하루를 보며 도모키는 혀를 찼다.

"일어나, 탈출했다."

거의 걷어차듯이 허리를 찌르자 다케하루는 화들짝 놀라 몸을 일으켰다. 자는 동안에 비뚤어진 수건 복면을 고치고 도모키 옆에 목덜미를 잡힌 유타를 본다.

"뭐야, 있잖아. 놀라게 하지 마."

“까딱하면 도망치려던 걸 밑에서 붙잡았어.”

그렇게 말하자 유타를 보는 다케하루의 눈이 날카로워졌다.

“유타, 너 이 자식 무슨 꿍꿍이야?”

다케하루의 나직한 목소리에 유타는 몸을 떨며 “죄송해요.”라고 울상을 지었다.

“유타, 너, 나랑 약속했지? 절대로 도망치지 않는다고. 남자의 약속을 깬 거야. 야, 너 알아들어?”

일방적으로 나무라는 다케하루에게 바닥에 무릎을 꿇고 앉은 유타는 울음으로 대답할 수밖에 없었다.

“나는 그런 비겁한 놈이 제일 싫어. 네가 약속했으니까 잘 때도 자유롭게 둔 거야. 그런데 배신을 해? 너는 남자도 아니야.”

“그만 됐으니까 그치게 해.”

유타의 울음소리는 날카롭지는 않지만 바깥에서도 사람들이 돌아다닐 이 시간에 누구의 귀에 들릴지 알 수 없다.

“야, 시끄러워! 울 거면 이불 뒤집어쓰고 울어!”

다케하루는 그렇게 말하며 유타의 머리에 이불을 덮고 이불 위로 팡팡 때렸다.

“정말이지 이상하게 뒤틀린 부분이 제 아빠랑 빼닮았어. 네 아버지가 조금 더 순순히 우리 말을 들었더라면 너도 벌써 집에 돌아갔을 거야. 원망하려면 아버지를 원망해!”

다케하루도 상당히 스트레스가 쌓인 것 같다. 그야 당연히 어제 금괴를 받기로 한 계획이 실패로 끝났기 때문이리라.

"이제 됐어. 그만해."

도모키가 말하자 다케하루는 혀를 한 번 차고 "네가 잘못한 거야!"라며 마지막으로 이불을 탁 때리고 공격하던 손을 멈췄다.

유타는 이불 속에서 숨죽여 울었다.

도모키가 아르바이트를 간 사이에 다케하루가 어디까지 얘기했는지는 몰라도 어제 몸값 거래 건을 말한 듯하다. 몸값 거래가 실패해 한동안 다시 집으로 돌아가지 못한다는 사실을 안 유타가 탈출을 시도한 것이다.

"아이 상대로 적당히 하라고."

세면대에서 세수를 하는 다케하루에게 도모키는 가벼운 말투로 말했다.

"적당히 하고 있어." 다케하루는 불쾌해하며 대꾸했다.

"스트레스가 쌓이기는 다들 마찬가지야." 도모키가 말했다. "이제부터 인내심 승부야."

다케하루는 후우 하고 한숨을 쉬고 "빨리 어디 놀러 나가고 싶어."라고 혼잣말처럼 중얼거렸다.

자신의 방 침대에 누웠다 깨어나 보니 점심이었다. 2층 거실에서는 다케하루와 유타가 텔레비전을 보면서 카레라이스를 먹고 있었다. 유타는 벌써 울음을 그쳤지만 후련한 얼굴은 아니었다. "더

먹을래?" 다케하루가 물어도 고개만 작게 가로저을 뿐이었다.

텔레비전에서는 일요일 낮을 떠들썩하게 하는 버라이어티 방송을 하고 있다. 다케하루가 이따금 탤런트의 말에 맞춰 과장스러울 만큼 크게 웃었지만, 유타의 표정은 좀처럼 달라지지 않았다.

"뭐 보고 싶은 방송 있어?"

보던 방송이 끝나자 다케하루는 편성표를 보여 주며 유타에게 물었다. 유타는 고개만 젓는다.

"그럼 끈다."

텔레비전을 끄는 순간 일요일의 화창한 오후에는 어울리지 않는 침묵이 생겼다. 한창 범행을 저지르고 있는 현장이라면 이편이 어울린다고 볼 수도 있었다.

도모키가 카레를 다 먹었을 즈음, 아와노가 집으로 찾아왔다. 복면 수건을 두르고 2층에 올라온 아와노는 유타의 얼굴을 보자마자 "왜 그러지, 소년? 기운이 없잖아."라며 스스럼없이 말을 걸었다.

"이 자식이 아침에 도망치려고 했어요." 다케하루가 유타를 턱으로 가리켰다. "그래서 혼냈더니 풀이 죽은 거예요."

"하하하, 그래, 기운이 없는 게 아니라 반대로 도망칠 정도로 기운이 넘치는 거였군." 아와노는 웃어넘기고 유타의 머리카락을 거칠게 쓰다듬었다. "기운이 있으면 됐다."

유타 앞에서 연기도 섞었겠지만 아와노는 몸값을 받는 데 실패한 것에 미련을 둔 어두운 구석은 내비치지 않았다. 앞으로도 대비책이 있다고 했는데, 거기에 맞춰 기분을 벌써 전환했는지도 모른다. 그런 느낌을 받을 만한 분위기였다.

"잠깐만 와 봐."

잠시 후 아와노가 도모키를 1층으로 불렀다.

도모키는 자기 방으로 들어갔다. 수건으로 얼굴 절반을 가린 남자 두 사람이 거울에 비친 모습을 보니 참으로 기묘했지만, 익숙해졌다고 치면 익숙했다.

"예정대로 플랜A로 간다."

아와노는 '예정대로'라고 했지만 애초에 모든 것이 잘됐으면 지금쯤은 금괴를 나누고 있어야 한다. 그러나 아와노의 말투는 꼭 요코하마 공원에서 몸값을 받는 데 실패한 것마저 '예정대로'였던 것처럼 들렸다.

"잘될까요?"

도모키는 일부러 아와노가 얼마나 자신이 있는지 살피듯이 물어봤다.

플랜A는 이번 유괴 계획을 세울 당시에 요코하마 공원에서 몸값 거래가 불발로 끝났을 때를 위한 대비라며 아와노가 준비한 계획이다. 도모키는 처음에 일련의 계획을 개략적으로 들었을 때, 가쓰토시에게 경찰을 속이고 비서에게 몸값을 들고 오게 한다는 핵심 부분보다 그 뒤에 또 플랜A라는 비장의 카드가 있다는 점에 혀를 내둘렀다. 그 점이 아와노의 계획에 응해 보자는 결단을 이끌었다. 실제로 플랜A는 천재 사기꾼 아와노의 진면목이라 할 수 있는 남의 머리 꼭대기에 앉아 비웃는 수법이며, 성공하면 얼마나 통쾌할까 싶은 계획이었다.

그러나 요코하마 공원의 몸값 전달이 실패로 끝난 지금, 새삼 다시 생각해 보면 플랜A가 정말로 현실적인지 의심스러운 기분이 샘솟기도 했다.

분명히 아와노는 가쓰토시를 유괴했을 때부터 플랜A를 실행하기 위한 포석을 착실히 깔고 있었다. 가쓰토시의 성대모사 연습을 시작한 것도 알고 있다. 그러나 플랜A를 진행한다면 목소리를 흉내 내 구로키를 실제로 속여야 한다. 보이스피싱에서 전화한 실행책을 진짜 아들이나 손자라고 믿는 인간이 얼마든지 있다고는 해도, 구로키가 그런 놈들과 똑같이 속으리라는 보장은 없다. 간파당하면 플랜A는 그 시점에서 끝장이다.

하지만 아와노에게 그런 불안은 손톱만큼도 없는 것 같았다.

"잘될 거야."

아와노는 단언하듯이 말했다.

"구로키에게는 어젯밤에 전화해 뒀고, 가쓰토시 쪽에는 오늘 아침에 전화했다. 다음 지시를 기다리라고 했어."

몸값 거래가 실패한 지 아직 얼마 되지 않았는데 이미 다음 계획이 거기까지 진행됐다는 이야기를 듣고는 아무리 도모키라도 놀랄 수밖에 없었다.

"구로키에게 벌써 전화했어요?" 도모키는 확인하듯이 물었다. "가쓰토시라고 믿던가요?"

"그래." 아와노는 별일도 아닌 것처럼 고개를 끄덕였다. "내 번호도 등록하라고 했어. 다음에 걸면 그 녀석 휴대전화 액정에는 '미즈오카 사장'이라고 표시되겠지. 전화를 거는 타이밍만 틀리지 않으면 이제 의심받지 않을 거야."

가쓰토시를 풀어주기 전에 아와노는 가쓰토시 전화와 같은 기종 휴대전화를 조달해 가쓰토시 휴대전화 데이터를 복사했다. 그러고서 휴대전화를 가쓰토시 자신의 것이라 믿게 해 일시적으로 그에게 건네, 구로키에게 이제 풀려난다는 연락을 하도록 했다. 당연히 가쓰토시가 평소 쓰는 휴대전화 번호가 아니니 구로키도 당황했겠지만, 상대방이 가쓰토시 본인이 틀림없고, 예비로 가진 휴대전화라고 멋대로 해석했을 가능성은 충분히 있다. 아와노의 계획도 그 점을 노렸다.

포석을 미리 깔았다 해도 다음에 가쓰토시인 척하고 건 전화를 믿는다는 보장은 없다. 상대방은 날마다 가쓰토시와 업무 문제로 자주 전화를 주고받는 측근 중의 측근이다.

"가쓰토시와 구로키에게는 절대적인 주종관계가 있어. 내가 조금쯤 이상한 말을 한다 해도 구로키 쪽에서 그럴싸한 대답을 찾아 자기 멋대로 납득하지. 사장님이 많이 피곤하신가 보다…… 그렇게 생각할 거라고."

몸값 협상이 실패한 날 밤에 걸려 온 전화다. 아와노는 가쓰토시의 목소리를 흉내 내면서 거기에 피로한 기색도 교묘하게 섞은 것이리라. 그래서 평소와 어딘가 다르더라도 구로키는 납득해 버린 것인가.

그날 낮에는 가쓰토시의 성대모사 연습에 여념이 없었다. 간단히 속였다는 말투로 들리지만, 필요할지 어떨지도 모를 때부터 준비했기 때문에 이 타이밍에 움직일 수 있었던 것이다. 그렇게 생각하면 속일 만해서 속였다고 할 수도 있겠다.

"구로키와 이야기하며 알았는데, 구로키 자신은 경찰에 맡기는 편이 좋겠다고 생각하는 것 같아. 경찰의 뒤통수를 치는 데에 저항감을 보였어. 사장의 명령이라서 하는 수 없이 그렇게 하는 느낌이야. 그러니까 플랜A의 시나리오를 조금 만져서 경찰도 내보내려고 한다. 그러는 편이 구로키의 저항감도 없어지겠지."

이미 아와노는 가쓰토시를 보고 있지 않다. 표적은 구로키로 바뀌었다. 플랜A가 발동된 것은 요코하마 공원에서 몸값 거래가 실패했을 때이며, 그 말인즉 가쓰토시가 이쪽 지시에 따르지 않았다는 뜻이고, 자연히 가쓰토시에게 무언가를 맡길 요소는 없어졌다. 플랜A에서 가쓰토시는 '나야 나' 사기의 '나'일 뿐이다.

일반적인 나야 나 사기와 다른 점은 '나'인 가쓰토시를 사전에 관찰하고 연구할 수 있었다는 점이다. 아와노는 이 점을 유효하게 이용해 이 계획을 제 것으로 삼으려 했다.

"다음에는 언제 움직이죠?"

"일단 경찰의 긴장감을 늦추는 편이 좋아. 단, 구로키의 긴장감은 너무 늦추지 말아야 해. 어느 쪽이든 이삼일은 오토바이 조달에 시간을 쓴다. 사흘 뒤 정도부터 타이밍을 살필 생각이야."

"유타의 참을성이 한계에 다다른 것 같아요. 아무래도 다케가네 아버지 탓에 집에 돌아갈 예정이 늦춰졌다는 식으로 말했나 봅니다."

도모키의 이야기에 아와노는 "어디 보자." 하면서 휴대전화를 꺼냈다. 어디로 거나 했더니 2층에 있는 다케하루에게 건 모양이다.

"유타한테 아빠한테 온 전화라고 하고 잠깐 바꿔 줘. 가쓰토시인 척 이야기해 보지."

아와노가 대담하게도 그런 소리를 하더니, 유타가 받은 것으로 보이자 전화 상대방을 향해 가쓰토시 목소리를 흉내 내며 말했다.

"여보세요. 유타니? 아빠야. 잘 지내니? 바보같이 울지 마. 유타, 남자아이라면 우는 거 아니야. 응, 알아. 유타, 아빠는 전부 알아. 미안해. 아빠가 거기 있는 형 친구와 열심히 이야기하고 있는데, 아직 유타가 조금 더 참아야 해. 하지만 걱정하지 마. 꼭 데리러 갈게. 돌아오면 유타가 좋아하는 것도 사 줄게. 약속해. 그러니까 유타도 도망치려고 하거나 이상한 생각은 하지 마. 그런 생각은 위험할 뿐이야. 아빠한테 참겠다는 것만 약속해 줘. 응, 괜찮아. 형한테는 화내지 말라고 부탁해 둘게. 조금 남았어. 알겠지? 응, 응……."

전화 너머로 훌쩍훌쩍 우는 듯한 유타를 상대로 자신도 목소리에 물기를 머금으면서 애절하게 말하는 아와노는 정말로 완벽하게 가쓰토시가 됐다. 그리고 전화를 마치고 휴대전화를 집어넣자 그는 일변해 원래의 무덤덤한 말투로 돌아왔다.

"음, 이걸로 한동안은 잠잠하겠지."

목소리 색깔은 역시 가쓰토시 본인과는 미묘하게 다르다. 그러나 말투가 너무나 진짜에 가까워서 듣는 사람은 의심하기 전에 이끌려 버린다. 덕분에 아들인 유타조차 속아 넘어갔다. 구로키도 아마 이랬으리라. 속이는 것이 아니라 상대방의 감정을 교묘하게 조절한다고 해야 옳다. 그리고 아와노 자신의 감정에는 티끌만큼의 잔물결도 일지 않는다.

"유타는 정말로 아버지랑 이야기했다고 믿고 있어요."

다케하루가 거실에서 내려와 도모키의 방에 얼굴을 내비치고 어이없어하며 말했다.

"믿게 두면 돼."

다케하루는 어깨를 살짝 으쓱하고 "그래서 다음 계획은 정했어?"라고 도모키에게 물었다.

"그래…… 다음에는 잘될 것 같아."

도모키는 그렇게 대답했다.

20

새로운 주가 시작된 월요일 오전, 마키시마는 대책본부를 혼다에게 맡기고 도쿄의 가스미가세키로 향했다.

경시청에서는 기자클럽에 의한 고토 1과장의 정례회견이 이뤄지고 있는 참이었다. 마키시마는 회견실 앞 복도에서 회견이 끝나기를 기다렸다.

이윽고 회견이 끝나고 기자들이 줄줄이 회견실에서 나왔다. 그들은 마키시마를 발견하고 너 나 할 것 없이 호기심 어린 시선을 집중했다.

"고토 과장님과 약속하셨어요?"

말을 거는 기자도 있었지만 마키시마는 대답하지 않았다. 물론 그들 안에는 현재 진행 중인 유괴 사건과의 관계성이 머릿속을 스친 이도 적지 않겠지만, 어차피 그 사건은 보도협정(유괴 등의 범죄가 일어났을 때 언론사의 보도를 막는 협정./ 옮긴이)이 깔려 있어 취재는 야마구치 형사총무과장 회견으로 한정돼 있다.

그들과 교대하듯이 회견실로 들어가자 소파에 앉아 남은 기자와 잡담을 나누던 고토의 얼굴이 흐려졌다. 어제 약속을 잡으러 전화했다가 아키모토에게 한 이야기가 전부라는 냉담한 대답밖에 얻지 못했기에 거의 강제로 쳐들어온 형태가 됐다.

"어이쿠, 웬일이세요. 미나토로망은 선물로 사 오지 않으셨나 보네요."

고토와 이야기하던 기자가 마키시마의 손을 고의로 보면서 슬쩍 떠본다. 마키시마는 입을 다문 채 기자가 나가기를 기다렸다.

"나는 단 게 싫어. 미나토로망은 가지고 와도 못 먹는다고."

고토는 그런 말로 되받아쳐 기자를 부드럽게 웃게 하자 "예, 그럼 잘 부탁드립니다."라며 잡담을 마쳤다.

기자를 보내고, 귀를 쫑긋 세울 만한 사람이 있는지 복도를 주의 깊게 둘러보고 나서 문을 닫은 고토는 돌아보자마자 마키시마를 날카롭게 노려보고 혀를 찼다.

"정말 눈에 띄기 좋아하는 인간이야. 하필이면 기자 놈들이 모인 여기에 나타나?"

"여기라면 고토 과장님을 붙잡을 수 있을 것 같아서요."

"할 이야기가 없다고 했잖나."

계란형 얼굴에 반들반들한 피부가 인상적인 남자지만, 쉰 중반에 이른 지금은 피부도 칙칙하고 까칠함을 감추지 못했다. 단, 도쿄 토박이 기질이라 할 수 있는 지기 싫어하는 성미와 날카로운 말재간은 여전해서 사쿠라다몬의 명예로운 1과장 자리에 오른 지금도 부족한 중압감을 예민함으로 보충하고 있는 것처럼 보였다.

"아키모토에게는 보고를 받았지만 납득이 가지 않는 부분이 다소 있었습니다."

"납득이 가지 않는다고? 친절하게 가르쳐 줬는데 뭐가 그리 불만이야, 응?"

고토는 말하면서 소파 중앙에 다리를 쩍 벌리고 앉았다. 마키시마도 맞은편에 앉았다.

"결국 그쪽에서 체포한 남자는 어떻게 됐지? 요코하마 공원 남자 말이야."

"몸값만 받기 위해 고용된 남자였습니다. 아무것도 모릅니다. 고토부키 초의 알선업자에게 소개받았다는군요. 보이스피싱의 수령책이나 마찬가지예요."

"그 뒤로 저쪽에서 연락은 왔나?"

마키시마는 고개를 가로저었다.

"그 뭐냐." 고토는 적당히 말했다. "기다리다 보면 조만간 인질도 풀려나지 않을까?"

"풀어 줄 거였으면 토요일 밤, 늦어도 일요일 사이에 그렇게 했겠죠. 그렇지 않다는 소리는 범인들은 다음 수단을 쓸 작정인 겁니다. 그들은 아마도 몸값을 받을 때까지 포기하지 않을 거예요."

"알 게 뭐야." 고토는 딴청을 부리며 거칠게 말한다. "그럼 이런 곳까지 노닥거리러 오지 말고 범인의 연락을 기다리면 되잖아."

"그렇긴 합니다만, 그 전에 한 가지 확인해 두고 싶습니다." 마키시마가 고토를 빤히 바라보았다. "저는 고토 과장님께 이야기를 듣고 온 아키모토의 보고를 바탕으로 미나토당 미즈오카 사장에게 시나가와 사건에서 범인들은 몸값을 받지 못했다는 사실을 전했습니다. 미즈오카 사장은 범인들이 시나가와 사건을 자신들의 실적으로 들었다고 했습니다. 그러나 저는 그것은 사실이 아니다, 시나가와 사건에서 범인들은 아이까지 유괴하지는 못한 채 몸값 협상을 단념하고 스도 히토시를 풀어 줬다고 말했습니다. 결국에는 그 이야기를 계기로 미즈오카 사장도 범인들의 심리적인 압박에서 풀려나, 몸값을 건네기로 한 장소를 알려 주게 됐다고 할 수 있죠."

"잘됐군."

마키시마는 고토가 한 말에 고개를 가로저었다.

"하지만 토요일 몸값 전달 현장을 거쳐 다시 되짚어 보니 제가 미즈오카 사장에게 전한 이야기가 과연 사실이었는지 의문이 생겼습니다. 요컨대 시나가와 사건에서 범인들은 정말로 몸값을 받지 못했느냐 하는 점입니다."

"자네는 친절하게 가르쳐 준 사실에 웬 꼬투리를 잡는 거야." 고토는 성가셔하는 목소리로 말했다. "내 이야기를 참고해서 그럭저럭 성과가 있었잖아. 그러면 상식적으로 감사 인사를 하러 와야지. 그런데 뭐야, 곰곰이 생각하니 납득이 가지 않는다느니, 실례되는 말만 지껄이고 있잖아. 이렇게 나오면 앞으로는 아무리 부탁해도 자네 쪽에는 우리 정보를 절대로 주지 않겠어."

"그럭저럭 성과는 있었지만, 결과론일 뿐이지 그걸로 괜찮았다고 할 수는 없습니다. 솔직히 저희는 하마터면 대일본유괴단에 당할 뻔했습니다. 그들과 인질 가족 사이에서 뒷거래가 이뤄지는 것을 까맣게 모른 채 멍청하게 다른 장소를 계속 감시했겠죠. 그들을 얕잡아 본 것은 아니었지만 시나가와 범행이 성공했는지 실패했는지에 따라 저희가 그려야 할 범인상은 달라집니다. 앞으로의 국면에서 공격해야 할지 수비해야 할지의 대응도 달라집니다. 그들이 어떻게 나올지 판별해야 할 이 시점에서 시나가와 사건은 어땠는지 진상을 아는 것이 중요합니다."

"이봐, 뭘 의심하는 거야?" 고토는 소파 등받이에 몸을 맡기고 가슴을 젖혀 마키시마를 눈을 내리뜨고 노려보았다. "자신들이 실컷 휘둘려 진땀을 흘렸다고 해서 우리한테 화풀이하는 건 도리에 어긋난 일 아닌가?"

"그런 이야기를 하는 것이 아닙니다." 마키시마가 말했다. "앞으로 생길 사태를 위해 확인해 두고 싶은 겁니다."

"그 말이 그 말이지." 고토는 얼굴을 찌푸리고 말했다. "아니면 뭐야? 네가 심부름을 보낸 대리가 너무 무능해서 나한테 이야기를 제대로 듣고 왔는지도 의심스러우니까 그 점을 확인하고 싶은 건가? 그러면 이해하겠네.”

미묘하게 논점을 돌려 말을 되받아치는 고토를 마키시마는 조용히 바라본다. 마키시마가 의심하는 눈으로 보는 것을 의식해 투덜거리면서도 분노를 폭발하지 않는 부분도 신경 쓰인다. 마키시마는 이미 본디 고토라면 용납하지 않는 선까지 발을 집어넣었다. 고토의 성격으로 보아 역시 감추는 것이 있는 태도다.

한 걸음 더 들어가 본다.

“아키모토가 들고 온 보고는 그대로 받아들였습니다. 하지만 그 뒤에 이쪽에서 새롭게 안 사실이 있지는 않은지…….”

“뭐라는 거야?”

“시나가와 사건에서 몸값을 받아낸 것 아닙니까?”

“멍청한 소리 하지 마.”

“대일본유괴단에 감쪽같이 속아 넘어간 것 아닙니까?”

“너 이 자식, 야, 우습게 보지 마!”

고토는 몸을 내밀고 이번에는 치뜬 눈으로 마키시마를 쏘아보았다. 그 얼굴은 불그레해지고 이마에는 핏줄이 섰다. 분노가 폭발하는 지점은 넘어갔지만 타이밍으로 봐서 고토 특유의 이야기가 불리해졌을 때 부리는 허세라 파악하는 편이 좋을 것 같았다.

“저희도 하마터면 그렇게 될 뻔했으니까 하는 말입니다.”

"네놈들 같은 시골 경찰과 똑같이 보지 마!"

"그들은 계획 중간에 인질을 냉큼 풀어 주고 물러날 나약한 놈들이 아닐 겁니다. 고토 과장님, 사실을 가르쳐 주세요."

"어이, 마키시마." 고토는 눈을 부릅뜨고 콧날에 핏대가 섰다. "텔레비전에 나와 얼굴이 팔렸다고 우쭐대지 마. 네놈 같은 걸 우물 안 개구리라고 하는 거야. 사실을 말하라고? 웃기는 소리 하네. 우리는 네놈에게 뭘 가르칠 생각 따위 없어. 당장 꺼져!"

"괜찮겠습니까?" 마키시마는 나직한 목소리로 조용히 묻는다.

"뭐라고?"

"우리 사건은 현재 진행 중입니다."

"그래서 뭐?"

"앞으로 또 범인들이 미즈오카 사장에게 접촉해 올 가능성도 크죠." 마키시마는 말했다. "우리는 대일본유괴단을 체포할 겁니다."

"체포하면 되지." 고토가 코웃음을 쳤다. "여기서 중얼거리지 말고 체포할 수 있으면 체포하면 되잖아."

"체포할 겁니다." 마키시마가 되뇐다. "체포하면 당연히 여죄를 추궁하겠죠. 시나가와 사건도 엄중히 캐물을 겁니다. 만약 그 결과, 시나가와 사건에서 범인과 인질 사이에 뒷거래가 있었다고 밝혀진다면 우리는 경시청도 잡아내지 못한 사실로 이것을 대대적으로 공표할 겁니다."

"이봐, 너 이 자식……!"

위협하는 말투와는 달리 고토의 얼굴에는 당혹감이 뒤섞이기 시작했다.

"아실지 모르겠지만 저희 본부장님이 옛날부터 경시청에 대단한 적개심을 불태우고 있어서 말이죠. 만약에 그런 사실이 밝혀진다면 그야말로 귀신의 머리라도 벤 양 기세등등하게 기자회견에서 어필할 건 안 봐도 뻔합니다. 저도 출세를 위해 본부장님께 환심을 살 거리를 항상 찾고 있어요. 그러니까 그런 사실이 판명되면 만사 제쳐놓더라도 본부장님께 보고하러 갈 겁니다."

"무슨 출세를 위해서야." 고토가 거칠게 말했다. "만년 경시 주제에."

"만년 경시기 때문이죠." 마키시마가 말했다. "저도 한동안은 그런 분쟁과는 관계없는 세계에 있었지만, 배드맨 사건 이후에는 또 다시 좁은 길이 열렸죠. 그 길을 놓치고 싶지는 않습니다. 고토 과장님도 이렇게 명예로운 1과장 자리에 오르셨죠. 대단한 자극이 됩니다."

"자네가 세속에서 초연한 언행 뒤로 번뜩이는 천박한 욕심을 품고 있다는 사실 정도는 옛날부터 알고 있었어."

"그럼 이야기는 간단하겠군요."

"하지만 자네, 이건 협박이야." 고토는 얼굴을 일그러뜨리며 말했다. "그걸 알면서 말하는 거겠지?"

"협박인지 아닌지는 모르겠습니다." 마키시마는 고토를 가만히 응시하며 말했다. "저는 앞으로 어떻게 될지에 대해 말하고 있을 뿐입니다."

"핫." 고토는 얼굴을 돌리고 가소롭기 짝이 없다는 듯이 짧게 실소했다. "몸값 협상으로 실컷 휘둘리고도 아직 범인들의 꼬리도 잡지 못했는데 뭘 으스대고 앉았어."

마키시마는 고개를 저었다. 의아해하며 그 뜻을 읽으려는 고토에게 마키시마가 말했다.

"저희는 대일본유괴단을 체포할 겁니다. 여간해서는 말하지 않지만 이번에는 선언하겠습니다."

고토는 굳은 냉소로 그 말을 흘려버리려 했으나, 마키시마는 다시 한 번 고개를 내저었다.

"고토 과장님, 제가 체포한다고 하면 정말로 어떤 짓을 해서든 체포합니다."

고토의 표정이 얼어붙었다.

고토는 공기가 새어 나온 것처럼 약하게 웃음소리를 낸 뒤, 자신을 진정시키듯 손으로 얼굴을 닦았다.

"멍청한 놈…… 마키시마, 자네, 왜 그렇게 정색을 하나."

고토는 딱딱한 미소를 얼굴에 장착하고 입을 놀렸다.

"우리도 수사하고 있어. 아직 확인되지 않은 일도 있고, 뭔가를 포착해도 가볍게 바깥에 흘리지 않는 경우도 있다는 것은 자네도 알겠지."

마키시마는 고개를 살짝 끄덕였다. 그 반응에 안심한 듯이 고토도 똑같이 고개를 끄덕이고 말을 이어갔다.

"그래도 그쪽 수사 도움이 된다면 한 가지 가르쳐 주지. 자네 쪽 대리가 왔다 간 뒤에 안 사실이야."

마키시마는 다시 한 번 고개를 끄덕이고 뒷말을 재촉했다.

"유괴된 스도 히토시에게는 주로 개인적인 일에만 쓴다고 여겨지는 은행계좌가 있었어. 스도가 그 계좌에 있던 팔백만 엔을 합해 총 일천만 엔을 풀려나고 사흘 뒤에 극비로 어느 계좌에 송금한 사실을 알았다. 그 계좌는 사용 이력이 없는 대포통장이야. 누군가 바로 인출했지."

역시…….

시기로 생각하면 그 돈이 몸값일 가능성은 한없이 높다.

그러나…….

"그 돈이 몸값이라면 피해자는 풀려났는데 돈을 낸 거군요. 그 부분의 앞뒤 사정은 어떻게 생각하십니까?"

"그러니까 그 점을 지금 조사하고 있어." 고토가 대답했다. "송금 건을 들쑤시려 하자마자 저쪽에서 변호사를 세웠어. 그런 태도로 보면 스도 본인에게 구린 비밀이 있지 않을까, 현장은 일단 그렇게 보고 있어. 이 년쯤 전에는 조직폭력배에게 여자 문제로 돈을 뜯겼다는 이야기도 들어왔지. 이것도 아직 확인되지 않았지만. 다만 그런 종류 이야기가 뒤얽혔을 가능성은 충분히 있어. 다시 말해 일천만 엔은 유괴 몸값이라기보다 협박당해 뜯긴 돈이라고 생각하는 편이 빠르다는 소리야."

피해자가 범인들에게 약점을 잡혔다면 풀려나고 나서라도 돈을 줄 이유가 된다.

협박할 거리가 있다면 범인들은 스도 히토시를 유괴해 며칠이나 감금할 필요가 없다. 그러나 그들은 그것을 알면서 계획을 세웠다. 굳이 유괴 사건으로 만들어서 언론에 보도되고 새로운 표적에게 어필할 실적이 됐다. 이는 범죄 집단으로 관록을 쌓고, 요구대로 돈을 주면 적어도 인질 신병 안전은 보장받는다는 피해자 측의 판단 기준에도 크게 영향을 끼친다. 실제로 미즈오카 사장이 그랬다. 마키시마가 뜻밖에도 그들의 실적을 부정했을 때 그는 크게 동요했다.

"딱히 우리가 당해서 숨기려던 게 아니야."

고토는 변명처럼 그렇게 둘러댔다.

"귀중한 정보 감사드립니다."

마키시마는 태도를 누그러뜨리고 감사 인사를 했다.

"그러니까 알겠지?"

"물론입니다." 마키시마는 빨리 알아듣고 대답했다. "범인들을 체포해도 저희가 시나가와 사건에 개입할 일은 없을 테고, 뭔가 알게 되면 이쪽에 자세히 알리겠습니다."

"그래." 고토는 무리하는 것처럼 여유를 부리며 고개를 끄덕였다. "그거면 돼."

"정말…… 고토 과장님은 못 당하겠어요."

마키시마는 천천히 고개를 젓고 그렇게 말해 뒀다.

21

「전화 바꿨습니다. 아라이입니다.」

"아라이 선생님이십니까. 안녕하세요, 바쁘신데 죄송합니다. 미나토당 사장인 미즈오카입니다."

사장실에서 전화하는 목소리는 바깥으로 새어 나갈 우려가 없는데도 가쓰토시는 자연히 목소리 톤을 낮췄다.

"실은 긴히 여쭈고 싶은 점이 있어 전화 드렸습니다. 아실지 모르겠지만 제 아들이 얼마 전에 누군가에게 유괴돼 지금까지 돌아오지 않고 있습니다."

「예, 대강의 상황은 기시모토 선생님께 먼저 들었습니다.」 아라이가 대답했다. 「얼마나 힘드십니까.」

기시모토는 미나토당의 고문변호사다. 기시모토에게 형사사건을 잘 아는 변호사는 없는지 상담하고 아라이를 소개받았다.

「듣기로는 몸값 협상이 실패했다고요.」

"예." 가쓰토시가 말했다. "보도협정 관계로 언론에서 보도하지 않아 모르실 수도 있지만, 몸값을 받으러 온 사람을 경찰이 체포했는데 전달만을 위해 범인이 고용한 사람이라 감금 장소고 뭐고 알아내지 못했습니다."

「아하, 보이스피싱의 수령책 같은 거로군요. 그런 방식이 유행인가 보죠. 그래서야 범인의 꼬리는 좀처럼 잡기가 어렵겠어요.」

"예, 그래서 지금은 범인들이 다시 몸값 협상을 해 오지 않을지 기다리는 상황입니다."

「괴로운 상황이로군요.」 아라이는 그렇게 반응하고 말을 이었다. 「그래서 무엇을 묻고 싶으신가요?」

"예……." 가쓰토시는 잠시 말을 흐리고 나서 결심하고 말을 꺼냈다. "예를 들어서 말입니다. 다음 몸값 협상 지시가 범인에게 왔을 경우, 제 쪽에서 아들을 되찾기 위해 몸값을 주고 싶으니 경찰에게 물러나 달라고 한다면 경찰은 요구를 받아들일 가능성이 있을까요?"

「으음.」 아라이는 곤혹스러운 신음을 내뱉고는 대답했다. 「그건 어렵겠죠. 경찰에는 수사권이 있습니다. 실제로 형사사건이 발생한 사실을 인지하면서 수사하지 않는다는 건 경찰이 받아들일 리가 없어요. 인질을 잡고 몸값 같은 교환 조건을 제시하는 것은 국제적인 테러조직의 상투 수법이기도 합니다만, 일본 정부도 그런 방식의 거래에는 응하지 않는다는 게 기본 방침일 겁니다. 다른 선택지를 채택할 경우에는 고도의 정치적 판단이 요구되겠죠. 그런 점으로 미루어 일본의 공적 기관인 경찰이 요구를 간단히 용인하리라고 볼 수 없습니다. 만약 현장이 그런 판단을 내린다면 경찰청이나 정부 수준에서 큰 문제가 될 겁니다.」

"그런가요……. 혹시 몸값 거래가 끝나고 아들이 돌아오고 나서 수사해 달라는 말로도 안 될까요?"

「음, 수사 방법은 경찰이 정하는 일이니까 경찰 판단이 되겠지만, 객관적으로 생각하면 역시 어렵겠죠. 모든 것이 끝나 버린 뒤에는 그만큼 수사도 불리해진다고 보는 것이 보편적이니까요.」

"하지만 가장 우선해야 할 점은 인질의 안전 아닌가요."

「몸값을 내면 반드시 인질이 돌아온다고 보장되는 문제가 아니니까요. 어쨌거나 범죄 세계예요. 경찰로서는 범인들을 한시라도 빨리 체포하는 편이 인질의 안전으로 이어지는 일이겠죠. 만약 실패하면 당연히 경찰은 대중의 뭇매를 맞겠지만, 그건 그저 결과론이고 경찰이 대중의 비난이 두려워 수수방관하지는 않을 겁니다.」

"아…… 그런가요."

「가족분들은 심정적으로 생각이 많아지시는 것도 이해합니다만, 아마 경찰에 그런 제안을 해도 전력으로 설득하려고만 할 겁니다. 저희에게 맡겨 주십시오, 저희를 믿어 주십시오…… 라고 말이죠. 경찰도 수사 프로로서 긍지와 체면으로 하는 일이니까, 설령 피해자라도 누군가의 사정에 맞춰 줄 만한 조직이 아니라고 생각하셔야 합니다.」

"그렇군요……. 잘 알겠습니다."

가쓰토시는 인사를 하고 전화를 끊었다.

"들어가십니까?"

가방을 들고 사장실을 나온 가쓰토시가 비서과 한쪽에 있는 책상에 둔 자신의 휴대전화를 들었을 때, 벽 쪽 소파에 앉아 있던 무라세가 그 모습을 보고 물었다.

"예."

가쓰토시의 대답에 무라세가 일어났다. 동료 형사인 이마가와가 휴대전화 옆에 둔 녹음기기를 정리했다.

"수고해."

가쓰토시는 휴대전화를 주머니에 넣고 구로키에게 인사했다. 구로키 이하 비서과 사람들, 그 옆 구역에 있는 총무과 사람들에게 "수고하셨습니다."라는 대답이 돌아왔다.

가쓰토시는 형사들이 돌아갈 채비를 하는 것을 기다리지 않고 회사를 나갔다. 지하 주차장에서 돌아 나온 회사 차가 로비 앞에 멈췄다. 뒷좌석에 타자 차는 천천히 출발한다.

가슴 주머니에 넣은 하얀 휴대전화를 살짝 꺼내 착신을 놓치지 않았는지 확인한다. 오시타의 전화는 어제 새벽 이후 한 번도 오지 않았다.

오시타는 다음 거래를 준비하려면 며칠이 걸린다고 했다. 며칠이라는 것이 이삼일을 가리키는지 대엿새를 가리키는지 모르겠지만 그때까지는 그들의 연락도 끊길지 모른다. 그렇다면 지금은 끈기 있게 기다리는 수밖에 없다.

문제는 오시타의 다음 전화가 왔을 때, 무라세 같은 경찰들에게 사실을 들키지 않고 넘어갈 수 있는지였다.

경찰은 몸값 거래가 성사되지 않고 끝났으니 오늘내일이라도 범인들에게 다음 협상에 관한 연락이 오리라고 보고 지금까지와 마찬가지로 무라세를 중심으로 종일 가쓰토시 곁에 붙어서 연락을 기다리는 태세에 들어갔다.

한편으로 가쓰토시는 오시타와 앞으로 있을 거래를 벌써 대비한 사실을 경찰에게는 알리지 않았다. 당연히 하얀 휴대전화도 가방이나 겉옷 안주머니에 넣고 존재를 감췄다.

다음 몸값 협상은 경찰을 빼고 진행한다……. 가쓰토시는 그렇게 생각하고 있었다. 물론 불안은 있다. 그러나 만약 이 휴대전화의 존재를 경찰에게 들켜서 다음 거래도 이뤄지지 못하고 끝난다면 가쓰토시로서는 양팔을 잘린 형세가 되고 만다. 매달릴 수단이 사라지고 만다.

오시타는 하얀 휴대전화를 쓸 수 없게 되어도 다른 수법을 생각하겠다고 했지만, 거기에 기대해야 하는 사태는 생각만 해도 오싹하다.

애초에 그들은 몸값을 받으러 리더가 직접 나온다고 했지만 실제로는 아니었다. 그렇다면 다음 거래도 마찬가지로 유괴단과 관계없는 사람을 보낼 것이다. 아무리 체포해도 범인들에게 다가갈 수 없고 감금 장소도 알아내지 못한다. 경찰에게는 승산이 없는 승부나 다름없다. 절대로 지는 싸움에 붙지는 않겠다.

그러나 지는 싸움이라고 정해져 있더라도 경찰은 포기하지 않을 것이다. 그들은 다음을 대비해 가쓰토시를 따라다니고 있다. 변호사 아라이가 객관적으로 내놓은 대답처럼 일단 수사에 착수한 그들은 피해자 가족이 뭐라고 하든 물러나지는 않을 것이다.

지금 이대로면 협상 연락이 와도 경찰에게 들키지 않고 움직이기는 어렵다. 연락은 낮에 올 가능성이 크다. 오시타도 그렇게 말했다. 가쓰토시 자신은 사장실에 있는 일이 많으니까 그사이라면 무라세의 눈을 신경 쓰지 않고 연락을 받을 수 있다. 하지만 구로키를 움직이는 데서 문제가 생긴다. 몸값인 금괴를 담은 금고는 비서과 한쪽에 있고, 무라세는 엎어지면 코 닿을 곳에서 대기하고 있다.

오시타에게 거래 지시가 있을 때까지 이 상황을 바꿔야 한다. 형사들의 경호를 거절하든, 아니면 다른 곳으로 이동해 달라고 하든 무슨 수를 쓰든 간에 조심해야 할 점은 경찰에 의도를 들켜서는 안 된다는 사실이다. 무언가 감추고 있다고 의심을 사면 그들은 필사로 캐내려 든다. 그들은 그들대로 경찰의 위신을 걸고 있다. 경찰의 의심을 정면으로 받다가는 까딱하면 지난 토요일의 전철을 밟을 것이다.

이제 범인들과 경찰, 그리고 피해자 가족인 가쓰토시 삼자 간의 속고 속이기다. 저마다 적이 있을 뿐 아군 따위 없다.

“마키시마 수사관님이 사장님과 또 하실 이야기가 있다고 오늘 밤이라도 이리 찾아오고 싶다는데, 괜찮으십니까?”

가쓰토시보다 십오 분쯤 늦게 그의 집으로 돌아온 무라세가 도중에 그런 연락을 받았는지, 가쓰토시의 의향을 살폈다.

“무슨 이야기죠?”

“아마도 수사에 관한 보고나 앞으로 어떻게 할지 의논하기 위해서인 것 같습니다.”

도저히 만나고 싶은 기분은 들지 않았지만 딱 잘라 거절하면 비협조적인 태도로 또 뭘 숨기고 있지 않은지 의심을 사기 십상이다. 가쓰토시는 감정을 지운 목소리로 “알겠습니다.”라고만 대답했다.

저녁 식사를 마친 8시 무렵 마키시마가 찾아왔다. 유미코는 미도리를 재우기 위해 침실로 들어갔다. 거실 소파에서 가쓰토시는 마키시마와 마주했다.

“지난번에 사장님께서 하신 이야기 중 한 가지, 새로운 사실이 판명됐습니다. 그 건으로 정정과 사죄를 드려야 할 것 같아 이렇게 찾아뵈었습니다."

마키시마가 갑자기 고개를 숙이며 이야기를 꺼내서 가쓰토시는 잠시 당황했다.

"어떤 이야기를 말씀하시는 거죠?"

"시나가와 사건 이야깁니다. 사장님은 범인들에게 그 사건에서 몸값을 받아냈다는 사실을 들었다고 하셨습니다. 그에 대해 저는 경시청의 정보를 근거로 그러한 사실은 없다, 시나가와의 범행은 실패로 끝났다고 말씀드렸습니다. 그런데 그 뒤에 새롭게 경시청 간부에게 확인한 바, 실패했다고 단정 지을 수 없는 증거가 나왔다는 사실을 알았습니다. 그러니까 시나가와 사건에서는 범인들의 말대로 그들이 몸값을 받아냈을 가능성이 크게 있습니다."

어이없는 마음이 한숨이 되어 가쓰토시의 입에서 새어 나왔다. 마키시마는 처음부터 알면서도 그저 가쓰토시를 설득하기 위해 거짓말을 하지 않았을까. 그런 의심마저 들었다. 어찌 됐든 머릿속에 떠오른 감상은 야유뿐이라 가쓰토시는 자신의 생각을 그대로 말로 꺼냈다.

"범인들 말이 맞았다는 말씀이군요."

"죄송합니다." 마키시마는 다시 한 번 고개를 숙였다.

"별로 놀랍지는 않습니다. 마키시마 형사님께는 저희 회사 봉투를 든 형사 건으로도 한 방 먹었으니까요."

"그건 미나토당의 과자를 좋아하는 우리 쪽 사람을 통해서 회사에 대한 긍지를 가지시라고 한 일이지 다른 뜻은 크게 없었습니다. 하지만 오해가 있었다면 그 점도 사과드립니다."

마키시마는 시치미를 떼고 그런 말로 사과했다.

"됐습니다. 이런 건 속는 쪽이 잘못이죠."

"속이려는 의도로 움직인 것은 절대로 아닙니다만, 그런 현장이든 시나가와 사건 정보든 시시각각 사태가 변화하고 있어 배려가 부족하거나 사실이 제대로 전해지지 않는 일이 일어납니다. 저희도 반성하면서 다음의 교훈으로 삼겠습니다."

너무 비꼬아도 경찰에 대한 불신을 들키기밖에 더하겠냐 싶어서, 가쓰토시는 고개를 끄덕이는 데 그쳤다.

"요코하마 공원의 정보를 알려 주신 점 정말로 감사드립니다. 시간은 촉박했지만 다행히 수사에 큰 지장이 생기지 않았습니다. 그러나 유타를 되찾아오지 못했으니, 해결을 위해 저희도 계속해서 노력할 겁니다."

"잘 부탁드립니다." 가쓰토시는 대답했다.

"아마도 범인 측에서 또 어떤 접촉이 있을 겁니다. 아시는 대로 사장님의 휴대전화로 연락이 올 가능성이 크다고 보고 형사들을 계속 곁에 두고 있지만 그들의 접촉 수단은 그게 전부라고 단정 지을 수 없습니다. 회사 전화와 집 전화, 아니면 우편물이나 범인들이 고용한 사람이 사장님께 접촉해 메시지를 직접 건넬 수 있습니다.” 마키시마는 그렇기 이야기하고 나서 빈틈없는 시선으로 가쓰토시를 바라본 채 물었다. “아직 범인에게 연락은 오지 않았습니까?”

“……아뇨, 전혀 없었습니다.” 가쓰토시는 고개를 가로저었다.

“그렇습니까. 그런 연락이 오면 바로 무라세에게 알려 주시면 감사하겠습니다. 요코하마 공원에서도 최소한의 대응은 했지만, 준비에 더 시간을 들일 수 있으면 수사에도 전력을 다할 수 있습니다. 이번에야말로 유타가 있는 곳까지 밝혀서 구출하겠습니다.”

“하지만 요코하마 공원에서 체포한 범인에게는 아무것도 알아내지 못하셨죠.” 가쓰토시는 참을 수 없어서 말해 버리고 말았다. “또 몸값 협상이 있어도 똑같은 일이 되풀이되지 않을까요.”

“걱정하지 마십시오.” 마키시마는 자신 있게 대답했다. “저희도 같은 실수는 저지르지 않습니다. 범인의 방식은 알았습니다. 말씀하신 것처럼 다음에도 범인들은 고용한 수령책을 현장에 보내겠죠. 그러면 저희는 수령책이 범인들 누군가와 접촉할 때까지 감시하면 그만입니다. 몸값을 전달하는 현장에서 체포하는 것보다 위험은 늘지만, 이 수사에는 높은 미행 기술을 지닌 수사원이 여럿 함께하고 있습니다. 이십오 킬로그램의 금괴를 나르는 사람을 놓칠 수사망은 깔지 않을 겁니다.”

역시 수사의 프로라, 일반인인 가쓰토시가 걱정할 만한 사태는 이미 상정하고 있는 것인가……. 얌전히 듣다 보니 다음번에야말로 경찰의 집념이 결과를 내지 않을까 하는 생각마저 든다.

"그렇군요……."

가쓰토시가 맞장구를 치자 마키시마는 몸을 쑥 내밀었다.

"물론 그러기 위해서는 미즈오카 사장님의 협력이 꼭 필요합니다. 현장에서 수령책을 체포하는 것만이라면 요코하마 공원에서 그랬던 것처럼 최소한 수사원 두세 사람만 제때 도착하면 어떻게든 됩니다. 하지만 수령책을 감시하고 미행하려면 그러기 위한 작전을 짤 시간이 필요합니다." 마키시마는 그렇게 말하고 나서 묻는 듯한 시선에 힘을 주었다. "떠올려 주십시오. 범인들은 요코하마 공원에서 몸값 전달이 실패로 끝났을 때 어떻게 할지, 사장님께 아무 말도 하지 않았습니까?"

"글쎄요……." 저도 모르게 시선을 피하는 바람에 가쓰토시는 억지로 마키시마와 다시 눈을 맞췄다. "그런 이야기는 전혀 듣지 못했습니다."

"범인들은 이만큼 잘 다듬은 계획을 진행하는 이상 첫 거래가 실패로 끝나면 어떻게 할지도 당연히 고려했으리라는 것이 제 판단입니다. 그다음 일시와 장소, 아니면 연락 방법, 사장님 휴대전화로 전화한다거나 메일을 보낸다거나, 회사에 전화한다거나, 그런 이야기를 듣지 못하셨습니까?"

작은 안색의 변화조차 놓치지 않을 것처럼 마키시마는 가쓰토시를 주시했다.

또 의심받고 있다. 요코하마 공원의 거래를 숨겼으니 어쩔 수 없다고 할 수도 있겠지만, 마키시마는 다음 지시에 대해서도 가쓰토시가 감금됐을 때 이미 자세한 이야기를 들었으리라 예측하는 모양이었다.

"정말로 아무것도 듣지 못했어요. 범인들은 요코하마 공원의 협상에 자신이 있었던 것 같아요."

마키시마는 살짝 고개를 끄덕였지만 납득하는 기색은 보이지 않았다.

마키시마의 의혹의 시선을 뿌리치지 않으면 구로키를 자유롭게 움직일 수가 없으니 다음 몸값 협상에도 지장이 생긴다.

아니면 이렇게 의심하는 남자에게 전부 털어놓고 이번에야말로 아군으로 삼을 것인가…….

"어떤 이야기라도 상관없습니다."

납득하지 않았다는 사실을 내비치듯 마키시마가 의중을 떠본다.

가쓰토시는 마키시마의 쏘아보는 시선을 받으며 마음을 굳혔다.

"들었으면 말씀드리겠죠. 요코하마 공원 거래의 실패는 곧 제가 경찰에 범인들과의 약속을 털어놓는다는 사실과 같은 뜻이니, 범인들은 그 뒷일을 제게 말해도 의미가 없다고 생각했을 겁니다."

"그렇군요."

확실히 일리가 있다는 양 마키시마는 수긍했다.

"요코하마 공원 건을 털어놓은 이상 저는 이제 형사님들의 수사

밖에 믿을 게 없어요."

마키시마를 강렬하게 바라보며 그렇게 말하자 그의 목이 끄덕하고 움직였다.

"그들이 앞으로 어쩔 작정인지는 정말로 모릅니다." 가쓰토시는 계속 말했다. "하지만 그들은 제 휴대전화 번호를 알고, 실제로 납치할 때에는 전화가 왔었어요. 그래서 막연히 휴대전화로 걸려 올 거라고 생각하고 있습니다. 하지만 말씀하신 대로 회사로 걸려 오지 않으리라는 법도 없고, 우편으로 뭔가를 보낼지도 모르겠군요. 지금 시점으로는 상상이 가지 않습니다."

"예, 알겠습니다."

담백한 마키시마의 대답에 납득한 기색이 떠올랐다.

"저희도 대응이 늦지 않도록 주의를 기울이겠지만 어떤 수단으로든 그들에게 연락이 온다면 즉각 알려 주시겠습니까?"

"당연히 그럴 생각입니다."

가쓰토시는 말이 떨어지자마자 대답하고 마키시마가 반응에 만족한 것을 확인하고 나서 계속했다.

"약속하겠습니다. 그 대신이라고 하기는 뭣하지만, 의논드릴 게 있습니다."

"뭡니까?" 마키시마가 눈썹을 꿈틀거렸다.

"형사님들이 밤낮없이 저와 함께하는 지금 상황 말입니다. 솔직히 말씀드리면 아내와 딸이 스트레스를 너무 많이 받습니다. 유타가 무사한지 걱정하는 것만으로도 계속해서 정신적인 피로가 쌓이는데 이래서야 마음이 편안할 시간이 없어요. 한밤중에 범인들에게 몸값 협상 지시가 오지는 않을 테고, 만약에 온다 해도 그때는 제가 빠르게 알리겠습니다. 필요하다면 녹음 등의 기기 조작도 직접 하겠습니다. 그러니 최소한 이 집에서 묵는 것은 재고해 주셨으면 합니다."

마키시마는 한동안 가만히 생각에 잠겨 있더니 마침내 "알겠습니다."라고 입을 열었다.

"하지만 오늘은 아직 토요일로부터 얼마 지나지 않았고 범인에게 전화가 걸려 올 가능성도 크다고 보이니 양해해 주십시오. 내일부터 밤에는 기본적으로 차 안에서 대기하는 형태로 가려고 합니다. 그럼 어떻겠습니까?"

"그래 주시면 감사합니다."

먼저 집에서의 태세를 바꾸면 회사에서의 태세에 참견하더라도 위화감은 느끼지 않을 것이다. 회사에서는 총무과 옆에 있는 작은 방을 대기용으로 쓰게 하든 해서 구로키와의 거리를 약간만 떨어뜨리면 된다.

"가족분들이 정말로 마음 편히 안정을 찾으시려면 범인 체포와 유타의 구출이 필수 불가결합니다. 저희는 사건 해결을 위해 전력으로 수사할 마음이니, 계속해서 이해와 협력을 부탁드립니다."

마키시마는 마지막으로 그런 말을 남기고 돌아갔다. 가쓰토시를 향하던 어떤 의심은 일단 해소됐다고 봐도 될 듯했다.

"무라세 형사님께도 무리한 부탁을 드려서 죄송합니다." 가쓰토시는 남은 무라세와 다른 형사에게도 사과했다.

"아닙니다. 저는 어디에서든 잘 자는 게 유일한 장점인 사람이니 신경 쓰지 마세요." 무라세는 그렇게 대답하고 나서 도리어 마음을 쓰듯이 말했다. "일주일을 넘겼으니까요. 정신적으로 약해지는 것도 어쩔 수 없는 일이에요."

"예." 가쓰토시는 한숨 섞인 대답을 했다.

"평온한 나날이 망가진 이런 상황이 큰 고통일 겁니다." 무라세는 바닥에 앉아서 말했다. "평온을 되찾기도 쉽지는 않습니다. 불합리하지만 마음을 굳게 가지시는 수밖에 없어요."

"예."

무라세는 격식을 차리는 듯한 뜸을 들이고 나서 다시 입을 열었다. "토요일에 차 안에서 보여 드린 모니터 건은 마음이 많이 불편하셨죠. 저도 그건 좀 아니다 싶더군요."

아무래도 무라세도 몰랐던 것 같다. 그런 당혹감이 무라세의 말투에서 읽혔다.

"하지만 한 가지 말씀드릴 수 있는 건 마키시마 수사관의 눈은 언제나 사건 해결을 향해 있다는 사실입니다. 수사관님의 행동은 전부 사건 해결을 위한 수단입니다. 물론 피해자 가족과 관계자를 염려하지 않는 사람은 아니지만, 수사관님은 사건을 해결하는 것이 가장 큰 배려라고 생각하시죠. 그리고 사건을 해결하기 위해서는 수단을 가리지 않습니다. 수사에 지장을 끼친다면 상대가 직속 상관이라도 치워 버리죠. 어디까지나 소문일 뿐이지만, 저도 그런 이야기를 들은 적이 있습니다. 수사관님께는 그런 일면이 있어요. 하지만 어려운 사건의 지휘를 맡기면 이만큼 기대할 만한 사람도 없습니다. 겉치레만으로 끝내지 않는 사람이라서 여차할 때도 믿음직하죠. 그래서 저는 사장님께서도 그런 그에게 모든 것을 맡기셨으면 합니다."

진심으로 마키시마를 상사로서 존경하고 신뢰하고 있다는 게 절실히 전해지는 무라세의 말이었다.

새삼 생각하면 무라세가 쉼 없이 가쓰토시 곁을 지키는 것도 마키시마의 의도일 것이다. 그만큼 이 임무를 중요하다고 판단한 것이며, 그토록 무라세의 능력을 높이 사고 있다는 소리다. 가쓰토시는 그런 신뢰 관계가 부러웠다. 예를 들어 구로키가 가쓰토시의 이야기를 할 때, 이렇게 뜨겁게 말할 것인지 생각하면 어렵다고 대답할 수밖에 없다. 가쓰토시 자신도 구로키의 능력을 높이 샀다기보다는 예스맨인 점을 높이 산다고 하는 편이 맞다는 자각이 있다.

그러나 무라세의 이야기를 듣고 느낀 점은 그런 본줄기와는 관계없는 부러움일 뿐이지, 그 이상의 것은 아니었다. 가쓰토시는 이미 조금 전 마키시마와 대화를 나누며 앞으로의 결의를 굳혔다.

이제 결심을 흔들어서는 안 된다.

이제부터 속고 속이기다.

애당초 마키시마가 가쓰토시를 속이면서 그것을 가르쳐 줬다.

"무라세 형사님." 가쓰토시는 무라세의 눈을 똑바로 보고 말했다. "걱정하지 마세요. 저는 마음에 두지 않았습니다. 애초에 범인들의 요구에 휘둘린 제게도 잘못이 있고요. 설령 어떤 응어리가 남아 있더라도 유타가 돌아오면 전부 없던 일이 되리란 것도 알고 있습니다. 유타를 되찾기 위해서는 경찰 여러분께 모든 것을 맡기는 수밖에 없어요. 저도 할 수 있는 일은 뭐든 할 테니 유타를 빨리 찾아올 수 있도록 부디 잘 부탁드리겠습니다."

마지막 말은 고개를 숙이며 하자, 무라세는 긴장한 표정으로 고개를 숙이며 대답했다.

"온몸을 바치겠습니다. 반드시 유타를 무사히 데려오겠습니다."

가쓰토시는 그 말을 마음의 단단하게 식은 부분으로 담담히 받아들였다.

22

"어떻던가요?"

야마테 경찰서 대책본부로 돌아가자 지령석에서 기다리던 혼다가 미즈오카 사장의 반응이 어땠는지 마키시마에게 물었다.

"흠…… 뭐, 달갑지는 않은 것 같았지만 제법 말을 잘 듣더군."

"호오." 혼다가 감탄했다. "아들이 돌아오지 않았고, 경찰 말도 틀렸다면 한마디쯤 하고 싶어질 법한데 인격자네요."

"그래, 빈정대기도 했지만 중간부터 마음을 고쳐먹은 것 같았어."

"음, 자기 자신도 직전까지 사실을 숨겼으니까 불평할 처지가 아니라고 느꼈나 보군요." 혼다가 미즈오카 사장의 심정을 추측하듯이 말했다.

"정말로 면목 없습니다." 혼다 옆에 앉은 아키모토가 고개를 숙였다. "제가 야무지지 못해서 사태를 어지럽히고 말았습니다."

"그 사람은 보통 수단으로는 안 먹히는 인간이야." 낮부터 줄곧 미안해하는 아키모토에게 마키시마는 쓴웃음을 지었다. "생각하기에 따라서는 우리가 진짜로 받아들인 덕에 미즈오카 사장도 우리를 믿은 거야. 그래서 요코하마 공원 정보를 얻었다고 생각하면 나중에 고개를 숙이는 것쯤이야 싸게 먹힌 거지."

그래도 아키모토는 여전히 심각한 표정을 하고 다시 한 번 "죄송합니다."라며 고개를 숙였다.

"그래서 사장이 다음 몸값 협상 얘기를 했습니까?" 혼다가 이야기를 이어 나갔다.

"아니." 마키시마는 고개를 내저었다. "연락은 오지 않았고 감금당했을 때도 아무것도 듣지 못했다는군."

"사실일까요." 혼다가 물었다. "아직 뭘 숨기는 것 같던가요?"

"몸값 협상 전처럼 대놓고 무언가 감춘다는 느낌은 아니었어." 마키시마가 대답했다. "그런 분위기는 아니야. 이야기는 깔끔하게 끝났어. 다만……."

"뭔가 걸립니까?"

"자네라면 어떤가?" 마키시마는 혼다에게 되물었다. "여태껏 일을 없던 셈치고 경찰에 전부 맡길 마음이 들겠어?"

"흠." 혼다는 고민하듯이 신음했다. "미즈오카 사장 처지라면 어떤 의미로는 경찰에 속은 기분일 테니까요. 게다가 비밀 약속을 밝혔는데도 아들은 돌아오지 못했어요. 확실히 넌더리가 나겠죠. 하지만 경찰밖에 의지할 상대가 없다는 것도 사실입니다. 그러면 자잘한 일은 눈을 감는 수밖에 없다는 쪽으로……."

"다음 몸값 협상은 어떻게 될지, 범인에게 들었다면 어떻겠나?"

"으음, 글쎄요." 혼다는 한쪽 볼을 찡그러뜨렸다. "애초에 경찰을 따돌리고 거래하려 했으니, 다음에야말로 그러려고 작정할지도 모르겠군요."

"그렇다면 이번에는 무라세나 수사관님에게 의심받지 않기 위해 신경을 쓸 수도 있겠군요." 아키모토가 마음을 바꾼 것처럼 이야기에 덧붙였다.

"맞아." 마키시마가 고개를 끄덕였다. "그래서 경찰에 전부 맡기겠다는 태도를 보였는지도 몰라. 내 안에도 그런 견해는 있어. 하지만 미즈오카 사장도 말했듯이 범인 쪽에서는 요코하마 공원의 협상이 실패로 끝난 것은, 곧 사장이 우리 경찰에 정보를 팔았다고 판단할 수 있는 일이기도 하지. 그런 이치는 계획을 짜는 시점에서 범인들도 충분히 알았을 거야. 그러면 요코하마 공원에서 만약 거래가 실패하면 다음에는 어떻게 할지를 사장에게 알려 둔다는 건 아무래도 영리한 방법이 아니라는 소리지. 약속을 깨 버릴 거라는 사실을 아는 상대에게 그다음 약속은 이렇다고 가르쳐 주는 거나 마찬가지니, 어지간히 너그러운 범인이 아닌 이상 취할 수 있는 방법은 아니야."

"너그러운 범인이라니 그것만으로 모순이니까요." 혼다가 쓴웃음을 지으며 맞장구를 쳤다.

"범인은 몸값 협상이 실패했을 때는 완전히 처음부터 새로운 지시를 보낼 것이고, 그 지시를 어떻게 내릴지까지는 미즈오카 사장에게 말했을지도 모르지만, 자세한 이야기는 아직 전하지 않은 것 같아."

"그렇군요." 아키모토가 말했다. "현시점에서는 미즈오카 사장을 찔러도 대단한 것은 나오지 않는다는 뜻인가요."

"아마도 미즈오카 사장에게 보낸 다음 지시는 이틀이나 사흘 뒤에 어떻게 하겠다는 느긋한 이야기가 아니라, 사장 본인이 허를 찔려 휘둘릴 만한 내용이 될지도 모르겠다 싶네."

"그러면 어떻게 해야 하죠?" 혼다가 당혹감을 드러내며 물었다. "먼저 미즈오카 사장에게 제대로 된 정보를 얻도록 움직여야 하는 것은 알겠지만, 사장 본인이 전면적으로 협력한다고 하니 그 말을 믿는 수밖에 없겠군요. 그런데 이게 아무래도 위태로워요. 옳은 정보를 얻더라도 이번에는 범인들이 만만치 않은 계획을 짜고 있을 가능성이 큽니다. 이에 어떻게 대응할지 도통 감이 안 잡힙니다."

"감이 잡히지 않더라도 대응하는 수밖에 없어." 마키시마가 말했다. "내일부터 태세를 바꾸지."

이튿날 마키시마는 대책본부 회의를 마친 뒤 젊은 형사가 데려다줘 간나이의 미나토당 본사로 갔다.

9층짜리 빌딩인 미나토당 본사에는 1층에 미나토로망 등의 상품을 갖춘 가게가 들어와 있고, 가게에서 나선 계단으로 올라가는 2층에는 카페 미나토당이 영업하고 있다. 마키시마는 카페에 들어가 창가 자리에 앉았다. 영업 개시 시간인 10시에서 얼마 지나지 않은 터라 손님은 드물었다. 뜨거운 커피를 주문하고 휴대전화로 무라세를 불렀다.

커다란 창문으로는 바깥 도로 모습이 잘 보인다. 아래로 시선을 옮기자 가게에 드나드는 쇼핑객뿐만 아니라 그 옆 본사 로비를 드나드는 미나토당 사원으로 보이는 사람들 모습도 확인 가능했다.

바깥 상황을 살피고 있는데 이윽고 무라세가 가게 안으로 들어왔다.

"안녕하십니까."

"그래."

마키시마는 인사를 하고서 기분 탓인지 가벼워 보이는 무라세의 복부를 보았다.

"어떻게 된 거지, 다이어트라도 했나?"

"자연 다이어트예요." 무라세가 쓴웃음을 지으면서 마키시마 맞은편에 앉았다. "사장 부인이 토요일에 있었던 일을 전해 듣고 다시 기운을 잃었거든요. 그런 집에서 저만 우걱우걱 먹을 수는 없는 노릇 아닙니까."

"그래, 불편했겠군." 마키시마도 쓴웃음을 지으면서 무라세에게 메뉴판을 내밀었다. "뭐라도 주문하게."

"그럼 마음껏 주문하겠습니다."

무라세는 그렇게 말하고서 커피와 함께 과일 와플 세트를 주문했다.

"밤낮도 없이 잘하고 있어. 고생이 많네."

격려의 말을 건네자 무라세는 그 말을 어떻게 받아들여야 할지 망설이듯이 마키시마를 보고는 "아닙니다."라고 짧게 대답했다.

"앞으로 또 뒤처진 시험 공부도 만회하게."

"그런 건 괜찮습니다." 무라세가 말했다. "어제, 그 뒤에 또 미즈오카 사장과 잠시 이야기를 나눴어요. 이제 심리적으로는 범인들의 영향하에 없다고 봅니다. 수사관님과 이야기하고 후련해진 것처럼도 보이고요. 이번에는 범인들이 접촉하면 아마 다 털어놓을 겁니다."

"그래…… 그쯤이면 되겠지." 마키시마는 애매하게 맞장구를 쳤다. "충분해. 자네는 잠시 쉬어도 되겠어."

"무슨 소리십니까?" 무라세는 눈살을 찡그렸다.

"오늘은 사장 경호는 여느 때처럼 하고 있나?"

"여느 때처럼이라고 해야 하나." 무라세는 도리어 질문을 받고 말을 흐렸다. "사장실에서 업무 보는 것을 바깥에서 기다리는 형태는 똑같습니다. 단지 오늘부터는 같은 층에 마련한 작은 방에서 대기하고 있습니다."

"사장의 휴대전화는 누가 보고 있지?"

"작은 방 입구 근처에 두었으니 전화가 오면 알 수 있습니다. 번호가 등록된 상대에게 걸려오면 그대로 비서과에 있는 구로키 씨에게 건네게 돼 있는데, 그런 상대에게는 되도록 휴대전화로 걸지 말라고 해 놓아서 오늘은 아직 걸려 온 전화가 없어요. 어제도 두세 통 정도였으니 저희 근처에 두어도 지장은 없는 것 같습니다."

"그래."

얼핏 보면 경찰에게 맡기는 것 같지만, 실제로는 미묘하게 경찰과 거리를 두기 시작한 듯도 하다. 마키시마가 어제 미즈오카 사장과 대화를 나누며 느낀 바와 큰 차이가 없다.

"그런 모양새라면 자네의 일은 이제 젊은 형사도 충분히 할 수 있겠지. 오늘부터는 밤에 옆에서 대기하는 것도 잠복조한테 넘기게. 범인이 언제 접촉해 올지 모르는 이상, 현재 태세를 유지하기는 어려워."

"그만두라는 말씀이십니까." 무라세는 불만스럽게 말했다. "조금 더 하게 해 주십시오. 솔직히 말씀드리면 누군가로 바뀌었을 때, 사장이 마찬가지로 경찰을 믿어 줄지 보장은 없습니다."

"나도 알아." 마키시마가 말했다. "그러나 내 생각에 자네를 그대로 두어도 사장이 말 그대로 경찰에 모든 것을 맡긴다는 보장도 없네."

"하지만 그건……."

마키시마는 무라세의 반론에 고개를 가로저었다.

"상대와 오래 지내며 알 수 있는 일도 있겠지. 그러나 오래 함께 있으면서 냉정하게 보지 못하는 부분도 있어. 지금이 단락을 짓기에 좋은 시점이야."

"확실히 말씀하시지 않으면 모릅니다." 무라세는 불만을 드러내며 말했다. "제가 부족하다면 그렇게 말씀하세요."

"반대야." 마키시마가 말했다. "이 임무는 앞으로는 굳이 계속 자네에게 맡길 만큼 중요하지 않아."

"정말로 그런 뜻으로 하시는 말씀이라면 저에게 마음 쓰실 필요는 없다고 대답하고 싶습니다." 무라세가 말했다. "아키모토 과장대리도 그렇지만 특수반으로 돌아오니, 윗분들이 이상하게 저를 신경 쓰는 것 같아서 도리어 불편합니다. 저는 거리낌 없이 저를 마구 부리시면 좋겠어요. 수사관님께서 이 일을 맡겨 주셔서 기뻤습니다."

무라세다운 말에 마키시마는 작게 미소를 흘렸다.

"마음을 쓴다는 표현이 맞을지는 모르겠지만, 소득 없는 일을 자네에게 맡기고 싶지 않아."

무라세는 고개를 갸웃하며 마키시마의 말뜻을 묻는다.

"이를테면 미즈오카 사장이 자네의 뜻에 반해서 범인의 연락을 알리지 않았다고 치자고. 그것을 하나의 결과로 자네는 무겁게 받아들이겠지. 하지만 미즈오카 사장의 그 행동이 수사에 별다른 영향이 없다면 어떻겠나?"

"예?"

"미즈오카 사장이 협력적인지 아닌지 같은 불확정 요소에 영향을 받지 않는 수사를 생각하고 있어. 우리는 범인이 어떻게 나올지 신경 써야지, 이제는 미즈오카 사장을 염려할 단계가 아니라는 소리야."

"하지만 미즈오카 사장을 확보해 두지 않으면 범인이 어떻게 나올지도 모를 텐데요."

"꼭 그러란 법은 없지." 마키시마가 말했다. "자네에게는 이번 임무를 마무리하며 한 가지 부탁하고 싶은 일이 있네."

"뭡니까?" 무라세가 눈살을 찌푸리고 물었다.

"비서 구로키에게 접촉해 미즈오카 사장에게 어떤 지시가 떨어지면 우리 쪽에 알려 달라고 해."

무라세는 놀라서 눈을 부릅떴다.

"미즈오카 사장에게는 비밀이야. 요코하마 공원 현장 뒤에 구로키의 조사를 맡은 형사에게 들었는데, 인간적으로는 솔직하고 우리가 묻는 부분에도 순순히 대답했다고 하더군. 특별히 나무라지 않았는데 경찰에 입 다물고 거래에 응하려 한 일로 마음이 무거웠는지, 몇 번이고 '죄송합니다.'라고 사과한 것이 인상적이었다는 말도 했지. 설득하면 솔직하게 응할 가능성이 크다. 운반책으로 구로키를 쓴 것은 범인의 지시야. 아마 다음에도 구로키가 맡게 되겠지. 하지만 대놓고 마크하면 미즈오카 사장이 눈치챌 테고, 만약 사장이 범인과 거래에 응할 마음이 조금이라도 있다면 범인 쪽으로 사실이 새어 나갈 가능성도 생기지. 그러니까 사장에게는 비밀로 움직인다."

"그 일을 여태껏 어떻게든 미즈오카 사장의 신뢰를 얻으려고 노력한 제가 할 일이라고요?"

"그래서야. 자네가 아니면 못 해. 비서의 입장도 마찬가지지. 사장에게 비밀로 하고 경찰과 내통하려면 역시 저항감이 있을 거야. 그런 마음을 자네라면 공유할 수 있어. 그리고 설득하는 것도 가능하겠지."

무라세는 마키시마에게 시선을 떼고 "휴우." 하고 한숨을 쉬었다. 커피에 우유를 넣고 말없이 휘젓는다. 표정에는 어처구니없다는 듯한 미소가 어렴풋이 떠올랐다.

"어제 미즈오카 사장에게 이야기했어요." 무라세는 그렇게 입을 열었다. "마키시마라는 남자는 사건을 해결하기 위해서는 방법을 가리지 않는다고. 하지만 그렇기에 수사를 맡기는 데 이만큼 기대해도 될 사람은 따로 없다고요."

무라세는 커피를 한 모금 마시고 눈을 내리뜨면서 천천히 고개를 가로저었다.

"저는 제 입으로 말하면서도 무슨 뜻인지 전혀 이해하지 못했던 것 같습니다. 지금에서야 비로소 피부로 알겠군요."

무라세는 고개를 들고 사근사근한 미소를 지었다.

"알겠습니다. 하겠습니다."

23

오늘도 아무 일도 없었다.

구로키 하루야는 보자기에 싼 골드바 스물다섯 개에 이상이 없음을 확인하고 금고 문을 닫고 안도의 한숨을 쉬었다.

몸값인 금괴를 여기에 보관하고부터는 구로키 한 사람이 금고를 관리하게 되어 비밀번호도 바꾸고, 퇴근하기 전에 내부를 점검하는 것이 일과였다. 비서과장조차 마음대로 금고를 만지게끔 허락되지 않았다. 같은 층에서 일하는 총무과 직원들은 그런 모습을 대부분 보고도 못 본 척하는 듯했다. 아무래도 사장 아들이 유괴당한 몸값이 들어 있는 것 같다는 소문이 났지만, 구로키를 포함해 사정을 아는 사람은 다들 긍정하지 않으므로 이야기는 시간이 지나도 소문을 넘어서지 못했다.

다들 모르는 뒷사정을 안다면 보통은 우월감과도 비슷한 기분을 맛보겠지만, 이번 일만큼은 불편하기만 했다. 언제 올지 모르는 몸값 협상 지시를 아침부터 계속 기다리다, 범인의 연락을 생각하지 않아도 되는 밤이 오면 그제야 안도하는 나날이 이어졌다.

범인의 연락은 반드시 온다. 요코하마 공원에서 체포극이 있었던 토요일 밤, 사장이 전화로 그렇게 말했고 실제로 월요일 아침에 출근하자마자 사장실로 불려 가 범인에게 다시 협상하자는 연락이 왔다는 이야기를 들었다. 다음에 연락할 때는 아마도 몸값을 가지고 나오라는 지시가 떨어질 것이라 한다. 이번에는 지시가 내리면 바로 움직여야 하는 시간과의 싸움이 요구될 모양이다. 언제 어떤 시간에 연락이 올지는 모르지만 근무 시간일 가능성이 크다. 미즈오카 사장에게는 당분간 날마다 저녁 7시까지는 책상에 붙어 있으라고 지시를 받았다.

그 시간이 지나고 구로키는 어깨의 짐을 내리고 대신에 자신의 가방을 들고 회사를 나온다.

빌딩 1층에 입점한 가게는 저녁 7시에 영업을 마치고, 마침 간판 불을 끄고 있었다. 남은 손님들이 종이봉투를 들고 가게에서 나온다. 익숙한 광경은 구로키 주위에서 펼쳐지고 있는 유괴 사건과는 전혀 관계없는 세계에 존재했다. 구로키는 빠른 걸음으로 본사 빌딩에서 멀어졌다.

사거리를 돌아 간나이 역으로 가는 길을 걷는다. 시청 앞까지 왔을 때 뒤에서 누군가 "구로키 씨."라고 불러서 걸음을 멈췄다.

돌아보자 풍채 좋은 마흔 줄의 남자가 서 있었다. 가나가와 현경 형사다. 내내 미즈오카 사장 곁에 붙어서 사장이 회사에 나와 있을 때는 비서과 옆에서 대기하던 남자다.

"수고하십니다. 현경인 무라세입니다." 형사는 온화한 얼굴로 인사를 건넸다. "지금 돌아가십니까?"

"예."

"괜찮으시면 잠깐 시간을 내 주실 수 있겠습니까?"

"아, 네……."

평소와 다름없는 말투의 인사에 우연히 보고 말을 걸었나 싶기도 했지만, 곰곰이 생각하면 그럴 리가 없었다.

"차라도 한잔하러 가실까요."

그렇게 권하는 무라세의 말에는 점잖으면서도 선택지를 주지 않는 강경함이 있었다. 천연덕스럽게 주위를 둘러보는 모습에도 빈틈없음이 드러났다.

무라세는 구로키에게 미소를 짓고 그대로 걸음을 뗐다. 근처 셀프식 카페에 들어가 무라세가 구로키 몫까지 주문하고 다른 손님들과 떨어진 카운터 구석에 뜨거운 커피 두 잔을 내려놓았다.

"사건이 해결되지 않으면 구로키 씨도 편할 수가 없겠군요."

"그렇죠."

구로키는 맞장구를 치면서 형사의 볼일이란 게 무엇일까 궁금했다.

"요전 토요일, 구로키 씨는 미즈오카 사장님께 경찰을 따돌리고 거래하라고 지시받으셨을 텐데, 현장에 나타난 저희를 보고 어떻게 생각하셨죠?"

"어떻게라니…… 그야 놀랐죠."

구로키가 그렇게 대답하자 무라세는 눈꼬리에 주름을 잡았다.

"그랬군요, 갑자기 체포극이 펼쳐졌으니 놀라셨겠죠."

"네." 구로키는 간신히 그에 맞춰 영업용 미소를 지었다.

"하지만 체포되는 범인을 보았을 때는 안심한 부분도 있지 않으셨습니까?" 무라세는 구로키의 얼굴을 들여다보며 장난스럽게 물었다. "아니, 그렇게 생각하셨다면 저희도 조금은 보상받는 기분이라서요."

"예, 솔직히 그런 생각은 있었습니다."

구로키가 따라 하듯이 대답하자 무라세는 "감사합니다."라고 인사하고 나서 작게 헛기침하고 본론으로 들어갈 분위기를 풍겼다.

"사장님께서 다음 거래에 대해 무슨 말을 하셨습니까?"

"무슨 말이라뇨?" 구로키는 긴장하며 되물었다.

"뭐든 좋습니다."

그런 대답을 들어도 구로키의 입은 움직이지 않았다.

"범인들은 다음 거래를 계획하고 있을 겁니다. 저희도 이번에는 당할 수는 없어요. 몸값을 받으러 나타나는 상대 쪽 인물이 유괴단 멤버가 아니면, 이번에는 멤버와 접촉할 때까지 쫓을 겁니다. 성공하기 위해서는 예정돼 있는 협상을 조금이라도 빨리 감지하고 수사 전략을 세워야 합니다."

무라세의 말투는 어느새 심각해지고 표정도 긴박하게 바뀌어 있었다.

"저희는 현경을 총동원해 사건 수사를 하고 있습니다. 무슨 일이 있더라도 범인을 체포하고 유타를 무사히 되찾을 각오입니다. 물론 그 생각은 미즈오카 사장님께도 전해졌을 겁니다. 사장님도 수사에 협력하겠다고 말씀하셨습니다. 다만, 사장님과 저희에게는 견해 차이가 있지요. 이것이 문제예요. 생각은 같아도 처지가 다르면 행동이 어긋나고 말죠. 이 견해 차이를 해소하지 않으면 또다시 토요일의 전철을 밟는 일이 일어날 겁니다."

경찰은 미즈오카 사장이 다시 범인과의 뒷거래에 응하려는 기척을 감지한 것 같다고, 구로키는 알아챘다.

"당사자의 생각은 그때그때 상황에 따라 계속 바뀝니다. 막상 범인에게 연락이 왔을 때 사장님이 어떻게 생각할지는 어쩌면 본인도 모를 수 있겠네요. 그럴 때에는 주위에서 냉정하게 판단해야 합니다. 그런 의미로 구로키 씨는 중요한 입장에 계십니다. 부디 저희에게 협력해서 수사를 도와주십시오."

"협력이라니…… 어떻게 해야 하죠?" 구로키는 조심스럽게 물었다.

"다음에 범인에게 연락이 와서 구로키 씨가 또 몸값을 전달하는 현장에 가게 됐을 때, 저희에게 알리셨으면 합니다." 무라세는 그렇게 말하고 덧붙였다. "물론 사장님이 저희에게도 알릴 가능성은 있지만, 따로 그 사실을 사장님께 확인받을 필요는 없습니다. 독단으로, 내밀히 가르쳐 주시면 됩니다."

"그 말씀은 이 자리 이야기도 사장님은 모르시는 거군요?" 구로키는 어렴풋이 느낀 바를 확인해 봤다.

"그렇습니다." 무라세가 대답했다. "이런 움직임은 곧잘 오해를 부릅니다. 하지만 저희는 사건 해결에 필요하기 때문에 하는 겁니다. 마음고생이 심한 사장님을 오해하게 해서 쓸데없이 신경 쓰게 하는 것도 차마 못 할 노릇이라 비밀리에 움직이기로 했습니다."

"몸값 협상 현장에 경찰이 오면 제가 몰래 말씀드린 사실을 사장님께 들킬 텐데요."

뒷거래 가능성을 반쯤 알고 있는 말투가 되어 버렸지만 구로키로서는 그 점을 걱정하지 않을 수 없었다.

"괜찮습니다. 구로키 씨가 저희에게 알렸다는 사실은 외부에 유출되지 않을 겁니다. 구로키 씨의 행동을 수상쩍게 여겨 미행했다거나 붙일 만한 이유는 많습니다."

"하지만…… 저는 사장님의 신뢰로 지금 위치에 있는 사람입니다."

"구로키 씨." 무라세는 얼굴을 가까이 하고 이름을 불렀다. "저도 요 며칠 동안 미즈오카 사장님께 신뢰를 얻고 싶어서 곁에서 함께했으니 구로키 씨 마음은 잘 압니다. 부디 무엇이 가장 옳은 길인지를 생각해 주셨으면 합니다. 무엇이 가장 사장님을 위해, 사장님 일가를 위해, 나아가 회사를 위해 정말로 옳은 길인지를요. 냉정하게 생각하신다면 결론은 저절로 나올 겁니다. 저도 제 나름대로 생각하고 구로키 씨와 대화를 하러 온 겁니다."

토요일 요코하마 공원 사건 뒤에 "사정을 듣고 싶다."라는 말로 홀로 취조실에 격리되어 두 시간 가까이 형사가 질문을 퍼붓던 일을 떠올린다. 담당 형사의 말투는 그런대로 정중했지만, 눈빛에는 공격적인 예리함이 실려 있었다. 경찰을 속이려 한 사람에게 다른 거짓말은 없는지 꿰뚫어 보려는 눈이었다. 미즈오카 사장에게 지시받은 대로 행동했을 뿐인데, 범인들과 결탁해 범죄에 가담한 사람처럼 보는 기분이었다. 그게 참을 수 없어서 취조실에서 빨리 도망치고 싶은 생각으로 가득했다.

소심한 자신이 벌써 이토록 깊이 의심하고 드는 경찰을 태연히 따돌릴 리 없다……. 그런 체념의 경지에 이르기까지 시간은 오래 걸리지 않았다.

"정말로 제가 협력하는 것은 비밀로 해 주실 수 있죠?" 구로키는 결단의 계기를 만들기 위해 재차 확인했다.

"약속드립니다."

무라세는 그 확인을 승낙의 말로 받아들였는지 휴대전화 번호를 적은 자신의 명함을 내밀었다.

"사장님이 경찰에 협력할지 어떨지는 반반일 겁니다." 구로키가 말했다. "토요일 건이 해결로 이어지지 않은 걸로 고민하시는 것 같았습니다."

"범인 쪽에서 다음 지시는요?"

"저는 아무것도 듣지 못했습니다. 사장님도 아마 듣지 못했을 겁니다. 마음의 준비만 해 두라고 하셨습니다."

"그렇습니까."

무라세는 생각에 잠긴 얼굴로 맞장구를 치고, 고개를 한 번 끄덕이고 나서 구로키를 바라보았다.

"그럼 때가 왔을 때 잘 부탁드립니다."

24

"가끔은 둘이서 한잔하러 가는 건 어때?"

수요일 밤, 8시가 넘었을 무렵에 도모키의 집에 나타난 아와노는 소파에 얌전히 누워 있는 유타 이마에 손을 짚더니 도모키와 다케하루에게 그렇게 말했다.

주초부터 유타는 기운이 없었다. 일요일 새벽의 탈주 미수 사건을 마음에 담아 두고 있나 했더니만 아와노가 생각난 듯이 체온을 재 보자 삼십팔 도 가까운 열이 있었다.

"이 애는 목이 좀 약해."

유타에게 입을 벌리게 하고 빨개진 목을 본 아와노는 해열제에 시중에서 판매하는 감기약과 트로치정(사탕 형태의 알약./ 옮긴이) 말고도 가습기도 사 오고 도모키와 다케하루에게 간호하게 했다.

의사에게 데려가지 못하는 것은 안타깝지만 유타의 열은 오르락내리락 되풀이하며 우려할 만한 심각한 상태까지는 빠져들지 않았고 오늘 낮에 한숨 잔 뒤로는 삼십육 도대의 평균 체온 가까이 돌아왔다.

"그래도 괜찮나요?"

이번 주에는 거의 바깥이 나가지 못해 눈을 빛내는 다케하루 옆에서 도모키가 아와노에게 물었다.

"그래, 그 대신에 12시까지는 돌아와. 너무 많이 마시지 말고."

"좋아, 내가 쏜다."

다케하루는 그런 말을 남기고 재빠르게 1층 자기 방으로 옷을 갈아입으러 갔다.

"그럼 부탁합니다."

애 보는 일을 아와노에게 맡기고 도모키도 바깥 공기를 쐬러 가기로 했다.

저녁은 즉석식품으로 해결했지만 다케하루가 꼭 고기가 먹고 싶다고 고집을 부려 두 사람은 요코하마 역 서쪽 출구의 도모키가 아르바이트로 드나드는 크레센트와는 조금 떨어진 곳에 있는 고깃집을 갔다. 둘이서 맥주를 주문하고 안주로 등심과 갈매기살 등 고기 몇 종류를 시켰다.

"유괴범이 좋아하는 고기 부위가 뭔지 알아?"

생맥주를 단숨에 절반쯤 마신 다케하루가 메뉴를 보던 도모키에게 장난스럽게 물었다.

"으음, 아니 모르겠어."

조금 생각하고 두 손 든 도모키에게 다케하루가 "위(미노)랑 곱창(시로)."이라고 대답했다.

"몸값(위는 일본어로 미노, 곱창은 시로로 두 가지를 합한 '미노시로'는 몸값이란 뜻의 '미노시로'와 발음이 같다./ 옮긴이)이야."

의기양양한 표정이 웃겨서 도모키는 키득거리며 웃었다.

"아와노가 가르쳐 줬어?"

"아냐. 내가 생각한 거야." 다케하루가 대꾸했다. "이 말이 하고 싶어서 고깃집에 온 거라고."

그 말을 듣자 더욱더 어이가 없어서 도모키는 소리 내 웃었다. 다케하루도 그에 맞춰 유쾌한 듯이 웃었다.

오랜만에 진심으로 웃은 것 같다.

나온 고기를 굽고, 추가로 위와 곱창을 주문했다. 고기가 나오자 판에 올렸다.

"야마시타, 몸값은 맛있군."

"그래, 맛있군, 기노시타."

구운 고기를 부지런히 입에 넣고 씹어 삼킨다. 별로 배도 고프지 않았던 터라 식욕은 금세 채워졌다.

불판 위가 비고 도모키는 불을 껐다.

"슬슬 움직일 것 같지?" 다케하루가 불쑥 말했다.

"응?"

"아와노의 분위기를 보면."

"그럴지도. 나도 생각했어."

아와노는 사건을 일으키려 하기 전에는 긴장감을 다소 늦출 만한 일을 한다. 형제끼리 한잔하고 오라고 한 것도 그의 그런 방식을 떠올리게 했다.

"내일이나 모레인가." 다케하루가 중얼거렸다.

모레면 토요일이다. 가쓰토시는 토요일에도 자주 점포 시찰로 돌아다니지만 회사에 틀어박혀서 보는 업무는 별로 하지 않는다고 했다.

구로키는 몸값 전달을 위해 토요일에도 회사에서 대기할지도 모르지만, 만약 경찰이 지키고 있다면 토요일의 한산한 사무실에서 시선을 피할 기회를 잡기는 어려울 것이다.

"내일이로군." 도모키가 말했다.

"내일인가." 다케하루는 그렇게 말장구를 치고 기도하듯이 말했다. "이번에는 성공했으면 좋겠어."

"이번에 실패하면 더 이상은 무리겠지." 도모키가 말했다. "마지막 기회야."

"하지만 실패하면 하는 대로 아와노가 또 생각이 있지 않을까."

"생각은 있을지 몰라도 성공 가능성은 없어. 상대방의 틈도 점점 없어지지. 보이스피싱도 한 번 속은 사람은 다음에도 속을 가능성이 있지만, 처음과 두 번째 속지 않은 사람이 세 번째에 속는 일은 없잖아."

"그럼 다음이 마지막 기회인가."

다케하루의 말투가 어쩐지 불안하게 들려서 도모키는 이어서 목소리에 힘을 주었다.

"하지만 최대의 기회야."

자신감 있는 말투에 반응해 다케하루가 눈썹을 까딱한다.

"내 생각에 요코하마 공원 때보다는 훨씬 기대할 수 있어."

"정말로?"

"그래." 도모키가 고개를 끄덕였다. "요코하마 공원 때는 가쓰토시를 믿는 수밖에 없었잖아. 그 인간이 우리 뜻대로 움직일지 그러지 않을지에 크게 좌우되는 계획이었어. 아와노는 신뢰 관계, 신뢰 관계 하면서 입에 달고 다녔지만 결국 사흘 만에 신뢰 관계를 쌓기는 무리가 있었어."

"이번 계획은 그런 것도 상관없으니까 기대할 수 있다는 소리인가." 다케하루가 말한다. "이번 계획이 그 사람다우니까."

"그래……. 이번 계획은 가쓰토시를 신용하지 않는 전제를 두고 시작해. 그 점이 굉장하고, 그 사람다운 거지."

"가쓰토시가 아니라 구로키를 표적으로 삼는 거니까. 경찰도 틀림없이 허를 찔릴 거야." 다케하루는 그렇게 말하고는 잠시 뜸을 들이고 문득 불안이 고개를 든 것처럼 입을 열었다. "하지만 구로키 쪽도 철저하게 감시하고 있다면 위험하겠지?"

"어느 정도 수준인지에 따라 다르겠지만, 그래도 괜찮겠지." 도모키가 말했다. "놈들도 가쓰토시에게는 집에서 회사까지 밀착해 있지만 구로키에게는 그 정도까지 하지는 않아. 놈들이 신경 쓰는 상대는 어디까지나 가쓰토시야. 가쓰토시의 휴대전화나 집 전화로 우리가 연락하기를 이제나저제나 기다리고 있다고. 우리는 가쓰토시와 구로키가 떨어지기를 노리고 결행할 거니까 놈들은 허점을 찔릴 수밖에 없어."

이번 주에는 아와노가 날마다 미나토당 회사 근처에서 잠복하며 가쓰토시의 동정과 경찰의 움직임을 살폈다. 가쓰토시 곁에는 적어도 형사 두세 사람이 붙어 있고, 본사 빌딩 출입구 부근에 정차돼 있는 마이크로버스에도 형사로 보이는 남자들 여러 명이 대기하고 있다고 한다. 저녁이 지나 가쓰토시가 타는 회사 차가 빌딩 지하주차장에서 나가면 마이크로버스도 그 차를 따라 모습을 감춘다고 했다.

구로키가 돌아갈 때에는 수사 관계자로 보이는 자들이 가쓰토시 때처럼 줄줄이 움직이는 기척은 없다. 아와노가 구로키의 귀갓길을 미행한 바로는 형사임 직한 남자가 구로키에게 한 번 접근한 적이 있었나 본데 그것도 그날뿐이었다고 한다.

덧붙여 구로키에게 접촉한 형사는 대단하다고 할 만큼 수시로 주도면밀하게 주위에 주의를 기울여서, 아와노는 이야기가 들릴 만큼 그들에게 다가가지는 못했다고 한다. 회사에서 벗어난 곳에서 접촉한 형태를 생각하면 형사들이 살피지 못하는 사장실 안에서의 가쓰토시 언동을 은밀하게 알아낼 의도가 있는 게 아닐까, 아와노는 그렇게 보고 있었다.

경찰은 토요일 건으로 하마터면 가쓰토시에게 한 방 먹을 뻔한 경위 때문에, 다음에도 가쓰토시를 믿어도 될지 고민하고 있을 것이다. 그러나 당장 세울 대책은 가쓰토시 곁에 붙어서 범인의 행동을 파악하는 수밖에 없다. 사실은 범인 측에서 다음 지시를 이미 받지 않았는지 의심에 의심을 거듭하면서 가쓰토시 곁에 있는 구로키를 통해 캐내는 정도밖에 방법이 없는 것이다.

방범카메라 등을 더듬어 범인들이 이용한 차를 쫓는다.

경찰에 협력할지 말지도 모르는 가쓰토시에게 붙어서 범인들의 연락을 기다린다.

현시점에서 경찰의 움직임은 이렇게 두 가지로 집약된다. 경찰 내부에 있는 정보제공자의 이야기까지 검토한 아와노의 판단은 그러했다.

단, 어쩌면 수사 간부 중에서는 생각이 한 걸음 나아가 가쓰토시가 수사에 협력하리라는 기대를 버렸을 가능성도 있다……. 아와노는 그렇게도 말했다. 아와노 스스로 다음에 하려는 플랜A에서 가쓰토시 본인에게 어떤 활약도 기대하지 않기에 미친 견해가 분명하다. 만약 경찰도 그렇다면 경찰과 범인 쌍방이 같은 생각으로 공방에 들어가는 것이니 얄궂은 일이다.

그럴 경우 경찰이 주시하는 인물은 자신들과 마찬가지로 구로키일 것이다. 다음 몸값 협상에도 구로키가 동원되리라 예상하고, 만약 가쓰토시에게 지시가 있다면 경찰 쪽에도 어떤 내용인지 알려 주기를 바란다며 구로키에게 부탁을 했을 가능성도 있다고 아와노는 추측했다.

인질 가족인 가쓰토시의 의표를 찌르면서까지 경찰이 몸값 협상 현장을 막으려 한다면, 확실히 위협적인 일이었다. 정말로 경찰이 그런 수를 쓰리라 믿기지 않아 도모키에게는 다소 현실성이 떨어졌지만, 구로키 자신은 경찰의 개입을 바라고 있으니 경찰에서 말을 꺼내면 제의에 응할 것이라고 아와노는 덧붙였다.

다만…….

설령 그렇더라도 승산은 아직 우리에게 있다.

아와노는 그런 추측을 한 시점에서 가쓰토시와 마찬가지로 구로키도 믿지 않았다.

가쓰토시가 아와노에게 나야 나 사기의 '나'라면, 구로키는 '나'를 손자나 내 자식이라 믿고 실행책에게 속는 노인이다.

가쓰토시뿐만 아니라 구로키의 허점도 찌른다. 그러면 필연적으로 경찰의 허점도 찌르게 된다. 그런 계획을 태연히 준비하는 부분이 아와노라는 남자의 무서움이며, 그것이 있기에 도모키도 그에게 승산을 맡기고 싶어졌다.

“성공하면 전부 보상받을 거야.” 다케하루는 어쨌거나 불안을 떨친 것처럼 말했다. “요코하마 공원의 허탕도 결과적으로는 그렇게 돼서 잘된 일인지도 몰라. 스도에 이어 그것마저 어려움 없이 성공했다면 나는 아마 도모에게 조금 더 하자고 했을 거야.”

“바보.”

“아니, 인간은 원래 그렇대도.” 다케하루는 주눅도 들지 않고 웃는다. “하지만 이번 일은 이번 일대로 큰일이었고, 성공한다 해도 상당히 아슬아슬한 일이라는 것도 알았으니 결과적으로 잘됐어. 이번만 하고 발을 빼겠다는 도모의 생각이 옳았어.”

“당연하지.” 도모키는 형으로서의 위엄을 말투에 드러냈다. “이번 일이 성공하면 종잣돈으로는 충분하고도 남아. 떳떳한 사업이라면 나도 아와노에게 지지 않아.”

“그래, 도모라면 꼭 해낼 거야.” 다케하루가 아무런 의심도 없는 말투로 말했다. “다음 주쯤에는 이 부근에서 점포 물건을 찾아다니겠군.”

“이 부근은 생각이 없어.” 도모키도 응수했다. “더 세련된 곳에 낼 거야.”

“그래, 그럼 바샤미치 부근이 좋지 않아?”

“좋긴 한데, 미나토당이랑 가까워서 말이야.”

“뭐 어때. 가쓰토시가 가게에 훌쩍 와서 ‘좋은 가게로군.’ 같은 소리를 한다면 재미있잖아."

"나랑 얼굴을 딱 마주하고 '자네 어디서 나와 만난 적 없나?'라고 묻는 건가?" 도모키도 다케하루의 농담에 어울린다.

"그래, 그거야. 그러면 도모가 '잘못 보셨겠죠.' 하고 대답하면서 쿨하게 술을 만드는 거지."

"뭐야, 네 머릿속에서 나는 여전히 바텐더잖아."

도모키가 어이없어 하면서 웃자 다케하루도 "도모에게는 그런 이미지밖에 없다고."라며 같이 웃었다.

오랜만에 형제끼리 마신 술은 맛있었다. 거나하게 취해서 서로 농담을 주고받으며 웃으면서 집으로 돌아왔다.

날짜가 바뀌기 직전에 집에 도착했다. 초인종을 누르자 아와노가 현관문을 따고 열어 줬다.

"유타는 벌써 잔다."

그렇게 말하면서 도모키와 다케하루를 맞은 아와노는 복면용 수건도 벗은 상태였다.

"고생하셨습니다." 도모키는 인사를 하고 물었다. "자고 갈 겁니까?"

"아니, 이것저것 해야 할 준비가 있어." 아와노는 그렇게 대답하고 두 사람과 교대하듯이 현관으로 나갔다. "내일, 점심때쯤 돌아오지."

집에 간다고는 하지 않았다. 과연 이 남자는 어떤 집에 살고, 어떤 생활을 할까……. 문득 그런 부분이 신경 쓰여 상상해 보려 했으나 알코올로 사고가 둔해진 탓인가, 도모키의 머릿속에는 아무런 광경도 떠오르지 않았다.

"알겠습니다."

"수고하세요."

다케하루의 적당한 인사를 등으로 받은 아와노는 신발을 다 신자, 도모키와 다케하루를 흘끔 돌아보고 입을 열었다.

"내일 저녁에 한다."

예감한 일이라 놀라지는 않았지만 실제로 아와노의 입으로 듣게 되자 빠르게 취기가 가셨다.

"그럴 각오로 있어."

"……알겠습니다."

"역시." 다케하루가 억지로 밝게 꾸민 듯한 목소리로 대꾸했다. "둘이서 그러지 않을까 얘기했어요."

"그래, 다 꿰뚫어 봤나." 아와노는 작게 웃으며 말했다. "너희 형제는 최강이로군."

"무슨 말씀이세요." 다케하루는 호쾌하게 웃으며 아와노와 도모키 양쪽 어깨에 손을 뻗었다. "이 계획에서 우리는 삼 형제나 다름없어요."

"그렇군."

아와노는 맞장구를 치면서 다케하루의 손을 어깨에서 살며시 떼어 내고 "그럼 푹 쉬어."라며 나갔다.

"저 사람은 형제가 없을지도 몰라."

다케하루가 닫힌 현관문을 멍하니 바라보며 중얼거렸다.

도모키도 똑같이 느꼈다. 언젠가 크레센트에서 친구 이야기를 했을 때 보인 망설임이 지금의 그에게도 보인 것만 같았다.

아와노의 분위기 너머로 형제는커녕 가족조차 상상할 수 없다. 이토록 혼자 있는 것이 자연스럽게 여겨지는 사람을 도모키는 달리 알지 못한다.

"외롭기 때문인지도 몰라."

도모키가 그렇게 툭 뱉은 말을 다케하루가 "응?" 하고 되물었다.

"저 사람, 보이스피싱이니 뭐니로 벌써 몇억 엔은 벌었을 거야. 그런데 우리 같은 놈들을 부추겨 일부러 위험한 다리를 건너려고 하지. 나는 돈이 목적이 아니라 자신의 재능을 내보이고 싶다거나, 세상을 상대로 단판 승부를 걸어 짜릿한 긴장감을 맛보고 싶다거나, 단순히 그런 걸 원하나 했는데…… 어쩌면 그렇지 않을 수도 있어."

"외로워서 그런 거라고?"

"그렇지."

샤모토의 영업소가 망하고 처음 크레센트에 나타난 아와노는 지루하고 할 일이 없다면서 도모키를 꼬드겼다. 그때는 지루하니까 범죄를 저지른다는 아와노의 논리가 상식에서 동떨어져 보이기만 했다.

그러나 다케하루와 형제의 유대를 확인하는 시간을 보내 온 이때, 아와노의 등에 들러붙어 있는 고독감과 그가 전에 한 말의 뜻이 불현듯 이해되는 듯한 기분이었다.

"그럼 내일 금괴를 받고 유타를 돌려보내면 도모 가게에 아와노를 데려갈게." 다케하루는 구김살 없는 말투로 말했다. "셋이서 축배를 들자."

"그래."

그런 것으로 아와노의 고독감이 옅어지리라 생각하지 않았지만, 도모키와 다케하루가 할 수 있는 일은 그 정도가 고작인 것도 사실이었다.

아와노는 자신들과 사는 세계가 다르다. 지금은 같더라도 결국은 달라져야 한다. 아무리 아와노가 외로워하더라도 내일이면 작별해야 한다.

25

금요일 아침, 가쓰토시는 7시 전에 눈을 떴다. 최근 들어 졸음이 가셔도 한동안 침대 안에서 가만히 생각에 잠기는 버릇이 생겼다.

옆 침대에서는 유미코가 숨소리를 내며 자고 있다. 미도리도 아직 자는 것 같다. 요새 쉽게 잠들지 못하는 두 사람이 지금은 꿈속에 머물러 주는 것에 가쓰토시는 조금 안도했다.

유타는 탈 없이 지낼까.

요코하마 공원에서 몸값을 전달하는 데 실패한 지 곧 일주일이 지나려 한다. 얼마나 기나긴 일주일이었던가. 유타 입장이 되어 생각하면 더욱더 억겁의 시간 같아 견디기 어려웠다. 이렇게 누워 있을 때가 아니다. 당장에라도 일어나 유타를 위해 무슨 일을 해야 한다는 충동에 휩싸인다.

그러나 현실에서는 유타를 위해 당장 할 수 있는 일이 하나도 없다. 그저 오시타나 다른 범인들 연락을 마냥 기다릴 따름이다.

생각하고 있자니 정말로 가만히 있을 수가 없어서 가쓰토시는 몸을 일으켜 침대에서 나왔다. 베개 밑에 넣어 둔 하얀 휴대전화를 들고 거실로 간다.

형사들이 밤새 묵지 않게 되어 마음이 다소 가벼워진 부분은 있다. 이렇게 아침부터 멍하니 소파에 앉아 있을 수 있다.

아마 형사들도 마찬가지일 거라고 가쓰토시는 생각했다. 무라세는 경호하는 형사 중에서도 거의 쉬지 않았고, 한때는 가쓰토시 가족과 동거한다고 해도 될 만큼 일했지만 밤에 경호할 일이 없어진 것을 계기로 가쓰토시의 담당에서도 빠진 듯했다. 지금은 이전과는 다른 멤버가 담당하고 있다. 무라세도 반쯤 오기가 나서 하고 있었을 테니, 매듭을 짓기에 좋은 계기가 되지 않았을까.

새로운 담당 형사들은 아파트 앞에 주차한 차 안에서 자는 것 같았다. 아침에는 가쓰토시가 출근하러 집을 나올 때 인사 겸 불러 세워서 간밤에 어떤 특이점은 없었는지 확인만 했다. 회사에는 이전과 마찬가지로 따라오지만 총무과 옆에 있는 회의실에서 대기한다. 일단 회의실 문은 열어 두고, 문 앞에 가쓰토시의 휴대전화를 두고 전화가 오면 바로 알 수 있도록 해 뒀다. 경찰로서는 그것으로 충분할 것이다. 상대방에게 위화감을 줄 만한 반응도 없었다.

경찰과의 거리가 조금이나마 생기면서 가쓰토시에게 지운 부담감도 줄어들었다. 부담감은 경찰을 배신한 데 대한 죄책감으로 바꿔 말할 수도 있다. 그 부분은 이전만큼 고민하지 않게 됐다.

범인이여, 움직이려면 지금이다.

그렇게 호소하고 싶은 심정이다.

그러나 가쓰토시가 행동할 방법은 없다.

몸부림치고 싶은 기분을 가쓰토시는 깊은 한숨으로 토해 냈다.

그때, 소파 팔걸이에 둔 하얀 휴대전화가 진동했다.

액정화면에는 발신자 표시 제한이라는 글자가 떠 있다.

왔다.

가쓰토시는 통화버튼을 누르고 휴대전화를 귀에 댔다.

"미즈오카다."

「경찰은 곁에 있나?」

담담하고 온기가 느껴지지 않는 말투는 오시타였다.

"없어. 지금은 거실에 나 혼자야."

「아내와 딸은?」

"아직 자고 있어."

「경찰은 거기에 묵지 않나?」

"아내와 딸의 스트레스를 고려해 그러지 않기로 했어. 그러니까 괜찮아."

가쓰토시는 빨리 몸값 협상을 진행해 달라고 속으로 호소했다.

「유타의 근황을 알려 주지.」 오시타는 가쓰토시의 생각을 미묘하게 어물쩍 넘기려는 듯이 말했다. 「사나흘 전에 열이 나서 앓아 누웠지만, 지금은 괜찮아. 열도 내렸다.」

"감기에 걸린 건가?"

「맞아. 목이 부은 것 같다.」

"거기 있으면 목소리를 들려줘."

「여기에는 없다.」 오시타는 쌀쌀맞게 응수했다.

가쓰토시는 실망해서 숨을 꿀꺽 삼켰다. 유타의 근황을 들려준다는 것은 다음 협상까지는 아직 며칠이 걸린다는 소리인가……. 그 점이 신경 쓰였다.

"다음 거래는 어떻게 하지?" 가쓰토시는 참지 못하고 물었다.

「준비는 되고 있다.」 오시타는 담담히 대답했다.

"이쪽은 이제 언제든 괜찮아."

「회사에 있을 때는 경찰이 곁에 있지?」 오시타는 초조해하는 가쓰토시의 마음을 슬쩍 받아넘기듯 그렇게 물었다.

"곁이라고 해도 내가 있는 방에서는 떨어져 있어. 다른 방에서 대기하고 있으니까 금고를 열든 구로키를 움직이든 그들 눈을 피해서 할 수 있어."

「그거 잘됐군.」 오시타는 감정 없는 목소리로 말했다. 「구로키를 지키는 형사는 없나?」

"경찰은 나한테만 붙어 있다. 내가 움직이면 경호하는 형사들도 움직여. 그리고 이번에는 범인에게 연락이 오면 솔직히 얘기하겠다고 했어. 경찰은 그 말을 믿으니까 우리 집에서 숙식하던 것을 그만뒀겠지. 지난번에는 솔직히 내가 뭔가를 감추고 있다고 경찰이 의심하는 눈치였어. 하지만 이번에는 완전히 믿고 있다고. 내가 당신에게 왜 이런 얘기까지 다 하는지 알겠지?"

「물론이다. 그러나 우리도 이번에는 실패할 수 없어.」 오시타는 냉정하게 대답하고 질문을 이었다. 「또 한 가지 묻고 싶다. 내일은 회사에 출근하나?」

"원한다면 출근하겠네."

「그쪽의 일정을 묻고 있다.」 오시타가 말했다. 「주위에 부자연스럽게 여겨질 만한 행동은 좋지 않다.」

지난번 요코하마 공원도 토요일. 아무래도 이번에도 토요일에 계획을 예정하고 있는 듯하다…… 그렇게 이해한 가쓰토시는 그들이 계획을 수행하기 쉬운 대답을 짜냈다.

"토요일에는 점포 시찰을 나가는 일이 많지만, 바깥을 돌아다니면 전화를 잘 받을 수 있을지 알 수 없어. 하지만 마침 요새 핫케이지마에 카페를 낼 계획을 진행하고 있어. 그러니까 내일 오후에 현장 시찰과 회의를 해도 괜찮아. 전화가 오면 화장실에 가서 받을 수 있어. 물론 구로키는 본사에 대기시키지."

「그렇군.」 오시타는 가쓰토시가 준비한 회답에 만족했는지 모르겠는 맞장구를 쳤다. 「그러면 일요일에는 일을 하나?」

"일요일에는 하지 않아. 구로키도 쉬고." 내일 결행을 압박하는 뜻을 담아 가쓰토시는 그렇게 대답했다.

「그런가.」

오시타는 마음이 어디에 있는지 종잡을 수 없는 반응을 보였다.

「그럼 됐어. 부자연스러운 행동은 필요 없다. 조만간 적당한 때에 지시를 보내겠다. 오늘일지도 모르고 내일일지도 모르고 다음 주 초일지도 몰라. 준비가 끝나면 이쪽은 움직인다. 댁은 그에 따르기만 하면 돼.」

전화는 조용히 끊겼다. 가쓰토시는 저도 모르게 긴장으로 굳은 몸의 힘을 빼고 소파에 등을 맡겼다. 휴대전화가 손바닥과 볼의 땀으로 젖었다.

이쪽의 전면적인 협력 자세는 전해졌다고 믿고 싶지만 오시타가 여전히 몸값을 전달할 날짜를 확실히 밝히지 않은 것은 역시 경찰에 사실이 새어 나갈 경계심을 씻을 수 없기 때문일까.

그러나 그들도 어느 정도는 각오하고 가쓰토시의 정보를 그대로 받아들이지 않으면 계획을 진행할 수 없을 것이다.

다음 몸값 협상을 하는 날이 가까워진 것은 확실한가.

아마도 토요일인 내일.

가쓰토시는 오시타가 자신의 이야기를 솔직히 받아들여 주기를 기도했다.

26

"마시키마, 그래서 자네 언제쯤이면 범인들을 체포하겠나?"

본부장인 소네는 별다른 진척이 없는 수사보고를 가져온 마키시마와 야마구치 마호를 앞에 두고 짜증 내며 언성을 높였다.

"매번 나아진 것 하나 없는 보고를 듣는 내 입장이 되어 보란 말이야."

"유괴할 때와 풀려날 때 행적을 한 차례 쫓아 범인들이 있는 곳까지 이르지 않는 이상, 다음 거래를 돌파구로 보고 끈기 있게 기다리는 수밖에 없습니다." 마키시마는 조용히 되풀이해 말했다.

"다음 거래에서는 현장에 나타난 범인을 풀어 준다……. 요코하마 공원의 결과를 생각하면 어쩔 수 없겠지. 그래, 괜찮아. 하지만 그게 대체 언제지? 이대로 이 주고 삼 주고 아무 일도 일어나지 않아도 자네는 참을성 있게 기다리겠다고 말할 작정인가?"

"물론입니다."

마키시마의 대답에 소네는 갑자기 지긋지긋하다는 듯한 한숨을 쉬었다.

"일주일 동안 범인에게 아무 소식도 없었다면 몸값을 노린 사건에서 형태를 바꿨다고 판단해야 하지 않나? 언론의 보도규제를 풀고 공개수사라도 해야 시민들에게서 새로운 정보가 모이겠지."

배드맨 사건의 성공을 잊지 못하는지 소네는 그런 소리를 한다.

"이번 사건에는 맞지 않는다고 생각합니다."

"범인들을 자극해 인질의 신변에 영향이라도 준다는 말인가?" 소네는 고개를 저으면서 말했다. "그래서 가만히 있는 것 말고 방법이 없다면 수사본부를 해산하는 편이 낫지 않나…… 응?"

"인질의 안전 문제도 있지만, 언론이 미나토당 본사에 밀어닥치면 곤란합니다. 저희는 지금 일부러 틈을 보여서 범인들을 움직이려 하고 있습니다. 언론이 기웃거린다면 범인들이 움직이지 않게 됩니다."

"틈이라고?" 소네는 생각지도 못한 말을 들은 것처럼 목소리를 살짝 낮췄다.

"틈이 필요합니다." 마키시마가 말했다. "저희는 미즈오카 사장과 조금씩 거리를 두고 서서히 틈을 만들고 있습니다. 범인은 아마도 그 모습을 어딘가에서 지켜보면서 허를 찌를 기회를 가늠하고 있을 겁니다."

"사장은 요코하마 공원에서 현행범을 체포했어도 아들이 구출되지 않아 속으로는 경찰에 의지할 마음이 사라진 것 아닌가." 소네가 말했다. "그런 짓을 마음대로 하게 둔다면 이번에야말로 제멋대로 움직여서 범인들과 뒷거래를 할 거야."

"사장이 멋대로 움직이더라도 그의 비서를 통해 저희가 바로 감지할 수 있도록 조치했습니다."

"그것으로 만전을 기하는 건가?" 소네는 마키시마를 노려보았다. "상대방도 지난번과 같은 방식으로 나온다는 보장은 없어. 일부러 틈을 보이는 건 감쪽같이 당한 뒤에는 변명거리도 될 수 없어."

"변명할 생각이 있다면 반대로 틈 같은 건 만들려고 생각하지도 않았을 겁니다. 범인의 아지트를 찾아내기 위해서는 그에 상응하는 위험을 부담해야 할 뿐입니다."

소네는 그 말 뒤에 얼마나 자신감이 있는지를 낯빛에서 읽으려는 것처럼 한동안 마키시마를 가만히 쏘아보았지만, 이윽고 "알겠네."라면서 힘을 뺐다.

"만들어 낸 틈이 정말로 허점이 되지 않도록 주의하게. 술수를 쓰는 이상 범인들보다 한 수 위라는 걸 보이라고. 알겠나?"

"하아."

소네의 거친 독려를 받고 본부장실을 나왔을 때, 마호가 큰일 하나를 마친 것 같은 한숨을 내쉬고 나서 입을 열었다.

"본부장님은 어쩐지 수사관의 얼굴에서 승산을 찾아내는 것 같은 반응이었어요."

"그랬습니까?" 마키시마는 무심하게 받아쳤다.

"예……. 마키시마 수사관도 자신만만한 얼굴을 했는걸요." 마호는 그렇게 납득하고서 갑자기 일변해서 어두운 표정을 지었다. "하지만 정말로 괜찮을까요? 요전번처럼 백 명을 투입해도 범인에게 휘둘린다면 간신히 두세 사람만 제때 도착할까 말까 한 상황이 되겠죠. 저는 이번에는 요전번보다 훨씬 예측할 수 없는 상황이 기다리지 않을까 하는 의심을 떨칠 수가 없어요."

"저도 그렇게 생각합니다." 마키시마가 말했다. "자신감 같은 건 없어요. 우리가 범인보다 한 수 위라는 확신도 없습니다."

실제로 범인들의 다음 액션 없이 공연히 날을 보내면 그만큼 서서히 이쪽이 열세에 선 듯한 느낌이 든다.

예감으로는 그저께나 어제쯤에 움직임이 있지 않았을까 하는 생각이 강했다. 구로키의 협력도 얻어내 뒷거래의 징조도 감지할 태세를 갖추었다. 이제는 범인의 액션을 기다릴 뿐이었다.

그러나 이만큼 일없이 날이 지나면 그것만으로는 충분하다고 믿을 수 없게 된다.

먼저 권태감이 수사 태세에 뒤섞이고, 의도적으로 만든 틈이 정말로 빈틈이 되기 쉽다. 소네의 걱정은 한 가지 진리를 알아맞혔다. 이번 주에 들어서 수사 태세의 일신을 꾀하기도 했지만 그래서 생기는 긴장감도 오래는 지속되지 않는다.

또 공백이 장기화되면 그만큼 범인의 액션이 지난번과는 다른 양상임을 시사한다. 이번 주 초반부터 중반 즈음에 범인이 다음 액션을 일으켰다면 요코하마 공원 때와 그리 다르지 않은 몸값 수수 계획이었을 것이다. 다시 말해 수령책을 현장에 보내고 경찰의 추격을 뿌리치는 걸 계획하고 있을 것이다.

그러나 이렇게까지 범인들이 침묵을 지키면 다음에도 같은 방법을 쓰리라 생각하기 어려워진다.

상대방은 무엇을 꾸미고 있을까?

어떤 비책을 내도 이상하지 않은 타이밍이 됐다.

그러나 그것이 무엇인지는 알 수 없다.

놈들이 노리는 것은 비서실 금고에 보관돼 있는 이십오 킬로그램의 금괴다.

미즈오카 사장은 이번에 몸값을 유용하는 과정을 전부 비서인 구로키를 통해 하고 있다. 눈속임용 삼천만 엔은 회사에 돌려놓았다. 구로키를 통해 새로 마련한 돈은 없다. 몸값은 금괴밖에 없다.

금괴를 움직이는 사람도 구로키다. 근무 시간 중에 구로키가 줄곧 비서과에 대기하는 지금 상태를 보더라도 미즈오카 사장은 거짓 없이 다음 몸값 전달 역할도 구로키라고 생각하고 있을 것이다.

하지만 범인이 똑같이 생각할지는 알 수 없다. 미즈오카 사장 본인을 지명할지도 모른다. 완전히 다른 사람은 생각하기 어렵지만, 그 경우에는 금고를 여닫는 데 구로키가 필요하니까 구로키에게 정보는 들어올 것이다.

어쩌면 협상 없이 사원들이 퇴근한 늦은 밤을 노려 훔치러 들어가는 방법도 생각할 수 있기는 하다. 하지만 미나토당 본사 안은 나름대로 철통같이 보안이 이뤄지고 있다고 한다. 금고를 여는 데 암호와 지문인식이 필요하고, 각 층 사무실을 드나들 때에도 ID카드 인증이 요구된다. 야간에는 경비회사에서 순찰을 돈다. 보안 경비를 통과할 노하우가 있다면 굳이 사건의 중심에 있는 이 회사가 아니라 다른 금은방을 노리는 편이 손쉽다는 논리마저 성립한다.

범인들이 빠져나갈 길은 좁다. 그것은 분명하다.

어떤 의미로 그 점이 경찰의 믿는 구석이라 할 수 있다.

이 마당에 이르러 소네가 수사를 휘저으면 곤란하다. 오로지 그런 일념만으로 수사의 각오를 표정에 드러내야 했고, 그 표정은 그런 인식을 근거로 한 지극히 위태로운 각오에 지나지 않았다.

"상대가 어떻게 나올지 모르는 이상, 이쪽의 태세가 충분한지는 알 수 없군요." 마호가 고민하듯이 말했다. "올 테면 오라고 위세 좋게 말할 수 없는 점이 괴롭네요. 하지만 언제까지고 오지 않는 것도 곤란하니까."

"그렇습니다."

"인원은 충분한가요? 필요한 게 있으면 기탄없이 말씀하세요."

마호는 불안의 반증인지, 그런 말을 꺼냈다.

"당연히 그렇게 하겠습니다." 마키시마가 대답했다.

"특별수사대의 활동은 어떤가요? 전체를 지휘하다 보면 세세히 살피지는 못할지도 모르겠지만."

"그렇죠. 그래도 이제부터 경험을 쌓아 갈 사람이 많아서, 이번에는 대단한 기대는 하지 않습니다. 특수반 사람들의 움직임을 보고 이런 수사에 필요한 기술을 익히면 좋겠군요."

"아키모토 과장대리도 자기 부하들 능력에는 신뢰를 갖고 있는 것 같아요." 마호는 이해한다는 듯이 말했다. "무라세 형사에게 여러 가지 일을 맡긴 것도 지금의 특별수사대에는 아직 그 일을 해낼 사람이 없기 때문일 테고요."

"그만한 형사가 되는 놈은 좀처럼 없습니다." 마키시마가 말했다. "특별수사대 대원들도 지시를 내리면 말은 대로 일은 합니다. 하지만 수사의 흐름을 파악하고 지시의 의도를 읽을 수 있는 사람은 적어요. 이런 대규모 수사에서는 개개인에게 주어진 임무는 좁고 세밀한 것이 되기 쉽지요. 수사의 흐름이 보이지 않아 자신의 임무가 주위와 어떻게 이어지는지도 모르게 됩니다. 지금까지와 다른 지시를 내리면 그 순간 당황해서 꼼짝하지 못해요. 그러나 흐름이 보이는 사람이라면 지시의 의도를 읽고 근본적인 태세는 바뀌지 않는다는 것을 아니까, 변화에도 대응할 수 있습니다. 그런 사람이 현장의 요충지를 맡고 있으면 규모가 크더라도 반사 신경이 빠른 수사를 할 수 있습니다."

"반사 신경인가요." 마호는 그 표현이 마음에 들었는지 직접 말했다. "그렇군요, 이번 같은 유괴 사건은 반사 신경이 나쁘면 대응하지 못하겠네요. 그러고 보니 혼다 형사가 고이시 형사 이하 젊은 형사들을 붙잡고 재미있는 설교를 하더라고요. 현장에서 갈피를 잡지 못하겠다면 오가와의 의견과 반대로 행동하라고. 후후후, 혼다 형사다운 농담이겠지만, 그런 것도 반사 신경을 보충할 방법의 하나인가, 지금 잠깐 생각했어요."

마키시마를 누그러뜨리듯이 그런 이야기를 한 마호는 형사총무과로 올라가는 엘리베이터가 열렸을 때, 미소를 천천히 지웠다.

"그럼 저는 기자클럽 회견이 있어서."

진전이 없는 가운데 보도협정 아래 울분이 쌓인 언론을 상대하는 것은 마음이 내키지 않겠지만, 마호는 그런 감정을 겉으로 드러내지 않고 마키시마에게 선뜻 작별을 고했다.

현경 본부를 나온 마키시마는 야마테 경찰서로 가서 대책본부 지령석에서 자신을 맞이한 혼다와 아키모토에게 세세한 수사보고를 받았다. 두드러진 성과는 여전히 적다.

범인 일당이 미즈오카 부자를 유괴할 때와 미즈오카 사장을 풀어줄 때 사용한 차는 이미 모두 확인됐고 현장 압수가 끝났다. 하지만 차를 타다 버린 범인들의 행방은 좀처럼 잡지 못하고 있다.

갈아탄 차도 알 수 없고, 어디에서 갈아탔는지도 여전히 밝혀내지 못했다. 이동 루트 해석팀으로서는 어쩔 수 없이 손쓰지 못할 상황이라 대부분은 이동 루트 현장에 흩어져서 탐문 조사를 돌고 있지만, 수확이 적어 투입 인원을 점점 줄이고 있는 실정이었다.

요코하마 공원 거래는 몸값인 금괴를 받은 범인 쪽 수령책이 요코하마 역 구내 화장실에서 범인 일당의 멤버로 추측되는 가죽장갑 남자와 만나기로 했다는 사실은 알고 있다. 화장실 인근 방범카메라에는 범인으로 보이는 남자는 찍혀 있지 않았고, 그 뒤 담당반을 짜서 감시 대상 카메라를 요코하마 역 전체로 넓혀 확인 작업을 진행했지만 역시 특별히 수상해 보이는 인물은 없었다.

아마도 유괴단의 누군가가 요코하마 공원에 와 있었고, 수령책이 체포되는 모습을 현장에서 지켜보았다고 생각하는 편이 논리에 맞는다. 간신히 특수반 세 사람이 제때 도착한 현장에서는 주변 상황까지 주의를 기울일 여유는 없었다. 설령 여유가 있었더라도 요코하마 공원만큼 사람이 많은 곳에서 범인들의 일원을 특정하기는 어렵다. 범인들도 주위 사람들과는 명백히 붕 뜬 수상한 인물로 그 자리에 있지는 않았으리라. 마키시마 자신도 범인 체포보다 조금 늦게 그 자리에 달려가 주위를 둘러보기는 했지만 신경 쓰일 만한 사람을 눈여겨볼 수 없었다.

이처럼 성과가 적은 수사 가운데 몇 가지 수확을 든다면 방범카메라 등에 찍힌 범인들 모습이다. 주로 사용한 차를 버린 주차장 주변이나 가까운 역 카메라에 모습이 찍혔다. 모자와 마스크 등으로 변장은 했지만 외견의 특징이 비교적 또렷이 드러나 있는 영상도 있었다.

단, 자동차를 버리고 행방을 감춘 사람은 동일인물이 아니니까 각각의 남자들이 범인들 안에서 어떤 위치에 있는지는 생각해야 할지도 모른다. 요코하마 공원에 나타난 남자가 그때만을 위해 고용된 수령책이었던 것처럼 이들 세 남자도 차를 버리고 도망치기 위해서만 고용됐을 가능성도 크다고 마키시마는 보고 있다. 진짜 유괴단 일당은 차를 갈아탄 지점에서 행방이 사라졌다는 소리다.

그렇게 생각하자 대일본유괴단이란 범죄 집단의 실체는 점점 더 어둠에 녹아들어 버릴 듯한 느낌에 빠졌지만, 그런 가운데 범인의 실루엣을 드러내는 영상이 딱 하나 입수됐다.

혼모쿠 쇼핑센터 브레즈에 드나드는 상용차 블랙박스에 찍힌 영상이다.

입구 앞 가로수 옆에 서 있는 한 남자가 찍혔다. 하얀 블루종을 입고 안경을 썼다. 선명한 영상이 아니고 옆모습만 찍혔지만, 그럭저럭 젊은 남자라는 것은 알 수 있었다.

미즈오카 사장이 해 준 얘기로 그자가 오시타란 남자라는 사실도 알고 있다. 기노시타라는 남자와 함께 미즈오카 사장을 교묘하게 속여 납치하고, 감금할 때도 다른 장소에 있는 유타를 미끼 삼아 경찰을 기만하는 거래를 제의했다고 한다. 미즈오카 사장이 한

때 경찰에 거짓 정보를 흘리고 뒷거래에 응하려 한 것도 오시타의 솜씨에 의한 부분이 결코 적지는 않았으리라 판단된다.

미즈오카 사장 말로는 오시타 위에는 사십 대로 예상되는 리더 격의 보스가 있다고 한다. 시나가와 사건에서도 그 같은 이야기가 나왔다.

그러나 미즈오카 사장은 그런 보스를 보지 못했다. 그리고 보스가 직접 나서겠다던 몸값 협상 현장에 나타난 사람은 일개 수령책이었다.

보스란 인물은 과연 실재할까. 마키시마는 그 점에도 회의적이었다. 나타나야 할 요코하마 현장에서 나타나지 않은 이상, 보스 같은 건 처음부터 없었다는 견해도 성립한다.

그들이 존재하지 않는 보스를 있다고 속였다면 그 이유는 몇 가지로 생각할 수 있다. 이를테면 자신들의 조직을 크게 부풀려서 미즈오카 사장을 정신적으로 압박하는 것이다.

또한 몸값을 전달받는 현장에 보스가 직접 나서는 형태를 만들어, 범인들이 이 거래를 얼마나 진지하게 생각하는지 드러낼 수 있다. 거래가 성립하면 인질을 돌려보낸다는 구두 약속에 보증을 붙이는 의미가 생긴다.

나아가 생각하면 범인들에게는 또 한 가지 계산해 놓은 의도가 있지 않았을까 하고 마키시마는 추측했다. 그들이 보스가 나선다는 진심을 표현한 것으로, 그에 대한 미즈오카 사장의 진심도 시험한 것이다.

미즈오카 사장은 마지막 순간에 거절을 들이밀었다. 그 영향은 결코 적지 않을 것이다. 유감스럽지만 경찰로서도 범인의 음모에 손을 잡은 미즈오카 사장의 언동을 이제 믿지 못하게 됐다. 그 때문에 무라세를 통해 구로키와의 라인을 구축하기로 했다.

범인들도 그와 마찬가지 아닐까. 그들이 새로운 협상 계획을 짜고 있다 해도 미즈오카 사장이 지시대로 움직일지 말지 같은 불확실성을 되도록 배제한 형태를 생각하지 않을까.

마키시마는 자신이라면 그렇게 하리라고 생각했다.

다만 그렇더라도 그럼 어떤 형태가 있을까……. 그것을 알아내기가 어렵다.

미즈오카 사장마저 속이는 형태의 것……. 막연히 생기는 그런 이미지지만 구체적으로는 상상할 수 없다. 그에게 내리는 지시에 거짓말이 섞인다면 거래 성사에도 지장이 생기기 때문이다.

구로키가 한 가지 열쇠가 되리라는 촉은 있다. 그러나 사장의 지시 없이 구로키가 독단으로 금괴를 움직일 리가 없다. 게다가 범인들도 구로키 쪽으로 접촉한다면 무라세에게 알려질 것이다. 어떤 식으로 접촉해 오더라도 경찰과 라인이 생기면 범죄자와의 거래를 홀로 끌어안지는 않으리라.

대비는 했다.

그러나 한편으로는 이쪽의 허점을 보기 좋게 찔려 버리지 않을까 하는 불안이 사라지지 않는다.

하얀 블루종을 입은 오시타의 영상을 보고 있으면 그런 불안이 더욱 증폭되는 것 같았다.

대일본유괴단의 보스가 그들의 허세라고 한다면 오시타가 실질적인 범죄단의 중심 역할을 하고, 계획 구상도 맡고 있다고 보인다. 그렇게 파악하는 편이 범인들의 실상을 그리기 쉬운 점도 있지만 가능성 측면에서도 낮지는 않다고 마키시마는 보고 있다.

너는 대체 무엇을 꾸미고 있지?

마키시마는 프린트된 오시타의 옆얼굴에 물었지만 대답은 돌아오지 않았다.

"회사의 잠복조를 조금 늘릴까……."

범인이 어떻게 나올지도 모르는 이상 새로운 대책도 떠오르지 않고, 마키시마는 실속 없는 숙고를 그만뒀다.

"어디에 둘까요?"

"인원은 있나?"

"음, 우리 쪽 오가와나 고이시라면 간단히 움직일 수 있죠."

신참에 아직 수습 형사 영역을 벗어나지 못한 고이시 아유미와 동렬로 취급받는 것은 오가와 가쓰오도 불만이 있겠지만, 혼다가 보기에는 둘 다 별반 다르지 않은 듯하다.

"물론 중요한 일이라면 적당한 사람을 고르겠습니다만."

"아니, 그 두 사람이면 되겠지. 일반인처럼 보이는 편이 좋아."

혼다가 두 사람을 배치하기 위해 움직이는 한편에서, 점심 무렵이 되자 미즈오카 사장이 출근한 아침부터 회사에서 감시하던 담당 팀에게 이상 없다는 보고가 들어왔다.

"슬슬 이상 있다는 보고가 듣고 싶은 마음이군요."

담담히 각 팀과 연락하는 아키모토도 그런 진심을 흘리지 않을 수 없는 모양이었다.

점심 도시락을 다 먹었을 무렵, 무라세가 지령석으로 걸어왔다. 무라세는 미즈오카 사장 곁을 지키는 임무에서 빠진 뒤로 대책본부에서 내근으로 이동했다.

"수사관님." 말을 걸어 온 무라세의 얼굴은 홍조되어 있었다.

"비서인 구로키 씨에게 연락이 왔습니다. 아무래도 범인 쪽에서 미즈오카 사장에게 전화인지 뭔지로 접촉한 모양입니다. 구체적인 지시는 아직 내려오지 않은 모양이지만 내일, 움직임이 있을지도 모르니까 그럴 각오로 있으라고 사장에게 지시받았다고 합니다."

마키시마는 아키모토와 얼굴을 마주 보았다. 미즈오카 사장 곁에 붙어 있는 특수반 담당자에게는 점심 전에 이상 없다는 보고가 막 올라온 참이었다.

"구로키 씨에게는 언제 연락이 왔지?"

"지금입니다."

"사장에게 언제 이야기가 있었다고 말했나?"

"아침 미팅 때 들었다고 합니다."

"범인 쪽에서 연락이 있었다는 것은 미즈오카 사장 자신이 그렇게 말한 건가?"

"그런 분위기를 풍기는 이야기여서 구로키 씨 쪽에서 과감하게 물어봤답니다. 그랬더니 아무 일도 없었다면 이런 이야기는 안 한다고 했다고요."

"부정하지 않았다는 건가."

아무래도 이번에야말로 미즈오카 사장은 범인과의 뒷거래에 응하기로 했다고 판단해도 틀리지 않을 듯했다. 경찰에 전면 협력한다고 이야기한 그 자세는 굳은 결심의 반증이었던 것인가.

"요코하마 공원과 똑같이 토요일인가." 혼다가 긴장감을 되찾은 듯한 말투로 말했다.

"내일은 사장과 구로키 씨도 평소대로 출근하나?" 아키모토가 무라세에게 확인한다.

"내일 사장은 새로운 카페 점포를 오픈 준비 중인 핫케이지마로 가는 듯합니다. 그리고 구로키 씨는 본사에서 대기하도록 명령받았답니다."

"우리 쪽 사람을 그쪽으로 끌어들이고 비서인 구로키를 움직이기 쉽게 해 둔다는 노림수가 있을 듯하군요." 혼다가 탄식 섞인 목소리로 말했다. "정말 그런 것 같네요."

그러나 이런 정보가 들어오면 수사본부도 대책을 세울 수 있다.

“저녁에 사장이 귀가하면 자네 쪽 형사들을 도로 불러들여.” 마키시마가 아키모토에게 말했다.

미즈오카 사장은 이번 주에 6시를 넘겨 회사를 나와 집으로 돌아가는 나날이 이어졌다. 아마 오늘도 마찬가지일 것이다. 본격적으로 업무에 몰두할 심경은 아닐 테고 내일을 위해서라도 지금까지의 리듬을 무너뜨려 경찰에게 걸려들 만한 거리를 줄 일은 피하고 싶겠지……. 마키시마는 그렇게 판단하고 특수반 사람들을 모아 내일을 대비한 태세를 갖추기로 했다.

27

"준비는 끝났어."

점심이 지나 2시에 접어들 무렵에 모습을 비친 아와노는 도모키를 보자마자 그렇게 말했다. 말투는 여느 때처럼 억양이 적은 가운데 신기하게 설득력이 있었다.

"예정대로 오늘 저녁에 움직인다."

도모키의 방에 들어와 아와노가 말한다. 차콜 그레이 정장을 입고 바지에는 깔끔한 주름이 잡혀 있다. 아와노는 곧잘 '유괴 사업'이라고 말하는데, 정말로 사업가가 업무 이야기를 하듯이 그는 지금 유괴 계획의 마무리에 대한 이야기를 시작했다.

"가쓰토시와는 오늘 아침에 연락했다. 가쓰토시에게 우리가 내일 움직인다고 믿게 했지. 이번에야말로 경찰을 따돌리고 거래에 응하려는 것 같은데, 우리는 그 전에 끝을 낸다."

"경찰을 따돌리고 응하려는 것은 이야기를 하면 알 수 있나요?"

"알 수 있지. 이번에는 오기로라도 그렇게 하려고 마음먹은 느낌이 와."

"그러면 그대로 그와 몸값 협상을 약속하는 편이 편했을 것도 같은데요."

"가쓰토시가 그럴 마음이라도 경찰이 어떤 그물을 쳤을지 몰라. 구로키도 경찰과 내통한다고 봐야 해. 구로키를 믿기보다 속이는 편이 확실해."

믿기보다 속이는 편이 확실하다……. 아와노의 신조 자체를 드러내는 듯한 말에 도모키는 "그렇군요."라고 미소로 응할 수밖에 없었다.

"실행은 가쓰토시의 움직임을 보고 결정한다. 가쓰토시는 아마도 6시 넘어서 회사를 나갈 거야. 따라붙는 형사들도 마이크로버스를 타고 뒤따르겠지. 구로키가 회사를 나가는 건 7시 반경. 그사이에 행동한다."

"가쓰토시가 회사를 나오는 시간이 오늘만 늦어진다면요?"

"가쓰토시가 내일, 경찰의 허를 찌를 생각이라면 오늘은 그런 변칙적인 움직임은 하지 않겠지." 아와노가 말했다. "단, 업무 사정으로 만에 하나 그렇게 되더라도 구로키의 귀가가 더 늦는 한은 그 틈을 타 움직인다. 때에 따라서는 구로키가 회사를 나간 뒤라도 다시 부르면 돼."

준비가 됐다는 것은 계획에 쓸 오토바이 준비와 수령책 수배도 전부 빠짐없이 끝났다는 소리다. 그런 이상, 무슨 일이 있어도 오늘 결행한다……. 아와노에게는 그런 의지가 강하게 전해졌다.

"알겠습니다." 도모키는 대답하고 자신의 각오도 말로 했다. "저로서는 이번이 마지막 기회라고 생각합니다. 이걸로 결말을 내요."

그 말을 아와노는 선선한 눈으로 받아들이며 고개를 살짝 끄덕였다.

"야마시타, 다녀올게."

저녁 5시가 지났을 때 도모키는 수수한 면바지에 검은 블루종 차림으로 갈아입더니 2층으로 올라가 다케하루에게 말했다.

"알겠다, 기노시타."

소파에 기대 텔레비전을 보던 다케하루는 재방송 드라마가 지루했는지 꾸벅꾸벅 졸았던 모양이다. 깜짝 놀라 고개를 들고 대답한다.

유타는 휴대용 게임기를 들고 말없이 게임을 했다. 앓고 난 지 얼마 안 된 것도 있지만 감금 생활이 계속되어 기가 죽은 것처럼 보인다. 다케하루가 장난을 쳐도 그다지 반응을 보이지 않았다.

"유타, 조금만 참아."

도모키는 유타 앞에 허리를 숙이고 말했다. 유타는 도모키를 가만히 바라보며 그 말을 어떻게 파악해야 할지 어리둥절한 표정을 지었다.

"이제 조금 있으면 집으로 돌려보내 줄게. 그러니까 조금만 더 얌전히 있어. 알겠지?"

그렇게 말을 덧붙이자 유타의 얼굴에서 어리둥절한 기색이 반쯤 사라졌다. 그러나 머리로 믿으려 해도 본능이 그것을 막는지 기대의 빛 일색으로 바뀌지는 않았다. 알겠다는 듯한 반응도 없고, 고의로 못 들은 것처럼 게임기로 시선을 돌렸다.

무리도 아니다. 도모키는 다케하루에게 쓴웃음을 지으며 어깨를 으쓱했다. 하지만 오늘 결과가 어떻게 되든 유타는 집으로 돌려보낸다. 도모키 안에서 이미 결정한 일이었다.

"성공을 기원할게." 거실을 나가자 다케하루도 배웅하러 나왔다. "밤에는 나한테 맡겨."

이번 계획에서도 다케하루는 집을 지키는 역할이다. 하지만 유타를 풀어줄 때에는 도모키는 아르바이트 때문에 나가야 하므로 다케하루에게 맡기기로 했다.

"가죠."

계단을 내려가면서 얼굴에 두른 수건을 벗고 현관에서 기다리는 아와노에게 말했다.

"커다란 선물 가져오라고."

다케하루가 농담하듯이 두 사람을 배웅했다.

아와노와 함께 차고까지 내려가 유료 주차장에서 끌고 온 리스한 세단을 탄다. 도모키가 핸들을 잡고 아와노는 뒷좌석에 앉았다.

수도도로(수도 수송관을 매설한 땅 위에 만든 도로./ 옮긴이)를 남서쪽으로 달려 기시네 공원 앞에서 우회전한다. 도카이도 고속 철도 고가 아래를 지나 고즈쿠에 역 방면으로 향한다. 고즈쿠에 역 근처 주택가 한쪽에 유료 주차장이 있다. 스도 히토시를 유괴할 때 쓴 마고메의 주차장과 마찬가지로 주변에 방범카메라의 눈이 없는 곳을 골라 아와노가 빌렸다.

얼마 지나지 않아 주차장에 도착했다. 그 무렵에는 도모키는 선글라스에 마스크 차림이었다.

빌린 주차 공간에는 이십 대 초반 남자가 백이십오 씨씨급 스쿠터에 앉아 기다렸다. 오늘 계획에서 수령책을 맡은 남자다. 스쿠터 뒤에는 큰 탑박스가 달려 있고 '요코하마 오토바이퀵'이라고 래핑이 되어 있다. 정말로 그런 오토바이퀵서비스 회사가 있는 것처럼 준비가 철저하다.

그의 옆에는 이백오십 씨씨 오토바이가 있었다. 도모키가 탈 오토바이다. 이번에는 수령책에게만 맡겨 두면 되는 계획이 아니다. 도모키에게도 중요한 역할이 돌아왔다.

두 대의 오토바이를 치우고 세단을 주차한다.

"오늘 잘 부탁해."

아와노가 뒷좌석에서 내려서 수령책 남자에게 악수를 청했다.

"안녕하세요."

남자가 짤막하게 인사하고 악수에 응했다. 이런 일에 달려들었으니 정상적인 길을 걷는 인간이 아닌 점은 확실하지만 겉보기에는 더없이 평범한 청년이었다.

"이 남자가 기노시타다." 아와노는 수령책에게 도모키를 소개했다. "너랑 함께 갈 거야. 현장에 투입되는 타이밍은 기노시타의 지시에 따라."

수령책은 고개를 끄덕였다.

"구로키는 종이봉투에 짐을 넣어 빌딩에서 나온다." 아와노는 겉옷 안주머니에서 전표를 꺼냈다. "너한테 다가오면 '미나토당 구로키 씨입니까?'라고 확인하는 것을 잊지 마. 이 전표를 보면서 말해. 구로키가 대답하면 '짐을 맡겠습니다.' 하고 짐을 탑박스에 넣어. 간단하지."

이미 선금 백만 엔을 받은 이상, 수령책도 그 짐이 아무런 위험이 없는 물건이라고 생각지는 않겠지만, 각오하고 왔는지 아니면 원래 대담한 성격을 지닌 건지 주저하는 기색 없이 아와노의 이야기를 듣는 동안에도 표정이 바뀌지 않았다. 잘 풀릴 수도 있겠다……. 침착한 모습을 보는 것만으로 도모키 안에 희망적인 예감이 커졌다.

"탑박스를 여는 방법은 아나? 한번 열어 봐."

아이를 상대하는 듯한 이야기지만 어쩌면 여는 방법 같은 간단한 일에 애를 먹다 거짓말이 들통나는 일이 있을지도 모른다. 아와노의 체크는 세심하다.

수령책이 쉽사리 탑박스를 열자 아와노는 만족한 듯이 "잘했어."라고 말했다.

"짐이 무거우니까 아무쪼록 운전을 조심하도록 하고. 저녁 시간에 길이 혼잡할지도 모르지만 초조해할 필요는 없다. 안전 운전을 부탁한다."

아와노는 그렇게 덧붙이고 뒷일은 맡기겠다는 양 수령책의 어깨를 탁탁 두드렸다.

"가네마쓰다." 아와노는 도모키에게 수령책을 그렇게 소개하고 세단 뒷좌석으로 돌아간다. "뒷일을 부탁하지."

뒷좌석에 탄 아와노는 도모키와 가네마쓰가 돌아올 때까지 여기서 대기하기로 돼 있다. 아와노는 한쪽에 둔 태블릿PC를 켠다. 가쓰토시는 자신과 유타의 구명줄인 하얀 휴대전화를 몸에서 떼놓지 않고 기다렸다. 그 휴대전화 GPS 기능을 이용해 가쓰토시의 현위치를 알 수 있다. 가쓰토시가 회사를 나와 집으로 돌아가는 타이밍도 휴대전화로 확인한다.

도모키는 헬멧에 머리카락이 남지 않도록 머리에 반다나를 두르고 입도 스카프로 가렸다. 연락용 휴대전화와 연결한 이어폰을 귀에 꽂고 가죽장갑을 끼고, 헬멧을 쓴다. 저녁 시간에 접어들어서 선글라스는 벗었다.

중형 오토바이 면허는 다케하루의 영향으로 이 년쯤 전에 집 안에 틀어박혀 지낼 때 땄다. 하지만 면허를 딴 것으로 만족해 버린 데다 평소에는 스쿠터로 충분했던 터라 실제 생활에서 오토바이를 타고 돌아다닌 적은 거의 없었다. 이번에는 중형 오토바이가 형사답다는 아와노의 의견으로 오토바이를 준비하게 되어, 도모키는 최근 사흘 정도 다케하루의 오토바이를 빌려 연습해 뒀다.

오토바이에 타고 시동키를 집어넣고 셀모터를 돌린다. 시동이 걸리고 십 초쯤 데우고 나서 아와노를 향해 엄지를 세웠다.

오토바이가 출발한다. 사흘 전 연습 첫날에는 오랜만에 운전한 탓에 엔진을 꺼뜨려 버렸지만 이제 그런 일도 없다. 금세 수령책 가네마쓰가 뒤따라온다.

괜찮다. 모든 것은 순조롭게 진행되고 있다.

도모키는 자신을 납득시키듯이 그런 생각을 의식하면서 주차장을 나왔다.

간나이 역 근처 미나토당 본사 앞을 지나쳐, 6시가 되기 오 분쯤 전에 요코하마 공원에 도착했다.

미나토당 본사 입구 근처에는 마이크로버스가 서 있었다. 경찰차인 듯하다. 아와노가 경찰이 남아 있는지 체크하라고 했었다.

공원 앞 인도가에 오토바이를 세우고 헬멧 실드를 올린다. 바로 뒤에서 가네마쓰도 스쿠터를 세우고 대기에 들어간다.

이내 아와노와의 연락용으로 받은 휴대전화가 주머니에서 떨렸다. 이 휴대전화 GPS 기능으로 도모키의 위치 정보도 아와노가 파악하고 있다는 증거다. 어쩌면 아와노는 연락용 휴대전화뿐만 아니라 도모키의 개인 휴대전화 위치 정보도 파악하고 있을지도 모른다. 아르바이트하는 곳이나 집에 예고도 없이 나타나는 일이 자주 있었던 것도 결국 그랬기 때문이 아닐까. 그런 생각을 하며 지금은 아무래도 좋을 일이라고 생각을 고쳐먹었다.

「가쓰토시는 아직 회사다.」

“경찰차도 있었어요.”

「움직임이 있으면 연락하겠다.」

“알겠습니다.”

그런 대화를 하고 십 분쯤 지났을 때, 다시 휴대전화가 착신을 알렸다.

「회사를 나왔다. 이제 곧 너와 엇갈릴 거야.」

도모키는 갑자기 긴장해 헬멧 실드를 내렸다.

대향차선을 보았지만 가쓰토시가 탄 차가 어느 것인지는 모른다. 가쓰토시의 차임 직한 검은색으로 도색한 차량을 몇 대 보고, 이미 지나갔으리라 생각했을 때, 미나토당 빌딩 옆에 서 있던 마이크로버스가 지나갔다.

“가쓰토시가 탄 자동차는 모르겠지만 경찰의 마이크로버스가 방금 지나갔습니다.”

「예상대로다. 6시 반에 움직인다. 그곳은 자동차 소리가 울리는군. 조금 더 조용한 곳으로 이동해서 대기해.」

"알겠습니다."

도모키는 대답하고 가네마쓰와 함께 간나이 오피스거리 안으로 천천히 들어갔다. 인적이 드문 곳을 찾아 그곳에서 다시 대기한다.

손목의 데이토나를 본다.

6시 20분.

이제 얼마 남지 않았다.

집을 나오기 전에 아와노에게 받은 또 다른 휴대전화를 주머니에서 꺼낸다. 등록된 번호는 딱 하나. 구로키의 휴대전화다.

입을 움직이고 머리에 새긴 대사를 몇 번 연습한다.

시계를 본다.

6시 25분.

이제 곧 시작한다.

28

"……아뇨, 저는 동행하지 않고 회사에 있으니 사장님을 잘 부탁드립니다. 특별히 신경 쓰실 만한 일은 없을 거라 생각하지만 저는 아마도 오후 내내 사무실을 지키고 있을 예정이니 그렇게 아시고 부탁드리겠습니다. 아니요, 특별히 무슨 문제가 있는 게 아니라, 그만큼 새 점포에 신경을 쓰고 계신 겁니다. 아뇨, 밤에는 집에 돌아가실 테니 그렇게까지는 필요 없습니다……."

구로키는 핫케이지마의 새 점포 점장과 전화로 내일 일정 확인을 마치고 자리에서 일어났다. 커피를 타서 굳은 몸을 풀듯이 자리 주변을 돌아다니며 홀짝인다.

금요일 저녁, 6시 반이 다 된 이 시간, 총무과 층은 이제 몇 사람밖에 남지 않았다. 비서과는 구로키 혼자다. 미즈오카 사장이 회사를 나가고 따르는 형사들도 없어지자 같은 층에 감돌던 무거운 공기가 느슨해졌다. 그 분위기에 몸을 내맡기려 해도 구로키 자신은 마음을 완전히 놓을 수가 없다.

내일 몸값 전달만 넘기면 평온한 나날로 돌아갈 수 있을까.

그렇게 생각해도 그것을 극복하는 허들의 높이에 정신만 아득해질 뿐 조금도 긍정적인 기분이 들지 않았다.

먼저 경찰이 범인을 확실히 체포해야 한다.

그리고 인질인 유타를 무사히 구해야 한다.

그러나 그렇게 사건이 해결됐다 치더라도 모든 것이 원만하게 수습되리라는 법은 없다. 내일 몸값을 건네는 현장에서 잠복하던 경찰이 범인을 미행해서 아지트나 감금 장소를 찾아낸다면, 미즈오카 사장은 어떻게 그런 일이 가능했는지 의문을 갖게 될 것이다. 아무리 경찰이 말하지 않더라도, 사장의 마음속에 구로키가 비밀을 흘리지 않았는지 의심이 싹트는 것도 자연스러운 일이다. 사실이 그렇기 때문이다.

미즈오카 사장이 직접 마주하고 문책한다면 구로키는 딱 잡아뗄 자신이 없었다.

틀림없는 배신이란 점은 분명했다.

미즈오카 사장은 내일 핫케이지마까지 일부러 가서 경찰을 유인하려 하고 있다.

그렇게까지 해서 뒷거래를 성사시키려 하고 있다. 얼마나 진심인지 드러내고 있다.

그러나 구로키는 사장의 진심을 배신하려 하고 있다.

이미 무라세에게도 정보를 알리고 말았다.

배신이 결과적으로 해결을 초래했다고 해서 과연 사장은 그것을 용서할까.

아니, 용서하지 않을 것이다. 용서할 리가 없다.

설령 말로는 용서한다 하더라도 중요한 지시에 따르지 않은 사람을 비서로 계속 쓸 수는 없을 것이다.

경영 위기 때는 퇴사를 권유받았다. 결혼한 지 얼마 되지 않아 직장을 잃을 수 없는 노릇이라 오기로라도 고개를 끄덕이지 못했다. 익숙하지 않은 공장 제과 작업 현장으로 이동당하고 월급은 십만 엔 가까이 줄었다. 보너스도 나오지 않았다. 그래도 일자리를 잃는 것보다는 낫다는 생각으로 버티고 또 버텼다. 그런 나날이 비서로 등용되는 길로 이어졌다.

비서의 업무는 휴무도 불규칙한 데다 밤낮없는 일이 많다. 미즈오카 사장은 이 일에 순종과 착실함을 요구하는 부분이 있어 구로키에게는 잘 맞았다. 월급도 오르고 내 집 마련 대출 설계도 머릿속에 아른거리기 시작한 참이다.

그런 생활이 내일을 경계로 뻔히 무너질 위기에 처했다.

소심한 구로키에게는 경찰이 그렇게 압박하는데도 뒷거래를 끝까지 감출 만한 배짱이 없었다. 바른길을 선택할 생각이다. 그런데 그 길 끝에는 절벽밖에 없다.

유괴범들을 저주한다고 해서 아무것도 해결되지 않는다.

어쩌면 좋을까.

경찰에 숨기고 몸값 협상에 임할까.

그건 이제 와 늦었다. 구로키는 눈을 감고 고개를 저었다.

내일 경찰은 구로키 주변에 많은 수사관을 배치할 것이다. 경찰들을 따돌리기는 불가능하다.

구로키의 움직임도 경찰에 감시받는 형태라면 통할지도 모른다. 본디라면 그랬어도 이상하지 않다. 구로키에게 들어온 정보는 경찰에 전하도록 약속돼 있어서 그렇게 하지 않았을 뿐이다.

그러나 사장 본인은 수사에 전면적으로 협력하는 자세로 경찰을 속이고 있는 줄 믿고 있다. 그런데 경찰의 그런 움직임을 과연 납득할까.

아무리 생각해도 이것으로 충분하다는 결말이 보이지 않는다. 현실이 뒤틀려 있으니 간단히 수습될 리가 없다.

한숨을 쉬고 생각하기를 포기했다.

그러다 문득 언제부터인지 자신의 휴대전화가 책상 위에서 울리고 있다는 사실을 구로키는 깨달았다.

걸어가 커피잔을 내려놓고 휴대전화를 들었다. 액정에 표시된 '사장님'이라는 글씨를 보고 초조해하며 전화를 받았다.

"네, 구로키입니다."

「나야, 미즈오카.」

미즈오카 사장의 목소리는 딱딱하게 굳어 있고 첫마디부터 심상치 않은 긴장감이 전해졌다.

“네, 수고하십니다…….”

구로키는 형식적인 인사를 하면서 미즈오카 사장이 꺼낼 용건이 무엇인지 마음을 가다듬으며 기다렸다.

「범인에게 연락이 왔네.」

역시.

“내일 건이군요?”

경찰에 전해야 하는 의무감이 자연스레 발동해 구로키는 장소와 시간을 놓치지 않도록 신경을 곤두세웠다.

그러나 사장에게서 돌아온 말은 예기치 못한 내용이었다.

「아니, 지금이야.」

“예……?”

구로키는 말문이 막히고 그대로 머릿속이 하얘졌다.

「허를 찔렀지만 따를 수밖에 없어. 지금 아직 회사지?」

“예, 예예…….”

「경찰 쪽 사람은 남아 있지 않겠지?」

사장은 회사를 나갔기 때문에 함께하는 형사들도 당연히 없다. 그러나 통화 후에 경찰에게 알려야 한다면 남아 있지 않다는 대답을 해도 되는지……. 그런 번민이 그 순간 생겨났다.

결국 솔직히 대답해야 한다는 미련스럽게 고지식한 성격이 그것을 가로막아 반사적으로 "예." 하고 입을 놀렸다.

「6시 반에 회사 앞에 오토바이퀵이 올 모양인가 보네. 미나토당의 구로키라고 하면 얘기가 통할 거라고 했어.」

갑자기 나온 '오토바이퀵'이라는 말에 당혹감을 느끼면서도 구로키는 시계를 보았다. 6시 반까지는 이제 오 분밖에 남지 않았다.

「금괴를 종이봉투에 담아 오토바이퀵에 맡기라는 지시야.」

"예?"

전혀 생각지도 못한 이야기에 구로키는 말이 나오지 않았다. 내일 일을 이것저것 생각하며 혼자서 이러지도 저러지도 못하고 고민하던 자신을 비웃기라도 하는 것 같은 이야기였다.

「뭐든 좋아, 주위에 있는 종이봉투에 담아서 아래로 가져가. 서둘러. 오토바이퀵은 몇 분씩 기다리지 않는다니까.」

"조, 종이봉투는 하나인가요, 아니면 두 개로 나눠서……?"

「요코하마 공원 때처럼 두 개로 나누면 되겠지.」

"거, 건네면 되는 거죠?"

오토바이퀵에 모든 것을 맡기기가 너무 미덥지 못해서 구로키는 다시 한 번 확인해야만 했다.

「그쪽에서 그렇게 말했어. 그대로 하면 돼. 책임은 내가 진다. 자네는 아무것도 생각하지 말고 해 주면 그걸로 되네.」

"알겠습니다."

「부탁하네. 나중에 다시 연락하지.」

"네."

전화를 끊고 구로키는 크게 숨을 내쉬었다. 휴대전화를 든 손이 땀에 축축하게 젖어서 셔츠에 손을 닦았다.

이러고 있을 수 없다.

비품이 놓인 선반에서 종이봉투 두 개를 뺐다. 금고에서 금괴를 꺼내려고 했지만 구로키는 휴대전화를 다시 한 번 보고 망설였다.

무라세에게 보고해야 한다.

그러나 구로키는 휴대전화를 들고 또다시 망설였다.

연락한다고 해도 경찰은 도저히 제때 올 수 없을 것이다. 범인들은 내일 몸값을 요구할 것처럼 꾸며서 모두의 관심이 그쪽으로 쏠려 있는 틈을 찔렀다. 그들의 승리다. 이렇게 되면 이제 얌전히 따를 수밖에 없지 않을까.

사장도 책임은 자신이 진다고 했다.

그렇다면 그것으로 된 것 아닌가.

아니…….

정말로 그것으로 괜찮은가?

어차피 경찰이 제때 오지 못해 결과가 바뀌지 않는다면 연락할 것만 해 두면 된다는 생각도 할 수 있다. 어쨌든 무라세에게 부탁받은 건의 책임은 다한 것이다. 나중에 이상한 죄책감에 휩싸일 일도 없어진다.

하지만…….

미즈오카 사장이 알아채면 어쩌지?

어차피 결과가 바뀌지 않을 일에 일부러 손을 대서 미즈오카 사장의 신뢰만 잃는다면 그런 멍청한 짓은 또 없다.

안 된다.

어느 쪽으로도 마음을 정하지 못한 채 천장을 올려다보았다.

우선 금괴를 꺼내자.

구로키는 판단을 미루기로 했다.

하지만 금고 쪽으로 걸음을 향한 그 순간, 손에 든 휴대전화가 진동하는 바람에 구로키는 흠칫 놀랐다.

모르는 번호가 떴다.

누구지?

"여보세요."

전화를 받자 「구로키 씨 전화입니까?」라는 남자 목소리가 들렸다.

"네."

「구로키 씨 본인이십니까?」

"그렇습니다만."

「여기는 가나가와 현경 수사본부입니다. 조금 전 미즈오카 사장님이 구로키 씨에게 연락하셨죠?」

"네? 예……."

구로키는 상황을 파악하지 못하고 우물쭈물 맞장구를 쳤다.

「범인의 지시는 저희도 파악하고 있습니다.」

놀랐다……. 미즈오카 사장 근처에서 형사가 귀를 기울이고 있었나. 아니면 전화 내용을 감청이라도 당한 것인가.

영문을 모르겠지만 경찰의 숨은 힘을 엿본 것 같아 구로키는 한기마저 느꼈다. 경찰에 협력해야 하나 하지 말아야 하나, 이래저래 망설인 것도 부질없을 지경이었다. 거스른다고 해서 이길 상대가 아니니다.

「범인의 지시에는 그대로 따르시면 됩니다.」 수사본부 남자가 말했다. 「오토바이퀵에 건네십시오. 단, 한 가지만 확인해 주셨으면 합니다. 지금 근처에 있던 저희 사람 하나가 오토바이로 서둘러 그쪽으로 가고 있습니다. 그 형사가 오토바이퀵을 미행할 겁니다. 그러니 짐을 오토바이퀵에 맡길 때, 바로 뒤에 다른 오토바이가 대기하고 있는지만 확인해 주십시오. 아직 도착하지 않은 것 같으면 도착할 때까지 잠시 시간을 벌어 주십시오. 그거 하나만 부탁드리겠습니다.」

"예, 알겠습니다."

대답과 함께 구로키는 안도의 한숨을 내쉬었다. 경찰은 늦지 않았다. 게다가 구로키 자신이 미즈오 자신이 사장을 배신하고 정보를 알린 게 아니다. 아무것도 하지 않아도 상대방이 알아서 파악하고 움직였다.

「그럼 잘 부탁드립니다.」

용기를 북돋는 듯한 목소리로 전화는 끊겼다. 구로키는 경찰의 우수함에 감사하고 싶었다.

모든 갈등이 사라지고 사무실의 조용함을 의식할 정도로 침착함을 되찾자 재빨리 비서과 금고를 열고 안에서 보자기 두 개에 포장된 금괴를 꺼냈다. 금괴 더미를 두 개의 종이봉투에 하나씩 담고 위를 테이프로 적당히 봉했다.

벌써 6시 반이 지나 버렸다.

종이봉투에 담은 금괴를 손수레에 싣고 엘리베이터를 타고 1층으로 내려간다. 바깥으로 나가자 눈앞 가드레일 가까이에 서 있는 하얀 탑박스가 달린 오토바이퀵이 보였다.

인도를 가로질러 거기까지 손수레를 밀고 간다. 오토바이에 탄 퀵 기사가 구로키를 발견하고 헬멧 실드를 올렸다.

"미나토당 구로키 씨세요?"

기사는 전표 같은 종이를 보면서 구로키에게 물었다.

"맞습니다." 구로키가 대답했다.

"맡기실 물건은 이겁니까?"

"네."

구로키는 대답하면서 차선 뒤를 보았다. 경찰인 듯한 오토바이 모습은 아직 없었다.

"접수하겠습니다." 기사가 탑박스를 열고 말했다.

"죄송합니다. 좀 무거우니 조심히……."

구로키는 그렇게 말하며 일부러 천천히 종이봉투를 들어 올려 남자에게 건넸다.

남자가 종이봉투를 탑박스에 담는다.

또 한 개.

건네고 시선을 돌리자 오토바이퀵 십 미터쯤 뒤에 서 있는 오토바이 한 대가 보였다. 운전자는 실드를 내린 채 헬멧을 끄덕 움직이고 핸들을 잡은 왼손 엄지를 가볍게 세워서 구로키에게 신호를 보냈다.

구로키도 작게 고개를 끄덕였다.

늦지 않았다.

"그럼 잘 전달하겠습니다."

오토바이퀵 기사가 탑박스를 닫고 구로키에게 한마디 하고 시동을 걸었다.

"부탁합니다."

오토바이퀵은 천천히 출발했다.

오토바이퀵을 따라 형사가 탄 오토바이도 출발했다.

구로키는 어깨의 짐을 내린 심정으로 그 모습을 바라봤다.

29

6시 25분.

간나이의 오피스 거리 한쪽에서 대기하던 도모키의 휴대전화로 아와노의 전화가 걸려왔다.

"어때요?"

통화 상태로 한 휴대전화를 입가에 가까이 대고 도모키가 물었다.

「구로키에게 전화했다. 예정대로 진행되고 있어. 뒷일을 부탁하지.」

아와노는 최고의 결과를 아무것도 아닌 일처럼 보고했다.

"알겠습니다."

연락용 휴대전화에서 이어폰 코드를 빼서 구로키의 전화번호가 등록된 다른 휴대전화에 꽂았다. 그 휴대전화를 조작해 구로키에게 전화한다.

보이스피싱 사기 전화를 걸 때도 이런 긴장감은 없었다.

단판 승부다.

「여보세요.」

구로키는 바로 받았다.

"구로키 씨 전화입니까?" 도모키의 입은 시나리오대로 움직인다.

「네.」

"구로키 씨 본인이십니까?"

「그렇습니다만.」

"여기는 가나가와 현경 수사본부입니다." 도모키는 적진에 진격하는 마음으로 목소리에 조금 힘을 주었다. "조금 전 미즈오카 사장님이 구로키 씨에게 연락하셨죠?"

「네? 예…….」

도모키는 어째서 그 사실을 아느냐고 당황한 낌새의 구로키를 다그쳤다.

"범인의 지시는 저희도 파악하고 있습니다."

구로키가 놀라서 숨을 삼키는 기척이 이어폰을 통해 귀로 전해졌다. 다음 말을 고르는 듯한 뜸을 잠시 뒀지만 상대방에게서는 말이 나오지 않았다.

성공할 수 있다.

"범인의 지시에는 그대로 따르시면 됩니다." 도모키는 말을 이었다. "오토바이퀵에 건네십시오. 단, 한 가지만 확인해 주셨으면 합니다. 지금 근처에 있던 저희 사람 하나가 오토바이로 서둘러 그쪽으로 가고 있습니다. 그 형사가 오토바이퀵을 미행할 겁니다. 그러니 짐을 오토바이퀵에 맡길 때, 바로 뒤에 다른 오토바이가 대기하고 있는지만 확인해 주십시오. 아직 도착하지 않은 것 같으면 도착할 때까지 잠시 시간을 벌어 주십시오. 그거 하나만 부탁드리겠습니다."

「예, 알겠습니다.」 구로키는 얌전히 그렇게 대답했다.

"그럼 잘 부탁드립니다."

전화를 끊을 때 도모키는 온몸의 혈액이 물결치는 듯한 흥분에 휩싸여 있었다.

회심의 안타다.

보이스피싱을 하던 시절 감각으로는 틀림없이 걸려들었다는 확신이 생기는 반응이었다.

"먼저 가. 구로키가 나오면 나도 간다."

오토바이퀵 역할의 가네마쓰에게 지시한다.

가네마쓰가 고개를 끄덕이고 스쿠터를 출발한다. 모퉁이를 왼쪽으로 돌아 미나토당 본사 방면으로 사라진다.

도모키도 오토바이를 밀고 가 사거리 근처까지 나아갔다. 오토바이에서 떨어져 바로 앞 빌딩 모퉁이에서 미나토당 본사를 들여다본다. 삼사십 미터 앞 가드레일 옆에 스쿠터를 세우고 기다리고 있는 가네마쓰가 보인다. 끈기 있게 상황을 살피자 삼사 분 지나 짐을 실은 손수레를 미는 한 남자가 나타났다. 가네마쓰에게 다가간다.

왔다.

도모키는 오토바이에 타고 시동을 건다. 모퉁이를 돌아 가네마쓰 오토바이 십 미터쯤 뒤에서 천천히 정차한다.

가네마쓰가 종이봉투에 담긴 짐을 탑박스에 싣는다. 그 신중한 동작으로 무게가 제법 나가는 것이 전해졌다.

금괴다.

그러나 거기에만 정신을 빼앗기고 있을 수는 없다.

짐을 가져온 남자, 구로키가 이쪽을 흘끔 보았다.

도모키는 고개를 살짝 끄덕이고 조심스럽게 왼손 엄지를 올리며 응답했다.

구로키가 안심했는지 고개를 끄덕였다.

미나토당 본사 빌딩도 주의 깊게 살폈다.

로비에 달리 사람은 보이지 않는다.

가게도 아직 영업을 하고 있지만 손님의 등이 보일 뿐이다.

2층 카페에도 창가에 젊은 여자 한 사람이 앉아 있을 뿐이다.

그 밖에 앞뒤와 길 건너편에도 경찰의 눈이 지켜보는 듯한 기척은 없다.

가네마쓰가 탑박스를 닫고 오토바이에 탔다.

천천히 출발한다.

도모키도 그것을 쫓았다.

구로키 앞을 지나친다.

해냈다.

크게 소리치고 싶은 기분이었다.

툭하면 정체되는 시가지를 빠져나가 땅거미가 짙게 깔린 주택가를 달려 고즈쿠에 유료 주차장에 들어가자 세단 뒷좌석에서 아와노가 나왔다. 가네마쓰와 함께 도주책을 맡은 남자도 대기하고 있다.

"회수 성공했습니다."

도모키의 보고에는 여전히 표정 없는 얼굴을 무너뜨리지 않은 아와노였지만, 오토바이퀵의 탑박스를 열고 펜라이트로 비추면서 종이봉투 포장을 뜯고 안에 든 금괴를 확인하더니 그제야 입가에 미소를 짓고 도모키에게 손을 내밀었다.

"잘했어."

도모키도 그 손을 잡는다. 웃음이 멈추지 않았다.

도모키는 가네마쓰와도 악수를 하고 다른 도주책 남자에게 헬멧을 건넸다.

"전부 OK다. 나머지는 예정대로 부탁해."

종이봉투를 세단 뒷좌석으로 나르고 안에 발신기가 들어 있지 않은 것을 확인한 아와노가 가네마쓰에게 도주 지시를 내렸다. 가네마쓰는 그대로 퀵서비스 오토바이를 타고 도모키의 오토바이에는 도주책 남자가 탄 채 주차장을 나갔다. 그들의 오토바이는 니시오이 역 근처에서 버려지고 두 사람은 매번 그랬듯 야마노테 선에서 사라지기로 되어 있다.

도모키는 세단 운전석에 앉았다. 반다나와 스카프를 벗고 마스크를 쓴다.

"좋아, 가지."

십 분 가까이 시간을 두고 나서 차를 출발했다.

주차장을 나와 묘렌지에 있는 집으로 향한다.

"이렇게 술술 풀릴 줄이야."

도모키는 치밀어 오르는 웃음을 억누르기를 포기하고 감탄이 섞인 말을 토해냈다.

"잘 풀릴 때는 그런 법이지."

아와노는 태연한 반응에도 유쾌한 기분이 또렷이 배어 있었다.

"구로키는 완전히 속아 넘어갔어요. 그래서 성공을 확신했죠."

"구로키는 가쓰토시에게 들었는지 움직이는 건 내일이라고 믿었어. 갑작스러운 일에 당황했지. 완전히 속아 넘어갔더라도 어쩌면 생각대로 움직이지 않았을지도 몰라. 역시 경찰 역을 한 네 군히기가 결정타가 됐을 거야."

아와노에게 노고를 칭찬받아 도모키는 더욱 기분이 좋아졌다.

스도 히토시 때와는 달리 이번에 중요한 지점에서 큰일을 한 사람은 대부분 아와노였다. 도모키 형제는 미즈오카 부자를 보살피는 것 말고 대단한 일은 하지 않았다. 아와노가 던지고 아와노가 안타를 쳐서 점수를 딴 것이나 다름없는 게임이다. 그런 가운데 마지막에 자신도 마무리에 공헌할 수 있어 충실감에 가까운 감정이 도모키 안에 가득했다.

"미나토당에서 일억 엔을 빼앗은 기분은 어때?" 아와노가 물었다.

"아, 최고예요." 도모키는 말했다. "솔직히 막상 돈을 빼앗아도 속이 시원할지는 모르겠다고 생각했거든요. 어쩌면 오히려 허무한 기분이 들지도 모르겠다고요……. 하하하, 이렇게 후련할 줄은 꿈에도 생각하지 못했어요."

"그래, 그거 잘됐군."

"요코하마 공원에서 빼앗았어도 이렇게 기쁘지는 않았을 것 같아요. 이번에는 가쓰토시도 구로키도 경찰도 전부 속여서 빼앗은 거니까요. 이런 통쾌한 일이 또 있겠어요?"

"재미있었지."

아와노는 마치 다양한 이벤트가 한가득한 즐거운 여행에서 돌아오는 길에서 하는 듯한 말투로 불쑥 중얼거렸다.

"당장은 아니어도 괜찮으니…… 또 이런 전율을 맛보고 싶지 않은가?"

"악마의 속삭임이군요." 도모키는 쓴웃음을 짓고 대답했다. "이런 벌이에 쾌감이라는 중독성이 있다는 건 인정하죠." 그렇게 말하고서 고개를 내저었다. "하지만 저는 이걸로 손을 씻기로 했어요."

"그래."

"어차피 이런 일을 계속해도 아와노 씨 발치도 따라가지 못할 겁니다. 이번에 통감했습니다. 아와노 씨는 천재예요. 저는 역시 사업의 세계에서 승부하고 싶어요. 바깥세상에서 내 힘을 시험해 보고 싶습니다."

"현명하군." 아와노는 어쩐지 쓸쓸한 듯이 말했다. "그렇게 결정한 길을 망설임 없이 간다면 너는 바깥세상에서도 성공할 거야."

"고맙습니다."

아와노가 보내는 전별의 말에 도모키는 진심으로 감사 인사를 했다.

도모키가 운전하는 차는 이윽고 기시네 공원을 지나 묘렌지의 집 근처까지 갔다.

"잠깐 적당한 곳에서 돌아서 멈춰 봐."

느닷없이 아와노가 말했다. 도모키는 어리둥절해 하면서도 옆길로 들어가 차를 세웠다.

"뭡니까?"

"오토바이다……."

아와노의 시선에 이끌려 도모키는 자동차의 오른쪽으로 시선을 돌린다. 이내 스쿠터 한 대가 마찬가지로 모퉁이를 돌아서 두 사람이 탄 차를 추월했다. 추월하는 순간 도모키의 차를 슬쩍 신경 쓰듯이 헬멧이 움직인 것처럼 보였다.

도모키는 갑자기 긴장감이 되살아나서 달려가는 스쿠터를 응시했다.

"여자네요."

헬멧 아래로 보이는 긴 머리카락이 바람에 날렸다. 마른 몸의 재킷을 입은 뒷모습을 봐도 젊은 여자 같았다.

"언제부터였죠?"

"알아챈 건 기시네 공원 부근이야. 비틀비틀 뒤쪽 차 뒤에 숨어서 달리나 싶다가 아까 신호가 빨간색으로 바뀌는 것도 신경 쓰지 않고 달렸어."

설마 경찰인가……?

그러나 겉보기에 전혀 그래 보이지 않는다. 혼자 스쿠터를 타고 미행하는 것도 쉽게 이해가 되지 않는다. 괴상하게 팔꿈치를 벌리고 앞으로 고꾸라질 듯한 우스꽝스러운 자세로 타고 있다.

여자는 완만한 언덕을 오르는 도중에 어느 집 앞에서 스쿠터를 멈췄다. 비틀비틀 휘청거리면서 위태롭게 내려 그대로 스쿠터를 밀어서 차고 안으로 사라져 버렸다.

아와노가 후후 하고 웃었다.

기분 탓이었던 것 같다.

"뒤쪽에 또 뭐 없었나요?"

"그래." 아와노가 대답했다. "저건 어제오늘 처음 도로를 달려 본 자세로군. 어깨가 딱딱하게 굳었어."

"저런 형사는 없어요." 도모키도 긴장이 풀려 작게 실소했다. "괜히 사람을 놀라게 하고."

도모키의 집까지 이제 이백 미터도 남지 않았다. 주택가의 좁은 길을 지나 집에 도착한다. 차고에 차를 집어넣고 아와노와 함께 금괴를 들고 현관의 돌계단을 오른다.

초인종을 누르자 잠시 뒤에 다케하루가 문을 열었다.

"수고했어."

노고를 치하하는 말로 도모키와 아와노를 맞이한 다케하루는 두 사람이 들고 있는 물건을 보더니 싱글벙글해서 "오오!" 하는 환호성을 질렀다.

"해냈어!"

도모키는 금괴를 현관 마룻귀틀에 두고 다케하루와 하이터치를 나눴다.

30

끝났다.

구로키는 오토바이를 지켜보며 크나큰 책임에서 해방된 안도감으로 가드레일을 손으로 짚고 후우 하고 숨을 내쉬었다.

이제 경찰이 범인들의 아지트를 밝히고 유타를 무사히 구해 주기를 기도할 뿐이다.

오늘은 경찰에게 보고가 있을 때까지 돌아갈 수 없다.

그렇다, 경찰이 몸값 전달 계획을 파악하고 있었다는 사실을 미즈오카 사장에게 전해야 할까……. 구로키는 빈 손수레를 밀어 비서과로 돌아오는 동안에 그 점을 고민했다.

나중에 사장이 이번 거래의 뒤에서 경찰이 움직였다는 사실을 안다면 구로키와 경찰이 내통했다고 의심하지 않을까. 그러나 구로키 자신은 토요일에 거래가 있을 것 같다는 정보를 흘렸을 뿐, 오토바이퀵서비스로 전달하는 사실을 경찰에 알리지는 않았다. 경찰이 독자적인 루트로 파악한 것이다.

아마도 감청 같은 겉으로 드러내지 못할 방법을 써서 파악했을 것이다. 사장이 따져 물어도 경찰은 방법을 밝히지 않을 수도 있다. 사건이 무사히 해결되고 그런 문제가 흐지부지되면 좋겠지만, 그렇지 않을 때도 대비해 둬야 한다. 경찰이 자신들의 수법을 얼버무리면 사장은 아마도 구로키에게 의심을 돌리리라. 실제로 절반은 사실이니까 한번 의심받으면 그 시점에서 끝장이다.

역시 그렇게 되기 전에 먼저 보고하는 것이 낫다. 자신은 사장의 지시대로 움직였지만 경찰이 그와는 관계없이 정보를 파악하고 오토바이퀵을 미행했다고…….

비서과로 돌아온 구로키는 휴대전화를 꺼내 통화 기록을 자세히 살폈다. 미즈오카 사장의 전화는 회사용으로도 사용하는 번호가 아니라 만약을 대비해 이쪽으로 걸지도 모른다고 한 다른 휴대전화 번호를 찾았다.

그 휴대전화로 걸었다.

「지금 거신 전화번호는 전파가 닿지 않는 곳에 있거나 전원이 꺼져 있어 연결되지 않습니다.」

안내 멘트가 흘러나와 구로키는 미심쩍어하면서 일단 휴대전화를 내려놓았다. 전파가 닿지 않는 곳에 있다고 생각하기는 어렵다.

금괴를 전달하라는 지시를 한 이 판국에 사장이 일부러 휴대전화 전원을 끄다니 어떻게 된 일일까?

경찰과의 사이에서 무슨 말썽이 일어난 것일까?

아무튼 상황을 살피는 편이 좋지 않을까 싶은 마음도 들었지만, 역시 한마디 전해 두지 않으면 안심이 되지 않는다. 구로키는 다시 한 번 휴대전화를 들고 이번에는 평소 사용하는 번호로 걸었다.

「여보세요.」 이번에는 바로 받았다.

“수고하십니다. 구로키입니다.”

「수고하네.」 미즈오카 사장은 그렇게 대답하고는 바로 「무슨 일이지?」라고 물었다.

“사장님, 지금 통화 괜찮으십니까?”

「괜찮아.」

가까이에 형사들은 없는 모양이다.

「뭐야, 왜 그러지?」

구로키의 전화에 사고가 터진 기운을 감지했는지 사장은 반복해서 물었다.

“아뇨, 조금 전 오토바이퀵에는 문제없이 건넸습니다. 그런데 경찰이 움직임을 어디에서 파악했는지 오토바이퀵을 미행하는 것 같았습니다.”

「오토바이퀵?」

미즈오카 사장은 목소리 톤을 높이고 어째서인지 ‘오토바이퀵’

이라는 말이 걸리는 듯한 반응을 보였다.

"예." 구로키는 그렇게 대답하는 수밖에 없었다.

「구로키.」 미즈오카 사장은 어리둥절한 것처럼 구로키를 불렀다. 「대체 무슨 이야기를 하는 건가?」

"예……?"

구로키는 머릿속이 정지되면서 무엇을 어떻게 대답해야 할지 하나도 알 수 없게 됐다.

31

이날 오후에 혼다 대장의 지시를 받아 고이시 아유미와 함께 미나토당 본사로 가려던 오가와 가쓰오는 야마테 경찰서를 나오면서 형사총무과장 야마구치 마호와 맞닥뜨렸다.

"아, 수고하십니다."

마른 몸에 정장을 입은 마호는 두 사람의 모습을 보고 싹싹한 미소를 짓고 말을 붙였다.

"지금 어디 가는 거지?"

"미나토당입니다."

오가와는 크게 대답했다. 마호는 형사특별수사대를 움직이는 위치에 있는 상사 중 한 사람이지만, 동갑이기도 하고 마키시마나 혼다처럼 근엄한 얼굴의 아저씨들과는 달리 붙임성도 좋아서 친밀감이 달랐다. 또, 이제부터 남몰래 마음에 둔 고이시 아유미와 함께 잠복 임무를 맡게 되어 그 부분에서도 평소와는 달리 더 기합이 들어갔다.

“그래.” 마호는 오가와의 시원시원한 대답에 눈을 크게 뜨더니 “열심히 해.”라며 아유미에게도 미소를 지었다.

“하지만 걱정이에요. 과장님, 어쩌죠.”

오가와와는 반대로 아유미는 눈썹을 축 늘어뜨리고 스스로 주체하지 못하는 불안을 드러냈다.

특별수사대 안에서는 가장 어린 아유미는 형사로서 경력이 적기도 하지만, 원래 불안증 기질인지 사사건건 “어쩌죠.”, “어떻게 할까요.”라는 말이 입버릇이었다. 그 때문에 오가와 같은 남자는 마음이 간질간질하면서 자신이 지켜 주어야 한다는 각오가 끓어오르는 것이다. 그러나 오가와가 그런 마음인 것을 아는지 모르는지 아유미는 오가와를 흘끔 쳐다보고는 어쩐지 걱정되는 듯한 얼굴로 “어쩌죠.”라고 중얼거렸다.

“고이시, 왜 그러지?” 마호는 쿡 하고 웃으며 물었다. “왜 그렇게 불안해해.”

“뭘 하면 좋을지 몰라서요.” 아유미는 입을 오므린 채 말했다. “2층 카페에서 이상이 없는지 감시하라는 지시만 들었어요.”

“잠복이구나.” 마호는 딱 잘라 말했다. “두 사람, 형사답지 않으니까 딱 맞잖아.”

"혀, 형사답지 않다니 너무하십니다."

특별수사대에서는 주력인 중견 형사를 자부하고 있는 오가와로서는 끼어들지 않을 수 없었다.

"물론 좋은 의미로." 마호는 오가와의 항의에 개의치 않고 말했다. "지난주 작전도 고이시는 범선 앞에 배치됐고, 오가와도 미나토당 종이봉투를 들고 완벽하게 일반인이 됐잖아."

"아니, 그때는 아무런 설명도 없이 그냥 종이봉투를 들고 걸어다니라는 말만 들어서."

"거기에 분명한 의미가 있었어. 오늘 업무에도 어떤 의미가 있겠지."

"하지만 미나토당은 특수반이 지키고 있죠?" 아유미가 어쩔 줄 몰라 하며 물었다. "거기에 저희가 가서 무슨 의미가 있을까요?"

"혼다 형사는 뭐라고 말했지? 특수반을 거들랬어?"

"그러니까 이상이 없는지 지켜보라고만…… 하지만 특수반과 달리 사장이 회사를 나가도 가게가 문을 닫을 때까지는 남아 있으라고 하셨어요."

"아, 그렇구나." 마호가 빠르게 이해하고 대답했다. "사장이 회사를 나가면 잠복조는 전부 그쪽으로 가 버리니까 누군가 남겨 두고 싶은 거야. 있잖아, 비서인 구로키 씨는 아직 회사에 남아 있기도 하고."

"네에……." 무슨 말인지 아는 듯 모르는 듯 오가와는 건성으로 대답했다.

"범인에게 전화가 와서 요전처럼 요코하마 공원 같은 곳을 지정하고, 당장 오라고 한다면 바깥에 있는 사장 주변만 지키다가는 대응할 수 없잖아. 비서인 구로키 씨는 움직일 수 있지만, 경찰은 한 사람도 없는 상태가 되니까."

"우와." 아유미가 입에 손을 댔다. "범인은 그렇게 허점을 찌르기도 하나요?"

"가능성은 있어. 바깥 도로에서 일당 중 누군가가 사장의 움직임을 관찰하고 있을지도 모르지."

"그럼 이상이 없다는 건 그런 수상한 인물이 없는지도 포함되겠군요." 아유미는 납득한 듯이 말하면서도 더욱 불안이 커진 것처럼 물었다. "그런 인물이 있으면 어쩌죠?"

"그야 마크해야지. 인상착의를 파악하고 수사본부의 지시를 요청하고 미행이 필요하면 미행해야지. 그렇게 범인들의 아지트를 찾아낼지도 모르고."

"우와와." 아유미는 겁을 먹은 것처럼 눈을 동그랗게 떴다. "중요한 임무잖아요. 그리고 미행하려다가 만약 상대방이 차를 이용한다면 어쩌죠? 특수반 분들은 지휘 차량이 있지만 저희는 전철로 가라고 했어요."

불안이 줄줄이 생기는가 보다.

"으음, 자동차라…… 그래." 마호도 쓴웃음을 지었다. "그때야말로 여차하면 택시를 세워서 '앞차를 따라가 주세요.' 하면 어때?"

계속 상대할 수 없어졌는지 마호의 대답도 상당히 건성으로 바뀌었다.

"그건……." 아유미는 아유미대로 곤란한 표정을 지우지 않았다.

"뭐, 아무튼 열심히 해."

마호는 시원스레 대화를 끝맺고 야마테 경찰서 안으로 사라져 버렸다.

"어쩌지……." 아유미는 여전히 같은 말을 하고 있다.

"고이시는 정말로 걱정이 많은 성격이구나." 오가와는 여유를 보이며 웃었다. "혼다 대장 앞에서는 맡겨 달라며 기운차게 대답했으면서."

"그렇다니까요." 아유미는 스스로도 곤란하다는 양 말했다. "저는 아무 생각도 없이 대답해 버리고는 나중에야 불안증이 생겨요. 특별수사대에서 여성 형사를 찾는다는 이야기를 들었을 때도 저절로 '저요.' 하고 손을 들고 나서 이걸 어쩌지 싶었고요."

"아무 생각도 없이 움직이는 건 곤란한걸." 오가와는 선배 형사의 위엄을 드러내며 말했다. "형사란 한 가지 결단에 말 그대로 자신의 목숨이 걸리기도 하니까."

"그렇죠." 아유미는 얌전히 고개를 끄덕였다. "무섭네요."

"뭐, 중요한 건 앞으로 하나씩 하나씩 가르쳐 줄게. 오늘처럼 내가 함께할 때는 나를 믿으면 되고."

오가와가 여유를 부리며 말하자 아유미는 "네." 하고 순순히 긍정하고는 "어쩌지……."라고 작게 중얼거렸다.

"먼저 기억해 둬야 할 점은 우리 현경 형사부는 마키시마 파와 와카미야 파로 나뉜다는 점이야."

간나이의 미나토당 본사 2층에 있는 카페에 도착한 오가와와 아유미는 창가에 자리를 잡고 주스와 와플 세트를 주문했다.

그 자리에서 오가와는 시간을 죽일 겸 아유미에게 현경 내부 사정부터 가르쳐 주기로 했다. 관할 경찰서에 있으면 그런 부분은 좀처럼 알 수 없다. 여차할 때 누구를 기대면 되는지 모를 수밖에 없었다.

아니나 다를까 아유미는 "어, 그렇게 되어 있나요?"라며 놀람을 숨기지 않았다.

"그렇다니까. 전에 우연히 두 사람이 엘리베이터에 같이 탔을 때는 내내 말없이 서로 노려봐서 장난이 아니었다잖아."

"우와와와……." 아유미는 입을 막았다. "그러면 특별수사대는 자연히 마키시마 파겠네요?"

"물론이지." 오가와가 대답했다. "그런데 슬프게도 주류파는 저쪽이야."

"상대는 1과장인걸요."

"그래. 저쪽은 와카미야 과장님을 떠받치는 대리급 인재도 풍부하고 틈이 없으니까. 우리는 뭐, 마키시마 수사관님 원맨 팀이나 다름없고, 혼다 대장도 솔직히 마키시마 수사관님의 예스맨일 뿐이고."

"우와아, 그런가요."

"그렇대도. 그래서 마키시마 수사관도 아무래도 이대로는 안 되겠다 싶어서 단행한 게 올봄 특별수사대 인적 쇄신이야. 먼저 현장 전력부터 충실히 하려는 거지."

"그렇군요."

"모리야스 씨와 세키 씨, 그리고 나 세 사람을 빼면 전부 바뀌었으니까. 뒤집어 말하면 이 세 사람을 중심으로 자신의 수사 전력을 짜려는 수사관님의 전략이 있었다고 할 수 있지."

"그렇구나. 오가와 선배님은 마키시마 수사관님이 실력을 인정하신 거군요."

"뭐, 내 도움으로 수사관님이 존재한다고 할까. 배드맨 사건에서 내 활약이 없었다면 마키시마 수사관님도 지금 지위에 없었을 테니까."

"본부장상을 받으셨잖아요." 아유미는 선망의 눈빛으로 오가와를 보았나 싶더니만 갑자기 눈썹을 축 늘어뜨렸다. "그런데 오가와 선배님, 모리야스 같은 선배들에게 왜 '어리바리'라고 불리세요?"

오가와는 주스를 마시다가 쿨럭쿨럭 사레가 들렸다.

어떤 비상사태에 대비하려 오가와와 아유미를 이곳으로 보낸 이유는 어쨌거나 이해했지만 그 비상사태가 찾아올 낌새는 전혀 없었다. 우선 저녁까지는 특수반 사람들도 사장실이 있는 층과 바깥 지휘 차량에서 대기하고 있어 오가와가 나설 일은 없다. 휴식과 순찰을 겸해 카페에 얼굴을 내민 그들은 "어, 뭐하는 거야?"라며 오가와와 아유미를 의아하게 보고 갈 정도였다.

아유미는 그런 가운데에서도 긴장감을 무너뜨리지 않고 창문으로 내다보이는 거리에 수상한 사람이 없는지 열심히 눈을 빛냈다. 오가와도 일단은 주어진 일을 다하려고 했지만, 와플세트를 먹어치우고 추가로 주문한 푸딩 아라모드까지 배에 넣고 나니 바깥 상황을 보려 해도 졸음이 방해해서 좀처럼 눈의 초점이 맞지 않는 곤란한 상태가 되어 버렸다.

"수고 많아."

3시가 지났을 무렵, 느닷없이 밝은 목소리가 들렸다. 고개를 들자 야마구치 마호가 서 있었다.

"아, 안녕하세요." 아유미가 빠르게 반응하며 인사했다.

"오가와, 지금 꾸벅꾸벅 졸지 않았어?"

마호의 물음에 오가와는 고개를 절레절레 가로저었다.

"그럴 리가 없잖습니까."

"그래?"

마호는 장난기 어린 시선으로 의심을 보냈지만 그 이상은 추궁하려 하지 않고 아유미 옆에 앉았다.

"고이시가 불안해해서 차량을 준비하려고 했는데, 야마테 경찰서의 암행순찰차는 다 출동하고 없는가 봐."

"그런가요." 아유미가 유감인 듯이 말했다.

"하지만 확실히 무슨 일이 있었을 때 이동 수단이 없는 것도 곤란할 테고, 괜찮으면 내가 출근할 때 쓰는 스쿠터를 두고 가려고 하는데."

"어, 과장님, 스쿠터로 다니세요?" 아유미가 눈을 동그랗게 뜨고 물었다. "의외네요."

"만원 전철을 타는 것보다 편하니까." 마호는 시원스레 말했다. "고이시, 스쿠터 탈 줄 알아?"

"네, 괜찮습니다."

"그럼 입구 옆에 둘게." 마호는 그렇게 말하고 아유미에게 키를 건넸다. "돌아갈 때는 야마테 경찰서까지 타고 와."

"알겠습니다. 감사합니다."

마호는 점원에게 커피를 주문했다.

"하지만 오늘은 아무 일도 없을 것 같아. 움직임은 내일 있을 거래."

불쑥 목소리를 낮추더니 그런 말을 꺼냈다.

"이 회사 구로키 씨께 연락이 온 모양이야. 그래서 오늘은 사장이 귀가한 시점에 특수반도 수사본부로 돌아와 내일을 대비해 회의를 한대."

"우와와, 그런가요."

아유미는 놀란 건지 안심한 건지 잘 모르겠는 반응을 보였다.

"그러니까 아무튼 오늘은 괜찮을 것 같지만 그래도 긴장을 늦추지 말고 열심히 해."

"예, 당연하죠."

마호는 아유미의 대답에 만족한 듯이 고개를 끄덕이고 커피를 마시고 대책본부로 돌아갔다.

여태까지도 긴장하며 임무에 임했다고 할 수는 없지만 오늘은 움직임이 없다는 이야기를 듣고 나자 오가와로서는 힘이 쭉 빠졌다.

그러나 아유미는 또다시 난처한 표정을 짓고 "어쩌지."라고 중얼거렸다.

"이번에는 뭐가?"

"저도 모르게 괜찮다고 했지만, 스쿠터를 탄 적이 없어요. 어쩌죠?"

또 그 자리 분위기에 맞춰 대답한 모양이다.

"자전거는?"

"그야 자전거는 탈 수 있죠."

"그럼 괜찮겠지. 원동기 달린 자전거라고 부를 정도니까."

그렇게 말은 해 뒀지만 당연하게도 아유미는 납득하지 못했는지 "어쩌지."라고 머리를 감싸 쥐었다.

그 뒤 날이 저물 때까지 오가와가 한 일이라고는 음료 리필을 주문한 정도였다. 특수반 한 사람이 저녁 대신으로 먹을 건지 테이크아웃 샌드위치를 카페 점원에게 주문하고 6시가 다 되어 가지러 왔다. 이윽고 미즈오카 사장이 탔다고 여겨지는 검은색 렉서스가 문 쪽에서 나타나고 특수반 지휘 차량도 그 차를 쫓듯이 나갔다.

카페에서 쉴 때도 거동에 틈이 없는 특수반 사람들이 사라지자 점점 더 긴장감이 멀어졌다. 이 임무는 대대적인 체포가 될지도 모르는 내일 진짜 현장을 대비해 오늘은 쉬라는 혼다의 배려도 들어 있지 않을까 싶어졌다.

어느새 또 꾸벅꾸벅 졸았나 보다.

아니, 테이블에 엎드렸으니까 푹 잤다고 해야 하나.

오가와는 갑자기 머리를 얻어맞았다.

"아얏."

가차 없는 세기에 무슨 일인가 하고 벌떡 일어났다. 무슨 상황인지 파악할 수 없었다.

가게 안을 둘러보자 마침 카페를 뛰쳐나가는 아유미의 등이 보였다.

"뭐, 뭐야?"

아유미가 머리를 때린 것 같은데 이유를 도통 알 수 없다.

"아야야……."

머리를 문지르면서 바깥을 본다. 눈앞의 인도에 손수레를 잡은 남자가 서 있다. 저자는 사장 비서인 구로키 아닌가. 그건 알았지만 여전히 상황은 파악이 되지 않는다. 그러는 사이에 아유미가 탄 스쿠터가 문 쪽에서 나타났다. 오가와가 멍하니 바라보는 가운데 스쿠터는 비틀비틀 꺾으면서 앞 도로로 달려 나가 그대로 사라졌다.

무슨 일이 일어났는지는 모르겠지만 오가와도 가게를 나가기로 했다. 계산서를 카운터에 들고 가 서둘러 계산한다. 그러나 영수증은 확실히 챙겨야 한다.

바깥으로 나갔을 때는 비서 구로키도 없었다. 아유미의 모습으로 보아 중차대한 일이 일어난 사실은 분명했다. 우두커니 서 있을 때가 아니다.

오가와는 차도로 나와 택시를 세워서 탔다.

"어, 앞에 가는 스쿠터를 쫓아 주세요!"

"앞에 가는 스쿠터……?"

기사는 당황해서 앞 도로와 오가와를 번갈아 보았다.

"이삼 분 전에 여기를 지나간 스쿠터요!"

기사는 일단 간다는 식으로 택시를 출발했다.

"어느 쪽으로 갔는데요?"

"몰라요!"

결국 오가와는 간나이 부근을 한 바퀴 돌기만 하고 다시 미나토당 본사로 돌아왔다.

침착하자, 침착해……. 오가와는 자신을 타일렀다. 혼다가 명령한 임무는 카페에 있으면서 무슨 이상이 없는지 빌딩 앞을 감시하는 것이다. 지금은 임무를 완수하는 수밖에 없다.

하지만 심각한 이상이 이미 발생해 버린 것 같은데, 그 논리가 성립될지는 미심쩍다.

"곧 폐점 시각인데 괜찮으세요?"

카페로 올라가자 점원이 다시 왔느냐는 얼굴로 물어서, 오가와는 "그렇죠."라며 발길을 돌렸다.

빌딩 앞으로 나와 아유미에게 전화했지만 받지 않는다. 무슨 일이 일어났는지도 모르는 이상 대책본부에 보고할 수도 없다.

오가와는 머리를 긁적이면서 빌딩 앞을 어슬렁거린 뒤 회사 로비로 들어갔다. 7시가 지나려는 이 시각, 안내 데스크에는 이미 사람은 없고 전화만 덜렁 놓여 있다. 안내에 따라 비서과 번호를 눌렀다.

「비서과입니다.」 남자 목소리로 응답이 있었다.

"아, 가나가와 현경인데요, 구로키 씨 계십니까?"

숨을 삼킨 듯한 미묘한 뜸을 들이고 「저, 접니다.」라고 상대방이 대답했다.

"아, 구로키 씨세요. 여쭈고 싶은 게 있는데요, 조금 전 바깥에 계셨죠. 제 동료가 오토바이를 타고 쫓아 나갔는데, 무슨 일이 있었습니까?"

「오토바이?」 구로키는 놀란 듯한 반응을 보였다. 「오토바이퀵 뒤에 있던 오토바이인가요? 그 사람은 진짜 형사님이셨습니까?」

"오토바이퀵?"

처음에는 무슨 말을 하는지 통 알 수 없었지만, 차근차근 듣고 간신히 상황이 파악됐다. 미즈오카 사장을 가장한 범인인 듯한 누군가에게 전화가 와서 범인이 오토바이퀵을 준비했다는 이야기가 있었다고 한다. 그 뒤 경찰에게도 전화가 와서 퀵을 오토바이로 미행하겠다고 한 모양이다. 전화 두 통으로 그 상황을 완전히 믿어 버린 구로키는 아무런 의심도 없이 오토바이퀵에 몸값인 금괴를 건네고 말았다.

오토바이퀵을 가장한 수령책이 돈을 받아가는 수법은 보이스피싱에서 볼 수 있는 방식이다. 여느 때 같으면 경계했을 법한 이야기겠지만 경찰이 확실하게 따라갈 거라는 전화가 굳히기 작전이 되어 구로키가 홀랑 넘어가 버린 모양이다.

오토바이퀵 뒤에 대기하던 오토바이를 탄 '형사'는 당연히 아유미가 아니다. 범인의 교묘한 속임수라는 것은 오가와도 작년부터 보이스피싱 적발 작전에 열중했던 만큼 바로 알아챌 수 있었다.

큰일이다.

엄청난 일이 벌어졌다.

상황이 파악된 오가와는 전화를 끊고 망연자실했다.

어쨌든 이 일은 한시라도 빨리 대책본부에 보고해야 한다.

그러나 자신의 졸음은 덮어 두어야 한다.

화장실에 갔던 걸로 할까.

아니, 아유미가 그걸 부정해 버리면 어쩌지?

무전기를 들고 이랬다저랬다 고민하는데 갑자기 휴대전화가 떨리며 전화가 왔다고 알렸다. 아유미다.

「고이시입니다.」

속삭이는 듯한 목소리가 귀에 들렸다.

"고, 고이시, 지금 어디야?"

「오토바이퀵을 쫓아 고즈쿠에 초 부근에 있습니다.」

"오토바이퀵은? 아직 쫓고 있어?"

「주차장 같은 곳으로 들어갔습니다. 차로 기다리던 사람이 있는 것 같습니다. 그리고 오토바이가 한 대 따라붙었습니다.」

"그거 전부 범인이야." 오가와가 말했다. "오토바이퀵이 가져간 물건은 몸값인 금괴니까 절대로 놓치지 마."

「수사본부에 보고를 부탁드려도 되겠습니까.」

"알았어." 오가와는 알았다고 하고 말을 이었다. "저기, 그 전에 일단 말해 두는데 나는 그때 잔 게 아니라……."

「아…….」 아유미가 오가와의 이야기를 가로막듯이 소리쳤다. 「오토바이가 나갔습니다. 어쩌죠?」

"쫓아, 쫓아 가!" 오가와는 마음이 급해서 외쳤다.

「하지만 자동차는 아직 남아 있어요. 어쩌죠?」

"아, 그럼 위에 물어볼 테니까 잠깐만 기다려."

「그럴 새가 없습니다! 오가와 선배님, 지시를 내려 주십시오.」

"그, 그럼." 오가와는 망설이고 또 망설인 끝에 마음을 굳히고 말했다. "오토바이를 쫓아!"

「알겠습니다.」 아유미는 깨끗하게 결심한 것처럼 말했다. 「그러면 자동차를 마크하겠습니다.」

"어…… 엉?"

오가와의 당황을 뒷전에 두고 아유미는 「보고를 부탁드립니다.」라고 전화를 끊어 버렸다.

"아, 나는 잠든 게 아니라 생각을 하고 있었을 뿐이야!"

허둥지둥 그런 말을 날렸지만 귓가에 들리는 것은 전화가 끊겼다는 사실을 알리는 신호음뿐이었다.

32

미나토당 본사의 카페에서 감시하던 오가와 가쓰오로부터 대책 본부에 무전 연락이 들어왔을 때, 마키시마는 특수반의 면면을 회의실 뒤쪽에 모아 내일 작전 회의를 시작하려던 참이었다.

"수사관님!"

혼다가 큰 소리로 지령석으로 다시 불러서, 마키시마는 오가와의 보고를 들었다.

「……그래서 고이시는 오토바이퀵이 아니라 자동차를 마크하겠다고 해서요.」 오가와는 어쩔 줄 몰라 하며 고이시 아유미의 행동에 대해 이야기했다.

"그럼 됐다." 마키시마가 응답한다. "주차장이 중계 지점이고 금괴는 자동차로 옮겼을 거야."

「아아……. 그렇죠.」 오가와가 장단에 따라 이야기를 맞추듯이 말했다.

“고이시 혼자 쫓게 하고 대체 너는 뭘 한 거야?” 혼다가 마이크 너머로 오가와를 힐문한다.

「아뇨, 저도 택시로 바로 쫓기는 했는데요, 운전기사가 도통 요령이 없는 사람이라서…….」

“요령이 없는 놈은 너잖아.”

「그리고 제가 이것저것 생각하는 사이에 고이시가 냉큼 가 버려서.」

“이 자식은 무슨 소리를 하는 거야?” 혼다가 이해할 수 없다는 표정을 지었다.

“죄송합니다.” 지령석에 앉아 무전의 대화를 듣던 야마구치 마호가 면목 없다는 듯이 이야기에 끼어들었다. “고이시 형사가 무슨 일이 있을 때는 어쩌느냐고 저에게 상담해서 일단 제 스쿠터를 가져가게 했는데, 한 대뿐이었어요.”

과장의 사과를 받고 혼다는 쑥스러워하며 머리를 긁적였다.

“아뇨, 스쿠터 한 대라도 준비된 것은 과장님의 적절한 대처였지요. 저는 무슨 일이 생겼을 때의 연락용 정도로 생각하고 미나토 당으로 보냈고, 이렇게 될 줄은 생각하지 못해서 식은땀이 멈추지 않습니다.”

마키시마도 그들에게 특별한 기대를 걸고 지시한 것은 아니었다. 설마 오늘, 이 시간에 움직이다니, 범인에게 고스란히 허를 찔린 기분이 컸다.

군이 말한다면 이 사건은 관계자의 언동을 다 믿어서는 안 되는 가운데 대책을 마련해야 하는 상황이었다. 미즈오카 사장에게 바른 정보가 나올 것은 기대할 수 없고, 구로키에게 뒷거래 정보를 받아서 현재 상황을 타개하려 했다. 그러나 지금 생각하면 구로키 역시 완전히 믿기는 위험했다는 생각이 마키시마의 머릿속 어딘가에 있었다. 범인들이 구로키를 속여 농락할 것까지 예상하지는 못했지만, 무슨 일이 일어날지 모른다는 막연한 경계심이 사라지지 않았다.

그런 감각은 보이스피싱이라는 범죄를 상대하면서 키웠는지도 모른다. 그리고 이번 사건 역시 오토바이퀵서비스를 가장한 방법 하나를 보더라도 보이스피싱에 손댄 사람이 범행을 짤 때 깊이 관여한 것이 명백했다. 마키시마는 그런 분위기를 사건 초반부터 감지하고 있었다. 그렇기에 막연한 경계심을 계속 품으며 수사망의 허를 찔릴 뻔하면서도 어떻게든 간신히 응급조치를 해 둘 수 있었다.

그러나 상황은 아직 낙관할 단계가 아니었다. 젊은 형사 혼자 범인의 아지트를 밝혀낼 수 있을지 생각하면 목덜미에 오스스 오한이 감돌았다.

지금은 신께 기도하는 수밖에 없다.

"고이시에게 또 연락이 오면 이쪽에 직접 보고하라고 해."

오가와에게는 그렇게 지시하고 마키시마는 지령석에 앉았다.

마침내 혼다의 휴대전화에 착신이 있었다. 고이시 아유미인 모양이었다.

"뭐? 어쩌냐고 물을 때가 아니야! 지금 어디지? 대상 차종과 번호판은?"

몇 가지 물으면서 현재 상황을 들은 뒤에 혼다는 휴대전화를 귀에서 떼고 마키시마에게 눈짓했다.

"시노하라히가시 부근 주택가에서 놓쳤답니다."

자동차가 샛길로 들어가 갑자기 멈춰서 아유미는 인근 민가 차고로 들어가 미행을 들키지 않도록 위장한 듯한데, 그 탓에 다시 출발한 자동차를 놓치고 말았다고 한다.

"시노하라히가시인가." 마키시마는 테이블 위에 펼친 지도에 적힌 묘렌지 근처 주택가를 손가락으로 더듬었다. "차종과 번호판은?"

"검은색 세단으로 도요타 차라고 합니다."

요코하마 넘버에 네 자리 숫자도 확실히 본 모양이었다.

"좋아, 그 번호를 N시스템에 걸어 봐." 마키시마는 야마테 경찰서의 사카쿠라 과장에게 지시하고 나서 마호에게 시선을 돌렸다. "과장님, 경찰기동대를 서둘러 이 쪽으로 보내 주십시오."

"알겠습니다."

마호가 긴장한 목소리로 대답하고 수화기를 잡았다.

범인들의 아지트가 이 근방이라면 발견할 가능성도 적지 않겠지만, 여기에서 다시 어느 정도 거리를 이동했다면 간단한 이야기가 아니다.

그러나 여기까지 왔다면 오늘 안에 아지트를 찾아내 주마…….
마키시마는 지도를 노려보며 조용히 분기했다.

그로부터 십오 분쯤 지나 다시 아유미가 혼다에게 연락했다.

"어쩌냐니 뭐야? 똑바로 말해…… 뭐, 정말이지? 좋아, 잘했어!"

혼다는 흥분해서 대답하고 마키시마를 보았다.

"고이시가 용의 차량을 발견했답니다!"

놓쳤던 주택가 안을 스쿠터를 타고 구석구석 누벼 찾은 끝에 스나야마라는 문패가 걸린 민가 차고에 주차된 차를 발견했다고 한다.

번지를 듣고 지도로 장소를 확인한다. 마호에게는 스나야마가의 거주자 구성을 고호쿠 경찰서 지역과 등 각 경찰서에 조회해 조사해 달라고 부탁했다.

현지로 보낸 경찰기동대에는 그 집에 너무 가까지 다가가지 말고 거리를 두어 동정을 감시해 달라고 하고, 마키시마는 회의실을 둘러보았다.

"무라세!"

무라세도 슬슬 내근에 질렸겠지. 부르는 소리에 그가 특수반 안에서 기력 충만한 얼굴로 나왔다.

"현장으로 가서 겨냥도를 만들어."

"알겠습니다."

파트너로는 특별수사대의 마쓰타니 스즈코를 붙였다.

그리고 마키시마는 조금 전까지 함께 내일 작전을 짜던 아키모토에게 시선을 돌렸다.

"아키모토, 진입 작전을 짠다."

33

"으아, 뭐가 이렇게 무거워."

다케하루가 테이블에 놓은 골드바를 양손에 하나씩 들고 참을 수 없다는 듯이 웃음을 지으면서 무게감을 맛봤다.

"이게 진짜 금빛이구나. 우와, 이거 장난 아니네, 진짜."

현관에서 도모키와 아와노를 맞고 나서 다케하루의 흥분은 좀처럼 식지 않았다. 그렇게 기뻐하는 모습을 보고 있으면 도모키의 기쁨도 더욱 배가되는 것 같았다.

"유타, 이것 봐." 다케하루는 유타에게도 기분 좋게 말을 붙였다. "너한테 이만큼의 가치가 있다는 거야. 너, 대단하다."

그게 자신의 몸값이란 사실은 유타도 알고 있을 것이다. 유타는 어떤 표정을 지어야 할지 몰라 우물쭈물하는 것처럼 보였다.

"유타, 안심해. 오늘 밤에 집으로 돌려보내 줄게."

도모키가 그렇게 말하자 유타는 표정을 바꾸지 않으려 애쓰는 것 같았지만, 안도감을 지우지 못하고 어깨를 위아래로 움직이며 천천히 숨을 내쉬었다.

"내 몫을 받아 가지."

아와노는 그렇게 말하고 골드바 두 개를 들었다. 일 할이라는 약속이니까 스물다섯 개 중에 두 개는 적다.

"한 개 더 가져가세요. 그러면 저희 둘도 깔끔하게 나눌 수 있어요."

도모키는 그렇게 말하며 아와노에게 한 개 더 건넸다. 애초에 그가 한 역할을 생각하면 보수로 일 할은 너무 적었다.

"그런가……. 미안하군."

아와노는 골드바를 받아들고 손에 든 클러치백에 넣었다.

도모키 형제의 몫은 사람들 관심이 잠잠해졌을 때 몇 번에 나누어 환금하기로 했다.

"그럼 이따 다시 오지."

유타를 풀어 주는 데 필요한 차량과 운반책을 조달하기 위해 아와노는 일단 집을 나간다. 도모키는 아와노를 현관까지 배웅했다.

아와노가 돌아올 무렵에는 도모키도 아르바이트를 가야 한다. 엇갈릴 가능성도 있다.

"오늘 끝나면 다케랑 가게로 오세요. 한잔하시죠."

도모키가 그렇게 말하자 수건 복면을 신발장 위에 둔 아와노가 "좋지."라며 작게 미소를 짓고 현관을 나갔다.

쓸쓸해 보이는군……. 도모키는 아와노의 등을 보면서 그런 생각을 했다. 다시는 그와 함께 일할 일은 없다. 하지만 도모키가 장차 자신의 가게를 열 때, 아와노가 이따금 훌쩍 얼굴을 비치러 와서 이번 일을 그리워하며 떠들 수 있는 관계가 되면 재미있겠다 싶었다.

남을 속이는 일이라도 함께하는 동료는 어느 정도 신뢰하지 않으면 아무것도 되지 않는다. 아와노는 툭하면 아무도 믿지 않는 것처럼 보이는 남자지만 그래도 도모키 형제는 믿어 줬다. 아와노와 행동을 함께하면서 생긴 연대감도 있을 것이다.

"유타, 네가 없으면 쓸쓸해지겠다. 때린 적도 있지만, 미안. 형은 네가 좋았어. 열이 났을 때는 정말로 걱정했어."

"그만큼 얌전해졌으니 좋았겠지."

"하하하, 입은 살았네."

2층에서는 소파에서 다케하루가 유타에게 말을 걸며 머리를 거칠게 쓰다듬고 있다.

"하지만 너도 잘 버텼어. 집으로 돌아가면 엄마 아빠한테 잔뜩 어리광 부려. '엄마!' 하고 안기는 거야."

"그런 짓은 안 해."

감금 생활이 장기화되면서 당사자인 유타는 물론이고 유타를 돌보는 다케하루도 상당한 스트레스를 받았다. 그러나 끝나고 나니 거기에는 기묘한 관계가 형성됐다. 유타의 심정은 알 수 없고 다케하루에 대해서는 화나게 하면 무서운 상대라는 생각은 분명히 남겠지만, 동시에 미워할 수 없는 어른이라는 정도의 친근감도 있는 것처럼 보인다.

"학교 공부도 뒤처졌을지도 모르지만 너라면 괜찮아. 열심히 공부해서 훌륭해져라. 게으름 피우면 형처럼 된다."

그런 다케하루의 자학적인 농담에도 유타는 웃었다.

집으로 돌아가면 상다리가 휘어지게 먹을 수 있을 거라면서 최후의 만찬은 컵라면으로 해결했다.

시계를 보니 7시 20분이 다 됐다. 크레센트 점장에게는 오늘은 좀 늦는다고 했지만 그래도 9시 정도에는 가려고 한다. 슬슬 집을 나설 시간이었다.

아와노도 이제 돌아올 때가 됐다고 생각하고 있는데 테이블에 둔 연락용 휴대전화가 울렸다. 여느 때처럼 발신자 표시 제한으로 뜨는 아와노다.

"기노시타입니다."

도모키가 전화를 받았다.

「오시타다.」

"수고하십니다."

가벼운 인사 뒤에 아와노가 말을 꺼냈다.

「미안하지만 오늘은 그쪽으로 돌아갈 수 없게 됐다.」

"네?" 도모키는 생각지도 못한 이야기에 당황하며 하는 수 없이 물었다. "그럼 유타를 돌려보내는 건 어쩌려고요? 내일 하나요?"

「너희끼리 적당히 알아서 해.」

"적당히라니요……. 운반책은 오는 겁니까?"

운반책 수배가 끝났다면 도모키가 아르바이트를 늦추고 다케하루와 움직여야 한다. 그런 생각을 하면서 묻자 아와노는 감정 없는 말투로 대답했다.

"그것도 중지다."

잠시 뜸을 들이고 아와노는 말을 이었다.

"레스틴피스."

도모키의 귀에 슬쩍 던진 언어로 된 돌멩이는 머릿속을 데구루루 굴러 한순간 뒤에 지옥 같은 불길을 일으켰다.

순간 생각이 멈춘다.

"자, 잠깐만요!"

도모키는 베란다 쪽 창가로 가서 방음과 유타의 탈주 방지를 위해 커튼과 함께 창틀을 덮도록 붙인 에어캡을 끝부터 벗기고 커튼을 젖혀 바깥을 보았다.

집 앞에 누가 있다. 두 사람, 세 사람인가……. 가로등 불빛에 희미한 사람 그림자가 아른거렸다.

"끊지 마세요!"

도모키는 자전거 주차장 쪽 좁은 길로 나 있는 작은 창문도 마찬가지로 에어캡을 벗겨서 바깥을 살폈다. 집 바로 앞에는 사람이 보이지 않지만 창문에 붙어서 멀리 내다보니 수상한 불빛이 눈에 들어왔다. 자동차나 오토바이가 라이트를 켠 채 길 위에 정차해 있다. 언덕 위와 아래에도 보였다.

"무슨 일이야?"

다케하루도 허둥거리는 도모키의 모습을 보고 심상치 않은 상황을 감지한 것 같지만 상대할 여유는 없었다.

"부탁드립니다!" 도모키가 휴대전화를 꽉 쥐고 아와노에게 애원했다. "도와주세요."

함께 힘을 모아 이번 유괴 계획을 진행했다. 아와노의 재능에 이쪽은 말 그대로 인생을 걸었다. 몸을 던졌다. 그곳에서 생겨난 유대감이 있었다. 우정이라고 바꿔 말해도 된다.

우정을 '레스틴피스'라는 한마디로 끊어 버리는 것인가.

자신도 샤모토와 마찬가지로 버림받는 것인가.

도모키는 떨리는 숨을 내뱉으면서 매달리듯이 아와노의 대답을 기다렸다.

「아무튼 도망칠 수밖에 없어.」

침묵을 깨고 아와노가 말했다.

「포위되기 전에 집을 나와. 일단 도망쳐서 경찰을 따돌려.」

아와노로서도 그렇게 말하는 수밖에 없는 상황인 것이다.

「나는 데려갈 방법을 만들어 두지. 탈출 가능성이 보이면 다시 전화한다.」

버림받지는 않았다.

"부탁드립니다!"

도모키의 대답과 동시에 전화는 끊겼다.

"다케, 도망친다!"

도모키는 목소리를 죽였지만 힘 있는 말투로 다케하루에게 명령했다.

"왜 그래?"

"경찰이 냄새를 맡았어. 여기는 이미 틀렸어."

다케하루가 "제길."이라고 내뱉으면서 창문으로 바깥 상황을 살피려 했다.

"이제 됐어, 보지 마!" 도모키는 다케하루를 저지했다. "우리가 경찰 움직임을 알아챘다는 걸 알면 상대는 서둘러 포위할 거야. 그 전에 도망친다. 있는 돈 전부 챙겨."

이 집을 들켰다면 도모키 형제의 신분도 경찰이 파악하고 있다는 소리다. 다시는 스나야마 도모키와 스나야마 다케하루로 살아갈 수 없다. 면허증과 카드도 의미가 없다. 기댈 것은 현금과 돈으로 바꿀 수 있는 물건뿐이다.

도모키는 벽장에서 배낭을 꺼내 금괴를 담았다. 다케하루가 아래층 방에서 현찰 다발을 쥐고 들고 왔다. 도모키도 교대하듯이 자기 방으로 내려가 무사시 고스기의 맨션을 처분하고 옮겨 둔 현찰을 침대 밑에서 꺼냈다. 다케하루 몫과 합하면 일천만 엔 정도 된다.

가죽 재킷을 입고 칼을 주머니에 넣고 거실로 돌아간다.

현찰을 넣고서 빵과 작은 페트병 물을 쑤셔 넣자 배낭은 가득 찼다.

좋아, 이만큼 있으면 어떻게든 다시 시작할 수 있다……. 도모키는 묵직한 배낭을 들고 자신감을 더했다.

"유타는 어쩌고?"

"내버려 둬!"

초조한 두 사람의 모습을 소파에 앉아 멍하니 바라보는 유타를 흘끔 보고 말한다. 그저 도망칠 뿐이다. 여기만 탈출하면 어떻게든 된다. 도모키에게는 그 생각밖에 없다.

배낭을 짊어지고 복면 수건을 벗고 1층으로 내려간다.

다케하루는 잠시 자기 방으로 사라졌다 좋아하는 검은색 스카잔 점퍼(광택이 있는 천에 화려한 자수 장식을 넣은 점퍼./ 옮긴이)를 입고 나왔다. 다시는 이 집으로 돌아올 수 없다는 사실을 깨달은 모습이었다.

현관에 둔 금속 배트를 들고 다케하루를 본다.

"네 오토바이로 도망친다. 운전해 줘."

"알겠어." 다케하루는 그렇게 대답하고 주머니에서 오토바이 키를 꺼냈다. "어느 쪽으로 도망치면 돼?"

"일단 적당히 달려서 추격자를 따돌려. 따돌리면 가와사키 공장 지대 같은 데로 가자. 한두 시간 버티면 아와노가 데리러 올 거야. 지금 준비를 하고 있어."

"좋아, 알았어." 다케하루가 거친 숨을 토해 내면서 대답했다.

현관 자물쇠를 풀고 호흡을 가다듬는다.

"간다."

작게 말하고 조용히 문을 연다.

순간적으로 돌계단 아래, 대문 앞에 있던 그림자가 담 그늘에 숨는 모습이 보였다.

그 모습을 곁눈질로 보며 도모키와 다케하루는 현관 옆 자전거 주차장으로 돌아갔다.

"서둘러!"

다케하루가 오토바이에 달려들어 헬멧을 쓴다. 도모키도 스쿠터 수납공간에서 헬멧을 꺼내 뒤집어썼다.

다케하루가 오토바이에 올라타 시동을 건다.

별안간 두 사람 발치가 밝아졌다. 다케하루의 오토바이 불빛뿐만 아니라 누군가의 불빛이 그들을 비추었다.

길을 보니 차고 쪽에서 달려오는 형사들이 보였다.

"기다려! 멈춰!"

큰 소리를 지르면서 불빛을 비춘다.

"비켜, 비켜!"

도모키도 지지 않고 소리치며 금속 배트를 휘둘렀다. 형사가 허둥지둥 물러난다.

"그만둬!"

"오지 마! 안에 아직 동료가 있다! 아이가 잘못되어도 괜찮은가?"

적당히 날조한 말을 하면서 금속 배트로 문을 때려 위협한다.

"도모, 타!"

다케하루가 시동을 건 오토바이로 도로에 나왔다. 도모키는 다케하루의 등에 달라붙듯이 오토바이에 탔다.

다케하루가 액셀을 당기자 오토바이가 급발진한다. 타이어가 공회전하고 핸들을 빼앗긴 것처럼 비틀거리면서 언덕길을 내려간다. 위험하다는 생각에 이를 악문 다음 순간, 오토바이는 균형을 되찾았다.

"거기, 멈춰!"

형사의 목소리를 등 뒤로 들으면서 다케하루의 오토바이는 금세 모퉁이를 돌았다. 앞쪽에도 오토바이 두 대가 라이트를 켠 채로 서 있다. 그 옆을 스쳐 지나간다.

돌아보자 서 있던 오토바이가 허둥지둥 방향을 돌려 쫓아오는 모습이 보였다.

다케하루는 다시 다음 모퉁이를 돈다. 중심을 오른쪽에 맡기고 오토바이도 그에 따라 오른쪽으로 기울기를 유지하면서 우회전한다. 뒤에 탄 도모키와 등에 진 배낭 무게에 아직 익숙하지 않은지 오토바이는 불안정하게 흔들리면서 간신히 자세를 바로잡고 돌아갔다.

"부탁해!"

"좋아!"

주택가 언덕길을 내려가 이 차선 수도도로로 나갔다. 다가오는 차를 아슬아슬하게 피하며 우회전하자 경적과 브레이크 소리가 주변에 울려 퍼졌다.

도모키 형제를 쫓는 형사들의 오토바이도 쫓아서 잇따라 수도도로로 나왔다. 네 대인가, 다섯 대인가……. 저 오토바이를 전부 따돌려야 한다.

"달려!"

도모키의 목소리에 호응하듯이 다케하루가 액셀을 비튼다. 오토바이는 폭음을 내며 가속한다. 다케하루는 앞을 달리는 차에 빠르게 다가가 오토바이의 진로를 반대차선으로 옮겼다. 이쪽으로 향하는 대형버스가 경적을 울린다. 부딪치기 직전에 앞차를 추월해 차선을 되돌려 대형버스와 스쳐 지났다.

다케하루는 더 속도를 낸다. 전방을 달리던 트럭이 샛길을 앞에 두고 깜빡이를 켜고 감속한다. 컨테이너 뒷부분이 거대한 벽이 되어 눈 깜빡할 사이에 닥쳐온다. 다케하루는 다시 반대차선으로 중심을 기울인다.

오토바이가 반대차선으로 들어가 전방 시야가 열렸을 때 눈에 들어온 광경은 맞은편에서 차량 한 대가 지나치게 가깝게 다가오고 있었다.

마주오는 차가 경적을 울리고 상향등으로 두 사람을 비춘다.

부딪친다……. 도모키가 반쯤 체념하고 다케하루의 허리에 두른 손에 힘을 준 다음 순간, 오토바이는 반대차선을 그대로 가로질러 반대쪽 인도에 처박혔다.

마주오던 차는 피했지만 속도를 주체하지 못한 오토바이는 더 이상 제어할 만한 상태가 아니었다. 간신히 건물을 피해 가드레일을 스쳐 다케하루의 신음과 함께 쓰러졌다. 잠시 공중에 떠 있는 듯한 감각 뒤에 도모키의 몸은 지면에 내동댕이쳐졌다.

강렬한 충격과 함께 숨을 쉴 수 없었다. 쇳덩어리로 변한 오토바이가 굉음을 내면서 이십 미터쯤 앞까지 날아가는 것이 보였다.

"젠장, 망했어……."

도모키 바로 옆에 쓰러진 다케하루가 신음하듯이 말했다.

온몸을 세게 받혔지만 아드레날린 탓인지 신기하게 아프지 않다. 호흡을 회복한 도모키는 피가 밴 손바닥으로 아스팔트를 짚고 몸을 일으켰다.

"다케, 괜찮아?" 비틀거리며 일어나 다케하루를 안아 일으킨다.

"일어나!"

"응, 아파." 다케하루는 간신히 일어났지만 오른쪽 다리를 심하게 끌었다. "도모, 틀렸어……. 대신 운전해 줘."

"알았어."

도모키는 쓰러진 오토바이로 달려가 일으켰다. 그러나 셀모터를 돌려도 플러그가 기름을 뒤집어썼는지 시동이 걸리지 않는다. 킥레버를 몇 번 밟았지만 역시 마찬가지다.

"젠장!"

뒤를 보니 도모키 형제의 사고로 움직임이 정체된 차량 행렬을 이리저리 헤치고 형사들이 탄 오토바이가 이쪽으로 오고 있었다.

"다케, 달려!"

도모키는 오토바이에서 내려 금속 배트를 지팡이 삼고 있는 다케하루에게 어깨를 대 주고 함께 달렸다.

넘어져서 몸 마디마디가 아픈 데다 등에 진 배낭 무게 때문에 생각처럼 달릴 수 없었다.

묘렌지 역은 바로 앞이지만…….

도저히 역까지 도망칠 수 없다.

"도모, 이제 틀렸어……. 다리가 전혀 움직이지 않아." 다케하루가 약한 소리를 한다.

"멍청아! 붙잡히면 끝장이야!"

이곳을 헤치고 나아가면 어떻게든 된다.

이 고비를 넘기고 아와노의 구조를 기다리면…….

"이쪽이야!"

도모키는 기쿠나이케 공원으로 들어갔다. 눈앞에 휴업 중인 수영장이 있다. 수영장 탈의실과 사무소가 있는 캄캄한 건물이 눈에 들어와 그쪽으로 향했다.

"야구방망이 줘!"

다케하루에게 금속 배트를 빼앗아 닫힌 문을 향해 휘둘렀다. 문에는 위아래 유리 두 장이 끼어 있고, 위쪽 유리가 요란한 소리를 내며 부서졌다. 깨진 곳으로 팔을 밀어 넣어 안쪽 문고리를 잡고 잠금장치를 푼다.

"들어가자!"

문을 열고 다케하루 옆구리를 끌어안고 우르르 밀고 들어가듯이 건물 안으로 들어갔다.

건물 안은 어두워서 아무것도 보이지 않지만 갑자기 문 부근이 밝아지고 깨진 유리가 번쩍번쩍 빛을 반사했다. 쫓아온 형사들의 오토바이 라이트가 이쪽을 향하고 있다.

도모키는 문을 닫고 잠갔다.

"어이, 너희!"

"나와!"

오토바이에서 내린 형사들이 천천히 다가오면서 저마다 외친다.

"시끄러워! 오지 마!" 도모키는 재킷 주머니에서 꺼낸 칼을 빛에 쳐들듯이 들고 지지 않겠다는 듯이 거칠게 외쳤다. "죽여 버린다!"

그 박력에 압도당한 것처럼 형사들은 다가오기를 그만두고 상황을 살피는 태세로 바꿨다.

"다케, 여기에서 바깥을 지켜." 바닥에 주저앉은 다케하루의 손을 잡아끌고 말했다. "유리를 조심해."

"그래……."

다케하루는 다리의 통증을 참는 것처럼 신음하면서 문 곁에 몸을 붙인다. 헬멧을 벗은 얼굴에는 비지땀이 나고 표정은 심하게 일그러졌다.

아직 어떻게든 된다.

이곳만 잘 빠져나가면…….

도모키는 배낭을 내려놓고 바깥에서 들어오는 빛을 의지해 방안을 물색한다. 벽에 있는 스위치를 발견해 방에 불을 켰다. 아무래도 이곳은 보건실인지 들것과 벤치 등이 늘어서 있다. 접이식 테이블 안 통로로 통하는 안쪽 문 앞에 서서 바리케이드를 만든다. 조금 전 들어온 바깥쪽 문에는 벽에 세워져 있던 서프보드를 가져다 놓았다.

"괜찮아? 이쪽에 누워."

다케하루를 벤치에 눕히고 바닥 유리를 줍는다. 서프보드를 비켜 놓고 문틈으로 유리를 내다버렸다. 형사들이 다가오면 유리를 밟는 소리로 알 수 있을 것이다.

헉, 헉…….

움직이는 사이에 호흡이 가빠지고 다케하루의 신음과 호응하듯이 숨결이 거칠어진다.

새삼스럽지만 절망적인 상황이 사무쳤다.

어쩌다 이렇게 되어 버렸지……?

이제 와 생각해도 의미가 없는 물음을 자신에게 들이밀며 도모키는 생각하는 대신 크게 포효를 질렀다.

34

"민가에 살던 사람은 스나야마 도모키 26세, 스나야마 다케하루 23세, 형제 두 사람으로 여겨집니다! 인근 주민 이야기로는 부모는 칠 년쯤 전에 교통사고로 타계한 모양입니다!"

"스나야마 다케하루는 십 대 시절 절도와 상해 등의 보도 이력이 있습니다! 요코하마 갱단 '야카라'의 멤버로 활동한 시기도 있었습니다!"

"민가 1층 창문은 덧문으로 닫혀 있었다고 합니다! 2층 창문도 커튼이 쳐져 안쪽 상황은 알 수 없지만, 희미하게 불빛이 새어 나오는 것으로 보아 범인들은 2층에 숨어 있을 가능성이 커 보입니다!"

고이시 아유미가 범인들의 아지트를 찾아내고 수십 분 사이에 대책본부에는 경찰기동대와 선발대로 현장으로 달려간 무라세 등의 보고가 계속해서 들어왔다.

"면허증 사진은 아직인가?"

"2층으로 들어갈 만한 장소는 베란다 외에는 없나?"

"숨어서 지킬 만한 장소를 더 찾아!"

회의실 창가의 접이식 테이블에 늘어선 전화에 야마테 경찰서 형사과 형사들이 매달려 각 경찰서의 정보 수집에 쫓기고 있다.

동시에 지령석에서는 마키시마를 중심으로 진입 계획 작전이 진행되고 있었다.

"2층 베란다에 네 명, 현관에 세 명, 정원 쪽 창문에 세 명을 배치하고 동시에 진입하는 것이 좋다고 봅니다. 현관 초인종과 전화를 동시에 울려서 범인들의 주의를 돌린 틈에 베란다 창문을 깨고 섬광탄을 던집니다. 그러고 나서 단숨에 들어갈 겁니다."

아키모토가 제시한 안에 마키시마는 고개를 끄덕였다.

방탄조끼와 프로텍터 같은 중장비에 더해 암시고글을 쓰고 섬광탄을 이용해 건물 내부로 진입하는 작전은 특수반에서 정기적으로 하는 훈련이지만, 실제로 이 작전이 실시된 현장은 마키시마가 과장대리를 한 무렵까지 거슬러 올라가도 없다. 그만큼 계획을 내놓은 아키모토의 표정에도 긴장감이 가득했다.

"그러면 되겠지." 마키시마가 말했다. "단, 작전은 23시 이후에 한다. 그 정도 시각이면 유타도 잠들 테니까."

섬광탄도 과감하게 써서 소년의 심신에 충격이 남을 걱정도 줄어든다.

"그때까지 범인들이 유타를 풀어 주고자 움직일 가능성도 충분히 있고."

혼다의 말에 마키시마는 고개를 끄덕였다. 현장투입반 열 명은 훈련 시설에서 리허설하기로 하고, 그와는 별개로 현장 부근에 예닐곱 명을 투입해 스나야마 형제 등 범인이 유타를 데리고 바깥으로 나올 때, 차를 타기 전에 재빠르게 구속하는 계획을 갖추기로 했다.

「마키시마, 상황을 보고하라!」

범인 아지트 발견 보고를 들은 현경 본부 소네에게는 그런 식으로 새로운 정보를 채근하는 듯한 재촉이 여러 번 들어왔다. 대책실에서 이와모토와 애태우는 모습이 짐작됐다.

소네에게는 진입 계획 개요를 설명하고 23시까지 태세를 정비할 테니 진입할 때 지시를 부탁한다고 전했다.

지령석 한쪽에서는 야마구치 마호가 현장을 관할하는 고호쿠 경찰서와 전화 회선을 계속 연결한 채 통제선 구축 등을 협의하고 있다.

「현장에서 각 국으로! 현장에서 각 국으로!」

갑자기 현장에 있는 무라세의 긴박한 목소리가 무전에 실렸다.

「대상 민가에서 남성 이 인조가 오토바이를 타고 도주! 대상 민가에서 지금 막 남성 이 인조가 오토바이 한 대를 타고 도주했습니다. 뒤쪽 남자는 배낭을 메고 금속 배트를 들었습니다! 뒤쪽 남자는 배낭에 금속 배트! 근처에 대기 중인 기동수사대는 급히 추적 바란다!」

"알아챘나?" 혼다가 얼굴을 찌푸렸다.

"무라세." 마키시마는 무전 마이크를 끌어당겨 물었다. "유타는 어떻게 됐지?"

「남자들은 금속 배트를 휘두르고 저희를 위협하고 도망쳤는데, 그때 안에 아직 동료가 있다, 아이가 잘못되어도 모른다는 말을 했습니다. 바깥으로는 나오지 않았으니 유타는 아직 안에 있다고 보입니다.」

"알았다. 공연히 현장은 건드리지 마. 그대로 신중하게 지켜보고 무슨 변화가 있으면 보고하라."

「알겠습니다.」

무라세와 대화를 마치고 마키시마는 아키모토를 보았다.

"훈련은 중지다. 계획을 앞당긴다. 즉시 현장투입반을 현장에 보내도록."

"바로 실전이로군요. 알겠습니다."

아키모토가 대답하고 현장투입반을 통솔하는 중대장에게 장비를 확인하고 현장으로 가라고 무전으로 지시를 내렸다.

경찰기동대 일부가 도주하는 오토바이를 추적한다는 보고가 올라왔다. 야마구치 마호가 고호쿠 경찰서와 주변 각 경찰서에 도주한 오토바이 수배와 검문 지시를 보낸다. 마키시마는 현경 본부 소네에게 전화로 연락해 투입 작전을 서두르겠다고 보고했다.

지령석 위에서 분주하게 지시 전달과 확인 교환이 오가는 가운데, 다시 무전 스피커에 무라세의 목소리가 실렸다.

「현장에서 대책본부로!」

"대책본부." 마키시마가 응답한다. "현장 나와라."

「유타를 보호했습니다! 대상 민가에서 나온 아동을 미즈오카 유타로 확인, 지금 막 보호했습니다!」

"정말인가?" 혼다가 귀를 의심하듯이 물었다.

"다시 한 번 상황을 보고해 줘." 마키시마는 무전으로 말했다.

「대상 민가 현관에서 남자아이가 홀로 나왔습니다. 아무래도 민가 안에는 이제 아무도 없는 모양입니다. 남자아이 본인에게 미즈오카 유타라는 사실을 확인했습니다.」

지령석뿐만 아니라 주변에서 정보를 종합하기 위해 움직이던 사람들에게서도 안도와 놀람이 뒤섞인 듯한 술렁임이 일었다.

"민가에 범인이 남아 있지 않은지는 그쪽에 지원을 보내 확인한다. 그때까지는 신중하게 계속 감시하라."

「알겠습니다.」

무전으로 그렇게 주고받은 뒤 마키시마는 무라세의 휴대전화로 전화를 걸었다.

「수고하십니다.」

“수고 많아.” 마키시마는 짧게 응답하고 나서 물었다.

“유타는 무사한가?”

「예, 다친 곳도 없는 것 같습니다.」

“그래, 잘됐군.” 마키시마는 대답했다. “자네가 미즈오카 사장에게 알리게.”

한순간 침묵하더니 무라세는 순순히 「알겠습니다.」라고 대답했다.

“하는 김에 스나야마 형제와 무슨 인연이 있는지 일단 물어보게.”

「알겠습니다.」

그 뒤, 소네에게 유타 보호 및 현재 상황 보고를 마쳤을 무렵 무라세에게 전화가 왔다.

「미즈오카 사장에게 연락했습니다. 바로 데리러 오겠다고 합니다.」

“그런가.”

「역시 마음을 놓은 것 같았습니다.」

“그래, 잘됐군.”

「스나야마 형제에 관해서는 짐작 가는 바가 전혀 없다고 합니다.」

“그래. 혹시 모르니 과거 회사의 클레임 안건도 조사해 봐.”

「알겠습니다.」 무라세는 대답을 하고 말을 이었다. 「그리고 유타에게 들은 이야기인데, 감금된 집에는 사람이 많을 때 범인이 세 명 있었다고 합니다. 야마시타, 기노시타, 오시타 세 사람으로 늘 유타 곁에 있던 사람은 야마시타, 조금 전 나간 두 사람은 야마시타와 기노시타랍니다.」

"오시타는 없었고?"

「오시타는 가끔밖에 오지 않는 남자라고 했습니다. 오늘은 금괴를 들고 왔을 때에는 있었다고 하는데, 다시 나간 모양입니다. 유타는 이제 집으로 돌아갈 수 있다는 말을 들었고, 야마시타와 기노시타는 오시타가 돌아오기를 기다리는 것 같았다고 했어요. 하지만 전화가 와서 경찰이 근처에 있다는 이야기에 두 사람이 서둘러 나갔다고 합니다. 금괴도 배낭에 담아서 가져간 것 같습니다.」

아무래도 야마시타와 기노시타가 스나야마 형제인 듯했다. 오시타는 그들을 끌고 범행을 주도하던 누군가라는 소리다. 그런 견해는 미즈오카 사장에게 들은 오시타와 기노시타의 이미지와도 일치한다.

「제1경찰기동대에서 대책본부!」

무전의 긴박한 목소리에 정신을 빼앗겼다.

「도주 중인 이 인조, 기쿠나이케 공원 앞에서 운전하던 오토바이가 굴러 두 사람은 그대로 오토바이를 버리고 공원 안에 있는 수영장 사무소로 도망쳤습니다! 사무소에는 사람이 없다고 보이며, 두 사람은 문 유리를 깨고 침입, 저항하고 있습니다! 저희를 향해 칼을 들고 접근을 거부하고 있습니다!」

마키시마는 무라세와의 전화를 끊고 의식적으로 기분을 진정시킨다. 고호쿠 경찰서에서 근무 경험도 있어 묘렌지 역 앞 근처 지리는 어느 정도 알고 있다.

"만약을 위해 사무소에 정말로 사람이 없는지 관리회사에 확인해 봐."

야마테 경찰서 사카쿠라 과장에게 그러게 부탁하고 아키모토 쪽으로 시선을 돌린다.

"현장투입반을 기쿠나이케 공원으로 보내. 최루탄과 가스마스크도 장비하도록."

"알겠습니다."

아키모토가 서둘러 부대에 지시를 내린다.

"일대에 통제선을 치죠."

야마구치 마호가 그렇게 말하고 통화하던 고호쿠 경찰서 담당자와 바로 이야기를 시작했다.

"언론도 막아 주십시오."

마키시마가 말하자 마호는 수화기를 귀에 댄 채로 고개를 끄덕였다.

이렇게 되면 스나야마 형제는 이제 독 안에 든 쥐다. 칼 같은 무기를 들고 있어도 최루가스에 쿨럭거리면서 사무소에서 끌려 나오는 무참한 결말밖에 남아 있지 않다. 특수반의 평소 훈련 성과를 시험할 좋은 기회가 생겼다는 표현마저 가능한 상황이다.

"수사관님, 지휘 차량이 준비돼서 현장으로 가려고 합니다." 아키모토가 말했다.

"좋아, 나도 가지."

단, 마무리를 방심해서는 안 된다. 재빠르게 형제의 신병을 구속하고 행방을 알 수 없는 오시타의 수사로 연계할 필요가 있다.

대책본부를 혼다에게 맡기고 마키시마는 아키모토와 함께 지휘 차량에 탔다.

35

바닥에 구르는 바람에 베젤이 온통 긁혀 버린 데이토나가 9시를 가리켰다. 아와노는 도주를 도울 전망이 보이면 다시 전화하겠다고 말했다. 언제 올지 모르는 그것이 지금의 도모키에게 유일한 구명줄이었다.

"헉, 헉……."

벤치 위에서 다케하루가 거친 숨을 쉬었다. 통증을 참듯이 신음이 목 안쪽에서 들리곤 했다.

"무릎이야?"

청바지 오른쪽 무릎이 피로 물들었다.

"부러졌어?"

"모르겠어…… 힘이 들어가지 않아, 큰일이야, 아아…… 자꾸 속이 울렁거려."

소독제와 반창고, 붕대 같은 응급 비품은 찾았지만 그런 것으로는 일시적인 처치도 하지 못한다.

"물 마실래?"

그 정도밖에 해 줄 수가 없어 가방에서 페트병 물을 꺼낸다. 그러나 다케하루는 필요 없다며 힘없이 대답하는 것이 고작이었다.

이 좁은 방 안에서 이대로 가만히 있으면 대체 어떻게 될까.

인질은 이제 없다.

다케하루는 움직일 수 없다.

아와노는 어떻게든 경찰로부터 도망치라고 했다.

설령 아와노와 연락이 닿더라도 이리로 도우러 와 줄 리가 없다. 자력으로 경찰을 완벽하게 따돌리지 못하면 도움은 받을 수 없으리라. '레스틴핀스.'라는 선고를 받고 끝이다.

적어도 이렇게 하면 경찰을 따돌릴 수 있으니까 힘을 빌려 달라는 안이라도 제시해야 한다.

그러나 아무리 생각해도 그런 방안은 떠오르지 않았다.

바깥에서는 경찰 차량의 사이렌이 울렸다. 시간과 함께 소리가 겹겹이 늘어난다.

여기가 끝인가?

도모키는 자신 안에서 둥지를 틀기 시작한 절망감을 머리에서 필사적으로 떨치려 했다.

문에 세운 서프보드를 비켜 놓고 바깥을 본다. 투광기의 빛이 눈에 부셔서 도모키는 손으로 빛을 막았다. 공원 앞 수도도로에는 적색등을 번쩍거리는 경찰 차량이 열을 이뤄 서 있다. 형사와 제복 경찰 들 모습도 여기저기에 보인다. 가장 가까운 것은 도모키에게서 십 미터 떨어진 부근에 서 있는 형사 네다섯 명이다. 무전기를 손에 들고 의논하고 있다. 한쪽에서 방패를 든 제복 경찰이 도모키를 발견하고 형사들에게 말했다.

"어이!"

"스나야마! 나와!"

정체는 파악하고 있다는 듯이 그들은 도모키의 이름을 말하면서 투항을 종용했다.

그들의 말에 도모키는 본능적으로 반발심을 자극받았다.

"시끄러워! 차를 준비해! 기름을 가득 채운 차로!"

도모키는 고래고래 소리 지르며 다시 서프보드로 문을 덮었다.

차를 준비하고 길을 열어.

올라탈 때까지 손대지 마.

쫓지 마. 못 본 척해.

도모키는 그런 요구가 경찰에게 통하는 광경을 몽상한다.

불가능한 걸 알면서도 그게 지금 자신의 유일한 바람이었다.

다케하루의 나직한 신음이 방 안에 가득 찬다.

36

「마키시마, 현장에 언론을 투입해.」

기쿠나이케 공원으로 급행하는 지휘 차량 안에서 마키시마가 전화로 현경 본부의 소네에게 현재 상황을 보고하자 소네에게서 그런 지시가 떨어졌다.

「진입하는 모습이 박력 만점으로 찍힐 만한 좋은 위치에 카메라를 둬. 섬광탄을 써서 요란하게 진입하는 거야. 번쩍, 쾅 하고 말이야.」

인질을 구출하고, 저항하는 범인이 두 사람뿐이라는 상황이 되자 소네의 지시에는 강경함 이상의 야심이 고개를 들었다. 요란한 체포극을 세상에 보여줌으로써 가나가와 현경의 명성을 높인다는 욕심이 고스란히 드러났다.

"범인 일당에는 최소 한 사람 더, 행방을 파악하지 못한 자가 있습니다. 공연히 현장을 들쑤시면 그놈이 다른 곳에서 사건을 일으키거나 해서 저희를 교란하려는 술수를 쓸 가능성이 없다고 할 수 없습니다."

「재깍재깍 결말을 내면 되잖아. 공범이 어딘가에 있다면 그놈의 등줄기가 오싹해질 만한 광경을 보여 줘. 이런 사건을 일으킨 인간이 어떤 결말을 맞이하는지, 친히 보여 주면 된다.」

야심에 더해 독 안에 든 쥐인 범인에게 가학적인 감정도 담겨 있는 듯했다. 마키시마가 무슨 말을 해도 그 기세는 수그러들 법하지 않다.

방식의 정도는 둘째 치고 마키시마의 옛 소속 과이기도 한 특수반 형사들에게는 평소 착실하게 한 훈련 성과를 시험할 절호의 기회인 것은 분명하다. 그것이 사람들의 주목을 받으면서 하는 임무라면 그들도 자부심을 가지리라.

"알겠습니다. 현장 상황을 확인한 뒤가 되겠지만 그런 방향으로 추진하겠습니다."

마키시마는 그렇게 대답하고 소네와의 대화를 마쳤다.

기쿠나이케 공원 현장에는 현장투입반으로 지명된 특수반 정예 열 명이 한발 먼저 도착해 있었다. 방탄조끼를 입고 프로텍터를 장착하고 특수 경찰봉을 휴대해, 이미 임전 태세에 들어갔다.

스나야마 형제가 농성 중인 수영장 관리동은 1층 일부에 등이 들어와 있었다. 그 방의 문 유리 위쪽 부분이 깨진 것을 멀리서도 확인할 수 있었다. 안에는 바리케이드를 쳤는지 사람 그림자는 볼 수 없다.

마키시마는 적당히 거리를 두면서 관리동 주위를 걸었다. 건물 안에는 탈의실 외에 사무실과 직원 휴게실, 보건실 등이 있고 그들이 틀어박혀 있는 곳은 보건실인 듯했다. 2층에는 집회 시설, 옥상에는 휴게실도 있는 듯하지만 모두 오늘은 사용하지 않았다는 사실을 대책본부에서 확인했다.

범인들이 보건실 한곳에 머물러 있다면 대처는 그럭저럭 계산할 수 있겠지만, 다른 방으로 이동한다면 생각보다 애먹게 될지도 모른다. 우습게 보다가는 뜻밖의 사고가 터질 가능성도 있기에 정신을 바짝 차리며 마키시마는 지휘 차량으로 돌아갔다.

이내 스나야마 형제 자택에 도착한 지원 부대가 조심스럽게 가옥에 들어가 다른 사람이 없음을 확인했다는 보고가 무전으로 들어왔다. 오시타가 어디에 숨어 있는지는 밝혀지지 않았지만 현재는 이 현장에 수사 전력을 집중시켜도 좋을 듯했다.

특수반 외에 형사특별수사대, 야마테 경찰서 형사과 인원 등 유괴 사건 수사에 관한 형사들에게도 방탄조끼를 입히고 소집한다. 교통을 통제하고 인근 주민을 대피시키고 현장 주변이 진정되기를 기다리면서 기동수사대에서 들어오는 정보에 귀를 기울인다.

범인 중 한 사람은 오토바이가 넘어지면서 다쳤는지 바로 일어나지 못하고 도주 때에도 다른 한 사람의 어깨를 빌리는 모습이 목격됐다. 길거리에 쓰러진 채 방치된 오토바이는 마키시마도 관리동 주위를 살필 때 보았지만, 차체에는 일그러지고 도색이 벗겨진 부분이 있고, 깜빡이와 헤드라이트 등의 파손도 심각해서 넘어질 때 충격이 상당했음을 보여주고 있었다.

범인들이 소지한 무기는 금속 배트와 칼날이 십오에서 이십 센티미터 정도 되는 칼로 보인다. 건물 안에 흉기가 될 만한 물건이 있는지는 대책본부에서 조사를 진행하고 있다.

"범인이 자동차를 요구하고 있습니다! 기름을 가득 채운 차를 내놓으라고 소리치고 있습니다!"

관리동 곁에서 범인들의 동향을 지켜보던 형사에게 그런 보고가 들어왔다. 지원 온 수사원도 속속 모여 관리동 보건실에 투광기를 비춘 가운데, 점점 사태가 진행되고 있었다.

"아키모토, 협상할 사람을 보내 줘."

"나가누마에게 시키죠."

나가누마는 요코하마 공원에서 체포한 수령책의 취조도 담당한 남자다. 아키모토의 신뢰는 무라세에게도 지지 않는다. 물론 이런 사건에서 협상하는 훈련도 받았을 것이다.

아키모토가 부르자 나가누마가 지휘 차량에 얼굴을 내밀었다.

"형제 중 한 사람은 다쳤다. 그 부분을 파고들면서 놈들 이야기를 들어줘. 한 시간 정도 이야기를 끄는 동안에 우리는 진입을 준비한다. 되도록 놈들이 그 방에서 움직이지 않도록 상대해. 투항할 기색을 감지하면 보고하라."

"알겠습니다."

나가누마가 짧게 대답하고 지휘 차량을 나간다.

관리회사에는 대책본부가 연락하고 있다. 입구 열쇠와 내부 평면도를 이쪽 현장으로 보내도록 수배했다. 또한 건물 안에 위험한 비품이 있는지도 문의했다. 그것이 해결되면 진입 계획으로 들어갈 수 있다. 마키시마로서는 협상에 나선 사람의 수완에 기대하는 것이 아니라, 그때까지 시간을 벌어 주기를 바라는 마음이었다.

「이와모토 부장에게 언론 대응이 진척되고 있는지 문의가 왔습니다. 텔레비전 카메라를 근처에 투입하라는 본부장님의 지시가 있었다고요.」

야마구치 마호로부터 마키시마의 휴대전화로 그런 연락이 왔다.

"방침은 들었습니다." 마키시마가 말했다. "문제가 없는지 현장 상황을 확인한 참입니다."

「되도록 〈뉴스 나이트 아이즈〉 같은 10시 이후 뉴스 프로그램에 내보내게끔 진행할 수 없느냐고 묻고 계세요.」 마호는 기가 막힌다는 말투로 말했다.

"그런 의도와 별개로 저희도 10시대를 목표로 작전을 시작하려고 생각하고 있습니다."

「그러면 좋겠지만.」 마호가 말했다. 「경찰에서는 유타를 보호했다는 정보를 덮어 두고 인질 안전을 구실로 취재 규제를 걸고 있습니다. 단, 기구나이케 공원에서 어떤 사건이 일어났다는 사실은 인근 주민의 트위터 등으로도 퍼진 것 같고, 언론 쪽에서는 빨리 현장에 들어가게 해 달라는 목소리를 높이고 있습니다. 10시대에 움직인다면 슬슬 언론을 움직여도 될까요?」

"상관없습니다만, 어디에 카메라를 둘지를 저희가 관리할 방도가 없습니다. 그쪽으로 누군가 보낼 수 있겠습니까?"

「알겠어요. 그럼 제가 그쪽으로 가겠습니다.」

마호는 스스로 현장에 나가겠다고 말하고 전화를 끊었다.

마키시마는 휴대전화를 두고 암시카메라에 잡힌 관리동 모니터 영상을 보았다.

37

"빨리 자동차를 준비하라고 하잖아!"

도모키는 깨진 유리문 바깥, 칠팔 미터쯤 떨어진 곳에 서 있는 형사에게 고함쳤다.

"그러니까 차로 어쩌려는 거야?" 나가누마라는 형사는 기분 나쁘게 침착한 말투로 어물쩍 응수했다. "준비하지 않겠다고 하지 않았다. 사용할 용도에 따라 어떤 차를 준비할지도 다르지 않나."

"뭐든 좋다니까!" 도모키는 말투에 짜증을 담아 외쳤다. "빨리 달리면 어떤 차든 괜찮아! 기름 가득 채워서 가져와!"

"기름 가득 이라니, 요새는 새 차를 뽑을 때에도 좀처럼 해 주지 않는 서비스인데. 대체 어디까지 가려는 거야?"

"시끄러워! 어딜 가든 알 바 아니잖아!"

"동생은 다쳤지? 어디로 도망칠지보다 병원에 데려갈 생각을 하면 어떻겠나?"

도모키 자신은 정체를 밝힐 만한 말은 한마디도 하지 않았지만, 바리케이드를 비켜 놓고 나가누마와 이야기하는 동안에 상대방은 형제 중 누가 얼굴을 내밀고 누가 다쳐서 틀어박혀 있는지 확인이 끝난 모양이다.

"아무도 다치지 않았어!"

"그럼 동생을 내보내 봐. 뒤에서 끙끙대고 있잖아? 이봐, 잘못 다쳤으면 때를 놓칠 수도 있어. 괜찮겠어?"

"시끄러워! 그런 걱정할 여유가 있으면 얼른 차를 준비해!"

"그러니까 준비하는 건 좋지만 그래서 어쩔 작정이야? 구급차가 아니라도 괜찮은가? 동생의 몸을 생각해야지."

도무지 결말이 나지 않는다.

벌써 몇십 분이나 다람쥐 쳇바퀴 돌기가 계속되고 있다.

상대방은 일부러 그러는 것이다.

이쪽이 인질 같은 비장의 카드가 없다는 사실을 꿰뚫어 보고 있다.

다케하루가 다쳐서 약해진 것도 알고 있다.

이대로 공연히 시간을 끌어 지치게 하다 두 손 들기를 기다리고 있다.

"욱…… 우웩……."

다케하루의 신음이 커졌나 싶더니만 몸을 웅크리고 바닥에 구토를 했다.

"괜찮아?"

도모키는 창가에서 떨어져 다케하루의 등을 문질렀다. 목덜미가 땀으로 흠뻑 젖었는데 몸은 가늘게 떨렸다. 다시 한 번 토하고 괴로운 듯이 헐떡인다.

"괘, 괜찮아…… 토했더니 좀 나아졌어."

간신히 욕지기의 파도가 물러났는지 다케하루는 억지로 웃으며 그렇게 말했다.

아와노에게 부탁하면 무면허 의사 정도는 소개해 주겠지……. 다케하루에게 용기를 북돋기 위해서도 강경하게 말하려 했으나, 망설임이 이겼다.

이곳에서 나가기만 한다면 어떻게든 된다.

다만…….

이곳에서 나갈 수 있는 수단은 없으나 마찬가지다.

아와노에게서도 전화가 없다.

전화가 오더라도 이 상황에서는 어쩔 수가 없으리라.

이제 한계인가…… 도모키는 생각했다.

더 이상 고집을 부린다고 어쩔 수 있나?

더는 방법이 없다.

하지만…….

여기까지 와서 그만둘 것인가?

갈 수 있는 곳까지 가야 하지 않을까.

끝까지 도망칠 수 있는지는 더는 문제가 아니다.

화끈하게 거금을 들고 바깥 세계에 진출한다.

바샤미치나 모토마치 부근에 멋들어진 바를 꾸미고, 성공한 사람들이 모일 만한 화려한 사교의 장으로 키운다.

물론 그것은 동시에 도모키 자신도 그런 가게 주인에 어울리는 성공한 인물임을 의미한다.

그런 미래가 바로 얼마 전까지는 있다고 믿었다.

그러나 이제는 환상이라는 것을 깨달았다.

어두운 도랑을 돌아다니며 먹이를 찾아 헤매는 쥐가 꾼 환상이었다. 고양이에게 쫓겨 독 안으로 내몰린 가여운 생쥐가 현실의 자신이다.

이런 인생에 지킬 가치 따위는 없다.

내팽개쳐 버려도 상관없다.

하지만 그저 내팽개칠 뿐이라면 너무 허무하다.

내팽개쳐서 뭘 할 수 있느냐다.

"이봐, 무슨 일이지?"

바깥에서 나가누마가 묻는다. 문 곁으로 돌아가 바깥을 보니 나가누마는 한 발 한 발 거리를 좁혀 사오 미터 정도 거리까지 다가와 있었다.

"오지 마! 가까이 오지 마!"

서슬이 퍼런 도모키를 보고 나가누마는 "알겠다, 알겠어."라고 뒷걸음질 쳤다.

"그렇게 화내지 마. 나는 너와 침착하게 이야기하고 싶을 뿐이야."

"너로는 이야기가 안 돼!" 도모키가 말했다. "몇 번이나 같은 이야기만 하잖아! 제대로 얘기할 수 있는 윗사람을 불러!"

"내가 협상 책임자다." 나가누마가 사람을 바보 취급하듯이 말했다.

"너 같은 하바리한테 볼일 없다잖아!" 도모키가 되받아친다. "머리가 긴 남자가 있지! 그놈을 불러!"

나가누마는 순간 허를 찔린 표정을 짓더니 평정을 되찾으려는 듯 입을 열었다.

"차량은 이제 괜찮은가? 네 휴대전화 번호를 알려 줘. 침착하게 이야기하지 않겠나."

"너로는 안 돼! 머리가 긴 남자를 불러!"

도모키가 되풀이하자 나가누마는 고민하듯이 한동안 입을 다물고는 갑자기 무전기를 입가에 대고 어딘가와 연락했다.

도모키는 데이토나를 본다. 10시가 지난 참이었다.

뒤를 보자 창백한 얼굴을 하고 누운 다케하루와 시선이 맞았다.

"다케, 나한테 맡겨도 되겠어?"

다케하루는 고개를 끄덕인다. 조금 전보다는 조금 진정된 것처럼 보인다.

"도모라면 괜찮아……. 따라갈게."

도모키도 고개를 끄덕이고 바깥을 본다.

"잠깐만 기다려."

나가누마가 목소리를 살짝 낮춰 말하고 사람을 기다리는 표정을 지었다.

오는 건가……?

마침내 적색등이 늘어선 수도도로의 차량 행렬에서 천천히 공원으로 들어오는 한 남자가 보였다.

장발의 남자였다.

38

지휘 차량 모니터에 관리동 모습이 비쳤다. 젊은 남자가 유리가 깨진 문으로 얼굴을 내밀고 협상에 나선 나가누마와 대화를 주고받고 있다.

"형 쪽이로군…… 도모키인가."

"그런 것 같군요."

운전면허 데이터베이스에서 찾은 얼굴 사진과 조합해 마키시마와 아키모토가 확인했다. 동생 다케하루라 생각되는 다른 한 남자가 모습을 보이지 않는 까닭은 역시 부상으로 상태가 좋지 않기 때문일 것이다.

"바리케이드는 별로 두껍지 않은 것 같군."

"서프보드를 세워 뒀을 뿐이에요. 바깥에서도 밀면 움직일 듯합니다.”

「방 안이지만, 안쪽 문에도 바리케이드가 놓여 있는 것처럼 보입니다.」

나가누마 근처에 있는 수사원이 도모키가 얼굴을 내민 틈으로 보이는 실내 모습을 보고했다.

관리회사에서 건물 열쇠와 평면도가 도착하고, 보건실 비품에 특별히 흉기로 조심할 만한 물건은 없다는 답변이 왔다. 의자 등을 휘두를 수도 있겠지만 칼 이상으로 신경 쓸 물건은 아니다.

안쪽 문 바리케이드가 수영장 쪽으로 이어지는 바깥문처럼 간단히 움직일지는 모르겠다. 건물 입구에서 진입하는 반보다 모니터에 비치는 바깥문으로 진입하는 반에 인력을 두는 편이 효과적이라고 보고 있다. 형제가 다른 방으로 도망쳐 버리면 귀찮지만 바리케이드 탓에 그들도 움직임에 제약받는다. 그들 자신은 건물 안으로 도망치기보다 경찰의 진입을 막는 데 정신이 쏠려 있는 듯하다.

“건물 입구로 네 명, 바깥쪽 이 문으로 여섯 명이 간다. 문이 메인이다.”

“문제는 이 문을 열어 진입할 때로군요. 섬광탄을 쓰기로 했습니까?”

“위쪽 바람이니까.” 마키시마는 어깨를 으쓱했다.

섬광탄은 빛만 번쩍이는 것이 아니라 폭음도 내서 시청각에 충격을 주어 상대를 일시적으로 무력화할 수 있다. 좁은 실내에서는 특히 효과적인 무기다.

"바깥 반과 내부 반이 각각 움직이는 타이밍에 주의해. 문 앞에 유리 파편이 있으니까 바깥에서 먼저 지나치게 다가가면 유리를 밟는 소리로 범인들에게 기척을 들킬 우려가 있다."

"알겠습니다. 그 부분은 신중히 대처하겠습니다."

처음에 관리동 입구 자물쇠를 열고 안으로 침입해 네 사람을 보건실 앞까지 보낸다. 그곳에서 보건실 안에 말을 걸어 도모키가 바깥문을 떠난 틈을 가늠해 섬광탄을 든 사람이 바깥문에 접근, 깨진 유리 부분으로 바리케이드 틈을 뚫고 나아가 실내에 섬광탄을 던진다. 섬광탄이 작렬하면 잠금장치를 풀어 문을 열고 재빠르게 여섯 명이 진입한다. 진입 선두에 서는 두 사람에게는 작은 방패를 들리고 그것으로 바리케이드를 밀어 쓰러뜨리거나 칼 등의 흉기로 인한 반격을 막게 한다. 입구에서 안쪽 문 앞까지 침입한 네 사람도 동시에 실내로 진입하고 제압한다……. 그런 식으로 아키모토와 함께 작전을 세밀하게 메우고, 아키모토가 현장투입반을 모아 회의에 들어갔다.

진입을 위한 태세가 착실히 갖추어지는 가운데 야마구치 마호도 야마테 경찰서에 모인 언론을 거느리고 현장에 도착했다.

"카메라는 공원 안까지 들어가도 되나요? 아니면 공원 안은 규제하고 어느 정도 떨어지게 할까요?"

현장 상황을 확인하면서 마호가 물었다.

"공원 안이어도 상관없습니다."

이왕 찍는다면 섬광탄의 폭음 정도는 들리는 곳에서 찍게 두는 것이 낫다.

"단, 너무 가까이 가면 범인들을 자극하니까 수영장 너머로 해 주십시오."

"알겠어요. 그럼 산책로에 나무가 우거진 부근으로 유도하겠습니다."

시계를 본다. 앞으로 오 분 정도면 10시가 되려는 참이었다.

"배치하겠습니다."

아키모노의 말에 마키시마는 고개를 한번 끄덕인다.

서로 몸을 맞대고 최종 확인을 한 현장투입반 멤버가 조용히 지휘 차량을 나간다.

드디어 시작된다.

방심이나 자만함은 없나……. 마키시마는 자신에게 물었다.

상대는 왕장(일본 장기의 주장. 왕장 또는 옥장이 잡히면 게임에서 진다./옮긴이)을 단단히 수비하고 있을 작정인 것 같지만 실제로는 외통장군이나 마찬가지다. 그런 범인을 이쪽의 용과 마(한국 장기의 차와 마에 해당하는 공격력이 센 말./ 옮긴이)가 포위하고 있다. 냉정하게 판단할 수 있는 상대라면 이미 돌을 던질 국면이다.

하지만 그래도 상대방이 승부를 계속하려 한다면 이쪽도 응해야 한다. 팔다리를 잡아 뜯을 듯이 무자비하게 몰아넣는 수밖에 없다. 그런 이상, 방심이 생길 여지도 없다.

유일하게 걸리는 점은 오시타로 보이는 다른 범행 멤버 한 명의 움직임을 알 수 없다는 사실이다.

그 부분 역시 결국은 소네의 말대로 재빠르고 압도적인 힘으로 이 현장의 결말을 짓는 것이 최선책이다.

10시. 현장투입반 열 명이 저마다 배치대로 포진했다는 보고가 올라왔다.

다른 특별수사대를 포함한 지원반이 관리동 근처에서 대기한다.

"준비됐습니다. 10시 10분에 진입합니다."

소네에게 전화로 보고한다.

「좋아.」

기세등등한 대답이 한마디 있고 전화가 끊겼다.

관리동을 비추는 모니터를 응시한다.

언론 쪽 유도를 마친 마호가 돌아와 의자에 앉자 무전을 주고받던 소리도 잠시 끊기고 차 안은 팽팽한 침묵에 휩싸였다.

마키시마의 휴대전화가 느닷없이 울렸다.

「무라세입니다.」

미즈오카 사장과 유타를 야마테 경찰서로 데려와 쉬게 하고 있다고 짧게 보고하고 나서 말을 이었다.

「비서 구로키가 사장 집으로 연락한 모양인데, 사내의 과거 문제 안건에 스나야마 형제 이름이 있는지 조사한 결과 한 가지가 판명됐다고 합니다.」

"뭐지?"

「사실은 말이죠, 사오 년 전에 미나토당이 유통기한 조작 문제로 경영위기에 빠졌을 때, 내부 정리해고와 함께 신규 입사 예정자에게 사정을 알리고 입사를 포기하게 한 모양인데, 그중 한 사람이 스나야마 도모키였습니다.」

생각지도 못한 이야기를 듣고 마키시마는 홀로 목 안쪽으로 나직하게 신음했다.

경영위기 상황이었다면 입사를 포기했다고 표현했지만 아마도 반쯤 강제적이었으리라는 상상은 어렵지 않았다.

형제의 평소 직업 등의 자세한 생활상까지는 아직 조사가 진행되지 않았지만, 유괴 사건에 관여한 것으로 보아 아마도 회사원 같은 정직원으로 취직하지는 못한 것이리라.

입사를 취소당한 것이 도모키 인생의 전환점이 됐다.

미나토당 사장을 노린 데에는 나름대로 이유가 있었다.

납득했다.

안심했다고 바꿔 말해도 좋았다.

이들 범인에게는 감정이 있다.

어두운 원한이라도 그곳에는 온도가 있다.

오로지 돈 냄새를 맡고 움직일 뿐인 냉혈동물이 아니다.

그런 인간이 상대임을 알고 마키시마는 자신의 피도 끓어오르는 기분이었다.

그런가, 너는 그런 남자였나…….

모니터에 비친 도모키의 모습을 보면서 마음속으로 말을 걸었다.

"수사관님."

아키모토가 불러서 마키시마는 정신을 차렸다.

"알겠네. 수고했어."

무라세에게 한마디하고 전화를 끊고 아키모토를 보았다.

"스나야마 도모키는 아무래도 수사관님을 부르라고 하는 모양입니다. 나가누마에게 당신이 아니라 윗사람을 부르라고, 머리가 긴 사람을 부르라고 했다는데……."

"어떻게 마키시마 수사관이 지휘하는 것을 알까요?" 마호가 이상하다는 듯이 물었다. "배드맨 사건으로 텔레비전에 나왔다는 이유만으로 하는 말일까요?"

"아닙니다. 만약 그들이 요코하마 공원 현장에 있었다면 저를 보았을지도 모릅니다." 마키시마는 그렇게 이해하고 말했다.

"아아, 그렇군요." 마호가 납득했다.

"나가누마도 혹시 몰라 보고한 것이지, 그래서 어떻게 해야 한다는 것은 아닌 모양입니다."

아키모토는 그렇게 말하고 그 이야기를 마치려고 했다.

"아니야……."

현장투입반이 배치되고 작전 시작을 기다리기만 하면 되는 상황에서 나가누마가 굳이 그런 보고를 한 의미를 마키시마는 고민했다.

"내가 가 보지."

아키모토는 눈을 살짝 크게 떴지만 막으려고 하지는 않았다.

"작전은 어떻게 합니까?"

"잠깐만 대기해."

"만약 저쪽에서 마키시마 수사관님 몸에 위험이 미칠 것 같다면 이쪽에서 현장투입반을 움직이는 편이 낫지 않을까요?" 마호가 걱정스럽게 말했다.

"그러지 않도록 조심하겠지만, 그렇게 됐을 때는 제가 근처에 대기하는 사람에게 말을 하겠습니다."

"정말로 조심하세요."

마호의 목소리에 고개를 끄덕이고 마키시마는 지휘 차량을 나왔다.

"비켜 줘."

인도를 걸어서 관리동을 멀리서 포위해 상태를 지켜보던 수사원들 사이를 지나갔다. 공원으로 들어가자 깨진 문 유리 틈으로 이쪽을 보는 스나야마 도모키의 모습이 보였다.

관리동 옆에는 현장투입반 멤버들이 몸을 숨기고 있다.

공원 안쪽에서는 암흑에 뒤섞여 언론의 카메라가 늘어서 있다.

사태가 크게 움직이기를 모두가 기다리는 삼엄함이 도리어 기분 나쁜 침묵을 낳았다.

폭풍 전의 고요를 깨듯이 마키시마는 관리동을 향해 걸어갔다.

39

장발의 남자는 나가누마 옆까지 와서 그에게 눈짓하고 몇 걸음 물러서게 했다. 그러고 나서 도모키를 바라본다.

"특별수사관 마키시마다."

그는 자신을 밝혔다. 나직하고 침착한 목소리다.

"너냐." 분명히 텔레비전에서 본 기억이 있는 얼굴이다. "그 남자는 같은 소리만 또 하고 말이 안 통해."

"하고 싶은 말이 뭐지?" 마키시마가 물었다.

"자동차를 준비해."

"자동차를 타고 어쩔 작정이지?"

"잔말 말고 잠자코 준비해!"

거친 목소리로 같은 말을 되풀이하는 도모키를 마키시마는 가만히 응시했다.

“알겠다.”

갑자기 순순히 응답하는 마키시마에게 도모키는 반대로 허를 찔린 기분이었다.

“준비할 테니까 그곳에서 나와.”

“머, 먼저 차를 준비해!”

도모키가 외치자 마키시마는 뒤에 대기하던 나가누마를 보고 작은 목소리로 무언가를 지시했다. 나가누마는 놀란 표정을 지으며 명령을 듣고 조금 전과 마찬가지로 무전기로 어딘가와 이야기했다.

“기다려.” 마키시마가 도모키 쪽으로 시선을 돌리고 말했다.

정말로 자동차가 준비되는 것인가?

도무지 믿기지 않았다.

그러나 여기에서 버티는 것은 이제 한계다.

어쨌거나 나갈 수밖에 없다.

“다케, 나갈 준비해.”

“정말로 나갈 수 있어?”

누워 있던 다케하루가 몸을 반쯤 일으키고 물었다. 그 말투는 농담처럼 장난스럽게도 들리고, 얼굴에는 희망이 보인 듯한 밝은 표정이 어렴풋이 비쳤다.

“가는 수밖에 없어.” 도모키가 말했다. “나한테 맡겨.”

"그래, 맡길게."

자포자기로 말하는 건지, 그만큼 자신을 믿는 건지는 모르겠다. 다만 다케하루의 말에는 한 치의 망설임도 없었다.

"동생은 다쳤지. 괜찮은가?"

마키시마가 바깥에서 물었다.

"그런 걱정은 필요 없어. 빨리 준비나 해."

도모키가 그렇게 되받아치자 마키시마는 순순히 고개를 끄덕이고는 나가누마와 말을 주고받으면서 수도도로 쪽을 바라보았다.

그리고 몇 분이 지나자 형사 하나가 마키시마 곁으로 달려와 자동차 키 같은 물건을 건넸다.

"보이나?" 마키시마가 수도도로 쪽으로 손짓하며 말했다. "저 차량이다."

몸을 빼서 보니 공원 입구 앞에 서 있는 세단이 보였다.

"기름은 들어 있겠지?"

"걱정하지 마. 수사원이 타고 온 차다. 기름이 떨어지기 직전 상태로 현장으로 오지는 않아."

"안에 누가 숨어 있거나 하지 않겠지?"

"걱정 없다. 의심된다면 타기 전에 살펴봐."

너무나 손쉽게 자신의 요구가 통한 현실을 앞에 두고 도모키는 당혹감을 감출 길이 없었다.

"어서 나와."

그러나 이렇게 되면 이곳에서 나가야만 한다.

"형사들이 다가오지 못하게 해."

도모키의 말에 마키시마는 고개를 끄덕였다.

"다케, 나간다."

다케하루가 금속 배트를 지팡이 삼아 일어난다. 다리의 통증에 작게 신음했지만 간신히 걸을 수 있을 듯했다.

금괴와 현찰 다발이 든 가방을 고쳐 멘다. 손에는 칼과 휴대전화. 아와노의 전화는 아직 오지 않았다.

서프보드를 문에서 치우고 잠금장치를 푼다. 신중하게 문을 열고, 먼저 도모키부터 바깥으로 나왔다.

그것을 노린 듯이 방패와 경찰봉을 든 임전 태세의 형사들이 건물 양쪽에서 모습을 드러냈다. 서서히 거리를 좁힌다.

"다가오지 마! 다가오지 말라고!"

도모키는 칼을 머리 위로 쳐들고 좌우를 위협한다.

"걱정하지 마. 너희가 얌전히 있으면 다가가지 않는다."

마키시마가 부하들의 움직임을 제압하듯이 손을 들고 말했다.

"단, 날뛴다면 움직일 수밖에 없어. 그러니까 너희도 진정해."

도모키는 좌우를 살벌하게 둘러보면서 자신을 진정시켰다.

"자동차 키를 넘겨. 던져!"

그렇게 말하자 마키시마는 작게 고개를 끄덕이더니 재지 않고 자동차 키를 도모키의 발치로 던졌다.

자동차 키를 주워 다시 좌우를 노려본 뒤에 도모키는 뒤돌아보았다.

"다케, 이리 와."

다케하루가 다리의 통증에 얼굴을 찡그리면서 천천히 걸어 나온다. 도모키는 시선을 바쁘게 주위를 둘러보며 형사들의 동향을 살폈다.

건물에서 나온 다케하루에게 어깨를 빌려준다. 한쪽 다리를 끄는 다케하루의 보폭에 맞춰 천천히 차를 향해 나아갔다.

"꽤 안 좋아 보이는군." 마키시마가 앞장서서 걸으며 말했다. "그만한 상처면 몸에 독소가 돌아. 빨리 치료를 받아야 할 텐데."

도모키는 그 말에 대답하지 않고 그저 공원 입구로 향했다. 몇 번 뒤돌아보면서 거리를 유지한 채 따라오는 임전 태세의 형사들을 칼로 견제한다.

다케하루가 거친 숨을 내쉬었다. 이 정도 걷는 것만으로도 지금의 다케하루에게는 상당한 부담이 되는 듯했다.

그래도 어떻게든 걸어서 간신히 공원을 나왔다. 검은 세단이 눈앞에 있다.

정말로 이 차를 타고 이곳을 나갈 수 있나……. 도모키에게는 실감은 끓어오르지 않았다. 이곳을 나가 어디로 갈지도 전혀 생각하지 않았다. 차를 타고 여기에서 도망치는 것은 도모키에게 이미 사업에서 성공하는 것과 마찬가지로 환상의 일처럼 여겨졌다. 이제

와서는 꿈이나 희망은 자신 안에서 사라져 버리고, 그저 현실의 결말을 낼 장면을 찾아다니는 감각만이 존재했다.

그래도 도모키는 다케하루와 함께 천천히 운전석으로 다가간다. 차에 타 시동을 걸고 액셀을 밟는 곳에 현실의 결말이 있다고 믿는 수밖에 없었다.

도모키의 모습을 지켜보는 듯하던 마키시마가 "스나야마." 하고 불렀다.

"인생이 많이 어긋나 버렸군."

도모키는 저도 모르게 마키시마를 바라보았다. 내 인생에 대해 뭘 알아. 순간적으로 그렇게 생각했다. 그러나 마키시마는 전부 안다는 얼굴을 하고 있었다.

아는 건가…….

마키시마의 짤막한 말이 도모키 안에서 열기를 띠고, 도모키는 갑자기 눈물이 쏟아질 것 같은 감정에 사로잡혔다.

"그만하면 됐잖아."

그렇게 말한 마키시마를 바라본 채 도모키는 멈춰 섰다.

그래도 도모키를 지탱하던 반발심은 희미하게 응어리져 항복의 말을 가로막았다.

마키시마는 그런 도모키에게 마지막 선고를 하듯이 고개를 저었다. 그리고 주머니에서 자동차 키를 꺼냈다.

"그건 내 차 키다. 이 차의 키는 안됐지만 줄 수 없어."

조용한 말투였다. 그러나 '줄 수 없다'는 한마디는 굳센 의사가 담겨 있었다.

"너 이 자식, 속였구나!"

발끈한 다케하루가 갑자기 고함을 지르며 배트를 치켜들었다.

반사적으로 도모키도 움직였다.

다케하루를 뒤에서 꽉 붙들어 잡고 목덜미에 칼을 댔다.

"움직이지 마!"

그 말은 다케하루를 향한 것과 동시에 당장에라도 덤벼들 태세였던 주위 형사들에게도 한 말이었다.

"배트를 내려놔!"

"도모……?" 당황한 듯이 다케하루의 목소리가 떨렸다.

"놔!"

다케하루가 힘이 쭉 빠진 것처럼 팔을 내리고 배트를 떨어뜨렸다.

"스나야마!"

"멍청한 짓 하지 마!"

두 사람을 둘러싼 형사의 포위망이 단숨에 두꺼워졌다.

"너희는 움직이지 마!" 도모키는 차를 등지고 형사들에게 날카롭게 말했다. "한 사람이라도 움직이면 여기가 피바다가 될 거야!"

"아, 안 돼……." 다케하루가 갈라진 목소리로 말했다.

"마키시마!" 도모키가 부른다.

"자동차 키는 줄 수 없다."

마키시마는 다시 한 번 고개를 젓고 조금 전과 전혀 다르지 않은 말투로 도모키에게 말했다.

도모키는 이제 다른 대답은 기대하지 않았다.

“봤지?”

대신에 그렇게 물었다.

마키시마가 눈썹을 살짝 움직였다.

“봤지?”

그렇게 되묻자 마키시마는 도모키를 가만히 지켜보면서 “그래.”라고 고개를 끄덕였다.

“이 녀석은 나에게 이용당했을 뿐이야!” 도모키는 다케하루의 목에 칼을 들이댄 채 말했다. “나한테 명령받아서 어쩔 수 없이 움직였을 뿐이야!”

“그래 똑똑히 봤다.” 마키시마가 대답했다. “조서에도 그렇게 써주지.”

그 대답에 도모키는 만족했다.

끝났다……. 그저 그렇게 생각했다.

40

스나야마 도모키가 칼을 발치로 내던졌다.

칼날은 어둠에 녹아들어 빛을 반사하지도 않고 작은 소리를 내며 아스팔트에 떨어졌다.

"체포해."

마키시마가 조용히 호령하자 스나야마 형제를 둘러싼 수사원들이 일제히 손을 뻗어 두 사람을 붙잡았다.

"22시 22분, 피의자 두 명 신병 확보!"

"주거침입, 총검단속법 위반 현행범!"

많은 수사원이 분주하게 움직이는 가운데 두 사람은 조금도 저항하지 않았다. 도모키는 씌었던 악령이 떨어져 나간 것처럼 온화한 얼굴을 한 채, 메고 있던 가방을 빼앗아도 수사원이 하는 대로 아무 말도 하지 않았다.

다케하루는 울고 있었다. “도모! 도모!” 형의 이름을 부르면서 흐느껴 울었다.

수갑을 찬 도모키는 마키시마와 시선이 마주치자 조용히 얼굴을 떨어뜨렸다. 그 모습은 가볍게 인사를 한 것처럼 보이기도 했다.

미즈오카 사장이 평가했듯이 본래의 언동은 주변의 젊은 회사원과 조금도 다를 바 없는지도 모른다. 머릿속에 그린 결말과는 전혀 다른 현실을 맞이했겠지만, 그래도 드디어 다다른 종착지에 몸을 두는 안도감이 그의 표정에 떠올라 있었다.

도모키의 발치, 지면에 반짝반짝 빛나는 것이 있었다. 도모키가 떨어뜨린 휴대전화인 듯했다.

수사원 중 한 사람이 휴대전화를 줍는다.

들여다보니 액정에는 발신자 번호가 제한된 상대에게 전화가 오고 있었다.

“어디서 온 전화지?”

짐작 가는 상대가 있는지 도모키에게 물었다.

도모키는 액정을 흘끔 보고 문득 비꼬는 듯한 미소를 작게 지었다.

늦었어……. 그의 입술이 그렇게 말하는 것처럼 움직였다.

“오시타인가?”

도모키는 대답하지 않았지만 부정도 하지 않았다.

"받지."

마키시마는 휴대전화를 수사원에게 받아들고 통화버튼을 눌러 귀에 댔다.

상대방은 말이 없었다.

"여보세요." 마키시마가 먼저 말했다. "오시타인가?"

「너는 누구지?」

무감각한 남자의 목소리가 귀에 들렸다.

"가나가와 현경의 마키시마다."

「마키시마인가.」

남자는 짐작 가는 바가 있다는 듯이 마키시마의 이름을 되풀이 했다.

「기노시타는 어떻게 됐지?」 남자가 묻는다.

"내가 체포했다." 마키시마가 대답했다.

「그런가……. 유감이로군.」

그 말투는 담담했지만 행간 같은 짧은 침묵에는 순수한 아쉬움이 담긴 것처럼 들리기도 했다.

「레스틴피스.」

그가 중얼거린 그 한마디가 마시키마의 귀를 거칠게 훑었다.

Rest in peace—편히 잠들라.

샤모토 유타카의 보이스피싱 영업소.

요코하마 갱단 야카라 간부인 샤모토와 야카라에서 활동한 이력이 있는 스나야마 다케하루.

단자와에서 발견된 칼에 찔려 죽은 시체.

'립맨'이란 이름으로 쫓고 있는 범인.

사라진 사수 아와노.

특수사기의 영향이 농후한 이번 유괴 사건.

그리고 이 전화의 주인, 오시타…….

"그런가……."

여기에 있었나.

「그런가……라니?」

남자는 흥미가 당겼는지 물었다.

"립맨…… 너도 곧 잡아 주마."

마키시마는 결의를 그대로 입으로 뱉었다. 그리고 말을 이었다.

"너는 그때까지 두려움에 떨며 잠들기 바란다."

잠깐의 침묵 뒤에 공기가 가늘게 떨리는 듯한 소리가 마키시마 귀에 들렸다.

남자가 숨죽여 웃는 소리가 새어 나온 소리임을 얼마 후에 깨달았다.

「마키시마…… 레스틴피스.」

그가 유쾌하다는 듯이 말한 뒤 전화는 조용히 끊겼다.

참고문헌

『직업 '보이스피싱'』, NHK스페셜 '직업 사기' 취재팀, 디스커버21.

『보이스피싱 범죄결사 200억 엔 사기 시장에서 살아가는 사람들』, 스즈키 다이스케, 다카라지마샤.

『나쁜 놈들』, 우쓰노미야 겐지, 슈에이샤.

『악마의 속삭임 '나야, 나' 일본에서 제일 처음 보이스피싱을 시작한 남자』, 후지노 아키오, 고분샤.

『실화! '지하경제' 사기의 수법』, 야마다 분다이, 후타바샤.

※ 또한 경찰의 모든 것에 대해 귀중한 이야기를 들려주신 관계자분들께 진심으로 감사드립니다.

립맨 RIP MAN

1판 1쇄 인쇄 2017년 7월 31일
1판 1쇄 발행 2017년 8월 4일

지은이 시즈쿠이 슈스케
옮긴이 추지나
펴낸이 고병욱

기획편집2실장 장선희 **책임편집** 이혜선
마케팅 이일권 김재욱 곽태영 김은지 황호범 **디자인** 공희 진미나 백은주 **외서기획** 엄정빈
제작 김기창 **관리** 주동은 조재언 신현민 **총무** 문준기 노재경 송민진

펴낸곳 청림출판㈜
등록 제1989-000026호

본사 06048 서울시 강남구 도산대로 38길 11 청림출판㈜ (논현동 63)
제2사옥 10881 경기도 파주시 회동길 173 청림아트스페이스 (문발동 518-6)
전화 02-546-4341 **팩스** 02-546-8053

홈페이지 www.chungrim.com
이메일 redbox@chungrim.com
인스타그램 www.instagram.com/redboxstory

ISBN 979-11-88039-06-7 (03830)

• 책값은 뒤표지에 있습니다. 잘못된 책은 구입하신 서점에서 바꿔드립니다.
• 레드박스는 청림출판㈜의 문학·교양 브랜드입니다.
• 이 도서의 국립중앙도서관 출판시도서목록(CIP)은 서지정보유통지원시스템 홈페이지 (http://seoji.nl.go.kr)와 국가자료공동목록시스템(http://www.nl.go.kr/kolisnet)에서 이용하실 수 있습니다.(CIP제어번호: CIP2017014554)